각의 유희

ⓒ 가선 2012

초판1쇄	2012년 5월 10일
초판2쇄	2012년 7월 10일
지은이	가선
펴낸이	박대일
편집	이문영 · 임수진 · 임유리 · 신지연
교정	문정
마케팅	송재진
표지디자인	오피스뎐(표지) · 류성민(일러스트)
펴낸곳	파란미디어
출판등록	2004년 9월 14일 제313-2004-00214호
주소	121-886 서울시 마포구 합정동 387-18 현화빌딩 2층
전화	02. 3141. 5589(영업부) 070. 7798. 5589(편집부)
팩스	02. 3141. 5590
전자우편	paranbook@gmail.com
블로그	paranbook.egloos.com
트위터	@paranmedia

ISBN   978-89-6371-043-3(03810)

각시 유희

가선 장편소설

각시
유희

프롤로그

네모난 사진 속에서 다소곳한 모습으로 환하게 웃고 있는 긴 머리의 여자는 어디서나 볼 수 있는 평범한 여자처럼 보였다. 산호색으로 반짝이는 매끄러운 손톱이 사진 속 여자의 얼굴을 톡톡 몇 번인가 신경질적으로 건드리고 지나갔다.

"하, 내가 겨우 이런 거와……."

오인영은 화사한 입술을 비틀며 낮은 비웃음을 내뱉었다.

이런 여자와 비교된다는 사실만으로 고소가 지어질 판, 아니 차라리 스스로가 불쌍해서 동정심이 치밀 판이었다.

나름대로 단정한 인상, 우아하고 깨끗한 자태. 좋게 말하면 청순함이지만 인영이 보기엔 그럴싸한 청승과 내숭에 불과했다. 감히 자신의 적수 따위는 되지도 못할 시시하고 보잘것없는 여자, 가소롭기까지 하다. 이 맹탕 같은 여자는 결코 그에게 어울리는 여자가 아니었다. 한 번쯤 혹해서 길가에 핀 들꽃을 꺾었다 해도 향기 한번 맡고 나면 그뿐, 들꽃은 그대로 쓸모없어지기 마련이다.

하니 그 남자가 이 여자를 버리게 만드는 것쯤 인영에겐 일도 아니었다. 제대로 눈과 머리가 박힌 남자라면 세상의 어떤 남자가 오인영의 선택을 거절한단 말인가. 더구나 강원욱은, 세상 꼭대기까지 오르고 싶어서 맹렬한 야망으로 눈을 번득이는 그 야심만만한 남자는 절대로 끝까지 그녀를 무시하지 못할 것이다.

그래, 아무리 그 남자라도 별수 없다.

인영은 자신의 가치를 잘 알고 있었다. 자신이 남자에게 어떤 기회와 환상을 의미하는지도…….

갖고 싶은데 손에 들어오지 않는 것, 이제까지 인영에게 그런 것은 없었다. 인영은 언제나 이겼고 언제나 승리자였다. 오인영이 원하면 이미 그것은 오인영의 것이었다. 주인이 있건 없건 간에 말이다.

강원욱.

처음으로 오인영을 거들떠보지도 않았던 남자, 그녀가 누구란 것을 잘 알면서도 대놓고 인영을 무시하기 일쑤인 그 남자라 해도 예외일 수는 없었다.

남자란 기껏해야 재미난 놀이 상대, 손쉬운 장난감에 불과했던 인영의 인생에, 원욱은 갑자기 나타나 되레 인영을 쥐락펴락 약 올리고 자존심을 형편없이 구겨 놓았다. 하지만 그러

8

면 그럴수록 인영은 그에게 더욱 안달이 났다.

그것이 그 남자의 의도대로라 해도 상관없었다. 그가 얼마든지 비싸게 굴고, 밀고 당기기를 해도 상관없었다. 인영은 강원욱 역시 인영의 발치에 줄줄이 무릎 꿇고 납작하게 엎드리던 다른 무수한 남자들과 다를 바 없이 만들어 놓을 자신이 있었다.

이제 그 거만하고 시건방진 남자도 그녀의 손에 얌전히 떨어질 날이 머지않았다.

"억울해하지 마. 원래 너 같은 게 오래 가질 수 있는 남자가 아니었으니까."

인영은 흩어져 있는 몇 장의 사진을 아무렇게나 찢어 옆에 있던 갈색 봉투에 도로 집어넣었다.

미안함이나 죄책감 같은 건 눈곱만치도 생겨나지 않았다. 누구나 자신에게 걸맞은 상대가 따로 있는 법이다. 탓하려면 주제도 모르고 분수에 넘치는 남자를 고른 자신을 탓하는 수밖에…….

인영은 아름다운 얼굴을 차갑게 일그러뜨리며 웃었다.

남자는 입가에 담배를 문 채 생각에 잠겨 있었다. 커다란 창 너머 먼 거리를 향해 고정되어 있는 그의 수려한 옆얼굴에서는 날카로운 고독감이 느껴졌다. 뭔가 처절한 고통에 시달리고 있는 것도 같고, 감당하기 어려운 결정에 봉착해 있는 것 같기도 한 표정이었다.

언제나 승승가도를 달려왔던 그의 빛나는 인생, 잘 정리되고 계획된 그의 삶의 여정에서 일어난 유일한 실패를, 남자는 아직 받아들일 준비가 되어 있지 않았다.

그러나…….

문득 갸름하고 아름다운 여자의 손이 검은 유리창에 비치는가 싶더니 곧이어 미끄러지는 비단뱀처럼 그의 등을 타고 어깨로 기어 올라왔다. 그의 호흡을 비집고 들어오는 여자의 향기는 열대의 과일처럼 무르익어 있었고 그만큼 진한 독을 품고 있었다.

얇은 실크셔츠 조각이 타 버릴 듯 금세 팽창되는 자신의 열기를 깨닫고, 석현은 눈을 감고 쓸쓸하게 스스로를 비웃었다.

이건 욕정이다. 반사적이고 동물적인, 수컷이란 족속들의 역겨운 습성. 그러니 그 천박한 습성이 시키는 대로 고여 든 욕구를 배설해 버리면 그만이다. 지금 이 여자가 그에게 마지막으로 원하는 것도 그런 것이니까.

반듯하게 선이 그어진 남자다운 입술에 강한 힘이 들어갔다. 그는 아직도 반쯤 남은 채 연기를 피워 올리는 담배를 반짝거리는 크리스털 재떨이 안으로 던져 넣었다.

"좋아. 그렇게 하지."

드디어 석현의 입이 열렸다.

여자가 원하는 대로 받아들여 주면 그뿐이다. 이 여자에게 이 이상 시간을 낭비하는 것은 그를 더욱 바닥으로 끌어내리는 일이 될 것이다. 그가 해야 할 일은 이제 끝을 내는 것이다. 오늘로 달콤했던 미래에 대한 환상이나 이 여자만은 뭔가 다를 것이라 여겼던 그의 착각에 종지부를 찍어야 한다. 무수하게 거쳐 왔던 여자들, 그 긴 대열에 이 여자 하나쯤 더 추가한다고 해서 그의 인생이 별반 달라질 것도 없으리라. 그로부터 먼저 떨어져 나가기로 결심한 것이 이 여자가 최초라고 해도, 그가 처음으로 결혼까지 결심했던 유일한 여자가 이 여자라 해도 종국엔 그저 이제껏 튼튼하기만 했던 자존심의 한 귀퉁이가 슬쩍 부서지는 경험에 지나지 않을 것이다.

"없던 일로 해."

"미안하단 말, 안 해도 되지?"

석현은 몸을 돌려 자신만만하게 웃고 있는 여자의 붉은 입술을 짓눌렀다. 기다렸다는 듯이 반갑게 덤벼드는 그녀의 입술이 애써 다독인 그의 패배감을 다시 부채질했다. 열렬히 그의 몸만을 환영하는 이 여자가 불현듯 미치도록 증오스러웠다.

"가끔은, 아쉬울 거야……."

가느다란 조소를 흘리며 여자가 그의 머리를 부둥켜안았다.

"당신이란 남자."

순간 석현은 손가락을 펼쳐 여자의 머리카락을 움켜쥐고 그 얼굴을 거칠게 추켜올렸다. 아무리 필사적으로 쳐 내고 잘라 내도 알고 싶은 것이 있었다. 그도 감정이 있는, 질투를 느끼는 인간이었다.

"말해 봐!"

잔뜩 쉬어 버린 음성으로 석현은 기어이 묻고 말았다.

"왜 하필 그 남자지?"

감출 수 없는 미움과 갈등, 고뇌가 남자의 눈동자에 짙은 그늘을 드리웠다. 하지만 여자는 반쯤 눈을 내리깔며 외려 웃음을 더했다.

"간단해."

그녀의 손바닥이 굳어진 남자의 턱을 감쌌다. 그리고 입술을 달싹여 비웃듯 속삭였다.

"당신보다 그 남자를 더 갖고 싶으니까."

석현의 입술 사이로 새어 나온 것은 쇳소리와 같은 모멸감, 그리고 분노였다. 그는 여자를 바닥으로 밀쳤다.

거친 힘에 떠밀려 카펫 위에 널브러진 여자는 꼼짝도 하고 당당하게 그를 올려다보았다. 풀린 단추 사이로 여자의 가슴이 들여다보였고, 허벅지를 타고 말려 올라간 낙낙한 스커트가 속옷을 입지 않은 여자의 깊고 은밀한 골짜기를 휘감고 있었다.

천박하고 화려한 여자, 어느새 이런 여자가 정석현의 취향이 돼 버린 걸까? 그는 좀 더 소박하고 고전적인 스타일을 선호했었다. 그러나 이 여자를 만나고 나서 그의 감각도 생각도 바뀌어 버렸다.

석현은 그대로 멈춰 서서, 미묘하게 다리를 벌리고 블라우스 안으로 자신의 두 손을 밀어 넣으며 그를 올려다보는 여자의 이글거리는 시선을 무시하려고 노력했다.

얇은 천이 미끄러지듯 흘러내리고 여자의 가슴이 완전히 드러났다. 둥근 젖무덤과 팽팽하게 일어선 유두, 늘씬하고 육감적인 허리, 이미 그가 몇 번이나 탐하고 실컷 희롱했던 몸이었다. 그럼에도 언제나처럼 그의 남성은 욱신거리며 즉각적인 해방을 요구해 왔다. 여자의 승리였다.

"이게 우리의 마지막이야. 슬프지만……."

끈끈하게 가라앉은 목소리와 함께 여자가 반쯤 상체를 일으켜 그에게로 천천히 기어왔다.

"그러니까 즐겨."

그녀는 옷 위로 뚜렷한 형태를 만들고 있는 딱딱한 남자의 것에 입술을 내리눌렀다.

"망치지 말고……, 근사하게……."

석현은 무심코 여자의 머리를 한 손으로 거머쥐고 자신에게 갖다 댔다.

"지옥에나 가!"

꽉 다문 입술 사이로 신음이 터져 나왔다. 시작된 격렬한 교합 내내 그의 머릿속에서 뚜렷해지고 있는 어떤 결심, 그것은 그의 인생에서 이 여자를 영영 떼어내 버리겠다는 것이었다.

여자는 파멸과 너무나 닮아 있었다. 그리고 그는 지각이 있는 사내였다. 석현은 단 한 번도 자신을 바보로 여겨 본 적이 없었다.

"갈게."

샤워를 마친 여자의 얼굴에서 정사의 흔적은 발그레한 뺨을 제외하고는 전혀 찾을 수 없었다.

"잘 살아."

닫히는 문을 바라보며 석현이 새로운 담배를 꺼내 묵묵히 불을 붙였다. 여자의 냄새가 남아 있는 방 안을 독한 담배 냄새가 뒤덮었다.

"그래, 너도……."

그가 이제 여자에게 기대를 거는 일은 없을 것이다.

"저주가 있기를……, 오인영."

홀로 남은 석현의 입에서 최후의 인사처럼 조용히 내뱉어진 말이었다.

인영은 자신의 손으로 굳게 닫은 문에 등을 기대고 한동안 그대로 서 있었다. 제아무리 오인영이라 해도 불가피한 선택이란 건 있는 법이다. 바로 그녀가 남겨 두고 나온 방 안의 남자처럼…….

정석현은 완벽한 상대였다. 외모와 집안, 하물며 성격과 능력까지 아무리 까다롭게 남자를 평가하는 인영이라도 작은 흠조차 찾기 힘들 정도로 그는 이상적인 모든 것을 갖추고 있었다. 심지어 강원욱도 객관적인 기준만으로는 그에 비할 바가 못 되었다. 오죽하면 그 무서운 인영의 엄마가 하나뿐인 딸의 짝으로 일찌감치 그를 낙점해 놓았겠는가.

그런 석현을 마다하고 강원욱을 택한 인영에 대한 그녀의 엄마의 반응과 실망감이 어떨지는 불을 보듯 뻔했다.

하지만 양손의 떡, 불행히도 둘 다 먹을 수는 없으니 하나는 그냥 입가심 정도로 만족해야 하는 상황이었다. 한쪽은 그녀의 허영심과 교만함을 채워 주겠지만 다른 한쪽은 승리감과 성취감을 만끽하게 해 줄 것이다.

인영은 후자를 택했다. 갈등과 고민이 아예 없었던 것은 아니지만 길지는 않았다. 당장 더 절실한 걸 우선할 수밖에 없으니까.

자, 강원욱! 난 정리했어. 정말 살 떨리게 아깝지만 어쨌거나 저 남자를 버리고 당신을 선택했다고. 그러니 이젠 당신 차례야. 그 하잘것없는 여자, 구질구질한 과거 따위 말끔하게 치우고 내게 항복해. 그러면 당신이 그토록 원하는 세상을 가지게 해 줄 테니까.

질척거리는 일말의 미련을 짓밟듯이 인영은 당당하게 허리를 세우고 턱을 추켜올린 채 여왕처럼 오만한 걸음을 옮기기 시작했다.

그러나 끝이라고 단정 지은 이날 밤이 모든 일의 서막이 될 거라곤 인영과 석현 두 사람 중 누구도 예상치 못했다.

*

"어떻게……, 됐습니까?"

소독약 냄새가 고약하게 풍기는 서늘한 복도였다.

억세고 풀기가 묻어나는 한희원의 음성에는 숨길 수 없는 떨림이 스며 있었다. 꼿꼿이 세운 허리, 곧게 치켜든 얼굴은 한동안 정면의 노의사를 직시하고 있다가 힘겹게 고개를 가로젓는 상대방의 모습에 점차 수그러들었다.

"면목이 없구려."

"그럼……?"

한희원 회장, 예순둘의 나이가 무색한 여장부 중의 여장부였다. 젊은 나이에 청상이 된 후 시댁의 사업을 물려받아 한국 재계의 걸출한 버팀목 역할을 해 온 그녀도 오늘만은 제 나이를 숨기지 못하는 듯했다. 하기야, 어떤 잘난 부모인들 제 자식의 생사 앞에 태연할 수 있겠는가마는…….

젊은 날 희원의 남편과의 인연으로 오랫동안 한 회장 집안의 주치의 노릇을 해 온 정운호 원장은 착잡한 심사를 가눌 도리가 없었다.

"죄송하오, 한 여사."

정 원장은 희원을 회장이란 호칭 대신 친근하게 그리 불렀다. 깊다 하면 깊은 인연이었다. 긴 세월 동안 좋은 일도 궂은 일도 무수히 많았건만 그들 사이의 관계는 그 모든 일을 겪으면서도 변함없이 조용히 이어져 왔다. 하지만 지금 이 순간, 정 원장은 누군가가 자신의 역할을 대신해 준다면 더 바랄 것이 없을 듯했다.

"끙……."

가슴 저 안쪽에서 터져 나온 듯한 희원의 탄식은 모든 것을 각오한 사람의 것이었다. 초췌하게 마른 그녀의 얼굴은 이미 흙빛이었다.

"병원에 도착했을 때는 이미……."

정 원장은 내심 긴 한숨을 삼켰다. 이런 때면 의사로서의 자신이 더없이 무기력하고 원망스러웠다.

"손을……, 써 볼 시간도 없었어요."

"갔습니까……, 그 아이?"

그 자신도 육순을 훌쩍 넘긴 나이에 세상의 이런저런 풍파를 모두 겪고 지켜보았으나 자식 앞세우는 부모의 안타까운 심사를 어찌 말로 표현할 수 있으랴. 아무리 모자라고 부족한 자식도 부모에겐 그저 애틋하고 간절할 따름이다. 더구나 이 노인네에겐 단 하나뿐인 혈육이며 일찍 앞서간 남편 대신 금이야 옥이야 기른 딸자식이 아니던가. 땅을 치고 통곡을 한들 시퍼렇게 아로새겨질 가슴의 멍이 평생 사라질까.

정 원장은 무겁게, 그리고 마지못해 고개를 끄덕이면서도 차마 그녀의 얼굴을 마주하지 못했다.

희원의 앙상한 어깨가 움칠하고 다리가 휘청했다. 애써 마음을 다잡고 모질게 준비하고 있었다고 해도 천지가 뒤집어지는 고통까지 덜어지는 것은 아니었다.

"한 여사!"

"회장님!"

주위 사람들의 걱정스러운 부름을 단호히 뿌리치고 희원은 눈을 감고 심호흡을 되풀이했다.

"소란 떨지들 말게. 난 괜찮아."

그리 갔단다. 그리…….

희원은 고개를 숙이고 가슴을 문질렀다.

못난 것! 이 못난 것! 결국 이리 갈 것을, 이렇게 다 늙은 부모 가슴에 못 박고 자식에게 평생 남을 상처만 새기고 갈 것을……. 이 측은하고 독한 것 같으니…….

천지가 무너지고 억장이 무너졌다.

그래, 내 죄다. 다 내 죄야.

참고 참았던 굵은 눈물이 뺨을 타고 흘러내렸다.

"한 여사……."

정 원장의 손이 그녀를 붙들었다.

"미안해요. 할 말이 없어요."

희원은 그의 손을 정중히 물리치고 주머니 안에서 손수건을 찾아 눈물을 훔쳤다.

"정 원장님께서……, 죄송할 게 무에……, 있습니까?"

목이 메어 말을 잇기가 힘들었다.

"어리석고……, 미련한 그 아이……, 팔자소관인 것을…….."

눈을 뜨는 그녀는 바싹 마른 종이처럼 당장이라도 구겨질 듯 위태로워 보였지만, 자신을 평생 지탱해 온 강단과 오기로 악착같이 버티고 버텼다. 아직 확인해야 할 일이 남아 있다는 것을 희원은 기억해 냈다.

"정 박사님, 우리 은소……, 그 아이는……?"

또 다른 두려움이 그녀를 덮쳤다.

만일 그 애마저 잘못된다면…….

"안심해요. 왼쪽 팔이 부러지고 늑골과 다리에 금이 가긴 했지만 어쨌든 무사해요. 천운이지. 하늘이 도왔어요. 마음에 걸리는 건 등에 난 상처인데…… 아무래도 흉이 지지 않을까 그게 좀…… 여자아이라 걱정이구려."

앞으로 그 불쌍한 어린것의 마음에 패이게 될 상처에 비하면 등에 남을 바늘 자국쯤은 아무것도 아닐 것이다. 희원은 이미 죽고 없는 자식을 새삼 나무라야만 하는 자신의 처지가 기막혔다.

하다못해 미물도 제 새끼는 귀히 여기는 법이건만, 어느 천지간에 에미가 자식 목숨을 앗으려다 제 스스로 황천길을 간단 말인가. 그야말로 칼을 물고 엎어져 죽어도 시원치 않을 일이었다.

차라리 제 뜻대로 낳지 못하게 할 것을……, 그대로 두는 것을…….

이제 와 후회해도 아무 소용 없다는 것을 알면서도 희원은 후회로 가슴이 썩어 들어가다 못해 문드러지고 있었다.

"가엾은 것."

"아직 자고 있으니까 정신이 돌아오려면 좀 더 걸릴 게요."

손녀에 대한 안쓰러움이 딸을 잃은 고통과 뒤섞였다.

이제 후련하더냐, 이 헛된 것아.

하나 탓해 본들 무엇하랴. 제 발등, 도끼로 찍은 것이 비단 미련한 딸자식뿐이겠는가? 끝까지 막아 내지 못한 자신의 잘못 또한 강이 넘치고 산을 덮을 일이었다. 그러나 왜 그네들의 허물과 죄를 불쌍한 손녀가 져야 한다는 말인가. 여리디여리고 착하기만 한 그것이 무슨 죽을죄를 그리 지었다고…….

"그리고 인영이 뱃속에 있던 아이는……."

희원은 흠칫 정 원장을 돌아보았다.

아이라고?

"일단 숨은 건졌어요. 산모가 떨어질 때 받은 충격에도 다행히 잘 버텨 줬어요. 여덟 달 반 만에 나온 녀석치고는 아주 양호하긴 한데 한동안은 인큐베이터에 넣고 상황을 봐야……."

아이, 딸아이의 뱃속에 있던 아이……. 그래, 그놈의 씨앗이 남아 있었지.

희원은 지그시 어금니를 사리물었다. 내 새끼는 죽었는데 네놈의 핏줄만은 끈질기게 살아남은 게로구나. 그 애비에 그 자식이로구나. 네 이놈!

"인영이……, 내가 봐야겠습니다."

"한 여사?"

불행 중 다행이라고 그나마 기쁜 소식을 전할 수 있어 인상이 조금 펴졌던 정 원장은 새로운 손녀딸의 안부를 묻지도 않고 말을 돌리는 한 회장에게 내심 당황했다.

딸아이의 어처구니없는 죽음에 너무 기진한 탓인가? 그래도 큰 손녀 은소에게는 그토록 극진한 한 회장이 아닌가?

작은 손녀의 무사함에 뭐라고 대꾸라도 한마디 덧붙이련만 그녀의 얼굴은 차갑기 그지없었다.

"제천댁."

"네, 회장님."

저만치서 치맛자락을 붙들고 연신 눈가를 찍어 내던 여인이 부리나케 쫓아왔다.

"박 비서에게 연락하고 자네는 은소에게 가 있게. 혹여 깨더라도 내가 갈 때까지 다른 소리는 일체 허투루 하지 말고. 알겠는가?"

희원은 어느새 단단한 껍데기로 다시 스스로를 무장하고 있었다. 은소가 있었다. 그 애를 지켜줄 수 있는 사람은 자신뿐이었다.

추슬러야지. 추슬러야 하고말고.

"예, 회장님."

정 원장은 한숨을 토했다.

그래, 상심이 지나친 게지. 그토록 아끼는 딸자식의 마지막 가는 길인데, 아직 얼굴도 보지 못한 손녀까지 살뜰히 챙길 정신이 어디 있겠는가.

"강 이사한테는 어떻게……?"

아내가 이리 되었으니 제일 먼저 달려와야 할 사람도 남편이 아니겠는가. 그러나 정 원장은 한 회장의 사위를 언급할 때면 늘 기이한 느낌이 들곤 했다.

그가 말을 맺기도 전에 한 회장의 얼굴에 한기가 서릿발처럼 내려앉았다.

"그놈에겐 알릴 필요 없습니다."

누구 때문에 인영이가 죽었는데, 감히 어디라고 뻔뻔스럽게 낯짝을 들이민단 말인가. 어림도 없다. 이 파렴치한 놈 같으니!

희원의 절망과 고통은 한곳으로만 집중되어 있었다.

"그래도 한 여사, 진정하고 그 사람한테도……."

"싫다고 하지 않습……."

갑자기 익숙한 형체를 본 희원의 몸이 부르르 떨리더니 입에서 불호령이 떨어졌다. 죽여도 시원치 않을 놈이 버젓이 걸어오고 있었다.

"누가 저놈에게 알린 게야!"

희원은 숨이 마구 치받쳤다.

"회, 회장님."

"자넨가?"

애꿎은 아랫사람만 어찌할 바를 몰랐다.

"그게……, 집에서 제가 전화를 드렸습니다."

제천댁이 안절부절 말을 더듬었다.

"당장 내쫓아!"

복도가 쩌렁쩌렁 울렸다.

죽일 놈! 죽일 놈!

희원은 머리끝까지 솟구치는 노여움을 더는 다스릴 수가 없었다.

이내 저놈이 화근덩어리였어, 저놈이!

"인간 같지도 않은 놈!"

희원이 사위의 면전에 대고 내뱉었다.

생때같은 내 자식 앞세우고 네놈만 무사히 놔둘 성싶으냐?

참고 참았던 감정이 화산이 터지듯 일시에 분출되었다.

천하에 다시없을 잔인한 놈! 이기적이고 상스럽고 독하기만 한 놈! 그 번드르르한 거죽으로 누구를 얼마나 더 잡아먹어야 원이 풀리겠느냐! 미우나 고우나 그래도 몇 년을 한 이부자리에서 살 섞고 산 제 마누라가 죽었다는데 눈썹 하나 까닥하지 않고 뻣뻣이 서 있기만 해? 네놈 같은 걸 사랑이라고 한답시고 그 창창하고 아집뿐이던 딸년이 결국엔 산발한 귀신마냥 물색없이 설쳐 대게 만들더니 그걸로는 부족했더냐?

"저놈 빨리 내 눈앞에서 치우라니까 뭣들 하고 있는 게야!"

네 이놈! 이 고연 놈!

"한 여사!"

"회장님, 제발 진정하시고…….”

"당장 끌어내라니까!"

뼈를 갈아 그 물을 모조리 마신대도 한이 남으리라. 내 네놈을 인영이와 같이 파묻고 말 테다. 네놈이 그토록 가지고 싶어 하는 회사에 발붙이지도 못하게 매장시켜 버리고 말 게야!

희원은 벌겋게 달아오른 얼굴로 고함을 질렀다.

"어서 저놈을 내치지 않……, 억!"

네……, 네놈을…….

"한 여사!"

정 원장이 대경실색해 달려들었다.

"회장님!"

희원은 뒷머리를 움켜쥔 채 썩은 고목 둥치처럼 넘어갔다. 여기저기서 사람들이 우르르 손을 내밀고 천장의 불빛이 빙글거리며 휘돌기 시작했다.

안 돼! 내가 여기서 쓰러질 수는……. 우리 불쌍한 아기……, 내 손녀……, 은소야, 내가 너를 어찌 하고……!

"왜 이래요? 정신 차려요, 한 여사! 한 여사!"

정 원장의 필사적인 다그침도 희원을 새까만 어둠 밖으로 되돌리지는 못했다.

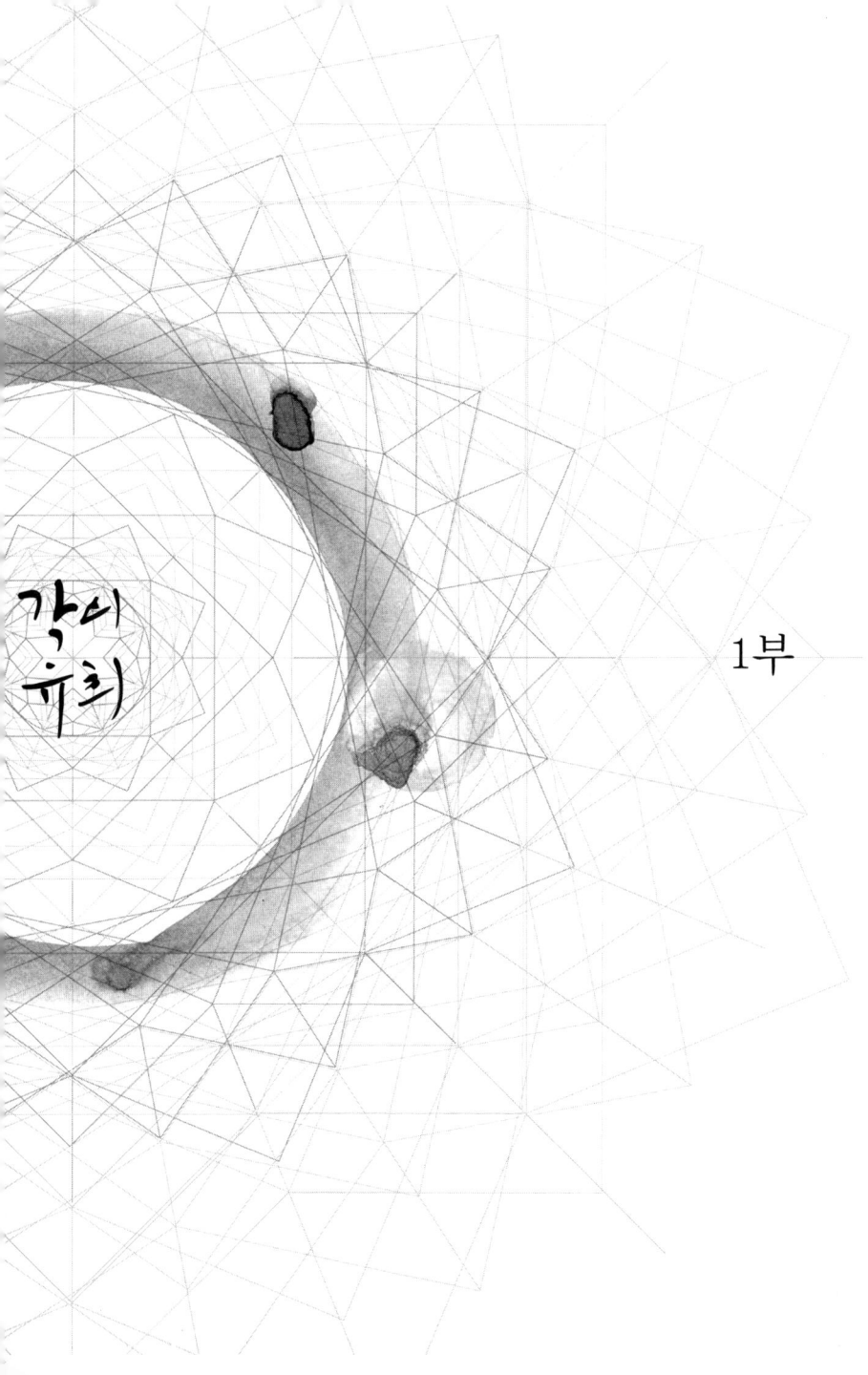

각시
유희

1부

1. 비밀, 선택하다

압사당할 듯한 침묵이 사각의 공간을 짓누르고 있었다. 세월의 무게를 간직한 암갈색의 육중한 떡갈나무 책상 위에 밝혀진 주황빛 스탠드만이 방 안에서 빛을 발하는 유일한 물체였다. 희원은 커다란 가죽 회전의자에 제왕처럼 버티고 앉아 눈앞의 한심한 존재를 벌레를 보듯 주시했다.

이 순간, 희원은 이십 몇 년을 장중보옥처럼 애지중지 키워온 딸에게 참을 수 없는 실망감을 느끼고 있었다. 고작 이런 꼴을 보자고 그 고생을 했던가 싶어 하늘이 다 원망스러웠다.

벌써 한 시간, 돌처럼 굳게 입을 다물고 회한에 빠져 있던 희원이 드디어 깊은 한숨을 토해 냈다.

"낳아라."

희원은 노년의 때를 타기 시작한 마디진 손가락으로 의자의 팔걸이를 부여잡으며, 죄인에게 사형을 언도하는 판사처럼 엄숙하게 선언했다.

"싫어요!"

한마디로 거부 의사를 표시하는 딸이야 이제 와 알 바 아니다. 희원은 채찍으로 후려치듯 재삼 명령했다.

"낳아!"

"싫다고요! 그렇게는 못 해요!"

고불거리며 등 뒤로 흘러내린 새카맣고 윤기 흐르는 머리채와 오밀조밀하고 화려한 이목구비, 호리호리한 몸매와 큰 키, 사내들이 혹할 만큼 지나치게 예쁜 아이다. 계집애가 너무 예쁘면 인물값을 한다던 옛말을 그냥 들어 넘길 일이 아니었다. 그저 커다랗고 시원시원한 점만이 봐줄 만한 희원의 외모와 달리 대대로 한량 끼를 타고난 제 부친 집안의 내력을 그대로 물려받은 것이 이 아이에겐 차라리 불행이었다.

계집아이로 물이 오르기 시작하던 때부터 이날까지 제 맘대로 부리지 못한 사내놈이라곤 없었고 뜻대로 꺾지 못한 인물이 없었다. 그뿐이랴. 공부며, 운동이며, 놀이며 일단 시작한 것은 반드시 최고가 되어야만 만족하는 악착같은 성격에 끈질긴 집착까지 겸비했음에야⋯⋯. 더불어 뭐든 가능케 해 주었던 집안의 재력과 일찍 아버지를 여읜 딸에 대한 애처로움에 기인한 희원의 과보호 또한 한몫 단단히 거들었을 것이다. 그 모든 것이 딸의 도도함과 자신감을 지나치게 부추기고 오늘의 이 사단을 불러들인 것이 아니겠는가.

딸은 무엇이든 제가 첫째여야 했고, 제 욕망, 제 욕심이 먼저이고 전부인 아이였다.

희원은 앓는 속을 신음으로 가라앉혔다.

"그럼 선택해! 그놈이랑 같이 당장 이 집안과 재하 그룹을 떠나든지 아니면 그 애를 내 손에 안겨 주든지!"

"억지 부리지 마세요, 엄마!"

딸아이는 발작처럼 내쏘았다.

"내가 언제 실없는 소리 한 적 있더냐?"

희원이 차갑게 인영을 위아래로 흘겼다.

인영은 주먹을 꽉 쥐었다. 도대체 희원은 왜 이런 말도 안 되는 요구를 한단 말인가? 만약 사실이 발각 나면 그녀에게 닥칠 불행은 생각지도 않는단 말인가?

아냐! 절대로 안 돼! 실수는 실수로 끝나야 해!

인영은 도리질을 쳤다.

"난 낳을 수 없어요. 강 서방이 이상한 낌새라도 채는 날에는……."

"하고 싶은 대로 하라고 해."

희원이 냉랭하게 코웃음을 쳤다.

그래. 뭐가 대수인가? 처음부터 딴마음 먹고 들어온 놈, 집착을 사랑이라 착각하고 눈꺼풀이 뒤집힌 딸년의 극성만 아니었다면 그런 놈과 악연으로 얽히지도 않았으리라. 제 놈 생각의 반만큼이라도 이재에 밝은 놈이라면 어디가 앞이고 뒤인지는 분간할 테지. 그렇고말고! 네놈은 절대로 딴소리 못 해!

"미쳤어요, 엄마?"

말 한번 잘했구나 하는 비난의 눈초리가 화살촉처럼 박히자 인영도 목소리를 낮출 수밖에 없었다. 물론 자신이 잘했다는 것은 아니다. 그렇다고 무슨 죽을죄를 지은 것도 아니지 않는가? 지금이 조선시대도 아니고 여자가 꼭 처녀로 결혼해야 한다는 법도 없다. 운이 없어서 작은 불상사 하나가 따라온 것뿐인데 왜 저리 노발대발하는지 짜증이 치밀었다. 그냥 간단히 처리해 버리면 감쪽같을 일을 가지고 굳이 그녀의 목을 조여야 한다는 말인가? 희원이 이렇게 말도 안 되는 주장을 할 줄 알았다면 차라리 시치미를 떼고 혼자 해결을 보는 편이 훨씬 나았을 터였다.

인영은 혀를 찼다. 이게 다 부주의한 남자 하나 때문이었다. 분명히 피임을 했는데 뭐가 잘못돼서 이 사단이 난 것인지 미치고 팔짝 뛸 노릇이었다.

"다시 생각해 주세요. 그냥 유산시켜 버리면……."

인영은 하소연하며 희원을 바라보았다.

"그런다고 강 서방 그 인물이 모르고 넘어갈 것 같으냐? 차라리 애를 낳아! 한 달 정도야 아무렇지 않게 속일 수 있어. 내가 막아 주마."

"입덧이 시작되고 있다고요."

인영은 발을 동동 굴렀다.

아이라니, 귀찮고 끔찍하기만 했다. 벌써부터 시도 때도 없이 속이 울렁거리는 통에 제대로 먹지도 못하고 있었다. 어떻게든 설득해야 했다. 딸의 말이라면 팥으로 메주를 쑨다 해도 들어주는 이가 아니던가. 유독 이 일에만 어깃장을 놓을 리 없었다.

"어떻게 결혼한 지 3주 만에 아이를 가졌다고……."

그러나 희원은 완강했다.

"산모가 예민하면 얼마든지 그럴 수 있어."

"낳기 싫단 말이에요. 이 나이에 벌써 애 엄마가 되라고요?"

희원이 딸을 노려보았다.

그럼 그렇지. 결국은 사실을 들키는 것보다 아직은 애를 낳고 싶지 않다는 이기적이고 유치한 발상이 먼저였던 것이다.

그런 것이 덜컥 애를 배? 그것도 혼전에 동침한 사내 녀석의 아이를?

아무리 관대해지려고 애를 써 봐도 땅이 꺼질 듯 한숨이 새어 나오기는 매일반이었다.

"난 우리 집안이나 내 딸이 세상에 망신당하는 꼴은 결코 못 본다. 이 일이 조금이라도 새어 나가면 회사에서 내 꼴이나 네가 그토록 목매달고 있는 강 서방 그 인사의 체면은 뭐가 될 거라고 생각하는 거냐? 너, 나, 강 서방까지 우리 집안 전체가 그대로 하수구에 처박혀 오물을 뒤집어쓰는 게야. 내 눈에 흙이 들어가기 전에는 그런 비참하고 추한 꼴, 절대로 용납 못 한다!"

"글쎄, 아무도 모르게 처리할 자신 있다잖아요!"

인영이 발끈하며 대들었다. 그래도 누가 들을세라 최대한 목청을 낮춰 악을 쓸 정신머리는 남아 있었던가 보다.

"뉘 앞에서 신경질을 내는 거냐! 뭘 잘했다고!"

하나 마나 한 타박을 던지고 있는 자신도 어지간하구나 싶어 희원은 잇새로 혀를 찼다.

파장 난 장터에서 물건 챙기는 격이지. 미련하기 그지없다. 자진해서 쓰고 있던 눈가리개를 풀고 나니 전부가 엉망진창이 되고 난 후인 것을…….

그래도 희원에게는 최후의 최후까지 지켜야 할 것이 있었다. 부도덕하고 야비하다는 소리를 듣는 한이 있어도 그 절대 명제만큼은 그 누구도 어떤 것도 참견하게 놔두지 않을 것이다.

"세상에 비밀은 없다. 더구나 넌 결혼까지 한 애야. 어디서 어떻게 말이 새어 나갈지 알 수 없어."

"엄마가 지금 하시는 말씀, 모순인 건 아시죠? 세상에 비밀은 없다는 말씀, 맞아요. 언젠가는 들통 나는 법이죠."

인영이 빈정거리며 반박했다.

"강 서방이 알면……."

희원이 눈을 내리깔고 딸을 노려보았다.

"말했지? 알면 아는 거지. 네 남편이 무엇을 의심하고 무엇을 확인하든 상관없다. 그래도 자존심 하나는 뭣 같은 인물이니 설령 안다 해도 대놓고 세상에 떠들진 않겠지. 그걸로 충분해. 속으로 무슨 생각을 하든 재하에 얌전히 붙어 있고 싶다면 입 다물라고 해."

"엄마!"

아무리 인영이라 해도 희원의 비인간적인 면모에 잠시 치가 떨리는 것은 어쩔 수 없었다. 희원은 진심이었다. 그리고 그것은 최후통첩이었다. 딸인 자신과 사위인 원욱에 대한……

처음부터 원욱에 대해선 흡족하고 고운 기분이 아니었으니 그렇다 하더라도 자신에게까지 이럴 줄은 정말 몰랐다. 사업가로선 호랑이 같지만 인영에게만은 늘 양지에 부는 봄바람 같은 분이 아니었던가.

인영은 기가 막히고 당혹스러워 제대로 대꾸조차 나오지 않았다.

"어떻게……."

"이건 가정일 뿐이다. 너만 현명하게 처신하면 만사가 순조로울 게야. 알아들었니?"

희원은 팽팽히 잡아당기던 줄을 한 박자 느슨하게 풀었다. 그녀는 자신이 이길 것을 알고 있었다. 이기지 못할 싸움은 애초에 시작도 하지 않는 게 그녀의 신조였다. 하물며 제 눈앞의 것만 보고 한정 없이 기어오르는 애송이 딸자식쯤이야……

한편으로 희원은 험한 말 한번 쓰지 않고 귀엽게만 길러 온 아이를 이렇게 직시해야 하는 어미 마음이 어떨지 그조차도 헤아리지 못하는 인영이 더 밉고 측은했다.

"그럼 약속해 주세요. 만일 무슨 일이 생긴다면 뒤처리는 전부 엄마가 책임지신다고요."

그래, 희원이 꼭 아이를 낳으라고 우기고 결국 낳아야 한다면 원욱은 모르는 편이 나았다. 아이를 낳는 것이 그녀의 경력이나 몸매를 얼마간 망쳐 놓겠지만 집안과 재하 그룹에서 쫓겨나는 것보다야 나쁘겠는가. 그렇게 따지면 원욱도 인영에게 큰소리칠 입장은 아니지 않는가 말이다.

자신감을 회복한 인영은 길게 고민하거나 죄의식에 시달리지 않고 결정을 내렸다. 마음만 먹는다면 희원의 말대로 임신 기간을 바꾸는 것쯤은 별로 어려울 것도 없었다.

"약속하실 거죠?"

인영은 재차 다짐을 받았다. 언제는 희원의 몫이 아니었던가? 이번에도 거짓과 위선의 세계에 옴짝달싹 못하고 붙잡혀 버린 것은 희원이었다. 죄를 저지른 인영이 아니라…….

"여기서 오늘 우리 둘 사이에 오고 간 이야기는 너나 나나 무덤에 갈 때까지 입도 벙긋해서는 안 돼! 알겠니?"

"물론이죠."

그러다 불운하게 자연유산이라도 된다면 그거야 나로서도 슬픈 일이겠지.

인영은 화사하게 미소를 떠올렸다.

"알았어요, 엄마. 명심할게요."

희원은 욱신욱신 쑤셔 대는 두통을 더는 참을 수가 없었다. 인영을 내보낸 뒤 그녀는 서랍을 열어 진통제를 찾았다. 요사이 부쩍 약에 의존하는 일이 늘었다. 두 알을 한입에 털어 넣고 물을 따라 들이켰다. 약 기운이 돌려면 시간이 좀 걸릴 것이다.

첫 손주가 태어난다. 기쁨과 환희 속에 맞아들여야 할 소식을 이런 자괴감과 굴욕감에 내맡겨야만 하다니…….

"못된 것."

울화는 끊임없이 일어나며 꺼질 줄을 몰랐다.

"멍청하고……, 불쌍한 것."

어미 된 자의 어쩌지 못하는 숙명, 자식이 아무리 흉악하고 죽을 잘못을 했더라도 기어이 그 편을 들고 마는 것이 슬픈 모성 아니겠는가. 떠난 남편 대신 불면 날아갈까 쥐면 깨질까 어여삐만 여긴 자식이다. 하늘에 등을 돌릴지언정 이대로 내칠 수는 없었다.

그나마 원이 있다면, 그럴 자격이 있다면 그 아이가, 자신의 첫 손주가 그녀나 그녀의 철없는 딸이 아니라 그 아비를 닮아 주었으면 하는 것이었다. 희원이 알고 있는 사내 녀석들 중에 가장 반듯하고 뛰어났던 녀석, 어릴 때부터 보아 왔던 심성이라 그토록 믿고 언젠가 큰 의지가 되어 줄 것이라고 철석같이 장담하고 있었건만……. 세상만사 뜻대로 안 된다는 것을 이 나이가 되어서야 실감하게 되다니……. 제 자식 농사도 제대로 건사 못 한 위인이 남의 농사만 탐내서 어디에 쓰겠는가.

희원은 힘없이 손을 뻗어 스탠드의 전원을 껐다. 찰칵하는 소리와 함께 안식 같은 어둠이 그녀를 뒤덮었다.

"아가."

너를 세상에 나오게 만든 나를 증오할 테냐? 저런 어미와 인연 맺어 준 나를 원망할 테냐? 아가야…….

희원은 방금 자신이 생사를 결정지은 가련한 존재를 향해 가만히 속삭였다.

나도 네 어미도 본뜨지 말고 아비를 닮아라. 아마 평생 만나 보지도 못할 아비겠지만……. 그래도 그것이 이 못된 외할미의 간절한 바람이구나.

여덟 달 후 태어난 아이는 체중 미달이었다. 외려 건강하게 태어나는 조산아보다 더 부실한 작은 몸뚱이를 처음으로 대하고 희원은 다행이라 안도했다. 신이 있다면 언젠가 그녀에게 합당한 벌을 내리시리라. 희원은 어미 젖 한번 물어보지 못한 애처로운 손녀딸을 품에 안고 다독이며 그 이름을 은소라 지어 주었다.

"에휴, 우리 아기씨. 순하기도 하셔라. 보채지도 않으셔요."
거품이 약한 아기의 점막을 자극하지 않도록 제천댁은 조심스럽게 솜털마냥 보송보송한 머리를 감겼다. 물이 식지 않도록 중간중간 더운물을 보충하는 것도 잊지 않았다. 까만 머루같이 새카만 눈동자가 또르르 구르며 그녀를 따라왔다. 고사리 어린 잎보다 더 여리고 앙증맞은 손가락이 깜짝 놀랄 힘으로 옷자락을 잡아당기자 제천댁은 함박웃음을 지어 보였다.
"우리 아기씨, 힘이 장사시네."
아이가 잇몸으로 까르르 웃었다.
"보자. 뭘 드시고 이리도 세지셨나?"
초승달처럼 휘는 아기의 눈동자가 반짝반짝 윤이 났다. 갓 백일이 지난 아이는 거짓말 보태지 않고 금방 하강한 천사처럼 예뻤다. 홀딱 삼켜도 비린내 하나 날 것 같지 않은 사랑스러움에 제천댁의 툭툭하던 천성마저 말 그대로 사탕 녹듯 녹아 버리고 말았다.

한 회장이 불철주야 노심초사하는 회사 일조차 미룬 채 요사이 매일 귀가가 이른 것도 다 이 복덩이 아기씨의 한창인 재롱을 지켜보고자 함이었다. 아직 젊은 그녀에게도 돌 지난 아들이 있지만 잘 웃지도 않는 녀석에 비하면 딸아이란 어찌 이리도 애교덩이인지…….

"좋으세요?"

조그만 손가락이 그녀의 얼굴을 더듬거리자 제천댁은 장난처럼 입술로 물었다 놓았다. 그것이 재미있었는지 또 팔이 올라온다.

"아이고, 어쩜 이리도 예쁘실까, 우리 은소 아기씨."

인영은 가정부와 자신의 딸이 놀고 있는 양을 한참 지켜보았다. 그녀보다 조금 연상인 제천댁도 아기가 있다고 들었다. 그래서 저렇게 능숙하게 아이를 어르는 건지……. 자신이 뒤에 줄곧 서 있는 것도 모르고 혼잣말로 연신 중얼거리는 그녀가 인영은 왠지 못마땅했다. 아이는 가정부를 잘도 따르고 있었다.

"뭐 하는 거죠?"

인영이 팔짱을 끼고 쏘아붙였다. 제천댁이 아이를 안은 채로 우물쭈물 그녀를 돌아보자 인영이 욕실 안으로 들어가며 말했다.

"애가 감기라도 들면 어쩌려고 그렇게 노닥거리고 있어요?"

"죄, 죄송합니다, 인영 아가씨. 그런 게 아니라……."

인영은 반 억지로 아이를 빼앗았다. 제천댁은 엉거주춤 뒤로 물러났다.

"그만 가서 일 보세요. 나머진 내가 씻길게요."

"아가씨께서요?"

반신반의하는 기색이 역력하자 인영은 인상을 찌푸렸다.

"왜? 하면 안 될 이유라도 있어요? 내가 엄만데?"

"그게 아니라……, 아기 목욕시키는 게 보기보다 힘들고 까다로워서……."

제천댁은 인영의 긴 손톱과 완벽한 정장 차림을 흘끗 훔쳐보았다. 불안해하는 가정부의 시선을 무시하고 인영은 보채기 시작한 아이를 딴에는 조심스럽게 안았다.

"알아서 할 테니까 어서 나가요."

"예……."

대답하면서도 제천댁은 주저하며 발을 떼지 못했다.

하다하다 이젠 하찮은 가정부까지 신경을 긁을 작정인가? 엄마도 이 조그만 것이 세상에 나온 순간부터 나는 안중에도 없는 듯 취급하더니 이젠 별게 다……. 누군 이걸 낳느라 일도 못 하고 집구석에만 처박혀 팔자에도 없는 아줌마 노릇까지 했건만…….

인영은 열이 받쳐 죽을 지경이었다.

"나가요."

"예, 그럼 전⋯⋯."

그 고생을 무릅쓰고 낳았으면 어디 예쁜 구석이라도 있든가. 아무리 눈을 씻고 봐도 평범하고 또 평범했다. 한 번 본 것으로 흥미와 관심은 팍 사그라들었고 원래부터 모유로 키우겠다는 망상은 하지도 않았던 터라 아이를 다시 안지도 않았다. 그런데 자신도 모성애라는 것이 있긴 있었던 모양인지 제천댁이 딸아이를 제 아이인 양 달래고 어르는 모양이 눈꼴시어 도무지 참견하지 않고는 배길 수가 없었다.

가정부가 마지못한 듯 미적거리며 나가자 인영은 울음을 터뜨리는 아이를 물속에 집어넣었다. 막 태어났을 때보다는 덜해졌는지 몰라도 여전히 못생기고 볼품없었다.

누굴 닮은 거야, 대체?

그녀도 아니고 아이의 아버지일 게 분명한 남자도 아니었다.

아이는 점점 심하게 울어 대기 시작했다. 시끄럽고 성가신 존재, 하지만 희원은 이 애 때문에 인영을 본체만체했다. 언제나 인영을 최고로 여기던 희원의 돌변한 태도는 인영에게 참기 힘든 배신감을 느끼게 했다. 희원이 우겼기 때문에 인영은 커다란 위험까지 감수해 가며 출산을 허락한 것이 아니었던가. 그런데 점입가경이라고 아직 제대로 기어 다니지도 못하는 어린것한테 자신의 자리를 빼앗겼다.

그렇다고 아이가 원욱과 그녀의 애정을 돈독히 하는 데 티끌만 한 보탬이라도 되어 준 것도 아니었다. 아이에게 관심 없는 성격인 것을 예전부터 알고는 있었지만, 틀림없이 자신의 딸로 믿고 있을 게 분명한데도 원욱은 인영만큼이나 태어난 자식에게 무관심했다. 설상가상 이즈음엔 잠자리마저 뜸해져 인영은 자꾸만 초조해지는 스스로를 주체하지 못하고 의심의 수위만 높여 가고 있었다.

만에 하나 혹시……. 아냐, 그럴 리 없어! 아이가 워낙 조그맣게 나와 준 덕에 간호사들까지 속아 넘어가지 않았는가.

인영은 부정했다.

손가락 안에 들어오는 아이의 뼈대는 새의 그것처럼 가늘고 약했다. 어릴 때 호기심으로 키웠던 새끼 고양이같이 무력했다. 아이는 혼자서 몸을 가누기는커녕 목도 바로 세우지 못했다.

이대로 손을 놓아 버리면 이 얕은 물에도 금방 가라앉아 버리겠지?

무심결에 스치고 간 그녀의 생각을 알아차리기라도 한 듯 아이가 자지러지게 울어 젖혔다. 섬뜩한 충동에 기겁한 것은 인영도 매한가지였다. 뱃속에 든 태아를 지우는 것과 세상에 나온 아이를 없애는 것은 하늘과 땅만큼의 차이가 있었다.

화들짝 소스라치던 인영은 저도 모르게 아이를 놓쳐 버렸다. 그녀의 손에서 미끄러진 아이는 눈 깜짝할 새에 물속으로 잠겼다.

"아가씨? 무슨 일 있으……, 에구머니!"

욕실 문이 열리고 벌컥 가정부가 뛰쳐 들어왔다. 욕실 밖에서 전전긍긍하며 안쪽의 동정에 귀를 세우고 있었던 모양인지 그녀의 행동은 전광석화처럼 빨랐다.

"맙소사! 은소 아기씨!"

무례하게 인영을 밀쳐 내고 제천댁이 후다닥 아이를 건져 올렸다. 고막을 찌르는 듯한 아이의 울음소리가 터져 나왔다. 물이라도 먹었는지 아이는 쉽게 진정되지 않았다.

"괜찮아요, 괜찮아. 놀랐어요, 우리 아기씨?"

아이를 안고 다른 이상 증세라도 있나 몸 구석구석을 샅샅이 살피는 가정부의 표정은 심상치 않게 긴장되어 있었다.

"아, 난 그냥……."

인영은 쭈뼛대며 입을 열려다 즉시 도로 다물었다.

내가 왜 내 집에서 부리는 아랫사람에게 시시한 변명을 지껄여야 하지?

버르장머리 없는 젊은 여자는 아예 인영을 허깨비 취급하고 있었다.

무식하고 시건방진 것 같으니…….

희원만 아니라면 진즉에 내쫓아 버리고 말았을 것이다.

도망치듯 밖으로 걸어 나와 허둥지둥 자신의 침실로 재우쳐 들어온 인영은 그제야 아직도 물에 젖어 있는 자신의 두 손을 내려다보았다.

학질 걸린 늙은이처럼 떨어 대는 꼴이라니……. 아무것도 아니야. 단지 실수였어. 실수였다고!

망할 가정부가 때마침 주제넘게 참견하지 않았어도 애는 무사했을 것이다. 인영은 그렇게 혼자 타이르고 납득했다.

그만 떨어. 아무 일도 벌어지지 않았잖아!

그녀는 비틀거리며 화장대 앞으로 걸어가 털썩 주저앉았다.

그나저나 밉살맞은 것들이 함부로 말을 부풀려 희원의 귀에 오늘 일이 잘못 들어가기라도 했다가는 그 낭패를 다 어쩐단 말인가? 그 전에 호되게 입단속부터 시켜야 했다.

인영은 두 손에 얼굴을 파묻고 커다랗게 숨을 들이켰다. 조금씩 불안함이 진정되어 갔다.

그리고 그런대로 다시 4년의 세월을 흘려보냈다.

2. 비의 기억

기다렸건 혹은 그렇지 않건 운명은 언제나 불시에 들이닥치고 인간의 대응은 늘 한 박자 뒤처진다. 만약 준비가 되어 있지 않다면 단지 살아남는 것만을 위해 필사적으로 발버둥 치지 않으면 안 되는 상황에 처하게 되는 것이다.

그날, 소년의 일상은 여태까지의 '매일'과 다를 바 없었다. 그는 정 많은 부모에게서 한결같은 사랑을 넘치도록 받는 아들이었고, 그를 둘러싼 주변의 모든 것은 완벽하게 짜 맞추어진 한 장의 조각보처럼 흠집 하나 찾을 수 없이 완전무결했다. 학교에서나 집에서나 그는 나이에 비해 예리한 직관을 지닌 영특한 아이였고 그것은 그가 벌써부터 어른들에게 충분한 대접을 받을 수 있게 했다. 소년은 가끔 '천재적인', '비범한', '경이로운' 등의 단어가 발에 감긴 족쇄같이 썩 내키지 않을 때도 있었으나, 그의 '내일'에 대한 어떤 비관이나 의심을 불러일으킬 정도는 아니었다.

초여름, 짧고 부질없는 생을 위해 매미가 목청껏 울어 대기 시작한 지 불과 며칠이 지나지 않은 어느 날, 화창하던 세상은 오후 들어 검은 먹장구름에 가려 있었다. 파랗게 녹음이 물들어 가는 나뭇잎들에서 투둑투둑 물소리가 들리고 자잘하게 파동 치던 여름 벌레들의 이른 합창이 금세 자취를 감추는가 싶더니 본격적인 비가 마른 대지 위로 뿌려졌다.

"이럴 수는 없어요! 도대체 그 사람들이 왜?"

막 부모님께 저녁식사를 권하려던 소년은 방문 앞에서 문을 두드리려던 손을 멈춘 채 눈썹을 찌푸렸다.

연약하고 순종적인 여인의 표상, 평생 가야 큰소리 한번 내는 법 없던 사랑스러운 어머니가 그토록 흥분에 차서 소리를 지르고 있는 상황을 소년은 받아들이기 힘들었다. 문틈으로 보이는 어머니의 얼굴은 종이처럼 하얗게 질려 있었고 아버지의 안색은 대조적으로 어둡게 물들어 설핏 불안감을 자아냈다.

"여보, 채연아."

아버지는 아직도 아내를 이름으로 불렀다. 다정하고 애틋하게……. 소년은 자신의 부모만큼 서로를 아끼는 어른들을 만나 보지 못했고 때론 그것이 얼마간 유치하기까지 한 감정이라는 것을 자각하면서도 내심 만족했다. 그의 부모는 각별했다.

"제발 진정해."

아버지가 어머니의 어깨를 잡고 부드럽게 흔들었다. 소년은 어머니의 얼굴이 눈물로 젖어 있는 것을 알아차렸다. 소년은 어머니의 눈물에 충격을 받았지만 그대로 있었다. 자신이 끼어들 계제가 아니라는 것쯤은 깊이 생각하지 않아도 알 수 있었다.

"당신이 어떻게 일군 사업인데……. 어떻게 세운 호텔인데……."

어머니는 아버지에게 매달려 간절히 무언가를 묻고 있었다.

"정말이에요? 재, 재하에서 정말로 우리 호텔을……?"

"나도 꿈이었으면 좋겠어."

아버지는 어머니를 꼭 끌어안으며 괴로운 듯 속삭였고 어머니는 더 많은 눈물을 흘리며 아버지의 어깨에 머리를 파묻었다.

호텔에 무슨 일이 생긴 모양이었다. 하지만 아버지가 처리 못 할 정도로 큰일이 벌어졌다고는 생각되지 않았다. 그의 아버지는 현명하고 무엇보다 세상에서 가장 커다란 등을 가진 남자였다. 그가 감당하지 못할 일이 있을 리 없었다. 적어도 소년은 그렇게 믿었고 그래서 심한 동요를 느끼지는 않았다.

"그 사람들, 만나야겠어요. 만나서……."

"말도 안 되는 소리야. 알지도 못하는 사람들이잖아. 찾아간다고 해도 만나 줄 사람들이 아니야."

어머니는 아버지를 뿌리치고 결연하게 외쳤다.

"만나야 해요!"

어머니는 아무리 소소해도 남편의 의사를 무시한 적이 없는 사람이었다. 그런 그녀가 정면으로 남편의 뜻에 도전하고 있었다.

"절대로 안 돼요. 호텔만은⋯⋯!"

미처 아버지가 잡을 새도 없이 그녀는 방문 앞의 아들도 보지 못하고 밖으로 달려 나갔다.

"채연아! 제발! 내가 다 알아서 한다니까!"

황급하게 아내의 뒤를 따르며 아버지가 부르짖었지만 어머니는 이미 우산도 쓰지 않고 폭우 속을 뛰어가고 있었다.

"채연아! 멈춰! 아주머니, 저 아이 좀 돌봐 주세요. 금방 다녀올 테니까."

"예, 사장님. 그보다 사모님이⋯⋯."

아버지는 낭패감을 감추지 못하는 와중에도 아들의 머리를 급히 쓰다듬어 주었다.

"미안하다. 아버지 잠깐만 엄마랑 어디 갔다 올게. 먼저 저녁 먹고 있어. 알았지?"

아버지는 비 내리는 정원을 가로질러 혼자서 차를 출발시키려는 어머니를 아슬아슬하게 저지했다. 소년은 실내화를 신은 그대로 현관 입구까지 따라가 그들이 굵은 빗줄기 속에서 흠뻑 젖은 채 실랑이를 벌이는 모습을 지켜보았다. 결국 아버지가 운전석에 앉고 어머니가 옆 좌석에 올랐다.

"도련님, 비 오니까 더 나가시면 안 돼요."

빗물을 튕기며 아버지와 어머니를 태운 차가 대문을 빠져나가는 동안 가정부가 그의 팔을 꼭 붙들고 말했다.

"이게 다 무슨 난리인지 모르겠네. 에휴! 쯧쯧."

소년은 빗속으로 차가 완전히 사라질 때까지 못 박힌 듯 그 자리를 지켰다.

"그만 들어가세요. 곧 오실 테니까 너무 걱정 말고요."

시커먼 하늘이 쩍 갈라지며 멀리서 천둥이 우르르 울었다. 심란한 듯 혀를 차는 소리가 옆에서 들려왔다.

"요상하기도 해라. 아직 한여름도 아닌데 무슨 비가 숫제 양동이로 퍼붓네, 퍼부어."

말 없는 채근을 받으며 소년은 천천히 집 안으로 들어갔다.

혼자 저녁을 먹고 남은 일과까지 다 마쳤지만 자정이 넘도록 부모님은 돌아오지 않았다. 무릎에 두꺼운 장서를 펼쳐 놓고 소파에 버티고 앉아 뜬눈으로 기다리는 소년에게 두 손 두발 다 들었는지 가정부도 잠을 청하러 가고 어둠이 내린 실내엔 그 혼자만이 덩그러니 남아 있었다.

30분 후, 괴기스러운 침묵을 흩뜨리며 전화벨이 울렸다. 반쯤 넘어간 책을 덮고 소년은 전화기가 놓인 테이블 위를 한없이 노려보았다.

한 번, 두 번, 세 번…….

마침내 그는 착각처럼 희미하게 떨리는 손을 내밀어 전화기를 집어 들었다.

"여보세요?"

— 여보세요? 경찰서입니다. 실례지만…….

질끈 눈을 감은 소년은 한참 후에야 다시 눈을 떴다. 단답형의 대화를 주고받는 그의 음성이 칠순을 넘긴 노인의 그것보다 삭막하고 냉철했다.

통화가 끝났다. 거실 한구석에서 손바닥으로 입을 틀어막고 눈물을 줄줄 흘리고 있는 가정부를 소년은 쳐다보지 않았다.

"이 기사님 좀 깨워 주세요."

"아이고, 이 일을 어쩌나. 하느님도 무심하시지. 아이고……."

"아주머니!"

소년은 얼이 빠져서 넋두리를 늘어놓고 있는 여인을 차갑게 다그쳤다. 그녀가 인터폰을 들고 꺽꺽대며 무어라 중얼거리는 동안 소년은 벌써 문밖으로 나서고 있었다.

막연한 인상으로만 잡혀 있던 시체 보관실은 지독하게 을씨 년스러웠다. 휑하고 비인간적인 통로를 끝없이 걸어 도착한 그 곳은 죽은 이들의 냉기로 가득 차 산 자의 온기마저 거두어 가 고 있었다.

"부모님이 맞니?"

"네……."

간신히 떨어지는 입술은 이미 소년의 의지를 벗어나 있었 다. 반쯤 젖혀진 뻣뻣하고 하얀 천 아래, 푸르스름한 안색에 눈 을 감고 있는 익숙하고 낯선 얼굴은 금방 돌아오마던 그의 부 모님의 형체가 분명했다.

운전자의 과실로 인한 사고였다. 과속으로 빗길에 차가 미끄 러져 다리의 난간을 들이받고 강 아래로 추락했다고 경찰은 말 했다.

소년은 손을 들어 싸느랗게 굳은 어머니의 뺨을 느리게 어루만졌다. 그리고 두 사람 위로 몸을 엎드려 그들을 감쌌다.

"에이, 젠장."

목이 멘 듯 걸걸한 형사의 푸념이 멀리서 들려왔다. 습한 이끼 냄새와 비린 물 냄새가 소년의 후각을 자극했다.

"그럼 호텔이 진짜로 넘어간다는 거예요?"

"그렇지. 이젠 사장님 부부도 돌아가셨으니 옳다구나 더 신나서 달려들지 않겠어?"

"세상에! 그럼 도련님은……?"

"우리 같은 사람들이 무슨 뾰족한 수가 있나?"

연신 눈물을 찍어 내는 여인과 끌끌 혀를 차며 머리를 내젓는 중년 남자의 목소리에 시체처럼 복도를 걸어 나오던 소년은 우뚝 발을 멈추었다.

"젠장, 이 달 월급이나 챙기고 나가려나 모르겠네."

"무슨 그런 인정머리 없는 소리가 있어요!"

매섭게 달려드는 질책에 이 기사는 고개를 푹 떨구었다.

"사장님 내외가 얼마나 잘해 주셨는데……. 이 기사, 그러다 벼락 맞아요."

"알잖소, 내 사정. 사장님 돌아가신 마당에 오죽하면 금수만도 못한 소리가 먼저 나오나. 당장에 마누라 병원비가 발등에 불이야."

이 기사가 변명처럼 웅얼댔다.

"아무리 그래도 그렇죠. 그나마 그 집사람 여직 목숨 부지하고 있는 게 누구 은덕인데……."

그녀는 쉬이 용서가 안 되는 듯 그를 흘겨보았다.

"알아. 내가 어떻게 그걸 모르나? 하지만……, 에이, 빌어먹을 세상!"

이 기사가 민망한 듯 자리를 피하고 그녀는 한탄처럼 어깨를 들썩였다.

"저러니 머리 검은 짐승, 공들여 거두는 게 아니란 말이 나오지. 나쁜 사람 같으니……."

소년은 가슴을 움켜쥐었다. 그리고 그 자리에 쭈그리고 앉아 소리 없이 나오지도 않는 구역질을 하기 시작했다. 끝도 없이 뒤집히는 속을 어떻게든 비워 내고 싶었지만 신 위액 한 점 올라오지 않았다.

"도련님?"

놀라서 뛰어오는 여자의 목소리가 성가셨다. 소년은 그녀를 거칠게 뿌리쳤다. 그날은 한 소년의 인생이 궤도를 잃고 지리멸렬한 파멸을 향해 공전하기 시작한 날이었다.

꼼지락대는 손 두 개가 부지런히 연노랑 벽지 위를 문지르고 있었다. 손끝이 야물지 못한 탓에 자꾸만 벽에 붙여 놓은 것이 떨어졌다. 하지만 포기하지 않고 힘들게 꼭꼭 누르고 또 누르길 수십 차례, 어느새 벽에는 어설프지만 예쁜 나비 몇 마리가 폴폴 알록달록한 꽃 위를 날고 있었다.

은소는 이마에 흐른 땀을 제법 어른스럽게 닦아 내며 흐뭇하게 자신이 이룬 성과를 바라보았다.

틀림없이 아기도 좋아할 거야.

엄마가 새로 여동생을 데려다주실 거라고 아줌마가 살며시 귀띔해 주었다. 은소는 아줌마를 졸라 함께 이 나비들을 사 왔다.

"여기서 뭐 하는 거야!"

등 뒤에서 갑자기 날카로운 고함이 들려왔고 은소는 움찔 놀라서 홱 등을 돌렸다. 엄마가 그녀를 사정없이 노려보고 있었다.

"잘못했어요……."

몰래 들어온 방이라 죄책감이 든 은소는 고개를 푹 떨구고 꾸중 들을 각오를 했다.

"여기 들어오지 말라고 했지?"

느슨히 등 뒤로 굽이치는 머리, 곱게 화장한 아름다운 얼굴. 엄마는 언제나 은소의 세상에서 가장 예쁜 사람이었다. 지금처럼 붉게 달아오른 얼굴을 잔뜩 찡그리고 그녀를 금세라도 갈겨 버릴 듯 주먹을 쥐고 있는 순간에도…….

"몇 번을 말해야 그 아둔한 머리로 알아듣겠니?"

엄마가 한 걸음 다가서자 은소는 비겁하게 도망가지 않으려고 무진 애를 썼다.

잘못했으니까. 엄마가 눈에 띄지 말라고 한 명령을 어겼고 아기 방에 들락거리지 말라고 한 경고도 지키지 못했으니까.

사실은 아기에게 내가 제일 좋아하는 걸 선물해야겠단 생각에 깜박 잊어버리고 만 것이지만…….

"죄송해요, 엄마……."

"시끄러워! 당장 나가!"

비록 손을 대지는 않았지만 때린 것이나 진배없었다. 가시에 찔린 풍선처럼 은소는 한없이 위축되고 졸아들었다.

안 울어. 울면 엄마가 날 더 싫어할 거야.

"나가!"

"이게 대체 무슨 소란들이야!"

무게 있는 일갈이 인영의 높아 가는 목소리를 찍어 눌렀다. 보이지 않는 실에 조종이라도 당한 듯 인영은 재빨리 몸의 방향을 틀었고 은소는 자신이 더 이상 그녀의 안중에 남아 있지 않다는 걸 알았다. 그녀의 적개심은 이제 다른 상대를 찾아 한층 맹렬하게 타오르고 있었다.

"하, 이게 누구신가? 그 잘난 강원욱 씨, 이제야 집구석이라고 들어오셨군."

인영은 자신을 본체만체 대꾸도 없이 고개를 돌리는 남편을 죽일 것처럼 쏘아보았다.

"은소는 그만 네 방으로 가거라."

원욱은 문가에 서서 은소에게 낮게 말하고는 주춤거리는 딸을 놓아두고 가던 걸음을 다시 옮겼다. 그의 손에는 출장용 가방이 들려 있었다.

"서, 강원욱! 거기 서지 못해?"

악에 받친 여자처럼 바락바락 소리를 지르며 그를 뒤쫓아 간 인영이 거칠게 남편의 팔을 잡아당겼다.

"서라고 했잖아!"

"무슨 짓이야!"

원욱이 매서운 눈으로 질책했지만 인영은 겁을 먹기는커녕 더 발끈했다.

"어디 갔다 왔어? 임신한 마누라 팽개쳐 두고 일주일 동안 어디서 뭘 하다 온 거냐고!"

"출장 다녀온다고 했을 텐데?"

그는 잇새로 말을 내뱉고 있었다.

"출장 좋아하네."

인영이 비아냥거리며 그의 코앞까지 턱을 디밀었다.

"또 마셨나?"

원욱이 힐난조로 나무랐다.

"그래, 마셨어. 왜? 이젠 내 돈으로 술도 못 마시게 하려고?"

"그만하지."

원욱이 억지로 그녀를 떼어 냈지만 인영의 입까지 막을 수는 없었다.

"출장? 하, 그렇게 둘러대면 내가 속아 넘어갈 것 같아? 말해. 어떤 년이랑 무슨 짓을 하다 인제 기어들어 오는 거야!"

"오인영!"

"또 어떤 년이랑 뒹굴다 왔는지 묻고 있잖아!"

"당장 집어치우지 못해? 애가 들어."

원욱은 길길이 날뛰는 인영의 팔을 난폭하게 움켜쥐고 턱이 부서져라 악다물었다.

"애? 당신이 쟤한테 무슨 그리 대단한 애정이 있다고 새삼 애 타령이야?"

"오인영, 그만해! 나한테도 한계란 게 있다."

하지만 원욱의 최후통첩조차 인영에게는 먹혀들지 않았다.

"전부 다 갖고 나니 슬슬 딴생각이 드나 본데 웃기지 마. 강원욱, 내가 그렇게 호락호락 당하기만 할 줄 알아? 어림도 없어!"

"결국 이것밖에 안 되는군, 너란 여자."

그가 냉담하게 중얼거리자 올올이 털을 곤두세운 살쾡이처럼 인영이 덤벼들었다. 원욱은 진절머리를 쳤고 그것은 상황의 단절로 이어졌다.

"술 깨거든 그때 다시 이야기하지. 제정신 아닌 인간이랑 기운 소모하고 싶지 않아. 그리고 임신한 아이 생각도 좀 해!"

강하게 인영을 밀쳐 낸 원욱은 서재로 들어가 버렸다. 그리고 인영이 미처 제지하기도 전에 뒤 이어 문을 잠그는 소리가 육중하게 들려왔다.

"문 열어!"

인영이 주먹으로 두꺼운 장벽을 마구 두드렸다.

"이 문 열지 못해? 강원욱, 이 새끼야! 문 열란 말이야!"

그러나 되돌아오는 것은 침묵을 위장한 거부뿐이었다.

"뭐? 정신병자? 내가 그렇게 우스워? 그렇게 하찮아? 널 여기까지 오게 만든 사람이 누군데! 누구 덕에 잘난 척 뻐기며 온갖 행세하고 사는데! 야! 강원욱!"

한 번 닫힌 서재 문은 결코 열리지 않았고 인영은 점점 눈에 핏발을 세우고 방문을 걷어차 댔다.

"이 새끼야, 문 열라잖아!"

인영은 기어이 발광하듯 터져 버렸고 손에 걸리는 물건은 무엇이든 집어던지기 시작했다. 중국제 화병이 벽에 부딪쳐 깨지고 수정으로 만든 사진틀이 박살났다. 그림과 액자도 예외는 아니었다. 복도는 아차 하는 순간에 아수라장으로 변모했다.

"네가 언제 날 제대로 봐준 적이나 있어?"

비참하게 헉헉대며 인영은 바닥에 주저앉았다.

"이것밖에 안 되냐고?"

그래, 이것밖에 안 되니 불쌍하다고? 지긋지긋하다고?

"읍……."

일순 배가 찢기는 것처럼 아파 왔다. 인영은 숨을 몰아쉬었다.

"죽여 버릴 거야."

손바닥으로 혐오스럽게 부풀어 오른 배를 덮고 그녀는 간신히 고개를 들었다. 순간 복도에 쭈그리고 앉아 있던 은소와 눈길이 딱 마주쳤다. 아무렇게나 늘어진 머리카락 사이로 인영이 음울하고 잔인하게 중얼거렸다.

"하나도 남김없이……."

이튿날 새벽같이 출근한 원욱은 야근을 이유로 다시 외박을 했다. 언제나 그랬기 때문에 집안사람들은 아무도 그것을 문제

삼지 않았다.

인영은 하루 종일 방에 틀어박혀 임신한 몸임에도 불구하고 독한 양주를 줄기차게 들이붓고 있었다. 그러나 몸 상태를 핑계로 근래 인영이 방 밖으로 거의 나오지 않았던 터라 심지어 어머니인 희원마저도 그녀의 위험한 상태를 감지하지 못하고 있었다.

그렇게 어그러진 밤이 찾아들었다.

"으응……."

무엇 때문에 잠이 깼는지 은소는 어리둥절했다. 그러다 뭔가 분홍색의 천이 펄럭이는 것이 흐릿하게 보였다. 차가운 공기가 드러난 어깨를 어루만지자 은소는 추위 때문에 눈이 떠졌다는 것을 알아차렸다. 잠들기 전 아줌마가 감기 든다며 분명 창문을 걸어 잠그고 커튼까지 내렸는데 이상했다.

은소는 할머니가 들어오신 건가 싶어 부스스 양손으로 눈을 비비며 잠결에 머리를 갸웃거렸다. 가끔 밤중에 손녀의 방에 들러 이불에다 베개를 고쳐 주고, 손녀가 편하게 잠은 잘 자는지 확인하시곤 하는 할머니였다. 쏟아지는 잠을 몰아내며 은소는 본능적으로 두 팔을 벌려 침대 옆에 선 사람을 끌어안았다. 하지만 그녀는 할머니가 아니었다.

쓴 술 냄새와 야릇한 악취를 풍기며 방 안에 서 있는 사람은 엄마였다. 활짝 열린 창문으로 비바람이 밀려들고 여름 커튼이 마구 요동치며 엄마의 몸에 괴괴한 그림자를 만들고 있었다.

기묘하게도 쏟아지던 잠이 싹 달아났다.

은소는 마른침을 삼키며 두렵게 엄마를 불렀다.

"엄……마?"

인영은 말없이 은소를 쳐다보았다.

"너 때문이야."

그 말뿐이었다.

"엄…….."

휙 뻗어 나온 그녀의 손이 뱀처럼 은소의 목을 감아 챘다. 날카로운 손톱이 보드라운 살을 세차게 파고들어 생채기를 만들었다. 일시에 붉은 선들이 죽 그어졌다.

"어, 엄…….."

인영의 힘은 엄청났다. 평소의 그녀에게서는 상상할 수도 없는 무지막지한 악력에 질식당한 채 침대 밖으로 끌려나온 은소의 조그만 입이, 퍼덕대는 물고기처럼 희박한 지상의 공기를 찾아 벌어졌다. 그러나 인영은 대롱대롱 허공에 매달려 소리도 못 지르고 몸부림치는 딸을 내려다보며 섬뜩한 조소를 던질 뿐이었다. 은소가 버둥대면 버둥댈수록 목을 옭아맨 손목의 힘은 강해지기만 했다.

"죽어……!"

어떻게든 숨을 쉬려고 필사적으로 발버둥 치던 은소는 순간 인영의 다른 손에 쥐여 있는 뾰족한 가위의 날을 발견했다.

"그러면 다 되는 거야."

음산하게 속삭이며 혼탁하게 타오르는 인영의 눈빛은 열 오른 짐승의 것처럼 번들거리고 있었다. 은소는 죽음의 위협보다 인영의 모습에 더한 두려움을 느꼈다. 어둠 속에서 새파란 가위가 소름 끼치는 빛을 발했다. 까맣게 시들어 가는 얼굴처럼 은소의 머릿속도 텅 비어 가고 있었다.

"은소야. 은소야?"

모든 것이 정지했다.

할……머니!

은소는 까무룩 잃어 가던 정신을 잠깐이나마 붙들었다. 문고리가 이리저리 돌아가는 소리와 방문을 두드리는 소리는 점점 급박함을 띠어 가고 있었다.

"은소야, 자니? 아가! 안 되겠어, 제천댁! 어서 열쇠를 가져오게나! 어서!"

할머니의 음성은 초조함으로 가득 차 있었다.

"은소야!"

하지만 쾅쾅대며 금방이라도 열릴 듯 들썩이는 문까지의 거리가 은소에게는 너무 멀었다.

"뭐 하는 게야! 열쇠! 열쇠를 가져오라니까!"

할머니…….

눈물이 그렁그렁한 은소의 눈에서 생기가 꺼져 가고 있었다.

"인영이지? 너 거기 있지? 당장 나오지 못하겠느냐! 어서 문 열어!"

잠시 주춤하며 느슨해졌던 인영의 손아귀 힘이 격하게 가해지는가 싶더니 은소의 몸이 창틀에 난폭하게 부딪히며 구속으

로부터 해방되었다. 은소는 새우처럼 몸을 웅크린 채 폐가 아
프도록 정신없이 기침을 토해 내기 시작했다.

"은소야! 이 문을 부숴! 빨리!"

문득 긴 실내복 자락이 은소의 달아오른 볼에 써늘하게 와
닿았다. 인영의 슬리퍼가 눈물로 뒤범벅이 된 은소의 옆얼굴을
아프게 치고 지나갔다.

엄마…….

"날 원망하지 마."

돌연 엎드린 등 위로 살을 가르는 듯한 끔찍한 고통이 전신
을 타고 올라왔다.

한 번, 두 번…….

"인영아! 은소야!"

할머니의 격분하고 두려움에 질린 외침도 마치 새빨갛게 달
군 쇠꼬챙이로 등을 지지는 것만 같은 아픔에 뒤로 물러났다.
은소는 비명을, 고함을 지르고 싶었지만 나오는 것은 여전히
허리가 부러질 듯 격렬한 마른기침뿐이었다.

뜨끈하고 끈적한 무언가가 어깨를 타고 수그린 조그만 얼굴
위로 흘러내렸다. 어둠 속에서 그것은 단순히 시커멓고 걸쭉한
액체처럼 보였다. 목이 더 아픈 건지 아니면 등이 더 아픈 건지
구별할 틈도 없었다. 은소는 그냥 자고 싶었다. 기침을 하는 것
도 너무 힘에 부쳐 이대로 쓰러져 다시는 눈을 뜨지 않았으면
싶었다.

"알지? 이건 네 죄야."

은소는 다시 자신을 잡아당기는 엄마의 손에 무력하게 주르르 끌려갔다.

엄마는 나 때문이라고 했다. 나의 죄라고. 이 모든 고통이, 이 모든 공포와 악몽 같은 일들이……, 다 나 때문이라고…….

가슴이 막혀 고르지 않은 거친 숨을 은소는 마지막처럼 뱉어 냈다.

"은소야! 은소야!"

"회장님! 여기 열쇠!"

"치워!"

문이 우지직 부서져 나가고 사람들이 한꺼번에 득달같이 들이닥쳤다. 동시에 누군가에게서 비명이 새어 나왔다. 점점 크게……, 더 크게!

싫어. 제발 누군가 저 소리를 멈춰 줘. 싫어. 싫다고!

사방에 피 냄새가 진동을 하고 있었다.

"은소야!"

"아기씨!"

그리고 아득한 허공으로 몸이 붕 떠올랐다. 사람들이 제각기 내미는 손들은 너무나 느렸고 외쳐 대는 고함은 한없이 시끄럽고 귀찮았다. 그저 편안했다. 지독하게 작은 몸을 괴롭히던 통증도 더 이상 느껴지지 않았다. 은소는 훗날 보석처럼 비산하며 무수하게 흩어지는 빗방울의 모양까지 세세히 기억할 정도로 그 순간 막막한 영원을 지나 아래로 아래로 곤두박질쳐 갔다.

누군가가 손을 잡고 있었다. 은소는 꿈결인 양 알았다, 그 누군가가 엄마라는 것을. 하지만 아무것도 더는 중요하게 여겨지지 않았다.

그녀는 죽을 것이다.

어린 얼굴에 말갛게 미소가 맺히기 시작했다.

잠시 후 거칠고 아픈 땅 위로 그녀는 부서진 쓰레기의 잔해처럼 하찮게 내동댕이쳐졌다.

3. 슬픔에 대하여

번개가 커다랗고 새하얀 저택의 몸체를 섬뜩하게 훑고 지나갔다. 물기에 잔뜩 스러진 잔디밭 위로 빗줄기가 쏟아졌다. 여름의 억수 같은 장맛비는 마치 세상을 떠내려 보내기라도 할 듯 기승을 부렸다. 대낮인데도 세상에는 비가 퍼붓는 소리와 간간이 울리는 천둥의 노성 이외에는 적막감이 감돌았고 쌀쌀한 날씨는 괜히 을씨년스럽기까지 한 형상을 만들어 냈다.

잠시 그 모양을 지켜보던 원욱은 장모의 방문 앞에 서서 의례적인 노크를 했다.

그동안 어지럽게 돌아가던 일들이 일단락되었다. 물론 장모의 마음엔 터럭만큼도 차지 않겠지만 말이다. 더구나 이제부터 그가 하려는 말을 들으면 또다시 뇌졸중을 일으킬지도 모를 노릇이었다. 그래 봤자 변할 것은 아무것도 없겠지만……. 인영은 갔고 그의 장모 또한 별반 다를 바 없는 처지가 되어 있었다.

원욱은 한차례 한숨을 쉬고 단호한 동작으로 방문을 밀었다.

방 안은 헌신적인 가정부가 하루에 몇 번씩이나 쓸고 닦은 덕에 청결하다 못해 병원의 무균실과 맞먹을 정도로 깨끗했다. 먼지 한 톨 참고 보지 못하는 주인의 성품을 잘 알아서이기도 하겠지만 그 충직함 또한 과소평가할 게 못 되었다. 장모의 고풍스러운 취향에 맞추어 고른 벽지며 장, 문갑, 도자기 한 점까지도 그녀가 쓰러지기 이전의 상태 그대로 흐트러짐 없이 질서정연하게 놓여 있었다. 비록 타의에 의해 왕좌에서 물러났으나 그의 장모는 여전히 여왕이었다. 늙고 고집 세며 그를 눈엣가시처럼 여기는…….

그러나 이제 승기를 점한 것은 강원욱, 자신이었고 병석에 드러누운 그의 적이 사태를 만회할 기회는 희박했다.

"몸은 좀 어떠십니까? 정 원장님이 다녀가셨다고요?"

시선도 마주치지 않으려고 눈을 감아 버리는 장모에게 섭섭함을 느낄 정도로 새삼 애틋한 정이 있는 사위도 아니다. 만약 그들 사이에 천만 분의 일일지언정 뭔가 남아 있는 게 있었다 하더라도 인영이 죽던 날, 병원에서 남김없이 끝장이 났을 터였다.

원욱은 그럴싸한 인사치레는 걷어치우고 그가 찾아온 본론만 추려 말하기로 했다.

"마음에 드시지는 않으시겠지만 회사는 앞으로 제가 맡겠습니다.”

그의 냉정한 선언이 넓은 방 안을 가득 채웠다. 장모의 감겼던 눈이 부릅떠졌다. 당장이라도 자리를 박차고 벌떡 일어나지 않을까 싶었지만 아무리 철혈의 여장부라는 한희원도 운명이 던져 준 병마 앞에서는 기적을 불러일으키지 못했다.

“죄송합니다, 회장님.”

“으, 으…….”

장모의 입에서 불분명한 혈떡임이 새어 나왔다.

“이사회에서도 승인이 끝났습니다. 재하 그룹이 제대로 굴러가려면 저라도 있어야 하지 않겠습니까?”

“으…….”

앙상한 손이 맥없이 비단보료 위로 툭 떨어졌다. 원욱은 몸을 일으켰다.

“회장님의 자리는 명예직으로 그대로 남겨 두기로 했습니다.”

“으으…….”

“이만 쉬십시오. 절대 안정이 필요하시다니까.”

아래층 정원에서 무슨 일인지 야단스러운 소란이 일었다. 원욱은 문을 열던 움직임을 잠시 멈추고 창문 쪽을 가만히 응시했다. 원욱이나 장모나 매일 벌어지는 소동의 장본인이 누구인지 피차 알고 있는 터였다.

원욱의 입매가 살짝 일그러졌다.

“그 애가 또 혼자 밖으로 나간 모양이군요.”

“으……, 으……, 으…….”

"너무 염려하지 마십시오. 곧 정상으로 돌아오겠지요."

그리고 조용히 문이 닫혔다.

희원은 애간장이 다 녹고 심장이 문드러지는 좌절감을 맛보았다.

네놈! 네 이놈!

그러나 고함은커녕 그녀의 굳어 버린 입술에서 간신히 흘러나온 것은 아무 뜻도 의미도 없는 신음에 불과했다.

"으……, 흐……."

그녀의 감은 두 눈에서 굵은 눈물이 주르륵 흘러내렸다.

은소야, 은소야……. 불쌍하고 가엾은 내 새끼…….

오늘도 은소는 비틀비틀 위태롭게 걸어가고 있었다. 경련처럼 부들거리는 몸과 뭔가에 혼을 빼앗겨 버린 듯한 공허한 눈동자, 파랗게 굳은 얼굴은 실신한 것과 별반 다를 것이 없었다. 오직 질질 끌리는 다리만이 자동인형인 양 뾰족한 풀 위를 움직이고 있었다.

살갗에 달라붙은 천 위로 한기가 피어올랐다. 은소의 발자취를 따라 찢어진 맨발의 상처에서 흘러나온 붉은 피가 궤적처럼 맴돌다가 금세 세찬 비에 쓸려 씻겨 나갔다.

하지만 지금 은소의 정신을 움켜쥐고 있는 것은 발을 찌르는 돌멩이도 추운 빗줄기도 아니었다. 그녀는 마치 몽유병에 걸린 환자처럼 끝없이 걷고 또 걸었다. 비는 칼처럼 은소의 살갗 위로 내리꽂히고 있었다. 발작처럼 세찬 떨림이 찬 몸 위를 훑고 지나갔다.

엄마…….

"아이구머니! 큰 아기씨!"

윙윙대는 소리, 소리들…….

"제발 정신 좀 차리세요, 네?"

아줌마가 굵은 팔로 자신을 부둥켜안고 집 안을 향해 뭐라고 부르짖는 사이, 은소는 조용히 눈을 감았다. 비는 여전히 그칠 줄 모르고 그녀의 몸을 쉼 없이 적시고 있었다.

"대체 이 노릇을 어쩌나, 허구한 날 이리 애를 태우시니."

제천댁은 은소를 안고 가장 가까운 욕실로 곧장 뛰어갔다. 더운물을 콸콸 틀어 놓고 다급하게 은소의 젖은 옷을 벗겼다. 이제는 일과처럼 치르는 일이라 그녀의 행동은 재빨랐다.

"엄마……, 은소 또 아파요?"

씩씩한 사내아이의 질문이 바쁜 그녀의 손길을 방해했다.

"응, 그러니까 엄마 귀찮게 하지 말고 저리 가 있어."

또랑또랑 눈을 빛내는 아들 녀석이 어느새 호기심이 발동한 모양이다. 제천댁은 부드럽게 타이르며 고개를 들다 안색이 화악 질리고 말았다. 통통하게 살이 오른 아들 녀석의 양팔 안에서 꼬무락대는 뭔가를 발견했기 때문이다.

"아기씨!"

그건 분명 둘째 아가씨 세경이었다. 제천댁은 황급히 큰 소리로 보모를 불렀다.

"죄송해요. 우유를 타고 있었는데……."

"정신을 어디다 놓고 있는 거예요? 애가 애를 안고 나오는 것도 모르고!"

"지후가 안아 올릴 수 있을 거라곤 생각도 못 해서……."

"애들은 어디로 뛸지 아무도 몰라요. 앞으론 좀 더 주의를 기울여요."

다른 누구도 아닌 내 아들이 저지른 짓인데 좀 매몰차다 싶었지만 만에 하나 있었을지도 모를 불상사를 떠올리니 간담이 서늘했다. 그녀는 들어온 지 얼마 안 된 젊은 보모에게 따끔한 일침을 놓고 세경을 데려가도록 일렀다.

"지후, 너는 거기 있어!"

냉큼 보모의 치맛자락을 잡고 세경을 따라가려는 괘씸한 아들 녀석을 제천댁이 붙잡았다.

"왜요, 엄마?"

"너, 엄마가 점심 준비하는 동안 은소 아기씨하고 같이 있으라고 했어, 안 했어?"

"으응……, 했어요."

그제야 생각이 난 듯 발을 꼬며 녀석이 마지못해 대답했다. 제천댁은 정상적인 체온으로 돌아온 은소를 수건으로 감싸며 짐짓 화내는 시늉을 그만두지 않았다.

"아기씨 아프니까 혹시 밖으로 나가면 엄마한테 오라고도 했지?"

"네……."

"그런데 왜 엄마 말 안 듣고 다른 데로 갔어?"

"세경이랑……, 은소랑 다 같이 놀려고……."

제천댁은 제 딴엔 기특한 변명이랍시고 눈을 반짝거리며 말하는 아들을 가볍게 노려보았다. 제천댁은 은소를 안고 걸어가며 아들 녀석에게 따라오라고 손짓했다.

"세경 아가씨는 아직 어리니까 멋대로 데리고 나오면 안 된다고 말했잖아."

"그래도……, 나하고 노는 거 좋아한단 말이야. 씨……."

"안 돼! 앞으론 은소 아기씨하고만 놀아!"

제천댁은 분명히 정신은 있는데 힘없이 축 처져 있기만 한 작은 몸에 새 잠옷을 입히고 침대에 곱게 눕혔다. 그동안에도 은소의 눈은 꼭 감긴 채 열릴 줄을 몰랐다.

제천댁은 애처롭게 얼굴을 보듬었다.

"세경이 좋은데……. 얼마나 예쁘다고……."

"이 녀석, 엄마 말 안 들어?"

아직도 반항을 거듭하는 아들을 그녀는 간단히 제압했다.

"알았어요……."

"넌 아직 모르지만 은소 아기씨는 아주 많이 많이 아파. 그러니 지후 네가 옆에서 열심히 도와 드려야 해. 알았지?"

저도 사내라는 듯 그제야 녀석이 열심히 고개를 주억거렸다.

"응!"

"그래. 장하다, 우리 아들. 그럼 엄마는 가서 일 볼 테니까 여기 좀 있어. 또 마음대로 어디 가면 안 된다."

하지만 대견한 결심도 잠시, 혼자 있으니 지후는 금세 심심해졌다. 은소는 잠든 것처럼 미동도 하지 않았다. 어디선가 아기의 울음소리가 들려왔다. 세경이 또 보채고 있는 모양이었다. 아까도 그래서 엄마의 말을 어기고 아기 방으로 달려갔었다. 동그랗고 까만 눈, 인형 같은 손과 발, 달콤한 젖내까지 아기는 정말 예뻤다.

나중에 크면 각시 삼을까? 에이, 너무 어려. 아직 기지도 못하는데…….

잠깐만 들여다보고 오면 안 될까?

지후는 눈치를 살피며 슬며시 엉덩이를 일으켰다. 그런데 손이 붙들려 있었다. 축축하고 뜨거웠다. 내려다보니 은소가 인상을 찡그리고 뭐라고 계속 중얼거리고 있었다.

"잘……못했어요, 엄마."

가늘게 훌쩍이는 흐느낌에 지후는 갑자기 덩달아 울고 싶어졌다. 엄마가 죽었다고 했다. 다시는 돌아오지 않는다고 했다. 세경은 아기라서 아무것도 모를 테지만 은소는 아닐 것이다.

"잘못……했어요."

쪼그만 게 불쌍해 보였다.

"알았어. 아무 데도 안 가."

지후는 엉거주춤 다시 주저앉아 버렸다.

4. 벽

아지랑이가 일렁이는 대기, 봄기운이 완연한 교정엔 목련이 망울망울 봉오리를 터뜨리고 있었다. 하교 시간이 지난 토요일 오후의 학교에는 모처럼 한산한 여유가 감돌았고 햇빛은 가만히 있어도 저절로 졸음이 쏟아지도록 나른하게 퍼부어 댔다. 그러나 교사校舍의 그림자에 묻혀 아직은 한풍이 남아 있는 학교의 뒷산 으슥한 곳, 한 무리의 소년들에게 에워싸인 한 소년에게는 봄날의 오수 따위는 개나 물어갈 여유에 지나지 않았다.

"어라, 이게 누구야? 정우현이."

"선생님 심부름도 아닐 테고 너 같은 범생이가 이런 시간에 여긴 무슨 행차실까?"

다짜고짜 시비조로 건들대는 녀석들은 교내에서도 유명한

불량 집단이었다.

하필 이 새끼들에게 걸릴 건 뭐람. 평소엔 수업에도 잘 나오지 않는 놈들이 무슨 억하심정으로 아직 남아 있었던 거야? 게다가 그놈은 대체 어디에 박혀서 코빼기도 보이지 않는 거냐?

애초에 냉큼 집으로 돌아가지 않고 이런 곳을 어슬렁거린 자신의 불찰이지만 우현은 이곳까지 발걸음을 하게 만든 원흉을 떠올리고 모든 원망을 그에게로 돌렸다.

"어떠냐, 명식아? 꿩 대신 닭이라도 잡아 볼까?"

"그것도 괜찮지. 안 그래도 때려잡으려던 쥐새끼 한 놈이 숨어 버려서 꼭지가 돌던 참인데 말이야."

제 딴에 이 오합지졸의 대가리랍시고 중앙에 서서 뻐겨 대는 박명식은 작년 겨울에 정학을 당하는 바람에 졸업을 못 하고 한 해를 날로 삼킨 녀석이었다.

처벌을 하려면 아예 퇴학을 시켜 버릴 일이지. 참자. 그래도 불쌍한 인생들 아닌가.

그러나 우현의 갸륵한 생각은 안중에도 없는지 놈들은 여전히 수작을 거느라 바빴다.

"듣자 하니 집이 꽤나 짱짱하시다고?"

"이왕이면 좋은 일 하는 셈 치고 빈곤한 선배들에게 기부 좀 하는 게 어떻겠냐?"

너희들이 지하철에서 구걸하는 소년 가장들이냐? 내가 네 녀석들 아가리에 처박을 돈이 있으면 그냥 길거리에 통째로 뿌리고 만다.

우현은 욕설을 쉴 새 없이 내뱉는 내심과는 달리 우호적인 표정을 유지하며 등에 나무 등걸이 닿을 때까지 조심스럽게 뒤로 물러났다.

"저, 선배님들, 그게 지금은……."

"왜, 용돈이 떨어졌다고?"

어디를 어떻게 봐도 젖비린내 나는 새끼 양아치 흉내로밖에는 보이지 않았다. 그러나 알량한 힘만 믿고 철없이 설치는 놈들이 아니꼬워 죽을 지경이라도 당장은 어쩌겠는가? 우현, 그는 폭력과 무력을 혐오하는 성실한 모범생이었다.

"마침 그렇네요. 죄송합니다."

"어쭈, 이것 봐라. 개기겠다고?"

가소롭게 콧방귀를 뀌며 바싹 다가오는 놈들의 면상에 근사하게 한 방 먹여 버린다면 얼마나 개운할까마는 슬프게도 그의 주먹은 이상과는 거리가 멀었다. 이럴 줄 알았다면 진즉에 아무 도장에라도 다녀둘 걸 하는 후회가 밀려왔다. 이제 와 후회해 봐야 누구 말대로 배 떠난 항구에서 손수건 흔드는 꼴이지만…….

제발 뼈는 안 부러지게 해 주라, 새끼들아.

"하! 이 새끼, 진짜 먼지 나게 맞아야 정신을 차리려나 보네."

이런 덜떨어진 머저리들한테 지갑을 털리느니 병원에 실려 가고 만다. 자고로 불의 앞에 무릎 꿇는 사내새끼치고 똑바로 되는 놈 없다는 게 우현의 신조였다.

"그럼 때리시죠."

비장하게 내뱉은 그의 말이 빈정대는 걸로 들렸나 보다. 명식이 패들은 살집 붙은 뼈다귀를 본 개처럼 흥분했다.

"뭐 이런 씹새끼가 다 있어!"

"이 새끼 감히 누구 약을 올려?"

첫 번째 펀치는 뭐……, 그럭저럭 참을 만했다.

우현은 눈을 질끈 감고 다시 날아오는 발길질에 대비했다. 그러나 이번엔 운이 따라 주지 않았는지 정확하게 복부 부근을 있는 힘껏 걷어 차였고 그는 헛바람을 토하며 나무 뒤 덤불 근처로 날아가 바닥에 나뒹굴었다.

망할 새끼! 소문이 다 새빨간 날조는 아니었던 모양이군. 우라지게 아프잖아. 이러다 위장에 든 거 도로 꺼내서 다 확인해야 되는 건 아닌가 모르겠다.

우현은 뒤틀리는 배를 움켜쥐고 멍하니 하늘을 올려다보았다.

"비켜라."

"응?"

난데없이 들리는 무감각한 음성에 놀란 사람은 우현만이 아니었다. 명식이 패들도 달려들던 동작을 멈추고 그가 깔고 있는 물체를 험악하게 노려보았다. 우현은 그제야 그가 우연히 착지한 곳이 그저 맨바닥이 아니라 물컹거리는 사람의 몸 위라는 것을 깨달았다.

"너……."

민이혁…….

우현은 신음을 삼키며 그를 빤히 바라보았다.

이혁은 일말의 동정심도 없이 우현의 몸을 옆으로 팽개치고 누워 있던 자리에서 일어났다. "너, 여기서 뭐 했냐?"라는 질문이 목까지 치밀었지만 우현은 참을 수밖에 없었다. 그의 분위기가 심상치 않았던 것이다.

"민이혁!"

"거기 숨어 있었냐?"

그들을 상대한다면 민이혁이 아니었다. 이혁은 어디서 모기 떼가 윙윙대냐는 듯 우현에게서 등을 진 채 명식이 패들을 뚫고 지나갔다. 약간의 주저함도 머뭇거림도 없었다.

"어딜 가시나, 민이혁?"

"안 그래도 찾고 있었지. 오늘 아예 눈에 거슬리는 새끼들 모조리 정리할 수 있겠군."

명식이 이혁의 길을 가로막으며 악랄하게 웃었다.

잘한다. 엎친 데 덮친다더니, 저놈은 찾을 땐 없더니 왜 이제 기어 나오고 난리야?

우현은 머리를 짚었다. 일이 어디까지 커질지 알 수 없었다.

"이 새끼야, 눈깔 안 깔아?"

"주제에 공부깨나 한다고 선생들 따까리나 하면서 깝죽대는 약골 새끼가……."

"너 때문에 정학당한 걸 생각하면……."

박명식이 으드득 이를 갈았다.

못생긴 놈이 인상까지 망가지니 정말 못 봐 주겠군. 그럼 그게 사실이었나? 민이혁이 뒤로 일러서 박명식을 정학 먹게 만들었다는 게? 하지만 저 세 번 풀 먹인 한삼 모시같이 뻣뻣한 자식이 느끼한 선생들 간첩질이나 한다는 것은 도무지 신빙성이 없는데…….

"오늘 아예 뒈지게 해 주마, 민이혁."

명식이 패들의 끊임없는 도발에도 초지일관 요지부동인 이혁은 그들을 아예 쳐다보지도 않고 있었다.

군이 정학 건이 아니더라도 명식이 패들이 이혁을 벼르고 있다는 것은 사실 일찌감치 알려져 있었다. 소위 학교에서 거칠 것 없이 행세해 온 놈들에게 꼿꼿하고 휘어질 줄 모르는 이혁의 근성이 눈엣가시처럼 거슬리지 않을 리 없었다. 더구나 월반까지 했다는 어린놈이 전국 모의고사에서 한 번도 1위를 내놓은 적이 없는 천재에다 학교의 총아이고 보면 알게 모르게 숨은 적들이 많았다.

"언제까지 생 까는지 보자. 이 새끼야!"

퍽 하는 구타음이 울리고 이혁의 턱이 반쯤 돌아갔다. 그래도 녀석의 무심함은 한 올 풀어진 데가 없었다. 뒤이어 집단 린치가 가해졌다.

진저리 나게 독한 놈.

졸지에 찬밥 신세로 전락한 우현은 고마워해야 할지 자존심 상해야 할지 갈피를 잡지 못했다.

"어이, 대충 해 두시죠, 선배님들."

우현은 아직도 쑤셔 대는 배를 부여잡고 천천히 일어나 전

쌈터 한복판으로 과감하게 끼어들었다.

"아가리 닥치고 있어. 네놈은 다음 차례야."

"그야 나도 저 밥맛없는 놈과 엮이긴 싫지만 선배들이 하도 딱해서 말입니다."

"뭐?"

박명식이 게거품을 물고 넘어가건 말건 우현은 고상한 자세로 후비적 귀지를 파내어 입으로 훅 불어 날렸다.

"신성한 배움의 터전인 학교에서 깡패질하는 것까지는 좋은데 그래도 명색이 대가리라면 머리는 좀 굴려야 않겠습니까? 아니면 선배님 어깨에 얹힌 그건 장식품입니까?"

아파 죽게 생겼는데 개 폼까지 잡고 서 있자니 땀방울이 셔츠 안에서 두르르 굴러 떨어졌다.

"선배님들은 저 자식 농간에 고스란히 넘어가고 있는 겁니다. 모르시겠습니까?"

"무슨 개지랄이야? 씨팔!"

"야, 이 새끼!"

이젠 졸개 놈들까지 덩달아 설쳐 댔다.

"정말 머리에 돌만 채웠나 보군."

우현의 눈동자 색이 변하는가 싶더니 그의 입에서 아무렇게나 말이 흘러나왔다.

"정말로 감이 그렇게도 안 잡혀? 이제 오늘 이 자리에서 선배들이 모조리 나자빠져 만신창이가 된다 해도 아무도 뭐라 할 사람이 없어졌다는 거거든."

"이 새끼가 진짜……!"

"왜냐하면 방금 그 부실한 주먹 실력으로 훈장처럼 달아 준 상처들이 저놈에게 훌륭한 정당방위의 명분이 되어 줄 테니까 말이지."

우현은 그쯤에서 이혁을 흘끗 쳐다보았다.

"이 머저리들 데리고 언제까지 쇼할 거냐, 민이혁?"

그러자 무수한 폭행의 흔적을 달고서도 그때까지 장승처럼 버티고 있던 이혁이 교복 소매 단으로 입가에 흐른 피를 천천히 닦아 냈다. 무슨 의식처럼…….

그 단순한 동작에 명식이 패들은 물론 우현까지 움찔하고 본능적으로 주춤해 버린 것은 이혁의 살벌한 눈빛 때문일 것이다. 그의 눈빛에서는 위축되거나 기가 죽기는커녕 음울하게 살아서 펄펄 날뛰는 비릿한 기운이 확 하고 풍겨 나왔다.

"쯧!"

보이냐? 저게 어디 일방적으로 당하는 놈의 눈이냐고.

이죽대는 빈축을 감추고 우현은 바랜 듯한 연갈색의 머리카락을 우아하게 뒤로 넘겼다. 알량한 숫자로 밀어붙일 수 있다고 어설프게 착각하고 덤벼든 거라면 명식이 패들은 번지수를 잘못 찾아도 한참 잘못 찾았다. 민이혁은 결코 그리 만만한 상대가 아니었다.

운수가 좋았던 건지 나빴던 건지 어느 날 밤 우연히 목격했던 삼류 영화의 한 장면이 우현의 머릿속에 차르륵 지나갔다. 비록 끄트머리밖에 관람하지 못했지만 땅바닥을 기어 다니던 동네 깡패들의 처절한 몸부림은 우현이 길 가다 꾼 개꿈은 결코 아니었다. 게다가 평소에도 가끔씩 보이는 녀석의 움직임과 체육 시간에 발견하게 된 탄탄한 근육질의 몸은 엄청난 운동과 훈련의 결과가 아니라면 결코 얻을 수 없는 것이었다.

피 떡이 되어 구르는 놈들을 태연히 버려두고 유유히 사라지던 그때의 이혁처럼 지금 그의 속을 비치지 않는 차디찬 눈동자에는 관조적인 비웃음과 이미 어떤 경지에 올라선 잔인한 냉혈함이 한껏 담겨 있었다.

"저게!"

"이 씹……."

몽땅 해태 눈도 아니고 저기다 대고 헤딩해 봐야 박 깨지는 건 어느 쪽일지 감이 잡히지 않나?

하지만 거꾸로 뒤집어 보면 또한 그런 이혁의 분위기가 일찍 어른이 되고 싶어 발버둥질치는 엉성하고 설익은 놈들의 시샘을 사는 이유인지도 모른다. 정신과 육체를 잇는 미묘한 균형의 어긋남은 곧 매혹과 위험을 동시에 내포하는 것이다. 확실히 덜 자란 사내놈들에겐 시기의 대상이 되고도 남을 일이었다.

"꺼져라."

"뭐?"

혼자만의 생각에 빠져 있느라 이혁의 말을 놓친 우현이 반사적으로 되물었다.

"걸리적대지 말고 그만 꺼지라고."

어이가 없군. 기가 막힌다, 이놈아.

"안 꺼지면?"

우현은 일부러 삐딱하게 맞받았다. 깨끗이 외면당했다.

역시나 재미없는 놈이다. 행여나 하고 걱정하고 있는 내가 돈 놈이지. 무슨 오지랖이 넓어서 저런 인간 같지도 않은 놈을 염려했단 말인가?

"안 꺼지면 나도 이놈들이랑 한통속이라는 거냐?"

우현의 눈매가 초승달처럼 가늘어졌다. 일순 이혁의 눈이 그에게 잠깐 꽂혔다. 우현은 찰나지간에 말 그대로 깜짝 놀라 심장마비가 일어날 뻔했다.

징그러운 새끼, 쪼기는……! 계집애도 아닌데 기절할 뻔했잖아. 네놈도 인생이 고달프겠다, 자식아.

우현은 뚝 하고 떨어지는 한 줄기 식은땀을 모른 척하고 속으로 투덜거렸다. 그리고 말없이 이혁의 뒤쪽으로 한 걸음 물러나며 한 손을 들고 영화에서나 나오는 장면을 흉내 내어 정중하게 허리를 접었다.

"그래, 알았다. 이 몸은 물러나 드릴 테니 부디 뜻대로 처분하시지."

이혁이 교복 단추에 손을 가져갔다. 풀어 벗는가 싶었는데 반대로 목까지 꽉꽉 단추를 채우는 게 아닌가? 그리고 웃음 같지도 않은 웃음을 흘리는데 우현은 그것을 보니 온몸의 솜털이 쭈뼛하고 알알이 곤두섰다.

자식, 말하다 죽은 귀신이 붙었나? 하긴 한 달 내내 두 마디 이상 입 떼는 날을 못 보았다.

"씨팔!"

"이 새끼들이 진짜 사람 환장하게 만드네."

잠깐 우현과 이혁의 이상한 분위기에 얼이 나갔다가 정신을 수습한 녀석들의 고함이 분분히 튀어나왔다.

"재수 없는 새끼들!"

"당장 조져 버려!"

그러나……, 놈들에겐 불행하게도 연달아 터진 고통스러운 비명은 이혁의 것이 아니었다. 우두둑 하는 섬뜩하고 괴상한 소음에 이어 한 소년이 불신에 찬 표정으로 방금 무심코 내질렀던 자신의 팔을 내려다보았다.

"으아악!"

"윤오야!"

이혁에게 가로막혔던 소년의 팔은 언제 잡혔나 모르게 그의 손아귀에 붙들렸고 무시무시한 악력이 가해지는가 싶더니 덜렁거리는 것이 확연히 드러날 정도로 심하게 부러져 있었다. 불안감이 순식간에 주변을 찍어 눌러왔다.

"이 새끼가!"

공포와 충격에 질린 소년이 겅중거리며 마구 울부짖자 저도 모르는 새 두려움에 사로잡히고 악까지 받친 녀석들이 한꺼번에 떼를 지어 이혁에게 덤벼들었다. 그러나 참으로 끔찍하게도 첫 번째는 약과에 지나지 않았다는 것을 그들은 곧 온몸으로 체험하게 되었다.

독종!

상황을 지켜보던 우현의 안색마저 저절로 창백하게 일그러졌다. 끼고 있던 팔짱도 스르르 풀어진 지 오래였다. 딱 급소만을 가격하는 솜씨가 가히 예술에 이르고 있었다.

짐작은 하고 있었지만 대체 뭐 하는 놈이냐, 민이혁 너? 이거 아무래도 벌집을 단단히 잘못 쑤신 거 아닌가?

"그만해."

어느새 자신의 목숨을 걸고 중재해야 할 처지가 되어 버린 우현은 가련하게 널브러진 잔해들을 애써 무시하며 진동하는 피 냄새에 울렁거리는 속을 다독였다.

"다 죽일 셈이냐, 민이혁?"

이 지경을 만들어 놓고도 정작 본인은 눈썹 하나 까딱하지 않고 있었다.

저거 혹시 조직 폭력배 집안의 후계자쯤 되는 거 아니야?

마지막으로 명치를 맞고 쓰러진 박명식을 아무렇지 않게 발로 밟고 지나며 이혁이 낮게 중얼거렸다.

"뒷정리해라."

"뭐?"

그리고 이혁은 가 버렸다. 정말 그대로 뒤 한 번 안 돌아보고 어디 소풍이라도 나왔다 돌아가는 것처럼 가 버렸다. 우현은 어처구니가 없다 못해 핏기가 싹 가셨다.

잘못 나섰다. 여태까지처럼 참견하지 말았어야 했는데…….
저런 놈과는 일정한 거리를 유지하는 것이 백번 천번 현명한 일이었다. 미쳤다고 가방은 전해 준다고……, 아참, 가방!

하지만 어느 구석에 던져져 있을지 모를 가방을 찾고 있을 겨를이 없었다.

젠장! 네놈 건 네가 직접 찾아가, 이 자식아.

"젠장, 얍샵한 놈. 이 난장질을 쳐 놓고 혼자만 미꾸라지처럼 빠져나가다니!"

막돼먹은 말을 연신 쏟아 놓으며 아까까지만 해도 그를 쥐어 패던 놈들의 가련한 목숨을 구하느라 우현은 입에서 단내가 나도록 동분서주해야 했다.

나도 피해자란 말이다!

5. 이별, 그리고……

온 산이 국화 향으로 진동하는 것 같았다. 리본과 띠로 둘러싸인 화환과 꽃다발들이 사방 어디에나 넘쳐 났다. 거창하고 성대한 장례식이었다. 방송국 중계차까지 동원된 것을 보면 죽은 자의 생전 위세가 얼마나 대단했었는지 그 영광의 편린이나마 충분히 짐작하고도 남았다.

오늘의 재하 그룹을 일군 원동력이자 명예 회장이었던 한희원의 죽음은 사회적으로도 상당한 화젯거리를 남겼다. 장지를 온통 검은 물결로 뒤덮고도 남을 정도로 많은 조문객들이 그녀의 마지막 가는 길을 지켜보고 있었다.

구름 한 점 없이 맑게 갠 하늘에 봄볕이 따가울 정도로 화창한 날이었다. 며칠간 기승을 떨치며 세상을 뿌옇게 만들던 황사도 오늘만은 잠잠했다. 검은 정장들을 점잖게 차려입은 사람들은 남녀 할 것 없이 더운 기색이 역력했다. 그들은 장례 절차가 이어지는 중에도 삼삼오오 떼를 지어 길게 늘어선 차양 아래로 숨어들었다.

"은소야, 괜찮아?"

돌아오는 대답은 없었다. 며칠째 입을 꼭 붙이고 있는 터라 지후도 별달리 대답을 바란 것은 아니었다. 다만 걱정이 되어 혼자서라도 말을 하면 좀 나아질까 싶어 그러는 것뿐이었다.

유령처럼 창백하다고 지후는 생각했다. 자신의 옆에 상복을 입고 멍하니 서 있는 은소는 정말 초췌하게 말라 있었다. 움푹 파인 눈언저리는 검게 기미가 번져 있었고 망연히 흐늘거리는 몸은 정말이지 형편없었다. 음울한 슬픔, 세상에서 가장 사랑하는 유일한 이를 떠나보내는 열두 살의 아이는 호수 아래 수억 년 동안 가라앉아 있는 침전물처럼 고요했다.

뭐라도 좀 먹어 준다면 좋겠는데, 아무리 달래고 윽박질러도 삼키는 건 고작 물이나 우유가 전부였다. 이대로 가다간 줄초상 나겠다며 엄마가 난리를 치셨지만 달리 손쓸 방도가 없었다. 오직 시간이 지나 고통이 희석되기만을 기다리는 수밖에······.

지후는 은소의 손을 찾아 꽉 움켜쥐었다. 따가운 뙤약볕 아래에서도 앙상한 그것은 기겁할 정도로 싸늘했다.

'부탁······한다. 아가, 우리 은소······, 잘 지켜보겠다고······. 가엾은 내 손녀······, 잘 보살펴 주마 약속해 다오.'

회장님이 간곡하게 타이르듯 남긴 유언이 지후의 각오를 더 굳게 다져 놓았다.

'너밖에 믿을 데가 없구나. 부디……'

지후는 한층 손에 힘을 주었다. 은소는 맹추처럼 울지도 못하고 속으로만 생채기를 후비고 있었다. 한 살 위인 지후보다 외려 어른스럽고 말수도 적은 은소는 동생인 세경이 외향적이고 활동적인 반면 안으로만 잦아드는 아이였다. 그리고 그 안에 무엇이 들어 있는지는 가장 친한 친구인 지후도 결코 알 수가 없었다.

"걱정 마. 내가 노회장님 대신 지켜 줄게. 옆에 있어 줄게."

은소는 언제까지나 흙이 차곡차곡 쌓이는 할머니의 무덤에서 눈을 뗄 줄 몰랐다.

안녕히 가십시오, 한희원 회장님.

위로랍시고 가식적인 웃음을 건네며 접근하는 조문객들을 적당히 응대하며 강원욱은 표정 없이 그의 가장 큰 장애물이자 맞수였던 여인이 땅속에 누워 자연으로 돌아가는 광경을 지켜보았다.

"너무 상심 마시게, 강 회장."

"한 회장님도 고마워하실 겁니다."

아마 그의 장모는 당장이라도 저 무덤을 파헤치고 뛰쳐나와 원욱을 끌고 들어가고 싶을 것이다. 죽어서도 그와의 싸움에 종지부를 찍을 의사가 없음을 장모는 명확히 밝혔다. 한희원은 마지막 숨을 거두는 순간까지 결코 사위인 그에게 자비심을 내보이지 않았고 또한 용서나 화해의 손길을 내밀지도 않았다.

"그런데 저 아이인가? 그……, 큰딸이?"

원욱은 살이 쭉 빠져 허수아비처럼 퍼석대는 은소를 아주 잠깐 일별했다. 그의 장모가 아직도 조종하고 있는 실, 원욱의 눈에는 허공에 팽팽히 잡아당겨진 무수한 실들이 보이는 듯했다. 그리고 그것을 감았다 풀었다 자유자재로 놀리고 있는 늙은 여인의 영상도……

"예쁘게 생겼군요."

"자라면 서로 며느리 삼자고 여기저기서 덤비겠는데요. 좋으시겠어요, 강 회장님."

한 여인이 조신한 척 입을 가리고 아양을 떨었다. 그러고 보니 모 전자 회사의 안방마님인 그녀의 슬하엔 아들이 둘이라고 했던가?

"그러게요. 저희 집 애들하고도 친하게 지냈으면 좋겠네요."

막내아들이 올해 대학에 입학했다는 재벌가의 며느리도 질세라 맞장구를 쳤다.

본디 있는 자들이 더한 법이다. 아직 소녀티도 벗지 못한 아이를 두고 벌써부터 어떻게 엮어 볼까 궁리들을 하고 있는 것이다. 오로지 아이가 지닌 금전적인 가치 때문에……

그의 장모가 매달아 놓은 달콤한 미끼는 메스껍지만 너무나 강력한 효과를 지니고 있었다. 강원욱 그라도 얼마든지 그들과 같은 입장이 될 것이다. 그래서 원욱은 그를 이런 궁지에 밀쳐 넣은 한희원을 더욱 증오했다.

"아직 너무 어려서……"

"애들이란 금세 자라는 법이지요."

흙이 다 채워지고 봉분이 올라갔다. 한희원은 이제 침묵할 수밖에 없는 자였다. 이제껏 항상 이겨온 그다. 앞으로도 그는 절대 질 생각이 없었다. 장모가 어떤 올가미로 그를 방해하려 들건 그는 역이용할 준비를 마쳤다.

아시겠습니까, 장모님? 안됐지만 당신이 부릴 수 있는 술수가 기어이 막을 내린 듯싶군요.

내막을 아는 인사들이 그의 등 뒤에서 무어라 소곤댔지만 들어도 못 들은 척 강원욱은 태연하기 그지없었다.

죽은 자보다 산 자가 유리한 게 이 세상이다. 그의 장모가 택한 무기가 그의 딸이라면 그 역시 얼마든지 대응해 줄 것이다. 안 될 게 무언가? 그는 명실상부한 재하의 주인이었다.

강원욱.

군중과 유리되어 먼발치에서 장례식 광경을 지켜보는 이혁의 눈매가 오싹하게 그늘졌다. 바람이 파삭거리는 먼지를 걷어 올리며 그의 곁을 지나갔다. 검정색의 교복은 조문을 위해 맞춘 듯 그 자리에 딱 어울렸다. 금세라도 날을 세울 듯한 불안정한 위태로움이 그의 얼굴을 유난히 섬뜩하게 만들었다.

"어이."

한숨이 뒤섞인 목소리가 이혁을 부르지 않았다면 그의 주위를 흐르고 있는 불온한 기류는 더욱 두껍게 짙어졌을지 모른다.

"정확한 사연은 모르겠지만 그렇게 노려보다간 죽은 사람도 무덤에서 돌아눕겠다."

정우현이란 놈이었다. 녀석은 얼마 전부터 지겹게 훼방을 놓고 있었다. 이혁은 강아지마냥 졸래졸래 쫓아다니는 놈의 사근사근함이 도무지 체질에 맞지 않았다. 그러나 가타부타 말을 나누는 것은 더 귀찮았기 때문에 그냥 내버려 두고 있었다.

녀석이 일광을 받아 거의 노랗게 빛나는 머리를 흔들었다. 영락없는 개의 모습이었다. 부잣집에서 대책 없이 사랑받고 자란 미끈한 털의 족보 있고 값나가는 개.

이혁은 관심을 끊었다.

"근데 대체 여긴 갑자기 왜 온 거냐? 그것도 수업까지 빼먹으면서……. 혹시 아는 사람이냐?"

바지에 묻은 모래와 흙을 털어 내며 우현은 느릿느릿 땅에서 몸을 일으켰다. 비슷한 키에다 겉으로 드러난 체격은 별 차이가 없었지만 두 사람의 분위기는 밤과 낮만큼이나 전혀 딴판이었다.

"어찌 된 사연인진 알 도리가 없다만 최소한 죽은 자의 안식은 방해하지 않는 게 예의야."

우현은 이혁의 시선을 따라서 장례식을 대강 훑어보았다. 막바지에 이르렀는지 손님들이 뿔뿔이 흩어지고 있었다. 번쩍이는 리무진과 점잖은 고급 외제 차들이 행렬을 이루기 시작했다.

"하지만 이 북새통을 보아 하니 편안한 안식은 좀 미뤄야겠구나."

우현의 조용한 비꼼에 서슴없이 발길을 돌리던 이혁이 별안간 스산하게 웃었다.

어라, 이 녀석이 웬일로 내 말에 반응을 다 보여?

"무덤에서 다시 기어 나온다 해도 내 알 바 아니야."

무슨 기대를 하고 있었담?

우현은 쯧쯧 혀를 찼다.

"네가 말하면 절대 농담처럼 안 들린다는 게 문제야. 알고 있냐? 인간성 보인다고."

"정우현, 경고하는데 성가시게 아무 데나 들이밀지 마라."

높낮이 없는 음성의 무감한 경고가 던져졌다. 그러나 고작 이쯤에서 굴할 정도라면 우현은 진즉에 그에게서 나가떨어졌을 것이다.

"먼 길 쫓아온 친구에게 그렇게 야박하게 굴면 못 쓰지."

어깨를 들썩이며 우현이 씩 웃었다. 자칫 잘못 해석하면 해맑고 악의라곤 없는 웃음처럼 여겨질 수도 있는 미소지만, 조금만 더 자세히 들여다보면 그 안에 천성처럼 내재된 뻔뻔한 유들유들함을 누구라도 알아차릴 수 있었다. 이혁이 그것을 눈치채지 못할 리 없었다.

"할 일 없는 놈이군."

냉기가 쌓이다 못해 풀풀 날렸다. 그런데도 종내 기어이 이혁이 신경이 쓰이고 마는 걸 보면 이혁과 자신은 분명 무슨 끈으로 묶이긴 단단히 묶인 모양이라고 우현은 생각했다.

명식이 패들 치다꺼리를 하며 우현이 두 번 다시 이혁과 상종을 하지 않으리라 맹세하고 맹세한 각오가 물거품이 된 것은 그로부터 불과 이틀도 지나지 않아서였다. 싫다는 사내놈 바지춤 부여잡고 농질하는 여편네 같은 모양새이긴 하지만 내버려 둘 수가 없는데 어쩌란 말인가? 뭐, 인간관계란 다양하고 폭이 넓을수록 나중에 소용이 되는 법이니 저런 빙점의 차돌 같은 놈도 하나쯤 붙여 두면 정신 수양에 도움은 될 것이다.

"뭐, 친구란 오래 묵을수록 좋다니까, 좀 더 깊이 사귀어 보자고."

위선적인 우현의 감언이설에 이혁은 발걸음을 빨리하는 것으로 그의 제안을 일축해 버렸다.

"어이, 이봐! 같이 가."

우현이 치근치근 소리쳤다. 제 볼일 끝냈다고 인정머리 없이 사라져 가는 녀석의 뒤통수에 대고 혼자 떠들어 대는 것도 이제 이골이 날 지경이고 보면 우현 그도 어지간히 질긴 놈이긴 했다.

그래, 내 아무리 시답잖은 우정 싸라기라도 네놈과 만들기 전에는 포기 안 한다. 네 녀석만 오기 있고 성질 있는 줄 아냐? 나도 한다면 하는 놈이다, 이 자식아!

"그래도 진짜 이 나이에 벌써 몇 년 뒤가 무서운 놈은 네 녀석이 유일무이할 거다, 민이혁!"

우현은 심각하게 중얼거리며 이미 상당히 벌어진 이혁과의 거리를 무시하고 유유자적하며 어슬렁어슬렁 산을 내려갔다.

"아아, 그나저나 돌아버리게 덥구나, 정말. 이게 무슨 사서 고생이람."

이날, 가장 마지막까지 장지에 남아 넋을 놓고 있는 한 여자아이에 대해서 이혁과 우현이 터럭만큼의 흥미도 두지 않은 것은, 물론 당연한 일이었다.

세경은 머리에 얌전하게 꽂혀 있던 하얀 천 조각을 빼내어 아무 데나 툭 던져 버렸다.

발 아프고 힘들어!

할머니, 정확히 말하면 외할머니가 돌아가시고 드디어 그 길고 긴 절차들이 다 끝났다. 뭐, 별로 슬프지도 않았다. 8년이나 병석에 누워 계셨던 데다 그녀에겐 늘 쌀쌀맞기만 하던 분이었으니까. 그토록 노심초사 끼고 돌던 은소는 할머니에게 잘 웃지도 않았는데도…….

장례식을 치르는 동안 눈물 한 방울 안 흘리던 은소를 생각하자 역시 그것 보라는 샐쭉한 생각이 들었다. 그렇게 자기를 좋아해 주던 할머니가 캄캄한 무덤에 묻히는데도 은소는 고개를 빳빳이 들고 지켜보기만 했다. 단 한 번 눈을 떼는 법 없이 말이다. 나중에는 세경이 다 무서워져 혼이 났다. 사실 할머니에 대한 어떤 애정이 있을 리 없는 세경도 주변의 엄숙한 분위기에 휩쓸려 눈물을 펑펑 쏟지 않았던가. 그런데도 지후는 내내 은소, 은소!

세경은 아직 젖살이 빠지지 않은 볼을 불만스럽게 잔뜩 부풀렸다.

왜 오빠까지 언니, 언니, 언니냥 말이야! 내가 얼마나 오빠를 좋아하는데, 내가 얼마나 오빠하고만 놀고 싶어 하는데…….

푹신한 침대에 앉아 발을 구르던 세경은 문득 은소가 뭘 하고 있을지 호기심이 발동했다.

이제 편들어 줄 사람도 없어졌으니 아무리 언니라도 풀이 죽어 있을 거야. 조금 골려 줘도 아무에게도 고자질 못 하겠지?

세경은 가장 아끼는 토끼 인형을 품에 안고 살금살금 까치발로 방에서 나왔다. 아래층에서는 아직 어른들이 뭐라고 웅성대며 모여 있는 모양이었다. 전부 나이 든 아저씨들뿐이라 훔쳐보고 싶은 마음도 들지 않았다. 그녀의 목표는 할머니 방 옆에 붙어 있는 은소의 방이었다. 가까이 다가가자 문이 빠끔히 열려 있는 것이 보였다.

자나? 왜 이렇게 조용해?

문가에 붙어 서서 세경은 이마를 찡그렸다. 가만히 눈을 갖다 대니 침대에 오도카니 앉아 있는 등이 보였다.

어라, 뭐 하는 거지?

"언……."

막 은소를 부르려는데 작은 그림자 하나가 어른거리는 것이 포착됐다. 지후였다. 신경질이 확 나서 세경은 방문을 되는대로 밀치고 들어갔다.

낮에 그렇게 붙어 있고도, 또야?

"오빠, 여기서 뭐 해?"

"아, 세경이구나. 왜?"

지후는 여전히 은소의 손을 꼭 붙잡고 있었다. 세경이 들어

왔는데도 은소는 얼굴도 돌리지 않았다. 축 늘어져 있는 모양이 꼭 시들어 빠진 해바라기 같아서 세경은 아주 조금 은소가 불쌍해졌다.

아무리 그래도……, 나만 쏙 빼놓고 둘이서만 사이좋게 있는 건 절대 안 돼!

"잠이 안 와!"

무작정 떼를 썼다.

"그럼 식당에 가서 우유 한 잔 달라고 해."

가까이 오지도 않고 지후가 세경을 달랬다.

"우유 싫어!"

세경은 심술이 나서 계속 억지를 부렸다.

"그럼 코코아 어때? 우리 세경이 코코아 좋아하지?"

세경이 세상에서 지후 다음으로 좋아하는 게 머시멜로우를 넣은 코코아였다.

"오빠가 갖다 줘."

"다음에. 지금은 은소 언니가 조금 아파. 우리 세경이 착하지?"

치! 어른인 척하기는……. 그래 봐야 겨우 다섯 살밖에 차이 안 나는 어린애 주제에…….

"싫어. 세경이도 아파. 오빠가 갖다 줘!"

지후가 한숨을 폭 쉬더니 은소의 손을 놓고 세경에게로 왔다. 얼굴이 꼬마전구처럼 환해진 세경은 인형을 안고 있는 반대쪽 팔로 지후에게 매달리려고 했다. 하지만 그가 말을 건넨 사람은 우유 잔을 쟁반에 받쳐 들고 세경 뒤에 나타난 임시 가정부였다.

"이건 제가 먹일게요. 그보다 아주머니, 여기 작은아가씨한
테도 코코아 한 잔 갖다 주고 잠들 때까지 좀 봐주세요. 아무래
도 불안한가 봐요. 아, 머시멜로우도 듬뿍 넣어 주시고요."

너무나 의젓한 말투로 어른처럼 행동하는 그의 말에 가정부
도 순순히 고개를 끄덕였다. 세경의 눈에 분한 눈물이 맺혔다.
뻗어 오는 가정부의 팔을 냅다 뿌리치고 세경은 씩씩거렸다.

"오빠, 미워!"

쾅쾅거리며 제 방으로 돌아온 세경은 안고 있던 토끼 인형
을 냅다 벽에다 던져 버렸다.

안 불쌍해. 하나도 안 불쌍해!

분함은 좀처럼 풀리지 않았다. 베갯잇을 이리저리 쥐어짜며
세경은 가정부가 가져다 놓은 더운 김이 나는 달콤한 코코아는
쳐다보지도 않았다. 눈물이 줄줄 흘러내렸다. 아직은 뜻도 모
르는 야속함이 자꾸만 치밀어 올랐다. 억지로 가정부를 몰아
낸 세경은 눈이 퉁퉁 부어 짓무를 때까지 울다 지쳐 잠이 들었
다. 하지만 어린 그녀의 일방적인 가슴앓이가 언제까지 이어질
지, 이때의 세경은 짐작도 하지 못하고 있었다.

"은소야, 이거 마시자."

또 거부하는 건 아닌가 싶었는데 은소는 의외로 순순히 한
컵을 다 비웠다.

"잘래."

회장님이 가시고 처음으로 은소의 입에서 나온 목소리였다. 워낙 가느다란 소리라 제대로 들은 것인지 의심스러울 정도였지만 지후는 은소가 겨우 입을 연 게 반가웠다.

"그래, 누워."

이불을 정리해 주며 지후는 커다랗게 고개를 끄덕였다. 하지만 은소는 그를 만류하며 조용히 속삭였다.

"혼자 있고 싶어."

"괜찮겠어?"

걱정이 됐지만 은소의 표정이 단호해서 섣불리 뭐라고 할 수도 없었다.

"응, 그러니까 너도 그만 가서 자."

지후는 잠시 머뭇거리다가 자리에서 일어섰다.

그래도 좀 나아진 것 같으니까 괜찮겠지.

"불 끌까?"

"됐어."

은소는 베개에 기대어 창밖을 응시하고 있었다.

"혼자 있기 싫으면 언제라도 불러. 알았지?"

"응."

건성임이 분명한 대답이 흘러나왔다. 지후는 걱정스럽게 은소를 지켜보다 살며시 문을 닫았다.

지후가 나가고 한참을 더 기다렸다가 은소는 잠자리에서 일어났다. 그리고 조심스레 주변을 살핀 뒤 이젠 주인을 잃은 할머니의 방으로 건너갔다. 물건들은 모두 제자리에 놓여 있지만 주인은 영원히 떠나고 없었다.

방문을 잠근 은소는 침묵 속에서 정원에서 비치는 빛에 의지해 보료가 깔려 있는 곳으로 천천히 걸음을 떼어 놓았다. 그러고는 힘에 부치는 침구를 어렵사리 걷어 내고 희끄무레한 바닥을 더듬어 나갔다.

은소가 회장님의 방으로 들어가는 것을 지켜보던 지후는 그녀를 부를까 하다가 그대로 두기로 마음먹었다. 대신 어깨를 추썩이며 자기 방으로 향하던 발걸음을 중간에 멈추고 세경의 방문을 열어 보았다. 동그랗게 웅크린 몸은 깊이 잠이 든 모양인지 베개를 끌어안은 채 꿈쩍도 하지 않았다. 지후는 이불을 꼼꼼히 덮어 주고 머리를 똑바로 놓아 주었다.

"단단히 토라졌었나 보네."

지후는 눈물로 얼룩덜룩한 세경의 뺨을 미안한 기분으로 가만히 어루만지듯 쓸어 내렸다.

"지후……, 오빠……."

"그래그래, 착하지."

잠꼬대처럼 칭얼대는 어깨를 토닥이자 금방 숨소리가 잠잠해졌다.

"잘 자라, 우리 꼬맹이."

이마에 입맞춤을 하고 지후는 뿌듯하게 미소 짓고는 방을 나왔다.

6. 어긋나다

잘……생겼구나…….

은소는 멍하니 한 사람을 지켜보며 무심결에 생각했다.

그리고 무서워…….

웬만한 배우쯤 쉽사리 주눅 들게 할 수 있을 정도로 단번에 눈길을 사로잡는 외모의 그 사람은, 하지만 무섭고 쓸쓸한 가면을 쓰고 주위의 사물과 자신의 사이에 명확한 선을 그어 놓고 있었다.

키가 몹시도 커서 그의 가까이에 서면 왠지 자신이 더욱 초라하게 느껴질 것 같았다.

아까부터 이명이 들렸다. 정확히는 내내 생각 속에서만 존재하던 그 사람을 실제로 확인한 순간부터였다. 그녀의 안에서 조금씩 뭔가가 술렁거리기 시작했다.

이런 불합리하고 온당치 못한 상황에서 느껴지는 원인 불명의 급작스러운 두근거림이 은소를 당황케 했다. 귓속에서 시끄럽게 울리는 자신의 맥박 소리가 더욱 곤혹스럽게 의식될 뿐이었다.

자신이 기어이 저 사람을 찾아온 이유도 불분명했다. 만나서 인사를 하고 대화를 나눌 수도, 그렇다고 그의 앞에 자신의 정체를 떳떳이 밝힐 수도 없는데, 어찌하겠다는 뚜렷한 작정도 없이 무턱대고 충동에 지고 만 결과가 이것이다.

가해자와 피해자…….

지독한 악연에 불과한 그들은 애당초 전혀 상관없는 타인으로 제각각 따로 존재하는 것이 가장 현명한 방법일지도 몰랐다.

그런데도 막상 그 사람이라는 걸 알았을 때 은소는 자신도 모르게 움찔하고 말았다. 도무지 말도 안 되는 착각에 불과하겠지만 순간적으로 그에게서 자신의 모습이 겹쳐 지나갔기 때문이었다.

아, 이 사람의 영혼도 차가운 얼음장이구나. 어쩌면 나보다 훨씬 더 추운 곳에 꽁꽁 묶여 자신도 어찌할 수 없는 새 감정까지 전부 마비되어 버렸겠구나.

얼음 구덩이에 산 채로 파묻혀 버린 사람, 머리카락 한 올부터 새끼발가락 끝까지 시시각각으로 한기가 파고드는 얼음 지옥에 기약도 없이 갇혀 사는 사람…….

그리고 또 깨달았다.

불시의 사고처럼, 어처구니없게도 자신의 심장이 조금씩 뛰기 시작한 것을 말이다. 형편없이 망가져 고장 난 채로 불편하게 삐걱거리던 제 심장이 별안간 스스로 움직이려 드는 것이 너무 어색하고 낯설었다.

불안해졌다.

정신이 들고 보니 어느새 그 사람과의 거리가 금세라도 좁혀질 듯 가까워지고 있었다.

은소는 마치 도망치듯 그 자리를 벗어나 서둘러 잔달음을 쳤다.

"어딜 갔다가 이제야 그렇게 축 처져서 와?"

지후는 해거름이 되어서야 터벅터벅 집으로 걸어오는 은소에게 말을 건넸다. 시험 기간이라 수업도 일찍 마쳤는데 집에 돌아오자마자 사복으로 갈아입고 다시 나가서는 행적이 묘연했던 터였다.

"넌 여기서 뭐 해?"

"보면 몰라? 누구 기다리고 있잖아. 기척도 안 하고 사라지더니 하도 안 와서 무슨 일이라도 난 줄 알았다."

"일은 무슨……."

"그러니까 어디 갔다 오느냐고, 강은소?"

대문에 등을 기대고 서서 지후는 연신 불만스럽게 캐물었다.

"그냥 바람이나 쐴까 해서."

설명하기도 피곤해서 은소는 간단히 둘러댔다. 그러나 지후는 기운이 다 달아난 듯한 은소의 모습에서 딴생각이 드는 모양인지 그녀의 팔을 붙잡고 진지하게 말을 이었다.

"노회장님께 갔다 오는 거면 다음부턴 나하고 가."

근심과 보호가 뒤섞인 제안에 은소는 느슨하게 웃었다.

만약 만인의 연인이 될 남자가 현실에 있다면 바로 이 녀석일 것이다. 할머니가 돌아가신 뒤로 지후가 자신에게 유달리 책임감을 느끼고 있다는 사실을 은소는 꽤 오래전부터 알고 있었다. 그건 우정에 기반을 둔 혈육의 정 같은 것이었다.

"길 못 찾을까 봐?"

"그게 아니라……."

"할머니한테 간 거 아니야. 그냥 일이 좀 있었어."

은소가 담담하게 털어 놓았다.

"왠지 해야만 하는 일 같아서 나도 모르게 저질렀는데……. 근데 정작 기분이……, 너무 이상했어."

그게 불편하고 꺼림칙한 체증처럼 돌아오는 내내 걸려 있었다.

"아무래도……, 실수한 거 같아."

"실수?"

"누굴……, 좀 만났어. 아니, 나 혼자만 본 건가?"

입안에서 혼잣말처럼 뇌까린 말이었는데 지후가 말꼬리를 물었다.

"누군데?"

하여간…….

은소는 한숨을 삼키며 대답했다.

"넌 모르는 사람."

여기서 우물거리며 얼버무렸다간 괜한 의심만 살 것이다. 아무리 지후라도 참견해선 안 될 일이 얼마든지 있었고, 앞으로 그런 일은 점점 더 많아질 터였다.

"너 혹시 그새 좋아하는 남자라도 생겼냐? 설마 짝사랑?"

지후가 번쩍 눈을 빛내며 덥석 엉뚱한 소리를 했다.

"맞구나!"

"야, 백지후!"

"그래서 나한테도 숨기고 개인 행동한 거야? 고백은 했어?"

어떻게 해서 그런 결론이 나왔는지 묻고 싶었다.

"어쩐지 수상하다 했더니……. 다 털어놔 봐. 이 오라버니가 물심양면으로 지원해 줄 테니까."

은소는 졸졸 뒤를 따라오며 집요하게 추궁하는 덩치 큰 개의 입에 재갈을 물릴 방도를 찾았다.

"주접 그만 떨어. 못 봐 주겠어. 본인 사정 남한테 대입시키지 말고 너나 잘해."

"뭐?"

"아니다. 아직은 젖비린내 나서 맛없을 거야. 좀 더 키운 다음에 노력해 봐."

직설적인 은소의 놀림에 지후가 발을 삐끗 헛디뎠다. 씩씩대는 소리가 커졌다.

"강은소!"

"과민 반응하지 마. 난 누구라고 말 안 했어."

은소가 순진한 얼굴로 시치미를 떼며 문고리를 붙잡았다.

"그나저나 우리 집 예쁜 꼬맹이는 오늘 어디다 떼어 놨어? 용케도 안 달고 나왔네."

아니나 다를까, 그들이 들어서자마자 세경이 잽싸게 달려 나와 지후를 반겼다. 은소는 조용히 의미심장한 미소를 지었고 지후는 붉어진 얼굴로 그녀에게 억울한 시늉을 해 보였다.

"오빠, 저녁 먹자! 내가 아줌마한테 오빠 좋아하는 옥돔 구워 놓으라고 했어. 그리고 나하고 산책 나가. 저녁엔 시원하대."

누구를 대상으로 한 것인지도 분명치 않은 왠지 모를 아까움은 그저 부러울 정도로 순수한 그들의 애정 표현에 대한 선망일지도 몰랐다. 분명히 시초는 그랬다.

은소는 마지못한 듯, 그러나 여실히 기쁜 표정을 숨기지 못한 채 식당으로 이끌려 가는 지후를 불러 세웠다.

"나 아직 물리 시험 범위 못 끝냈는데, 산책 갔다 와서 밤에 좀 도와줄래?"

"응, 그래."

"난 씻고 올게."

"빨리 와. 같이 먹자."

"그래, 알았어."

은소는 지후의 어깨 너머로 자신의 등을 앙칼지게 쏘아보는 세경의 눈초리를 느끼며 후후 웃었다.

사랑하는 사람들을 곯리고 싶은 야릇한 충동은 분명 심술이었다. 그녀는 결코 천사가 못 되었다.

"강세경! 세경아!"

"지후 오빠!"

어느 날 수업을 파하고 교문을 나서던 세경은 뜻밖에 지후를 발견하고 하늘을 날 듯한 기분이 되었다. 그가 자신을 찾아온 것은 처음이었다.

"누구야? 진짜 크다."

"아는 사람이니, 세경아?"

"매력 있다. 대학생이야?"

한창 민감한 사춘기의 풋내 나는 여고생들이었다. 친구들은 물 만난 고기처럼 호기심 가득한 눈길로 지후를 흘낏대며 세경에게 질문을 퍼부어 댔다. 세경은 그런 반 친구들을 새치름하게 무시했다.

"얼굴은 그냥 그런데 몸매는 예술이다."

"그러게. 소개 좀 해 주라, 세경아. 응?"

흥! 너절한 것들, 너희 따위한테 인사나 하게 내버려 둘 줄 알고? 어림도 없어, 이 계집애들아!

"야, 세경아!"

"강세경."

"침 삼키지 마. 저 사람은 내 거니까. 그럼 난 바빠서 먼저 간다."

순간 턱이 빠진 계집애들을 서둘러 쫓아 버리고 세경은 지후를 향해 한걸음에 날아갔다.

꿈만 같았다. 그가 먼저 찾아오다니…….

연한 상아색의 브이넥 니트 셔츠에 검은 바지를 입고 훤칠하게 서 있는 그는, 세경에겐 언제나 그렇지만, 멋있기 그지없었다. 세경은 훔쳐보는 친구들의 선망 어린 눈동자를 자랑스레 의식하며 그의 팔에 찰싹 매달렸다.

"오빠가 이 시간에 웬일이야? 오늘 수업 없어?"

그의 서글서글한 눈동자를 올려다보며 세경은 기쁨에 겨워 종알댔다. 그러면서 어리광을 피우듯 지후의 소매에 뺨을 비볐다.

"녀석."

지후는 세경의 머리를 쿡 하고 가볍게 쥐어박고는 팔에서 그녀를 떼어 냈다.

"모처럼 너도 일찍 끝나는 날이니까 은소가 함께 영화라도 보는 게 어떠냐고 해서……."

"뭐?"

세경은 입술을 질끈 깨물었다. 행복하던 기분이 순식간에 파편처럼 달아났다. 홱 하고 등을 돌린 세경은 그제야 차 안에 앉아 있는 낯익은 모습을 알아챘다. 세경을 본 은소가 웃으며 손을 흔들었다.

"안 가!"

세경은 은소를 외면하며 단번에 내쏘았다.

"세경아."

"나 다음 주부터 모의고사야. 공부해야 돼."

내일 당장 시험이라도 지후의 청이라면 무슨 일이든 하겠지만 은소와 관계된 일이라면 사정이 달랐다.

그래, 백지후가 강은소 때문이 아니라면 날 찾아올 리 만무하지. 다 알고 있으면서 나는 왜 매번 혼자 들뜨고, 혼자 속상해 할까?

철이 들기도 전부터 지후는 언제나 은소 옆에 있었다. 한 살 터울이 지면서도 같은 학교, 같은 학년으로 입학했고, 중고등학교 내내 붙어 다니며 하인 노릇을 한 것으로도 모자라 대학도 일부러 강은소와 같은 곳으로 지원했다.

자신을 만나러 오면서도 저렇게 나란히 온 걸 보면, 세경의 기분 따위는 알 바 아니라는 것이리라. 괜히 들떠서 병신처럼 나부댄 자신이 비참해서 세경은 확 죽고만 싶었다.

"그래?"

지후가 눈썹을 찌푸리며 곤란한 듯 중얼거렸다.

사기 치지 마. 내가 안 간다니까 더 좋은 거잖아.

"이거 날을 잘못 잡았네. 표도 이미 다 샀는데⋯⋯."

"은소 언니하고 둘이 보면 되겠네, 뭐. 오빠도 그 편이 좋지 않아?"

결국 세경은 억울함과 원망을 토로하고 말았다. 하지만 저 목석같은, 오로지 강은소의 감정 변화에만 회로가 맞춰진 남자는 그녀의 필사적인 하소연조차 알아차리지 못했다. 세경은 곁눈으로 은소를 쏘아보았다. 가슴에서 불길이 확 일며 내장이 뒤틀렸다.

"이거 참……. 할 수 없지."

지후는 머리를 긁적이더니 은소를 돌아보며 가만히 눈치를 살폈다. 세경은 그 모습이 더 싫어 주먹을 움켜쥐었다.

오빠, 진짜 너무하다. 어떻게 나한테 이래? 어떻게 나한테 이렇게 못되게 굴어?

이야기가 길어진다 싶었는지 은소가 차 문을 열고 그들 쪽으로 걸어왔다.

오지 마! 우리 옆에 오지 말란 말이야!

목이 멨다.

"헛걸음하게 해서 미안해. 재미있게 놀아."

더 있다가는 무슨 소리가 튀어나올지 몰라 세경은 황급히 쥐어짜듯 말했다. 지후 앞에서 망가지긴 싫었다. 그것은 아직 남아 있는 그녀의 자존심이었다.

"세경아."

은소의 부름을 무시하고 세경은 잰걸음으로 그들과 반대 방향으로 내달았다. 지후와 짧게 몇 마디 말을 주고받은 은소가 달려와 그녀의 팔을 붙들었다.

"태워 줄게. 같이 집에 가자."

"필요 없어. 친구 집에서 스터디할 거야."

"그럼 친구 집까지라도……."

세경은 신경질적으로 은소의 손을 떨쳐 냈다. 그녀는 미움이 잔뜩 배인 시선으로 지긋지긋한 얼굴을 노려보았다.

"다정한 척 좀 그만해 줄래? 역겹다 못해 이젠 구역질이 나!"

은소는 보도 한복판에서 그대로 얼어붙었고, 지후는 무언으로 세경을 나무라고 있었다. 하지만 세경은 조금도 미안하거나 죄책감이 들지 않았다.

그러게 왜 건드려? 왜 날 내버려 두지 않느냐고!

갑자기 잠겨 있던 기억 하나가 세경의 머릿속에 몽글거리며 피어올랐다.

달착지근한 약 냄새가 떠돌던 방, 얼굴도 거의 익힌 적 없는 외할머니의 방 안이었다.

할머니는 아프시니까 방해하거나 귀찮게 해서는 안 된다고 배웠지만 은소는 매일매일 그 방에 갔다. 그런데 왜 세경은 안 된단 말인가? 할머니도 아마 다른 어른들처럼 세경을 좋아할 텐데, 예쁘다 예쁘다 웃으며 사탕도 주고 인형도 줄 텐데…….

교만이나 자아도취가 아니었다. 사진첩에 남아 있는 그때의 세경은 아무리 재미없고 무뚝뚝한 어른이라도 저절로 머리에 손을 얹고 쓰다듬고 싶은 기분이 들게 만드는 아이였다. 젖니가 빠진 귀여운 얼굴, 나풀거리는 단발머리, 통통하고 새하얀 팔다리, 거기에 노란 레이스를 팔락이는 모양은 온통 깨물어 주고 싶도록 사랑스러웠다. 정말이지 비쩍 마르고 눈만 퀭하게 커다란 누구와는 비교가 되지 않았다.

하지만 한 사람의 기준에만은 결코 세경이 그녀를 따라잡을 수 없었다. 아니, 애초에 비교의 대상이 되는 것조차 금지되어 있었는지도 모른다.

겨우 겨우 찾아낸 할머니는 불편한 팔 안에 은소를 꼭 껴안고서 평안한 낮잠에 빠져 있었다. 세경은 그게 너무 좋아 보였다. 은소가 부러웠고 어린 마음에 그녀도 할머니와 같이 자고 싶었다. 그래서 보통 어린아이들이 그러듯이 충동적으로 이불을 들추고 은소와 할머니 사이를 비집고 들어갔다.

　그때였다. 할머니가 갑자기 눈을 떴다. 그리고 세경을 발견한 할머니의 얼굴이 무섭게 일그러졌다. 그 순간을 생각하면 세경은 지금도 단지 무섭다는 표현밖에 쓸 수가 없었다. 깜짝 놀란 세경은 엉겁결에 와락 울음을 터뜨리고 말았다.

　할머니는 입을 꾹 다물더니 매달아 놓은 종을 힘겹게 잡아당겼다. 그리고 급하게 달려온 아줌마에게 인상을 쓰며 말했다. 그날 할머니가 세경을 쳐다보지도 않은 채 떠듬떠듬 잇던 말을 그녀는 아직도 미미하게나마 가슴속에 새기고 있었다.

　'이……것을 당장……, 데려……가. 은소가……, 깨……면 어……쩌려고……, 꼴도 보……기 싫어……. 절대로……, 내 방에……, 못……, 들어……오게…….'

　세경은 앞만 보며 아스팔트 블록 위를 성큼성큼 내딛었다. 눈앞이 뿌옇게 어른거렸지만 혀를 깨물며 참아 냈다.

　은소! 은소! 왜 항상 너만 좋은 걸 가지는데? 왜 항상 나만 뒷전이냐고! 이게 전부 너 때문이잖아!

　세경은 지후와 은소를 절대로 돌아보지 않았다.

　"은소야……."

지후는 주저하며 은소의 등에 손을 얹었다.

"가자."

희게 바랜 그녀의 얼굴에 비치는 것은 한 가닥 깊은 절망과 덤덤한 체념이었다.

지후는 자신의 머리를 모두 쥐어뜯어 놓고 싶은 심정이었다.

"미안하다. 내가……."

언제부터 이렇게 손쓸 수 없이 갈라져 버렸을까? 그렇게 돈독한 자매는 아니었지만 이 지경까지 올 줄은 상상도 못 했었다. 어떻게든 멀어져 가는 관계를 회복시켜 보고자 재주를 부린다는 것이 일을 더 그르쳐 버렸다.

"그럴 거 없어. 어쩌면 내 스스로 판 무덤이야."

은소는 손을 내저으며 온 길을 되돌아갔다.

"차라리 잘된 건지도……, 모르겠다."

자동차에 다다른 은소는 작렬하는 태양을 눈부신 듯 올려다보다가 한동안 눈을 감고 꼼짝도 하지 않았다. 지후는 죄인처럼 고개를 푹 수그리고 있었다. 엄마에게 야단맞은 꼬맹이처럼 풀이 팍 죽은 그를 보고 은소는 피식 웃었다. 덩치가 아깝다는 생각이 들었다.

"숙맥! 지금 울고 싶은 사람은 너 아냐?"

"그, 그런 거 아니야."

"백지후답지 않게 말까지 더듬으면서도 아니야? 너도 참, 병이다."

은소는 어느새 사라진 세경의 자취를 훑었다.

"너 생각해 본 적 있어? 난 지후 네가 보기보다 훨씬 야물지 못한 녀석이라는 걸 알거든. 그런데 넌 내가 네 짐작보다 훨씬 돼먹지 못한 애라고는 조금도 의심하지 않잖아. 거기에 우리 둘의 차이가 있다는 거 알아?"

무슨 생뚱맞은 소리냐는 표정이 지후의 얼굴에 가득했다.

"그래서 넌 항상 손해만 보는 거야, 멍충아."

신의나 의리도 좋지만 넌 그러다 세상에서 제일 소중한 사람을 놓치게 될 거다. 그리고 이런 말을 대 놓고 해 주지 않는 내 심술도 아직은 모르는 체로 있어 주라, 백지후. 사실 난 엄청나게 배배 꼬여 버린 인간이거든.

"은소야."

은소는 가방에 넣어 둔 선글라스를 꺼내 쓰며 아무렇지도 않은 어조로 지후를 채근했다.

"가자. 덥다."

넌 나한테 좋은 물만 들이려고 하는데 난 너한테 나쁜 물만 들여 놓을 것 같아. 백지후, 그래도 지금은 내 옆에 있어 주라. 정말 미안하지만 그래 줘. 조금만 더 이따가 보내 줄게. 아주 조금만 더……

7. 파열, 부서지다

"아줌마, 오빠 어디 나갔어요?"

고3 수험생의 압박에서 드디어 해방된 세경은 마지막 겨울 방학을 맞아 잔뜩 게으름을 피우는 중이었다. 해가 하늘 높이 뜨고 나서야 느지막이 일어난 세경은 물을 마시러 식당에 갔다가 식탁을 차리는 제천댁에게 지후의 행방을 물었다.

"글쎄요, 좀 전에 은소 아기씨와 꼭 갈 데가 있다고……."

모처럼 풀려 있던 기분이 순식간에 망가져 버렸다.

"은소 언니랑요?"

"네."

또 둘만 어딘가로 사라져 버렸다. 언제나 세경만이 홀로 안달하고, 덩그러니 초라하게 남겨진다. 세경이 더 웃기고 화가 나는 건 그럼에도 여전히 깨끗하게 단념하지 못하고 구질구질하고 처량하게 백지후에게만 매달려 매번 같은 꼴을 당하는 자신이었다.

신경질 나 미치겠어!

정말 죽도록 악을 쓰고 싶었다.

은소와 지후가 같이 있는 광경을 마주칠 때마다, 그들이 사이좋은 연인처럼 함께 소리 내어 웃고 점점 더 가까워지는 모습을 볼 때마다 세경은 이번에야말로 더 이상은 둘 사이에 연연하지 않으리라고 자신을 채근하고 추슬렀다. 단지 어린 시절의 조금 유달랐던 감정일 뿐이니까 흔한 첫사랑일 뿐이니까 대학생이 되고 어른이 되면 금세 잊힐 것이라고 스스로에게 바득바득 우기면서…….

벌써부터 세경을 정신없이 쫓아다니며 잠깐이라도 만나고 싶다고, 사귀고 싶다고 온갖 아부와 선물 공세를 퍼붓는 무수한 추종자들의 무리가 거짓말 안 보태고 일렬로 줄을 세워도 될 정도였다. 세경은 치기 어린 우월감에 젖어 얼마간 그들을 얕보고 약 올리는 걸 즐기다가도 결국에는 길들여진 강아지처럼 언제나 지후를 해바라기했다. 그리고 번번이 다친 상처에 소금을 뿌리는 미련한 짓을 반복했다.

그러는 동안 세경은 어느새 여자의 감정을, 무서운 질투심을, 어떻게든 빼앗고 싶은 빗나간 욕망을 뼛속 깊숙이 배워 나갔다.

어떻게 해야 지후 오빠를 실컷 가질 수 있지? 어떻게 하면 강은소를 떼어 내 멀리 치워 버릴 수 있는 거냐고!

언제까지나 있는 힘껏 까치발을 한 채 두 사람 주위를 볼썽사납게 맴도는 짓만 계속할 수는 없었다. 강세경은 똑똑하고 예쁘고 잘났다. 선생님도 친구도 누구나 다 인정하고 그녀를 부러워했다. 불쌍한 건, 청승맞은 건 강세경이 아니다. 볼품없는 강은소여야 했다.

그런데 왜 지후 오빠는……!

왈칵 치미는 분을 이기지 못하고 세경은 하마터면 들고 있던 물 잔을 성질껏 집어던져 버릴 뻔했지만 차마 제천댁 앞에서 그럴 수는 없었다. 뭐라고 해도 그녀는 지후의 엄마니까.

"배 안 고프세요? 어서 앉아 아침 드세요. 에구, 벌써 점심 때가 다 돼 가네."

"네."

김이 모락모락 오르는 밥은 먹음직스러웠지만 세경은 숟가락도 대기 싫을 정도로 입맛이 없었다. 그래도 세경은 제천댁이 식당에서 나갈 때까지 꾹 참고 자리를 지켰다. 그러다 비굴하게 밥알을 세면서까지 앉아 있는 자신의 행동에 넌더리가 나고 한심해서 눈물이 쏟아질 것만 같았다.

구차해! 정말 구차하고 싫증 나서 못 해 먹겠어! 떡 줄 사람은 생각도 않는데 배알도 없이 김칫국만 마시는 헛짓거리라니…….

심지어 제천댁에게도 세경은 늘 뒷전이었다.

모자가 한결같이 강은소, 강은소, 강은소……!

와장창!

갑자기 귀에 거슬리는 커다란 파열음이 넓은 식당에 메아리 쳤다. 세경은 씩씩거리며 자신이 팔로 쓸어 버린 식탁 위를 한 참이나 뚫어지게 노려보았다.

"세경 아가씨, 무슨……!"

놀라서 한달음에 달려온 제천댁과 사람들을 쳐다보지도 않은 채 세경은 도망치듯 빠르게 식당을 벗어났다.

"이거하고 이거 둘 중에 어때? 세경이한테 어울릴 거 같은데……."

"어디?"

은소가 내민 두 가지 종류의 립글로스를 지후가 받아 들었다. 하지만 아무리 열심히 쳐다본들 남성용 화장품에도 문외한인 그가 그저 다 같은 분홍색으로만 보이는 립글로스 색깔을 구분한다는 것 자체가 코미디에 어불성설이었다.

"잘 모르겠는데……."

어련하려고…….

어쨌든 여기까지 부득부득 은소를 끌고 온 용기가 가상했다. 평일의 백화점 여성용 화장품 코너에서 백지후는 확실히 제법 쓸 만한 눈요깃감이었다.

"나 좀 이상하게 보이나?"

얼굴이 좀 따끔거렸는지 지후가 한 손으로 머리를 긁적이며 은소를 쳐다보았다.

"말이라고? 참 일찍도 알아챈다, 백지후."

"야!"

이런 상황에는 면역이 별로 없는 지후의 뺨이 금세 벌겋게 달아올랐다.

"농담이야. 다들 신기하니까 흘낏거리는 거지. 대낮부터 백화점에 곰이 어슬렁거리는데 돈 주고도 못 볼 구경거리잖아."

"너, 친구라는 게 진짜 너무한다, 강은소."

"그나마 친구니까 팔자에도 없는 동물원 구경거리 신세도 기꺼이 나눠서 해 주지. 무슨 득 될 게 있다고 쓰지도 않는 화장품 색깔이나 맞추며 이러고 있을까?"

안 그래도 움츠러드는 지후의 어깨를 곁눈으로 보며 은소가 피식 웃음기를 머금고 가볍게 타박했다.

"그렇게 주눅 들어 있으면 사람들이 더 재미있어 해. 이거나 제대로 봐 봐."

쭈뼛거리며 민망해하는 지후의 눈앞에 은소는 립글로스 색상을 테스트한 손등을 들이밀었다.

"어때?"

"어, 잠깐."

아까부터 입을 가리고 몰래 웃고 있는 직원과 주위의 눈치를 살피면서도 지후는 고개를 숙여 은소의 손등을 눈물이 맺힐 정도로 신중하게 바라보았다.

"예술품 감정하라는 거 아니다, 지후야."

은소는 입 끝에 얕은 한숨을 물었다. 그다지 채근할 생각은 없었지만 이러다가는 해가 저물도록 끝이 날 성싶지 않았다.

쇼핑에는 은소만큼이나 무심하기 짝이 없는 사람이 이렇게 물색없이 어언간 딴판으로 돌변하기도 한다.

"난 이게 더 예쁜 것 같은데⋯⋯."

은소의 말은 귓등으로 흘려들은 듯 무려 10여 분의 장고 끝에 좀 더 연한 빛깔의 립글로스를 고른 지후가 드디어 은소에게 동의를 구했다.

"응, 괜찮아. 그럼 그걸로 결정해."

"세경이가 좋아할까?"

"좋아할 거야."

네가 길거리 좌판에서 싸구려 구리 반지 하나를 사다 줘도 그 애는 좋아서 어쩔 줄 모를 거야.

"좀 성의 있게 봐주라. 건성으로 그러지 말고⋯⋯."

"누가 건성이래, 백지후? 그러는 너야말로 이제 좀 대충대충, 대강대강 하시지? 이건 정말 내 취미가 아니다."

그렇게 간간이 핀잔을 주면서도 은소는 지후가 꼼꼼히 물건을 다 고를 때까지 함께 걸음을 재촉했다. 결국 지후는 지나치는 사람들의 시선을 불편해하면서도 은소의 조언을 충고 삼아 꿋꿋하게 향수 코너까지 모두 돌고 나서야 대장정을 마쳤다.

"언제 들어온다는 말 정말로 없었어요?"

"그래, 그냥 친구들 만난다고만 하고 나가셨어."

두 사람이 집에 돌아왔을 때 세경은 나가고 없었다. 쑥스럽고 어색했지만 한편 좋았던 기분이 사그라진 지후는 저녁나절

내처 아무 잘못도 없는 제천댁에게 애꿎은 안달을 했다.

"전화도 안 왔고요?"

"그렇다니까. 대체 몇 번을 물어?"

과일과 차가 놓인 쟁반을 들고 오던 제천댁이 연거푸 고장 난 라디오처럼 똑같은 질문을 해 대는 아들 녀석을 넌더리가 난다는 표정으로 바라보았다.

겨울답게 일찌감치 해가 진 데다 저녁을 먹고 났는데도 세경이 감감무소식이자 지후는 더욱 좌불안석이었다. 제 휴대폰과 거실에 놓인 전화기를 줄기차게 번갈아 쳐다보며 소파에 엉덩이를 붙일 새도 없이 초조하게 거실을 서성거렸다. 나중엔 제천댁이 정신 사납다며 한 소리를 할 정도였다.

기실 제천댁도 슬슬 걱정이 되기는 매일반이었다. 세경이 늦겠다는 말도 없이 안 하던 화장까지 하고 나가는 것을 본 터였다. 더구나 낮에 별안간 식탁을 뒤엎기까지 한 후였다. 주변 입단속은 단단히 시켰지만 기실 제천댁도 세경의 그런 모습에 얼마간 충격을 받았다. 언뜻 저도 모르게 겹쳐 떠오르는 누군가의 그악스러운 잔상에 가슴이 섬뜩하니 졸아들 정도였다.

여차하면 책망을 듣더라도 귀가 전인 강 회장에게 알려 사람을 풀어야 하나 제천댁은 망설여졌다.

그녀의 부쩍 심란한 기척을 눈치챈 은소가 제천댁에게 다가 갔다.

"염려 마세요, 아줌마. 곧 들어오겠죠. 뭐든 똑 부러지는 아이니까 나서서 위험한 일은 안 할 거예요."

"그렇겠죠?"

"그럼요. 그러니까 그만 들어가서 좀 쉬세요. 하루 종일 힘드셨을 텐데……."

은소가 조용히 제천댁을 달랬다.

"한 시간만 더 기다리다가 그때도 안 오면 제가 알아서 박 비서님 통해 연락드릴게요."

억지로 등이 떠밀려서야 제천댁은 마지못해 거실을 떠났다.

그러고도 30분이 훌쩍 지나갔다. 지후는 이제 안절부절못하고 아예 창문에 붙어 서 있었다. 시간은 어느새 10시 반을 넘어서고 있었다.

"아무래도 회장님께 말씀을 드려야겠어."

시계에 눈을 고정한 채 사뭇 심각해진 지후가 불안한 목소리로 은소에게 말했다. 그 순간 다행인지 불행인지 그의 손에 들려 있던 휴대폰에서 신호음이 울렸다. 다만 고대하던 전화 대신 짧은 문자메시지 수신음이었다.

지후는 허둥지둥 버튼을 눌렀다.

"세경이니?"

문자 창을 보고 순식간에 굳어진 지후의 예사롭지 않은 표정에 은소가 소파에서 일어나며 물었다.

"맞아?"

"어……."

심상치 않은 낯빛, 지후는 잠시 망설이는 기색을 띠더니 휴대폰을 은소에게 건넸다.

메시지는 간단한 문장 몇 줄에 지나지 않았다.

나 술 마셨어. 많이. 취해서 혼자 못 들어가. 대한 호텔 9011.

은소는 미간을 찌푸리며 지후를 돌아보았다. 이 밤에 혼자 호텔에 있는 것은 둘째 치고 아직은 미성년자에 고등학생인 세경이 술까지 마셨다면 단단히 사고를 친 셈이다. 까맣게 탔을 백지후 속이 아예 시커면 숯덩이가 될 모양이었다.

아니나 다를까, 그의 얼굴이 말도 못 붙일 정도로 일그러졌다. 세경에 대한 주체할 수 없는 근심, 걱정, 두려움에 지후답지 않은 성마름이 느껴졌다. 지후는 제대로 화를 내지도 못하고 애써 덤덤하게 자신을 통제하려고 노력하는 중이었다.

"여기."

그사이 은소가 자신의 차 키를 찾아와 건네자 그제야 지후의 시선이 은소에게로 향했다.

"가서 데려와."

"같이……, 안 갈 거야?"

그의 질문에서 미묘한 머뭇거림이 읽혔지만 은소는 내색하지 않고 고개만 저었다.

"응."

백지후가 감당해야 할 몫이었다.

세경이 지후에게 건 싸움이었다. 강은소의 훼방 따위는 사양한다는 세경 나름의 명확한 시위이자 서투른 선전포고였다. 일

각의 유희　119

단은 비켜 줘야 옳았다. 그것이 지후에게 덜 고약한 처사였다.

"좀 지쳤어. 나 때문에 세 배쯤 고약해질 세경이 난 감당 안 돼. 난 빼 주라."

경험에서 배우는 법이다. 지후의 납득이 빨라졌다. 행간을 얼마나 읽었는지 모르겠지만 일단 녀석은 은소의 의도를 나름대로 이해했다.

"알았어. 쉬고 있어. 갔다 올게."

언제 주저하고 있었나 싶게 지후는 지체 없이 걸음을 옮겼다.

"잠깐, 지후야."

은소는 서둘러 걸어 나가는 지후의 큰 걸음을 정원 계단에서 간신히 따라잡았다. 그리고 지후가 잊고 나온 코트를 던져 주었다.

"추워. 코트는 입고 가야지."

대책 없는 녀석. 우물거릴 때는 언제고 그새 곤란함보다 세경에 대한 염려와 불안이 머릿속에 더 큰 자리를 차지한 모양이었다.

"미안. 고마워."

"진정 좀 하고……. 아무 일 없을 테니까 운전 천천히 해. 덩달아 사고 쳐서 아줌마가 너까지 걱정하시게 하지 말고……."

"그래, 알았어. 들어가. 진짜로 무지 춥다."

"지후야."

은소가 다시 한 번 지후를 낮게 불렀다.

"어, 왜?"

"너무 심지 곧은 똑똑한 바보처럼 굴려고 들지 마."

지후가 몸을 돌려 그녀를 보았다.

"때로는 누구나 다 하는 단순한 손익계산쯤……, 너도 조금 한다고 해서 널 탓하거나 나무랄 사람은 없으니까."

"뭐?"

"그냥 그렇다고……."

가끔은 모르는 척 못 이긴 척 넘어가 버리는 것도 괜찮아, 백지후. 아니면 나쁜 놈 흉내라도 내.

"은소야?"

"됐어. 생각은 나중에 하고 얼른 가기나 해."

은소는 이마에 주름을 잡으며 뭔가 대꾸하려는 지후를 재촉해 어깨를 밀었다.

"술 깨워서 무사히 잘 데리고 들어와."

좋아하면, 안타까우면 그냥 타협하고 져 줘. 잠깐만 눈 감고 귀 막고 세상 잣대, 기준 그런 시시한 거 다 제쳐 두고 세경이한테 가. 널 위해서, 세경이를 위해서……. 이쯤 하고 너 좋을 대로 떠나도 돼. 충분히 고마웠으니까. 그만하자, 모르겠다, 손들어 버리고 도망가. 그래도 친구 해 줄 테니까. 아니, 친구 해 준다면 기꺼이 감사하게 여길 테니까.

은소는 꼬리를 물고 이어지는 무수한 속말을 정작 입 밖으로는 한 마디도 꺼내지 않았다. 그저 지후가 성큼성큼 내달리다시피 대문을 나서는 것을 팔짱을 낀 채 가만히 지켜보았다.

우정을 빙자한 괘씸한 착취.

한숨인 양 새어 나오는 새하얀 입김을 따라 바람이 울었다. 싸늘하게 매워 금세 코끝이 찡하니 시려 왔다.

이 밤, 불현듯 떠오른 누군가가 가슴에서 몹시 서걱거리며 부대꼈다.

"왔네, 지후 오빠."

지후가 면허를 딴 이래 가장 빠른 속도로 차를 몬 날이었다. 지후는 별로 막히지도 않는 도로를 미칠 듯이 답답해하며 간신히 신호 위반만 피해 가며 허겁지겁 달려왔다. 하지만 엘리베이터 안에서조차 분초를 세던 지후가 무색하리만치 숨을 몰아쉬는 그에게 문을 열어 준 세경은 너무나 태연하고 반갑게 그를 맞았다.

"뭐 해? 들어와."

일순 안도감과 허탈감으로 멍하니 서 있는 지후의 팔을 세경이 잡아당겼다. 얼결에 넘어질 듯 딸려 들어간 지후에게 화려함과 품위가 감도는 넓은 실내를 둘러볼 겨를은 없었다.

높은 천장, 우아하게 늘어진 샹들리에의 은은한 조명이 두 사람을 비추고 있었다.

"세경이 너……."

지후는 말을 멈췄다. 다가온 세경에게서 짙은 술 냄새가 났기 때문이다. 자세히 보니 옷차림도 약간 흐트러져 있고 블라우스의 단추도 두어 개 풀어져 있었다. 많이 취했다는 말이 과장이 아니었던 모양이다. 육중해 보이는 테이블 위에는 반도 남지 않은 양주 병과 술잔이 놓여 있었다. 진짜 혼자서 지금까지 술을 마신 듯했다.

"대체 너 어쩌자고……."

"웬 일로 강은소는 안 보이네?"

따끔하게 훈계부터 시작하려던 지후의 말문이 이번에도 예고 없이 가로막혔다. 세경이 고개를 갸웃거리며 서로의 체온이 닿을 정도로 바짝 다가서서 지후의 등 뒤를 이리저리 살피고 있었다. 지후의 몸이 불시에 경직되었다.

"좋아라."

술과 일탈로 상기된 세경은 흥분된 기분에 한껏 고무되어 있었다. 어떻게든 거리를 두고 물러서려는 지후의 옆구리에 매달려 아예 파고들 듯 두 팔로 그의 허리를 안고 아이처럼 웃었다.

"세경아."

"반반이었어. 또 혹을 달고 오나 안 오나."

못마땅하게 입술을 삐죽거리다가 세경은 언제 그랬냐 싶게 금세 배시시 웃음을 흘렸다.

"아니, 아니. 사실은 기대하는 것도 우습다고 생각했어. 근데 이렇게 왔잖아. 오빠가, 혼자……."

"세경아."

"미치게 좋아."

귀여웠다. 당장이라도 손을 내밀어 머리카락을 쓰다듬어 주고 싶었다. 정신이 나갈 정도로 사랑스러웠다. 언제나 그랬다.

하지만 지후에게는 항상 넘을 수 없는 선이 있었다. 당치도 않은 경계, 간과할 수 없는 엄연한 현실이 곳곳에 존재했다.

'너무 심지 곧은 똑똑한 바보처럼 굴려고 들지 마.'

불과 수십 분 전, 은소가 말했었다.

'때로는 누구나 다 하는 단순한 손익계산쯤, 너도 조금 한다고 해서 아무도 널 탓하거나 나무랄 사람은 없으니까.'

강은소는 가끔 귀신처럼 사람 속을 헤집는다. 사뭇 냉혹하게 넘겨짚는다. 충고가 아니라 그를 생각하는 진심이었을 것이다. 알고 있다.

지후는 문득 머리를 들고 주위를 돌아보았다. 멀리 서울의 야경이 눈부시게 반짝이고 있었다. 여기는 아마도 국내에서도 몇 손가락 안에 꼽히는 이 호텔에서 가장 값비싼 객실일 테고 세경은 별다른 의식 없이 당연하게 최상의 환경과 서비스를 요구했을 것이다.

세경이 딱히 사치스럽거나 재력을 과시하려고 한 것은 아닐 것이다. 단지 재벌가의 일원으로 자라 온 세경에게는 그것이 숨 쉬는 공기만큼이나 자연스러운 일이기 때문이다. 세경이든 은소든 언제나 어디서나 최고의 대접과 혜택에 둘러싸여 있었다.

한집에서 자라고 같은 학교에 다니고 가끔은 일상까지 함께 공유한다고 해도 지후와 그들 자매 사이의 근본적인 차이는 이렇게 불쑥불쑥 생활 도처에 도사리고 있었다.

공주와 시종이 같은 성에 산다고 해서 그들의 신분이 같을
수는 없다. 지후의 얼굴에 어두운 그늘이 스치고 지나갔다.

너는 성에 사는 공주님이지, 세경아. 그래서 난…….

자신의 품에 거의 안기다시피 기대고 있는 세경이 갑자기
너무나 무겁게 심장에 턱 얹혔다. 지후는 복잡하게 술렁이는
마음의 갈등을 외면하고 행여 세경이 눈치챌세라 그녀를 조심
스럽게 밀어냈다.

"오빠?"

"속은……, 괜찮니?"

"그다지……, 아무렇지도 않아."

어색한 지후의 태도를 눈치챈 세경이 시무룩하게 대꾸했다.
머뭇머뭇 다시 그를 잡은 손에 힘을 줘 보아도 지후는 확연하
게 그녀를 자신에게서 떼어 냈다.

"나중에는 속도 쓰리고 머리도 전쟁이 난 것처럼 아플 거다.
그렇게 꼬맹이가 술은 무슨 술이야? 너 술 깨고 나면 나한테
혼 좀 나."

세경은 짐짓 엄한 척하며 자신에게서 멀어지려는 그의 기색
을 대번에 알아챘다. 세경의 입매가 일그러졌다.

"잔소리 집어치워. 나도 이제 어른이나 마찬가지야. 금방 대
학생이 된다고. 술 좀 마신 게 뭐가 그리 대수야?"

"세경아."

"누구 때문에 마신 건데……. 다 오빠 때문이잖아! 오빠가
나 술 마시게 만들었잖아!"

세경은 화가 났다. 술기운이 차츰 달아나고 그만큼 신경이 곤두섰다.

"말해 봐, 오빠. 오빠한테 나는 언제까지나 칭얼거리면 달래 주고 짜증 내면 다독거려야 하는 꼬맹이에 지나지 않아?"

철이 들기 전부터, 철이 들고 나서도 어미 닭을 쫓아다니는 병아리처럼 지후만 바라보았다. 짜증 나는 강은소가 이따금씩 놀리는 눈으로 보아도 상관없었다.

남들은 부럽다고 저마다 입을 모으지만, 물질적인 요구를 들어주는 것 외에는 자신에게 무심하기 짝이 없는 바쁜 아빠와 무얼 하든 사사건건 반감부터 드는 은소, 가정의 온기라고는 느껴지지 않는 횅한 집안에서 지후는 세경에게 가장 만만하고 안전한 불씨였다. 그의 옆에만 있으면 따뜻하고 마냥 행복했다. 하지만 그 불씨의 주인이 자신이 아니라는 것을 세경은 몰랐었다. 아니, 모른 체하려고 필사적으로 고집 피우고 외면했었다.

왜 자신이 은소보다 먼저가 되어선 안 되는가?

"알잖아, 내가 오빠 좋아하는 거, 사랑하는 거……."

"그만해. 너 많이 취했어."

"이제 말짱해! 하나도 안 취했어, 나!"

세경은 자신의 고백에도 동요는커녕 나무토막처럼 끄떡도 않는 지후가 미워서 심사가 틀어질 대로 틀어졌다. 그의 표정에는 놀람도 기쁨도 없었다. 그저 무표정으로 일관하는 지후에게 세경은 급기야 소리를 질렀다.

"어린애 취급 그만해!"

어떻게 그렇게 아무렇지 않은 얼굴을 할 수 있어? 나는……, 내가 지금 어떤 마음인데…….

무조건 덮어 놓고 좋았다. 무턱 대고 진저리 나게 좋아서 힘든 줄도 모르고 죽어라 발돋움했다.

"보채는 계집애한테 사랑 주고 장난감 주고 구슬리듯 더없이 자상하게 굴면서 사실은 오빠가 나 같은 거 언제나 밀쳐 두고 무시하는 거 내가 모르는 줄 알았지?"

"세경아, 그런 거 아니야."

하지만 혼자만 그러면 뭐 하는가? 지후는 늘 저만치에서 사람의 약을 올린다. 감질나게 만든다.

"뭐가 아닌데? 지금이라도 강은소가 전화해서 부르면 난 여기다 팽개쳐 두고 한달음에 뛰어갈 거잖아!"

격앙된 세경의 얼굴이 붉게 달아올랐다.

"싫어! 이제 정말 싫다고!"

물기가 잔뜩 고인 눈을 날카롭게 이글거리며 낯선 여자의 표정을 하고 세경이 지후를 응시했다.

"은소한테 오빠 뺏기기 싫어. 은소하고 같이 있는 것도 싫어. 내가 강은소보다 오빠를 더 많이 사랑하는데……. 사랑하는데!"

"세경아……."

뜻밖의 공격에 정면으로 급소를 찔린 지후는 할 말을 잃고 머릿속이 뒤죽박죽이었다.

"주기 싫어. 내가 첫 번째 할 거야! 나만 갖고 싶다고!"

처음이 아니면, 전부가 아니면 이젠 필요 없다. 끝을 보고야 말 거다.

별안간 세경이 덤벼들 듯이 지후의 어깨를 잡아 끌어내렸다. 본능적으로 움찔하는 지후에게 강하게 매달린 세경의 입술이 그의 입술에 세게 부딪혔다.

키스라고 하기에도 뭣한……, 느닷없는 충돌과도 같은 짧은 접촉.

하지만 미숙하기 짝이 없는 세경의 무모한 시도는 허무하리만치 순식간에 실패로 돌아갔다. 지후가 불에 덴 듯 세경을 거칠게 밀치며 황급히 떨어진 것이다. 세경이 비틀거렸지만 지후는 부축할 엄두조차 내지 못했다.

"……."

그들 사이로 찍어 누를 듯 숨 막히는 침묵이 내려앉았다.

그 순간, 오빠와 동생, 진짜 혈연도 친척도 아닌 그들의 어설픈 남매 놀이가 막을 내렸다. 그곳에서 서로를 마주하고 있는 것은 분명 남자와 여자였다. 지후가 아무리 우기고 싶어도 더 이상 과거로 돌아갈 수 없는 이편과 저편의 두껍고 막다른 벽이 생겨 버렸다.

"오빠……."

체념하지 못한 세경은 술의 힘을 빌려 다시금 그에게 한 발 다가섰다.

"오빠……."

지후의 정신이 번쩍 들었다. 재차 얼어붙었던 가슴에서 심장이 균열을 일으키며 부서졌다.

무슨 짓을 하고 있는 거야, 백지후!

지후는 자신이 숨을 멈추고 있었다는 것을 자각하자마자 그대로 세경에게서 등을 돌렸다. 그러고는 곧장 문을 향해 걸어가기 시작했다.

"나가기만 해!"

그 절규하듯 내지르는 비명에 지후의 발걸음이 저도 모르게 우뚝 멈추었다.

"이대로 나가면……"

하지만 돌아보지는 않았다.

"다시는 오빠한테 기회 같은 거 안 줘! 오빠 하나만 내내 바라보는 등신 같은 짓 절대로 안 해!"

굳어 있는 지후의 등이, 외면하고 있는 그의 완고함이 세경에게는 너무 잔인하고 원망스러웠다. 야박하고 야속했다.

이렇게까지 매달리는데, 자존심도 없는 하찮은 계집애처럼 나만 봐 달라고 애걸하는데, 더러운 거지처럼 구걸하는데!

"절대로 안 할 거야!"

나쁜 놈, 나쁜 자식, 백지후. 내가 거지만도 못 하니? 동정도 못 해 주겠어?

대꾸조차 없었다. 세경은 수치스럽고 부끄러웠다.

뭐가 그렇게 잘났니? 아니면 고상한 체 가증 떠는 강은소가 그렇게 좋아? 내 고백 따위는, 내 사랑 따위는 고민하고 망설일 가치조차 없다는 거야?

"오빠가 뭔데?"

그러면서 왜 여태껏 빌미를 주고 여지를 줘서 내가 착각하게 만들었는데? 왜 조금은 기회가 있을지도 모른다고, 사실은 오빠도 나를 좋아하고 있을지도 모른다고 바보처럼 헛꿈 꾸게 내버려둔 건데? 왜!

"오빠 네까짓 게 뭐냐고!"

세경이 비명처럼 지후를 힐난했다.

"근처에 있을게. 술 깨면 전화해, 위험하니까 혼자 가지 말고."

끝까지 의연하게 굴며 보호자로 남아 있으려는 지후의 태도가 세경은 이제 하나도 달갑지 않았다.

"웃겨……."

세경은 허탈하게 조소했다.

누군가 그랬다. 사람의 앞모습은 거짓말을 해도 뒷모습은 속이지 못하는 거라고. 그렇다면 이 순간 저렇게 야멸치게 추호의 망설임도 갈등도 없이 그녀를 내버려두고 나가는 지후의 차갑고 단단한 등이 여지없는 그의 본심이라는 거다. 이제껏 무슨 낯부끄러운 착각과 상상에 빠져 혼자 허우적거리고 있었던 건지…….

"정말 웃긴다, 백지후. 누가 오빠로는 남겨 준대?"

세경의 모진 말에도 지후는 아무런 대꾸가 없었다. 들쭉날쭉한 감정의 날이 그녀를 궁지로 몰아넣었다.

그가 싫었다. 그의 뒷모습이 싫었다. 이렇게 견딜 수 없을 정도로 백지후가 싫은 것은 처음이었다.

"이거 아니? 나도 이제 신물이 나려고 해."

쐐기를 박듯 세경이 내쏘았다.

"미안하다……, 세경아."

"가! 내 눈앞에서 깨끗이 치워 줄 테니까 가서 강은소 심복 노릇이나 하다 늙어 죽어 버려."

문이 닫혔다. 그때까지 사력을 다해 버티고 있던 세경의 어깨가 바들바들 떨리기 시작했다. 스르르 힘없이 주저앉았다. 마치 시들어 축 처진 꽃대롱처럼 뚝 부러지듯 다리가 저절로 꺾였다.

마지막 말은 하지 말걸.

네까짓 거라고……, 그런 못된 말은 하지 말걸.

다 끝난 마당에도 세경은 독하게 뱉어 낸 말이 목에 가시처럼 걸렸다.

"흐……으……."

가라지. 그래, 가 버려, 백지후.

난 이제 네까짓 거 몰라. 모른 체할 거야. 얼마든지 그래 줄 거야. 당당하고 잘난 강세경으로 살아 줄 거야.

강은소가 좋으면 둘이서 잘 먹고 잘살아.

그러니까 가 버려. 꺼져 버려!

"윽……, 윽……."

울음이 목구멍까지 차올랐지만 세경은 죽어라 이를 앙다물었다. 뭉클거리며 미친 듯 터져 나오는 쓰디쓴 응어리들을 꾸역꾸역 남김없이 서럽게 집어삼켰다.

안 울 거야! 백지후 따위가, 강은소 따위가 뭐라고!

오기가, 증오가 독가시처럼 세경을 휘어 감았다.

후회하게 만들어 줄 거야. 둘 다 반드시 후회하게 만들어 주겠어!

맹목적이고 순수했던 열정은 사라지고 절망과 배신감이 그 자리를 메웠다. 그렇게 세경은 백지후란 남자를 도려내 낡은 흑백 사진 속에 가두어 버렸다.

어떻게 계단을 내려와 차 문을 열었는지도 몰랐다. 자칫하다간 질식할 것만 같아서 엘리베이터를 탈 수도 없었다. 야심한 시각, 호텔 주차장 차 안에서 지후는 한참을 우두커니 앉아 있었다.

세경이 던진 비난과 책망이 고스란히 비수가 되어 그를 가격했다. 세경이 옳았다. 허겁지겁 못나게 도망친 것도 그였고 비겁한 것도 그였다. 잡아서는 안 된다는 것을 뻔히 알면서도 완전히 놓지 못하고 칠칠치 못하게 감정을 흘리고 다닌 것도 다름 아닌 그였다. 숨어 있던 자격지심에 감히 여자로도, 그냥 동생으로도 보지 못했다. 영리한 세경은 단지 그 빈틈을 예리하게 감지했을 뿐이다.

그럼에도 뿌리쳤다. 잘난 척, 대범한 척 세경의 자존심에 생채기를 내고 분명 뒤에서 울 것을 알면서도 혼자 남겨 두고 못

되게 걸어 나왔다.

잘했어. 잘한 거야.

지후는 반복해서 되뇌었다. 하지만 얄팍한 자기 위안과 설득은 금세 동이 나고 결코 꺼내어선 안 되는 자신의 초라한 진심과 대면할 수밖에 없었다.

세경아…….

내게 조금만 더 시간을 주지 그랬니? 그랬다면……, 어쩌면 난…….

높다란 성벽 안, 세상 물정을 모르는 그의 어린 공주는 너무 예쁘고, 너무 귀했다. 조만간 나비가 되어 세상을 훨훨 날아다닐 눈부신 날개까지 지니고 있었다.

반면 백지후는, 아직 가진 게 아무것도 없었다. 세상 무엇보다 소중한 것을 지키기는커녕 그는 지금 홀로 서기조차 버거웠다. 마쳐야 할 학업과 군대……, 언제가 될지도 알 수 없는 자립까지…….

너무 멀다, 세경아. 까마득히 멀어.

지후는 괴로움이 가득한 두 눈을 억지로 내리감았다.

네가 좀 더 자라 있고……, 내가 좀 더 커다랬다면……. 그랬으면 세경아, 나는…….

이성적인 생각, 올바른 행동, 좀 더 어른인 그가 마땅히 갖춰야 할 현명함과는 별개로 정직한 그의 욕망, 그의 바람은 이리도 치사하고 옹졸하다.

욕심냈을지도 몰라…….

못나게 굴었을지도 몰라…….

내 몫이 아닌 걸 이토록 잘 안다 해도…….

한나절을 동분서주하며 고른 보람도 없이 그의 선물은 영영 소용이 없게 될 듯했다.

분홍색이 잘 어울렸을 텐데……. 이젠 확인할 수도 없겠지.

가까스로 다잡았지만 생살을 으깨는 듯한 간헐적인 통증은, 끈질긴 여진처럼 기어이 억누른 그의 마음에 감당키 어려운 아픔을 호소했다.

벨이 울렸다. 은소는 천천히 전화를 받았다.

"여보세요?"

상대는 한참 말을 잇지 않았다. 은소도 묵묵히 입을 다물었다.

— …….

"……."

— 은소야…….

"……."

— 강은소…….

"바보…….."

— …….

대화라고 할 것도 없이 전화는 그렇게 조용히 끊어졌다. 자세한 내막 같은 것은 알 필요 없었다. 그저 지후의 상실감과 슬픔을 더 이상 엿보지 않기 위해 물러섰다. 지후도 다시 전화를 걸어오지 않았다.

안도하고 싶지 않다. 안도하고 싶지 않다. 안도하고 싶지
않다…….

은소는 휴대폰을 던져 버렸다.

"못돼 처먹은 강은소!"

깊은 한숨, 끝없는 자학.

은소는 의자 위에서 양팔로 무릎을 감싸 안고 어둠 속에 가
만히 웅크렸다.

스산한 그리움이 회피할 수 없는 악몽처럼 다시 그녀를 찾
아들었다.

늦은 심연의 밤, 이 시각 그들은 모두가 오롯이 혼자 외로
웠다.

8. 추방

"은소 아기씨⋯⋯."

"네, 아줌마."

제천댁이 강 회장의 호출을 알려왔을 때 은소의 각오는 이미 서 있었다. 그녀의 뜻과는 아무 연관 없는 사건이었다 해도 화근은 그녀에게 있었고 강 회장은 그 사실을 묵과하지 않을 터였다. 혈육이건 자식이건 그의 의지에 거스르는 일이 벌어졌다는 것만으로 은소는 처벌되어야 했다. 그래야 대외적으로 본보기를 삼을 수 있는 동시에 같은 일이 다시 발생하지 않도록 경각심을 심어 줄 수 있을 테니까 말이다.

하긴 이토록 철저하게 비인간적이고 현실적인 사람이기에 갑자기 주인을 잃은 재하를 여기까지 이끌고, 사정이다 개혁이다 정권이 바뀔 때마다 불어 닥치는 온갖 굴곡과 어려움을 헤쳐 나올 수 있었으리라. 호사가들은 한때 강원욱 회장을 교활한 기회주의자 혹은 마누라 잘 만난 덕에 횡재한 출세주의자라고 수군대기도 했으나 그가 재하 그룹을 이끈 지 스무 해를 넘긴 지금은 더 이상 아무도 강 회장의 능력에 의구심을 표하는 이가 없었다.

한때 할머니의 서재였던 방에 앉아 은소는 흔들림 없이 초연한 눈빛으로 부친을 응시했다. 언제나 일에 치이면서도 책을 손에서 놓지 않는 부친의 습관 덕에 넓은 서재 안은 육중한 무게의 책장과 책으로 빽빽했다.

"부르셨습니까?"

마치 타인처럼 은소는 사무적으로 부친을 대했고 강 회장 또한 딸에게 살갑지 않기는 마찬가지였다. 그들에게는 그런 여지가 남아 있지 않았다.

"건축 일은 재미있느냐?"

"네."

은소는 일부러 경영과는 먼 전공을 선택했다. 부친의 압력이 미친 것은 아니지만 그가 은근히 바라고 있던 일이기도 했다. 이유야 어쨌든 은소는 집을 설계하고 아무것도 없는 공간에 뭔가를 창조하는 일이 마음에 들었고, 건축은 이제 유일하게 그녀를 지탱해 주는 만족스러운 버팀목이 되어 주고 있었다.

"잘 해내고 있단 소리는 들었다. 좀 더 배운 다음에 독립하는 것도 괜찮겠지."

은소는 가타부타 토를 달지 않고 묵묵히 듣고만 있었다.

"경험도 쌓을 겸 그 전에 얼마간 바깥 공부를 더 하고 들어오는 건 어떻겠느냐?"

강 회장의 고압적인 지시는 권유나 제안이 아니라 강요였다. 마치 하늘에서 내리는 율법처럼 그는 거역을 용납지 않을 얼굴을 하고 있었다.

"네."

당겨지든 미뤄지든 어차피 조만간 내려질 명령이었다. 은소는 극도로 감정을 걸러 낸 얼굴로 담담히 받아들였다.

"준비는 박 비서가 알아서 해 놓았다. 그쪽에 가면 지사장이 사람을 내보낼 게다. 필요한 것만 챙겨서 출발해라."

추방 후에도 감시의 눈길을 늦추지 않겠다는 명백한 의도가 그의 말 속에 숨어 있었다.

"알겠습니다."

"나가 보거라."

어차피 정붙일 데 없기는 여기나 거기나 매일반이다. 산이 설건 물이 설건 탓해서 나아질 것도 아니고 그나마 숨이 트일 수 있다면 바다 건너 이역만리도 나쁘지 않았다.

"행동거지를 조심하여라."

은소는 문고리를 세게 쥐었다가 곧 힘을 풀었다.

"집안에 누가 되지는 않겠습니다."

서재를 나올 때까지 은소는 꼿꼿하게 허리를 세우고 어떤 빈틈도 보이지 않았다.

"아줌마, 물 좀 주세요."

제천댁은 저녁거리를 위해 주방에서 보조하는 아이와 재료를 다듬고 있었다.

"아기씨, 어디 안 좋으세요? 안색이…….."

은소를 본 제천댁이 다듬던 생선을 황급히 내려놓고 손을 씻었다.

"괜찮아요. 그냥 목이 말라서…….."

먼저 가신 어르신의 몫까지 책임을 다해야 한다고 믿고 있는 제천댁은 언제나 지나칠 정도로 은소를 보살펴 왔다. 그래서 누구보다 은소의 변화를 민감하게 파악해 냈다.

"무슨 말씀이라도……, 혹여 들으셨어요?"

젖은 손을 마른행주에 닦고 물을 따르는 제천댁의 안색이 어두워졌다.

회장님이 부르실 때 벌써 걱정이 되긴 했지만…….

"아뇨, 아직 감기가 제대로 안 떨어져서 그런가 봐요."

은소는 잔을 받아 들며 고마움을 표시한 뒤 칼칼한 목에 들이부었다.

"거 보세요. 제가 뭐라고 했어요? 그렇게 심하게 앓았는데 금세 좋아질 리가 만무하지. 좀 더 쉬시라고 입이 닳도록 일렀건만 그새를 못 참고 공사다 뭐다 쫓아다니시니까 덧날 수밖에요."

모자가 참 닮은꼴이었다. 지후도 어릴 때부터 걸핏하면 친구가 아니라 무슨 보호자처럼 어지간히도 귀찮게 굴었다. 밥은 먹었느냐, 잠은 얼마나 잤느냐, 여자가 어딜 그렇게 늦게 돌아

다니느냐, 과묵하고 뻣뻣하기로 치자면 장작개비가 스승님 삼
자 덤빌 녀석이 입에 쥐가 날 정도로 안달을 부리고는 했다. 어
른이 된 뒤에는 다소 뜸해졌지만 대신에 제천댁의 감시가 그녀
의 연배만큼 도를 더해 심해졌다. 무심코 말을 뱉은 자신을 나
무랄 수밖에……

"배 달여 놓은 게 남았으니까 달다고 도리질만 치지 마시고
좀 드세요."

우겨 봤자 본전도 못 찾을 게 뻔했다.

"알았어요. 그럴게요. 조금만 데워 주세요."

"아침도 뜨는 둥 마는 둥 하시고선……, 쯧쯧."

약이 먹기 좋게 따뜻해지는 동안 제천댁은 은소에게 먹일
과일을 꺼내 가지런히 쟁반에 담았다. 그녀의 수고를 생각해
은소는 탐스러운 딸기 하나를 베어 물었다.

"아줌마."

"예, 아기씨. 이제 다 됐……."

제천댁은 한창 그릇에 김이 나는 액체를 따르느라 바빴다.

"저 곧 떠나요."

그녀의 손이 죽 미끄러지며 그릇 안의 내용물이 넘쳐흘렀다.

"에구머니나, 이런 멍청한 짓을! 이걸 아까워서 어쩌나."

"데지 않으셨어요?"

은소는 일어나서 허둥지둥 걸레를 훔치는 제천댁에게 다가
갔다.

"데긴요, 팔팔 끓인 것도 아닌데. 오지 마세요. 옷 버리세요."

휘이 손을 내저으며 제천댁이 서둘러 은소를 만류했다. 하지만 곧 반짝거리는 조리대 위를 더럽힌 끈적한 물기를 닦는 것을 포기하고 은소를 바라보고 말했다.

"어디로 가시는데요?"

"파리요. 공부나 좀 더 하고 올까 해서요."

뭔가를 눈치챈 제천댁은 염려가 앞서는 모양이었다.

"회장님께서……."

은소는 그녀가 입을 떼기 전에 먼저 미소를 가장했다.

"지후는 아직 안 왔어요? 이번 여행은 좀 길어지네요. 재미가 좋은가?"

지후는 대학원 시험이 끝나자마자 오지 탐험을 한답시고 배낭 하나 달랑 메고 순례를 떠났다. 어렴풋이 그 원인을 짐작하고 있던 은소는 군말 없이 잘 다녀오라며 떠나는 녀석을 배웅해 주었다. 그게 벌써 2주 전이다. 세경의 첫 번째 스캔들이 지면을 장식한 것도 아마 그즈음이었을 것이다.

"어디 처박혀 죽었는지 살았는지……."

제천댁이 퉁명스레 툴툴댔다. 그래도 절대 아들에 대한 듬직한 믿음이 흔들릴 리 없는 사람이었다.

"곧 오겠죠."

산뜻하게 결론 내고 어서 돌아와. 너무 진 빼지 말고.

"하지만 잘하면 못 보고 갈지도 모르겠어요."

"그렇게 금방이오? 준비도 하시고 짐도 챙기시려면……."

황망한 듯 다그치는 제천댁을 은소가 진정시켰다.

"다 끝내 놓으셨다고 하시네요. 몸만 가면 돼요."

"세상에……."

좀체 웃전이라고 여기는 사람에게 불만을 표시하지 않는 제천댁이 드물게 감정적이 되어 있었다.

"회장님도 너무하시……."

그러나 엿듣고 있는 도우미 아이에게 생각이 미치자 겨우 말끝을 얼버무리고 돌아서서 앞치마로 얼굴을 훔쳤다.

"어떻게 이런 처사를……."

"그냥 유학 가는 거예요. 사실 따로 계획도 하고 있었고요."

자그맣게 코를 훌쩍이는 소리가 들려왔다.

"갔다 올게요."

이 여인은 은소에게 친어머니보다 더 가까운 존재였고 늘 편안한 둥지 같은 장소를 제공해 준 사람이었다. 아마 이 집안의 어떤 사람보다 그녀가 그리워질 것이다.

"건강……, 조심하세요, 아줌마. 아셨죠?"

"아기씨 건강이나 돌보……."

제천댁은 또 목이 메는지 부리나케 주방을 빠져나갔다.

지후는 다음 날 돌아왔다. 은소는 아직 밤에 심취되지 않은 한가한 포장마차의 내부를 얼마간 두리번거리다가 구석에 자리 잡고 앉아 있는 익숙한 뒷모습을 찾아냈다. 그 넓은 어깨를 구부정하게 숙이고 벌써 반쯤 술병을 비운 채 자음자작하고 있던 지후는 그녀가 맞은편의 조잡한 플라스틱 의자에 체중을 얹을 때까지도 고개를 숙이고 있었다.

"왔냐?"

덩달아 말없이 앉아만 있는 은소에게 한참이 지나서야 인사랍시고 건네는 폼이 확실히 많이 취해 있었다.

"얼굴 까먹겠다, 백지후. 뭐 하다 이제 돌아와? 그리고 왔으면 곧장 집으로 올 것이지 그 꾀죄죄한 몰골로 술부터 퍼대냐?"

타박부터 주었지만 반가웠다. 아마 꽤 오래 보지 못할 얼굴이라 만나고 떠날 수 있어서 기뻤다.

"너 돈 없이 간다더니 순 사기 공갈이었지? 고생 하나도 안 했구만. 어째 갈수록 부해져, 안 그래도 부담스러운 덩치에?"

"받아라."

"웬 청승이야?"

독한 소주를 탁 털어 넣고 빈 잔을 건네는 지후의 잔을 은소는 반대 없이 받았다.

"몰라. 기분이 더럽게 야릇해서 그런다."

"뭐가? 남은 정신 하나 없을 정도로 바빠 죽겠는데 유유자적 실컷 여행 잘하고 와서 무슨 심통이야?"

은소는 찰랑거리는 잔을 초록색 탁자 위에 올려놓았다. 그러자 지후의 붉어진 눈이 그 동작을 따라 떼구루루 굴러 왔다.

"마셔 주면 안 되겠냐?"

"그래 줄까?"

은소가 알코올에 극도로 과민한 체질이라 한 잔만 마셔도 거부 반응으로 응급실 신세를 져야 하는 것 뻔히 알고 있으면서 저런 생떼를 부리는 것도 백지후답지 않았다.

"관둬라. 지금은 업고 뛸 자신 없다."

지후가 은소의 잔을 빼앗아 그의 입으로 가져갔다.

"그래, 나도 네 냄새 나는 등에 업힐 자신 없다."

"그렇게 구질구질하냐?"

"석 달 열흘은 목욕 안 한 것 같네, 뭐."

조금 먼지를 타긴 했어도 셔츠와 바지는 깨끗했다. 하지만 은소는 일부러 장난스럽게 지적했다.

"나쁜 계집애."

무의미한 소음들로 번잡하던 주위가 쑥 가라앉았다.

"나야 언제나 나쁜 계집애지."

은소는 차분히 대답했다. 그리고 다시 지후가 입을 열기를 초조함 없이 기다렸다. 주조 회사의 로고가 찍힌 투명한 술잔이 다시 지후의 투박한 손가락 사이에서 연거푸 비워졌다. 몸에 해롭다는 둥 그만 마시라는 둥 잔소리를 하는 대신에 은소는 주인에게 소주 두 병과 음료수를 더 주문했다.

"묻지도 않냐, 왜 나오라고 했는지?"

"그럴 필요 없을 것 같아서."

김이 오르는 뜨끈한 국물과 함께 병들이 날라져 왔다. 은소는 뚜껑을 따서 지후에게 새 술을 기울였다.

"정말 갈 거냐?"

"그래."

"얼마나 있다 올 건데?"

"나도 몰라."

"유배지로 쫓아내면서 기한도 안 정해 주시던?"

꼬부라진 어조로 신랄하게 비아냥대 봤자 효과도 없었다.

"그게 중요한가? 무슨 상관이라고⋯⋯."

"그래, 그렇긴 하다."

뭘 납득한 건지 혼자 머리를 주억거리는 지후였다.

"망할!"

"안 어울린다, 너."

"알아. 하지만 엄마한테 안부 전화했다가 온종일 아무 데나 박고 다녔다. 덕분에 일정도 다 집어치우고 왔잖냐. 봐주라."

은소는 길게 한숨을 내쉬었다. 술을 못한다는 건 사회적으로 불편할 뿐만 아니라 개인적으로도 손쉬운 위안의 수단을 하나 잃어버린 것과 같았다.

"내가 가는 거잖아."

그들의 눈이 마주쳤다.

"은소야."

"말해."

혀를 쏘는 탄산수는 식도를 자극하며 힘겹게 넘어갔다.

"넌 이제 내가 필요 없지?"

필요해. 나는 아직도 네 옆이 필요해, 백지후. 하지만 그렇기 때문에 나는 더 이상 네가 필요하면 안 돼. 알지?

은소는 잔잔하게 머리를 끄덕였다.

"그래."

"매정한 것, 얌통머리 없는 계집애!"

"나, 네가 계집애라고 부르는 거 싫지는 않은데 말이야, 백지후. 그래도 한 번만 더 그렇게 부르면 나도 널 이놈 저놈 막불러도 좋다는 걸로 알 거다."

지후가 풋 하고 웃었다. 아직도 동심처럼 올곧게 반짝이는 순수한 소년의 눈동자가 보였다.

넌 나 같은 인간한테 네가 얼마나 눈부신 사람인지 모르지? 너를 세경이처럼 사랑할 수 없는 내가 얼마나 한심스러운지도…….

"너도 내가 필요 없잖아."

"자신 있냐?"

"그렇게 물러 터지니까 정작 진짜는 못 잡고 엉뚱한 데서 헤매는 거야, 백지후."

"사돈 남 말은…….."

"그래, 우린 둘 다 멍청한 바보들이지. 정말로…….."

추운 밤이 될 것 같다. 정말이지 술 한잔으로 몸을 덥힐 수있다면 좋을 텐데…….

은소는 지후를 외면하고 뿌연 비닐 창 너머 조급하게 달음질치는 사람들을 오래오래 지켜보았다. 저렇게 갈 곳이 있다는 것은 행복한 일일 것이다.

"그렇게 대충 마시라고 했지? 가지가지도 한다."

패이지도 않는 딱딱한 콘크리트 같은 등짝을 탁탁 두드리며 은소는 머리를 저었다.

"네가 사 줬잖아. 원래 난 조금만 마실 생각이었다고…….우욱!"

"핑계 한번 참 근사하다."

꽤나 토했는지 진이 다 빠진 듯한 지후를 내려다보자니 핀 잔만 주고 있을 수도 없었다.

"아직도 들어 있는 게 있어?"

"야, 이게 다 누구 때문……."

불만에 겨운 웅얼거림이 명확치 않게 흘러나왔다. 아예 전 봇대를 끌어안고 늘어질 기세였다.

"어디 슬슬 일어서…….

"대체 뭐 하는 거야, 두 사람!"

쇳소리가 묻어나는 여자의 음성이 매몰차게 고요한 골목길 을 울리고 지나갔다. 은소는 내심 한숨을 삼키고 차에 기대서 있는 세경을 바라보았다.

"갈수록 웃기지도 않는군. 대문 앞에서 오밤중에 무슨 꼴불 견들이야, 대체? 이거야 어디 동네 창피해서…….

머리에서 발끝까지 한창 주가를 올리고 있는 신인 탤런트답 게 세경은 완벽한 단장을 하고 있었다.

대학에 들어가자마자 방송사의 공채에 합격한 세경은 남들 과는 다른 배경과 이점, 그리고 스스로의 미모를 바탕 삼아 급 상승의 기류를 잡아탔다. 요즘은 밀려드는 출연 섭외다 광고다

해서 눈코 뜰 새 없이 바쁜 모양인지 집에서 마주칠 기회조차 거의 없었다.

"큰소리 내지 말고 들어가."

"본인 앞가림들이나 잘하시지그래."

세경은 한심스러운 눈길로 지후의 웅크린 모습을 빤히 노려보았다.

"쫓겨나는 애인이 그렇게 가슴에 에이고 사무치면 데리고 멀리 도망이라도 치든가."

세경은 냉랭하게 비웃음을 날리며 지후를 스쳐갔다. 그러고는 자정을 넘긴 시간에도 아랑곳하지 않고 당당하게 대문의 벨을 눌렀다.

"나예요."

무거운 철문이 부드럽게 밀려났다. 세경은 집 안으로 들어가기 전에 어깨 너머로 조소처럼 말을 내던졌다.

"그런데 말이야, 언니. 고용인의 아들과 이런 시간까지 난잡하게 어울려 다니는 거, 과히 현명하지는 않잖아? 천박스럽긴……."

손바닥 아래에서 지후의 등 근육이 움찔한 것은 구역질로 인한 몸의 경련 때문은 아니었다. 은소는 눈을 감고 차갑게 내쏘았다.

"되는대로 지껄이지 말고 네 일이나 잘해."

"충고해 주지 않아도 그럴 생각이야. 아, 그리고 공항에는 못 나갈 거 같으니까 잘 가. 이왕이면 아주 오래 보지 말자고.

피차간에 그게 편할 테니까. 그렇지 않아?"

"그래."

세경은 한껏 도도하게 정원의 수목들 사이로 사라져 갔다.

"제기랄! 빌어먹을……, 욱!"

진정됐다 싶었던 욕지기가 다시 쏠리는지 지후는 또 입을 틀어막았다. 하지만 오래 버티지 못하고 땅바닥에 엎드리고 말았다.

"억울해하지 마. 기회가 있을 때 앞뒤 가리지 말고 무조건 잡았어야지. 다 자업자득이야."

"너 진짜……, 친구 맞냐? 우욱! 욱……."

"친구가 아니면 이 꼴을 보면서도 네 등을 두드리고 앉았겠어?"

은소는 짐짓 거칠게 지후의 등을 쳤다.

"젠장, 울고불고 하소연만 했단 봐라."

"왜? 거기까지 날아와 주기라도 하려고?"

"그래. 그리곤……, 욱."

지후는 숨까지 헐떡이며 위장을 쥐어짰다.

"막 차 줄 거다. 병신이라고."

"좋은 구경 하나 생기겠네."

실없는 농담을 하며 은소는 덧없이 웃었다.

"농담 아냐! 욱……."

"그래, 알았으니까 그만 게워 내라. 이러다 진짜 몸 상하겠다."

2, 3분 뒤 속에 든 걸 모조리 내보내고 나서야 지후는 겨우 겨우 정신을 차렸다. 그러나 대문 앞 돌 바닥에 기진맥진한 몰 골로 걸터앉은 그는 뭔가를 생각하는 듯 한동안 마냥 조용했 다. 밤바람이 얼얼하게 그들 사이를 비집고 불어왔다.

"괜찮아졌으면 들어가자."

"다 때려치우고 도망갈까?"

그의 음성은 나직하고 심각했다. 하지만 은소는 가볍게 되 받았다.

"너하고?"

"응."

"대학원은 어쩌고?"

"집어치우지, 뭐."

"아니."

은소는 간단한 거부와 함께 쓱 그의 땀내 나는 머리카락을 흐트러뜨렸다.

"왜?"

"말했지? 우린 서로 필요 없어. 더구나 너하고는 너무 심심 해서 안 돼."

정답. 그도 알고 그녀도 아는 사실. 그런데 이 녀석은 이렇 게 억지 같은 소리를 주워섬긴다. 위장이 비어 버리면 머리도 마음도 덩달아 허해지는가 보다.

"그럼 차라리 다른 사람들 말대로 확 다 뒤집어 버려. 이렇 게 당하고 살지만 말고."

지후가 불쑥 내뱉었다. 은소는 측은하게 혀를 찼다.

"그 다음엔? 그래도 아버지란 사람에게 자식이 직접 칼을 꽂을까?"

"회장님도 하셨잖아."

울분을 다스리지 못한 듯 지후가 굵은 언성을 높였다.

"술이 과해 봤자 백해무익이라더니……. 알코올 기운이 질기긴 한가 보다."

그의 머리카락을 잡아당기며 은소가 쌀쌀맞게 나무랐다.

"너 여행 가서 정리하고 온 게 고작 이런 거야? 진짜 형편없는 숙제 했구나, 백지후."

그의 두꺼운 팔이 그녀의 어깨를 꽉 끌어당겼다.

"알아. 미안하다."

"내가 무슨 희생양처럼 고분고분하기만 한 걸로 착각하지 마라. 세상에 착하게 당하기만 하는 인간은 없어. 예전에도 말했지만 나는 그중에서도 아주 치밀하고 이기적인 부류야……. 넌 몰라."

은소는 고백처럼 진지하게 속삭였다.

"행여나……."

농담 아니야. 잘 새겨들어, 백지후. 너도 이 기회에 정말로 달아나서 아주 꼭꼭 숨어 버려. 영영 내 눈에 안 띄는 곳으로…….

은소는 어른거리는 눈빛으로 그를 밀쳐 냈다. 덩그마니 솟아오른 집이 보였다.

"토한 냄새 나. 저리 비켜."

"피도 눈물도 없는 계집……."

"어디 끝까지 말해 봐."

너 때문에 나는 더 외로워. 네가 나 때문에 더 외롭듯이…….

며칠 후 은소는 파리행 비행기를 탔다.

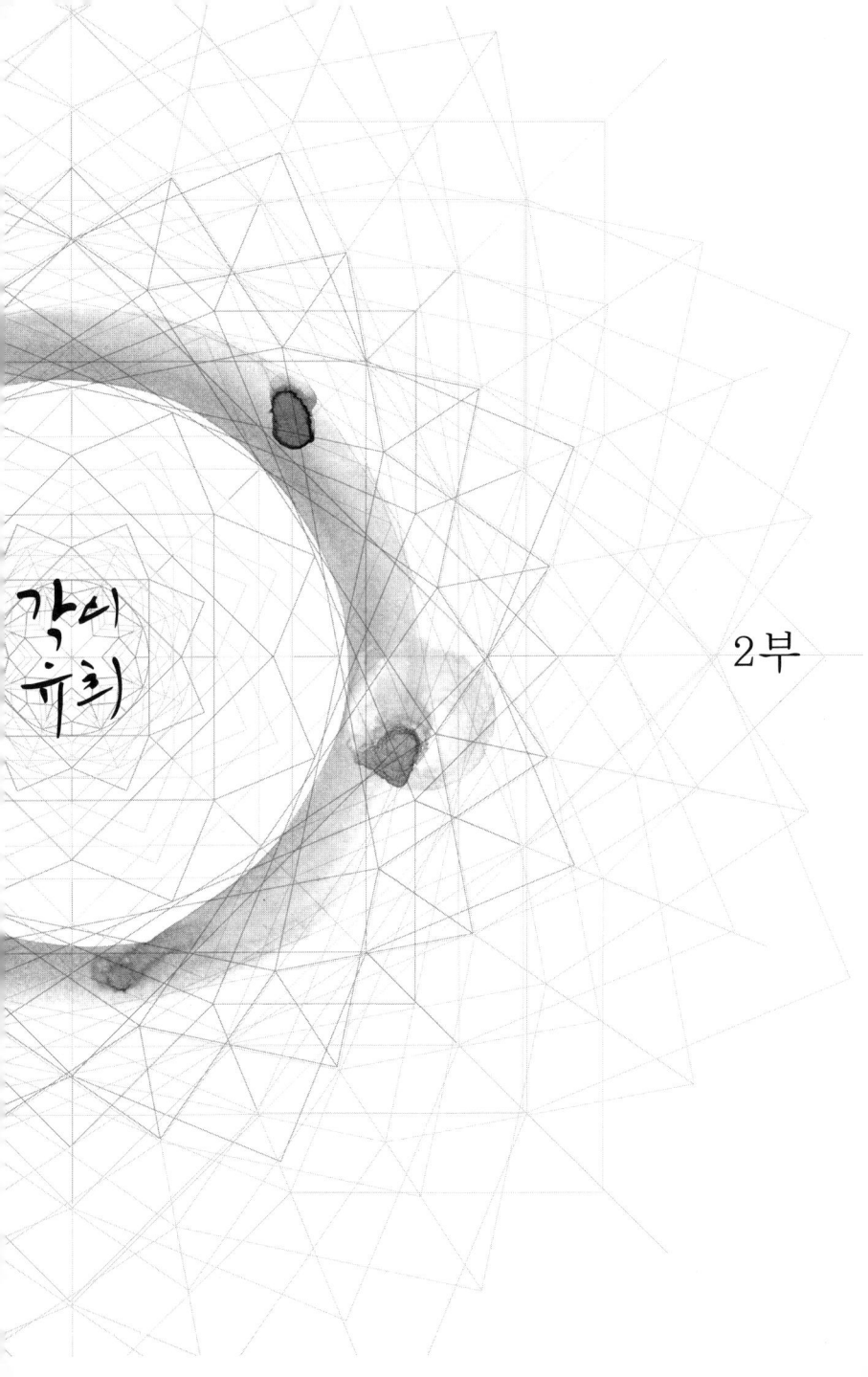

2부

9. 되돌아옴의 끝에서

"쥬뗌므……. 사랑해."

저녁노을이 아름답게 깔린 몽마르트 언덕, 그 전경을 배경 삼아 늘씬하게 키가 큰 한 쌍이 키스에 열중하고 있었다. 엄밀히 따지면 열중하고 있는 것은 남자 쪽이고, 여자는 그저 저항 없이 남자의 행위를 두고 보고 있었다.

"키스 한 번이라고 했어, 미셸."

"은소."

마침내 은소가 손바닥으로 그의 가슴을 밀어 둘 사이의 간격을 벌렸다. 미셸의 격하게 뛰고 있는 심장, 그러나 자신의 것은 규칙적이고 느리기만 했다.

"왜 모르지? 당신을 사랑하고 있어."

미셸 르메르는 환상적인 남자의 표본이나 진배없었다. 그러나 쥬뗌므를 연발하는 그의 매혹적인 입술에도 은소는 아무 영향도 받지 못했다.

센 강변의 노천카페에서 우연히 만난 후로 그는 정말 줄기차게도 그녀를 쫓아다녔다. 은소는 그의 집요한 데이트 신청을 뿌리치는 대신 키스 한 번을 조건으로 내걸었다. 만약 그것으로 그가 자신을 뒤흔들 수 있다면 결혼 신청이라도 받아들일 용의가 있었다. 그러니 그가 그녀의 여자로서의 본능에 한 톨의 불씨나마 지피지 못한 이상 나머지는 이제 그의 사정이었다.

"약속 잊지 말아 줘."

은소는 폭 넓은 플레어스커트의 주머니에서 티슈를 꺼내 그의 타액이 묻은 흔적을 닦았다. 확실히 미셸은 어느 여자에게서도 이런 대접을 당한 경험이 전무할 것이다. 그의 표정이 당혹감으로 경직되었다. 하지만 그에게서는 여전히 어떤 남자에 견주어도 뒤지지 않는 당당한 남성적 매력이 흘러넘쳤다.

"은소, 난……."

"난 솔직히 당신이 내 어떤 껍데기에 반했는지 모르겠어. 하지만 불감증인 여자를 쫓아다니며 구애할 정도로 여자가 궁핍하진 않지?"

그의 남성다움을 뭉갠다거나 그가 다른 이성에게 끼치는 지대한 효과까지 폄하하고 싶지는 않지만 이 남자에 관한 한 그녀는 불감증임이 확인되었으므로 은소는 잔인하도록 솔직하게 진실을 말했다. 그리고 이번에는 그도 확실히 타격을 입은 듯했다.

"잘 가."

최악의 형태로 딱지를 맞았다는 게 분명해지자 미셸은 머리를 양손으로 움켜쥐고 극적으로 상황을 부풀려 놓았다. 프랑스 남자들의 저 과장됨이란……. 그들은 죽을 것처럼 연애하고 간식을 먹듯 이별한다.

은소는 졸지에 비극의 주인공으로 둔갑한 젊은 로미오를 길에 세워 두고 등을 돌렸다. 다음 표적을 발견할 때쯤이면 그는 버림받은 로미오에서 다시 언변 좋은 카사노바로 바뀌어 있을 것이다.

"은소……."

시계를 보니 마침 단골 가게의 빵이 새로 나올 시간이었다. 저녁에 먹을 빵을 사러 가는 은소의 걸음이 조금씩 빨라졌다.

아파트에 도착했을 때 은소의 팔에는 빵과 과일이 가득 찬 꾸러미가 들려 있었다. 귀갓길 내내 코끝에 감도는 고소한 냄새 덕분에 그녀는 막간의 해프닝이 가져온 피로감에서 벗어나 얼마간 느긋하고 가벼워진 기분이 되어 있었다.

약간의 시장기를 느끼며 식탁 위에 짐을 내려놓고 굽이 낮은 구두를 벗었다. 두툼한 양탄자가 마루에서 올라오는 냉기를 막아 주었고, 검은 차단막에는 점점 위세를 더해 가는 노을이 느리게 가라앉고 있었다.

은소는 외투를 의자에 걸쳐 놓고 갈아 놓은 원두를 커피 메이커에 집어넣었다.

비둘기 한 마리가 살짝 열린 창의 창턱에서 보이지 않는 모이를 쪼아 대느라 날갯짓을 하고 있었다. 보글거리는 소리가 들리고 갈색 액체가 한 방울씩 떨어져 투명한 유리에 걸러지는 동안 은소는 금방 사 온 바게트를 한 입 베어 물고 얼마간은 잘게 뜯어 벽돌 위에 뿌려 주었다.

"안녕?"

오후의 일상처럼 굳어진 행사였다. 어디선가 녀석의 동료들이 후루룩 날아들어 성찬에 합류했다.

완전히 어둑해진 방에 불을 켤 때까지만 해도 은소는 오늘이 어떤 식으로 막을 내리게 될지 대비가 되어 있지 않았다.

— 그만 돌아오너라. 내일 사람이 갈 게다.

응답기에 남겨진 메시지는 간단하고 기계적이었다. 은소는 두 해 남짓 살아온 작지만 아늑한 독신자용 아파트의 실내가 갑자기 좁혀 드는 듯한 느낌을 받았다.

은소는 창가로 가서 창문을 있는 대로 열어젖혔다. 이제는 익숙해진 도시의 공기를 들이켜자 서서히 고동이 잦아들었다. 에펠탑의 꼭대기가 저무는 어둠 속에 비쳐 들어왔다.

예고 없이 해지된 추방령.

때가 된 모양이다. 이제부터 마주쳐야 할 일들이 무겁게 그녀를 짓눌러 왔다. 강 회장이 직접 전화까지 해서 그녀를 불러

들이는 이유는 자명했다. 이 낯선 도시에 도착했을 때도 동요
하지 않았던 그녀의 마음이 혼란으로 마구 소용돌이쳤다. 그동
안 억지로 잊고 살았던 현실이 고스란히 되돌아오고 있었다.

"나이스 샷!"

티오프한 공이 페어웨이를 향해 곧장 날아가자 오늘의 라운
딩 파트너인 전 회장의 걸걸한 찬사가 터졌다. 동시에 옆에 있
던 캐디들도 작게 박수를 쳤다.

"여전히 힘이 넘치시는구려, 강 회장."

"웬일로 오늘은 공이 잘 맞는 것 같군."

"겸손은……."

방금 전 샷이 벙커에 빠진 전 회장은 아쉽다는 듯 입맛을 다
셨다. 골프채를 캐디에게 건네고 두 사람은 천천히 코스를 걸
어갔다. 막 손질한 잔디에서 특유의 냄새가 가득 풍겨 나왔다.
홀을 전부 다 돌기에는 좀 후덥지근한 날씨였지만 오랜만의 운
동인지라 두 사람은 끝까지 가 볼 요량이었다.

"그래, 큰 딸아이가 돌아온다고?"

모래 위에서 발로 중심을 잡고 이리저리 각도를 재 보며 전
회장이 지나가듯 물어 왔다.

"다 큰 놈을 객지로 내돌리는 것도 슬슬 접어야 할 것 같
아서……."

"하기야 그렇기도 하지."

무슨 바람이 불어서 둘이서 골프를 치자고 하나 싶었더니

속셈이 따로 있었군.

강원욱은 은근히 실소하며 표정 없이 고개를 끄덕였다. 발 없는 말이 천 리 가는 동네인지라 소문은 전광석화처럼 퍼져 가기 일쑤였다.

"둘째 놈하고 비슷하면 보통 인물은 넘겠구먼?"

"두 놈이 별로 닮은 데가 없어. 큰아이야 그냥 얌전하지."

"뭐, 자네 둘째처럼 톡톡 튀는 것도 귀엽지만 여자라면 다소 곳하고 수더분한 것도 좋지."

전 회장이 제법 신중하게 칩 샷을 구사했다. 하지만 모래가 이리저리 튀고 겨우 올라가나 싶던 공이 내리막에 걸려 이번엔 기다란 러프로 들어가 버리자 그의 얼굴이 붉으락푸르락 색을 바꿨다.

"이런 빌어먹을 노릇을 보았나."

그는 애꿎은 채로 툭툭 잔디를 팼다.

"아무래도 오늘은 안 될 모양이야."

"이제 겨우 절반인데, 뭐."

강 회장은 자세를 잡고 대강 거리를 계산했다. 안전하게 갈 것인지 아니면 모험을 걸어 볼 것인지 마음을 정할 때였 다. 이글을 쳐 낼 수 있는 기회란 그리 자주 오는 게 아니다. 홀인원은 운이 9할이지만 이글은 실력이 없고서는 힘이 드는 일이다.

"그런데 어디 좋은 혼처라도 나선 겐가?"

전 회장이 그의 장성한 손자를 의중에 두고 꺼낸 말인 것은 빤했다. 예일에서 경제학 석사를 따내고 이번에 통신 관련 회사를 맡은 전도유망한 엘리트라고 들었다. 하지만 강 회장의 기준에는 어김없이 미달이었다.

"썩 차는 것은 아니지만 적당한 짝으로 봐 둔 놈이 있어."

"그래?"

아까운 내심을 감추듯 전 회장이 허허거렸다. 강 회장은 모른 척 시치미를 떼고 샷을 휘둘렀다. 정확하고 날카롭게 한가운데에 맞은 공은 타깃을 향해 똑바로 뻗어 갔고 홀 30센티미터 지점에서 깔끔하게 멈추었다.

"이런……."

전 회장의 탄식이었다. 그날 강 회장은 버디 두 개를 더 잡아냈고 전 회장은 속 쓰린 저녁을 사야만 했다.

오랜만에 돌아온 집은 변함이 없었다. 새로 칠한 외벽과 세월만큼 키가 자란 나무들만 빼면 모든 것이 예전 그 자리에서 그녀를 기다리고 있었던 듯했다. 은소는 기사가 짐들을 들여가는 동안 정원에 우두커니 서서 반짝이는 창문들과 담장을 타고 오른 넝쿨들을 올려다보았다.

"아기씨!"

제천댁이 부산을 떨며 구를 듯이 뛰어나왔다. 벗을 겨를도 없었는지 걸치고 나온 앞치마에는 물기로 군데군데 얼룩이 져 있었다.

"아줌마."

"이게 얼마만이에요?"

둥그런 여인의 포근한 품에 숨이 차도록 폭 싸여 은소는 투실투실한 그녀의 어깨를 마주 껴안았다.

"여전하시네요. 잘 지내셨어요?"

"잘 지내긴요. 아기씨가 그렇게 떠나셨는데……."

어느새 흥건히 젖어 드는 눈물을 재빨리 닦아 내며 제천댁이 억지로 은소를 떼어 냈다.

"이런 주책이 있나, 이렇게 좋은 날에……. 어디 얼굴 좀 보여 주세요. 이렇게 바싹 마르시다니……."

다짜고짜 은소의 건강부터 꼬치꼬치 살피는 그녀는 새어 가는 흰머리 외에 그전과 달라진 것이 전혀 없었다.

"마르긴요."

은소가 부드럽게 웃으며 무마시켰지만 제천댁은 외려 엄하게 인상을 지었다.

"뼈밖에 없는데 아니긴 뭐가 아니시라고……. 어서 들어가세요. 저녁부터 드셔야죠."

잡아끄는 대로 딸려 들어가며 은소는 적어도 한국에 돌아온 일에서 최소한 한 가지 기쁨을 발견하고 안도했다. 실내로 들어가자 외관과 달리 가구며 장식품들이 전부 바뀌어 있는 것을 단박에 알 수 있었다.

"좀……, 달라졌지요?"

"그러네요."

"세경 아가씨가 지난해에……."

난처한 듯 말을 삼가는 제천댁의 어깨를 부드럽게 어루만지며 은소가 잔잔하게 말했다.

"좋네요. 밝아지고……."

그리고 세경의 흔적이 확 느껴질 정도로 대담했다.

"세경이는 어디 갔어요?"

그녀가 돌아온 걸 가장 반기지 않을 사람이 세경이었다. 마중을 나올 거란 기대는 하지도 않았다. 하지만 일단은 자신이라도 안부를 물어야 하는 않겠는가.

"지방에 촬영을 가셨는데 내일쯤 오실 거예요."

"회장님은요?"

"모임이 있으셔서 늦으신다고……."

"네."

자신이 죄를 지은 사람처럼 자꾸만 기어드는 제천댁의 목소리가 안쓰러워 은소는 미소를 내보였다.

"그럼 우리끼리 밥 먹어야겠네요?"

은소는 그녀를 한 팔로 다정히 껴안고 식당으로 재촉했다.

"파리에서 아줌마가 해 준 김치찌개가 너무 먹고 싶었는데……."

목에 뭐가 걸렸는지 제천댁이 자꾸 큼큼거렸다.

"그러고 보니 지금은 철이 아닌가?"

"김치찌개 먹는 데 철이 어디 있대요? 아가씨 드리려고 묵은 김장 김치도 그대로 뒀는데……."

"역시 아줌마뿐이네."

제천댁이 투덜댔다.

"쯧, 만날 그 영양가도 없는 빵 쪼가리만 달고 사신 게죠. 안 그래도 몸이 약해서 걸핏하면 앓아눕는 분이……."

"저 배고파요, 아줌마."

은소는 그녀의 잔소리가 길어지기 전에 제천댁의 등을 밀었다.

"지후는 잘 있죠?"

"그럼요. 어디 던져 놔도 억세게 살아남을 녀석인걸요, 뭐."

입대하기 전에 보러 왔다며 잠깐 파리에 왔던 게 지후의 마지막 모습이었다. 얼마나 변했을지 궁금했다.

"그래도 다른 사람들보다 늦게 가서 힘들 텐데, 편지는 자주 하나요?"

"어제도 한 통 왔더라고요."

"여전히 멋이라곤 없죠?"

"그놈이야 원래 그렇죠. 안부 인사 꼬박꼬박 전하는 것만도 어딘데요."

항상 옆에 있던 사람의 빈자리는 허전하고 외로운 법이다. 더구나 대한민국에서 하나뿐인 아들을 현역으로 군대에 보낸 어머니가 잠자리에서 다리 뻗고 잘 수 있을 리 만무하건만 제천댁의 표정은 아무렇지 않음을 천연덕스럽게 가장하고 있었다.

"어머니 걱정 많이 될 거예요."

"좋은 집, 뜨끈한 방에서 삼시 세 끼 더운밥 먹고 사는데 걱정은 무슨 걱정이오. 제 녀석이나 잘 챙기면 될 일이지."

164

은소는 지후의 검게 그을렸을 얼굴을 떠올리며 희미하게 웃었다.

언제 오니? 나 너 무지 보고 싶다, 백지후.

은소는 다음 날 하루의 절반을 할머니 방을 쓸고 닦으며 보냈다. 제천댁이 꼭 당신께서 살아 계신 양 깨끗하게 유지를 해놓았지만 은소는 멀리 다녀온 인사를 대신하듯 손수 방 안의 먼지를 털고 물걸레질을 했다. 할머니와 자신이 찍은 사진틀을 멍하니 바라보고 있는데 조심스러운 노크 소리가 들려왔다.

"네."

"아기씨, 회장님께서 서재로 내려오시라고 하시는데요."

"알았어요, 아줌마."

"한참 되셨지요?"

"네."

할머니가 돌아가신 날짜를 뜻하는지 아니면 은소가 이전에 이 방에 들어왔던 때를 뜻하는지 구분이 안 갔지만 어느 쪽이든 대답에 무리는 없었다.

"많이 그리워하셨을 거예요."

은소는 한숨을 속으로 삭이며 사진을 문갑 위에 소중하게 내려놓았다. 세경이가 이 방까지 치울 엄두를 내지 않은 것은 천만다행이었다.

"전 이만 내려가 볼게요."

"저, 그런데……."

"네?"

"손님이 와 계세요. 아무래도 전에 다녀간 회사 사람 같은데……."

눈치 빠르기로는 비할 데 없는 그녀였다. 도통 유례가 없던 일이라서인지 제천댁은 궁금함이 이는 모양이었다.

"그래요?"

정말 숨 돌릴 틈도 주지 않으실 모양인가 보다. 잡다한 벌레들이 꼬일 여지를 주지 않겠다는 의지이실 테지.

예상은 했지만 부친은 작정하고 활시위를 당기고 있었다. 은소는 가슴을 꾹 눌러 제멋대로 퍼덕대며 뛰노는 심장을 결연하게 다잡았다.

10. 그를 만나다

"어서 오너라. 오랜만이구나."

예의 바르게 부친과 재회의 인사를 나누고 옆으로 비껴간 시선 끝에 그가 있었다. 이 신중하게 계획된 만남에서 그녀가 무엇을 기다리고, 기대하고 있었는지는 스스로도 잘 알 수 없지만 그는 예상 그대로이기도 하고 아니기도 했다.

"두 사람, 초면일 테지."

강 회장의 말이 멀리서 웅웅대는 메아리처럼 울려왔다. 남자는 강 회장 정도의 사람마저도 엷게 희석시켜 버릴 만큼 강렬한 존재감을 발산하고 있었다.

드디어……. 그래, 드디어 만났다, 당신을.

눈가의 근육이 경련하듯 자근거렸다. 동요하면 안 된다는 것쯤 알고 있었다. 일말의 의혹도 부추기지 말아야 한다는 것,

어떤 낌새도 여운도 드러내 보여서는 안 된다는 것, 그것이 오늘 그녀가 자신에게 부여한 절대 명제였다.

"각자 인사해라. 이쪽은……."

"민이혁입니다."

그가 한 발 앞으로 나선 순간, 20여 년 넘게 그녀를 지배했던 공허함과 외로움이 균열을 일으키며 잘게 깨어져 나갔다. 그리고 정체불명의 두려움, 경계심이 영혼 깊숙이 스며들었다.

위험한 사람이다. 순순히 다뤄질 사람이 아니다.

만년설보다 더 시리고 견고한 남자의 음성 속에서 은소는 북극처럼 무정하게 얼어붙은 그의 내면을 엿보았다. 누구도 녹이거나 깨뜨릴 수 없는, 생명의 기척이 사라진 폐허와도 같은……, 고독.

기어이 이렇게 당신을 보게 되는구나.

다리에서 힘이 빠졌다. 오로지 곧게 서 있는 것만이 지금 그녀가 할 수 있는 최선이었다.

"강……은소입니다. 안녕하세요?"

부단한 노력 끝에 은소는 부드러운 인사와 함께 사교적인 미소를 만들어 냈고 건조한 그의 눈동자가 한차례 자신을 훑어 가는 것을 잠자코 견뎌 냈다. 그가 은소를 평가한 순간은 짧았다. 그러나 뼛속까지 전해지는 차가운 파문으로 그녀는 조용히 전율했다. 마치 수술용 메스로 심장까지 샅샅이 헤집어진 느낌이었다.

강하고 비정하며 냉혹한 천성을 가진 이 남자는 은소에게 암담한 예감을 심어 주고 있었다. 훈훈한 온기로 가득 찬 실내에서 그녀는 하마터면 자신을 양팔로 껴안고 싶은 충동에 굴복할 뻔했다. 하지만 부친이 빈틈없는 시선으로 그들을 번갈아 주시하고 있었다. 그녀는 약해질 수 없었다.

지금부터가 시작이었다.

"본사 기조실의 민 실장이다."

"네."

그는 은소의 기억 속에서보다 더 컸다. 키도, 어깨도, 훨씬 더 많이…….

그의 모든 것이 무채색의 종이 위에 짙은 먹물로 한숨에 그어 내린 획처럼 거칠고 예리했다. 그러나 한편으로 은소는 절대 누그러지지 않을 그 억센 힘을 그가 신중한 위장술로 제어하고 있다는 것도 눈치챘다.

"큰 딸아이일세."

강 회장은 사업상의 일에 절대 그녀를 관여시키는 법이 없었다. 한데 그녀가 돌아온 첫날 일부러 회사 사람을 집까지 불러들여 그녀에게 소개를 시켰다. 부친의 뜻이 무엇이고 이 자리가 어떤 자리인지는 장님이 아니고 귀머거리가 아닌 다음에야 모를 리 없었다.

"처음……, 뵙겠습니다."

"네."

그도 이 만남의 의미를 모를 리 없건만 그에게서는 어떤 미세한 느낌도 흘러나오지 않았다. 이어 살짝 시선의 높이를 바꾸는 것으로 그는 은소를 무시했다.

지금 이 서재 안에서 그녀의 뜻을 궁금해하거나 묻고 싶어 하는 사람은 없었다. 그저 준비된 형식만이 그녀 앞에 가로놓 인 선택의 전부였다.

적지를 기습하는 암살자처럼 불현듯 은소의 케케묵은 상처 가 당기듯 아파 왔다. 사실 민이혁의 얼굴을 본 순간부터 은소 는 이 미세한 통증을 얼마간 예견했었다.

오래전에 나은, 자국밖에 남지 않은 상처의 흔적이 칼로 쑤 시듯 피부를 자극하는 것은 스스로의 착각에 지나지 않는다는 것을 은소도 알고 있었다. 하지만 어찌 됐건 아픔은 실제였다.

"수고했어. 이만 가 보게, 민 실장."

"네, 회장님. 그럼……."

고급스럽게 길이 든 얄팍한 가죽 가방을 들고 이혁은 그녀 를 가볍게 스쳐 지나갔다.

잠깐의 눈의 마주침, 아무 의미도 없고 심지어 그녀의 존재 를 의식조차 않은 듯이 통과하고 지나간 그 짤막한 시선이 그 들의 첫 만남의 전부이자 마지막이 되었다. 그리고 그가 사용 했음에 분명한 화장수의 옅은 향기만이 잔상처럼 은소의 언저 리를 맴돌았다.

은소는 가만히 저릿해지는 가슴 한편을 몰래 감추었다.

무얼 기대하고 있었던가, 난?

"앉아라."

강압적인 재촉이 은소를 백일몽에서 일깨웠다.

"네."

반백의 머리와 주름진 얼굴이 살아온 세월을 속이지 못하는 나이가 되었어도 여전히 그녀의 아버지는 정정했다.

은소는 치마를 모으고 버거울 정도로 커다란 가죽 소파에 앉아 곧게 허리를 세웠다.

어스름한 저녁, 방 안은 이미 불이 켜져 환했지만 그녀의 마음은 이리저리 출구를 찾아 헤매고 있었다.

"건강은 어떠냐?"

"괜찮습니다."

부녀간에 오가는 말이라기엔 성의도 정성도 찾아볼 수 없는 밋밋하고 의례적인 문답이었다.

"방금 나간 녀석, 어찌 생각하느냐?"

은소는 대꾸 없이 동공에 한 겹 막을 드리웠다. 그녀와 강 회장은 서로의 속을 훤히 알면서 그림자놀이를 흉내 내고 있었다.

"똑똑하고 야무진 녀석이다. 앞으로 큰일을 할 놈이야."

은소는 그다음에 이어질 말을 기다렸다.

"너도 슬슬 맞는 사람을 골라야지."

툭 하고 던져진 한마디, 은소의 얼굴에 어른거린 미묘한 파문은 그녀의 부친에게는 가 닿지 않았다. 아니, 강 회장은 그럴싸한 무지를 가장해 천연덕스러운 외면을 고집했다.

"무슨 무슨 집 자식입네 겉멋이나 든 녀석들은 필요 없다. 그런 놈들은 체면치레는 될지 몰라도 자칫하다간 몽땅 말아먹기나 할 뿐 정작 필요한 곳에선 소용이 없어."

강 회장은 민이혁 이외에는 어느 누구도 은소의 옆에 세울 의도가 없다는 뜻을 넌지시 암시하고 있었다.

"강요할 마음은 없다. 우선 몇 번 만나 보고 썩 싫지 않다면 생각해 보거라."

"네, 알겠습니다."

"쓸 만한 녀석이야. 배경도 뭣도 없는 녀석을 내가 괜히 고른 게 아니다. 민 실장이라면 네 회사를 이보다 몇 배는 훌륭하게 키워줄 게다."

네 회사, 부친이 고의로 선택한 단어를 은소는 민감하게 인지했다.

그랬다. 회사를 경영하고 있는 것은 그녀의 아버지 강 회장이었으나 재하 그룹의 실질적인 주인을 따지자면 대주주인 은소 자신이었다.

전대 회장이었던 한 회장은 자신이 소유했던 모든 주식을 은소에게 상속했다. 그것으로도 모자랐는지 혹여 사위인 강 회장에게 은소의 지분이 넘어가는 일이 없도록 필요한 모든 단서들을 붙여 두는 것도 잊지 않았다.

한 회장 사후, 변호사가 공개한 유언장에 따르면 회사의 존폐가 달린 상황이거나 그에 상응하는 위험이 닥쳤을 때가 아니면 은소 본인이라 해도 주식을 매도할 수 없고, 상속이나 증여 역시 그녀가 낳은 자식들에게만 가능했다. 단, 은소가 자식을 낳지 못하고 사망했을 시에는 은소의 배우자에게 그 상속권이 인정되며, 은소가 사업에 관여하는 것을 원치 않을 때에는 아내를 대신해 지분을 행사할 수 있는 권리를 위임받을 수 있다는 예외 조항을 두었다.

그 예외 조항은 은소의 묵인 하에 그녀의 지분을 운용해 온 강 회장에게는 치명적인 위협이었다. 현재 은소는 재하 그룹의 일에는 일체 간섭하지 않았다. 관건은 앞으로 새 사람으로 어떤 사람이 들어오느냐는 것이었다.

그가 치밀한 포석으로 사전에 골칫거리를 만들지 않으려 하는 것은 당연했다.

은소는 애초부터 그의 머릿속에 들어찬 계산이나 목적에 대해서는 왈가왈부하고 싶은 생각이 없었다. 엄밀히 말해 지금껏 재하를 가꾸고 키워 온 장본인은 부친이 아닌가.

당시의 상황은 자세히 기억하지 못하지만 그녀의 할머니가 불시에 쓰러진 뒤 회사는 한바탕 혼란을 겪었다. 마침 자금 사정이 나빠지던 때와 맞물려 수출마저 하향 곡선을 긋고 있었고 계열사들은 노사 분규와 파업으로 시끄러웠다. 그 난관들을 간신히 무마하고 수습한 것은 부친의 수완과 노력 덕분이었다.

비록 할머니가 인정하지 않으셨다 할지라도 부친이 회사에 바친 공로만큼은 부인할 수 없었다. 따라서 부친이 어떤 야망을 가졌든 간에 은소는 그의 뜻을 존중해 주어야 한다고 스스로 다짐했었다.

가능했다면 은소는 이미 그녀가 가진 주식 전부를 부친에게 양도했으리라. 그에게는 충분한 자격이 있었다. 그것이 무리라면 최소한 그가 원하는 대로 따라 주는 게 옳았다.

은소는 자신이 세상 누구보다 빚이 많은 사람이라고 생각했다. 부친이 민이혁 실장을 원한다면……, 그녀는 부친에게 그를 데려다 줄 것이다.

"민 실장이 싫지 않다면 만나 보겠어요."

"약속 잡아 놓으마."

기다렸던 대답을 받아 낸 강 회장은 무뚝뚝하게 고개를 끄덕이는 것으로 대화의 종결을 알렸다. 은소는 일어나 천천히 서재를 빠져나왔다. 2층 자신의 방으로 향하는 계단의 난간을 쥐고 그녀는 그제야 눈을 감았다.

할머니, 지금 화내고 계신 거 들려요. 들리지만……, 어쩔 수가 없네요. 이미 그를 담아 버린 이상……. 제 못된 고집 잘 아시죠?

은소의 입가에 허탈한 미소가 씁쓸하게 매달렸다.

'강은소입니다.'

실물로 본 여자는 이혁의 심기를 건드렸다. 명쾌하게 집어 말할 수 없는 어떤 이유로 말이다. 그래서 더욱 불쾌해진 이혁은 빌라 입구 주차장으로 들어가며 다소 거칠게 핸들을 꺾었다.

아버지, 강원욱이나 동생인 강세경과는 어디 하나 닮은 구석이 없었다. 깨끗한 이마 선과 족히 얼굴의 반을 차지하고도 남을 듯한 말갛고 서늘한 두 눈, 우아하고 시원스럽게 뻗은 콧

날에 비해 입술은 의외로 작고 다소 얇은 감이 있었다.

어디를 가나 대중의 스포트라이트를 받는 강세경의 화려하고 도발적인 이미지와는 상반되는 분위기를 풍기는 여자였다. 그를 직시하던 눈동자는 마치 이혁의 속을 모조리 꿰뚫어 보는 듯 검게 빛이 났고, 하얗다 못해 창백한 얼굴은 화장기 없이 소박하고 정결했다.

외모로만 치면 무슨 승려나 수녀처럼 속세의 티가 전혀 감돌지 않는 여자였다. 요즘 세상에 립스틱 하나 제대로 안 바르고 사람을 만나는 여자가 있나?

이혁은 자신이 강은소에 대해 끌어 모은 정보를 떠올렸다.

금욕적이고 단아한 저 외모 뒤에 뭐가 숨어 있는지 섣불리 속단하는 것은 금물이다. 어쩌면 질 나쁜 창녀일 수도, 교활하고 약삭빠른 여우일 수도 있다. 이혁이 아는 그 여자의 동생은 전자와 후자에 모두 해당되니까. 유전자만큼 확실한 증거도 없다. 그녀들의 부친인 강원욱도 살아 있는 증명서가 되어 줄 테니…….

그가 한창 잘나가던 자신의 포지션을 접고 재하에 들어와 강원욱에게 접근한 것은 오로지 하나의 목표 때문이었다. 그 목표를 이루는 데 강은소가 전력이 되어 준다면 그로서는 일석이조인 셈이다. 재하 그룹을 철저히 망가뜨리는 동시에 강원욱의 집안까지 말아먹을 수 있을 테니까.

나쁘지 않은 거래지.

이혁은 현관문의 비밀번호를 재빠르게 눌렀다. 윗주머니에 넣어 둔 휴대폰이 울렸다. 발신자 번호를 확인한 그는 문을 열고 들어가면서 통화 버튼을 눌렀다.

"날세."

"네, 회장님."

"내일 2시에 시간 비워 두게나."

도입부도 없이 싹둑 잘린 말이건만 이혁은 아무 이의도 제기하지 않았다.

"알겠습니다."

현관의 센서가 작동하며 불이 들어왔다. 이혁은 자홍색의 윤기를 발하는 고전적인 테이블 위에 가방과 휴대폰을 던지듯 내려놓고 한 손으로 넥타이를 풀었다. 자동 응답기의 램프가 깜박거리고 있었다. 재생 버튼을 누르고 이혁은 냉장고에서 얼음을 꺼내 컵에 집어넣었다.

— 강세경이에요.

이혁은 자동 응답기의 목소리를 귓전으로 흘려들으며 차가운 얼음물을 한꺼번에 들이켰다.

— 휴대폰을 안 받네요. 설마 일부러 약 올리는 건 아니겠죠? 메시지 들으면 전화 주세요.

출퇴근하는 가정부가 식탁에 차려놓은 저녁을 거들떠보지도 않고 이혁은 테라스 문을 열고 밖으로 나갔다. 담배를 꺼내 불을 붙이는데 전화벨이 울리기 시작했다. 두 번의 기계음이 들리고 응답기가 작동했다.

— 나예요. 세경.

이혁은 연기가 허공을 지나 어둠 속으로 빨려 들어가는 광경을 바라보았다.

— 거기 있죠? 내려와요. 여기 당신 집 앞이야.

과연 턱짓으로 간단히 남자를 요리해 온 여자다운 자신감이다. 강세경과 베드인한 거물들 수만 꼽아도 열 손가락이 부족하다고 했던가? 그녀가 가진 배경이 배경이니만큼 강제 수청은 없었으리라 확신하지만 그 강원욱이라면 혹시 또 모르지. 재하의 이익을 위해서라면 딸이라도 팔아먹을지……. 일개 직원에 불과한 그에게 자신의 회사 내 입지와 안위를 위해 덥석 큰딸을 치워 버리려는 위인이 아닌가. 아, 경우가 다른가? 강원욱은 딸을 치우는 게 아니라 이혁을 사들인다고 여기고 있을 테니 말이다.

이혁은 비릿한 고소를 띠었다. 지금은 얼마든지 그에게 이용당해 줄 용의가 있었다. 그 자신의 덫이 완성될 때까지는…….

— 대충 따돌릴 생각은 말아요. 지금 당신을 올려다보고 있으니까.

아래에 붉은 아우디 한 대가 서 있었다.

귀찮군.

점점 세경의 저돌적인 성격이 성가셔지고 있었다. 쓸모가 있을 것 같아 붙여 두었지만 저울의 균형이 유용함에서 폐기 처분으로 빠르게 옮겨 가는 중이었다.

우습게도 문득 오늘 강 회장의 서재에서 본 여자라면 결코 이런 짓을 실행에 옮기지는 못할 거라는 생각이 들었다. 적어도 노리는 남자 집으로 쳐들어가 유혹할 배짱은 없는 여자였다.

— 이혁 씨!

앙칼진 음성에 성마른 기색이 추가되자 이혁은 거실로 들어가 수화기를 들었다.

"무슨 일입니까?"

정중하지만 아무 관심도 없는 듯한 태도에 세경처럼 눈치 빠른 여자가 신호를 파악하지 못할 리 없었다.

— 뭐예요? 왜 이렇게 갑갑하게 나오는 거죠?

겨우 성질을 누르는 듯한 세경의 목소리에 이혁은 간단히 대답했다.

"오늘은 늦었으니 이만 돌아가요."

— 올라갈 거야. 문 열어요.

"피곤해."

반말로 돌변한 명백한 거절에 세경은 상처받았다기보다는 자못 기가 찬 듯 알아듣지 못할 욕을 낮게 지껄였다.

— 당신 나한테 관심 있었잖아!

떠볼 가치가 있으니 시시해도 받아 준 것뿐이다. 필요에 의한 흥미와 성적인 암시를 혼동한 것은 강세경의 실수다. 그러나 이혁이 착각을 깨달을 빌미를 달리 주지 않은 것도 사실이었다.

— 근데 갑자기 뭐야? 낚싯대 들고 흔들다가 막상 물리니까 빈 바구니 챙겨서 가 버리는 이유가 뭐냐고!

예상보다 하급이군, 이 여자. 제법 똑똑하다고 쳐 주었더니…….

"좀 더 욕심나는 다른 물고기가 생겼다면……, 이유가 되나?"

이혁은 모호함이 담긴 잔인한 대답으로 응수했다.

뚝, 전화가 끊겼다.

문득 이혁은 그의 정체가 드러났을 때 두 자매가 보일 각각의 반응이 궁금해졌다. 강 회장의 파멸을 고스란히 지켜보는 것과는 또 다른 의미로 상당한 재미를 가져다줄 듯했다.

이혁은 필터만 남은 담배를 미련 없이 던져 버렸다.

또 신열이 오르고 있었다. 은소는 푸석하게 메마른 입술을 축이며 몸을 뒤척거렸다. 무엇이 보일지 이미 알고 있었고 그래서 그 공간 속으로 끌려 들어가고 싶지 않았다.

엄마……, 용서해 줘요……. 살려 주세요…….

"……씨."

제가 잘못했어요.

"아기씨!"

"혁!"

숨이 턱에 걸리며 마치 시체가 되살아나듯 은소가 번쩍 눈을 떴다. 그러나 눈을 뜨고도 한참 동안 사물을 인지하지 못한 그녀의 눈동자는 무력하게 텅 비어 있었다.

"꿈이에요, 아기씨. 그저 가위에 눌리신 것뿐이에요."

"아……줌마…….."

"이렇게 자세를 불편하게 하고 주무시니까 그런 몹쓸 것에 쫓기시죠."

측은한 듯 애처로운 듯 쏟아지는 그녀의 눈길을 은소는 가만히 물리쳤다.

"괜찮아요……."

괜찮아. 더는 아무렇지 않아.

은소는 턱을 꽉 깨물고 모질게 스스로를 억제했다.

"그런데 아직 안 주무시고 뭐 하셨어요?"

"세경 아가씨가 좀 전에 들어오셨어요. 마침 깬 김에 뭐 필요하신 건 없나 해서요. 시차적응도 안 되실 거고요."

잡다한 생각에 쫓기느니 잠이나 자려고 누웠었다. 잠이 오지 않아 한참 뒤척였는데 어느새 깜박 선잠이 들었나 보다.

이럴 줄 알았으면 책이나 읽는 편이 백배는 나았을 텐데…….

은소는 쯧 혀를 차며 이마에 뒤엉킨 머리카락을 손가락으로 떼어 넘겼다.

"세경이가 왔어요?"

"네. 피곤하신지 기분이……."

"그래요."

속인다고 넘어갈 은소가 아닌지라 제천댁은 대강 둘러댈 수가 없었다.

분명히 은소가 귀국한 것을 알고 있을 텐데 지나가는 말로라도 한마디 묻지 않는 세경이 야속해져 은소는 도리어 섭섭하다는 소리를 일절 입에 담지 않았다.

"그만 가서 주무세요. 저보다 더 피곤하실 텐데……."

"예……."

달막달막 망설이는 그녀를 은소가 재촉했다.

"전 괜찮아요. 잠도 다 깬걸요."

이제 겨우 신새벽을 넘긴 시각이다. 제천댁은 더 이상 악몽을 꾸지 않고 밤을 넘길 은소를 보며 안심해야 할지 아니면 익숙한 불면에 또 꼬박 날을 지새울 것을 근심해야 할지 착잡한 심정이었다.

세월은 속절없이 잘도 흘렀건만 왜 상처는 전혀 나아질 기미들이 없는 것인지…….

11. 바람이 이는 곳

"오늘 점심은 또 뭘로 때운다?"

"글쎄, 날마다 끼니 찾아 먹는 것도 힘들다니까."

20대 후반의 여직원 둘이 말을 주고받으며 화장실 안으로 들어섰다. 검은 대리석 재질을 마감재로 사용한 공간은 널찍했고 탁 트인 창문으로는 재하 그룹 본사 주변의 고층 건물들이 훤히 건너다 보였다.

"건너편 빌딩 지하에 설렁탕 잘하는 데가 새로 생겼다는데 오늘은 거기 가 볼까?"

"설렁탕은 별로인데……. 그보다는 개성집에 냉면이나 먹으러 가자."

"그럴까?"

세면대 위에 화장품 가방을 올려놓고 한 여자가 마스카라를 꺼냈다. 대형 거울 쪽으로 몸을 구부리고 꽤나 세심히 마스카라를 칠하던 여자는 갑자기 떠오른 듯 옆의 여자에게 툭 말을 던졌다.

"참, 기획조정실 민 실장 결혼할지도 모른다며?"

"정말? 그 시베리아 빙산이? 누구랑?"

동굴 같은 화장실의 음향 효과로 여자의 호기심 어린 목소리는 상당히 크게 울렸다.

"쉿!"

먼저 입을 뗀 여자가 잽싸게 사방을 두리번거렸다. 하지만 그녀의 동료는 이미 눈을 둥그렇게 뜨고 새로운 가십에 흥분해 있었다.

"뭐야, 뭐야? 대체 상대가 누군데? 혹시……."

"회장님 큰따님이란다. 거 왜 있잖아. 프랑스에 유학 가 있다던 사실상 회사 주인이라는……."

"뭐? 진짜?"

금시초문의 뉴스를 접한 여자가 펄쩍 뛰었다.

"그래, 회장님이 불러들여 직접 중매를 서신 거라는 소문이 파다해."

"와! 대단하긴 하구나, 민이혁 실장. 정말로 회장님이 직접?"

"그만큼 잘 보였단 소리지. 아무리 거액을 들여 스카우트해 온 인재라지만 그 나이에 그 자리가 말이 되니? 다 회장님이 생각해 둔 게 있어서 그랬던 거야."

"그래도 잘나고 유능한 건 사실이잖아. 능력으로만 따지자면 웬만한 재벌 2세는 명함도 못 내밀걸?"

"세상이 실력으로만 통한다면 족벌 체제란 말이 왜 나왔겠니?"

"하긴……."

동료의 빈정거림에 그녀가 고개를 주억거렸다.

"이건 몰래 들은 풍문인데 회장님 큰딸을 눈독 들인 소위 '어마어마한' 집안들이 한둘이 아니었대."

"근데? 그 여자가 다 퇴짜 놓은 거야?"

"우리 회장님이 이빨도 안 들어갈 정도로 단칼에 잘라 버리셨다고 하더라고. 그래서 대놓고 며느리 삼자는 청은 줄었는데, 그렇다고 그 욕심들이 어디 가니?"

눈 화장을 정리한 여자가 이번에는 립스틱을 꺼냈다.

"그 큰딸만 얽고 나면 하루아침에 재하를 좌지우지할 수 있는 힘이 생기는 건데……. 너도 생각해 봐라. 뻔하지."

"그럼 전부 닭 쫓던 개 꼴 난 거네. 근데 회장님은 왜 그 좋은 혼처들을 다 마다하신 거래? 원래 그런 집안들 다 그렇고 그렇게 얽히는 거 아냐? 회사 이익이니 집안이니 해서?"

"그게 또 미묘하더라고. 우리 회장님 입장에서는 사돈 배경이 너무 창창해도 곤란하지 않겠어? 큰딸이 지금은 회사에 관심 없어 하니까 별 부담이 없지만 만약 나중에라도 사위나 사돈집에서 간섭하겠다고 나서면……. 사실 회장님 본인도 그렇게 올라선 거 아니야?"

여자는 자신이 입수한 정보에 제법 그럴듯한 살까지 덧붙였다.

"하긴……."

동료가 고개를 끄덕끄덕하자 그녀는 한층 신이 난 기색이었다.

"확실히는 모르지만 민 실장 고아라잖아. 이 바닥에선 다 알아주는 유능함에다 거추장스러운 곁가지도 없다 싶으니까 적임자로 내정한 건지도……."

"그럼 일부러? 민 실장을?"

"우리 회장님 엄청 무서운 분인 거 몰라? 그 속을 누가 알겠어?"

"그래도 충격은 충격이다. 하루아침에 재하 그룹 후계자가 된다는 소리잖아. 큰딸은 아예 경영엔 취미 없다며?"

"벌써 냄새 맡은 간부들은 서로 민 실장한테 줄 대려고 난리가 난 모양이더라. 한심한 꼬락서니들하고는……. 임자를 보고 덤벼야지 말이야. 그런다고 그 민 실장이 눈길 한번 주겠어?"

금색의 수도꼭지를 누르자 세차게 물이 흘러나왔다. 여자는 손을 씻고 종이 타월 몇 장을 연거푸 뽑아 꼼꼼히 물기를 닦았다.

"근데 그거 알아, 회장님 작은딸도 민 실장한테 눈독 들이고 있었다는 거?"

"뭐?"

여자가 펄쩍 뛰다가 재빨리 입을 가리고 목청을 죽였다.

"진짜? 하지만 작은딸이라면……."

"그래, 그 강세경."

"세상에……."

"기획조정실에 있는 입사 동기가 살짝 귀띔해 줬는데 민 실장이 퇴근할 때 자주 강세경이 전화했었대. 두어 번은 직접 민 실장 방에 들르기도 하고……."

믿기지 않는다는 투로 여자가 반문했다.

"그럼 왜 큰딸이랑? 환장하게 예쁘잖아, 그 여자. 내 남자 친구도 그 여자가 화면에 나올 때마다 침을 줄줄 흘려서 신경질 나 죽겠다니까."

"깊은 사이는 아닐지도 몰라. 그리고 포장보다 실속이지. 야망 있는 남자라면 당연한 선택이지, 뭐. 재하 그룹이 굴러 들어오는데 그깟 얼굴 좀 예쁜 게 대수겠어? 더구나 본 적은 없지만 강세경이 언니 정도 되면 아예 호박은 아닐 거 아니야."

그녀의 지적에 상대도 토를 달지 않았다.

"하긴……. 그래서 그렇게 다른 여자한테는 눈길 한번 안 준 거구나. 여하튼 잘나고 볼 일이다. 하루아침에 초고속 신분 상승이라니……."

"돈도 많고 볼 일이지. 그 철의 장막을 헤치고 민 실장 같은 남자를 차지하는 여자가 다 있으니 말이야."

"진짜 부럽긴 하다."

맥 빠지는 한숨이 꼬리를 이었다.

"야야, 그만하고 밥이나 먹으러 가자. 괜히 기분만 꿀꿀하다. 그래 봐야 우리랑은 다른 별세계에 사는 사람들이지, 뭐."

"잠깐, 나 이것만 고치고……."

대화에 심취해서 건성으로 손을 놀리던 여자가 허둥지둥 콤팩트로 화장을 마무리했다.

잠시 후 두 여자가 각자의 소지품을 챙겨 밖으로 나가는 발소리가 빈 화장실에 맴돌았다. 잠잠해진 공간에 미세한 소음과 함께 화장실 칸막이 문 하나가 열렸다 세차게 닫혔다.

"핫!"

차가운 코웃음이 터져 나왔다.

뭐가 어쩌고 어째?

세경은 파르르 경련하는 아랫입술을 깨물며 얼굴을 굳혔다.

여기까지 와서 헛걸음친 것도 모자라 뒤통수까지 얻어맞다니…….

"민이혁, 이 자식!"

'좀 더 욕심나는 다른 물고기가 생겼다면……, 이유가 되나?'

이혁의 비웃는 목소리가 들려왔다.

민이혁, 너! 그래서 갑자기 날 싫증 난 장난감마냥 반품해 버렸단 말이야? 강은소를 미끼로 재하를 낚으려고? 일이 이렇게 돌아가는데 머저리처럼 엉뚱한 곳에서 헤매고 있었다니!

어젯밤 이혁과의 통화에서 느꼈던 치욕감이 고스란히 되살아났다. 세경은 당장이라도 그를 쫓아가 난장판을 벌여야 후련할 것 같은 울컥함을 간신히 되삼켰다.

아버지가 뒤에 있다. 그것이 세경의 이성을 가로막는 유일한 걸림돌이었다. 아버지 강 회장부터 어떻게 해 넘겨야 다음이 그 남자 차례였다.

민이혁, 넌 절대로 내 손아귀에서 못 헤어나. 그 염증 나는 강은소에게 얌전히 진상하느니 재를 뿌려서라도 내가 엎어 버리고 말 거야. 한 번이면 충분해. 두 번은 안 뺏긴다고!

"손님이 오셨습니다."

한지가 곱게 발린 미닫이문이 밀려나자 자르르 윤기가 흐르는 아늑한 마루가 보이고, 열린 문 사이로 검은 양복을 차려입은 남자의 탄탄한 장신이 나타났다. 은소는 자리에서 일어났다. 벌써 이혁의 모든 것이 고스란히 눈에 박혔다.

정말 대책이 안 서는구나, 강은소. 저 남자에게 이런 심사 들켜 봐야 의심만 살 텐데……

"일찍 왔군요."

정중한 예의로 위장한 그에게서는 어제처럼 인간적인 면이 전혀 감지되지 않았다.

이 남자의 심장에도 아직 더운 기가 남아 있기는 할까?

"네, 조금 먼저 왔어요."

은소는 자칫 드러나려는 자신의 나약함을 다잡았다. 종업원의 안내를 받아 그가 맞은편 방석에 자리를 잡고 앉는 동안 은소는 그대로 서 있었다.

"5분 뒤에 들여보내 주세요."

"알겠습니다. 그럼 좋은 시간 보내십시오."

개량 한복을 곱게 입은 젊은 아가씨는 인사를 하고 소리 없이 물러갔다.

"바쁘실 듯해 제가 주문을 했는데 괜찮으시겠어요?"

"상관없습니다."

각종 구이며 조림, 탕, 찜 등 수십 가지나 되는 정갈하고 화려한 음식들이 상 위에 즐비하게 차려지는 동안 그들은 침묵을 지켰다.

조선시대 어느 명문가의 집으로 아흔아홉 칸 규모의 위엄을 자랑하는 대저택이었다는 이곳은 그러나 세월이 흐르면서 일부는 소실되고 일부는 개축되어 지금의 모양이 되었고 현재의 궁중 음식 전문점으로 개장을 한 뒤에는 서울에서 손꼽히는 명소로 자리를 잡아 가끔 매스컴에 이름이 오르내리는 곳이었다.

두어 번 안면이 있는 사장은 은소가 들어서자 강 회장의 특별 지시라며 손수 마중을 나와 그녀를 예약된 별채의 내실로 안내했다. 부친이 오늘 일을 얼마나 중요하게 생각하는지 짐작할 수 있는 처사였다.

안내된 방은 후원의 수백 년 된 노송이며 크고 작은 바위들 가운데 위치한 인공 연못의 수려함을 식사와 함께 즐길 수 있는 곳이었다. 특히 한겨울 눈이 내린 뒤의 풍치나 여름날 녹음 우거진 산책로는 이 집의 자랑이었다.

그러나 은소도 이혁도 멋들어진 정원수나 한눈에 다 차지도 않는 맛깔스러운 음식들엔 관심이 없었다. 그들은 각각의 결론을 가진 채 서로를 신중히 탐색하고 있었고 또한 겉으로는 그런 속내를 절대 노출하지 않았다. 마치 감정을 자유자재로 다루는 노련한 프로들처럼…….

그들의 눈길이 마주쳤다. 은소는 시선을 돌리지 않았고 이
혁 역시 가만히 왼쪽 눈썹을 슬쩍 움직였을 뿐 여전히 그녀를
주시했다.

고작해야 서른 안팎, 저 젊은 나이에 출세의 정점에 서기까
지 얼마나 많은 노력과 열정을 기울였을지 짐작도 하지 못할
정도겠지만 겉으로 드러난 그의 모습에서 그런 흔적을 찾기는
힘들었다. 지략가의 예리한 눈빛도 모사가의 음험한 기운도 그
에게서는 감지되지 않았다. 그러나 필요에 의해서라면 그의 손
에 더러운 피를 묻히는 것쯤 눈 깜짝하지 않고 해치울 수 있을
것 같은 오싹한 위압감이 그에게는 내재되어 있었다.

도저히 누군가의 밑에서 잠자코 명령에 따를 부류의 남자가
아니었다. 사업 상대나 측근에 대해서는 누구보다 의심이 많고
깐깐한 부친이 이런 그를 읽지 못했을 리 없었다.

'영리한 개를 키우는 것은 괜찮다. 잘 키우면 충직한 하인을
얻을 수도 있고 만약 잘못된다 해도 기껏해야 발뒤꿈치를 물리
는 정도로 끝나니까. 하지만 애초에 주인을 몰라볼 맹수는 핏
줄이라도 우리에 넣어선 안 된다. 절대 길들여지지 않고 되레
먹이를 준 주인의 목덜미를 물어뜯어 결국에는 목숨까지 앗아
가는 법이니까.'

집에서 주최한 가든파티에서 강 회장이 내뱉은 말이었다.
사람들은 경험에서 우러나온 교훈이라고 그네들끼리 슬며시
귓속말을 주고받았다. 그러나 은소는 그것이 그녀를 두고 배수

진을 치고 있는 부친의 경고라는 것을 알아챘다.

당시 회사 내부엔 사세의 확장과는 별도로 강 회장의 권위적인 일 처리와 독단에 불만을 품고 있는 사람들이 다수 있었다. 그들은 마침 대학을 졸업하고 사회에 발을 내디던 은소가 경영권 분쟁에 참여해 줄 것을 은근히 기대했고 집안싸움에 불을 댕길 만반의 태세를 갖추고 있었다. 그들 대부분은 할머니 쪽의 오래된 인맥들이었다.

이런 임원들의 불미스러운 회동을 발 빠르게 감지한 강 회장은 곧바로 대대적인 숙청과 물갈이에 나섰다. 더불어 그는 딸을 향해 자신의 경영권에 위협이 된다면 딸이라도 용서치 않겠다는 뜻을 분명히 밝혔던 것이다. 그리고 그녀는 유학이라는 미명하에 가차 없이 무대에서 제거되었다.

은소는 어느 이름 있는 도공의 솜씨로 빚었다는 백자 찻잔의 표면을 가볍게 쓰다듬었다.

그녀의 부친은 그가 벌이려는 이 게임이 얼마나 위험 부담이 큰 게임인지 재어 보았을까? 자승자박이 될 수도 있는 모험이라는 걸? 누구도 민이혁을 말 잘 듣는 사냥개로 보지는 않을 것이다. 맹수 중에서도 가장 잔인한 심장을 지닌 표범이라면 모를까.

강 회장이 선택한 사윗감은 그가 갈고닦은 업적들을 잡초처럼 밟아 버리고 그 위에 반석처럼 단단한 자신의 영토를 대신 세우고도 남을 혹은 풀 한 포기 자라지 못할 황폐한 불모지를 만들, 두려워해야 마땅한 도전자였다. 항상 순종하고 자진해서 엎드려 온 딸과는 달랐다. 그럼에도 불구하고 만사가 유비무환이라던 강 회장이 그만의 어떤 이유로 이혁을 원하고 있었다.

은소는 묻어 둔 내막까지 억지로 파헤치고 싶지 않았다. 원인이 무엇이든 결과는 바뀌지 않는다. 그녀는 이 남자를 원했다. 그것이면 충분하지 않은가.

내심의 상념을 감추고 은소가 먼저 입을 열었다.

"회장님의 말씀을 아마……, 들으셨겠지요?"

"그래요."

이혁이 대답했다.

"어떻게 생각하시죠?"

"그렇게 묻기 전에 본인의 의사는 명확한 겁니까?"

그는 머뭇거리지 않고 핵심을 찔렀다. 은소는 흠칫하는 입술을 천천히 이완시키며 그를 곧게 쳐다보았다.

"어차피……, 정략결혼이라면 굳이 아버님의 뜻을 어길 이유가 제게는 없어요."

반쪽의 진실을 전부인 양 털어놓는 것은 어렵지 않았다. 넘치지도 모자라지도 않게……. 그것은 그녀가 평생 해 온 일이었다.

"정략이라……."

자신의 경우엔 그 말이 부합되지 않는다는 뉘앙스였다. 보통의 경우라면 그의 암시대로 이혁은 정략의 대상이 되기에는 조건이 전혀 합당치 않았다.

그는 보증받은 가문의 건실한 뼈대도 없고 대대로 내려온 엄청난 부나 권력의 그림자도 구경하지 못한 남자다. 민이혁은 일곱 살에 부모를 잃었고 그 해에 먼 친척뻘인 평범한 가정의 노부부에게 입양되어 양부모를 만났다. 그런 그들도 몇 해 전 모두 떠나고 이혁은 다시 고아가 되었다. 혈혈단신子子單身, 사고무친四顧無親. 하지만 아이러니하게도 그런 처지가 강 회장에게는 큰 이점으로 작용했음을 그도 알고 그녀도 알았다.

"그럼 시간 끌 필요는 없겠군, 피차."

그의 낮은 중얼거림이 들렸다. 평생 함께할 반려자를 결정했다기보다 합작 계약서에 서명 날인을 마친 것 같은 차가운 말투였다. 결혼에 대한 개인적인 기대는 조금도 없다는 듯이……

"알겠어요."

주저하지 않을 것이다. 그녀를 둘러싼 남자들이 그녀를 두고 각자의 그물을 짜고 있다면 그녀도 그들을 상대로 자그마한 사기를 칠 권리쯤은 있어도 좋지 않은가.

"하지만 조건이 있어요."

"조건이라고요?"

가늘게 뜨인 삭막한 눈동자를 마주한 순간 은소는 자신이 벌거벗겨진 것 같은 좌절감을 맛보았다.

바람 부는 허허벌판에 홀로 떠도는 것은 나일까, 아니면 민이혁, 이 사람일까?

"나는 실패하고 싶지 않아요. 결혼에도 가정에도."

이혁이 냉정하게 그녀를 주목하고 있었다.

"일단 당신을 남편으로 받아들인 이상 난 최선을 다할 겁니다.”

이혁의 심중에 담긴 생각을 읽는다는 것은 불가능했다.

“그러니 민 실장님은 민 실장님의 최선을 기울여 주셨으면 합니다. 이……, 결혼에…….”

잠시 후 이혁은 싸늘하게 웃었고 은소는 손가락이 바르르 떨리는 것을 느꼈다.

소용없을 거야. 넌 실패할 거다, 강은소. 넌 이 남자를 조금도 바꾸지 못할 거야!

“그러죠, 강은소 씨. 원하신다면…….”

그의 대답은 간단명료했다. 그러나 그가 그녀를 믿지 않는 만큼 그녀가 바라는 그의 진실 또한 결여되어 있었다.

“네.”

층암절벽 깎아지른 산과 같은 남자다. 풀리지 않는 산의 신비와 비정한 고독감에 매료당한 등반가는 산을 정복하고자 필사의 노력을 기울이지만 결국 내주지 않는 정상의 신기루만을 갈증 내다 소중한 목숨을 잃을 뿐이다.

은소는 그녀가 가게 될 길을 뻔히 내다보았다. 그럼에도 포기하지 못하는 것은 이미 반해 버린 자의 서글픈 숙명일지도…….

“음식이 다 식겠네요. 드세요.”

쓰라림을 감추고 은소는 수저를 들었다.

하지만 그녀는 모르고 있었다. 지금 자신의 얼굴도 이혁의 표정만큼이나 차갑고 불가해해 보인다는 것을…….

문풍지를 타고 들어온 한낮의 따스한 열기에도, 바닥을 덥히고 있는 온돌의 푸근함에도 은소는 여전히 춥기만 했다. 그녀를 적시고 있는 이 장맛비는 언제가 되어야 그칠지 알 수 없었다. 굵은 빗줄기는 여전히 그녀의 등을 거세게 때려 대고 있었다.

그가 먼저 자리를 뜬 후에도 한참을 더 앉아 있던 은소는 핸드백에서 지갑을 꺼내 무언가를 오래도록 바라보았다. 그 행위로 자신을 다독일 수 있다는 듯이, 이 암담함을 이겨낼 수 있다는 듯이……

"민 실장과 언니, 결혼시키신다는 게 정말이세요?"

격분한 채 새되게 부르짖는 목소리는 세경의 것이었다. 은소는 현관에서 신발을 벗다 말고 멈칫했다. 반쯤 열린 부친의 서재에서 소란이 일고 있었다.

"아기씨."

은소는 당황한 제천댁을 향해 손가락으로 입을 잠깐 막아 보였다. 제천댁은 서재와 은소를 번갈아 보며 얼굴을 벌겋게 물들였다.

"언니가 그러겠대요?"

"두 사람이 서로 동의했다."

강 회장의 음성은 낮았지만 쥐 죽은 듯 고요한 거실에 무리 없이 전달되었다.

이혁, 그 사람이 벌써 결과를 보고한 모양이었다. 은소는 입술을 잡아당기며 신발을 마저 벗고 슬리퍼로 바꿔 신었다.

"말도 안 돼요!"

다혈질에 외향적인 세경은 자신이 하고 싶은 일이나 말을 한 번도 주저해 본 적이 없었다. 강 회장의 극심한 반대를 무릅쓰고 배우를 하겠다고 나섰을 때나 가는 곳마다 사건을 일으키며 연예잡지의 단골이 된 일로 부친의 노여움을 샀을 때도 세경은 아랑곳하지 않았다. 그녀는 갖고 싶은 것은 반드시 손에 넣었고 그것으로 누가 피해를 본다 해도 상관없다는 태도를 줄곧 고수해 왔다. 그리고 기자들이나 팬들은 그런 그녀의 당당한 아집과 이기적인 면을 신랄하게 비판하면서도 선망했다.

"언니는 안 돼요."

잇새로 씹는 듯한 음성이 세경에게서 흘러나왔다.

"내가 갖고 싶어요, 민이혁."

"뭐?"

좀체 감정을 드러내지 않는 강 회장의 음성이 상당히 흔들리고 있었다.

세경이 이혁과?

은소는 힘이 빠진 몸을 벽에 기대었다.

"언니보다 내가 먼저 찍은 남자예요."

"닥쳐라!"

격앙된 일갈이 쩌렁 울렸다.

하필이면……, 왜? 어째서 이런 일들이 일어나는 걸까? 안 돼!

있을 수 없는 일이었다. 은소의 시계視界가 심하게 비틀렸다.

세경과 민이혁이라니!

"아빠!"

쥐가 난 듯 뻣뻣한 경련이 은소를 훑고 지나갔다.

"말도 안 되는 소리 썩 집어치워! 민 실장은 네 상대가 아니야!"

노여움에 떨고 있는 것일까? 아니면 거칠 것 없는 평원이라 안심한 안전지대에서 불시에 튀어나온 복병에 대한 낭패감?

"그는 너와 맞지 않아."

은소는 강 회장의 좌절과 놀람을 충분히 짐작하고도 남았다.

"맞고 안 맞고는 본인들이 결정할 일이에요."

세경이 받아쳤다.

애처로움인지 안타까움인지 모를 감정의 실타래가 복잡하게 얽혔다. 아무리 우기고 날뛰어도 세경은 민이혁을 차지하지 못한다. 그건 인간에게 정해진 죽음의 운명처럼 확실하고 결정적인 사실이었다. 그리고 그런 이유로 세경은 은소 자신을 또한 번 화형대에 매달고 싶어 할 것이다.

"아빠!"

은소가 나설 수는 없었다. 이건 강 회장 선에서 처리할 문제였다. 은소는 부녀의 전쟁에 끼어들지 않기로 했다.

"민 실장은 네 언니를 원해!"

일격으로 급소를 찌르는 단언이었다. 하지만 도리어 세경의 호전성에 기름을 부은 격이 되었다.

"언니가 아니라 언니가 가진 그 잘난 주식 때문이겠죠! 아빠도, 그 남자도! 아닌가요?"

"어느 쪽이든 달라질 건 없다. 이 결혼은 이미 결정 났어."

강 회장은 조금의 여지도 남기지 않고 잘라 말했다. 은소는 주저하며 서성대는 제천댁을 안으로 들여보냈다. 세경의 항변은 여전히 이어지고 있었다.

"지분이라면 아빠도 이제 충분히 가지셨잖아요. 그만하면 뜻대로 다 하실 수 있잖아요!"

세경의 말대로 강 회장이 사들인 주식의 양은 만만치 않았다. 그는 죽은 장모의 술수에 복수라도 하듯 가능한 한 많은 주식을 긁어모았다.

"그래도 여전히 최대 주주는 은소 그 아이다. 그게 엉뚱한 곳으로 넘어가게 두 손 놓고 내버려 둘 순 없어."

"그런 이유라면 다른 말 잘 듣는 남자도 얼마든지 있잖아요. 언니는 아빠한테 잘 보이려고 납작 엎드린 여자니까 누구든 상관없이 덥석 받아들일걸요. 설마 민이혁이란 남자가 아빠 밑에서 고분고분 주는 먹이나 받아먹고 있을 거라고 생각하시는 건 아니겠죠? 개도 웃을 소리는 당장 집어치우세요!"

"나에게도 재하에도 이제 후계자가 필요해. 제대로 된 놈으로……. 그러자면 민 실장만큼 적당한 재목은 없다."

"그래서 범을 안방에다 들이신다고요? 싱싱한 고깃덩이를 실에 꿰어 살살 흔들어서요? 그 약발이 언제까지 소용될 것 같으세요?"

독기가 이글대는 세경의 빈정거림은 심장이 있는 사람이라면 피를 토하게 할 정도였다.

"다시 부탁드리지만 민이혁, 제게 주세요."

은소는 거칠고 고압적으로 변한 강 회장의 표정을 쉽게 그려 볼 수 있었다.

"그가 널 선택할 것 같으냐? 은소를 놔두고?"

"아빠가 허락하지 않으면 되잖아요. 말씀드렸다시피 언니야 자기 생각이란 게 없는 여자니까 무조건 아빠 말에 복종할 테고요."

세경이 쌀쌀맞게 조소하는 소리가 들렸다.

"네 언니에게 버릇없이 굴지 마라."

강 회장이 따끔하게 윽박질렀지만 효과는 없었다.

"어때서요? 사실이잖아요?"

세경은 아예 코웃음을 쳤다.

"시끄럽다! 더는 들어줄 수가 없구나. 당장 나가!"

"아빠!"

"이건 네 시시껄렁한 배우 나부랭이 짓이나 남우세스러운 기삿거리를 만드는 일하고는 경중이 다른 일이다. 재하의 미래가 달린 일이야. 불미스러운 소란은 용서 못 한다! 명심해!"

세경의 기세가 주춤했다. 강 회장의 태도가 그만큼 단호하고 무서웠으리라. 밀고 당길 때를 본능적으로 아는 것도 저 부녀의 유전자에 각인된 공통점이었다. 하지만 은소는 지금 세경이 한 가지 착각 속에 빠져 있으리라 짐작했다. 이리저리 상황을 요리해 가다 보면 결국에는 부친을 설득할 수 있으리라 그녀가 철석같이 믿고 있을 거라는 것. 그러나 강 회장의 말대로 그녀가 배우가 되겠다고 했을 때나 집안의 이름에 흠집을 냈을 때는 통했던 세경의 영특함과 계산도 이번에는 먹혀들지 않을 것이다.

"만약 네가 일으킨 분탕질에 조금이라도 이 혼사가 어그러지는 날에는 그날로 넌 당장 이 집안에서 쫓겨나게 될 거다! 아니, 아예 외국이든 어디든 달아나 맨몸뚱이 빈손으로 숨어 살아야 할 게야! 똑똑히 새겨 둬!"

강 회장의 섬뜩한 위협이 진심일 수도 있다는 것을 세경은 깨달아야 했다. 지금 그가 모든 주의를 기울여 경주하고 있는 것은 그가 손수 신중하게 짜 놓은 재하의 권력 재편이었다.

"아빠……."

"나가거라!"

은소의 엄마가 은소를 버렸듯 강원욱 회장도 충분히 세경을 버릴 수 있었다. 그의 과거를 반추하면 다 큰 딸과 혈육의 정을 끊는 것 정도는 차라리 약과일지도 모른다.

씨근대며 문을 닫은 세경은 거실 벽에 기대서 있는 은소를 보고 낯빛을 바꾸었다.

"과연 대단해. 돌아오자마자 남의 것부터 가로채다니……. 그래, 이젠 도둑고양이 짓도 하시나 보지?"

막혀 버린 분노를 터뜨릴 상대를 제대로 찾은 세경이 육식동물처럼 이를 드러냈다.

"잘 있었니?"

"물론이야. 누가 없으니까 사는 맛이 다르더라고!"

서슬 퍼런 면박에도 은소는 흐릿하게 웃어넘겼다.

"그래, 소감이 어떠서, 내가 언니의 신랑감이 될 남자를 노리고 있다는 걸 알고 나니?"

"아무렇지도. 내가 무슨 반응을 보여야 하는 거니?"

세경의 늘씬하게 조율된 팔등신의 몸매에 검은 실크 정장이 도발적으로 어울렸다. 세경은 여자가 봐도 아름다운 여자였고 또 그런 점을 가장 잘 파악하고 있는 것은 다름 아닌 세경 자신이었다.

정반대이면서도 같은 느낌. 민이혁과 강세경은 잔혹한 아름다움을 가졌고 세상을 파괴하고도 남을 마이너스 에너지로 가득했다. 그들은 하나의 도형에서 파생된 닮은꼴이었다.

본인들은 알까, 자신들이 그렇게 비슷하게 닮아 있다는 사실을? 하지만 모든 도전과 난관에도 불구하고 은소는 이혁을 훔치고 싶었다. 세경으로부터, 아버지인 강 회장으로부터…….

"그리고 '신랑감이 될 남자'가 아니라 '남편이 될 남자'야."

은소가 담담하게 정정했다. 세경의 눈썹이 역으로 휘었다.

"민 실장, 단념해."

다짜고짜 세경의 선전포고가 날아들었다.

"내게 우선권이 있는 남자야. 이번엔 내가 먼저 봤다고!"

안색은 창백했지만 은소의 표정은 변하지 않았다.

"아버지가 결정하신 일이야."

더는 왈가왈부하고 싶지 않다는 투로 은소가 엄숙하게 대꾸했다.

"못 하겠다고 말씀드려. 다른 남자랑 사귄다고."

"다른 남자?"

"백지후! 설마 아니라고 하진 않겠지?"

세경이 대들었다.

"지후가 왜?"

"뭐?"

지극히 담담한 반문에 기가 막힌다는 듯 세경이 악으로 받아쳤다.

"너하고 백지후, 그런 사이잖아!"

"아니야. 됐니?"

재고의 여지도 없는 은소의 부정이 세경을 기가 막히게 만들었다.

"하!"

분에 겨워 말을 잇지 못하던 세경은 앞을 스쳐 가려는 은소를 홱 끌어 세웠다.

"너 언제까지 이렇게 나를 방해할래?"

"방해라니?"

가여운 신세였다, 세경도 자신도. 차라리 남남이었으면 좋았을 것이다. 그랬으면 적어도 이렇게 원수보다 못한 사이로 서로를 할퀴려고 안달을 하는 처량한 몰골은 면했을지도 모를 일이었다.

"왜 또 내 남자를 가로채는 거냐고!"

"민이혁은 네 남자가 아니야."

은소도 이번만은 양보할 수 없었다. 이혁만은 아무에게도 넘겨줄 수 없었다. 더구나 세경에게는!

"뭐야? 벌써 네 거라도 됐다는 거야?"

"맘대로 생각해."

그는 어떤 여자의 것도 되지 않을 것이다. 민이혁이란 남자는 그런 약함, 그런 필요를 모두 죽여 버린 사람이었다. 그리고 그런 사실이 언젠가는 은소 자신을 숨 막히게 만들 것이다.

"그렇게 대단해?"

세경은 은소의 코앞까지 바싹 얼굴을 갖다 대고 쏘아붙였다.

"재하 그룹의 껍데기뿐인 주인 자리가?"

"나쁘지 않아."

은소는 살을 저밀 듯한 세경의 적대감 앞에서 뒷걸음질 치지도 흠칫하지도 않았다.

너는 날 흔들지 못해. 다행히 그런 시기는 이제 지나 버렸어.

"장기판의 졸처럼 이리저리 차이는 게 적성에 맞다니 다행이군. 그것도 체질인 모양이지? 남자들 거느리는 것과 마찬가지로?"

그녀가 퍼붓는 모욕에도 태산처럼 끄덕도 않는 은소가 세경은 미칠 정도로 미웠고 어떻게든 흠집을 내고 피를 보고 싶었다.

"좀 정정당당하게 싸우면 안 되는 거야? 네가 가진 무기 말고 네 자신 말이야! 하긴 강은소에게 그런 게 있을 리 없지. 그 늙은 할망구가 던져 준 것들이 아니었다면 한참 전에 말라비틀어지고 말았을 테니까."

"돌아가신 분이야! 함부로 입에 담지 마."

은소는 경직된 눈빛으로 무인지경인 세경의 망언을 잘랐지만 이에 그칠 세경이 아니었다.

"그래, 천만다행이지. 아마 지금도 하늘에서 너한테 이런 소리를 지껄이고 있는 나에게 저주를 퍼붓고 계실걸."

서리서리 겹쳐지는 세경의 좌절도 은소에게는 더 이상 영향력을 발휘하지 못했다.

"쉬어야겠다. 얘기 끝난 거지?"

한 사람에 대한 희망을 제외하고 은소는 이미 인간에 대한 모든 기대와 갈망을 버린 지 오래였다. 비 오던 그날, 할머니가 돌아가시던 그날, 세경이 구역질 난다고 외치던 그날…….

난 이제 한 사람만 보호하고 한 사람만을 위해 살 거야. 방해하지 마, 강세경! 너만 더 힘들어져.

"역겨워! 위선 덩어리."

"오래전에 깨달은 일이야."

은소는 냉랭하게 내뱉고는 세경을 돌아 계단으로 향했다.

"이번엔 안 뺏겨! 알아들어? 아빠는 결국 내 편이야!"

"그래. 하지만 재하와 연관되면 그분이 어떻게 바뀌는지도 잘 알 텐데? 방금도 확인했잖아?"

세경은 마치 제자리에서 연기처럼 타 버릴 듯 보였다. 그녀는 이를 악물고 숨을 죽였다.

"죽어 버려, 강은소!"

난폭한 발소리, 쾅 하고 현관문이 흔들리는가 싶더니 얼마 후 차고 문을 빠져나가는 요란한 엔진 소음이 들려왔다.

그래, 그랬으면 좋겠다. 차라리…….

은소는 지치고 고통 어린 한숨을 토해 냈다.

세경은 마구 올라가는 속도계를 보면서 액셀러레이터를 더욱 힘껏 밟았다.

남편이라고? 어림도 없어!

세경은 한 손으로 운전을 하며 다른 손으로 거칠게 휴대폰의 단축키를 눌렀다. 그러나 신호음만 지루하게 반복될 뿐 전화는 연결되지 않았다. 이번엔 확실히 짐작할 수 있었다, 민이혁이 고의로 피하고 있다는 걸.

"얕보지 마. 강은소, 민이혁, 너희 둘은 절대 안 돼!"

브레이크가 걸린 차가 요란한 마찰음을 내며 가로수 옆 정차선에 아슬아슬하게 정지했다. 세경은 핸들에 얼굴을 파묻고 악 소리를 질러 댔다.

강은소! 백지후로는 모자라니? 그렇게 얌전 떠는 얼굴로 얼마나 많은 남자를 후려내야 성에 차는 거냐고!

휴대폰이 울렸다. 세경은 머리를 쓸어 올리며 한참 전화기를 노려보다가 이어폰을 귀에 꽂았다.

— 세경이?

"어디죠?"

세경은 단도직입적으로 물었다. 이 팽팽한 파괴 욕구를 풀어 줄 수만 있다면 누구라도, 무슨 일이라도 상관없었다. 그런 면에서 섹스는 훌륭한 임시방편이 되어 주곤 했다.

두 시간도 지나지 않아 세경은 양평에 위치한 어느 개인 별장에 도착했다. 타이어에 자갈이 튀는 소리를 듣고 나온 남자가 불빛을 등지고 문 앞에 서 있었다. 세경은 꽉 끼는 상의의 버튼을 성급하게 열어젖히며 남자의 팔 안으로 오만하게 걸어 들어갔다.

"웬일이야, 이렇게 순순히 나와 주다니?"

남자의 팔이 그녀의 허리를 지나 엉덩이를 꽉 움켜쥐자 세경은 그의 다리 사이로 자신의 긴 다리를 서슴없이 밀어 넣었다. 남자가 헉 하며 숨을 들이쉬자 세경의 격한 속삭임이 뒤를 이었다.

"날 만족시켜 봐요."

침대에 널브러진 사내를 버려둔 채 한바탕 땀으로 목욕을 한 몸을 대충 씻어 낸 세경은 새벽녘에 별장을 빠져나왔다. 언제 다시 만날 수 있는지를 다그치는 남자에게는 대꾸도 하지 않고서……

그를 다시 만나는 일은 없을 것이다. 오늘은 그녀의 욕구가 우선이었지만, 남자는 소유한 지위나 명예에 비해 우유부단하고 감정적으로 취약했다. 더욱이 처자식이 있는 유부남이라는 사실만으로도 관계를 오래 유지하지 않을 충분한 결격 사유가 되었다.

시시한 스캔들쯤이야 언제나처럼 사실 무근이라는 오리발로 무마해 버리면 그뿐이지만 시기가 좋지 않았다. 육체적 위안물에 불과한 허접스러운 남자 하나 때문에 무릅쓸 압력의 무게가 만만치 않았다. 한 번은 술김이었고 오늘밤은 일종의 불상사였다. 혹여 있을 화근은 사전에 제거하는 것이 현명했다.

세경은 별장의 숲을 벗어나자 한적한 호숫가에 차를 멈추었다. 검은 어둠 속에 스멀거리는 물안개를 뚫어지게 응시하며 세경은 누구에게랄 것 없는 질문을 던졌다.

나도 백지후도 강은소 너한테는 좀 더 나은 대접을 받을 자격이 있어. 안 그래?

"병신……."

괴로운 듯 씁쓸한 듯 흘러나온 세경의 중얼거림은 덧없는 물안개처럼 흐지부지 그녀의 목 안에서 사라져 버렸다.

같은 시각, 은소 역시 다른 수면을 바라보며 하염없이 서 있다는 것을 그녀는 모르고 있었다.

12. 기만

바다는 검푸르게 소용돌이치며 자연의 섭리에 따라 태초부터 지속해 왔던 움직임을 반복하고 있었다. 은소는 발목을 휘감을 듯 밀려왔다 사라지고 또다시 밀려오는 검은 파도를 응시했다.

밤의 바다는 어딘지 비감하다. 바닥이 들여다보이지 않는 암흑은 인간의 모든 두려움을 소리 없이 싸안고 있는 것만 같았다.

나의 두려움은 무엇일까?

은소는 옅은 입김을 토해 내며 뺨을 찌르듯 밀려드는 바람을 온몸으로 맞았다.

잠자리에서 빠져나와 무작정 나선 길이었다.

고등학교 때였던가? 수학여행 와서 동해 바다를 처음 보았다. 그렇게 맑고 그렇게 두려운 색을 그 늦가을에 처음 만났었다. 영원처럼 펼쳐진 차가운 쪽빛의 바다는 은소의 숨을 앗아 갔지만 동시에 한 번도 맛보지 못한 평안을 안겨 주었다. 그녀는 혼을 점령당한 사람처럼 전신이 얼어붙는 것도 모른 채 사지를 결박당한 죄인처럼 내내 서 있었다. 헐레벌떡 쫓아온 지후가 팔을 잡아끌며 고래고래 소리를 지르지 않았다면 은소는 어느새 자신이 시린 바닷물에 두 발을 담그고 있다는 사실도 깨닫지 못했을 것이다.

아, 정말 정신 나간 녀석처럼 고함을 질러댔었지. 나중엔 그 난리에 본인이 더 많이 젖어 버려서 모처럼의 수학여행을 망친 것도 모자라 생전 앓지 않던 감기까지 앓았노라고 이를 북북 갈아 댔었다.

문득 아래를 내려다본 은소의 얼굴에 미소가 어렸다. 신발이 약간 젖기는 했지만 그때처럼 스스로 걸어 들어가진 않았다.

지후는 몰랐던 거다. 그녀는 마음먹으면 죽을 수 있는 행복한 자유 따위 가질 수 없다는 것을…….

일출이 시작되려는지 하늘과 바다에 푸른 비늘과도 같은 기운이 길게 번져 나갔다. 옆으로 옆으로 파랗게 무리 지는 여명의 시디신 기운에 외롭게 은소의 전신이 물들어 갔다.

무턱대고 충동만으로 여기까지 내달려 온 것은 현명하지 못한 짓이었다. 그때나 지금이나 잠시의 망각은 얻을 수 있을지언정 바다는 여전히 아무런 해답도 제시해 주지 않았다.

은소는 천천히 몸을 돌려 백사장에 아무렇게나 세워 둔 자동차로 향했다. 차 안으로 들어가자 오히려 추위가 느껴지기 시작했다. 은소는 차에 시동을 걸었다. 얼마 후 히터에서 더운 공기가 뿜어져 나오고 한기가 가시자 스르르 어깨의 힘이 풀려 나갔다. 온통 붉게 물들어 가는 하늘을 바라보며 은소는 스테레오의 전원을 켰다. 드라마틱한 삶과 비극적인 사랑으로 꺼져 간 그리스 출신 여자 성악가의 노래가 차 안을 가득 채웠다. 은소는 시트에 등을 기대고 천천히 눈을 감았다.

처리해야 할 일이 남아 있었다.

다음 날 늦은 오후, 은소는 전망이 근사한 창가로 안내를 받고 있었다.

두꺼운 양탄자를 밟자 기분 좋은 감촉이 느껴졌다. 가게 안은 금속 재질과 밝은 색이 주조를 이루고 있었다. 자칫하면 너무 모던하게만 보일 수 있는 공간이었지만 군데군데 과하지 않게 적당히 배치된 식물들이 전체적으로 조화를 이루고 있었다.

건축가로서 주위를 둘러본 은소는 누가 내부 설계를 했는지 꽤나 감각이 있는 사람이라고 생각했다.

앳된 인상의 종업원이 다가왔다.

"일행이 오면 주문할게요."

"알겠습니다."

종업원은 공손히 허리를 숙이고 종종걸음으로 다른 테이블의 손님에게로 걸어갔다. 눈길이 의미 없이 그 뒷모습을 좇아 갔다. 열심히 희망에 살고 열심히 꿈을 이루어 가는 건강한 사람의 열기를…….

시야가 멀리까지 미치는 맑은 날이었다. 서울 도심의 지평선을 따라 눈길을 움직이던 은소는 갑자기 느껴지는 인기척에 다소 방심했던 자신을 가다듬었다.

눈앞에 이혁이 서 있었다.

"많이 기다렸나?"

"아니에요."

"예상치 않은 연락이라서……."

시간을 빼기가 힘들었다는 의미였다. 하지만 이미 미룰 대로 미루었던 일이라 은소는 다소 무리수를 둘 수밖에 없었다.

"다음부턴 일할 시간에 이런 전화는 삼가 줬으면 좋겠군."

거래하듯 결혼을 결정짓고 함께 밥을 먹은 그날 이후 처음 만나는 것임에도 불구하고 이혁은 자연스럽게 반말을 하고 있었다.

"미안해요. 그러죠."

은소가 내내 고심하여 내린 결론은 강 회장만큼이나, 아니 그보다 훨씬 더 절실히 이혁을 원하는 자신이 손에 쥘 수 있는 패는 기껏해야 형편없는 승률의 속임수 정도라는 것이었다.

은소는 자리에 앉은 그의 모습을 바라보았다. 획일적으로 보이기 쉬운 회색 정장도 그가 입고 있다는 사실만으로 가치가 달라졌다. 셔츠 안에 숨겨진 근육과 탄탄한 어깨의 건장함이 눈에 띄었다. 딱 보기에도 완벽하게 다져진 신체였다. 그래서 남들보다 훨씬 큰 키도 전혀 어색해 보이지 않았다.

"무슨 일이지?"

종업원이 주문을 받으러 오는 통에 그들의 대화는 중단되었다.

"에스프레소."

"녹차로 주세요."

은소는 결혼하게 될, 그러나 여전히 남보다도 거리가 느껴지는 남자의 얼굴을 주시했다. 군더더기 없이 정갈한 남자의 얼굴이 오후의 나른한 햇살을 받아 얼마간 부드러워 보였다. 옆자리 여자에게서 들린 작은 한숨은 은소의 심정과 같은 동질의 탄성이었으리라. 그러나 빛이 보여 주는 달콤한 착각은 그리 오래 지속되지 않았다.

"무슨 문제라도 있는 건가?"

"근처에서 면접이 있었어요. 예정보다 일찍 끝이 나서 잠깐 들렀어요."

은소는 자신의 검정색 스트라이프 바지 정장을 슬쩍 내려다보았다. 면접용으로 고르지 않았다면 지나치게 포멀한 스타일이었다.

"면접?"

"다시 건축 일을 시작할까 해서요."

녹차 잔이 놓여졌다. 잎차가 아니라 아무 데서나 파는 티백 제품이었다. 그나마 팔팔 끓인 물을 곧장 들이부은 것인지 잔의 손잡이를 잡기도 뜨거웠다. 그렇다고 항의를 할 수도 없는 노릇이니 미리 확인하지 않고 건성으로 주문한 자신을 탓할 수밖에…….

차 맛이 썼다.

"결혼식이 끝나면 출근할 거예요. 혹시 반대할 의사가 있다면……."

이혁이 커피 잔을 입으로 가져가 그 진한 액체를 반쯤 비웠다.

"그럴 생각 없어. 내가 거기까지 간섭해야 하나?"

한마디로 나는 너한테 관심도 흥미도 없으니 알아서 하라는 뜻이었다. 은소는 내키지 않는 미소를 억지로 자아냈다.

"고……마워요, 이해해 줘서."

이혁이 빤히 은소를 응시했다.

"좋아. 서두는 끝냈다 치고 진짜가 나올 차례 같은데?"

자칫 혀를 델 뻔하고 은소는 쯧 혀를 찼다. 조금씩 식혀 가며 입김을 불어 냈다.

"세경이……."

마치 기다렸다는 듯 이혁의 입가가 올라갔다. 김이 오르는 찻물을 일순간에 식혀 버릴 듯이 차가운 그림자가 생겨났다.

세경의 느닷없는 소동에 초조해졌을 부친이 따로 단속을 한 것일까? 아니면…….

"분명하게 짚고 넘어가야 할 것 같아서요."

"내가 당신 여동생과 잠자리를 같이했는지 안 했는지 그게 궁금한가?"

"했나요?"

은소는 아무렇지 않은 척하며 태연자약하게 맛없는 차를 한 모금 마셨다.

"아직은……."

떫은맛이 한결 가셨다.

"솔직하게 말해 두죠."

달그락거리는 소음이 생기지 않도록 은소는 신중하게 찻잔을 내려놓았다.

"우리는 필요에 의해 결혼하지만 노력하기로 동의했어요."

그와 눈길이 마주쳤다.

"그 안에 거짓, 속임수, 기만은 없어야 해요. 무엇보다 난 당신과 그 애가 떨어져 있길 바라요."

"우리가 결혼하면 내 처제가 될 텐데?"

이혁은 그녀의 속을 읽고 있었다. 어떤 형태로든 세경과 그녀의 어긋난 악연을 알고 있다는 거다.

"맞아요. 그러니 더욱 여동생과 한 침대를 쓴 남자를 남편으로 삼을 수는 없는 노릇이죠."

하지만 이런 소리를 지껄여야만 하는 자신이 비참하고 끔찍해서 은소가 차라리 혀를 잘라내 버리고 싶은 심정이란 것까지 그가 알 리는 없었다. 그게 최소한의 위로가 되어 주었다.

"그래서 확인 겸 경고차 이 자리를 마련한 건가? 파혼도 불사하시겠다?"

"이건 내가 정한 최소한의 룰이에요. 당신이 원하는 것을 주는 대가로……."

"내가 무엇을 원하는데?"

"힘, 회사를 움직일 수 있는 권력, 그리고 재하."

은소가 하나하나 나열했다.

"그 모든 걸 당신이 주겠다고?"

"아마 회장님이 이미 알려 주셨겠죠. 내 위치와 내 남편이 누릴 수 있는 권리에 대해서……."

은소는 심호흡 대신 테이블보에 가려진 손으로 지그시 무릎을 눌렀다.

"그래요. 당신에게 주겠어요, 재하를 마음대로 뒤흔들 권리를. 당신의 야심, 당신의 목표, 난 그걸 이루는 가장 빠른 티켓을 제공하는 열쇠가 될 거예요."

"내가……."

이혁이 차디차게 말을 끊었다.

"당신 아버지와 반목하게 된다면?"

그는 빙 돌려 떠보지도 않았다. 하지만 이혁의 도전적인 공격을 은소는 표정 하나 바꾸지 않고 대적해 냈다.

"그것은 내 남편의 자유예요."

그러자 가벼운 경멸, 무시 같은 것이 그의 무심한 눈빛에 짧게 깃들었다.

"그걸 원하지 않았던가요?"

상처받는 대신 은소는 맑갛고 투명한, 서늘한 우물과도 같은 시선으로 그의 냉혹한 턱 선을 응시했다.

"대단해. 상당히 감명 깊군. 하지만……."

마치 동짓달 꽁꽁 얼어붙은 물을 정수리부터 발뒤꿈치까지 그대로 뒤집어쓴 듯한 섬뜩함이 후비고 지나갔다. 은소는 그가 모르게 주먹을 움켜쥐었다. 그렇게 하지 않으면 아차 하는 순간에 그의 발치에 속절없이 무너져 내릴 것 같았다.

그가 알 리가 없어!

"당신이 아니라도 난 마음만 먹는다면 얼마든지 재하를 부술 수 있어. 자신의 가치를 얼마나 높게 매기고 있는지는 몰라도 반드시 당신의 '선심'이 필요하진 않다는 얘기야."

"그런 착각을 하진 않아요."

절대로 물러서지 않는 두 사람의 눈동자가 상대방을 쏘아보았다.

이혁은 차분하게 차를 마시는 여자를 바라보았다.

만만하지 않았다. 갈수록 도무지 속을 알 수 없는 여자였다. 그만큼 꺼림칙하고 비위에 거슬렸다. 분명 그녀와 제대로 마주친 것은 오늘로 딱 두 번째인데 여자의 눈을 들여다보고 있으면 마치 그에 대해 모든 것을 파악하고 있는 듯한 기분 나쁜 번득임이 순간순간 지나갔다. 그래서 이혁은 차라리 노골적이고 되바라졌어도 그의 예측 값 안에서 벗어난 적이 없는 강세경 쪽이 더 구미에 맞았다. 방심할 수 없는 오리무중의 여자 따위가 그의 영토 안으로 기어들도록 내버려 두는 게 과연 이 시점에서 플러스가 될지 알 수 없었다.

"혹시 생각이 바뀌셨나요?"

또다시 그의 의중을 자르고 들어오는 은소를 바라보는 이혁의 눈동자가 벨 듯이 예리해졌다.

"아니."

"하나 더 고백할까요?"

난데없이 나온 고백이라는 어울리지 않는 단어에 이혁은 설명할 수 없는 호기심을 느끼고 잔을 내려놓았다.

"난 당신에게 꽤 호감이 가요, 민이혁 씨. 굳이 회장님의 강압이 아니었다 해도 같은 결론을 냈을지도 모를 만큼……."

은소는 침착하게 그의 눈을 똑바로 맞받으며 조용하게 말했다.

호감이라……. 첫눈에 반했다고 거짓말이라도 늘어놓을 셈인가?

이혁은 데면데면하기 그지없던 첫날의 은소를 떠올렸다.

"그렇다고 당신에게 그런 게 중요하다고 믿을 만큼 철이 없지는 않아요. 난 그저 이 결혼이 당신에게도 내게도 유리한 결정이 될 거란 걸 상기해 달라는 것뿐이에요. 적어도 서로가 싫어하지 않는다면 아무리 이런 결혼이라도 괜찮은 출발점이 되지 않겠어요?"

이혁은 이상하게도 명치께가 무지근하게 불쾌해졌다. 뭔가 다른 걸 기대하고 있었던 것도 아닌데 기분은 명쾌하지가 않았다.

이런 결혼이라도? 이 지루한 싸움의 원인과 나의 속셈을 알고 나서도 그렇게 오연하게 지껄일 수 있을까?

"그런가?"

결국 다른 듯해도 이 여자도 결국 근본은 강세경과 같은 여자였다. 쓸데없이 곤두서 있었던 거다.

　　이혁은 싹 가시는 흥미를 느끼고 시계를 보았다.

　　"볼일을 다 마친 거라면 먼저 실례해야겠군. 약속이 잡혀 있어서……."

　　"그러세요. 저는 좀 이따 가죠."

　　"그럼."

　　그는 계산서를 챙겨서 성큼성큼 그녀로부터 멀어져 갔다.

　　은소는 이혁이 자동문 뒤로 사라지는 것을 보고 나서야 유지하고 있던 자세를 허물어뜨리고 털썩 힘을 뺐다. 등의 상처가 아픈 것과는 다르게 진동하듯 몸이 떨리고 있었다. 세월이 아무리 흘러도 삭여지지 않는 끈질기고 괴로운 감정, 은소는 얼얼한 둔통이 그녀의 세포 하나하나에 스며들어 자취 없이 사라질 때까지 멈춰 있었다.

　　사랑……, 메마르고 삭막한 그 남자의 가슴에서 그런 연약한 단어를 어떻게 찾아낸단 말인가?

　　식어서 쓴맛이 더해진 잔을 들고 은소는 쓸쓸하게 웃었다. 손에 잡히지 않는 바람을 붙잡으려고 쫓아가는 것은 부질없는 짓이다.

　　그럼에도 내가 이미 당신을 사랑하고 있다면……? 그래서 당신이 행복해지길 소망한다면……? 이혁, 당신은……?

　　9시를 넘긴 후에야 퇴근한 이혁은 엘리베이터를 타고 인기척이 뜸해진 주차장까지 곧장 내려갔다.

강은소에 이어 강 회장까지 세경과의 관계를 은근히 떠보려는 눈치였다. 경고라면 일단은 접수해 둘 생각이었다. 어차피 현재로서는 이혁에게 있어도 그만, 없어도 그만인 여자였다.

출구 오른편에 세워 둔 차에 올라 시동을 걸고 사이드 미러로 후면을 확인한 이혁은 유연하게 주차 구간을 벗어났다. 그러나 그가 핸들을 조금 틀었을 때 급작스러운 방해꾼이 그의 진로로 끼어들었다. 상대는 막무가내로 덤벼들었고 헤드라이트가 번쩍하는 순간 이혁의 차는 시끄러운 마찰음과 함께 가벼운 충돌을 일으켰다.

정신 나간 여자 같으니라고!

이혁은 어금니를 짓씹으며 핸들을 꽉 움켜쥐었다. 그의 차를 들이받은 것은 강세경의 아우디였다.

하긴 이렇게 얼빠진 짓을 저지를 여자가 강세경 말고 또 누가 있겠는가? 며칠 동안 끈질기게 무시당해 악에 받친 모양이었다.

그렇다고 네가 날 상대로 까불어?

이혁은 맞은편 운전석에서 세경이 도끼눈을 뜨고 씨근대건 말건 여유 만만하게 케이스에서 담배를 찾아 물었다.

어디, 그 유명한 솜씨 한번 볼까?

무슨 짓이든 해 보라는 듯이 느긋하게 의자에 등을 기대고 앉은 그의 오만한 태도에 세경의 성깔이 급격하게 상승 곡선을 그렸다. 떨어져 나갈 정도로 차 문을 발로 차 열고 세경은 득달

같이 차에서 튕겨 나왔다.

세경은 양손을 허리에 얹고 그를 쏘아보다가 이혁이 여전히 꿈쩍도 하지 않자 하이힐로 그의 차를 난폭하게 걷어차기 시작했다.

"이 거지발싸개 같은 자식! 당장 안 내려?"

그러자 차창이 약간 내려가며 그의 음성이 흘러나왔다.

"회사야. 소란 떨지 말고 타."

"민이혁, 네가 그렇게 잘났니? 뭐가 그렇게 대단한데?"

"강세경!"

세경은 요란하게 점멸하는 경고등도 살피지 못하고 계속해서 분통을 터뜨렸다.

"그래 봤자 내 한마디면 넌 그날로 재하에서 매장이야!"

"얼마든지."

"내가 못 할 것 같아? 네가 아무리 강은소를 잘 구워삶아 놓았다고 해도 내가 이미 너랑 뒹굴었다고 하면 아무리 대단한 우리 아빠도 한 자매를 같은 남자에게 내주시진 않을걸."

세경의 협박은 이혁에게 씨도 먹혀들지 않았다. 되레 그의 조소를 샀을 뿐……

"내가 너와 섹스한 적이 있었던가?"

세경이 그를 노려보았다.

"당신 말마따나 욕심나는 물고기, 나도 수단 방법 안 가려."

"네가 놀고 있는 물이 그따위인 거야 잘 알지. 너도 그 하수구 구정물의 일부가 된 지 오래고 말이야."

완전히 쓰레기 취급을 하는 그의 신랄한 모욕에 세경의 눈동자가 표독하게 빛났다.

"너, 뭘 믿고 이렇게 지랄 떠는 거야?"

"타."

"이 개자⋯⋯."

"타!"

"너 이⋯⋯!"

이혁과 눈이 마주친 순간 기세등등하던 세경은 물고기처럼 입을 뻐끔거리다가 마침내는 혀를 깨물며 시선을 회피하고 말았다. 그만큼 그의 눈빛이 위험스레 번들거리고 있었던 것이다.

"더 성질 돋우지 말고 조용히 기어들어 와, 강세경!"

짓이겨 버리기 전에!

그의 살벌한 표정은 그렇게 경고하고 있었다. 언제나 차가운 듯 깍듯하게 정중한 말만 골라 했던 것도 이 남자의 잘 위장된 가식이었다는 것을 세경은 오늘에야 눈치챘다.

개자식!

섬뜩해진 심장을 겨우 추스르고 세경은 허세를 가장한 도도함을 사력을 다해 끄집어냈다.

자신의 차를 그대로 버려둔 채 세경은 이혁의 운전석 옆자리에 올라탔다. 이혁이 연기를 길게 뿜어내며 아직 반절도 타지 않은 담배를 재떨이에 짓이겨 껐다. 그리고 세경이 안전벨트를 매기도 전에 차를 난폭하게 빼냈다. 타이어가 마모되는 냄새가 진동했다.

하마터면 앞 유리창을 그대로 뚫고 나갈 뻔한 세경이 고개를 홱 쳐들었다.

"뭐 하는……."

"입 닥쳐. 내가 떼라고 하기 전엔 한 마디도 하지 마."

아무렇지도 않게 중얼거리는 말투가 더 무시무시했다.

세경은 초조하게 발끝을 까닥거리며 입술을 씹어 댔다. 잘못 건드린 것은 아닌가 하는 불안감과 동시에 감히 이혁 같은 주제의 인간이 그녀의 자존심을 갈가리 짓밟아 놓았다는 오기가 오락가락 자리다툼을 하고 있었다.

차는 강변을 향해 쏜살처럼 달려 나갔다.

넘실대며 시커멓게 흐르는 한강의 물줄기는 어둠에 묻혀 분간하기 어려웠고, 그저 반짝이는 유람선의 불빛이 간간이 그 흐름을 감지하는 이정표 역할을 하고 있었다. 길게 가로지르는 다리 위로 귀가를 서두르는 차들의 행렬이 꼬리에 꼬리를 물고 있었다.

"좋아. 원하는 걸 지껄여 봐. 들어 주지."

인적 드문 곳에 이르러 차를 정지시킨 이혁이 세경을 보지도 않고 말문을 열었다. 세경은 그 옆모습을 있는 대로 쏘아보았다. 이제는 세경도 어느 정도 이성이 돌아와 있었다.

"난 강은소 정도밖에 안 되는 거한테 당신 넘기는 거 죽기보다 싫어. 그러니까 처음 계획대로 해. 당신 원래 나를 먼저 낚으려던 거 아니었어?"

"고맙지만 깨끗이 손 털었다고 한 걸로 아는데…….."

세경은 비아냥조로 냉큼 코웃음을 쳤다.

"곧 싱거워서 몸서리가 쳐질걸. 특히 당신같이 못된 남자에게 그런 이중인격의 여자……, 안 어울려."

세경의 입가가 독을 품고 올라갔다.

"더군다나 죽고 못 사는 남자까지 있어. 당신 성질에 당신 몰래 태연히 양다리 걸치는 여자, 용서할 수 있을 것 같아?"

세경은 신중히 살폈지만 그의 심중을 파악하기란 불가능했다.

망할 인간, 속에 돌부처라도 들어앉았나?

"아무리 고상한 요조숙녀 행세를 해대 봤자 까놓고 보면 더러운 걸레에 불과하다고."

"그래서?"

지루함 그 이상도 이하도 아니라는 반응이었다.

"당신 아내가 그런 여자라도 상관없다는 거야?"

"어디서 꽤 많이 들어본 인생이긴 하군, 안 그래?"

이혁이 무료한 듯 말했다. 세경의 문란한 사생활을 빗대어 꼬집은 것이다. 허를 찔린 세경이 숨을 헐떡이며 이를 갈았다.

"당신!"

"네가 고자질하고 있는 게 백지후란 놈이라면…….."

이혁이 옆으로 고개를 틀었고 세경은 그의 억센 턱에서 발해지는 호전적이고 기분 나쁜 징조를 읽었다.

설마…….

"날 얼마나 쉽게 봤는지는 알겠는데, 강세경, 너한테 처박고 싶은 육욕 따위 아예 없을 뿐더러 그건 네 언니한테도 마찬가지야. 다시 말해 그 여자가 순결한 현모양처든 너저분한 걸레든 아무 차이도 없다는 소리야. 알겠어?"

"뒷조사를……, 한 거군."

아연실색한 세경이 다그쳤지만 이혁은 딱 한마디로 그녀를 봉쇄해 버렸다.

"난 그 여자를 가질 거야, 네가 아니라!"

언젠가 경험한 적이 있는 패배감과 굴욕적인 수치심이 고스란히 들고 일어나 세경을 휩쓸었다.

기어이 네가 날 거절한단 말이지? 내세울 거라곤 쥐뿔도 없는, 밑바닥에서 머리 하나 쓸 만해 겨우 여기까지 어찌어찌 기어 올라온 네까짓 게 이 강세경을!

백지후뿐이야. 백지후만 가능했어. 웃기지 마. 더는 강은소 때문에 어떤 사내새끼한테도 그따위 천치 같은 꼴, 절대 안 당한다고!

"좋아."

세경은 뒤집히는 속을 억눌렀다.

연기 같은 건 얼마든지 해 주지.

"확인해 보자고."

세경은 눈가를 휘었다.

"정말 나한테 흥미가 조금도 남아 있지 않은지……."

마지막이야. 네가 살 수 있는 마지막 기회야, 민이혁! 지금이라도 사죄하면 정상 참작을 해 주지.

서슴없이 다가드는 세경의 얼굴을 이혁은 미동도 없이 바라보았다. 축축한 숨결을 뿜어내는 입술과 팽팽하게 솟아오른 탄력 있는 가슴이 그의 팔에 부드럽게 밀착되었다.

"어때……?"

이혁의 손가락이 천천히 감싸듯이 세경의 얼굴을 거머쥐었다. 고요한 적막이 흐르고 고조된 긴장감이 차 안에 번져 나갔다. 회심에 찬 미소가 세경의 얼굴에 스쳤다.

그래, 결국은 너도…….

"큭, 강세경이, 그렇게 잘난 몸에 자신이 있나?"

나직이 내뱉어진 그의 말은 세경의 짧은 승리감을 철저히 박살 냈다. 막 그의 입술에 포개지려던 세경의 입술이 딱 멈추었다.

"너……."

세경의 몸이 부르르 떨렸다.

"잘 들어."

한들거리는 미풍처럼 가벼운 손끝의 지분거림과는 달리 이혁의 눈길은 오금이 저릴 정도로 가차 없이 그녀의 전신에 내리꽂혔다.

해사하게 다듬어진 매혹적인 얼굴, 풍만하면서도 완벽한 가슴과 가는 허리, 벌어진 치마 사이로 드러난 잘 빠진 각선미에 이르기까지 스크린이 찬탄해 마지않는 여자의 전부를 안고서도 그는 욕심은커녕 무심한 경멸을 드러내고 있었다.

"네 몸뚱어리 값을 어느 정도라고 착각하고 사는지는 내 알 바 아니야. 하지만 액수의 차이일 뿐이지 돈만 지급하면 어떤 시정잡배든 다 올라탈 수 있는 네 몸뚱이, 그걸로 세상 모든 사내놈들이 발정 난 개새끼마냥 덤벼들 거라는 망상은 집어치워."

세경의 가슴이 모닥불처럼 타올랐다.

"내가 만약 오로지 섹스만을 목적으로 여자를 수집한다면 말이지. 난 흠집 없이 깨끗한 몸뚱이를 고를 거야. 그런데 넌 거기서부터 낙제점이야."

썩은 오물을 뒤집어써도 이렇게 더럽고 추하지는 않을 것이다.

"이 빌어먹을 후레자식!"

정신없이 뻗쳐 나간 세경의 팔은, 그러나 거칠게 가로막히고 말았다.

"놔! 이 새끼야, 너 내가 그렇게 만만한 싸구려로 보⋯⋯!"

이혁의 손아귀에 한층 난폭한 압력이 가해졌다.

"악!"

세경은 그대로 팔이 부러질 것만 같았다.

"만용 부리지 마, 강세경. 난 여자라고 곱게 봐주는 거 없는 놈이야."

소름끼치는 고통에 세경이 참지 못하고 비명을 지르자 이혁이 짐짝처럼 그녀를 팽개쳤다.

"난 내 미래의 아내에 대해서만큼이나 네 과거에도 훤해. 오늘처럼 함부로 까불거나 얌전히 입 닥치고 있지 않으면 강 회장은 물론이고 네가 그토록 여유 만만하게 깔보는 그 난잡한 바닥에서도 얼굴 못 들고 다니게 될 거야. 아니면 숫제 네 발로 기게 만들어 줄까?"

팔목을 문지르고 있던 세경의 안색이 하얗게 질리는가 싶더니 조각처럼 굳어졌다.

"목적이……, 뭐야, 민이혁?"

인정하고 싶지 않은 두려움에 쫓겨 간신히 비집고 나온 목소리가 뚝뚝 부러졌다.

야심만만하고 더럽게 머리 좋은 사내라는 것은 진즉에 알고 있었다. 그래도 아버지가 다음 후계자로 정했을 정도라면 두 사람 사이에 어느 정도 충성 관계는 형성되어 있으리라 생각했었다. 더구나 지금까지 민이혁은 아버지의 오른팔 역할을 톡톡히 해 온 사내였다. 그런데…….

"뭘 노리는 거냐고?"

아버지는 이토록 위험한 남자에게 강은소란 패를 넘겨주었다. 장래에 있을지도 모를 사투를 미연에 방지한다는 명목으로……. 아버지는 이 남자의 흉포한 야수의 본성을 제대로 알고나 있는 걸까? 이렇게 금방, 그것도 다름 아닌 자신이 마련해 준 발판을 딛고 서서 그를 짓밟을 준비를 마친 남자라는 것을?

대체 아버지와 이 남자 그리고 강은소, 그들 각자가 감추고 있는 속셈들이 무엇인지, 세경은 자신만 철저하게 따돌려지고 있다는 찝찝한 기분이 들었다.

어찌 됐건 갈라놓아야 해.

세경은 강은소에게 사냥감을 가로채이는 것도 또 이혁과 그녀가 합작해 부친에게 대적하는 것도 모두 허락할 수 없었다.

이혁의 목소리가 이어졌다.

"이제는 알 텐데? 재하를 파편 하나까지 차지하는 것."

그리고 조각조각 먼지도 남지 않을 정도로 분해시켜 버리는 것.

이혁은 제 딴에는 열심히 퍼즐을 짜 맞추고 있는 세경을 싸늘하게 바라보았다.

"아버지가 호락호락 넘겨주실 것 같아?"

강 회장에게 발언권이 주어지는 일은 없을 것이다. 이 어리석은 여자는 아직도 칼자루가 어느 방향으로 향해 있는지 감조차 잡지 못하고 있었다.

"왜 강은소가 그토록 가치 있는 물건인지 꼭 설명을 덧붙여야 알 수 있나, 강세경? 네 언니를 일단 내 편으로 잡은 이상 네 부친이 부릴 수 있는 수단은 효력을 상실했어."

"강은소도 당신 속셈을 다 알고 있단 말이지?"

아주 잡아먹을 듯한 기세였다. 친자매가 이렇게 원수처럼 등을 돌리고 있는 집안도 드물 것이다.

"메스꺼운……."

강원욱이라는 인간, 자식 농사는 기막히게 지어 놓은 모양이군.

이혁은 비릿하게 웃었다. 한 자식은 언제든 부친을 꺼꾸러뜨릴 남자의 손을 아무렇지 않게 잡으려 하고 다른 자식은 형부가 될 친언니의 남자를 빼앗으려 혈안이 되어 있었다. 설사 그들의 진짜 목표가 무언지는 애매하다 하더라도…….

"정략이 뭐라고 생각해, 강세경? 적어도 네 언니는 현실적이고 꽤나 똑똑하게 이해득실을 따질 줄 알더군."

세경의 표정이 서서히 바뀌었다. 고양이 눈처럼 빛나는 눈동자가 새치름한 교태를 자아내기 시작했다.

"좋아. 가져. 당신이 원하는 게 재하라면 주지. 대신 그다음엔 서로 원하는 걸 다시 체크해 보자고…….."

세경은 일단 어르고 보자는 작전으로 바꾼 모양이었다.

뭔가 머리를 굴리나 했더니, 시건방진…….

강세경은 뜬구름 같은 대중의 인기와 자신의 하찮은 외모만 믿고 천방지축으로 날뛰는 덜 자란 애송이에 불과했다. 그에 비해 자신의 비밀은 깊숙이 감춰 두고 실속을 챙길 줄 아는 강은소가 훨씬 까다로운 적수였다. 그래 봤자 이미 손안에 들어온 먹이에 불과했지만…….

"어때? 나쁘지 않잖아? 어차피 아버지의 소유물은 모두 내 것이 될 테니까 나도 꽤 효용 가치가 있을 텐데?"

치렁거리는 머리카락이 피부에 닿아 이혁의 짜증을 유발시켰다.

"기억은 해 두지."

이혁은 무심히 대꾸했다. 그 전에 재하라는 이름이 한 줄기 연기로 화해 사라질 거라는 걸 그는 세경에게 알려 주지 않았다.

만족스럽게 치켜 올라가는 세경의 새빨간 입술이 이혁의 비위를 망쳐 놓고 있었다. 그는 살아 있는 여자의 입술 대신 저 정체 모를 화학 잔해물을 맛보게 되는 것은 질색이었다.

웃기는 것은 잠깐, 아주 잠깐 동안, 화장기 없이 물기를 머금고 있던 어떤 여자의 작은 입술이 아른거리다 지워졌다는 사실이었다.

민이혁! 너 아주 없애 버리고 말 거야! 아무도 나를 무시 못해. 파멸이 어떤 건지 겪어 본 다음에 울면서 매달려 보라고! 이 개자식아!

세경은 악다구니를 쳐 대는 마음을 지그시 억누르며 속으로 야멸치게 중얼거렸다.

강은소, 백지후를 물 먹인 것도 모자라 낳아 준 부모마저 버리겠다? 은혜도 모르는 금수만도 못한 것 같으니! 그렇게 본색을 드러낼 걸 사심 없는 척, 욕심 없는 척 온갖 가증을 떨어? 지하에 파묻힌 그 늙은 마녀가 기뻐서 춤이라도 추겠군.

그래, 결혼해. 하고 보자고! 내 것인 줄 알았던 사람을 도둑질당하는 게 얼마나 비참한 기분인지 너도 한번 뼈저리게 느끼게 해 줄게.

질주하는 차의 창문에 운전대를 잡은 이혁의 영상이 맺혔다. 세경은 손가락을 내밀어 유리에 어른거리는 이혁의 목 부근을 슬며시 내리그었다.

내 것이 안 되겠다면 너도 마찬가지야, 민이혁!

13. 오해의 나선

일사천리로 진행된 결혼식이 마침내 하루 앞으로 다가왔다. 은소는 그저 웨딩드레스와 예물만 고르고, 날짜며 장소, 하객들까지 일체의 제반 사항은 강 회장의 비서진이 맡아 처리했다.

강 회장의 뜻에 따라 식은 그룹 계열의 호텔에서 품위 있고 성대하게 치러질 예정이었다. 어마어마한 물량과 막대한 비용이 물처럼 퍼부어졌다. 시기적절한 날을 택해 공식적인 기자 회견도 열었다.

그동안 은소는 이혁과도, 세경과도 거짓말처럼 얼굴을 마주치지 않았다. 이혁 쪽은 일이 밀려 있었고 세경은 광고 촬영차 해외 로케를 떠나 있었다. 은소는 갑작스럽게 변경된 세경의 스케줄 배후에 누가 마법의 손을 휘둘렀는지 신경 쓰지 않앉다.

"조금 헐거운 것 같네. 지난번 피팅 때보다 더 살이 빠지셨나?"

허리선에 핀을 꽂으며 디자이너인 최 선생이 은근히 질책했다.

"말씀드렸죠, 이 이상 더 마르시면 옷맵시가 안 산다고?"

"죄송해요."

은소는 품을 맞게 조이며 불만을 토로하는 최 선생의 음성을 건성으로 들으며 전신 거울에 비친 자신의 모습을 바라보았다.

드레스는 아름다웠다. 파리 패션쇼에서 이름을 날리고 있는 실력 있는 디자이너의 솜씨다웠다. 밋밋하지도 그렇다고 요란스럽게 튀지도 않게 화이트를 기본으로 그러데이션을 준 천의 색감과 질감은 감탄사가 절로 일 정도였고 쇄골 아래 선을 따라 점점이 뿌려진 다이아몬드는 드레스의 기품을 한층 살려 놓았다.

"정말 저처럼 평범한 신부가 입기에는 선생님 작품이 아깝네요."

은소의 눈에는 이 드레스가 다른 신부가 입어야 할 드레스처럼 보였다. 세상의 단 한 사람에게 단 하나뿐인 사람으로 소중히 인정받은 그런 사람이……. 그녀처럼 속임수와 거짓으로 점철된 결혼을 감행하는 여자가 입기엔 죄스러움이 느껴지는 옷이었다.

"무슨 그런 섭섭한 말씀을……. 은소 씨라서 이만큼 어울리는 거예요. 이렇게 맵시 있고 단아한 자태가 어디 흔한 줄 알아요? 요즘은 하도 성형이다 뭐다 해서 화려한 장미는 지천에 깔렸는데 진짜 분위기 있는 꽃들은 정작 드물다니까."

여자를 꽃에 비유하는 건 남자들이 낯간지러운 아첨을 할 때나 쓰는 건 줄 알았더니 최 선생의 입에서도 전혀 위화감 없이 흘러나왔다. 물론 업계에서도 소문난 그녀의 비상한 사업 수완의 일부겠지만 말이다.

"말씀은 고맙지만……."

"헛소리가 아니라니까 그러시네. 너무 겸손해도 살기 힘든 세상이야. 아, 진짜 신랑이 같이 봐야 하는데……. 그렇게 바빠요?"

예복 치수만 달랑 재고 나서 코빼기도 비치지 않는 이혁에게 최 선생은 상당히 불평이 많았다.

"네, 맡고 있는 프로젝트가 많아서……. 아무래도 같이 다니기가 힘드네요."

"하긴……, 앞으로 재하 그룹을 이끌자면……."

시침핀을 입에 물고 있는 덕에 발음이 시원치 않았다. 최 선생은 흡족할 때까지 은소를 요모조모 뜯어보고 돌려 보았다.

"그래도 지금의 신부 모습을 보면 눈이 아마 석 자는 튀어나올 텐데……, 아깝다니까."

"어차피 내일 볼 건데요."

"그야 그렇지만……."

이혁이 그녀의 드레스 차림에 그리 대단한 감동을 받을 리는 없지만 디자이너의 들뜬 기분을 생각해 은소는 대강 둘러댔다.

"신랑도 제대로 맞춰 봐야 되는데, 이건 전화할 틈도 안 주니⋯⋯."

최 선생은 투덜거리며 은소의 소매에 핀을 하나 더 꽂았다. 결혼식도 하기 전에 핀에 찔려 죽지 않을까 싶었다.

"은소 씨 부군 될 사람, 몸 선이 아주 좋아서 창작 의욕이 마구 솟구친단 말이야. 기회 되면 모델 한번 서 달라고 애걸이라도 하고 싶은데⋯⋯, 안 되겠지?"

은소가 난감한 듯 웃음으로 그녀의 청 아닌 청을 거절하자 최 선생은 정말 아쉬운 기색으로 입맛을 다셨다. 때맞춰 어디선가 희미한 음악 소리가 들려왔다.

"전화벨이네. 내 건 아닌데 은소 씨 건가?"

풍성한 치마를 대강 모아 쥐고 은소가 유럽풍의 작은 소파로 걸어가 휴대폰을 들어 액정을 확인했다. 그녀의 움직임이 수월하도록 최 선생이 보조를 맞춰 주었다.

"네, 강은소입니다."

— ⋯⋯나다.

은소의 낯빛이 희미하게 변했다.

"네."

은소가 작게 대답했다.

— 좀 볼 수 있겠니?

신중하고 조심스러운 말투에는 거부에 대한 체념도 실려 있었다. 은소가 통화하는 동안에도 어디 더 손볼 데가 없는지 점검하고 있는 최 선생의 요구에 따라 순순히 머리를 한편으로 모으며 은소는 시간을 확인했다.

"어디서……, 뵐까요?"

— 청담동이 좋겠구나. 저번에 갔던……. 기억나니?

전화기를 통해 전해지는 희미한 기쁨과 기대감……. 가슴이 시린가 싶더니 아릿하게 저려 왔다.

"네, 한 시간 뒤에 뵙겠습니다."

은소는 납작한 휴대폰의 몸체로 꾹꾹 이마를 누르며 깊은 생각에 잠겨 들었다.

4년 만이다. 그런데도 은소는 전화번호의 끝자리를 본 순간 상대가 누구인지 금세 알았다.

"강은소예요."

"그렇지 않아도 기다리고 계십니다. 이쪽으로 오시죠."

지배인은 깍듯한 예의로 그녀를 반기며 웅장하고 격조 있는 홀에서 좀 더 은밀하게 이어지는 룸으로 발길을 옮겼다.

"선생님, 손님께서 도착하셨습니다."

새하얀 테이블보와 윤이 흐르는 은 식기들, 반짝이는 크리스털 사이에서 고급스러운 정장 차림의 남자가 일어섰다.

40대 초반 이상으로는 보이지 않는 인상에 멋스럽고 깔끔한 헤어스타일, 강하게 빛을 발하는 새카만 눈동자와 특정 상대에

게만 흔치 않게 보여 주는 미소까지, 젊은 시절 지독히 아름다
웠을 남자의 외모는 지금도 여자의 심금을 자유자재로 울리고
도 남을 힘을 잃지 않고 있었다. 어쩌면 그가 지닌 매력은 나
이를 먹고 주름이 생긴다고 해서 상실될 성질의 것이 아닐지도
모른다. 외려 나이를 먹는 만큼 중후한 인상이 한층 그를 돋보
이게 하고 있었다.

"어서 오너라."

"안녕하세요?"

"예뻐졌구나."

지배인의 일까지 가로채 가며 그가 직접 은소의 의자를 빼
주었다. 우아하고 품위 있는 동작이었다. 하인처럼 수고로운
일을 마다하지 않는 동안에도 그에게서는 상류층의 당당함이
자연스럽게 발산되고 있었다.

"앉아라. 맛있는 걸로 먹자꾸나, 우리."

"감사합니다."

얼마나 무수히 많은 여인들이 그의 이런 행동에 반했을지
짐작이 가고도 남았다. 처음 그를 만났을 때 은소는 외할머
니가 왜 그토록 그를 욕심냈었는지 납득할 수 있었다. 그리
고……, 그녀의 어머니가 왜 한때나마 열렬히 그에게 빠져 헤
어 나오지 못했던 건지도…….

그는 여자들이 쉽게 거부하기 힘든 남자였다. 어머니의 그
에 대한 사랑이 오래만 갔더라면 이 모든 혼란은 없었을 텐
데……. 그랬다면 이혁과 그녀가 이런 식으로 만나 서로 상처

를 주고받으며 살아갈 준비를 하지 않아도 되었을 것이다.

은소는 가당치도 않은 가정에 불과하다는 것을 알면서도 운명의 횡포를 씁쓸하게 반추했다.

"아직 이르다만 여기 지배인이 특별히 저녁 준비를 해 주겠다는구나. 아니면 혹시 다른 걸로 하겠니?"

"아뇨, 그걸로 하죠."

요즘은 음식 맛을 구분하지도 못할 어려운 자리의 식사가 많았다. 그러니 재료가 뭐가 됐건 먹을 만한 것이면 상관없었다.

"그럼 준비해 주게."

"네, 선생님.

그들의 관계를 어떻게 추측하고 있든 지배인의 단련된 태도에서 그의 생각을 짚어 낼 수는 없었다.

"와인은 내가 부탁한 것으로 주게."

"알겠습니다. 그럼……."

지배인은 정중히 머리를 숙이고 방을 나갔다.

"말이 퍼지지는 않을 게다."

은소가 염려하고 있을 거라고 생각했는지 그가 조용히 언급했다. 그래서 장소도 남들이 볼 수 있는 홀이 아니라 이곳으로 잡았을 것이다.

"걱정하고 있지 않습니다."

은소는 낮게 대답하며 그를 보았다. 잠시 침묵이 감돌았다.

"내일이……, 결혼식이라고?"

"네."

그의 귀에 들어가지 않았을 리 없었다. 일단은 비슷한 세계, 좁은 공동체에 소속된 그들이었다. 은소는 직접 전해야 하는 것이 아니었는지 뒤늦은 후회가 밀려 왔다.

"이런 말할 자격은 없지만, 그래도……."

그가 무겁게 한숨을 쉬었다.

"조금은 서운하더구나."

"부담이 되실 것 같아서……."

은소는 물 잔을 들어 입가로 가져갔다.

"그런 말이 어디 있니?"

하지만 실상 그들이 서로에게 각자 다른 의미로 부담이 되는 사이라는 것을 부인할 수는 없었다.

식전 와인과 함께 전채 요리가 들어왔다. 와인을 확인한 그가 고개를 끄덕이자 소믈리에가 절도 있는 움직임으로 잔을 채웠다. 달콤하고 향기로운 향이 주위를 떠돌았다.

"맛이 괜찮을 거다."

"네."

은소는 차마 술을 마시지 못한다는 말을 하지 못하고 마시는 시늉만 한 채 잔을 내려놓았다. 그가 은소의 그런 체질까지 알 리 만무했고 그 정도로 친밀하고 가까운 관계도 아니었다, 그와 그녀는.

은소는 억지로 포크를 들어 야채 한 조각을 찍었다. 사각거리는 섬유질이 질긴 가죽처럼 목에 걸렸다.

"결혼할 상대가 회사 사람이라고?"

"네."

"똑똑한 사내란 이야긴 들었지만……."

아마 그 나름대로 신상 조사를 한 것인지 그는 썩 안심한 표정을 하지 못하고 말끝을 흐렸다.

"강……원욱 회장과 어찌 보면 많이 닮은 사람이더구나."

강 회장을 화제에 올리며 그는 의식하지 못하는 새 눈썹을 슬며시 찌푸리고 있었다. 은소는 부친의 이름이 그에게 내키지 않는 기억을 돌이키게 만든다는 것을 눈치챘다.

"아마 재하에 많은 도움이 될 거예요."

"너한테는?"

그는 상당히 단호하게 재우쳐 물었다.

"참견처럼 들렸다면 미안하구나. 하지만 너한테도 이득이 되는 사람이냐, 그 사내가?"

"그 사람에게서 이득을 볼 생각은 없습니다. 그냥 제게 좋은 사람이길 바라죠."

은소는 담백하게 대답했지만 그의 걱정은 거두어지지 않았다.

"그걸로 행복……할 수 있겠니?"

그녀의 어머니 인영은 결코 행복하지 않았다.

너도 네 어머니의 전철을 밟을 테냐?

그는 그것을 묻고 있었다.

"그러기를 바랍니다."

은소의 대답에 그는 짧게 한숨을 보태고는 아무 말도 하지 않았다.

그 뒤로 그들은 식사를 하는 데 열중하며 안전하고 일상적인 화제만을 골라 가끔 입을 열었다.

"약소하지만 내 성의라고 생각해라."

택시를 타면 된다고 우기는 은소를 그는 밤이라 알아볼 사람도 없을 거라며 끝내 바래다주겠다고 고집했다. 결국 은소는 수그러들 수밖에 없었다. 그리고 일부러 집에서 어느 정도 떨어진 골목에 차를 세우게 한 그는 은소에게 상자를 하나 내밀었다.

"결혼 선물이다."

보라색 벨벳으로 감싸인 상자는 그다지 크지 않았다. 은소는 도저히 사양할 수가 없어서 리본을 풀고 상자의 뚜껑을 천천히 열었다.

브로치였다. 아주 특별하고 완벽하게 디자인된, 그리고 아마 쉽게 가격을 매기기 어려울 만큼 고가의 작품일 것이다. 적어도 몇 캐럿은 됨 직한 분홍빛 다이아몬드 주변을 각각 다른 크기의 보석들이 자잘한 꽃잎 모양으로 흩어져 있었다. 자동차 밖의 가로등 불빛만으로도 눈부신 반짝임을 토해 내는 그 물건은, 입에 담을 수 없는 한 남자의 감정을 고스란히 담고 있었다.

"너무……, 과하셨네요."

"아는 가게에 청을 넣어 마련한 거다. 거절하지 말아 줬으면 좋겠구나. 부탁하마."

은소는 대답도 하지 못한 채 망설였다. 그의 마음을 다치게 하고 싶지 않았다. 아무리 남남으로 끝까지 등을 보이고 살아야 할지라도 이 순간만은 망쳐 놓고 싶지 않았다.

"감사히⋯⋯, 받겠습니다. 잘 간직할게요."

"고맙다."

감격한 그의 음성을 뒤로하고 은소는 기사가 문을 열어 주기도 전에 서둘러 차에서 내렸다.

"안녕히 가세요."

칼칼한 목을 가다듬으며 은소는 깊게 고개를 숙였다. 그는 차창을 내려 가만히 은소를 바라보며 속삭였다.

"내일⋯⋯, 잘하거라."

"네."

"무슨 일이 있으면 주저 말고 연락해. 언제라도 달려가마."

그 말을 끝으로 그는 냉정을 회복한 듯 얼굴을 돌렸다.

은소는 그의 차가 골목을 돌아 사라질 때까지 그대로 서 있었다. 손에 든 상자의 무게가 힘에 부쳤다.

나는⋯⋯, 당신을 어떻게도 부르지 못합니다. 그래서 죄송한 만큼 또 당신이 원망스럽습니다.

"강은소."

어깨를 움츠리고 집을 향해 걸어가는 은소의 눈동자가 커다래졌다. 예상치 못한 사람이 몇 미터 앞에 우뚝 서 있었다.

백지후……. 은소는 우습게도 퍼뜩 할 말을 찾지 못하고 눈만 깜박이고 있었다.

"야……, 아…….."

"너는 얼마 만에 보는 배꼽 친구한테 고작 한다는 인사가 그거냐? 야야? 하 참."

은소는 성큼성큼 기세 좋게 다가오는 지후에게 그제야 설핏 웃어 보였다.

"무슨 일이야, 백지후? 탈영이라도 했어?"

"그래, 하나뿐인 여자 친구가 귀국한 지 얼마나 됐다고 고새를 못 참고 결혼한다는데 분통이 터져서 손가락만 빨고 있을 수 있냐? 총살당할 각오까지 하고 죽어라 나왔더니……."

시들한 반응에 억울해 죽겠다는 표정으로 그가 투덜거렸다.

"끔찍하게 고맙네."

든든한 허리에 팔을 두르고 은소는 지후의 가슴에 머리를 기댔다. 두꺼운 그의 손이 그녀의 뒷머리에 얹혔다.

쑤석인 마음에 백지후만 한 약이 있을 리 없다. 어린 시절부터 이 녀석은 필요하다 싶으면 언제나 약속이나 한 듯이 나타나 주었다. 그래서 이 남자의 앞에선 엄살을 부리고 만다.

"반갑다, 백지후. 무지하게, 눈물 나게 반가워."

"이건 또 뭐냐? 나 모르는 사이에 소말리아에라도 갔다 왔어? 어머니 말씀이 정말이었잖아, 피골이 상접했다더니."

은소는 이마로 툭 그의 어깨를 쳤다.

"남 걱정 말고 네 살 걱정이나 해. 이게 뭐야? 이젠 진짜로 곰이 형님이라고 하겠다."

아닌 게 아니라 군대에서 뭘 얼마나 잘 먹인 건지 더 커다래진 느낌이었다. 지후가 키득대며 웃어 댔다.

"원래 내가 마른 체형이었어. 지금이 정상이야."

"말은 곧잘 하지."

하긴 덤으로 붙은 부분은 하나도 없는 몸이었다.

"잘 지냈냐?"

"응."

은소는 지후를 쳐다보았다.

"당장 헌병들이 잡으러 오는 거 아니야?"

"그래도 내일 네 결혼식은 보고 끌려갈 테니 걱정 붙들어 매."

따뜻한 손바닥으로 쓱쓱 그녀의 머리카락을 쓰다듬으며 농을 던지는 백지후는 하나도 변한 게 없었다. 멋대가리 없고 재미없으며 은소만 보면 말이 많아지는 남자.

언젠가 왜 다른 사람한테는 돌부처마냥 할 말도 안 하고 있다가 그녀만 보면 아줌마가 되느냐고 묻는 은소의 물음에 그는 그녀가 너무 심심해서라고 대답했다. 그녀의 입이 늘 붙어 있으니 자신이라도 대신 떼어 줘야 균형이 맞지 않겠느냐고, 둘 다 꿔다 놓은 보릿자루마냥 뚱하고 있으면 세상에서 따돌림당한다고…….

"강은소."

"왜?"

"또 등 떠밀린 건 아니지?"

부드러운 근심과는 달리 걸걸한 음성이 어떤 소리보다 따뜻했다.

"아니야."

염려하고 있다는 것은 안다. 쓸데없이 세심한 속으로 저만치 앞서 나가 별별 잔걱정을 다 챙기고 있겠지.

"그 사람과……, 잘 살 수 있을 것 같아?"

은소는 까칠하게 웃고 말았다.

"몰라. 기대는 안 해. 그런 건 너무 허무하니까. 배신당할 때 더 아플 뿐이니까."

이혁에 대한 기대는 하지 않기로 했다. 그건 처음부터 운명 지어져 있었고 그런 기대를 갖기에는 그녀 자신의 과거가 너무나 뒤틀려 있었다.

"그래도……, 잘 살아."

지후가 무뚝뚝하게 말하며 다시 그녀를 끌어안았다. 다정하게, 그토록 오랜 시간 함께였던 친구를 배웅하며…….

"내일 아침은 바쁘겠지?"

"아마."

"너무 예쁘게 하고 나오진 마."

"왜?"

"질투에 휩싸여 내가 신랑 될 남자의 턱을 갈겨 버리면 안 되니까."

지후가 심술궂게 소곤댔고 은소가 그를 가볍게 한 대 쥐어박는 것으로 그의 실없는 농담을 구박했다.

"아는 분이라도?"

이혁은 사업상 접대에 가까운 식사를 막 끝낸 참이었다.

우연이었다. 생각 없이 둘러본 시선 끝에 한 쌍의 남녀가 잡힌 것은. 불과 내일이면 그의 신부가 될 여자가 중년의 신사와 나란히 식당 입구를 나가고 있었다.

아무것도 아닐 수 있는 장면이었다. 그러나 이혁은 왠지 그들에게 눈길이 갔다. 가깝다고도 멀다고도 할 수 없는 반경 안에서 어색하게 눈을 피하고 있는 여자와 그런 여자를 몰래 애틋한 — 너무나 딱 들어맞는 어감 그대로 — 표정으로 바라보고 있는 강한 인상의 남자.

그것은 야릇한 광경이었다. 어딘가 은밀함이 느껴지는 혹은 비밀을 감춘 듯한……

이혁에게 각인된 그들의 사이는 그러했다. 남자의 나이가 좀 많아 보인다는 것은 문제가 되지 않았다. 키가 크고 늘씬한 남자에게서 중년의 느슨함 따위는 찾아볼 수 없었다.

이혁은 마땅치 않게 눈을 찌푸렸다.

"실장님?"

윤세진 과장이 자그맣게 소리를 죽여 그의 주의를 환기할 때까지 이혁의 생각은 다른 곳을 떠돌고 있었다. 그들은 이미 식당을 떠나고 없는데도 말이다.

"바쁘실 텐데 그만 일어섭시다, 윤 과장."

불쾌함이 소리 없이 몰려오고 있었다.

"네."

만족할 만한 계약을 성사시키고 근사한 저녁까지 원 없이 대접받은 상대는 기분 좋게 자리에서 일어났다. 최근까지 강 회장의 측근이었던 그는 이제 이혁의 라인에 서서 그의 지시대로 움직여 줄 것이다. 다소 깐깐하게 버티는 탓에 이혁이 이곳까지 발걸음을 했지만 성과는 있었다.

"저는 그럼 다시 회사로 들어가 보겠습니다."

"그래요."

"내일 결혼식장에서 뵙겠습니다."

원래대로라면 이혁도 다시 회사로 들어가 잡무를 좀 더 처리할 계획이었지만 그는 예정을 바꿨다. 그는 차를 끌고 회사와는 다른 방향으로 향했다.

'난 당신에게 꽤 호감이 가요, 민이혁 씨. 굳이 회장님의 강압이 아니었다 해도 같은 결론을 냈을지 모를 만큼…….'

이혁은 자동차 앞 유리를 통해 껴안고 있는 남녀를 응시하며 양복 안쪽에서 담배를 꺼내 불을 붙였다. 잠시 후 빙글거리는 하얀 연기가 조금 열린 차창을 통해 밖으로 빠져나갔다.

"강은소, 이거 취향이 상당히 복잡하시군."

'그 여자는 고상한 체하는 걸레에 불과해, 알아?'

강세경, 그 망할 것의 비웃음이 되살아났다.

백지후, 가정부의 아들로 강은소와 함께 자란 친구 이상의 어떤 관계, 부친인 강 회장이 절대 허락하지 않은 남자. 그래서 은소가 겉으로는 순순히 착한 딸 노릇을 하며 이혁과의 결혼과는 별개로 백지후와의 관계를 이어갈 거라고 그는 추측했었다.

이혁에게도 나쁘지 않은 전개였다. 은소가 이혁을 방패 삼아 원하는 남자를 그늘에서라도 차지하려는 거라면 별로 비난하고 싶지 않았다. 그는 그저 재하를 삼키는 데 좀 더 빠른 지름길을 제공하는 은소의 가치를 높이 평가했을 뿐이지, 은소의 마음이나 몸 따위에 특별한 미련이 있는 것은 아니었다. 이혁은 외려 그들의 관계를 강은소의 약점으로 잡고, 그것으로 혹시나 은소가 이 결혼에 사랑이니 헌신이니 달갑지 않은 감정을 들먹이며 그를 옭아매는 것을 막을 수 있으리라고 계산했다.

그렇다면 좀 전에 강은소를 바래다준 남자는 저 여자의 어디쯤에 위치하고 있는 것일까?

이혁은 놀란 사슴처럼 차에서 뛰어나오던 은소를 떠올렸다. 그리고 차가 사라질 때까지 멍하니 지켜보던 표정도……. 그는 한 번도 보지 못한 무방비한 얼굴이었다.

가로등에 반사되는 여자의 슬픈 단념을 지켜보며 이혁은 이곳까지 뒤를 밟은 자신의 설명할 수 없는 충동과 운 나쁘게 꼬리를 잡힌 낯선 사내의 차를 힐난했다.

그런 표정을 지은 주제에 몇 분도 안 되어 냉큼 다른 남자의 품에 웃으며 뛰어드는 여자라니……. 그래, 확실히 강세경 따위는 언감생심 명함도 못 내밀겠어. 그런 능수능란함으로 나까지 어떻게 해치워 보시겠다? 쿳! 강은소, 보통내기가 아니라는 것은 알았지만 기분 더럽게 만드는군.

이혁은 그들이 사라질 때까지 몇 개비의 담배를 더 없앴다.

여자 하나 때문에 자신의 일정에 차질을 빚었다는 것이 짜증스러웠다. 초연함을 잃고 감정에 휘둘렸다는 것, 아무리 잠깐이더라도 이것은 위험한 징조였다. 강원욱의 딸 때문에 그의 신중함과 냉정함이 흔들리도록 내버려 둘 수는 없었다. 그는 언젠가 저 여자를 포함한 강 회장 일가가 모조리 피를 토하며 절규하는 광경을 즐기며 지켜볼 참이었다.

이혁의 단단한 입술이 기분 나쁜 조소를 그려 냈다.

너 정도 창녀가 날 농락하는 건 감히 10년은 빨랐다고 절실히 깨닫게 해 주지, 강은소!

14. 서약

"잠깐 볼 수 있을까?"

자정에 가까운 시각, 은소의 핸드폰으로 이혁이 직접 연락을 했다는 사실은 의외였다. 은소는 그가 자신의 전화번호를 알고 있는지도 확신하지 못했었다.

은소는 긴 원피스 위에 카디건을 걸치고 사람들 눈에 띄지 않도록 주의하며 집을 빠져나왔다. 그의 차는 대문 맞은편에 주차해 있었다. 그녀를 발견한 이혁이 말없이 차 문을 열어 주었다.

"여기까지 웬일이세요?"

"타."

은소는 멈칫했지만 곧바로 차 안으로 들어갔다.

"벨트."

그냥 이야기만 하고 들여보내 주겠지 했는데 그는 멀리 드라이브를 나설 생각인 듯했다. 은소가 혼란스러워 하는 사이 그의 음성이 조용하게 흘러나왔다.

"강요해야 하나?"

조심해야 할 분위기였다. 그가 내뿜는 기세는 형체 없이도 그녀의 피부를 예리하게 자극했다. 은소는 자신을 노려보듯 빤히 시선을 고정하고 있는 그의 감시하에 안전벨트를 잡아맸다. 손가락이 제멋대로 달그락거렸다. 은소는 호흡을 가다듬으며 초연하게 대처하려고 노력했다.

별일 아니야.

하지만 언제나 무감정하던 남자의 급작스러운 태도 변화는 은소에게 정체불명의 두려움을 심어 주고 있었다.

이혁은 변해 있었다.

차가 멈춰 선 곳은 높이 솟은 빌딩의 한적한 주차장이었다. 은소는 이혁이 한 팔을 핸들에 얹고 엔진을 끄는 동안 가만히 기다렸다.

"당신 선택, 여전히 변하지 않은 건가?"

은소는 이상한 분위기를 깨뜨리려 애쓰며 힘겹게 말문을 열었다.

"무슨……, 뜻이죠?"

"내게 호감을 느낀다고 했었지."

이혁이 싸늘하게 내뱉었다.

"그리고 이 결혼에 최선을 다하겠다고도……."

"그래요."

희미한 주차장은 너무 적막해서 괴괴하기까지 했다.

"하지만……, 민이혁 씨는 믿고 있지 않죠."

시선이라도 마주치면 차라리 좀 나을 텐데, 이혁은 철저히 그녀를 외면한 채였다.

"그래."

무슨 생각이 오가는지, 그의 굳은 옆모습에 어둠이 반사되고 있었다.

은소의 입안이 바싹 말랐다. 미묘하게 달랐다. 자신의 관심 사항 외에는 나 몰라라 하는 그의 무심함은 익히 보아 왔지만 지금 이혁은 무심한 게 아니라 그런 척하고 있었다.

무엇에 대해, 누구에 대해? 그리고 자신의 마음은 왜 이렇게 사시나무처럼 떨리는 걸까?

"더구나 난 아직 당신의 가치가 어느 정도인지 정확하게 파악하지 못했어."

"당신이……, 강은소란 여자 자체에 부여하고 있는 가치란 게 있었던가요?"

그에게 은소는 재하에 덧붙여진 일종의 옵션에 불과했다. 그것도 별로 떠안고 싶지 않은 불필요한 곁가지 말이다. 은소는 습관이 된 자조적인 미소를 지었다.

그가 불길하게 입술 끝을 꼬았다.

"나도 그런 줄 알았어, 오늘까지는."

무슨 일이 있었는지 물어봤자 돌아올 메아리가 아닌지라 은소는 질문을 되삼켰다.

그가 아주 나른한 어조로 말을 이었다.

"저녁을 먹고 나오는데……, 한 쌍의 남녀가 나란히 함께 식당을 나서고 있더군."

은소는 돌연한 화제 전환에 불길한 예감을 받았다.

"이상한 건 상당히 친밀한 사이처럼 보였는데도 서로 얼굴을 마주치기 꺼리는 것 같았단 거지. 남자 쪽 나이가 다소 많다는 것만 빼면 외형상 꽤 그럴싸한 커플이었는데도 말이야."

그 식당 안에 이혁이 있었단 말인가?

은소의 순간적인 머뭇거림은 난처하게도 이혁에게 즉시 포착되었다. 하지만 은소는 곤혹스러움을 재빨리 갈무리하고 태연함을 가장해 냈다.

"그래……요?"

이혁이 내뿜는 위압감에 질식할 것 같았다. 은소는 처음으로 이 남자 앞에서 무조건 뛰쳐나가고 싶은 충동을 느꼈다.

"왠지 안절부절못하는 것 같은데 짚이는 거라도 있나?"

"아뇨, 없어요."

죄인을 심문하듯 은소를 다루는 이혁의 집요함이 가시처럼 은소의 살 속으로 따갑게 파고들었다.

"당신도 대강 감 잡았을 텐데, 내가 그렇게 관대한 인간이 못 된다는 것을? 난 누가 날 기만하고 허를 찌르면 그 자리에서 숨통을 끊어 버려."

너도 예외는 아니야.

그가 그렇게 말하고 있었다.

하지만 이혁이 당장 그녀를 잡아 죽인다 해도 은소는 끝까지 부인할 수밖에 없었다.

"말해, 강은소."

잇새로 그의 말이 흘러나왔다. 은소는 그의 무언의 강요에 못 이겨 눈을 들었다.

"백지후, 그 사내 외에 내가 알아야 할 경쟁자가 또 있나?"

"경쟁자 따윈 없어요. 당신이 뭐라 말하건 지후는 이런 일로 입에 오르내릴 사람이 아니에요. 그는 내 유일한 친구예요."

"친구라……."

비웃음이 역력한 뇌까림에 은소는 한숨을 내쉬었다.

차라리 분노가 나았다. 오늘의 이혁은 도무지 갈피를 잡을 수가 없었고 그것이 마음에 걸렸다.

이혁은 설령 은소에게 진짜로 애인이 따로 있다고 해도 아무렇지 않게 굴 남자였다. 왜냐하면 그는 진심으로 그녀에게 어떤 감정을 느낄 여지가 없는 남자이기에…….

그런데 지금 그는 불쾌해하고 있었다. 식당에서 자세히 보지도 못했을 그 사람 때문에……. 이 상황은 좋은 전조일까, 아니면……?

"문득 이런 생각이 들더군. 내가 왜 이런 귀찮은 잔신경까지 써 가며 당신을 아내로 맞아야 할까? 당신이 없어도 재하는 조만간 내 손에 떨어지게 되어 있어. 굳이 귀찮은 일을 안 벌여도 된다는 뜻이지."

으스스하게 빛나는 이혁의 눈이 은소를 찬찬히 훑었다.

"약간의 편리함 외에 당신이 나한테 제공할 수 있는 게 뭐가 있을까? 다른 사내들이 다 거쳐 간 그 몸?"

우롱하는 음성만으로도 이혁이 생각하는 그녀에 대한 결론을 훤히 알 수 있었다. 아울러 어렴풋이 누가 그런 의심을 불어넣었는지도…….

은소는 그의 무자비한 눈동자를 들여다보며 도리어 심장에 살얼음이 덮이는 것을 고맙게 생각했다.

"그리고 난 당신한테 뭘 갖다 바쳐야 하는 거지? 다른 남자들을 만날 수 있는 자유? 아니면 강 회장과의 싸움에 이용해 먹을 대리인?"

"난 당신의 계획을 회장님에게 귀띔할 수도 있어요."

은소는 직설적으로 대답했다.

"그래 봤자 바뀔 것은 없어. 내가 그렇게 허술해 보였나, 강은소?"

"그러나 차질은 있겠죠. 그래서 당신이 이 결혼에 동의한 거 아닌가요? 1분 1초라도 점화의 순간을 앞당기고 싶으니까."

이혁의 몸이 은소 쪽으로 기울어졌다.

"인내에는 익숙해졌어."

이혁의 차가운 동공이 검게 물들었다. 은소는 그의 새하얀 송곳니가 목덜미에 닿을 때까지 나무처럼 한자리에 뿌리 박혀 있었다.

"어쨌건 넌 귀띔 따위 안 하겠지. 어떤 목적인지는 모르지만 너도 날 손에 넣고 싶어 하니까 말이야!"

난생처음 스친 그의 입술은 서늘했다. 반항 대신 순종을, 거부 대신 항복을 종용하는 그의 입맞춤은 그녀의 여린 피부 위에 불에 지진 인두처럼 각인을 새겨 놓았다. 뜨끔한 아픔이 그녀의 대답을 부추겼다.

"그래요……. 난 당신을 원해요. 민이혁, 당신을……."

그녀는 포기했다.

"백지후나 당신이 가질 수 있는 다른 사내놈들보다 더 말인가?"

"그래요."

이혁의 손이 그녀의 뒷덜미를 움켜쥐었다. 은소는 오늘 밤 다시는 전과 같아질 수 없는 방식으로 그가 자신을 요구하리란 것을 깨달았다.

"그렇다면……, 증명해."

그의 단단한 뺨이 꿈틀했다.

"내가 너를 가져도 좋을 만하다고 판단할 근거를 보이라고, 강은소!"

은소는 그의 사나워지는 숨결을 느끼며 눈을 감았다.

"방법을 말해요."

그의 손가락들이 그녀의 웃옷을 지나 뚜렷한 명령을 담고 가슴 아랫부분을 건드렸다.

"나를 따라 올라가. 그 다음엔……."

그의 이가 다시 한 번 그녀의 목에 선연한 자국을 남겼다.

"벗어."

용서 없이 깨물리고 빨아들여지는 감촉은 은소에게 뜨거운 열정이 아닌 가차 없이 소유당하리라는 미지의 공포 같은 것을 안겨 주었다.

"그……래요."

그는 은소를 욕망하고 있는 것이 아니었다. 무슨 이유에서 인지 그는 지독히 화가 났고 그 화풀이 대상으로 은소를 지목 했을 뿐이다. 하지만 그것을 알고 있다고 해서 은소의 대답이 달라지지는 않았다.

"그러죠."

어차피 통과해야 할 의례다. 지금이든 나중이든 무슨 차이 가 있겠는가.

그들은 이혁의 방으로 올라가지도, 그의 침대를 쓰지도 않 았다.

차에서 내린 그는 자동차 뒷좌석에 그대로 은소를 밀어 쓰 러뜨렸다. 곧이어 청동으로 빚은 조각처럼 단단한 남자의 육체 가 은소를 짓눌렀다. 웃옷이 되는대로 벗겨지고 후드득 소리와 함께 원피스의 단추가 한꺼번에 잡아 뜯겼다.

어둡고 좁은 차 안, 마침내 사나운 해일처럼 그가 그녀를 주저 없이 찢고 들어왔을 때 은소는 피가 나도록 입술을 깨물 었다.

"하……."

어떻게든 공기를 찾아 은소는 입을 벌렸다.

아팠다, 이대로 몸이 두 조각 나는 것이 아닌가 두려울 만큼. 간신히 폐가 움직이고 숨이 트였다. 눈가에 눈물이 맺히는 순간 은소는 그것을 감추기 위해 자신을 침입한 남자에게 자진해서 매달렸다.

이혁, 이 사람은 민이혁이다. 그녀가 결혼하려는 남자, 그녀가 사랑해야 할 남자…….

은소의 눈에서 더 많은 눈물이 흘러내렸다. 갈 곳을 잃은 팔과 다리로 그를 감싸 안았다.

참을 수 있어. 아픈 것 따위 처음도 아니잖아. 이 정도로 무너지거나 하지는 않아.

은소는 힘겨운 호흡 너머 아득한 혹은 허무한 무언가를 찾아 자신을 내맡겼다.

육체의 언어란 얼마나 냉혹한가. 모든 것을 말해 주지만 또한 어떤 것도 말해 주지 않는다. 땀에 젖은 남자의 몸이 잔인하게 속삭였다.

수컷으로서 너를 가지고 있는 것뿐이다. 이렇게 네 안에 있어도 난 너의 것이 아니다.

슬픔은 시달리는 몸보다 더 그녀를 절망케 했다.

인간이 만들어 낼 수 있는 가장 친밀하고 가까운 접촉에서 세상 끝만큼이나 길게 가로놓인 마음의 거리를 깨닫는다는 것은 얼마나 무거운 형벌이란 말인가.

단 몇 번의 움직임으로 이혁 또한 자신의 동정을 버렸다.

자신이 여자의 처녀성을 믿지 않았듯 아마 이 여자도 자신이 민이혁의 첫 여자가 되었음을 믿을 수 없을 것이다. 명백한 오판이자 실수였다. 왜 갑자기 이 여자를 자신의 방에 들이고 싶지 않아졌는지…….

아른대는 다른 남자들의 그림자가 그의 폐부까지 침투해 순간적으로 그를 몰아댔다. 하지만 그 잠깐의 충동 때문에 그는 강은소의 첫 경험을 완전히 지옥으로 만들어 버렸다. 아무리 여자의 몸에 관심이 없다고 해도 그 정도도 눈치채지 못할 정도로 이혁은 바보가 아니었다. 보복처럼 시작된 행위가 의미를 상실한 채 부유하고 있었다.

우발적이고 뜻하지 않은 사고였다. 이혁은 이런 재앙으로까지 연결시킬 의도는 아니었다. 그러나 은소를 보고 있는 사이, 뭔가 숨기고 감추려는 그녀의 내심을 간파한 순간 그의 내부에서 그가 조심스레 잠재워 놓았던 난폭한 짐승이 우리 밖으로 뛰쳐나와 버렸다.

어차피 결혼할 사이가 아닌가. 내일이든 오늘이든 별다른 차이도 없었다.

그 순간 이혁은 자신이 결혼 후에도 은소를 여자로서 취할 생각이 없었다는 사실을 망각하고 있었다.

은소의 목에 이를 박았을 때 이혁은 여자의 몸속 피 한 방울까지 다 들이마셔 버리고 싶은 충동을 느꼈다. 다른 놈이 이 여자의 피부 한 조각, 머리카락 한 올 손대게 하고 싶지 않았다.

동시에 분노가 욕정과 마구 뒤섞여 치밀어 오르기 시작했다.

자신이 아닌 다른 놈에게 함부로 그의 소유물을 내어 준 여자, 그가 아닌 다른 놈의 품에 안겨 웃었을 여자에게 이혁은 벌을 주고 싶었다.

그러나 이 미치고 정신 나간, 강간이나 다름없는 행위에서 그는 만족하지 못했다. 반항도 저항도 하지 않은 채 그에게 순응하고 있는 여자의 눈물을 본 순간 그의 피는 싸느랗게 식어 버렸다.

이혁은 한 번의 움직임으로 난폭하게 그녀의 안에서 빠져나왔다. 고통스럽게 일그러지는 여자의 미간을 외면하고 그는 바닥에 떨어져 있는 셔츠를 움켜쥐었다.

처녀였다니!

현실은커녕 꿈에서조차 생각지 못했던 사실이었다.

백지후, 그놈과 붙어 다닌 지가 얼만데…….

하지만 아무리 그의 행동에 당위성을 부여해 봤자 이혁 자신의 폭력성과 사악함에 면죄부를 줘여 줄 수는 없었다. 그녀의 안으로 들어가기 직전, 긴장으로 얼어붙은 그녀를 감지하지 못한 것도 아니었고 '어쩌면'이라는 가정이 번뜩 스친 것도 부인할 수 없었다.

요는 그가 강은소를 파괴해 버리고 싶었다는 것이다. 그의 내부를 간단히 뒤흔들고 그의 통제력을 무용지물로 만드는 그녀의 영향력이 오늘밤 그를 격분하게 만들었다.

기껏해야 태생 잘 타고나 넘치는 돈으로 수두룩한 정부들을 전전하는 하찮은 여자가 아닌가. 그런 여자 때문에 내가……!

하지만 강은소와 강세경을 동일시해 버린 대가로 그는 또 한 번 그 자신의 악마성을 여과 없이 들여다볼 수밖에 없었고 이미 사라지고 없는 인간성에 대한 회의감을 느껴야 했다.

이 여자도 합의했어. 아니, 미리 말해 주기만 했어도…….

그렇다 해도 그 순간 자신이 결정을 번복했을지 이혁은 자신할 수 없었다.

빌어먹을!

신랄한 욕설과 함께 이가 으스러지도록 사리물며 서둘러 옷을 걸친 이혁은 은소가 수습할 공간을 내주고 거칠게 차 문을 닫았다.

"망할……!"

이혁이 중얼거리며 그녀의 안에서 빠져나갔다.

기대에 미치지 못한 걸까?

하긴 남자라고는 고작 키스 몇 번의 경험이 전부인 그녀가 이혁 같은 남자를 만족시킬 수 있으리란 발상 자체가 가소로운 일이었다. 다리 사이로 흘러내리는 것은 그녀가 지녔던 순수의 마지막 증거 같은 것이었다.

찬바람이 이는가 싶더니 문이 닫히고 은소는 방금 전까지 둘이던 공간에 혼자 남겨졌다. 아무렇게나 팽개쳐진 속옷을 집어 천천히 입었다. 그 조그만 동작에도 식은땀이 났다. 허벅지 안쪽 은밀한 곳이 쓰라려서 저절로 신음이 새어 나왔다.

"후후……."

눈물 같은 거 참 쓸데없는데…….

은소는 차가운 냉기가 밀려드는 창문에 이마를 대고 숨을 골랐다.

고통스러웠다. 방금 전 이혁이 헤집고 나간 몸속 깊은 곳도, 그 모두를 감수하고 그를 받아들였던 그녀의 마음도, 그럼에도 어리석고 가련한 사랑이 죽어지지 않는 이 질긴 미련에도…….
고통만이 가득했다.

그가 은소를 집에 바래다주었을 때는 차 안의 시계가 2시를 가리키고 있었다.

이혁은 내내 한마디도 입을 열지 않았고, 은소는 뒷좌석에 고요히 앉아 텅 빈 도로를 질주하는 차의 진동만을 의식하고 있었다. 그가 은소에게 말을 건 것은 그녀가 내리기 직전이었다.

"파혼을 원한다면……."

은소는 가만히 모든 움직임을 멈추었다.

"깨끗이 물러나 주지."

주저함이나 고민의 여지도 없이, 정말 너무나 간단히 흘러나온 말에 은소는 사지의 맥이 풀렸다. 은소는 오른손으로 눈을 가리고 창가에 비스듬히 머리를 기댔다. 지금 그녀의 눈빛을 아무도 보지 말았으면 싶었다.

"온 길을……, 되돌아가자고요?"

이혁은 꿈쩍도 하지 않았다.

그럴 수 있다면……, 얼마나 좋을까…….

"조심해서 가세요. 내일 뵙죠."

은소는 차에서 내려 열쇠로 문을 열고, 그가 떠났는지 그대로 머물러 있는지 신경 쓰지 않고 집 안으로 들어갔다. 목욕을 하고 그의 체취를 지워 내고 싶었다. 서툴고 비참하게 끝나 버린 첫 경험의 흔적을…….

"정말 이대로 하실 겁니까?"

"네."

결혼식 날, 이른 아침부터 내리기 시작한 쌀쌀한 빗줄기가 세상을 적셨다. 드레스에서 화장까지 준비는 완벽했다.

신부 대기실, 사람들을 모두 내보내고 은소는 변호사를 만났다. 할머니의 유언을 집행해 온 사람이었다. 강 회장과는 별도의 사람이었고 신뢰할 만한 성품을 지닌 그는 은소가 필요한 서류에 서명을 하는 내내 심려를 내비쳤다. 너무 서두는 게 아닌가 혹은 너무 성급한 게 아닌가 하고…….

"아무래도 좀 더 시간을 두시고……."

"시간 끈다고 좋을 것도 없어요. 저야 어차피 재하에 별 미련이 없는 사람이고……."

"하지만 고인께서는……."

"할머님 뜻을 어기겠다는 게 아니에요. 저도 재하를 위해서 옳은 일이라고 생각하고 하는 거니까요. 민 실장, 소문을 들어 아시겠지만 재하를 이끌어 가기에 손색없는 사람이에요."

바로 그 소문이 걸린다고, 변호사는 말하고 싶은 기색이 역력했다.

"야심이 나쁜 것만은 아니에요. 야심이 없는 남자라면 재하에 필요하지도 않고요."

은소는 그를 안심시키며 마지막 장에 사인을 마쳤다.

"알겠습니다. 정 뜻이 그러하시다면 저로선……."

나이 지긋한 변호사는 찬찬히 서류를 챙겨 차곡차곡 봉투에 넣었다. 서류의 효력은 그들의 혼인 신고서가 접수되는 시점부터 발효될 것이다.

"그동안 수고 많이 하셨어요. 나머지도 잘 부탁드립니다."

"저야 당연히 할 일을 하는 것뿐이죠. 여하튼 행복한 결혼이 되길 바랍니다, 아가씨. 한 회장님도 그걸 바라고 계실 겁니다."

"감사합니다."

정중하게 예를 나누고 그들은 헤어졌다. 혼자 남은 은소는 그제야 숨을 몰아쉬며 창가 의자에 기대어 앉았다. 금세 사람들이 밀려들면 그녀는 또 정신없이 쓸려 다녀야 할 것이다.

쓸데없이 부풀려지고 번잡하기만 한 예식이었다. 당사자들의 안중에는 그 지나친 씀씀이가 소용에 닿지 않는데도 말이다. 그러나 강 회장이 대내외적으로 천명하고 싶어 하는 바를 생각하면 납득이 가는 규모였다. 초대된 기자들의 수만 봐도 능히 짐작이 가는 일이었다. 오늘을 기점으로 재하는 세대교체를 위한 새로운 물결을 타게 될 것이다.

은소는 무심코 핸드백 안에 넣어 오고 만 브로치를 떠올리며 새틴 장갑을 낀 손을 가만히 오므렸다. 어쩌면 호텔 근처를 맴돌고 있을지도 모를 그 사람을 떠올리며 은소의 눈빛이 가만히 비를 좇았다.

습기 자욱한 그녀의 얼굴이 바랜 연기처럼 흐늘거리고 있었다.

"어쩜 저리도 신부가 고운가."

"오늘 밤 신랑 애간장깨나 끓이게 생겼네."

"뭐, 신랑도 못지않은걸. 빠지는 데가 없구먼."

"이것으로 재하의 다음 주인이 결정된 건가요?"

"역시 그런 수순이란 거겠죠?"

가식적인 인사치레와 여기저기서 숙덕거리는 소음 속에서 귀에 익은 결혼 행진곡이 넓고 웅장한 연회장에 크게 울렸다.

결혼 행진곡, 난생처음 결혼식을 올리는 사람이라도 어릴 때부터 몇 번쯤은 들었을 귀 익은 음률. 그 엄숙하고 무게감 있는 분위기 속에서 제단 앞에 선 이혁의 얼굴은 딱딱했다.

강 회장의 손을 잡고 은소가 길게 뻗은 융단을 밟고 있었다.

새하얀 베일을 드리운 자그마한 얼굴 아래 순백의 드레스를 입고 한 마리 백조의 날갯짓처럼 기품 있게 한 발 한 발 내딛고 있는 여인은 그 어떤 사내가 보아도 탐이 날 정도로 빛이 났다. 그러나 단 한 사람, 그런 신부의 모습을 가장 자랑스럽게 생각해야 할 그녀의 신랑만은 그 빛에 현혹된 일말의 흔적도 없이 차가운 눈동자로 그녀를 말없이 지켜보고 있었다.

결혼식에 참석한 하객들은 젊은 신랑이 조용히 내뿜는 위압감에 위축되어 저도 모르게 숨을 죽여야만 했다.

잠시 후, 신부의 아버지가 이제 자신의 사위가 될 그에게 딸의 손을 넘겨주기 위해 다가왔다. 상아 조각 같은 신부의 턱 선이 희미하게 떨리는 것을 본 이혁의 시선이 검게 번득였다.

네가 동의한 일이야, 강은소.

이혁은 은소의 손을 부술 듯 강하게 거머쥐며 냉랭한 가슴으로 나직이 내뱉었다.

그러니까 감당하는 것도 네 몫이야!

"신랑 민이혁 군은……."

멀리서 울리는 소리처럼 주례의 음성이 들려왔다.

"네."

이혁은 거침없이 대답했다.

좋은 남자 같지 않아.

지후는 오늘 처음 보는 은소의 신랑을 우울하게 바라보았다. 그는 마치 맑고 시린 겨울 하늘에 내리는 싸락눈 같았다.

인마, 왜 하필 네 아버지 같은 사람을 골라? 그렇게 가슴앓이를 하고 남아 있는 눈물조차 없을 정도로 부대끼며 살아 놓고, 왜 또 저렇게 편히 앉을 빈틈 하나 안 보이는 퍼석한 사람을 선택해?

결혼식에서 신부 측 하객, 그것도 다 큰 남자가 눈물을 보였다간 남의 말 함부로 하는 잘난 사람들의 입에 두고두고 오르내릴 게 뻔했다. 그런데도 주책없이 시큰거리는 눈 때문에 지후는 코끝이 찡했다.

이게 뭐냐? 나 좀 홀가분하게 해 주면 어때서? 내 덩치를 봐라. 이건 끔찍하다 못해 완전 추태다. 그리고 말이야. 은소 너, 왜 한 번 웃지도 않느냐고……. 빌어먹을!

성질 같아서는 쑥덕대는 참새 떼들을 모조리 쫓아내 버리고 싶은 심정이 굴뚝같았지만, 지후는 이혁의 등판만 뚫어지게 노려보았다.

은소에게 상처만 줘 봐라, 너 이 자식. 오늘 창피했던 몫까지 배로 앙갚음해 주고 말 테다.

죽어도 은소에게 누가 되는 일은 할 수 없다는 일념으로 지후는 아무도 없는 대리석 기둥 뒤에 몰래 숨어 쓰윽 눈물을 처리했다.

울 정도야? 그렇게 애절해?

세경은 지후가 어울리지도 않게 얼치기 꼬맹이처럼 소맷자락으로 눈을 문지르는 모습을 쳐다보면서 이를 앙다물었다.

하, 어지간하다, 백지후. 너 배신하고 가는 여자가 그렇게 안타깝고 소중하니? 그 여자 결혼식에 참석하겠다고 휴가까지 받아서 나와?

누구 주위에 얼씬거리지 말라는 압력 덕분에 오늘 아침에야 허겁지겁 귀국 승낙을 받은 그녀였다. 처음엔 보란 듯이 식에 참석하지 않을 생각이었다. 하지만 곧이어 진짜 의미가 있는 것도 아닌 결혼식을 괜히 부친의 눈총을 사 가면서까지 피할 이유가 없을 듯했다.

그랬는데 첫눈에 딱 재수 없게 걸린 게 저 얼뜨기 사내의 처량한 모습이었다.

그럴 거면 진작 낚아채지, 이 머저리 등신아.

세경은 제단 앞에 선 신랑과 신부의 모습을 차갑게 쏘아보았다.

뭐, 좋아. 적선하는 셈 치고 내가 나서 줄 테니 버려진 밥그릇이나 챙겨 먹어. 저 꼴 보기 싫은 계집애 아주 영영 사라지게 해 달라고!

세경은 홱 돌아서서 보기 싫은 인간들을 뒤로했다.

지금 당장은 세상의 모든 것들이 진저리 나게 밉고 싫증 났다. 멀쩡한 자신의 두 눈을 파내 버리고 싶을 만큼…….

15. 서로에게 맴돌다

화사하고 우아한 백합 다발이 커다란 화병에 한 아름 가득했다. 부드러운 꽃대에서 풍겨 나오는 짙은 향내가 넓은 스위트룸을 채우고 있었다. 최고급 돔 페리뇽 한 병, 붉은 달콤함을 내뿜는 과실, 길게 반짝이는 샴페인용 글라스 두 개가 꽃 아래 얌전히 자리 잡고 있었다. 봉오리가 터지기 시작한 백합의 꽃잎을 살며시 쓸어 내며 은소는 신혼 첫날밤 이런 방에서 신부는 과연 어떤 기분을 느껴야 하는지 곰곰이 생각했다.

"피곤……."

은소는 흠칫하며 뒤를 돌아보았다. 어느새 그가 샤워를 마치고 가운 차림으로 욕실 입구에 서 있었다.

"피곤할 텐데 먼저 자. 난 일이 남아서……."

"그럴게요."

간단한 사과와 함께 그는 거실에 딸린 다른 방으로 들어가 버렸다.

보통은 투정을 부리며 앙탈할까, 아니면 미친 듯이 화를 낼까?

그러나 자신에게 그런 자격이 있는가에 생각이 미치자 은소는 역시 머리를 가로저을 수밖에 없었다. 그들은 보통의 부부가 아니었다. 차라리 그가 먼저 자리를 피해 준 것에 감사해야 할지도…….

은소는 자신이 그와 침대를 같이할 준비가 되었는지 아직도 확신할 수 없었다.

또다시 아픔뿐이라면……, 그가 조금도 기뻐하거나 만족하지 못한다면…….

은소는 샴페인 병을 집어 들어 거품이 일지 않도록 가만히 열었다. 그리고 잔이 가득 찰 때까지 거침없이 병을 기울였다. 조명을 삼키고 황금빛으로 일렁이는 액체를 은소는 팔을 뻗어 높이 든 채 바라보았다. 코끝을 자극하는 향기만으로도 취할 듯 유혹적이었다. 마치 민이혁이란 남자처럼…….

다른 여자와 사랑을 할 때 그는 어떤 얼굴, 어떤 표정이 되는 걸까? 그녀를 안고 났을 때는 서늘한 얼음 조각 같았던 그 검은 눈동자가 다른 여자들을 상대로는 열정적이 되어 녹아들기도 하는 걸까?

"뭐 하는 거야, 강은소?"

은소는 눈을 감으며 머리를 저었다.

벌써부터 의부증에 시달리는 마누라 행세를 하면 어쩌자고?

그랬다간 저 남자, 아니 이제 그녀의 남편이 된 그는 재고의 여지 없이 그녀를 정신 병원에 가둬 버릴지도 몰랐다.

은소는 허탈하게 신음처럼 웃음을 흘렸다.

이혁은 자신도 주변도 약하고 여린 것을 인정하지 않는다. 그건 아마 그의 성장 배경에서도 영향을 받았겠지만 타고난 그의 천성에 기인하고 있을 것이다. 은소가 얼마나 불안정하고 허약한 영혼을 가졌는지 그가 안다면…….

눈초리에 매달리는 물기는 졸음이 오기 때문일 것이다. 그와의 결혼이 사랑으로 맺어진 연애의 결실이 아닌 다음에야 이건 아귀가 맞지 않는 센티멘털이다.

인생에서 너무 많은 걸 바라지 않도록 철저하게 배운 그녀였다. 차곡차곡 쌓아 가다 보면 언젠가는 이혁과의 사이에도 이해점이라는 게 생길 것이다. 그러면 그것으로 남은 생도 버텨 갈 수 있을 것이다.

어쨌건 적어도 이제 사랑하는 남자를 곁에 두지 않았는가.

한 겹 피부처럼 매끈하게 달라붙은 실크 가운의 감촉이 차가웠다. 열린 창 너머에서 불어 온 바닷바람이 사악 소름이 일게 했다.

그는 모른다, 아무것도. 결혼의 맹세를 하던 순간 그녀의 마음에 알싸하게 번져 갔던 감정이 무엇인지, 그들의 결혼이 확정되고 우연히 건너다보았던 강 회장의 딱딱한 눈동자에 머물렀다 흔적 없이 사라진 감회가 어떤 것이었는지도…….

은소는 테라스로 걸어 나갔다. 한눈에 바다가 고스란히 들어오는 최상층의 전망이 펼쳐졌다. 그러나 근사한 밤의 풍경은 은소의 시야를 미끄러져 의미 없이 사라졌다.

만약 이혁이 알게 된다면? 이제 실제의 그를 알게 되고 그의 분노가 어느 정도이리란 것을 뻔히 짐작하면서도, 나는 그를 감당할 수 있을까? 아마 그는 나를 죽이고 싶어 할지도 모른다.

은소의 등 뒤로 좀 전에 따라 놓은 샴페인이 아무렇게나 방치되어 있었다. 시간이 지남에 따라 거품도 사라지고 향기도 날아가 버린 그것은 아침이 올 때까지 그 자리에 덩그러니 남아 있었다.

"자, 여기 커피."

"고마워요, 선배."

종이컵에 담긴 뜨거운 커피를 받아 들며 은소는 도면 위에 시종일관 구부리고 있던 허리를 죽 폈다. 몸 안에서 두둑 기분 좋은 소리가 울리며 고여 있던 긴장이 날아갔다.

"대충 해. 신입이 너무 열심히 해도 고참들한테 폐가 되는 법이다. 그러다 미운 털 박히면 옥상에 불러다 치도곤을 낼지도 몰라."

커리어 우먼의 티가 확 나는 40대 초반의 박진서는 강단이 있어 보이는 사람이었다. 씩씩하고 쾌활하며 일 처리도 깔끔했다.

"조만간 신혼집 집들이도 해야지? 대체 은소 씨가 조개처럼 입을 꼭 봉하고 있는 신랑이 어떤 사람인지 다들 궁금해서 돌아가시게 생겼다고."

은소가 얼마 전에 결혼했다는 것을 뒤늦게 알게 된 사무소 사람들은 괘씸죄를 적용해야 한다는 둥 도둑 결혼이니 인정할 수 없다는 둥 농담을 하며 은소를 시시때때로 긁려 먹고 있었다.

"그냥 평범한 회사원이에요."

이혁만큼 평범이란 단어와 어울리지 않는 사람도 없었다. 하지만 그들이 이혁을 만나는 일은 좀처럼 일어나지 않을 것이다. 나중에 집으로 사람들을 초대한다고 해도 이혁의 부재 시가 될 가능성이 높았다.

"평범이든 비범이든 일단 선이나 보여 봐."

사무소에 제출한 은소의 이력서에 재하 그룹에 대한 언급은 빠져 있었다. 따라서 동료들 중에 그녀를 재하와 연관 지어 생각하는 사람은 없었다. 그것이 은소에게 훨씬 소탈한 대인 관계를 만들어 주었다.

"그건 그렇고 신혼 재미는 어떠셔? 남편이 잘 해 줘?"

제도용 펜슬들을 대강 밀어 내고 책상 끝에 엉덩이를 걸친 진서는 눈을 빛내며 의미심장하게 질문을 던졌다.

"해 보셨으니 잘 아시잖아요."

은소는 짓궂은 유도 심문을 평이한 대답으로 스무드하게 넘겼다.

"호랑이 담배 피우던 시절마냥 아득하다. 내게도 그런 때가 있었나 가물가물하다니까."

진서는 오만상을 쓰며 결혼 생활만큼 두루뭉술해진 자신의 체격을 손가락으로 가리켰다.

"이걸 봐라. 그 인간, 요새는 내 얼굴만 보면 하품해 대기 일쑤라니까. 언제는 꽃을 쳐다보는 것보다 내 얼굴 보는 게 더 남는 장사라더니……"

은소가 풋 하며 웃음소리를 냈다.

진서의 부군은 이 설계 사무소의 사장이기도 했다. 부부가 같은 일을 하며 티격태격하기도 하지만 그 싸움이 하루를 넘기는 것을 사무소 식구 누구도 본 적이 없다고 할 만큼 그들은 천생연분을 자랑하는 부부였다.

"외부라도 나갔다 오시면 사장님, 언제나 선배부터 먼저 찾으시던데요."

"그야 뭐 부려 먹을 건수가 있으니까 그런 거고."

그녀가 투덜댔다.

"있잖냐, 그냥 내 사랑이 너무 애달프고 간절해서 눈에 안 보이면 저절로 그 사람 찾아지게 되는 그런 간지러운 시절 말이야. 흔한 말로 나는 그대와 있어도 그대가 그립다, 그런 거 말이야."

"멋지네요."

은소는 애매하게 미소를 머금었다.

"야, 은소 씨. 지금 어디 누구 다른 사람 얘기 하고 있어? 그대 신혼이 그런 거잖아."

"제가요?"

"은소 씨, 가끔씩 열심히 일하다 말고 딴생각 할 때 말이야. 눈에 수증기가 착 깔린 것처럼 아스라하게 누군가를 겹나게 그리고 있는 표정, 그거 댁 신랑이 그 임자 맞잖아."

눈썰미는 기가 막히게 좋은 사람이다. 은소는 자신이 그만큼 무방비하게 감정을 흘리고 있었다는 것을 깨닫지 못하고 있었다.

내가 이혁을 그렇게나 그리고 있다고?

은소는 웃어야 할지 울어야 할지 알 수 없었다.

사실 어긋난 시작에 비해 그들의 신혼은 의외로 잘 굴러가고 있었다. 굴곡도 없었고 신혼부부들이 초기에 겪는 흔한 의견 차이나 다툼도 일어나지 않았다. 그들은 각자의 생활 공간을 가지고 있었고 침실 또한 개개인의 것을 사용했다.

신혼 첫날밤, 이혁이 그녀에게 메인 침실을 양보하고 다른 방에서 일을 하며 보낸 후 그들은 그날 밤과 별다를 것 없는 상태로 지내 왔다. 그의 귀가는 늦었고 은소 또한 회사 일이 바빠지면서 두 사람은 얼굴을 맞댈 시간조차 거의 없었다.

하지만 은소는 그의 식사와 옷 등을 신경 써서 챙겼다. 모처럼 한가할 때면 임자도 없는 그의 식탁을 직접 차리곤 했다. 그리고 어쩌다 비어 있는 그릇을 볼 때면 어리석게도 혼자 기분이 좋아져 미소를 떠올렸다.

어제도 은소는 뒤풀이 회식을 물리치고 폐장 직전인 백화점에 들러 큼직하고 싱싱한 대하를 사 들고 들어갔다. 몇 번인가 관찰한 바에 의하면 이혁은 새우를 좋아했다. 입이 짧은 사람이란 것은 금방 알았다. 그런 그가 새우만은 굽든 찌든 튀기든 요리 방법에 상관없이 잘 먹었다. 그러다 보니 덩달아 그녀도 시장을 보러 나가면 해산물 코너에 먼저 발이 머물고 말았다.

하지만 아마 이혁은 그녀의 이런 노력을 짐작하지도 못할뿐더러 아예 그녀가 요리를 할 수 있을 거라고 생각지도 않을 터였다.

"이제 자기 사람이 된 사람을 그리워하는 거⋯⋯, 선배도 하셨어요?"

"나? 그야⋯⋯."

진서는 최대한 목소리를 죽여 은소의 귀에 소곤거렸다.

"있잖아, 이건 우리 산적한테는 절대 비밀인데⋯⋯, 실은 나 아직도 그래."

그러다가 황급히 덧붙였다.

"아주아주 띄엄띄엄이지만 말이야."

그녀는 다시 원상태로 허리를 펴고 책상에 엉덩이를 깔고 앉았다.

"그런 거 있잖아, 왈칵 미어지게 끌어안고 입 맞추고 싶어질 때. 으윽, 닭살⋯⋯. 사실 둘 다 굴러다니는 찐빵 형색으론 내가 봐도 좀 징그럽다."

제풀에 양팔을 득득 긁어 대는 그녀의 모습에 은소는 크게 웃었다.

"아니, 듣기만 해도 따뜻한데요."

"맞아."

그녀가 진지하게 수긍했다.

"네?"

"그거, 따뜻하다는 거 말이야. 우리 부모님이 이불 싸매고 드러누우셔서 시위까지 하시며 진짜로 악착같이 뜯어말리셨거든, 저 사람하고 나. 그때는 시뻘건 불길이 눈앞을 다 채우고 있는 기분이었어. 데어 죽건 타 죽건 이 남자랑 함께라면 행복하겠다, 그런 일종의 전투 심리로 치열하게 사랑했었지."

그녀는 남편이 일하는 사무실 쪽을 흘끗 살폈다.

"근데 차츰 불길이 온화해지면서 수직으로만 향하는 줄 알았던 감정이 넓어지고 충만해지더라. 다투고 화해하고 또 다투고 또 화해하고……. 처음엔 그게 사랑이 식은 건 줄만 알았어. 닿기만 해도 빠직되던 열정이 무덤덤해지고 가끔은 그 사람 없이 잠드는 침대가 더 편해지기도 하고……. 그런데 지나 보니까 또 알아지더라고, 강냉이 엿마냥 뻣뻣하던 두 인간이 만나서 장작불 한번 지피고 한나절 온돌방에서 끈질기게 지지고 볶다 보니 하나로 딱 달라붙어서 내 거 네 거 구분하고 갈라질 게 없어진 것을."

그녀의 얼굴에 피어나는 미소는 다소 철학적이고 사색적이었다.

"그러니 지금도 난 계속 이 팔 안에 그 남자를 같이 부둥켜안고 있다는 거지. 아, 말해 놓고 보니 정말로 민망하다. 이런 환한 대낮에 이 무슨 천인공노할 고백이람. 이게 다 강은소 씨 탓이야."

그녀는 은소에게 쑥스러움을 몽땅 덮어 씌웠다.

"원래는 새신부가 조잘조잘 설을 풀어야 하는데, 시어 터지다 못해 팍 삭은 아줌마한테 이런 낯부끄러운 이야기를 하게 만들다니……."

어딘가 위태위태해 보였나 보다. 아무도 모르고 지나가는 그녀의 표정을 노련한 진서가 어느 틈에 짚고 있었던 모양이다. 그래서 지나가듯 다독여 주고 싶었던 마음 씀씀이였는지도…….

"그냥 신혼 초 흔하게 듣는 선배들의 덕담이라고 생각해. 힘든 고비가 있어도 그저 그냥 녹아서 섞이는 과정이라고 여기고 오래오래 잘 살라는……."

"네……."

은소는 고개를 끄덕였다. 서로 사랑해서 만나는 이들은 그런 사소하고 커다란 행운을 나누어 가질 수 있을 것이다.

"자, 그럼 이제 일들 하자고. 난 누가 공짜로 내 남편 돈 갈취하는 거 가만 안 두거든. 그 남자 돈이 곧 다 내 돈이잖아."

너스레를 부리며 그녀는 은소의 어깨 너머로 쑥 고개를 내밀어 작업 중이던 설계 도면을 꼼꼼히 살펴보았다.

"야, 좋은데……. 이거 이번에 압구정에 들어갈 카페지?"

"네."

"여기 천장을 완전히 트려고?"

"그럴까 생각 중이에요. 채광도 그렇고 전망도 이렇게 하면 훨씬······."

은소가 그린 설계 도면에 대해 의견을 주고받는데 사무실을 쩌렁쩌렁 울리는 고함이 터져 나왔다.

"이봐, 박진서! 미세스 박! 후딱 이리 와 봐. 내 넥타이가 안 보여!"

"저렇지. 내가 못 산다니까. 멀쩡하게 매고 있던 넥타이는 또 어디다 갖다 버린 거래?"

언제 아련한 추억에 잠겨 있었나 싶어지게 진서가 버럭 목청을 올렸다.

"빨리 와 보라니까. 나 30분 뒤에 클라이언트랑 약속 있어."

"저 구제 못 할 건망증. 내가 아니면 당신은 버얼써 치매야, 알아?"

"여보야! 나 늦었다고!"

부러운 사람들이다.

사무소에 떠도는 유쾌한 웃음기를 음미하며 은소는 이혁을 생각했다.

그도 언젠가 그녀를 저렇듯 편하게 열심히 불러 줄 수 있을까? 녹아서 함께 섞일 수 있을까?

그녀에게 손끝 하나 대지 않는 남편을 떠올리며 은소는 잘못 그려진 선 위로 지우개를 문질렀다.

이혁이 회장실로 올라갔을 때 강 회장은 해외 자금 담당 이사와 독대를 하고 있었다. 이혁과 눈이 마주친 강 회장은 턱짓으로 대화의 흐름을 끊었다.

"그럼 그렇게 처리하고 이만 나가 보게."

"네, 회장님."

쉰을 넘긴 김 이사는 이제는 실세로 다루어야 할 이혁을 의미 있게 곁눈질한 다음 인사를 건네고 밖으로 나갔다.

이혁은 머릿속으로 그의 신상 명세를 다시 점검했다. 강 회장과 함께 그는 제거 대상 블랙리스트 맨 윗머리를 점거하고 있었다. 직함에 관련된 업무 외에도 회사의 음성적인 비자금과 심지어 강 회장의 개인 자산까지 은밀히 관리하고 있을 정도로 강원욱의 심복 노릇을 톡톡히 하고 있는 자였다.

이혁은 그를 회유하는 데 굳이 힘을 낭비하지 않았다. 취할 수 있는 것은 취하지만 버려야 할 것은 과감히 쳐 버려야 하는 법이다.

강원욱의 신임도 신임이지만 한 회장이 유명을 달리하기 전부터 강 회장에게 절대적인 충성을 바쳐 온 김 이사는 어디 하나 찔러볼 여지가 없는 인물이었다. 굳이 침몰하는 배에서 내리지 않겠다면 같이 수장시켜 버리면 그만이다.

"그래, 신혼 생활은 할 만한가?"

"네, 회장님."

"새집에서 지내는 데 불편은 없고?"

"네."

이혁은 감정 없이 답했다.

"그 아이도 일을 하느라 밖으로 돈다고?"

신혼여행을 다녀온 다음 날부터 은소는 출근을 시작했다.

"만류하지 그랬나?"

강 회장은 딸의 행동거지가 못마땅하게 여겨지는 기색이었다.

"유능하다고 알고 있습니다."

그런 일을 하자면 거친 일도 다반사였다. 설계를 주로 한다고 해서 제도판만 마주하고 편하게 대강대강 할 수 있는 직업이 아니었다. 처음에는 그 여자가 남자들도 힘들어하는 소위 막일에까지 팔을 걷어 부치고 뛰어들까 싶었지만 그녀의 진지한 태도를 보면 꽤나 그 계통 일을 즐기고 있는 것 같았다.

기이한 여자, 그는 차츰 은소에 대해 가졌던 선입견을 버려야 했다. 아니, 은소에 대한 첫인상이 적중하고 있다는 게 도리어 옳을까?

은소는 함부로 입을 놀리지 않았고 묵묵히 그를 감수했다. 솔직히 그녀를 다루는 것은 어려우면서도 쉬웠다.

보채지도 징징대지도 않는 여자는 그에게 무언가를 요구하는 법도 없었다. 그냥 내버려 두는 대로 그녀는 그들의 결혼을 마치 정상인 양 끌고 나갔다.

이혁은 그녀가 그렇게 자신을 받아들여 주는 이유를 아무리 해도 찾을 수가 없었다. 이혁에게 그녀가 그저 그런 소모품에 불과하듯이 강은소에게도 그는 거의 무가치한 존재였다. 이혁은 은소가 늘어놓은 이유들을 하나도 믿지 않았다. 요즘 세상에 그리 멍청한 여자가 어디 있단 말인가! 아무리 부친의 말을 잘 듣는 딸이라도 생판 초면의 남자에게 그런 일까지 당해 가며…….

빌어먹을! 다시 생각이 나 버렸다. 그 여자를 진짜로 걸레 취급한 것도 모자라 그 자신의 인격마저 적나라하게 까발리고 말았던 그날 밤의 거지 같던 기분이!

신혼여행의 첫날, 그의 기척을 느낀 것만으로 움찔하던 은소를 떠올리자 이혁은 입안이 소태를 씹은 것처럼 쓰디썼다.

"그래도 남자가 큰일을 하려면 여자가 집안에서 내조를 잘해야지."

"속 좁은 남자 흉내를 내고 싶지는 않습니다."

이혁은 자신의 가정 일에 강 회장의 간섭을 원치 않는다는 뜻을 은근하면서도 확실히 밝혔다.

"뭐, 자네 생각이 그렇다면야……."

딸을 무시하는 강 회장의 언사에 이혁은 왠지 비위가 상했다.

결국 강은소는 약삭빠른 현실주의자에 불과할지도 모른다. 자신이 말했던 대로 남편인 이혁을 이용해 평생 자신을 무시하고 핍박해 온 부친에게 타격을 주고 싶었던 것일지도 모른다. 부친이 직접 고른 남자로 그 부친에게 씻지 못할 응징을 가한다, 그만큼 멋진 시나리오는 없을 거라고 판단했을 수도 있었다.

"어쨌든 잘 처신할 거라고 믿네. 적당히 구슬려 가면서 탈 없이 살아. 그래야 앞으로 자네가 잡음 없이 재하에 적응할 수 있을 테니……."

도무지 이해가 안 가는 집구석이었다. 아무리 자신의 위치에 위협이 되는 존재라 하더라도 사위 앞에서 딸을 이런 식으로 비하하는 부정父情이라니…….

은소가 부친에게 극단적인 반감을 쌓아 왔다 해도 납득이 갔다.

"알겠습니다."

이혁은 환멸스럽게 강 회장을 응시했다. 감정도, 열정도, 인간성마저도 배제하고 목적과 성공만을 좇아 희열감을 느끼는 괴물, 어쩌면 그 자신을 거울로 들여다보는 형상이었다.

움찔 역겨움이 스며들어 찰나에 이혁의 치밀하고 견고한 가면에 금이 갔다.

"한 회……, 선대 회장님의 변호사를 만났다고 들었네. 그럼 대강은 이야기를 들었겠군."

감상이라니…….

이혁은 어이없이 방심해 버린 자신에게 가혹한 질책을 가하며 강 회장의 목소리를 들었다.

"네."

그나저나 너도 참 한심하고 가엾은 인생이다, 강은소. 강원욱 다음은 민이혁이라니!

하지만 잔인하고 강압적인 부친에게 대항할 수단과 기회를 전부 가지고 있음에도 불구하고 물건처럼 이리저리 팔리는 길을 자청한 강은소의 나약한 교활함이 이혁이 가진 일말의 동정심을 지워 버리게 만들었다.

만약 이혁이 은소라면 부친에게 보복하기 위해 다른 이의 손을 빌리지는 않을 것이다. 더욱이 자신의 인생을 몽땅 저당 잡히면서까지 더 커다란 덫이 될지도 모르는 인간의 손을 잡는 위험을 무릅쓴다는 것은 멍청함과 어리석음의 결과물일 뿐이었다.

무력한 굴복…….

그러나 뚜렷하게 빛나며 그의 내면을 들여다보는 듯한 그 여자의 말간 시선에 무력함이나 비굴함 따위가 과연 티끌만큼이라도 자리 잡고 있었던가?

그가 아내로 맞아들인 강은소란 여자의 모순이 거기에 있었다.

16. 사랑할 수 있다면

곤두선 긴장감을 누그러뜨리려 애쓰며 이혁은 현관 문을 열었다.

들어와 있을까?

요즘 은소는 그보다 늦게 귀가하는 날이 많았다. 거실의 보조등 스위치를 누른 그는 와이셔츠의 단추를 풀었다. 현관에는 은소의 구두가 가지런히 놓여 있었다. 하지만 넓은 집 안에서는 비어 있는 집처럼 아무 기척도 새어 나오지 않았다.

흘끗 은소의 침실을 바라보고 이혁은 그대로 자신의 방으로 들어갔다.

데일 정도로 뜨거운 물에 샤워를 하고 몸을 푼 이혁은 타월로 젖은 머리카락의 물기를 대강 털어 내고, 수분을 빼앗긴 탓에 갈증이 난 목을 축이러 식당으로 향했다. 그리고 물을 마시기 위해 컵을 집어 들던 그는 언제나처럼 식탁 위에 차려진 저녁상을 보았다.

결혼하고부터 가끔 다른 맛의 음식이 식탁을 차지하곤 했다. 그런 날은 어김없이 은소가 일찍 집에 들어와 있었다. 그리고 우습게도 이혁은 언제부터인가 밖에서 먹는 저녁을 이유 없이 거르게 되었다. 오늘도 필요하지 않은 자리였다면 굳이 식사를 하고 오지 않았을 것이다.

식당을 나온 이혁은 하마터면 처음 들어왔을 때처럼 소파에서 잠든 자그마한 형체를 못 보고 그냥 지나칠 뻔했다. 얇은 가운만을 입은 은소는 일을 하다 잠이 든 것인지 머리는 불편하게 기울어져 있었고 쥐다 만 손가락에는 서류 조각이 위태하게 걸려 있었다.

이혁은 거실 중앙에 서서 그 모양을 빤히 바라보았다. 팔걸이에 어설프게 기댄 작은 얼굴과 동그랗게 움츠리고 있는 몸은 쥐면 한 움큼도 될 것 같지 않았다. 작은 키도 아닌데 갈대처럼 말라서 그렇게 보이는 듯했다.

무시하고 방으로 직행해야 옳았다. 하나 어느새 그는 뚜벅뚜벅 그녀에게 걸어가 옆의 빈자리에 앉아 버렸다. 풀 수 없는 난제와 대면한 사람처럼 이혁은 한참 동안 은소를 뜯어보았다.

"너……, 뭐냐, 강은소?"

잠귀도 밝고 예민한 여자인데 오늘은 세상모르고 자고 있다. 이혁은 알 수 없는 충동에 이끌려 은소를 선뜻 안아 올렸다. 너무나 가볍게 들리는 바람에 미간에 주름이 생긴 것도 모른 채 이혁은 거실을 가로질렀다. 피곤에 지쳤는지 미열이 느껴졌다.

어디가 아픈 것은 아니겠지?

갓난아이를 안는 것처럼 은소의 몸을 추슬러 부둥켜안고 이혁은 자유로운 손바닥으로 그녀의 등을 쓸었다. 땀이 배어 습기 찬 온기가 묻어났다. 잠에 취한 은소의 얼굴을 그의 어깨에 올려놓고 이혁은 한동안 거실을 거닐었다.

고요했다. 더운 김을 흩어 내는 여자의 숨결과 셔츠의 천을 뚫고 파동처럼 전해지는 심장의 고동…….

왜 이렇게 편안해지는 것일까? 너를 안고서 이런 감정을 느껴서는 안 된다고 주입하고 또 주입했는데 말이다, 강은소.

"너도 그렇고 그런 여자에 불과해. 아닌가?"

처음 들어간 은소의 방 안, 침대 위에 그녀를 누이기 전에 이혁은 잠시 움직임을 멈추고 팔을 통해 전해져 오는 온기를 조금 더 음미했다. 부드러운 여자의 몸, 그리고 은은한 여운처럼 그의 본능을 자극하는 향기와 그녀의 체취…….

왜 손대면 안 된다는 건가?

어차피 한 번 그의 것이 되었던 여자다. 비록 형편없이 망쳐 버린 첫 관계였지만 아찔했던 그 감각을 이혁은 선명하게 기억하고 있었다. 원하는 만큼 가지고 싫증 날 때까지 해 버린다고 해서 누가 그를 비난한단 말인가?

그들은 세상이 인정한 부부다. 새삼 도의적인 척 굴어 봤자 그의 인생이 구제될 정도로 깨끗하지도 않은 바에야 한 가지 죄를 더 추가한다고 해서 달라질 것도 없었다.

아니, 한 가지는 달라지겠지. 적어도 잠시나마 충족된 욕망과 만족감을 누리기는 할 테니까.

그의 팔 안에서 은소가 몸을 뒤척였다.

"이혁 씨……?"

길고 새카만 눈썹이 작은 진동을 일으키며 흐릿한 눈동자가 희미한 한숨처럼 의아하게 흔들렸다.

"말해 봐……."

하지만 아무리 이 여자에 대한 욕정으로 몸이 욱신거리고 미칠 것 같다 해도 이혁은 절대 수긍을 가장한 그녀의 체념을 반복해서 맛보고 싶지 않았다.

"또 그때처럼 나 혼자만인 건가?"

세상에 널린 게 여자다. 거부한다면 다른 여자를 찾으면 그만이다.

"아뇨."

진심을 묻는 남자의 사나운 시선이 좀 더 확실한 대답을 종용하고 있었다. 은소는 청결한 비누 냄새가 묻어나는 이혁의 목에 얼굴을 숨겼다.

"나도……, 당신을 원해요……."

이혁은 천천히 은소를 침대에 내려놓았다. 그가 가운을 벗어 던지고 상체를 숙이자 그녀의 가느다란 팔이 그를 향해 뻗어 올라왔다. 한결같이 태양을 바라는 푸른 여름의 섬세한 넝

쿨처럼…….

강인하고 아름다운 근육을 꿈틀거리며 남자의 다리가 여자를 가두었다. 짙은 청색의 실크 시트 위로 펼쳐진 검은 물결이 세상에서 가장 가늘고 완벽한 족쇄인 양 남자의 사지를 묶어 나갔다.

질문도, 대답도, 소리도 없었다. 남은 것은 그저 밤이 전해 주는 세상으로부터의 숨김, 아득함, 비현실성으로 가득 찬 침묵의 음악뿐이었다.

자그맣게 번지는 숨소리도 곧이어 방 안을 채운 어둠을 따라 흩어져 버리고 그들만이 남았다.

남자의 갸름한 손가락이 하나하나 열리는 은밀함을 따라 진하게 녹아드는 황금의 액체처럼 상아빛 피부에 자근자근 얹혀졌다. 단아한 미간과 가지런한 콧날, 살포시 닫힌 입술을 지나 유려한 목선, 그리고 다음 여정에 이른 남자의 손가락이 그물처럼 펼쳐지며 유백색의 가슴 언저리께에 새의 날갯짓처럼 파닥대는 작은 흥분을 음미하듯 아주 오랫동안 머물렀다. 첫눈을 밟는 소년처럼 조심스럽게, 눈먼 사내가 미지의 신비와 조우하듯 그렇게……. 그는 영원처럼 시간을 끌며 아름답게 솟아오른 분홍색 돌기를 손바닥으로 가만히 쓸어내렸다.

"하아……."

뜨거움이, 마치 수억 년을 잠들어 있던 얼음을 녹여 버리고 그 최후의 한 방울마저 수증기로 화해 사라져 버리게 만들 듯한 뜨거움이 그 작은 움직임 하나하나에 두 사람을 함께 허덕이게 했다.

고개를 든 남자와 올려다보는 여자의 눈동자가 뒤섞이고, 그들은 동시에 정말 우연처럼 서로의 가장 비밀스러운 곳을 훔쳐보았다.

이상하다. 무엇을 잘못 들이마시거나 아니면 그들이 꿈속으로 길을 잘못 든 것일까?

그들이 알고 있는 상대, 그들이 보아 온 남자와 여자, 이혁과 은소는 너무나 다르고 먼 사람들이었다. 성급하게 서로를 상처 입히며 맺었던 그 잠시의 관계가 오히려 이상하지 않을 만큼 그렇게 멀었다.

"이……혁……."

이혁의 단단한 입술이 거칠게 그녀의 입술을 점령했다.

"말 따위 하지 마……. 듣고 싶지 않아."

중간 중간 맞닿은 입술 사이로 탁하게 흘러나오는 그의 음성은 신음 혹은 한숨에 가까웠다.

"아무 말도……, 입도 떼지 마……, 강은소……."

벌어지는 치열 사이로 그녀의 숨을 막으며 그는 깊숙이 움츠러든 달콤한 혀를 제물처럼 낚아채 빨아들였다. 어떻게든 그의 조바심과 탐욕스러운 요구를 따라가려 애써 보지만 은소는 그저 무력하게 앓는 소리를 낼 뿐이다. 여자의 입술을 한 번도 제대로 탐해 본 적 없는 사내처럼 그의 기교는 거칠고 단순했으며 아프기까지 했다. 이것이 그들의 첫 키스였다.

그리고……, 그녀의 첫 키스였다.

그의 혀는 여전히 만족하지 못한 듯 무언가를 더 욕심내듯 그녀의 입안을 온통 그만으로 가득 채웠다. 눈을 감고 그녀는 그의 어깨를 붙들었다.

어느새 이혁의 전부가 그녀를 내리누르며 그의 체온과 열기를 고스란히 그녀에게 강요하고 있었다. 확연하게 힘의 차이가 느껴지는 남자의 팔과 어깨, 가슴의 억센 근육이 부드러운 그녀의 가슴을 짓누르고 딱딱한 허벅지와 긴 다리가 그녀의 가장 섬세하고 약한 곳으로 침범하듯 밀려들었다.

그녀의 입술이 겨우 그의 입술로부터 해방되었다.

가쁜 호흡을 몰아쉬며 그녀는 고통스럽게 가슴을 헐떡였다. 그는 다른 목표를 찾아 미끄러지듯 그녀의 피부를 끊임없이 배회하고 있었다.

잘게 잘게 아주 조금씩 남자의 입으로 삼켜지는 느낌, 파르르 일어나는 전신의 떨림과는 상관없는 기묘한 전율이 두려움을 내포한 마력처럼 그녀의 정신을 앗아 갔다. 깨물리고 얼러지고 때로는 난폭하게 지배당한다.

그의 손이 그녀의 가슴을 괴로우리만치 들이마셨을 때 그녀는 마침내 참지 못하고 흐느낌을 토해 내고 말았다.

살아온 방식처럼 그는 사랑을 나누는 것조차 치열한 싸움처럼 하고 있었다. 적을 파악하고 기습하고 종래에는 완전한 항복을 요구했다. 그의 닫힌 열정, 우울한 고독, 순수한 잔인함이 그대로 그녀의 심장을 아프게 습격했다.

하지만 그녀는 그를 받아들였다. 인정하고 수용하고 기꺼이 품에 안았다.

당신을 원해. 사랑하는 만큼 더 많이 당신을 원하고 원해.

그가 상체를 세우고 한 손으로 그녀의 양 손목을 붙잡아 머리 위로 단단히 고정시켰다. 희미하게 반사되는 빛 틈으로 그녀는 그의 몸에서 떨어지는 땀방울들을 보았다.

"열어……."

그의 낮고 거친 명령이 무엇을 의미하는지 이해한 것은 그의 손이 부드럽지만 강한 의지를 담고 그녀의 허벅지 안쪽을 어루만진 순간이었다.

아무리 그의 애무에 낯설지 않을 만큼 길들여졌다 해도 아직 사내의 잔인한 본성을 기억하는 그녀의 육체가 무의식적으로 긴장하지 않았다면……, 거짓말이다. 하지만 그녀는 그가 왜 굳이 그녀의 의사를 확인하려 드는지 알 것 같았다. 이번에는 그가 바라는 대로 주고 싶었다.

그의 눈동자는 어둠과 그림자, 의미 모를 소용돌이로 다이아몬드의 파편처럼 광채를 내뿜고 있었다.

불분명함, 혼돈.

그 순간 손에 잡힐 듯이 선명한 자각이 그녀를 꿰뚫었다. 그녀가 흔들리는 지금 이 남자도 흔들리고 있었다. 그것으로 어느덧 그녀는 나약한 여자가 되고 말았다.

세상에서 가장 지독하고 뻔뻔한 여자가 될 수 있다, 그를 위해서라면. 세상에서 가장 유순하고 어리석은 여자가 될 수도 있다, 한 남자를 위해서라면…….

스륵, 그녀의 몸에서 힘이 빠져나가고 그가 그녀의 안으로 들어왔다. 잠시 자유로웠던 몸은 다시 소유를 갈망하는 주인의 의지에 의해 독점당해 버렸다.

그가 깊이 파고들었을 때 미세하게 일어나는 아픔과 고통은 그녀가 각오하고 있던 만큼 크지 않았다.

고통은 처음과 달리 곧 무뎌졌다. 이건 그날의 기억과 같지 않았다.

그들의 두 번째는 어색한 움츠림도 싸늘한 물러남도 없었다. 절박한 몸짓, 이제 그는 강력하고 사납게 움직이고 있었다. 불어닥치는 성난 해일처럼 그녀에게 파고들어 그녀의 전부를 산산이 부서뜨렸다.

감미로운 통증과 격렬한 희열이 교차하듯 지나갔다.

그리고 그들은……, 모든 생각과 사고를 놓아 버렸다.

"어디 가……?"

살며시 빠져나가는 은소의 손목을 그러쥐며 침대에 엎드린 채 이혁이 웅얼거렸다.

베개에 얼굴을 묻은 그는 눈을 감고 있었다. 예술 작품처럼 탄탄하게 아로새겨진 그의 어깨와 우아한 등 그리고 유연하게 꽉 조인 늘씬한 허리의 음영을 은소는 가만히 내려다보았다.

쓸모없는 흠이라고는 없는 날렵하고 아름다운 몸이다, 남자를 보는 여자의 눈으로서가 아니라 그저 아름다운 사물을 보는 감상자의 입장에서도 찬탄이 저절로 우러날 정도로.

"시트가⋯⋯."

바닥에 떨어진 시트를 주우려 했을 뿐이라고 말하기도 전에 그가 그녀를 잡아당겼다. 고개도 들지 않고 몸의 방향을 틀지도 않고 다만 팔에 힘을 주어 거칠게 그녀를 자신의 옆에 눕혔다.

풀썩, 은소는 부딪치듯 그의 몸에 밀착되었다.

"이혁⋯⋯."

"있어, 이대로."

천장이 빙글거리고, 숨을 쉴 수가 없었다. 베개에 기댄 채 그가 그녀의 옆얼굴을 뚫어지게 응시하고 있었다. 그의 손은 아직도 그녀의 어깨를 강하게 눌러 그녀의 사소한 동작까지 속박하고 있었다.

"꼼짝도 하지 마."

그가 다가오는 것을 은소는 멍하니 넋을 잃고 바라보았다.

"꼼짝도⋯⋯."

그가 그렇게 속삭이지 않았다 해도 그녀는 손가락 하나 들지 못했을 것이다.

더는 차갑지 않았다, 조금도.

이혁은 타들어 가고 있었다. 마치 불구덩이에서 끊임없이 서성이며 벌겋게 달궈진 숯 돌 위를 벌거벗은 채 뒹굴고 있는 느낌이었다.

그가 맛본 은소의 피부와 향기, 숨결은 유혹적이었다. 너무나 유혹적이라 남김없이 샅샅이 모두 먹어치워 버리고 싶었다.

이혁은 섬세한 곡선들이 모여 빛의 장난을 만들어 내는, 그의 환상을 부추겨 그토록 길들여지지 않은 갈망으로 그를 휘몰아치게 만든 그녀의 모든 곳을 훔쳐 내고 또 훔쳐 내고 싶은 욕망에 몸을 떨었었다. 그녀를 잡아 두고 탐스러운 가슴의 전부를 손바닥 안에 움켜쥐었었다. 갑자기 서두는 자신을 똑똑하게 인식했다. 불규칙적으로 변해 버린 숨소리도, 간헐적으로 들리던 야만적인 신음도 그의 것이라는 것을 그때서야 깨달았다.

허리에 와 닿는 그녀의 미세한 저항, 주저하는 머뭇거림, 그러다 마침내는 어쩔 수 없다는 듯이 안겨 드는 은소의 모든 것이 그의 여유를 빼앗고 안달 나게 했으며 드디어는 미치게 만들었다.

"제기랄!"

욕설이 스스로에게 퍼붓는 저주처럼 튀어나왔다. 여자의 육체가 이렇게 강렬한 마약이 될 수도 있다는 사실을, 그는 서류상의 아내로 치부한 여자와의 단 두 번의 정사를 통해 생애 처음으로 절감했다.

17. 가시 정원

"강은소, 그 여자 말이야."

느닷없이 불쑥 귀에 들어온 자신의 이름에 막 입으로 물 잔을 가져가던 은소의 손이 그대로 허공에서 정지했다.

"겉보기에는 멀쩡하던데 어디가 많이 모자라나?"

"글쎄, 알 게 뭐야? 혹시 세상이 모르는 심각한 문제나 숨겨진 하자 같은 게 있는지도 모르지. 아니면 뭐가 아쉬워서 그런 결혼을 했겠어?"

커다란 기둥을 사이에 두고 불과 채 몇 미터 간격으로 접한 옆 테이블에 두 남자가 앉아 있었다. 알지도 못하는 그들이 아무렇지 않게 그녀를 도마 위에 올려놓고 화젯거리로 삼고 있었다.

"하긴, 어디 외국에서 몰래 자식이라도 낳아 놓고는 감쪽같이 입 싹 닦고 있는 건지도 모르지."

이죽거리는 젊은 남자의 조심성 없는 목소리가 이어졌다.

"같은 연배나 동문 중에도 그 여자랑 인사조차 제대로 해 본 인간이 없다고 하던데, 얌전한 척하고 뒤로는 온갖 난잡한 짓은 죄다 하고 다녔는지 누가 알겠어? 게다가, 그 '강세경' 언니잖아."

험담의 당사자가 그들의 대화를 고스란히 듣고 있다는 사실을 아는지 모르는지 남자들은 근거 없는 추문을 바쁘게 옮기느라 여념이 없었다.

되짚어 봐도 기억에 없는 남자들이다. 은소는 가벼운 한숨을 삼켰다.

무슨 수로 남의 머리와 입에서 멋대로 뱉어지는 말을 일일이 주워 담아 바로잡아 줄 수 있겠는가. 은소는 기껏해야 타인에 불과한 사람이 자신에 대해 함부로 험구하고 떠든다고 해서 섣불리 화를 내지는 않았다. 어차피 저들이야 진실이 어떻든 믿고 싶은 대로 믿고 입을 놀려야 경박한 직성이 풀릴 테니 말이다. 더구나 지금 그녀가 와 있는 곳은 평소보다 몇 배는 행동과 태도에 주의를 기울여야 하는 장소였다.

은소는 천천히 잔을 입가에 대고 물을 한 모금 마셨다.

강 회장이 때마침 유럽 외유 중이라 이혁이 재하를 대표해 참석한 자리였다. 한국 해운 업계의 국내 1위를 선점하고 있는 신호 그룹의 창사 기념 파티로 빠질 수 없는 중요한 자리이기도 했고, 반드시 부부 동반으로 참석하는 게 좋겠다는 강 회장의 강압 섞인 언질까지 받았던 터라 은소는 결혼 후 처음으로 이혁과 공식적인 모임에 함께 얼굴을 비춘 참이었다.

얼마 전까지만 해도 은소와 재하의 이름이 한데 묶여서 거론될 만한 빌미는 되도록 미연에 차단하려고 노력해 온 강 회장의 또 한 가지 달라진 변화였다. 이해도 하고 새삼 서운해할 일도 아니지만 부친의 심중이 그대로 읽혀 은소는 마음이 조금 썼다.

옆 테이블의 남자들은 누가 더 미숙하고 덜떨어진 인간인지 내기라도 하듯 여전히 그녀와 세경을 두고 설왕설래하고 있었다. 대체 어떤 사람이 할 일 없는 여자들만 쓸모없는 수다와 남의 뒷담화에 열심히 열을 올린다고 성차별적 발언을 했는지 따지고 싶어질 지경이었다.

"그러니까 민이혁같이 출세에 환장한 인간 아니면 아무리 재하를 거저 주워 먹는다고 해도 제대로 눈 박힌 사람이 그런 덤터기를 무턱대고 쓰겠냐고. 나중에 괜히 과거니 뭐니 탄로 나서 골치 아파지느니 민이혁처럼 돈으로 무마하면 뒤탈 없을 인간으로 골라 낚은 거지."

남의 이야기인 양 담담하게 흘려듣고 있던 은소의 표정이 문득 바뀌었다. 그들이 이혁의 이름을 입에 담기 시작하고부터였다.

"그야 재하 그룹이 몽땅 제 수중에 떨어질 판이니 민이혁 입장에서도 횡재면 횡재지 손해 볼 건 없지."

"내 말이. 그런 주제에 거들먹거리는 꼴 하고는……. 아까

봤지? 벌써부터 제가 아주 재하의 주인이 다 된 것처럼 거만하게 굴더군."

악의가 담긴 남자의 빈정거림에는 숨겨지지 않는 질시가 역력했다.

"대체 강 회장을 무슨 재주로 어떻게 구워삶았기에 그 무서운 영감이 덥석 넘어갔을까?"

"원래부터 사업 수완은 더럽게 좋았다면서? 거기다 아부 실력까지 남다르게 탁월했던 모양이지."

더 이상은 못 들어 줄 인신공격이었다.

"그래 봤자 요즘 세상에 끝까지 사는 부부가 어디 흔해? 몇년은커녕 몇 달 만에 이혼하는 부부도 수두룩한데……. 거기다 그 능구렁이 강 회장한테 잠깐이라도 잘못 밉보였다간 그날로 아웃이지."

테이블 위에 조용히 잔을 내려놓는 은소의 얼굴이 싸느랗게 식어 있었다. 이혁이 아직 돌아오지 않은 게 새삼 다행스러웠다.

미끄러지듯 의자에서 일어난 은소는 그들을 가로막고 있던 대리석 기둥을 스쳐 지나 교양 없고 무례하기 짝이 없는 두 남자에게 우연처럼 다가갔다.

그녀의 기척에 무슨 일인가 의아해하던 남자들의 얼굴이 곧이어 은소를 알아보고 슬쩍 민망한 기색을 띠었다. 그나마 아직은 눈곱만큼의 사리분별 정도는 남아 있었던지 서로 어색하게 곁눈질을 하며 입을 다물고는 엉거주춤 자리에서 일어났다.

"이거……, 강은소 씨."

일면식도 없다고 생각했는데 똑바로 마주하고 나니 머릿속에서 쇄편이나 다를 바 없는 기억 같은 게 가까스로 떠올랐다. 두 사람 중 그녀에게 알은체하며 먼저 말을 건 젊은 남자는 은소도 약간이나마 아는 상대였다. 집안 대대로 조선업을 해 온 기업의 차남으로 결코 남의 인생에 왈가왈부할 수 있는 처지가 못 되는 인물이었다. 하물며 감히 이혁에게 빗댈 자격이나 수준은 더더욱 못 되었다.

은소는 지그시 이를 물었다.

"실례합니다. 말씀 나누는 도중에 방해가 되겠지만 그냥 넘길 수 없는 이야기가 들리는 듯해서요."

꼭 끝까지 제 잘못도 모르고 객기를 부리다 상황을 악화시키는 아둔한 인간이 있다. 분명 은소의 차갑게 굳은 목소리를 듣고도 남자는 사과는커녕 친한 지인이라도 만난 듯이 젠체하며 뻔뻔하게 굴기 시작했다.

"오랜만입니다, 은소 씨. 권상훈입니다. 기억하시는지? 몇 년 전인가 김진운 교수님 연구실에서 잠깐 인사를 나눈 적이 있는데……."

은소는 장황하게 늘어지는 남자의 말을 귀찮다는 듯 싹둑 잘라 냈다.

"죄송합니다. 모르겠군요."

부드럽지만 단호한 무시였다. 한마디로 너 같은 거 안중에 없다는 냉랭한 은소의 대응에 대놓고 무안을 당한 남자의 광대 뼈가 벌겋게 달아올랐다.

"이런, 섭섭하네요. 전 그때 은소 씨를 다시 만나고 싶어서 집안 어른들께 사정까지 드렸는데……. 뭐, 애석하게도 인연이 아니었던 모양입니다."

씨근거림을 감추고 속 보이는 웃음을 짓느라 애를 쓰면서도 남자는 야비하게 눈을 빛내고 있었다.

"결혼한다는 소식은 들었지만 미안하게도 참석을 못 했어요. 늦었지만 축하합니다."

"감사합니다."

진심이 조금도 느껴지지 않는 인사치레에 은소는 냉정하게 응대했다.

"그런데 소문과는 다르게 아주 행복해 보이십니다. 무수히 쏟아지던 훌륭한 맞선 자리를 죄다 거절하더니 고작 배경이나 노리고 결혼한 남자와 사는 재미가 그래도 꽤 좋은가 보죠?"

"야, 권 상무! 그만해라."

딴에는 본인 앞에서 너무 심하다 싶었는지 연신 눈치를 보던 친구가 옆에서 만류하는 시늉을 했지만 남자에게는 마이동풍에 불과했다.

"뭘 그만해? 그냥 부러워서 그러지. 이거야 어디로 가야 민이혁 실장 같은 비상한 능력을 살 수 있나?"

일체의 맞선을 모두 거절한 건 강 회장의 결정이므로 은소는 전혀 아는 바가 없었다. 하지만 집안 어른들께 사정 운운했다는 말이며 상당히 앙심을 품은 행태로 보아 그 훌륭하다는 맞선 상대 중에 십중팔구 이 멍청하고 무례한 남자도 포함되어 있었던 모양이다.

"글쎄요."

은소는 머리 나쁜 아이를 다루듯 차근차근 입을 열었다.

"제가 세상 물정에 관심을 두지 않아서 훌륭한 상대라는 게 정확히 어떤 사람을 말하는지 잘 모르겠군요. 다만 제 남편은 당사자가 없는 자리에서 저급하고 무가치한 모욕으로 남을 매도하거나 깎아내리는 걸로 유치한 시간 낭비, 인격 낭비 같은 건 절대 하지 않을 사람이라는 건 알고 있습니다만……."

은소는 잠시 틈을 두고 얼음장 같은 미소를 띠었다.

"제 우선순위는 그런 기본적인 것이죠. 하지만 말씀하신 대로 훌륭한 집안에 태어나 잘난 돈, 멀쩡한 사회적 지위까지 전부 갖추고도 그런 하찮은 기본조차 배우지 못한 분들이 너무 많더군요."

은소는 공평하게 그들이 한 바 그대로 신랄한 조소를 던졌다. 차분하기 그지없는 매서운 면박을 악 소리도 못 하고 당한 남자들의 얼굴이 얼룩덜룩 흉하게 일그러졌다.

두드러지지 않아서 숫기도 없고 말조차 없는 여자인 줄 알았다. 파티 내내 민이혁 옆에서 별것 아닌 그림자처럼 붙어 있어서 만만하게 봤더니만 이렇게 대놓고 나올 줄은 꿈에도 몰랐다. 잠깐 잡담이나 즐기려 했던 게 그야말로 졸지에 만인 앞에서 망신살을 자처한 셈이 되었다. 더군다나 아까부터 여기저기 주변의 이목이 알게 모르게 쏠려 있었다.

"이봐, 강은소 씨. 보자보자 하니까……."

"그럼 이만, 실례가 많았습니다."

어떻게든 체면이 걸린 사태를 흐지부지 무마해 보려는 남자의 시도는 본체만체, 은소는 더 이상 머물 이유가 없다는 듯 간단한 목례를 던지고 그들에게서 등을 돌렸다. 무심코 감정이 시키는 대로 움직이고 말았지만 필요 이상으로 사람들의 호기심을 끌고 싶지는 않았다.

"잠깐, 너 거기 안……."

이마에 핏대를 세운 남자가 은소를 향해 뒤늦게 팔을 뻗어 붙잡으려는 순간, 갑자기 거대한 산이 솟아나듯 이혁이 그들 앞에 나타났다.

"이혁 씨."

기다렸다는 듯 너무나 절묘한 등장에 은소는 뜻밖의 곤혹스러움을 느꼈다.

대체 언제부터……?

하지만 그녀의 난처함은 삽시간에 식은땀을 흘리며 굳어 버린 남자들에 비하면 약과였다.

"볼일은 끝났나?"

"네? 네."

이혁의 장신에 완벽하게 맞춤된 검은 수트가 그에게 더욱 무시무시하고 강렬한 존재감을 심어 주고 있었다. 주변의 인간들을 순식간에 제압하고 압도해 버릴 만큼…….

"그럼 이만 가지."

"지금요?"

은소는 당황을 감추며 조심스레 그의 기색을 살폈다.

어디서부터 들은 걸까?

그러나 이혁의 무심한 얼굴은 그녀에게 아무런 단서도 주지 않았다. 그는 단지, 좀 전의 몰염치함과 그릇된 당당함은 어디로 갔는지 그를 보자마자 안절부절못하고 주춤거리는 비굴한 두 남자를 한심한 벌레나 먼지를 보듯 바라볼 뿐이었다.

"내 아내에게 따로 할 말이라도?"

"아, 아니, 그게 아니라 우린……."

저절로 적을 주눅 들게 만드는 차가운 저음에 두 남자가 동시에 꼬리를 내렸다. 그렇게 호기 있게 떠들던 게 언제였나 싶게 싸울 용기는 고사하고 전의마저 완전히 상실한 듯 그들은 슬금슬금 뒤로 물러났다. 이혁과 은소에게 사과를 구하는 둥 마는 둥 이상한 웅얼거림을 남겨 놓고 그들이 재빠르게 자취를 감추는 동안 은소는 이혁에게 손목을 잡혀 있었다.

아까부터 흘깃대던 시선들이 그들에게 집중되어 있었다.

"그만 나가지."

뭐라고 반문할 겨를도 없이 은소는 이혁에게 이끌려 파티장을 서둘러 빠져나갔다.

이혁은 분노해 있었다. 미친 듯이 비이성적으로…….

당장에 빌어먹을 인간들이 하나도 눈에 띄지 않는 장소가 필요했다.

이혁은 그가 보았던 장면도 강은소가 왜 그랬는지도 납득하고 싶지 않았다. 은소가 자신의 이야기에 초연했듯이 이혁 또한 그런 얼간이들이 지껄이는 헛소리에는 일말의 흥미도 없었다. 하지만 노골적으로 은소를 할깃거리던 그 개자식이 돌아서는 그녀를 막으려고 했을 때는 맹세코 한 치의 망설임도 없이 그자의 팔을 꺾어 버릴 뻔했다. 다시는 더러운 손을 함부로 놀리지 못하도록 말이다. 권상훈, 문란하기 짝이 없는 여자관계와 도박 중독으로 집안에서도 회사에서도 오늘내일 목줄이 간당간당한 놈이 아주 죽고 싶어 매를 벌고 있었다.

머리가 제어할 틈도 없이 이혁의 몸이 먼저 앞서 나갔다. 운 좋게 폭력을 쓰기 전에 이성이 돌아왔지만 기분은 여전히 나아지지 않았다.

그가 가질 수 없는 최악의 여자, 결코 그의 미래가 될 수 없는 여자, 또한 민이혁을 위해 항변하고 싸워 준 첫 번째 여자…….

자신에 대한 험담에는 신경도 쓰지 않고 귓전으로 넘기더니 이혁의 이름이 나오자마자 강은소답지 않게 낯빛까지 바꾸며 정색했다. 그러고는 마치 진짜 아내가 남편을 지키고 옹호하듯 그 머저리들에게 따끔한 일침을 가했다.

이혁을 대하는 모습을 보면 숨은 강단이야 있으려니 짐작하고 있었지만 그 비열한 인간들을 상대로 그렇게 단호하고 매몰차게 몰아세울 수 있을 거라고는 생각지 못했었다.

그의 가슴에 불분명한 파문이 선득하게 번져 나갔다.

너는 이럴 수 없다, 강은소.

자신을 방어하고 보호하는 데는 관심도 없더니 이혁이 무시해 마지않는 그의 시시한 평판을 위해 남의 눈길조차 아랑곳하지 않고 싸웠다.

그가 없는 곳에서, 그를 위해…….

다른 사람도 아닌 강은소에게 이혁은 그런 걸 요구한 적도 바란 적도 없었다. 이렇게 분간 없이 자신을 뒤흔들어 대는 여자가 자꾸만 머리와 가슴에 맺히는 게 이혁은 질리고 짜증스러웠다. 한계를 모른 채 끝도 없이 자라나고 뻗어 나가려는 정체 모를 감정이 그를 막다른 절벽까지 몰아세우고 있었다.

마침내 저만치 비상구로 통하는 문이 보였다. 이혁은 서슴없이 그녀를 잡고 사납게 걸어갔다.

넌 그자의 딸이다, 강은소.

그러니 감히 내게 이따위 짓을 할 수는 없는 거다.

비상구의 문이 그의 등 뒤로 닫혔다. 동시에 이혁은 은소를 움켜쥐고 그대로 키스했다.

이 사람, 화가 났나? 설마 전부 다 지켜본 건 아니겠지?

아플 정도로 손을 잡힌 채 성큼성큼 내딛는 그의 걸음을 따라 달음질을 치듯 뒤쫓아 가며 은소는 들키고 싶지 않은 비밀을 들킨 것처럼 조마조마한 마음을 달랬다.

못 들은 체 끝까지 참았어야 했다. 이혁에 대해 멋대로 지껄이는 저열하고 옹졸한 그 남자들의 언행이 아무리 귀에 거슬리고 부당했다 해도……. 왜냐하면 이혁이 달가워하지 않을 테니까. 그에게 건네지는 그녀의 진심이 어떻든 이혁에게는 뜬금없고 거추장스러운 짐에 불과할 테니까. 어쩌면 이혁은 그것을 도를 넘은 과잉 반응이나 지나친 참견쯤으로 여길 것이다.

"이혁……."

정신을 차리고 보니 그들은 어느새 인적이 없는 비상계단에 나와 있었다.

"여긴 왜……?"

채 말을 마치기도 전에 은소는 그의 뜨거운 체온과 차가운 벽 사이에 꼼짝없이 갇혀 버렸다. 삼켰던 숨이 가파르게 끊어졌다.

"이……?"

그녀의 시도는 이번에도 묵살되었다.

가까스로 고개를 든 순간 이혁이 난폭하게 그녀를 밀어붙이며 거칠게 입술을 앗아 갔다. 그의 팔에 강하게 짓눌린 채로 은소는 급류에 휩쓸린 듯 균형을 잃었다. 휘청하는 그녀의 가는 몸을 이혁이 다급하게 잡아당겼다.

은소의 전신이 희미하게 떨렸다.

불안해…….

달콤하지만 두려운 열정이 엄습해 왔다.

10분째 내려다보고 있는 종이 위의 글씨가 물에 뜬 기름처럼 부유하고 있었다. 결국 이혁은 와삭 하는 소리와 함께 한참이나 씨름을 벌이던 죄 없는 기획서 하나를 기어이 망쳐 버렸다.

목이 갑갑하게 죄어 왔다. 그저 잠깐의 기분일 뿐이다.

이제 얼마 남지 않았다. 그는 강 회장을 왕좌에서 끌어내릴 만반의 준비를 마쳤다. 남은 것은 언제 어느 때를 선택해 터뜨리면 강원욱이 더 절망해 날뛸 것인가 하는 소소한 결정뿐이었다.

그의 파멸은 기정사실이었다. 그가 죄 없는 한 부부에게 저질렀던 업보대로 강원욱은 그의 전부를 잃게 될 것이다.

그래도 살아는 가겠지. 될 수 있으면 흔적조차 없이 씨를 말려 버렸으면 좋겠지만, 평생을 기울여 온갖 수단으로 지켜 온 신주단지가 어떻게 박살나는지 똑똑히 지켜보는 것도 죽음만큼이나 그에게 뚜렷한 교훈이 될 것이다.

이혁은 구겨진 서류를 쓰레기통에 던져 넣었다. 지루하게 준비해 온 계획이 이제 꽃을 피우려 하고 있었다. 재하는 사면초가에 처해 지느러미를 세운 상어들의 식탁에 오를 것이다.

아, 그도 꽤나 포식을 하게 되겠지. 복수에만 눈이 멀어 이득을 챙기지 못한대서야 사업가라 할 수 없는 거니까.

그런데 신발 밑창에 돌아다니는 작은 돌멩이처럼 은소란 여자의 존재가 그의 머릿속에서 덜그럭대며 굴러다니고 있었다.

오늘 아침에는 칫솔질만큼 익숙한 면도를 하다 턱을 베였다. 실선이 번져 가는 모습을 바라보다가 이혁은 쇳소리를 내고 말았다. 지난밤에도 그는 그 여자의 몸을 정신없이 탐하느라 해야 할 일까지 팽개쳐 버렸던 것이다. 어느새 습관처럼 반복되고 있는 밤의 일과였다.

또다시 침대 위에 남겨 두고 온 은소의 벌거벗은 몸이 실제처럼 그려졌다. 하얗고 가냘픈 몸에 여기저기 붉은 자국이 새겨져 있었다. 지금쯤 상당수가 보랏빛을 띠고 있을지도…….

이혁은 그 스스로도 약한 구석이라곤 없는 철저하게 비인간적인 놈이라는 것을 자각하고 있었다. 하지만 매번 은소를 두고 그녀의 침실을 나올 때마다 드는 이상한 망설임은 뭐라고 단정할 수가 없었다.

규명할 수 없는 빈틈이 강은소를 상대로 자꾸만 벌어지고 있었다.

"빌어먹을……."

이처럼 여자를 육체적으로 절실히 탐내 본 적이 있었던가?

한창 호르몬의 지배를 받던 사춘기 시절에도 그는 여자에게 이성을 잃어 본 기억이 없었다. 의도적이거나 남다른 성벽이 있었던 것은 아니었다. 다만 그는 자신의 의지를 관철시키느라 바빴고 그것이 지금까지 이어져 성가시고 모순투성이인 여자란 생물이 끼어들 틈바구니를 만들지 않았던 것이다.

그런데 하필 강원욱의 핏줄인 그 여자가 그의 얼음장 같은 심장에 불을 질렀다.

"성가셔."

네가 성가셔서 미치겠다, 강은소!

그도 알지 못했던 욕망의 발톱이 이토록 집요하고 날카로우리라고는 생각지 못했었다.

이혁은 자신의 모든 감정과 사고를 완벽하게 절제하고 마음만 먹으면 언제라도 고스란히 그의 손바닥에 올려놓고 조절할 수 있었다. 당연했다. 그의 몸뚱이였고 그의 두뇌 속에서 벌어지는 일이 아닌가.

이혁은 턱에 난 생채기를 손으로 덧그렸다. 다시 자신을 컨트롤해야만 했다. 되도록 빨리! 어떤 수단을 동원해서든!

그는 점점 그녀에게 집착하고 있었다.

"오케이! 세경 씨, 오늘 수고했어요."

"선생님도 수고하셨어요. 다들 수고하셨습니다."

한 유명 사진작가의 스튜디오에서 세경은 막 화보 촬영을 마친 참이었다. 조명 아래에 어찌나 오래 앉아 있었는지 화장이 줄줄 흘러내릴 것 같은 기분이 들었다.

"잘했어요, 세경 씨. 작품 잘 나올 거 같아."

매니저가 내민 이온 음료를 날쌔게 받아 들고 세경은 일 때문에 꺼 놓았던 휴대폰의 메시지들을 확인했다. 일 관계는 사무실이나 매니저를 통하게 되어 있어서 대부분이 시시한 잡담 상대들이었다.

"오늘은 이걸로 끝난 거죠?"

레몬 맛이 희미하게 도는 음료수로 목을 축이며 세경은 뒤에 서서 수첩을 뒤적이는 매니저에게 확인했다.

"그렇긴 한데 오늘 사장님이 특별히 세경 씨한테 밥 사고 싶다고 시간 좀 내 달라고 하셨어요."

"그놈의 밥은 허구한 날 무슨……."

"그래도 웬만하면……."

세경은 촬영용으로 주렁주렁 걸고 있던 액세서리들을 신경질적으로 떼어 냈다.

"내가 그 느끼한 속셈을 몰라? 한번 따먹어 보자는 심산인 거 같은데, 언제 매니저가 슬쩍 귀띔 좀 해 주지 그래요? 난 마흔 줄 넘은 노인네는 고자로 본다고. 30초면 끝날 주제에 어디서 껄떡거려, 껄떡거리길!"

"세경 씨!"

경악과 탄식이 동시에 터져 나왔다. 그래도 그의 입장에선 하늘 같은 사장이니 세경의 노골적인 언동에 충격을 받은 모양이다.

"내 성질 자꾸 건드리면 소속사고 계약이고 없어요. 확 다 엎어 놓고 이적하면 그만이니까."

"정말 그럴 건 아니죠, 세경 씨?"

당황한 매니저가 눈을 휘둥그렇게 떴다. 그러고는 금세 두리번대며 행여 주변에 누가 귀를 세우고 있는 건 아닌지 눈치를 살폈다.

너도 참 이 바닥에서 살아남기 고되겠다. 새로 신참이 발탁됐다 했더니 어디서 이런 초짜배기를 데려온 거야?

세경은 슬쩍 콧방귀를 뀌었다.

"나랑 일한 지 얼마 안 돼서 아직 적응이 안 됐나 본데 전임자한테 가서 물어봐요. 강세경이 성깔이 얼마나 더러운지 고대로 일러 줄 테니까.”

“세…….”

코앞에서 탈의실의 문을 쾅 하고 닫아 버렸다.

저번 매니저 같으면 좀 더 징징거릴 텐데 뭘 몰라서 그런지 편하긴 하군. 원래 된 시누이를 만나야 제대로 일을 배우는 거라니까 손해나는 장사는 아닐 거야, 아저씨.

세경은 의상을 훌훌 벗어 던지고 자신의 옷으로 갈아입었다.

그래도 완전히 순둥이는 아닌가 보네. 고자 운운할 때도 얼굴색은 멀쩡했던 걸 보면…….

대충 준비를 마친 세경은 옷 더미 사이에 놓아둔 휴대폰을 집어 들어 3번을 눌렀다.

— 네.

딱 끊어지는 남자의 음성이 돌아왔다.

무슨 바람이 불어서 그녀의 번호를 보고도 이렇게 순순히 전화를 받은 걸까?

예감이 들었다.

“나예요, 강세경. 오늘 시간 어때요?”

거울에 비치는 그녀의 모습은 스스로 보아도 질 나쁜 여자의 약삭빠른 미소를 짓고 있었다.

“그만하면 이제 신혼의 아내가 슬슬 질릴 만도 한 것 같은데……. 저녁도 못 먹을 만큼 바쁘지 않다면 나하고 같이 한잔할까요?”

— 타이밍이 좋군, 강세경.

얼음으로 맨살을 문지르는 듯한 느낌이 들었다.

건방진 자식.

세경은 간이 의자에 걸터앉아 초조하게 다리를 꼬았다.

"그런가요? 이거 기쁘네요, 아주⋯⋯."

까르르 과장되게 웃으며 날카롭게 눈을 번득였다.

— 술은 생략하지.

"술이⋯⋯, 아니면?"

세경은 나른한 목소리를 꾸며 냈다.

— 이왕이면 서로 바쁜 시간 허비하지 말고 장소 정해.

그의 단도직입적인 말에 무심코 침묵이 흘러 버렸다. 하지만 민이혁은 그 정도의 여유도 줄 생각이 없는 듯했다.

— 변덕이 생겼다면⋯⋯.

세경은 얼른 입을 열었다.

"9시, 강남 호텔 스위트. 먼저 가서 기다리죠."

대꾸도 하지 않은 채 이혁은 전화를 끊었다.

"핫! 그래, 너도 별수 없었어, 민이혁. 시간 끈다고 좀 더 고상해지는 건 아니지."

세경은 차가운 비웃음을 흘렸다.

그나저나 이건 너무 싱거운 거 아닌가?

이혁이 무슨 짓을 꾸미건 그녀는 적당한 관객만 초대하면 그뿐이었다. 흘끗 손목에 걸친 까르띠에 시계를 확인했다.

적절한 타이밍이 중요하고말고.

세경은 미소를 머금었다.

그래서 난 네가 꽤나 아까워, 민이혁. 그냥 버려 버리기엔 말이야. 그러니 그 전에 적어도 내가 당한 만큼은 갚아 주고 끝내야 공평하겠지?

"세경 씨, 어디 가요?"

"내일은 오프예요."

"뭐?"

탈의실 밖에서 꼬박 서 있다가 종종걸음으로 쫓아오는 매니저를 다짜고짜 기함시키며 세경은 자신의 차에 올라탔다.

"말도 안 돼요! 내일 생방도 있고, 영화 촬영도……, 세경 씨!"

그는 아예 엎드려 빌었다.

"세경 씨!"

하지만 세경의 차는 이미 그를 떨치고 횡 하니 사라져 버린 뒤였다.

"야! 강세경! 이런 씨팔 같은……."

18. 죽음보다 더한

칭 하는 맑은 소리와 함께 엘리베이터의 문이 열렸다.

은소는 문이 열렸다 닫히는 것을 멍하니 바라보다 퍼뜩 정신을 차리고 열림 버튼을 눌렀다.

23층의 복도는 쥐 죽은 듯이 고요했다. 늦은 밤, 인적 없이 적막이 드리워진 넓은 공간은 으스스한 냉기를 빚어내고 있었다. 엷게 비쳐 드는 조명의 불빛, 은소는 자신의 앞에 지옥처럼 버티고 서 있는 크림색의 화려한 문을 괴로운 눈빛으로 오랫동안 바라보았다.

머리가 깨어질 듯 아파 왔다.

은소는 비틀 듯 핸드백 끈을 움켜쥐고 자신의 안에 남은 모든 용기를 필사적으로 그러모았다. 잔인한 남자, 잔인한 운명과 맞설 수 있는 마지막 힘을 갈구하면서……

저 문을 열면 모든 것이 파괴될 것임을 은소는 알고 있었다. 그녀는 더 이상 되돌아갈 이유를 찾지 못할 것이고, 그녀에게 돌아갈 자리도 남아 있지 않을 것이다. 하지만 그녀는 저 문을 열어야만 한다는 것을, 저 안에 그녀가 들어오기를 바라며 냉혹한 눈빛을 빛내고 있는 누군가가 있다는 것을 뼈저리도록 잘 알고 있었다.

쿡쿡, 심장의 통증이 그녀를 재촉했다. 열라고, 저 문을 열고 모든 것을 끝내라고……. 그것은 죽음처럼 무섭지만 편안함을 미끼로 내건 유혹이었다.

은소는 스위트룸의 육중한 금장식이 달린 문고리를 잡고 다른 손으로 쉴 새 없이 펄떡이는 관자놀이를 눌렀다.

참아. 조금만 더, 조금만 더…….

그리고 마침내 열린 문 사이로, 은소는 마치 허공을 밟듯 평형감각이 완전히 사라진 다리를 한 걸음 내디뎠다. 푹신한 카펫이 그녀의 발소리를 완전히 감추어 주었다.

"미안하게 됐네, 언니."

아마 죽는 날까지 악몽이 되어 그녀를 따라다닐, 천형과도 같은 고문이 되리라. 방금 세경의 손이 닿아 있었다는 증거를 보여 주기라도 하듯 헝클어진 욕의 차림으로 커다란 침대에서 몸을 일으켜 세우는 이혁과 헤쳐진 그의 상반신을 따라 요염하고 정열적으로 붉은 손톱을 미끄러뜨리는 세경, 그녀의 여동생의 모습은…….

가장 수치스러워 마땅해야 할 순간을 들킨 세경은 그러나 검은 레이스의 실크 슬립만을 걸친 몸으로 자신이 안고 있는 남자의 아내이자 자신의 언니를 당당히 맞이했다.

"말했지? 내 남자라고!"

세경의 의미심장한 시선이 은소의 심장을 관통했다. 그녀의 득의에 찬 미소가 은소를 끊임없이 조롱했다.

가슴 전체가 서걱거리며 베어져 나갔다. 피가 콸콸 소리를 내며 뿜어져 나오는 소리를 들으라면 들을 수도 있을 듯했다.

가장 지독하고 잔혹한 결말이었다. 은소는 잠시 그녀 앞에 도래한 이 끔찍함을 인정하고 싶지 않았다. 무엇보다 이 상황의 가장 큰 책임이 다름 아닌 바로 자신에게 있기에…….

맥이 풀려 주저앉고만 싶었다. 기를 다 소진한 듯 지독히 피로하고 노곤했다. 그녀를 지탱하고 있던 받침대가 천 길 만 길의 낭떠러지로 화한 듯했다. 마치 영원히 헤어 나올 수 없는 깊고 깊은 펄 속에 발이 푹푹 빠져드는 느낌이었다.

"당신이 여긴 무슨 일이야?"

질문이 아니라 어렴풋한 경멸이 깃든 차가운 중얼거림이었다.

무슨 일이냐고……?

아까부터 아파서 견딜 수 없는 목의 통증을 무시하고 은소는 손톱을 손바닥에 박아 넣었다.

환멸에 치를 떠는 것은 그를 향한 감정일까 아니면 이 상황에 이르러서도 다른 계산을 하고 있는 자신을 향한 것일까? 그녀는 잡초 같은 인간이었다. 쓸모없이 강하고 독하기만 해서 아무에게도 무엇에도 도움이 되지 않는, 뿌리째 뽑아내는 것만이 득이 되는.

부조리한 원망이 심장 저편에서 차올랐다.

차라리 떠나라고 하지. 가라고 하지. 민이혁, 당신 이건 너무 심하다. 이렇게까지 할 정도로 나 당신에게 잘못한 거니? 그래?

입술이 터지는 감각과 함께 아련한 피 맛이 혀끝을 마비시켜 왔다. 와락 밀려 올라오는 말을 은소는 되씹어 삼켰다. 꾸역꾸역 밀려드는 처량한 자학을, 비난을 그들에게 대신 퍼부으려는 자신을 필사적으로 뜯어말렸다.

강은소, 넌 자격 없어. 그러지 마. 너는 아무런 권리도 자격도 없어. 그는 희생자야. 네가 이렇게 당하기 전부터, 훨씬 오래전부터……, 너로 인해 파멸한 피해자라고……

그러나 이혁을 담는 눈길에 뭉클거리는 만감을 지울 수는 없었다. 세경의 시야에서 그를 차단하고 싶었다. 그녀가 어루만졌던 그의 등, 그의 어깨, 오만하게 서 있는 그의 벌거벗은 상체를 세경에게서 가리고 싶었다.

내 거야! 내 남자야! 보지 마!

그러나 은소의 성대를 통해 흘러나온 말은 미력한 버러지의 구걸과도 같은 말이었다.

"설명해……, 줄래요?"

말해 줘. 아무 일도 아니라고, 미치도록 몰아대는 이 시커먼 절망감이 그저 환상에 불과하다고……

이혁의 눈썹이 양끝으로 차갑게 올라갔다.

"무슨……, 일이 있었나요?"

그의 입술이 열리기를, 오로지 부정否定의 답변으로 채워지기를 그녀가 어떤 심정으로 기다리고 있는지, 그는 전혀 알지 못했다. 그래서 그가 한없이 잔인해질 수 있다는 것을 은소는 잠시 망각하고 있었다. 아니, 이혁이 그녀의 절박함을 알았다 한들 그에게 은소에게 발휘할 자비심 같은 건 없을지도 몰랐다. 그녀의 부친 강 회장이 그러했듯…….

"믿고 싶은 대로 믿어."

사고가 마비되었다. 세경의 만족에 찬 미소가 그의 뒤에서 아른거리는 것은 더는 그녀에게 문제가 되지 않았다.

"안……았어요?"

은소의 목소리가 허공을 하릴없이 배회했다. 입술 안쪽을 깨물어 피가 나는 입안에서 피 맛이 났다. 꼭 감은 눈꺼풀 안에 뜨거운 눈물이 차올랐다. 하지만 은소는 눈물을 흘리지 못했다. 만약 지금 단 한 방울의 눈물이라도 떨어뜨리는 날에는 그녀의 결심이 모두 끝장이라는 사실을 너무나 잘 알고 있었으므로…….

"말해요. 세경이를 안았어요?"

회의가 폭풍처럼 밀어닥쳤다. 어처구니없게도, 참으로 미련스럽게도 그의 턱의 파릇한 수염을 한 번 쓸어 보고 싶다는 충동이 은소를 더욱 구차하게 만들었다.

애초에 그들은 하나의 꼭짓점 아래 양극에 위치한 두 개의 각이었다. 모서리 지고 뾰족한, 선을 그어 이을 수는 있어도 결코 합쳐지거나 하나로 겹쳐질 수는 없는……. 처음부터 알고 있었고 가망성 없는 일에 가련하게 목을 뺀 꼴이라는 것은 철저하게 자각하고 있었다.

그러나 오만하게도 은소는 자신에게 그것을 감당할 힘이 있다고 믿었다.

그래, 나는 자신이 있었어. 언젠가 내가 필요 없게 될 때 비참하게 당신에게 매달리지는 않을 거라는……. 아무 일도 없었다는 듯 깨끗하게 떨어져 나가 줄 거라고 다짐했지. 난 당신에게 그렇게 해 줘야 하는 사람이니까, 무엇도 요구해서는 안 되는 여자니까. 하지만……. 하필 왜 이런 방식을 택했어, 민이혁? 어째서 당신은 이렇게……!

살아 있지만, 숨을 쉬지만 자신이 죽어 있음이 이토록 극렬하게 와 닿는 순간이 있었던가?

은소는 늘 자신이 생명이 없는 공허한 껍데기에 불과하다고 생각하며 살았지만, 착각이었다. 그녀는 살아 있었다. 그와 나누었던 짧은 희망의 순간에 그녀는 살아 있었다. 미미하게나마 실낱같이 호흡하던 공기마저 완전히 고갈되고 나서야 은소는 그것을 깨달았다.

"그래서?"

머리를 풀어헤치고 거리를 날뛰는 미친 여자는 행복한 사람이다. 도피할 수 있으니까. 그러나 은소에게는 어디에도 뒷걸음질 칠 데가 없었다.

"강은소, 쓸데없이 질척대지 마라."

눈 안에서 실핏줄이 터졌나 보다. 아니면 이렇게 눈이 불에 타는 듯 아릴까.

단 한순간, 너무도 찰나에 그들의 시선이 사슬보다 더 강하게 얽혀 들었다. 죽어 있던 눈동자와 죽어 버린 눈동자가…… . 하지만 그 사이에 남은 것은 아무것도 없었다.

은소는 문득 웃었다. 저 남자에게는 그녀를 위한 어떤 인간적 감정도 남아 있지 않다. 애정도, 연민도, 하다못해 죽어 가는 짐승에게 보이는 본능적인 동정심조차도 그녀를 위해선 발휘되지 않을 것이다.

차라리 당신을 죽여 버릴 것을 그랬지? 그랬으면 그 시체만이라도 잠깐은 완전한 내 것이었을 텐데…… .

"이혼을 원해요?"

바싹바싹 소리가 날 것처럼 메말라 갈라진 입술을 달싹여 뻔한 말을 건네는 것은 스스로에 대한 확인 사살일 뿐이었다.

"나한테는 아직 너도 필요해. 아쉽지만…… ."

무심하고 사실적인 대답이었다. 그에게는 그녀도 필요하다. 아직까지는…… .

가슴에서 올라오는 울컥한 고통의 덩어리를 삼키며 은소는 생명 없는 고목처럼 우두커니 서 있었다.

아니, 당신에겐 내가 필요 없어.

은소는 일부러 자신의 상처에 스스로 칼을 찔러 넣고 옆으로 비틀었다. 동시에 등의 흉터 자국이 그녀에게로 파고들었다. 하마터면 그들 앞에서 무릎을 꿇고 나뒹굴 뻔한 아찔한 순간을 아슬아슬하게 모면한 은소는 빨리 이 방을 나가야 한다고 자신을 채근했다.

시커멓고 악의적인 덩어리가 모공을 통해 굼실대며 기어 나오는 느낌에 은소는 소름이 끼쳤다. 인간으로서 최악의 바닥을 치는 추악함만은 면하고 싶은데 당장이라도 이혁과 세경을 향해 이 끔찍한 어둠과 절망을 모조리 토해 내 버리는 것은 아닌가 싶어 두려웠다. 덜컥 겁이 났다.

너는 사람이야, 강은소. 너는 사람이야. 그러니까……, 그러니까…….

"알았어요."

신기했다. 목소리가 나온다는 것이, 비록 그녀의 귀에조차 끔찍하게 설고 쉬어 버린 형편없는 소리였지만 그래도 말을 할 수 있다는 것이.

"기다려!"

은소는 거짓말처럼 냉혹하게 세경을 바라보았다. 그 무표정한 서늘함에 세경이 우물거리며 말을 다시 삼킬 정도로…….

"무슨 소리들을 하는 거야? 이래도……, 아무 상관 없다고?"

아무리 표독스럽게 위장을 해도 세경은 혼란과 갈등에 시달리고 있었다.

"나와 이 남자가 뭘 하고 있었는지 안 보여?"

그래, 네가 무슨 짓을 저질렀는지 안다면, 그 밑에 도사리고 있는 웅크린 절망을 안다면…….

은소는 고통을 누르고 눌러 되씹어 삼켰다.

"너야말로 무슨 소리를 지껄이는 거야, 강세경? 애초에 이 남자와 나 사이에 정략 외에 뭐가 있었다고. 네가 며칠 밤을 여기서 뒹굴었다 해도, 설사 저 남자의 아이를 배어 온다고 해도 달라질 건 없어."

질려 있는 세경의 파란 입술을 보면서 은소는 감정을 싣지 않고 차근차근 글을 읽듯 말했다. 세경이 카메라와 무대에서 연기를 해 온 배우라면 은소는 평생을 연극으로 살아온 배우였다.

너는 내 상대가 못 돼.

은소는 쓰디쓰게 뇌까렸다.

그러니까 믿어, 세경아. 너하고 민이혁 사이의 일은 아무것도 아닌 거야. 그냥 지금까지처럼 살아. 그러면 돼.

은소는 등을 돌렸다.

"당신은 뜻대로 다 얻게 될 거야."

중요한 것은 이제 그녀가 이 연극에서 퇴장하기로 한 것을 그들이 아직 모른다는 사실이었다.

이상한 일이다, 이렇게 끔찍한 상황을 마주하고도 이 사람이 이토록 사랑스럽다니. 미련하고 덧없는 집착이다. 아마 영원히 벗어나지 못할 굴레를 뒤집어쓴다는 건 이런 것이겠지. 하지만 더는 이 남자의 옆에 머무를 수 없다.

"이혁 씨."

당신으로 인해 인간으로서 못 할 짓 하는 거 이제 그만해. 그만하겠어. 그래, 단념하고 접어 줄게. 민이혁, 당신 그만 놓아 줄게.

이렇게 찢기고 할퀴어질 거라는 걸 처음부터 알았다면 나는 당신을 두 번 만나지도 않았을 텐데……, 당신을 이런 시궁창에 끌어들이지 않았을 텐데…….

"당신은……, 자유예요, 이제."

나는 당신을 편하게 쉬게 해 주고 싶었어요. 애정과 사랑을 가르치지는 못해도 그저 찰나의 안식이나마 내 옆에서 찾을 수 있게 해 주고 싶었어요. 그로써 나 또한 잠깐의 행복이나마 맛보고 싶었어요. 그것이 나의……, 죄예요.

"네가 며칠 밤을 여기서 뒹굴었다 해도, 설사 저 남자의 아이를 배어 온다고 해도 달라질 건 없어."

달라질 건 없다고? 자기 남편이 자기 동생과 호텔에서 밀회를 나누고 있었는데 고작 내뱉는 말이 달라질 게 없다고?

이혁은 가늠할 수 없을 만치 격분해 있었다.

나는 몇 번이나 너와 한 침대를 썼어. 그리고 널 가졌지. 그런데 채 며칠도 지나지 않아 다른 여자, 그것도 네 동생과 불륜을 저질렀다는데 어떻게 마치 기다렸다는 듯이 말끔하고 건조한 태도로 나올 수 있는 거냐, 강은소?

아무거라도 손에 걸리는 대로 집어던지고 싶을 정도로 화가 치밀었다.

"이혁 씨."

등줄기를 따라 올라오는 정체불명의 한기. 왜 저 여자의 음성이 이토록 낯설고 왜 이렇게 무정하게 느껴질까?

"당신은……."

그의 근육이 미미하게 움직였다.

"자유예요, 이제……."

나는 당신을 포기해요, 영원히.

그 말은 분명히 그렇게 들렸다.

"뭐……?"

그러나 그녀에게 되묻기도 전에 방 안에는 세경과 그만이 덩그렇게 남겨졌다.

찰칵, 문의 걸쇠가 맞물리는 소리가 천둥처럼 그의 귀로, 가슴으로 파문처럼 번져 갔다.

따라가! 가서 붙잡아!

그러나 그의 두 발은 뿌리라도 내린 듯 움직일 줄을 몰랐다. 저 앙큼하고 발칙한 어린 계집애에게 감쪽같이 휘둘렸다는 사실은 접어 두고라도 기묘한 오기와 고집이 그를 몰아세우고 있었다.

돌아올 테지. 어딜 가겠는가? 저 여자가 있을 곳은 그들의 집밖에 없다.

이혁은 그렇게 주문을 외웠다. 왜 자신을 이렇게 설득해야 하는지 영문도 모른 채…….

"하, 이런 상황에서도 저 기고만장이라니…….."

자신이 불씨를 놓고도 되려 은소의 기이한 분위기에 압도당해 떠밀렸던 세경은 신경질적으로 입을 열었다.

"정말 저런 여자와 용케도 살……."

순간 욕실로 향하던 이혁이 세경을 벽으로 몰아붙였다.

"꺄아악!"

세경의 머리가 세차게 벽에 부딪혔다. 이혁이 야수처럼 이를 드러내자 오금이 저려 왔다.

"뭐, 뭐 하는……, 악!"

제대로 운신도 하지 못하는 세경의 머리채를 그대로 휘어잡고 이혁은 그녀를 문밖으로 질질 끌고 갔다. 마치 포대 자루처럼 속수무책으로 끌려간 세경은 난폭하게 복도로 내동댕이쳐졌다.

얼떨결에 병든 개처럼 굴욕적으로 내쫓긴 세경은 문이 닫힌 후에도 한동안 일어설 엄두조차 내지 못했다. 그녀가 방금 어떤 취급을 당한 건지 도저히 머리에 입력이 되지 않을 정도로 충격이 컸던 것이다.

단 한순간도 망설이지 않고 그는 세경의 머리카락을 무슨 실뭉치처럼 움켜쥐고 세경을 쓰레기처럼 밖으로 내던졌다. 머리카락이 뽑혀 나갈 듯한 통증이 머리에 아직 남아 있었다.

"이 썩어 빠진 후레자식이!"

심지어 그는 세경을 속옷 바람으로 몰아냈다.

"이 새끼야! 옷 내놔!"

최후의 자존심이 그녀를 몰아세웠다.

그녀의 연락을 얼씨구나 반긴 것이 누구였던가! 그걸 강은소에게 알렸다고 해서 어째서 그녀만이 죽일 년이 되어야 한단 말인가?

세경은 해야 할 일을 했을 뿐이다. 그녀가 내민 기회를 먼저 찬 것은 강은소, 민이혁 그 둘이었다.

"너도 제 발로 왔잖아! 강은소가 지겨워져서! 아니야?"

문이 벌컥 열렸다. 저도 모르게 한 발짝 물러서는 세경의 얼굴 위로 뭔가가 후드득 날아왔다. 그녀가 스스로 벗은 천 조각들이었다.

"강세경, 이 자리에서 너 하나쯤 죽여 버리는 거, 일도 아니야. 그래도 네가 네 언니의 동생이라서 한 번은 봐주는 거다. 그러니 아가리 닥치고 당장 사라져!"

코앞에서 들여다본 이혁의 눈동자는 인간의 그것이 아니었다. 검게 소용돌이치는 두 눈동자 속에 담긴 지독한 살기에 세경은 머리끝까지 곤두서는 공포로 입도 뻥긋하지 못했다.

이 남자는 진심이야.

세경은 옷을 끌어안고 주춤주춤 벽을 따라 다리를 옮겼다. 이혁은 이미 그녀를 벌레처럼 무시하고 문을 닫아 버린 뒤였다.

그럴 리 없어!

세경은 급하게 머리를 내저었다.

저 남자는 아무도 사랑하지 못해.

그건 은소도 마찬가지다. 그녀가 사랑하는 건 백지후여야 했다. 무슨 이유로 버리고 떠났건 강은소가 진짜 사랑하는 남자는 민이혁이 아니라 백지후였다.

"미쳤어. 전부 다……."

세경은 펄썩 주저앉아 얼굴을 감쌌다.

19. 지옥으로 향하다

"저기……."

"네, 손님."

이제 와서 무슨 동정심 비슷한 것을 느끼는 것은 아니었다. 다만 그냥 확인하려는 것뿐이다. 세경은 입술을 잘근거렸다.

"혹시 아까 나간 손님들 중에 긴 머리에 갈색 정장을 입은 여자 한 사람 없었나요?"

"갈색 정장이라……."

세경을 알아본 도어맨의 눈이 반짝였다. 염탐과 호기심…….

네 물건이나 잘 챙겨, 이 새끼야!

날카롭게 쏘아붙이는 대신 세경은 간신히 직업적인 가식을 걸쳤다.

"친구인데 먼저 나간 것 같아서요."

"아, 네. 기억납니다."

그는 고개를 갸웃했다.

"택시를 불러 드리겠다고 말씀드렸는데 극구 사양하시더군요. 몸도 별로 안 좋아 보이시던데……."

"그래요?"

그러니까 남들 눈에 크게 표시 날 정도로 이상한 상태는 아니었다는 것이다. 새삼 지독하고 모진 은소의 성격에 신물이 났다.

맞아. 그게 너였지, 강은소. 네 남편의 애를 가진다고 해도 달라질 게 없다고? 하! 그래, 대단하다. 너, 진짜 무서워.

"차가 오는군요."

치근대는 도어맨을 적당히 처리하고 세경은 막 도착한 자신의 스포츠카에 올라탔다.

나쁜 계집애! 나쁜 새끼! 몽땅 지옥에나 떨어져라!

어쨌거나 그녀의 하루는 성공적으로 막을 내린 셈이었다. 호텔의 내부 도로를 막 벗어난 세경의 입가가 심하게 비틀리고 있었다.

사람들이 흘낏거리고 있었다. 은소는 인파에 이리저리 흔들리고 있는 자신의 꼴이 어떠리라는 것을 짐작했지만 타인의 눈총 따위 아무래도 상관없었다. 비척거리는 발걸음을 끌고 북적거리는 밤거리를 가로질러 가는 동안 그녀의 머릿속에는 아무것도 남아 있지 않았다. 세상은 안개가 낀 듯 불분명하고 시야는 멍하니 비어 갔다. 이제는 눈앞에 비치는 현실조차 더 이상 현실로 여겨지지 않았다.

얼음물에 빠져 익사해 가는 사람처럼 파랗게 질린 안색은 보는 사람의 혈색마저 앗아갈 정도로 참혹했다.

알아? 누구든 괜찮았어.

어떤 여자를 들이댄다 해도 설령 정말로 아이를 낳아 내 앞에 데려온다 해도 세경이만 아니라면 난 당신을 포기 못 했을 거야. 그런데 세경이구나. 결국……, 이렇게 돼 버리는구나.

그랬지, 민이혁. 내 심장이 모래알처럼 깨어져 알알이 부스러진다 한들, 가슴이 난도질당해 몸 안의 피를 몽땅 쏟아 낸다 한들 당신은 상관없는 사람이었지. 나는 그것을 잠깐 잊어버린 어수룩한 멍청이에 지나지 않아.

잠시나마 희망을 품었었다. 그의 가슴 일부가 조금씩 누그러져 간다고 제멋대로 믿어 버렸다. 신이라는 존재가 있다면 참으로 잔인한 보복이었다. 그녀가 탐한 죄악에 대한 심판을 이런 방식으로 되돌려 준 것이라면 그에겐 눈곱만치의 자비심도 기대할 수 없다는 뜻이리라.

네가 자초한 파멸이 아니냐고 되묻겠지. 그래, 그렇다면 보아 줄 것이다. 곧장 달려 나가 최후의 최후까지 보아 줄 것이다. 그리고…….

은소는 숨을 가다듬으려고 노력하며 재킷 앞섶을 부여잡았다. 독수리 한 마리가 날카로운 부리로 사정없이 심장을 쪼아 대고 있는 것만 같았다.

"제발……."

이제 당신에게 난 어떻게 해야 하지? 이 사랑을 나는 어찌다 쓸어 담을까.

막다른 골목에 부딪혀 죽어 가는 짐승처럼 오열하며 은소는 말 그대로 완벽히 부서졌다. 가로등 옆에 쭈그리고 앉아 입을 틀어막았다. 울음이 속을 비집고 자꾸만 기어 올라왔다.

차라리 다행이었다. 잊어 주었으면 했다. 지워 주었으면 했다. 그의 인생에 그녀가 잠시 끼어들었던 시간을 모두 망각하고, 지금 이 순간마저 그가 완전히 묻어 주기를 간구했다.

그의 무정함, 그의 박정함에 이토록 절실히 고마워지다니…….

"그래……."

아무리 손을 뻗어도 닿지 않던 그녀 생애 단 하나의 남자, 이대로 그가 그만의 세계에 갇혀 고독하게 살아가게 되더라도 그가 끝도 없는 나락으로 추락하는 것만은 어떻게 해서든 막아 낼 것이다.

운명? 그래, 네 뜻대로 바스러지고 찢겨지고 망가져 줄 테니…….

"이것으로 끝이야, 강은소."

토해 내고 토해 냈건만 울음은 여전히 그녀의 가슴 언저리에 맺혀 끊임없이 차올랐다.

"저기……, 괜찮으세요?"

지나가던 인정 많은 여학생이 걱정스럽게 자신을 내려다보고 있었다. 취객인 양 놔두고 가 버리면 좋을 것을······.

"네······, 괜······찮아······요. 감사······합니다."

은소는 진짜 취한 사람처럼 비틀거리며 일어났다. 흥건한 눈물을 본 여학생은 쭈뼛거리며 제 갈 길로 돌아갔다.

형벌刑罰이다. 지독한 벌罰이야, 강은소.

그렇게 은소는 다리가 움직여지지 않을 때까지 끝나지 않을 길을 걷고 또 걸었다.

— 민 서방인가?

"네."

왠지 불쾌했다. 원래 일말의 호의조차 품지 않은 사람이었지만 지금 그의 목소리에서 풍기는 기운은 지독하게 혐오스러운 벌레가 등줄기를 타고 슬금슬금 기어오르는 듯 이혁을 메스껍게 만들었다.

우중충하게 흐린 시카고의 밤하늘을 내다보며 이혁은 수화기를 틀어쥐었다.

— 일은 잘돼 가고 있나?

"네."

무슨 보고를 받겠다고 전화를 한 것은 아니겠지.

이혁은 바의 냉장고에서 차가운 맥주 캔을 꺼내 뚜껑을 땄다.

— 예정이 이틀 남았던가?

"네."

푸싯 하는 소리와 함께 거품이 올라왔다. 이 딱딱한 늙은이가 무엇 때문에 한밤중에 전화해 이토록 꾸물대고 있는 건지 짚이는 것이 전혀 없지는 않았다. 그러나 이혁은 억지로 무시했다.

— 일정을 당겨서 내일 들어왔으면 하는데 괜찮겠는가?

강원욱의 목소리는 침착하고 음산했다. 딱 지금 이곳의 하늘처럼, 이혁의 머릿속처럼…….

"무슨 일입니까? 그 사람 아직도 소식이 없습니까?"

출장을 떠나면서 그는 일부러 은소의 거취를 확인하지 않았다. 생각이 정리되면 어차피 그 앞에 다시 나타나 별거든 이혼이든 요구하리라 추측했다.

이혁은 은소를 잘라 내는 것으로 결론을 내렸다. 어차피 얼마 지나지 않아 이혁이 그녀의 부친과 회사에 무슨 짓을 했는지 알게 될 것이고, 그렇게 되면 아마 세경의 일로 받았던 충격이나 배신감 따윈 비교도 안 될 정도의 타격을 입을 게 뻔했다.

어차피 꽂아 넣을 칼이라면 하나가 됐건 두 개가 됐건 무슨 차이랴 싶어 이혁은 냉정하게 방치해 버렸다. 슬슬 각오를 해 준다면 그에게는 외려 일 처리가 수월해질 것 같기도 했다.

— 실은 일찍 연락을 할까 하다 자네가 안다 해도 당장 할 일은 없을 것 같아서 늦었네.

"돌아왔습니까?"

이혁은 막연히 창을 응시하며 맥주를 한 모금 들이켰다.

상기하기 싫어서 그대로 밀쳐 두었던 그날 그 여자의 눈빛이 반짝거리는 유리 위로 겹쳐졌다.

상처를 주었다.

그러나 이혁에게는 강은소의 배역에 의도했던 것 이상의 다른 감정을 소모해야 할 이유가 없었다. 강원욱의 딸을 상대로 그에겐 있지도 않은 감정의 낭비라니……, 그야말로 웃기지도 않는 일이 아닌가.

— 모레 장례를 치를까 하네.

앞뒤를 모두 자르고 던져진 강 회장의 말에 이혁은 자칫 반쯤 남은 캔을 그대로 우그러뜨릴 뻔했다.

지금 이 늙은이가 무슨 소리를 지껄였지?

— 듣고 있나?

빌어먹게도 소리가 나와 주지 않았다. 마시던 맥주가 목에 걸렸는지 아니면 입이 붙어 버렸는지 입안에 든 혀마저 무겁고 성가셨다.

누가……, 무슨 장례를 치른다고?

— 뺑소니를 당했던 모양이야. 어제 병원에서 연락이 와서 갔더니……, 벌써…….

말을 해! 무슨 말이라도!

— 화장火葬으로 치를 걸세. 상태가 그다지……. 어쨌든 그 애가 그렇게 원했었다니까 상관없겠지."

20대의 새파란 여자가 자신이 죽고 나면 화장해 주길 벌써부터 바랐다는데 상관이 없다고?

시큼한 위액 같은 게 목구멍을 타고 올라왔다.

그게 살과 피를 준 아버지란 인간이 딸이 당한 참변 앞에서 하는 소리인가? 그리고 자신은 또 왜 이렇게 미친 듯이 화를 내며 비칠대는 개처럼 정신을 차리지 못하고 있단 말인가?

— 그러니 내일 들어오게.

이혁은 얼굴을 일그러뜨렸다. 말!

"일이……, 끝나면……."

자신의 목이 아니라 다른 이의 성대를 빌려 나오는 것처럼 거칠고 둔탁한 잡음이었다. 그래도 어쨌건 그의 의사를 똑바로 오해의 여지 없이 전달해 주었다.

"들어가겠습니다. 말씀하셨다시피 제가 있다고 달라질 상황도 아니라면……."

딸깍, 전화가 끊겼다. 이혁은 일방적으로 전화를 내려놓았다. 강 회장이 어떻게 생각하든 추호의 거리낌도 없었다.

그 여자가 죽었다고?

이혁은 유황불처럼 이글대는 눈빛으로 얼굴을 사납게 일그러뜨렸다.

죽어? 죽었어? 누구 맘대로! 누구 허락을 받고!

아직 캔을 쥐고 있던 그의 주먹이 전면의 유리를 있는 힘을 다해 때렸다. 살갗이 찢어지며 피가 번져 나갔다.

강은소, 대체 너 따위가 뭐기에!

피가 유리를 타고 바닥으로 흘러내렸다.

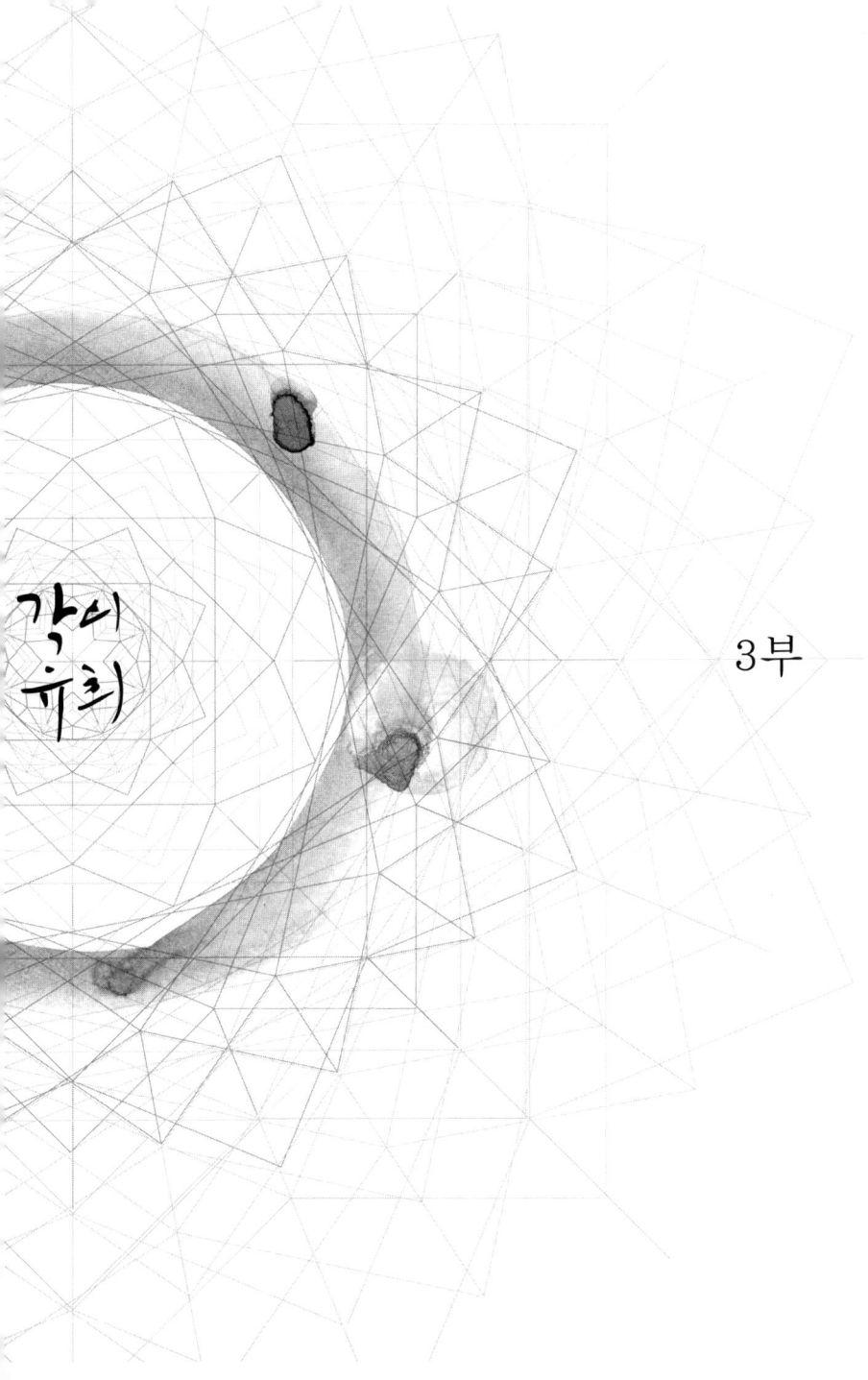

각시
유희

3부

프롤로그

"마친 모양입니다."

수업을 파한 교복 차림의 어린 학생들이 삼삼오오 무리 지어 교문으로 쏟아져 나오고 있었다.

"그래?"

운전기사의 말에 한참을 차 안에서 기다린 남자의 아름다운 미간에 수심과 곤혹 비슷한 것이 어렸다. 그는 선팅된 차창 너머로 아이들의 모습을 하나하나 유심히 뜯어보았다.

어디 있지? 지금 바로 나오기나 할까?

그렇게 얼마나 오랜 시간이 경과했을까? 미동 없이 앉아 있던 남자의 유연한 몸이 시트에서 들썩 움직였다. 그러나 곧 평정을 회복한 듯 주먹을 쥐고 다시 제자리를 잡았다.

마치 평면에서 오려 내기라도 한 것처럼 한 아이가 유독 그의 눈으로 파고들었다. 긴 갈래머리를 양쪽으로 얌전하게 땋아 내린 소녀의 호리하게 마른 몸은 우아하고 곧았다. 옆의 키 큰 사내아이가 뭐라고 말을 했는지 생기 없던 얼굴에 희미한 표정이 생겨났다.

저 아이라고? 저 아이가 정말······.

석현에게는 자신의 눈동자에 굶주린 호기심 같은 것이 급격히 스며들고 있다는 것을 깨달을 여유가 없었다.

"이런."

손이 저절로 움직여 창문을 내릴 뻔한 것을 그는 가까스로 자제했다.

지금 나서서 뭘 어쩌겠다고······.

과욕과 오기로 끝내 버렸던 과거가 이런 형태로 되돌아와 그의 발목을 잡을 줄 상상이나 했겠는가?

집안 간의 친분에도 불구하고 그는 일부러 한 회장의 장례식에도 참석하지 않았다. 괜히 케케묵은 지난날을 들춰내고 싶지 않은 꺼림칙함 때문이었다.

인영과 헤어지고 난 후 그는 정말 다 잊었다고 생각했다. 부친으로부터 그녀의 죽음이 재하 측의 로비에 의해 그럴듯하게 각색된 사망설과는 다르다는 것을 들었을 때는 한동안 그도 설명할 수 없는 감정에 시달렸지만, 그래도 재단이며 병원이며 바쁘게 뛰어다니느라 그는 분주한 일상에 과거를 순탄히 흘려보내고 있었다.

그러나 한 회장의 부고가 전해지고 2주 남짓 지난 어느 날,

그에게 청천벽력과도 같은 한 통의 편지와 몇 장의 서류가 특급으로 우송되었다. 단 몇 줄의 글씨가 그의 질서 정연하던 세계를 송두리째 뒤집어 놓았다.

그는 당장에 사실 확인을 위해 혈안이 되었지만 애초에 불필요한 절차라는 것을 알고 있었다. 그가 받은 서류에서 누락된 설명이나 의심의 꼬투리를 발견할 여지는 없었다.

상대는 한희원 회장이었다. 병마에 쓰러지긴 했어도 그녀의 정신은 죽는 날까지 멀쩡했다. 더구나 서류에 기입된 검사 날짜는 아이의 출생일과 거의 일치했다. 그녀는 비밀리에 손녀를 세상에 내놓은 서류상의 부친과 생물학상의 부친을 철저하게 검증해 놓은 것이다. 만에 하나까지 계산해서…….

교활하고 빈틈없는 노인네 같으니…….

석현은 눈으로 아이의 움직임을 따라가며 담배를 꺼내 물었다.

어떻게 이런 짓을 눈 하나 깜짝하지 않고 해치웠단 말인가? 그토록 가까이 있었던 이들을 완벽히 기만하고 속여 가며……. 차라리 끝까지 묻어 버릴 일이지 이제 와서 그에게 무엇을 바라고!

"이사장님?"

"그만 갑시다."

"네."

차가 스르르 움직이며 아이의 곁을 스치고 지나갔다. 문득 그토록 후사를 바라시는 아버지가 이 일을 알게 된다면 대체 어떤 반응을 보일지 궁금했지만 아마 부친이 사건의 전말을 알게 되는 일은 영영 일어나지 않을 터였다. 쓸쓸히 밀려드는 죄스러움도 그에게는 익숙지가 않았다.

오인영, 정말 완벽하게 망쳐 놓았구나. 너란 여자 정말…….

공기만큼 친밀한 담배 연기가 오늘따라 무척이나 매캐하게 다가왔다.

"은소야?"

지후는 갑자기 멈춰 서서 주위를 두리번거리는 은소의 팔을 잡아끌었다.

"왜 그래?"

"아니, 누가 쳐다본 것 같아서…….."

"누가?"

그도 은소를 따라 길거리를 살펴보았다. 요즘 유괴범이 득실댄다는데 행여 수상한 사람이 아닐까 싶어 걱정이 됐다.

"아무것도 아냐. 착각이었나 봐. 저기 아저씨 기다리신다."

마중 나온 운전기사가 열어 놓은 차 안으로 그들은 나란히 뛰어 들어갔다.

*

"이건……, 말도 안 돼."

은소가 일했던 사무소 대표로 참석한 박진서는 글썽거리는 눈으로 불길 속에서 사라지는 관을 바라보았다. 그녀가 아끼던 신입 사원이 실상은 재하 그룹의 상속녀였다는 사실도 놀라웠지만 이렇게 어이없이 운명을 달리했다는 것이 도무지 믿어지지가 않았다.

뺑소니라니! 이런 환장할 노릇이 어디 있단 말인가!

"망할 새끼들! 천벌을 받고 뒈질 새끼들!"

손수건을 이로 물고 끅끅대는 울음소리를 참으며 그녀는 쉴 새 없이 짐승만도 못한 나쁜 새끼들을 욕했다.

결혼한 지 얼마나 됐다고 앞길이 구만리인 사람이 덥석 남편을 버려두고 혼자 길을 간단 말인가. 뭐가 그리 급하다고…….

속이 짠하고 쓰려서 딱 죽을 지경이었다.

"저기, 은소 씨 부군 되시는 분은……?"

화장이 끝나자 진서는 경망 중에 잊고 있던 은소의 남편을 찾았다. 장례 절차 내내 볼 수가 없어서 자꾸만 이상한 생각이 들던 차였다. 누구보다 이 자리에 있어야 하는 사람이 아닌가?

"유감스럽게도……, 오늘 참석을 못 하셨습니다."

은소의 아버지라는 회장의 비서였다. 그는 망설이듯, 난처한 듯 고개를 숙였다. 나이 지긋한 사람이 그러고 있으니 아무거나 주섬주섬 묻기가 조심스러웠다.

"무슨 사정이라도……?"

"부인 일로 갑자기 병원에 입원을 하시게 된 터라…….'"

너무나 심각한 낯빛이 지금 그 사람의 상태가 그만큼 좋지 않다는 뜻처럼 보였다.

"아, 네⋯⋯."

세상에 상심이 얼마나 컸으면 한창 젊은 남자가 아내의 장례식에조차 오지 못할 정도로 아프단 말인가?

그간 은소의 미묘한 태도로 부부 사이에 뭔가 문제가 있는 것은 아닐까 싶었는데 잘못 넘겨짚은 모양이었다. 부부간에 진실한 애정이나 사랑이 없었다면 그렇게까지 비탄에 빠질 리 만무하지 않은가.

진서는 슬픈 와중에도 은소가 남편에게 그토록 지극한 사랑을 받았다는 사실이 한편 위로가 되었다.

"빨리 회복되셨으면 좋겠군요. 아마 이 자리에 참석을 못 하셔서 이만저만 가슴이 메시는 게 아닐 텐데⋯⋯."

"네? 아⋯⋯, 무, 물론 당연히 그러시죠."

그도 경황이 없어서인지 다소 산만하게 대답했다.

은소 씨, 당신 참 나쁘다. 이렇게 가면 남는 사람은 어쩌라고. 이렇게 별거 아닌 잠깐 인연 지은 나도 새록새록 기억이 돋는데⋯⋯.

다시 눈물보가 터지려는 것을 진서는 간신히 참았다. 하지만 벌써 그녀의 눈은 토끼처럼 빨갛게 변해 있었다.

"오늘 참석해 주셔서 유족 분들을 대신해 진심으로 감사드립니다."

"아닙니다. 당연히 와 봐야 하는 게 도리인데요. 다른 직원들도 같이 오고 싶어 했는데 부산스러우실 거 같아서요."

그녀는 진심을 담아 간곡하게 말했다.

"고맙습니다. 그럼 저는 이만……. 조심해서 돌아가십시오."

다시 한 번 인사를 건네고 그는 자리를 떴다.

신문에서나 가끔 보던 강원욱 회장이 먼발치에 서 있었다. 남자가 제대로 늙는다는 것은 저런 사람을 두고 하는 이야기인가? 그러나 중후하고 위엄 있는 모습 어디에서도 사람이라면 누구나 지녔을 법한 인간미는 느껴지지 않았다. 그가 과연 은소에게 어떤 아버지였을지 상상이 가고도 남았다.

그런데 재하 그룹의 회장이라면 강세경의 부친이기도 하지 않았던가? 그렇다면 은소에게는 자매가 될 텐데……. 대체 하나뿐인 언니의 장례식에 그 여자는 또 무슨 사정으로 나타나지도 않는 걸까?

도무지 마음에 걸리는 것들뿐이었다. 진서는 미간을 찡그리고 주변 사람들을 둘러보았다.

역시 부유하고 명성이 있다고 해서 사람이 행복해지는 것은 아니다. 익히 알고 있는 진리였지만 은소의 장례식을 지켜보는 내내 진서는 차라리 지극히 평범한 삶을 부여받은 자신의 처지에 만족했다.

이 중에 강은소란 여자의 죽음을 진심으로 애도하는 사람이 과연 몇이나 될까?

적어도 뒷날 진서 자신이 가는 길은 이렇게 적막하고 외롭지 않을 것이다. 더구나 살아 있는 남편조차 참석하지 않은, 이처럼 썰렁한 길은 아닐 것이다.

"휴……."

슬픈 장탄식을 내뿜으며 진서는 절레절레 머리를 흔들었다.

만약 자신이라면 설령 기어서라도 내 사람의 마지막 길을 배웅하고 싶을까, 아니면 그 반대일까? 잘 모르겠다. 어쩌면 사랑이 더한 만큼 닥친 비극을 인정하고 싶지 않을지도……

자꾸만 오지 않은 은소의 남편이 뒤돌아봐지는 그녀였다.

"말들 나지 않게 잘 처리했나?"

"네, 민 실장님은 지시하신 대로 병원에 계신 걸로……."

"그래, 수고했네."

그들을 실은 차는 양수리 부근의 한 호수에 도착해 있었다.

"회장님."

한 회장에 이어 수십 년째 현재의 회장을 모셔 온 박 비서는 비단 보자기에 싸인 상자를 든 채 조심스럽게 강 회장을 돌아보았다. 한동안 뚫어지게 앞만을 주시하던 강 회장의 입술이 어렵사리 떼어졌다.

"가서 마무리 짓고 오게."

한결같이 회장의 말이 떨어지기 무섭게 복종해 온 그도 이번만큼은 머뭇거리지 않을 수 없었다. 은소가 태어날 때부터 알아 왔던 그였다. 그다지 각별한 사이는 아니었지만 세월만큼 정은 들었다. 그런데 이토록 어처구니없는 참변으로 이렇게 가다니…….

나쁜 놈의 자식!

박 비서는 이 자리에 반드시 있어야 할, 그러나 결코 오지 않을 이혁을 떠올리며 욕설을 내뱉었다.

옆집 노인네가 죽어도 어느 한구석 심란해지는 게 인지상정 아니던가. 하물며 실종 중이던 아내가 사체로 발견되어 장례식을 치른다는데 인면수심도 정도가 있지, 어떻게 인두겁을 쓰고…….

"어서 가라니까 뭐 하고 있는 겐가?"

"네, 회장님."

그는 어쩔 수 없이 자리에서 움직였다.

혈육마저 이럴진대 돌아서면 남남에 불과한 그 몹쓸 사내만 탓해서 무엇 하랴.

무겁게 어깨를 늘어뜨린 비서가 호숫가로 내려서는 것을 보며 강 회장은 두 눈을 지그시 감았다. 착잡함이 부슬거리는 비처럼 그를 맴돌았다.

'정말 이렇게 하고 싶은 게냐?'

'무리한 부탁인 줄은 압니다. 하지만 해 주십시오.'

'이렇게 되면 넌 세상에 없는 사람이 되어 버린다.'

'네.'

단정하게 똑똑 끊어지던 목소리가 강 회장의 귀에 언제까지고 이명처럼 울리고 있었다.

"받아, 받으라고!"

초조하고 분노 어린 목소리가 허공을 향해 채근하고 있다. 뭔가에 쫓기는 듯 남자의 긴 손가락이 전화기의 버튼을 몇 번이고 눌러 대고 있었다.

"받으라고 했잖아, 강은소!"

그러나 상대가 없는 통화는 지루한 신호음만을 반복하다 낯선 여자의 기계적인 음성으로 대체되었다. 그는 그제야 퍼뜩 움찔하고 입술을 짓씹었다. 어렴풋이 정신이 돌아오며 자신이 무슨 짓을 하고 있었는지 겨우 자각을 한 것이다.

"빌어먹을!"

난폭하게 벽을 향해 날아간 무선 전화기는 실크 벽지에 흠을 남기며 요란한 파열음을 끝으로 이리저리 흩어졌다.

정신 나간 짓이다. 전화번호 주인의 장례식을 치르고 있는 날 죽은 이에게 전화를 걸어 응답하지 않는다고 화를 내는 것은. 추궁을 들어 줄 여자는 벌써 한 줌 재가 되어 버렸을 텐데 말이다.

'화장을 할 예정이네. 어쨌든 그 애가 그렇게 하길 원했었다니까……'

몸뚱이 하나 남겨 두기 싫었나? 그렇게 벗어나고 싶었어? 그럴 거면 왜 진작 죽어 버리지 않고 나하고 결혼 따윌 했던 거냐!

이혁을 주먹을 움켜쥐었다.

이거야말로 억지다.

알지만 주체할 수가 없었다. 이혁은 가쁜 숨을 몰아쉬며 닥치는 대로 물건들을 쓸어 버렸다.

너 때문이 아니야. 내가 그냥 참을 수 없을 정도로 화가 날

뿐이다.

가면 어때서? 네까짓 거쯤 내 옆에서 없어진다고 해서 달라질 게 뭐라고!

그래, 내일이면 다시 멀쩡해질 것이다. 아무렇지 않게 평소의 모습으로 되돌아가 하던 일을 계속해 나갈 것이다.

푸른 여명이 희미하게 들이칠 무렵, 방 안은 난파당한 배처럼 처참하게 변해 있었다. 셔츠 앞자락을 되는대로 풀어헤친 채, 동굴 속에 숨어 상처를 핥는 짐승처럼 이혁은 어질러진 침대 발치에 웅크리고 앉아 자신에게 중얼거렸다.

봐라, 강은소……. 너 따위 없이도 나는 살아! 처음부터 너는 내게 아무것도 아니었어. 아무것도!

음침하게 가라앉은 그의 눈동자에 서서히 지평선을 밀고 올라오기 시작한 붉은 햇살이 광기인 양 비치고 있었다.

차라리 죽어 줘서 고마워. 미치도록 말이야!

"어……?"

목에서 흘러나온 괴상한 소음과 함께 뜨뜻미지근한 뭔가가 불쾌한 궤적을 그리며 피부 위로 툭 굴러 떨어졌다.

"우습군."

이혁은 귀찮은 듯 대강 그것을 지워 버렸다. 흔적조차 남기지 않고…….

20. 기억의 파편

"저, 실례지만 시간 되시면 차나 같이하시겠어요?"

은소는 다소 떨어진 지점에 서 있는 두 남녀를 유심히 지켜보았다. 이 캠퍼스 안에서 그들을 흥미 있게 흘끔거리는 사람은 비단 그녀만이 아니었다.

참 구태의연한 접근 방식이라는 생각이 들지 않는 것은 아니지만 학창 시절 만남의 정석 같은 절차이기도 했다. 다만 이제는 명백한 성性의 역전이 부자연스럽지 않게 된 역할의 차이 뿐이랄까?

그러나 여학생의 대담한 접근에도 불구하고 남자의 반응은 싱거웠다. 그는 무시를 선택했다. 아니, 여자의 제안이 들린 적도 없다는 태도로 냉담하게 그의 길을 걸어갔다.

그들의 주변에서 은근히 지루한 오후의 활력소를 기대하던 사람들의 표정이 역시나 하는 기색을 띠며 시들해졌다. "그럼 그렇지." 하는 동시다발적인 중얼거림이 들려왔다.

이곳에서 그는 꽤나 알려진 인물임에 틀림없어 보였다. 어쩔 줄 몰라 하며 익은 토마토처럼 얼굴이 붉어진 여자가 다가온 친구에게 무참히 짓밟힌 고백에 대해 긴 하소연을 늘어놓는 동안 은소는 점점이 줄어드는 그의 뒷모습을 줄기차게 응시했다.

난 여기 왜 온 걸까? 지금 뭘 하고 있는 거지?

은소는 이상한 안도감으로 떨리며 가라앉는 자신의 심장에 대고 질문을 던졌다. 그녀가 그에 대해 지닌 이 감정은 모순이며 이율배반에 불과했다.

이러다 들키기라도 하는 날엔 그 뒷수습을 어떻게 감당한단 말인가.

그런데도 이 잠깐의 지켜봄을 단념하지 못하는 까닭을, 그 해답을 은소는 구할 수가 없었다.

이것은 끌림도 매혹도 아니다, 그저 상대를 파악하고자 하는 필요에 의한 수고로움일 뿐이다, 그런 설득이 어느새 자신에게조차 먹혀들지 않은 것은 언제부터였을까?

"젠장할……."

은소는 탄식처럼 눈을 감고 그녀를 아는 누군가가 들었다면 경기를 일으킬 상스러운 욕설을 쓸쓸하게 입에 담았다.

인정해, 멍청하고 바보 같은 강은소!

지후까지 속여 가며 석 달에 한 번은 꼬박꼬박 저 사람을 찾게 된 이유, 그만두겠다고 매번 다짐하면서도 스스로에게 지고 마는 이유는 이미……, 예전부터 나와 있었다.

누구라도 대답해 주었으면 싶었다. 그녀가 가려는 길에 무엇이 놓여 있을지를 말이다. 그는 어른이니 어쩌면 알고 있을지도…….

"당신……, 내가 사랑하면……, 안 되는 걸까?"

벌써 전에 보이지 않게 된 그에게 은소는 무게를 헤아릴 수 없는 질문을 던지고 있었다.

석 달 후, 은소는 드디어 그를 찾아가지 않게 되었다. 또 그 다음 석 달이 지난 뒤에도, 나머지 해가 모두 갈 때까지도 그녀는 다시는 숨어서 그를 지켜보지 않았다.

고른 책이 키를 지나 꽤 높은 위치에 꽂혀 있었다. 은소는 발돋움을 하며 팔을 뻗다가 뒤쪽 통로를 지나가던 사람의 진로를 방해하고 말았다. 그녀의 등에 딱딱한 팔의 감촉이 느껴졌다.

"죄송합니다."

방학을 맞은 학생이며 아이의 손을 잡고 교재를 사러 나온 엄마들, 책과는 상관없이 그저 단순한 만남의 장소로 서점을 선택한 사람들까지 각양각색의 손님들로 대형 서점의 실내는 벌집처럼 북적댔다. 조금만 몸을 돌려도 사람들의 몸이 여기저기서 부딪쳐 오곤 했다.

은소가 본의 아니게 길을 가로막은 상대는 그녀를 보지도 않은 채 별일 없다는 듯 그대로 지나갔다. 다시 서가로 시선을 돌리던 은소는 홱 하고 다시 몸을 틀었다. 군중 속으로 사라지는 키 큰 남자의 모습이 보였다.

타인을 대할 때면 늘 그러하듯 판에 박힌 사과의 말을 중얼거리고 잠깐 사이 무심코 잊어버리는 남자.

이게 얼마 만인 걸까? 이런 장난 같은 우연도 생기는구나.

은소는 눈썹을 멍하게 깜박이며 금방 시야에서 사라져 버린 그의 자취를 길게 따라갔다.

"뭐 해?"

"응?"

지후가 오른쪽 팔에 몇 권인가의 책을 안고 팔꿈치로 그녀를 툭 건드릴 때까지 은소는 자신이 딴생각에 젖어 있다는 것도, 자칫 그를 쫓아 달려갈 뻔했다는 것도 자각하지 못하고 있었다.

"사람이 불러도 모르고……, 귀신이라도 봤어?"

"아니."

은소는 머리를 흔들며 표정을 정돈하고 땀을 뻘뻘 흘리는 지후를 쳐다보았다.

"으아! 정말 붐빈다. 이러다 사람에 치어 죽겠어."

어떤 아줌마에게 세게 떠밀린 지후가 아슬아슬하게 책을 사수하며 말했다.

"위에 올라가서 아무거라도 좀 마시자."

"그래."

은소 역시 동의했다. 에어컨이 돌고 있는데도 별반 청량감을 느낄 수가 없었다. 느긋이 책을 즐기기엔 인파가 너무 많았다.

"필요한 건 다 찾았어?"

"아, 응. 이 위에 있는 것만 좀 빼 주라."

"이거, 갈색 표지?"

"맞아."

느닷없는 충격으로 깜박 잊고 있던 책을 은소가 가리키자 지후가 큰 키로 가뿐히 그것을 빼냈다.

"다른 건?"

"다 됐어."

나머지는 기억이 안 났다. 그녀의 사고는 다른 곳을 유영하고 있었다.

그는 지금쯤 얼마나 갔을까? 아직도 이 안에 있는 걸까?

"그것도 이리 줘."

"내가 들게. 안 무거워."

그녀가 안고 있는 책을 지후가 받아 들려는 것을 만류하며 은소는 좀 전의 사건을 접어 버리려 애썼다.

"세경인 전화해 봤어?"

계산을 마치고 스낵 코너로 올라가기 위해 엘리베이터를 기다리는 동안 은소가 점멸하는 숫자들을 바라보며 지후에게 물었다.

아, 예전보다 어깨가 좀 더 넓어진 건가? 정확하지는 않아도 그냥 그런 느낌이 들었다.

따져 보면 시시하고 의미 없는 일이었다. 그 남자는 아무것도 몰랐고 이 복잡한 실내에서 흔하게 부딪치는 인간들 중에서 얼굴도 쳐다보지 않았던 여자애 하나가 특별히 기억에 남을 리도 없었다.

바보처럼 그녀만 허둥대는 꼴이었다.

"안 받아."

은소와 지후가 외출하는데 따라 나오겠다고 떼쓰는 것을 지후가 말렸다. 삐쳐서 말도 안 하고 볼이 부은 세경을 두고 나오는 내내 지후의 표정이 상당히 다채로웠다.

"그러게 그냥 같이 나오자고 했잖아."

엘리베이터가 천천히 열리고 은소가 먼저 들어갔다.

"그냥 날씨도 푹푹 찌는데 더위 먹으면 안 되겠다 싶어서……."

버튼을 누르며 지후가 기운이 빠진 목소리로 대답했다.

"이상하게 요즘 계속 저기압이야."

"사춘기겠지."

"무슨, 아직 어린앤데……."

그는 어깨를 으쓱했다.

"요즘은 사춘기도 빨리 온다잖아."

"그래도 세경인 아직 어려."

지후가 손가락으로 머리카락을 추썩였다. 은소는 유심히 지후를 응시했다.

"싫은 건 아니고?"

"뭐?"

무슨 소리냐는 투로 그가 반문해 왔다.

"눈이 있으면 너도 알잖아, 세경이가 벌써 얼마나 자랐는지. 슬슬 서둘지 않으면 늦을 거야."

엘리베이터 벽에 등을 기대며 은소가 충고처럼 말했다.

"그런 거 아니야."

지후가 강경하게 말을 이었다.

"동생이야, 세경인."

우기고 싶다면 아직은 상관없겠지. 어린 시절의 안락하고 평화로운 유대 관계를 망치고 싶지 않은 것이다, 이 녀석은. 다른 한편으론 안전해지는 것도 사실이다. 가족으로 믿고 있는 한 위험 부담도 혼란의 부피도 줄어들 테니까.

어떤 부분에서 여자의 정신 연령이 남자보다 훨씬 높다는 건 사실인 듯싶었다. 그녀의 어린 여동생은 이미 여자의 눈을 하고 있는데 정작 이 녀석은 언제까지 뒷걸음질만 칠 노릇인지…….

"왜?"

"아무것도 아니야."

요란한 음악이 울려 나오는 패스트푸드 코너로 들어간 은소가 빈자리를 가리켰다.

"저기 자리 있다. 가서 앉자."

지후, 네 마음을 이해하지 못하는 것은 아니야. 무섭지, 누군가가 내 안에서 자꾸만 커져 간다는 것이, 다른 무엇보다 소중해진다는 것이.

"뭐 마실래?"

"오렌지주스."

나도 알아. 잠깐 그 남자의 뒷모습을 봤다는 것만으로 이렇게 머릿속이 새하얗게 비워질 만큼…….

"다른 건?"

"됐어."

지후가 주문을 하기 위해 점원에게 걸어가자 은소는 한숨을 내쉬었다. 망막에 잡혀 있는 한 사람의 잔영이 지후의 등에 실루엣처럼 겹쳤다.

그녀 또한 무서웠다. 무섭고 설레서 미칠 지경이었다. 심장의 두근거림이 잦아들 줄을 몰랐다. 보지 않아도 날이 갈수록 이렇게 착각처럼 커져 가는 감정을 이렇게 속수무책으로 내버려 둬도 괜찮은 것일까?

주스 잔이 놓인 쟁반을 들고 돌아오는 지후의 손에 종이 가방 하나가 매달려 있었다.

"뭐 샀어?"

"세경이가……, 여기 햄버거만 먹잖아."

은소는 쿡 하고 웃었다. 통제되지 않는 이성, 나무랄 처지가 아니었다.

"야, 강은소."

"알았어. 두말 안 해."

얼음이 달그락대는 잔을 들어 은소는 시원하게 들이켰다.

지후도 덩달아 차가운 음료수로 열을 식혔다.

"전공은 정했어?"

이제 슬슬 진학에 대해 결정하지 않을 수 없었다. 일찍부터 염두에 두었던 것이 있기에 은소는 망설이지 않았다.

"건축을 해 볼까 해."

"건축?"

뜻밖이긴 할 터이다. 입 밖으로 꺼내 본 적이 없으니 의외의 답변이라 여길 수도 있었다. 그러나 지후는 다른 가능성을 먼저 떠올린 모양이었다.

"언젠가는 내가 만든 집에 살고 싶어."

현실이 될지는 모르지만 그녀가 원하는 사람들과…….

"결국 회사에는 진짜 관심 없는 거야?"

"생각 없어."

그녀는 재고의 여지도 없이 단언했다. 애초에 재하는 자신의 몫이 아니었다. 그것만은 분명했다.

"나 아니라도 사람 있으니까."

"누구, 세경이?"

퍼뜩 놀란 시선으로 지후가 되물었다.

"세경이가 그런 일에 어울릴까? 더구나 주식을 가진 사람은……, 미안."

"굳이 세경이일 필요도 없잖아."

은소는 일회용 컵을 내려놓고 나직이 내뱉었다. 지후가 상기시키지 않아도 그 사실은 돌덩이처럼 묵직하게 얹혀 있었다.

그것만 아니었다면……, 모든 것을 지금과는 다르게 바꿀 수 있었을지도 몰랐다.

"더구나 아직은 먼 일이니까."

"하기야 회장님도 아직 정정하시지."

말실수를 무마하듯 지후도 동의했다.

"학교는 어디로 가려고?"

"그건 왜?"

"당연히 같이 가야지."

성실한 의무감만 가득해서는…….

그녀의 할머니는 당신 대신 최고의 보호자를 남겨 두고 가신 셈이었다.

은소는 주섬주섬 책이 담긴 봉투를 챙겨 들었다.

"일어서자."

"어, 벌써?"

"일찍 가 봐야 하잖아."

지후의 옆 의자에 놓인 종이 백을 가리키며 은소가 지적했다.

서점이 있는 빌딩의 문을 나서며 은소는 흘끗 뒤를 돌아보았다.

"잊은 거라도 있어?"

"아니야."

이별은 한동안 더 이어질 것이다. 그러다 그와 다시 만나게 된다면 그들의 인연은 꽤나 다른 형태로 이어지게 될 것이다. 하지만 자신이 그것을 원할 용기가 있는지는 여전히 확신이 서지 않았다. 그럼에도 불구하고 아마 자신은 그 밧줄을 움켜쥐게 될 거라고 은소는 예감했다.

은소는 지갑이 든 주머니에 한 손을 넣고 천천히 지후의 뒤를 따라 걸었다.

이대로 그를 보지 않고 견뎌 볼 것이다. 불가능하다는 것을 알지만 단념하는 시늉이라도 해 볼 것이다. 그래야 덜 아프고 덜 힘들 테니까. 그리 많이 남지는 않았을 것이다. 그가 자신에게 올 날이…….

은소는 움츠러드는 어깨를 펴며 회색 도시 한가운데 버티고 있는 현대적인 건물을 일별했다.

잘 있어요. 당신이 원하는 대로 모든 것이 이루어지길 빌어요.

미래가 그녀를 어디로 잡아끌건 이끌려 갈 수밖에 없는 무력한 그녀의 진심이었다.

21. 너를 버리며

"은소야? 은소야!"

멀고 먼 과거의 기억들이었다. 의식과 무의식의 세계를 번갈아 넘나들며 은소는 의아스러울 만치 선명하게 그때를 떠올렸다.

지후의 각오와 선언대로 그들은 같은 대학에 진학했다. 하지만 그로 인해 세경은 지후에게서 떨어져 나갔다. 겉으로는 위하는 척하면서 기실은 은소 자신의 책임이 가장 크다는 걸 부인할 수는 없었다.

진작 놓아 줬어야 했는데……, 그녀는 그러지 못했다. 가장 아끼는 친구에게 사랑을 잃어버리게 만든 것이 그녀 자신의 파멸과도 무관하지는 않으리라.

"은소야?"

"음……?"

그녀를 깨우는 재촉이 이어지고 있었다.

"정신이 들어? 여기가 어디인지는 알겠니?"

은소는 이곳이 어디인지 자신이 왜 여기 있는지 인식할 수가 없었다. 가늘게 열린 눈으로 부신 빛들이 한꺼번에 쏟아져 들어왔다. 막아 보려고 팔을 들려고 했지만 전혀 힘이 들어가지 않았다. 할 수 없이 도로 눈을 감고 이마를 찌푸렸다. 목이 말라 있어서 소리를 내는 데도 꽤 많은 애를 써야 했다.

"누구……?"

"나다."

기억에 있는 굵고 위엄 있는 저음, 은소는 그가 누구인지 알았다.

"제가……?"

"탈진했었다. 내내 의식이 돌아오지 않아서 이러다 큰일 치르는 건 아닌가 했어."

걱정과 안도의 한숨을 내쉬는 그의 서늘한 손이 이내 그녀의 이마에 와 닿았다. 시원하고 부드러웠다.

"다행이다, 십년감수했구나."

"오늘이……?"

완전한 문장을 다 말하는 것이 너무 어려웠다. 그는 그녀가 궁금해하는 것을 재빨리 알려 주었다.

"꼬박 나흘이다, 네가 정신을 놓은 게. 그런데, 대체 팔은 어디서 그런 게냐?"

팔이라고?

힘겹게 눈길을 돌리자 그제야 팔을 단단하게 고정시킨 하얀 물체가 보였다.

"물……, 좀……."

"그래."

서서히 기억들이 돌아와 제자리를 찾았다.

차와 부딪쳤었지. 횡단보도를 건너다가…….

파란불이었던 것 같은데 명확하지는 않았다. 모든 게 너무 흐릿하고 불투명했다. 그냥 몸이 움직이는 대로 내처 걸었었다. 너무 아무렇지 않게 툭툭 털고 일어날 수 있었기에 아무 데도 상하지 않은 줄 알았었다.

사실 어떤 느낌도 없었다. 몸이 자신의 것이 아닌 것만 같은, 마치 무중력 공간을 떠다니는 무생물처럼 감각도 의식도 텅 비어 있었다.

"혹시 두통이 있다거나 구역질이 난다거나 하지는 않니?"

"아뇨……."

수분을 섭취한 덕에 목소리가 훨씬 매끄러워졌다.

"일단 검사 결과에는 다른 이상은 없었다만……."

"괜찮습니다. 그냥……, 살짝 부딪쳐서 넘어졌을 뿐이에요."

상대방이 분명히 명함도 건네준 것 같은데 어디에 넣었는지 그것도 오리무중이었다. 눈이 금방 시리고 예민해져서 다시 감고 말았다.

"걱정 끼쳐 드려서……."

"아냐, 아니다."

그는 급하게 부정하며 뭔가 적절한 말을 고르는 듯 망설였다.

"아니야……. 오히려 전화해 줘서……, 고마웠다. 진심으로……, 고마워."

계속 잠만 잤을 텐데 이상하게 당장이라도 나가떨어질 정도로 지치고 피곤했다. 죽은 나무처럼 그대로 썩어 없어질 때까지 잠들 수는 없을까?

"좀……, 쉬어도 될까요?"

아주 조심스럽고 신중한 손가락이 살짝 그녀의 어깨를 다정하게 두드렸다.

"그래, 혹 불편한 게 있으면 나나 간호사를 즉시 불러라."

"네……."

머리를 떨어뜨리고 표정을 감추었다. 흰 가운이 작게 스치는 소리가 점차 멀어졌다. 병실 문이 열리기 직전 문득 은소가 그의 걸음을 멈춰 세웠다.

"저……."

그는 부리나케 뒤돌아섰다.

"부탁이……, 있습니다."

"말해 보거라, 무엇이든."

은소는 마른침을 삼키며 천천히 눈을 뜨고 자신의 또 다른 부친을 바라보았다.

"꼭……, 들어주셨으면 해요."

'숨겨 주세요, 아무도 모르게……. 아무도 알지 못하게…….

그 사람이 강은소 따위 어디서도 찾지 못하게……. 제발…….'

꼭 죽은 사람인 것만 같았다. 석현의 심장이 그대로 내려앉을 정도로 창백한 얼굴을 하고, 처음으로 먼저 그를 찾아 준 아이는 핏기라고는 없이 소금기로 갈라진 입술을 간신히 떼어 그에게 그 말만을 되뇌고 또 되뇌었다. 그러고는 폐부가 틀어막힌 석현의 눈앞에서 실이 끊어지듯 차가운 바닥에 쓰러져 버렸다.

무슨 일이 있었느냐고 되물을 수도 없었다. 우선은 이 아이를 살려야겠다는 다급함, 이렇게 겨우 만난 자신의 소중한 아이를 일단 보호하고 봐야겠다는 맹목적인 조바심 외에는 아무런 생각도 들지 않았다. 누가 이 아이를 이렇게 끔찍하게 망가뜨리고 사지로 몰아붙였는지 알 수 없었지만 석현은 강 회장이나 은소의 남편 어느 쪽이 됐건 개의치 않을 작정이었다.

이제 그에게는 은소의 바람, 그 아이의 행복만이 무엇보다 소중하고 중요했다. 어떤 수단을 동원하든 무슨 짓을 해서든 말이다. 다행히도 그에게는 그만한 힘이 있었다.

"똑똑!"

장난기가 스며 있는 얼굴이 심각한 공기를 깨뜨리듯 문틈으로 쑥 내밀어졌다. 석현은 한 시간째 매달려 있던 수화기를 내려놓으며 아들이라고 하나 있는 녀석을 바라보았다.

"벌써 제멋대로 들어와 놓고 노크는 무슨 노크냐?"

"무슨 음모를 꾸미시느라 이렇게 분주하신 겁니까, 아버님?"

어슬렁거리는 걸음새로 책상 앞까지 걸어온 우현은 부친에게 악동처럼 씩 웃어 보였다.

"음모라니, 이놈! 다 큰 자식이 애비를 무슨 협잡꾼 취급을 해?"

석현은 의자 등받이에 기대며 괘씸한 아들 녀석을 흘낏 노려보았다.

"왠지 고약한 냄새가 진동을 하는뎁쇼."

"네놈한테서 나는 냄새겠지. 아틀리에에 박혀서 그림이랍시고 벌써 며칠을 샌 거냐?"

강아지처럼 킁킁대며 우현이 머리를 바싹 디밀자 석현이 대뜸 코를 틀어쥐었다.

"대체 이게 무슨 해괴한 냄새냐?"

"그야 아버님이 모처럼 돌아온 자식한테는 눈곱만큼도 관심을 안 주시니 삐쳐서 그랬지요. 그만큼 시위를 했는데도 한 번 들여다보시지도 않다니…….."

장승만 한 놈이 입까지 내밀고 삐죽이자 다시 못 볼 가관이었다. 석현은 저도 모르게 터지는 실소를 간신히 참으며 냉랭하게 구박했다.

"뜨신 밥 잘 먹고 웬 쉰 소리냐? 가서 목욕이나 얼른 하고 와, 파리가 난지도인 줄 알고 덤벼들기 전에. 예술이라고 한답시고 그게 어디 온전한 사람 꼴이냐?"

"자꾸 그러시면 저 진짜로 가출합니다. 이 나이에 비행 청소년, 아니 비행 총각이 돼야 속 시원하시겠어요?"

"네놈 행동거지가 언제는 모범생이었고?"

어김없이 가소롭다는 콧방귀가 되돌아갔다.

"젠장, 정말로 이렇게 계속 쥐어박아 보십시오."

"쥐어박으면?"

"노후에 양로원 벤치에서 쓸쓸한 만년을 보내시며 내가 고 예쁜 놈한테 왜 그렇게 모질게 굴었던가, 자책의 눈물을 한 양 동이쯤 흘리며 후회하게 되실 겁니다."

"흥이다. 그리고 나 아직 안 죽었다."

"누가 돌아가셨대요?"

"그런데 어디서 감히 함부로 욕을 씨부렁대, 이놈아!"

"아버지도 하시잖아요."

그가 어깨를 으쓱했다.

"내가 하는 거랑 네놈이 하는 거랑 같으냐? 서열도 한참 아 래인 놈이 어디서 맞먹으려고 들어?"

석현은 손사래를 치며 아들을 몰아냈다.

"바쁘다. 그만 나가."

그럼에도 질기게 버티고 서서 뭔가 눈치를 살피던 우현이 비스듬히 고개를 기울이며 입을 열었다.

"근데……, 언제 보여 주실 겁니까?"

석현의 눈매가 예리하게 바뀌었다.

"뭘 보여 줘?"

우현이 손가락으로 슬쩍 뺨을 긁었다.

"그 신비에 감싸인 누이 말씀입니다. 깨어났다면서요?"

"흥, 너같이 유들유들한 바람둥이 녀석에게 금쪽같은 그 아일 행여 내보일 성싶으냐?"

석현은 단칼에 잘랐다.

"어림 반 푼어치도 없다."

"왜 이러십니까, 친애하고 존경하옵는 정석현 원장님. 같은 남자로서 서로의 비리를 다 아는 처지에…….."

한쪽 눈을 느긋이 내리감으며 우현이 부친에게 윙크를 던졌다.

"어디 그 아리따운 숙녀 앞에서 조목조목 한번 읊어볼까요?"

"읊긴 뭘 읊어?"

"제가 찍었던 여자들을 아버님이 어떻게 치사한 수법으로 요령 좋게 후려내셨는지……. 온갖 비방과 아들에 대한 험담까지 불사하며 빼앗아 가신 숫자만 해도 아마 다섯 손가락으로 모자랄걸요."

"치사하다니! 여자들이 너보다 날 더 좋아하는 게 네놈 매력이 모자란 탓이지 어째 애비 탓이야? 여전히 주제 파악도 못하는 놈이."

"아버지가 그 여자들 앞에서 얼어 죽을 생 폼만 안 잡으셨어도 절대 그런 불의의 사태는 벌어지지 않았다고요. 그리고 그 연세에 그 얼굴이라니 좀 심하다는 반성 같은 거 안 하세요?"

우현이 억울하다는 듯이 땅을 쳤다.

"폼은 무슨 얼어 죽을! 내가 너 같은 아들놈을 키우면서도 아직 이 정도밖에 안 늙은 건 순전히 기적이나 진배없어."

"물론이죠. 어련하시겠어요."

우현은 바보처럼 히죽이 웃었다.

"뭐, 그건 그렇다 치고……, 내일은 보러 가도 되죠?"

"절대 안 돼!"

"저 대학교 1학년 때 기억하시죠? 저한테 흑심 품고 집까지 쳐들어 왔던 과 선배, 아버님이 단 일주일 만에 홀랑 먹어 치우셨던……."

"이놈!"

석현의 고함이 버럭 실내를 울렸다. 부친의 책상을 빠르게 훔쳐본 우현은 수정으로 만든 두꺼운 문진을 포착하자마자 휙 몸을 빼내 욕실로 냅다 달아났다. 그가 총알처럼 없어지자 석현은 너털웃음을 터뜨렸다. 물론 소리가 새지 않게 주의하면서…….

넉넉한 웃음을 짓는 남자였다, 그녀와 상관없었던 다른 쪽의 낯선 가족은. 하지만 가족이라고 부르기에도 어색한 그가 어딘지 친숙하고 눈에 익어서 은소는 베개에 몸을 기댄 채 한동안 유심히 그를 응시했다.

"정우현이라고 합니다. 여기 계시는 완벽하고 훌륭하신 저희 아버님의 아들이지요."

그는 차렷 자세로 군인처럼 거수경례를 붙여 보였다. 햇빛이 환하게 드는 병실에 서 있는 그는 여자들의 안테나를 있는 대로 세우게 만들 만큼 뚜렷하고 정갈한 이목구비를 겸비하고 있었다. 연한 갈색의 머리카락, 소탈한 미소, 부드럽게 반짝이는 눈동자…….

"안녕……하세요?"

비단 시선을 잡아끄는 잘생긴 외모가 아니더라도 그에게는 문어의 흡반처럼 강력하게 사람을 끌어당기는 촉수 같은 게 있었다. 여유가 배어난다고나 할까? 인간은 자신보다 넉넉한 사람에게 끌리기 마련이다. 그녀처럼 결핍된 사람은 그런 감각을 더 민감하고 예리하게 포착했다.

우현은 왠지 모르게 지후와 비슷한 냄새가 나는 사람이었다.

"우와, 미인이시네요. 요즘 한국 여자들 미모가 예전만 못하다고 슬퍼했더니 무지하게 반갑네요."

"넉살하곤……. 믿지 마라. 여자 앞이라면 간이고 쓸개고 다 빼놓고 사는 놈이야."

호들갑 떠는 아들의 머리를 툭 치며 석현은 눈썹을 추켜올렸다. 그 안에 담긴 푸근함은 은소로서는 경험하지 못한 석현의 또다른 일면이었다. 그녀를 만날 때면 그는 늘 조심스러웠고 그들 사이에는 본인들도 어쩌지 못하는 긴장감이 떠돌았다. 그것은 지금도 마찬가지였다.

"어! 벌써부터 유언비어를 살포하시면 곤란합니다, 아버지."

우현이 펄쩍 뛰며 항변했다.

"실없는 녀석! 그놈의 그림이 뭐가 좋다고 잘 다니던 의대 때려치우고 환쟁이 노릇을 하고 있단다."

"아버지가 구둣발로 차서 쫓아내셨잖습니까? 저 같은 놈은 의사를 할 재목이 못 된다고……. 제가 그때 얼마나 실의에 차서 피눈물을 쏟으며……."

"휘파람을 불며 비행기에 올라타던 네 녀석 모습이 선하구나."

"아버……."

석현이 양손을 들어 휴전을 선언했다.

"아쉽지만 예약 환자가 있어서 이만 가 봐야겠다. 나중에 다시 들르마."

"혹 젊은 미혼 여성이면 원장님에 대한 면역 처방도 잊지 마십시오."

끝까지 이어지는 아들의 도발을 관록으로 무시하며 석현은 은소에게만 빙그레 웃음을 지어 보였다.

"저놈이 소란스럽게 하면 정신과 병동에다 전화해라. 알아서 처리해 줄 게다."

"그까짓 재갈에 제가 끄덕이나 할 것 같습니까?"

"적어도 그 근질근질한 입은 다물릴 테지."

화제의 빈곤으로 곤란에 처할 근심은 전혀 없는 부자지간이었다. 석현은 근사한 퇴장으로 언제 일어났을지 모를 아들과의 난투극을 미연에 방지했다.

"자, 그럼……. 우리끼리 다시 정식으로 인사할까요?"

둘만 남게 되자 우현이 먼저 스스럼없이 말을 걸었다.

"드디어 만나게 돼서 무지무지 반가워요."

그의 따뜻한 표정에 가식은 없었다.

"아울러 심심하면 아들을 몹쓸 바람둥이쯤으로 하찮게 취급하시는 분의 말씀은 영영 기억에서 삭제해 주시면 진짜로 고맙겠습니다."

은소는 열의 없이 피식 웃고 말았다. 우현이 가만히 그런 그녀의 모습을 바라보았다.

"그러니까 아버지가 그렇게 두고두고 걸려 하시던 분이 바로 그쪽이었군요."

"……."

의미가 담긴 말, 온화하지만 진중하고도 깊은 시선이었다.

겉으로 드러나는 것처럼 마냥 넉살 좋은 호인이기만 한 것은 아닌 듯했다. 은소는 그의 의외의 날카로움에 경계심이 생겼다. 누구든 그녀의 마음을 읽어 내는 위험은 사양하고 싶었다. 지금은 아무도 가까이 오게 내버려 두고 싶지 않았다.

그녀가 마음속으로 한 발짝 물러선 것과 달리 우현은 한여름 태양처럼 환하게 웃어 보였다. 편견도 거리낌도 도통 없는 솔직한 호감의 표시였다.

"제가 양자라는 건 아시죠?"

정석현은 결혼을 한 적이 없었다. 그는 독신의 몸으로 드물게 양자를 들였다. 그것이 우현이었다.

"처음 아버지의 아들이 되었을 때 전 그분의 뒤를 이어 훌륭한 의사가 되겠다고 맹세했습니다. 그래서 그분만큼 멋있는 남자가 되겠다고, 이름까지 버려 가며 새로 그분 함자를 따라 지었지요."

하지만 석현이 학교를 그만두게 했다고 했다.

"결정적으로 자질이 없었어요. 의대는 들어갔지만 보기 좋게 나가떨어졌지요."

우현은 진지하게 표정을 가다듬었다.

"제 머릿속이 복잡하다는 걸 아셨어요."

괴로운 내색을 하지는 않았지만 당시 그의 실망감과 고뇌가 얼마나 컸을지 충분히 이해가 갔다. 자신에게 세상에서 가장 큰 의미가 되는 유일무이의 존재를 기쁘게 해 주고 싶어서 간절히 노력하던 일이 아무 소용도 없어지는 것은 자신의 꿈을 좇다가 실패를 맛보는 것보다 더 큰 고통일 수 있었다.

"잡생각이 많은 사내놈은 보기 흉하다고 냅다 호통을 치시더군요. 우물쭈물하다 진짜를 놓칠 셈이냐고, 제 마음 하나 파악하고 다스릴 줄 모르는 멍청한 놈이라고 어찌나 고함을 지르시던지……."

우현이 뒷머리를 멋쩍게 어루만졌다.

"내내 꾹꾹 잘도 눌러 뒀는데……. 당할 수가 있어야죠. 그러고 학교에 갔더니 벌써 자퇴 처리가 되어 있더라고요. 세상에 어느 아버지가 멀쩡히 의대 다니는 아들놈 자퇴서를 본인에겐 상의도 없이 내버린단 말입니까?"

우현이 분개한 척 골을 부렸다.

"그러게요."

"그것도 모자라 이틀 만에 파리로 쫓겨 갔죠."

쉽지 않은 결정이지만 이 두 남자는 덤덤히 현실을 인정했고 상대의 애정을 깊이 받아들여 주었다. 우현의 마음속에서 보기 흉하게 치미는 것은 희미한 아쉬움일 것이다. 자격도 없으면서…….

"다행히 운이 따라 줘서 지금은 웬만한 의사 연봉 정도는 벌고 있으니 천만다행이죠. 아니면 면목이고 뭐고 없었을 텐데……."

피로 맺어지지 않은 인연도 이토록 소중하고 아름다워질 수 있는데…….

"이 인간이 왜 이런 이야기까지 주저리주저리 늘어놓고 있나 귀찮으시죠?"

"네, 조금요."

심드렁하고 노골적인 말이었다. 우현의 눈에 일말의 황당함이 어렸다.

"하……, 하하……, 이거 한 방 먹었네. 대놓고 그렇게 되받아칠 줄이야. 눈치는 챘지만 그쪽 겉보기랑 정말로 다르네요. 그렇죠?"

"정우현 씨도요."

"그냥 편하게 불러 주세요."

은소가 대꾸하지 않자 우현이 미소를 지으며 덧붙였다.

"때가 되면 말이죠."

그녀의 무반응에도 그는 끄떡하지 않았다. 우현은 동화 속 왕자님 같은 외모에 고래 심줄처럼 끈질긴 뻔뻔함을 지니고 있었다. 그도 이혁처럼 어둡고 상처받은 때가 있었음이 분명한데 왜 이렇게 다른 것일까?

우현은 현재를 살고 이혁은 과거를 살았다. 여전히, 언제고……, 이혁은 그렇게 사는 길을 택할 것이다.

"딴 뜻은 없어요. 그냥 그쪽……."

우현이 불쑥 혀를 깨물었다.

"아, 젠장. 제발 불쌍하게 여기고 이름만 가르쳐 주시면 안 될까요? 길에서 오다가다 만난 잡상인도 아니잖습니까?"

우현이 하늘을 향해 절규하듯이 애원하자 은소는 한숨을 내쉬었다.

"은후……."

새로운 이름, 새로운 인생.

이제 강원욱의 딸인 강은소란 여자의 삶의 궤적은 모두 사라질 것이다. 더불어 민이혁의 아내로서의 그녀도…….

"한은후예요."

정은후가 될 수는 없었다. 강 회장에게 그러했듯이 석현에게도 그녀는 완전하고 떳떳한 딸이 될 수 없는 처지였다. 더는 누구에게도 짐이 되거나 걸림돌로 남고 싶지 않았다.

"예쁜 이름이네요. 은후 씨, 아버지나 저나 잘 이용해 보세요. 여러모로 쓸모가 많은 남자들이니까."

그가 내민 손을 은소는 내키지 않는 마음으로 마주 잡았다. 우현이 그 손을 꼭 붙잡고서 과장되게 열심히 흔들었다.

"일단은 잘 먹고 푹 쉬어요, 아무것도 머리에 넣지 말고."

"네……."

"그다음엔 이 환쟁이가 다른 세상을 보여 드리죠."

다른 세상, 그녀는 이미 전과는 다른 세상에 발을 디디고 있었다. 그가 유심히 그녀를 바라보고 있었다.

"하지만……."

그만 혼자 있게 해 주었으면 싶었다. 사실 지금 은소는 그가 하는 말의 절반도 소화하기가 힘들었다.

"우선 지금은 은후 씨 소망대로 이 몸이 꺼져 드리죠."

씩씩하게 인사를 하고 돌아선 우현은 일부러 어깨를 축 늘어뜨리고 퇴장했다. 우현은 병원 복도에 처량하게 서서 기껏 빼입고 온 정장을 내려다보았다.

"그래, 첫술에 배부를 수야 있겠어? 앞으로 차차 나아지겠지."

정말 내 매력이 그렇게 떨어지나?

머릿속에서 들리는 아버지의 의기양양한 웃음을 우현은 잽싸게 던져 버렸다.

흥! 아무렴, 한 살이라도 어린 남자가 유리하지.

"찾았다."

바깥 풍경에 고정되어 있던 은소의 얼굴이 석현에게로 향했다.

"그래요."

까다롭지만 불가능할 거라고는 여기지 않았다. 석현의 발은 넓었고 또한 그들이 사는 이곳에는 억울하고 쓸쓸하게 지워지는 이들이 많았다. 기댈 데 없이 불쌍한 이들을 이용하는 자신에게 극심한 혐오감을 느끼면서도 은소는 그 이기적인 수단을 택했다.

"수고……하셨어요."

은소는 다시 암흑 외에는 아무것도 비치지 않는 창문으로 시선을 돌렸다.

"정말……, 이대로 괜찮겠니?"

"네."

그녀는 엄숙하게 대답했다.

"이렇게 되면……."

"상관없어요."

단호하고 고집스러운 속삭임이었다. 어쩌면 섣부르고 정신 나간 짓일지도 모른다. 하지만 이혁을 다시 보지 않고 살아가 려면, 죽지 않으려면 그녀에게는 이 방법밖에 없었다.

"준비하마."

"감사합니다."

"그런 말은 할 필요 없다. 너한테 우리는 다 죄인이야. 그분 도 나도……, 누구 하나 예외 없이……."

석현은 고개를 숙이고 괴롭게 머리를 흔들었다.

"할머님이 저를 낳도록 강요하신 것은 선생님에 대한 애정 때문이기도 하셨어요."

은소는 만약 자신이 다른 사람의 아이였다면 상황이 달랐을 지도 모른다는 것을 굳이 언급하지 않았다.

"한 회장님은 강인한 분이셨지. 조금은 독선적이기도 하셨 지만……."

한희원은 철저히 자기 본위로 움직이던 사람이었다. 자신의 뜻대로가 아니면 타협도 융화도 거부했다. 그 결과로 그녀 한 사람의 결정이 무수한 사람들의 인생을 파괴하고 말았다.

석현이 은소를 보고 무안한 듯 씁쓸하게 웃었다.

"타인에게는 아무리 받아들이기 힘든 사람이라도 자신에게만은 맹목적인 신뢰를 보여 준 사람이라면 그 사람의 약점을 지적하기란 어려운 노릇이지."

"네, 그렇죠……."

한희원의 인간적인 결점과 독단에 치우친 점에도 불구하고 그녀는 거부할 수 없는 힘과 불굴의 영혼을 지닌 여성이자 인간이었고 누구보다 은소를 사랑해 준 사람이었다. 은소가 감히 어떻게 할머니의 삶에 대해 왈가왈부할 수 있단 말인가.

"좋은 아버지세요, 선생님은……."

은소가 문득 떠오른 듯 말했다. 석현은 난감함이 비치는 눈동자로 물끄러미 은소를 바라보았다.

"어쩐지……, 은소 너에게 듣는 그 말은 가슴이 쓰리구나."

그의 표정이 흐려졌다.

"미안하기도 하고……."

"아뇨. 그러실 것 없어요."

은소는 담담하게 거짓 미소를 만들어 냈다. 과거의 시시비비를 따지기에 지금의 그녀는 너무 비어 있었다. 비로소 평생 처음으로 진정으로 자유로워졌지만 그것은 절망의 가장 깊은 골짜기에 떨어진 대가였다.

"사람이 산다는 건……, 원래부터 슬프도록 결정지어진 건지도 모르겠어요."

석현이 한참을 망설이다가 물었다.

"사랑……했니?"

그를 보는 듯 마는 듯 은소는 눈썹을 흐리게 드리웠다.

"그는……, 한 번도 그 사람 안에 저를 머물게 해 준 적이 없었어요."

은소는 무심히 미소 지었다.

"그래서 그냥 그리워만 하다가 가려고 해요, 이제는……."

"안녕들 하십니까?"

우현은 해맑은 미소를 지으며 삼삼오오 모여 있는 간호사들에게 유쾌한 인사를 건넸다. 젊은 간호사들의 얼굴이 환해지며 반가운 대꾸들이 쏟아져 나왔다.

"어머, 안녕하세요?"

"원장님, 지금 잠깐 출타하셨는데……."

"네, 압니다. 아버님 뵈러 온 거 아니에요."

우현이 씩 웃고는 손에 들고 있던 아이스크림 상자를 데스크 위에 올려놓았다.

"어머, 매번 뭘 이렇게……."

"그럼 수고하십시오."

그는 꾸벅 머리를 숙이고는 빠른 걸음으로 복도를 가로질렀다.

"네."

"또 봬요."

아쉬움에 간호사들은 열심히 손을 흔들었고 우현은 어느새 병실 안으로 사라지고 없었다.

"오늘도 특실 환자 찾아온 거지?"

"대체 누구래요?"

막 이 병동으로 옮겨 온 신참 간호사 하나가 수간호사의 눈치를 보며 선배에게 귓속말을 했다.

"그러게. 원장님도 엄청 각별히 신경 쓰시던데 말이야."

"회진도 꼭꼭 직접 도시고, 문병 오는 손님은 아무도 없고⋯⋯."

"뭔가 냄새가 나지 않아?"

"냄새는 무슨⋯⋯. 쓸데없는 잡담 늘어놓지 말고 빨리 자기 일들이나 해요!"

목을 길게 빼고 수상쩍게 특실 쪽을 살피던 간호사들의 머리 위로 엄한 수간호사의 명령이 날아들었다. 마지못해 간호사들이 각자의 담당 차트를 펼쳐 드는데 우현이 급하게 달려 나왔다.

"왜 그러세요?"

심상치 않은 우현의 기세에 수간호사가 그에게로 뛰어갔다.

"특실 환자, 어디 갔습니까?"

"아뇨, 이젠 남은 검사도 없는데⋯⋯. 안 계세요?"

우현의 입술에서 낭패한 신음이 터져 나왔다.

"젠장!"

불가피한 약속 때문에 자리를 지킬 수 없다며 석현이 우현을 불러낸 터였다. 오늘은 은소가 혼자 있게 하지 말라고 부친은 그에게 당부했었다.

우현의 마음이 초조해졌다.

어디 가서 잘못되기라도 하면…….

"빨리 좀 찾아봐 주세요."

"알겠습니다."

"환자복이 없는 걸로 봐서 멀리 가지는 않은 것 같아요."

"네! 이 간호사, 김 간호사, 원내에 방송하고 경비실에도 연락해 봐요."

우현은 간호사들이 동분서주하며 흩어지는 동안 발을 이리저리 움직이며 열심히 머리를 짜냈다.

어딜 갔지? 그 차림을 하고 어딜 갔을까?

혹시나 하는 생각이 든 우현은 비상구를 향해 쏜살같이 달려갔다.

사방으로 횡횡 날뛰는 바람이 거셌다. 우현은 가슴을 쓸어내리며 옥상의 문을 등 뒤로 살며시 닫았다.

"바람이 시원하죠?"

휘날리는 머리카락이 커다랗게 소리치는 그녀의 얼굴을 반쯤 가렸다.

"이러다 또 병나겠어요."

놀라서 기절할 뻔했다는 소리는 미뤄 두고 우현은 팔짱을 낀 채 부드럽게 입을 열었다.

"오늘……, 어떤 여자가 죽었어요."

불쑥 던져진 그녀의 말에 우현의 몸이 굳었다.

"그래서 나도 그 여자를 보내야 할 것 같아서요."

무심하고 색깔이 빠진 그녀의 어조는 일정하게 흐르는 물처럼 소용돌이가 없었다. 마치 이방인의 소식을 전하는 것 같았다.

"우현 씨도 같이하겠어요?"

"그러죠."

그들은 마치 묵념이라도 하는 것처럼 동시에 입을 다물고 오랫동안 바람을 맞으며 서 있었다.

"머리가 귀찮네요."

얼마나 시간이 흘렀는지 그녀가 문득 마구 헝클어진 결 고운 머리카락을 손가락으로 걸어 내며 말했다. 환자복 아래로 드러난 손목이 앙상했다.

"예쁜데요."

한 손으로 머리 다발을 느슨하게 붙잡고 그녀가 우현을 바라보았다.

"확실히 선생님께 듣던 대로 우현 씨, 여자에 대한 아부가 후한 편이네요."

"그런 거 아니라니까요, 진짜로."

우현이 일부러 짧은 콧소리까지 내며 항의했지만 이미 그녀는 등을 돌리고 있었다.

"우리 미용실이나 갈까요?"

우현의 미간이 잠시 움찔했다.

"지금요?"

"아픈 데도 없는데 뭐 어때서요? 잠깐만 빠져나갔다 와요."

그녀의 말과 달리 우현이 보기에 그녀는 이 강풍에 서 있는 게 용해 보일 정도로 형편없이 말라 있었다. 계속 영양제를 맞는데도 효과가 다 어디로 가는 것인지……

우현은 반대하고 싶은 생각이 굴뚝같은 것을 억지로 접고 맞장구를 쳤다.

"까짓것 그러죠, 뭐. 단 뒷일은 은후 씨가 책임지세요."

그렇게라도 기운을 차려 준다면 이편이 나을지도……

강은소의 존재가 세상에서 없어지던 그 시각, 한은후는 짧게 잘린 자신의 머리카락을 보며 초췌한 얼굴로 거울을 향해 웃고 있었다. 대기용 소파에 자리를 차지하고 앉아 잡지를 뒤적이던 우현은 그런 그녀를 훔쳐보며 누군지도 모르는 인간들을 향해 마구 욕설을 퍼부어 댔다.

22. 소용돌이

찌뿌둥한 아침의 빛줄기가 블라인드가 걷힌 창을 타고 길게 흘러들었다. 이혁은 책상 위로 튀어 오르는 푸른 반짝임들을 지켜보며 또 짧은 밤을 회사에서 새워 버렸다는 것을 깨달았다. 7시, 눈앞에서 반짝이는 시계는 조만간 회사의 일과가 다시 시작된다는 것을 알리고 있었다. 또한 그의 하루도…….

잠시 후면 직원들이 출근할 것이다. 이혁은 콧잔등을 꾹꾹 누르며 며칠 새 현저히 떨어진 집중력이 피곤함 때문인지 아니면 이즈음이면 그를 짓누르는 무료함 때문인지를 파악하려 고심했다.

일은 문제가 없었다. 아니, 너무 잘 풀리고 있어 외려 지루한 감마저 느껴질 정도였다. 그런데도 만족할 수가 없었다. 마치 그의 안에 컴컴하고 습한 구멍이 홀연히 생겨나 모든 감정과 성취감, 욕구들이 그 속으로 빨려 들어가 버린 것 같았다. 이혁에게 남은 것이라곤 그저 길이 든 대로 잘 움직여 주는 껍데기뿐인 듯했다.

미국 출장을 마지막으로 제대로 끼니를 챙긴 것이 언제인지 기억나지 않았고 정말 수면이 필요한 경우가 아니라면 잠자리에 드는 일도 없었다. 언제부터일까, 그나마 잠마저 빼앗긴 것이?

이혁은 담배를 찾아 손가락을 놀렸다.

독하게 앓은 감기의 뒤끝처럼 기분이 지저분했다. 그의 무의식이 원인을 짐작하고 있다 해도 무엇 때문인지 혹은 누구 때문인지 인정할 수는 없었다. 의자에 등을 기대며 이혁은 마른 폐부 속으로 담배를 길게 들이마셨다.

"이사님."

손에 몇 개의 신문을 들고 단정한 양복 차림의 윤세진이 서 있었다. 항상 그랬듯이 다른 직원보다 한발 앞서 회사에 나온 것이다.

"벌써 출근하셨습니까?"

윤 과장은 이혁의 표정에 비친 피로감을 감지한 듯했다. 그는 내색 없이 이혁에게로 걸어왔다.

"커피라도 하시겠습니까?"

"음."

"알겠습니다."

이혁이 읽기 편하도록 반듯하게 신문을 펴 책상에 가지런히 내려놓으며 그가 대답했다.

"진하게."

몸을 바로 하며 이혁이 덧붙였다. 윤 과장은 고개를 끄덕이며 아직 출근하지 않은 비서 대신 커피를 내리기 위해 문을 나갔다.

어쨌든 오늘도 일을 시작할 시간이었다.

"민 이사 측 움직임이 심상치 않습니다."

김 이사는 조심스레 입을 열었다. 아무래도 남남이 아닌 만큼 언동을 조심해야 마땅했다.

"그래?"

기대와 달리 강 회장은 대수롭지 않게 여기는 듯했다.

"금감위 쪽과 회동한다는 소문도 있고, 사장단이나 채권단과의 접촉도 은밀히 진행 중입니다."

그대로 놔둬선 커다란 문제로 비화될 소지가 다분했다.

"지금이라도 대비책을 세우심이……."

그는 우물거리면서도 진언했다.

"당분간은 관망하세. 놔둬."

김 이사의 태도가 거북해졌다.

"회장님!"

전혀 강원욱 회장다운 대처가 아니었다.

대체 뭘 어쩌자는 건지…….

민 이사가 강 회장과 재하 그룹을 위험으로 몰아넣고 있다는 것은 여러 정황으로 봐서 명확했다. 그러나 강 회장은 뭔가 속 시원한 지시를 내리는 대신 딴생각에 열중해 있는 듯 보였다.

"이만 나가 보게나. 민 이사가 뭘 하든 내게 보고만 하고 경거망동하지 말게. 알겠나?"

"알겠습니다."

답답해도 당장은 뾰족한 수가 없었다. 민 이사에 대한 감시를 강화하는 수밖에. 하지만 이미 늦어 버린 것이 아닌가 싶어 김 이사는 불안했다. 사후 약방문이 무슨 소용이란 말인가.

강 회장은 의자에서 일어나 뒷짐을 지고 도시를 내려다보았다.

이곳까지 올라오느라 얼마나 많은 노력과 희생을 치렀던가. 가족도 자식도 그에게 우선이 못 되었다.

그는 항상 자신이 남들보다 한발 앞서 있다고 믿어 의심치 않았다. 심지어 한 회장조차도 그의 적수는 되지 못한다고……. 그것은 지금 그의 뒤통수를 치려고 호시탐탐 노리고 있는 이혁도 마찬가지였으며 그 자신감엔 그만한 근거가 있었다.

그런데 그 애가 전부 알고 있는 줄은 몰랐다. 뻔히 내다보고 있으면서 그가 치는 장단에 맞춰 놀아 주고, 움직여 주고…….

— 드릴 말씀이 있어서 전화 드렸습니다.

이혁의 연락이 아니었다면 은소가 집을 나간 것도 알지 못했을 것이다. 그만큼 제쳐 둔 아이였다. 흔한 부부 싸움이려니

했던 것이 날짜가 길어지자 신경이 쓰였다. 혹시 다 성사된 일에 초를 치는 것은 아닌가 싶어서 사람을 풀어 놓은 참이었다.

"거기 어디냐?"

— 회장님.

서먹하고 정중한 호칭에 그는 반사적으로 멈칫했다.

이 아이가……?

— 참 긴 터널이었다고 생각해요. 제게나 회장님께나…….

설마 하던 의심이 가속도를 붙여 부풀어 올랐다.

"은……."

— 제가 사라져야만 회장님께도 수월해지는 일일 겁니다.

"잠깐……."

계산 없이 허둥댄 것은 정말 오랜만이었다.

— 그 사람……, 이혁, 그 사람이나 나머지 일은 알아서 처리해 주십시오.

"그게 무슨 말이냐? 당장 돌아와서……."

무겁게 망설이듯이 전해져 오는 침묵. 대체 강 회장이 모르는 새 어떤 일들이 벌어진 것일까?

— 조만간 소식이 갈 겁니다. 제대로 절차를 밟아 주십시오. 아무것도 남기지 않으려면 화장이 제일 좋겠지요.

묻지 않을 수 없었다.

"알고 있었던 게냐?"

허전한 웃음이 나직하게 선을 타고 들려왔다.

— 알고 있었건 혹은 일부러 모른 척했건 이제 와서 무슨 의

미가 있겠습니까? 물어 두십시오, 강은소란 이름과 함께. 부탁드립니다.

은소로부터 강 회장이 들어 본 처음이자 마지막인 부탁이었다.

— 그동안 감사했습니다. 건강하십시오. 그럼…….

"기다려라!"

그러나 그들의 대화는 그것으로 끊어졌다.

정석현, 그자의 전화를 받고 나서야 강 회장은 지금까지 철두철미하게 속아 온 것이 어느 쪽이었는지 깨달았다.

그 늙은 할망구, 기어이 사단을 만든 것이군.

이렇게 묽게 퍼져 가는 개운치 않은 죄책감 혹은 곤혹스러움은 너무나 오랜만이라 차라리 생소한 느낌이었다. 따뜻한 말한마디 온전히 건넨 적 없는 딸의 '죽음'이 자꾸만 어른거렸다.

"민이혁, 안에 있지?"

"강세경 씨?"

세경은 비서가 휘둥그레진 눈으로 자신을 바라보고 있는데도 찬바람을 휘날리며 사무실을 곧장 통과해 들어갔다.

"지, 지금 회의 중이십니다. 무슨 일로……? 안 됩니다, 강세경 씨!"

느닷없는 사태에 기겁을 한 여비서가 필사적으로 진로를 막아섰다. 하지만 번개 같은 세경의 신형이 벌써 이혁의 사무실문을 난폭하게 열어젖힌 후였다.

"잠깐만요!"

근사한 풍경을 배경으로 회의 탁자에 빙 둘러앉아 진지하게 토의를 하고 있던 수십 개의 눈들이 일제히 거만한 찌푸림을 담고 세경에게로 집중되었다.

"하! 변절자들은 다 모였군그래."

세경이 신랄하게 내쏘았다.

"강세경 씨!"

죽 좌중을 돌던 세경의 시선이 이혁에게로 가 꽂혔다.

"이, 이러시면 곤란합니다."

아예 울먹이며 팔을 잡아끄는 비서의 손길을 홱 뿌리치고 세경은 기세등등하게 이혁의 앞으로 곧장 걸어갔다. 이혁이 내버려 두라는 표시로 비서를 향해 턱을 한 번 끄덕여 보였다.

"이 나쁜 새끼!"

그가 사정거리 안으로 들어오자마자 세경은 꽉 움켜쥐고 있던 몇 장의 신문을 그의 면전에 거칠게 내던졌다.

"치사한 새끼!"

표독하게 터져 나오는 악다구니에 사람들의 얼굴이 싸하게 변색됐다. 아무리 회장의 딸이라지만 세상 하직하고 싶어 화를 치는구나 하는 표정들이 역력했다. 지금의 실세는 강 회장이 아니라 민 이사였다. 바로 지금 강세경이 겁 대가리 없이 날뛰고 있는 그녀의 형부, 아니 이제는 전 형부인가?

"뭐 하자는 짓이야? 너 이 새끼, 설마 이딴 걸로 강은소에 대한 속죄라도 한답시고 지랄 떠는 거야, 뭐야?"

세경은 우리에 갇힌 짐승처럼 이성을 잃고 이를 드러냈다. 그래도 예쁜 게 제일이라고 어떻게 찌푸려도 사람들 눈엔 그 미모의 위력이 바래지 않았다.

"하고 싶으면 너 혼자 해. 너 혼자 망하든지 뒈지든지 하면 될 거 아냐!"

특히 사내라는 타이틀을 달고 있는 인사들은 이 그럴싸한 구경거리를 엿보며 이 와중에도 은근슬쩍 침을 흘리고 있었다. 오늘 일간지를 장식한 기사들을 보면 남자 편력이 장난이 아닌가 보던데…….

"내가 무슨 죽을죄를 지었는데?"

그런데……, 무슨 소리인가? 소스 제공자가 민 이사란 말인가? 그래서 강세경이 저렇게 발광한 것처럼 설쳐 대며 회사까지 쳐들어온 거고?

이 흥미진진한 소식에 사람들의 눈이 교활하게 번득이며 정보를 캐내려 촉각을 세우자 윤 과장이 재빨리 군중을 차단하는 임무에 나섰다.

"자, 오늘 회의는 그만 마치겠습니다. 모두 돌아들……."

"어디, 그 잘난 주둥이로 대답 좀 해보라고, 이 망할 개자식아!"

"꺼져."

엄동설한의 혹한도 저보다 을씨년스럽지는 않을 것이다. 민이혁은 강세경이 회의용 탁자에 반쯤 기어올라 욕설을 퍼붓고 있는데도 외눈 하나 깜짝하지 않았다. 세경의 딱 달라붙은 바지가 팽팽하게 당겨지며 완벽한 엉덩이의 곡선을 그려냈다. 덕분에 실컷 눈요기를 하게 된 것은 어영부영 미적대고 있는 구경꾼들이었다.

"네 마누라가 죽은 게 내 탓이야? 내 탓이냐고!"

헉 하는 신음이 단체로 허공을 수놓았다. 슬금슬금 눈치를 보던 인간들의 동지 의식 같은 것이 실체화된 결과였다. 단체로 석고처럼 굳어 있던 사람들은 윤 과장의 충고 겸 경고 어린 시선을 받고 주춤거리며 사무실을 나가기 시작했다. 구경도 좋지만 잘못했다간 어물댔다는 이유만으로 불똥이 튈 수도 있겠다는 깨달음이 뒤늦게 찾아온 연유였다.

"그건 우연이야. 사고일 뿐이었어!"

세경이 절규처럼 비명을 내질렀다.

"너도 똑같았잖아!"

이혁의 새카만 눈동자가 음울하게 빛났다. 시커멓게 죽어 버린 하늘처럼 두렵고 무섭게. 아무것도 보이지 않았고 아무것도 담겨 있지 않았다.

하지만 세경도 이미 궁지에 몰리다 못해 막바지에 이르러 있었다. 이대로는 찍소리 한 번 내지 못하고 파멸하고 말 판국이었다. 게다가 만약 아버지 귀에 이 사실이 들어가기라도 하는 날엔 연예계에서의 매장 정도는 조족지혈에 불과할지도 몰랐다. 어쩌면 벌써 그녀를 잡아들이라는 명령이 내려졌을 수도 있었다.

"왜 나만 당해야 해? 네가 판사야, 뭐야? 말 좀 해 봐, 민이혁! 왜 나 혼자만 지옥에 떨어져야 하냐고! 강은소가 죽어서 정작 만세를 부른 건 누군데!"

은소의 죽음으로 은소의 모든 재산이 고스란히 민이혁의 수중에 떨어졌다. 대체 무슨 의도로 은소가 그 어마어마한 재산을 민이혁에게만 상속해 놓았는지 세경은 기가 찰 지경이었다.

세경은 주식은 몰라도 나머지 자산은 백지후가 수령인이 될 거라고 짐작하고 있었다. 그런데 강은소는 그토록 헌신적인 연인보다 민이혁을 우선시했다. 자신이나 아버지가 제외된 건 놀랍지 않았지만 어떻게 강은소가 백지후에게 이럴 수 있단 말인가.

고작 제천댁 앞으로 던져 준 농장 한 채와 몇 푼 안 되는 현금으로 그를 이용하고 농락한 속죄가 될 거라고 생각한 거야? 단물 쓴물 다 빼먹더니 차지하고 싶은 새 남자가 등장하자마자 헌신짝처럼 배신한 주제에 죽는 순간까지 양심의 가책도 들지 않더란 말이지? 나쁜 년!

괜한 죄책감에 못 이겨 장례식에 참석할 엄두도 내지 못했던 자신의 꼬락서니가 한심해 미칠 지경이었다.

가서 침이나 뱉어주는 건데…….

그렇게 세경은 처절하게 부서지고 있는 정신을 움켜쥐느라 발악하고 있었다.

"곱게, 착하게 죽어 준 마누라 덕분에 너 혼자 원하는 거 다 가졌잖아."

"윤 과장."

사람들을 다 내보내고 구석에 조용히 서 있던 예리한 인상의 남자가 이혁의 호출에 앞으로 나섰다.

"사람 불러서 이 여자 끌어내."

"뭐?"

이혁은 대꾸할 가치도 없다는 듯 서류를 뒤적이기 시작했다.

"강세경 씨!"

"핫!"

세경은 짧은 실소 뒤에 머리를 똑바로 들었다. 잔뜩 곤두선 눈빛은 그에 대한 살기를 담고 이글거리고 있었다.

철썩!

있는 힘을 다해 세경이 그의 뺨을 갈겼다. 언젠가처럼 막을 수도 있었을 텐데 이혁은 피하지도 않고 살갗에 자국이 남도록 그녀의 공격을 받아 냈다. 세경은 경멸에 찬 비웃음을 흘리며 그를 쏘아보았다. 하지만 다음 순간 그가 의자에서 일어났다. 그리고 그녀의 입가에서 채 미소가 지워지기도 전에 난폭하게 세경을 후려쳤다.

"악!"

콰당탕 하는 시끄러운 소리와 함께 책상에 기대 있던 세경은 양탄자가 깔린 바닥으로 구르듯이 넘어졌다. 입술이 터지고 이빨에 부딪친 입안의 살갗이 찢어져 주르륵 피가 흘렀다. 세경은 손을 들어 극심하게 화끈거리는 뺨을 쓸어 보았다. 입술의 모서리에 닿자 뜨거운 피가 선명하게 느껴졌다.

"너, 민이혁!"

감히 너 따위 새끼가!

머리끝까지 독이 오른 세경은 아픔도 느끼지 못한 채 발딱 일어섰다.

가만 안 둬! 너 따위, 출세에 미친 너 같은 고아 새끼가!

"너……, 이 개새끼……."

그러나 서슬 퍼렇게 덤벼들던 세경은 다시 이혁의 손에 나가떨어지고 말았다. 이번엔 쉽게 일어설 수도 없었다.

"죽고 싶어, 강세경? 죽여 줄까?"

바람 빠진 풍선처럼 그녀를 가득 채웠던 호전성이 일시에 자취를 감춰 버렸다.

전신이 부들부들 떨렸다. 억울함과 수치심, 형체 없는 원망이 그녀를 사로잡았다. 미칠 것 같았다. 이 남자 때문에 몇 번이고 치욕을 겪는 자신이, 어떻게 해도 뜻대로 굴러가 주지 않는 세상이…….

이게 뭐야? 이게 뭐냐고! 내가……, 이 강세경이 언제부터 이렇게 비참하게 전락한 거냐고! 어째서!

눈물이 투둑투둑 바닥으로 떨어져 내리고 있었다.

"오늘은 이만 하시죠, 강세경 씨."

침착하게 팔꿈치를 붙드는 남자의 손에 맥없이 일으켜진 세경은 넋을 잃은 듯 질질 다리를 움직였다. 문이 탁 하고 닫혔다. 입안에 가득 찬 피 맛에 구역질이 올라오며 몸서리가 쳐졌다. 혹은 마지막으로 보았던 이혁의 눈동자에…….

세경이 끌려 나간 후 이혁은 끝나지 않을 것처럼 무수히 쌓여 있던 서류들을 모두 검토했다. 그 종잇조각에 생사가 달려 있는 것처럼 오로지 묵묵하게 넘기고 또 넘겼다.

'네 마누라가 죽은 게 내 탓이야? 내 탓이냐고!'

무심코 힘이 가해진 순간 펜촉이 뭉그러졌다. 사인란 위로 번져 가는 잉크 자국을 무심하게 바라보며 이혁은 음산하게 입가를 끌어당겼다.

쓰레기한테 쓰레기라고 욕하는 것은 아무 효과가 없지. 이 정도로 내가 달라질 거라고 기대하나, 강은소? 얼마든지 탄식하면서, 분노하면서 지켜 봐. 내가 너의 죽음을 발판 삼아 어디까지 뛰어오르는지 말이야.

뜨끔함과 함께 입술이 쓸리는 느낌이 들었다. 세경이 낸 상처였다.

이혁은 신이나 악마의 존재를 인정해 본 적이 없었다. 그러나 그가 틀렸다. 그 자신이 바로 살아 있는 악마였다.

"다음은 네 차례야, 강원욱!"

세경은 멀거니 정원수 아래의 의자에 앉아 있었다. 한참 전부터 제천댁이 몇 번이고 들락날락했지만 그녀는 눈길도 주지 않았다.

돌계단을 오르던 강 회장이 정신 나간 여인처럼 흐트러져 있는 딸을 발견했다.

"뭘 하고 있는 게야?"

부어오른 딸의 얼굴을 보면서 강 회장이 맞은편에 주저앉았다.

"그 추태로도 모자라 싸움판까지 벌인 거냐?"

하루 종일 행방을 물색했더니 저런 몰골을 하고 어딘가를 돌아다닌 모양이었다.

한심한 것······.

"당장 집에 들어앉아. 내일부터 근신해."

남의 일인 양 세경은 태평스럽게 부친을 건너다보았다.

"이 더러운 소동이 진정될 때까지 나 죽었소 엎드리고 있어. 알겠느냐?"

"싫어요."

세경이 당돌하게 대꾸했다.

"뭐?"

"싫다고요."

재차 거절의 의사를 내뱉으며 세경은 당당하게 부친의 시선을 마주했다.

"네가 무슨 짓을 벌여 놓은 건지 보고도 그런 소리가 나오는 게야?"

격앙된 일갈이 터져 나왔다.

"망신살이 뻗쳐 얼굴을 들고 다닐 수가 없다. 명색이 재하 그룹 강 회장의 딸이라는 네가 이따위로 행실을 하고도 무사하길 바라?"

"그래서요? 처신 나쁜 딸년, 누구처럼 죽이기라도 하실 건가요?"

"뭐야!"

"언제 제가 조신하고 얌전한 딸 노릇 제대로 해 드린 적 있었던가요? 알고도 덮어 주신 것도 다 아빠셨어요."

세경은 메마르게 웃었다.

"그럼 알아서 큰 말썽은 만들지 말았어야지!"

"들키지 않으면 아무래도 좋다? 하, 정말……. 아빠도 민이혁 그 새끼랑 잘 어울리시는 한 쌍이네요. 그래서 똑똑하신 양반이 제 살 깎이는 줄도 모르고 그토록 끼고도셨나? 나나 강은소 따윈 감히 발뒤꿈치도 못 따라가겠어요."

절레절레 머리를 흔들며 세경은 강 회장을 냅다 쏘아보았다.

"차라리 두 사람이 결혼하지 그러셨어요? 그럼 적어도 네 사람은 행복했을 텐데."

강 회장의 입매가 딱딱하게 일그러졌다.

"너희들, 무슨 일이 있었던 게지?"

"무슨 일이 있길 바라시는데요?"

은연중에 조소를 드러내며 세경은 강 회장을 부추겼다. 그의 낯빛이 어둡게 얼룩지기 시작했다.

"말해라. 은소가 집을 나간 일과 너, 그리고 민 서방, 뭐가 어떻게 잘못된 건지 빼놓지 말고 다 이실직고해!"

"아직도 충격을 감당하실 여유가 남아 있으신 모양이네요, 대단하신 강원욱 회장님."

입으로 지껄이는 빈정거림과 달리 그녀의 눈빛은 순수한 복수심으로 번들거리고 있었다.

그래, 다 끝장내 버려. 다 박살 내 버리라고!

"그 새끼가 먼저 유혹했어요."

어디 귀하신 충고가 있으시면 기꺼이 응해 드리지요.

"무, 뭐라고?"

강 회장의 첫 반응은 즉각적인 부정이었다. 다음은 격분, 그리고 다시 부정하고, 기어이 폭발했다.

"강은소의 주식을 가져야겠다기에 그러라고 했어요. 결혼한 다음에 보자고."

강 회장의 혼란을 악착같이 지켜보며 세경의 이죽거림이 더해졌다.

"그러니까 제게 달라고 말씀드렸잖아요. 민이혁, 내가 먼저 원했다고."

"닥쳐라!"

세경은 싸늘하게 웃었다.

"그랬죠. 언제나 저한테는 관대하신 척, 다 봐주시는 척하면서 정작 아빠한테 중요한 사람은 항상 강은소였어요."

세경은 천천히 어깨를 으쓱해 보였다.

"그런데 어쩌죠? 내가 죽여 버렸는데……."

불길한 미소가 떠올랐다. 마치 화형주에 매달려 자신의 몸을 태우는 불길을 더없이 즐기는 마녀처럼 기묘하고 섬뜩했다.

"민이혁이랑 멋지게 합작해서 근사하게 해치워 버렸는데……."

강 회장의 턱이 부르르 흔들렸다. 그는 입을 악다문 채 할 말을 찾지 못하고 있었다.

"강은소를 호텔로 불러들인 것 말고 다른 건 내가 할 필요도 없더군요."

뺨이 돌아갔다. 절반쯤 얼굴을 꺾은 채 세경은 잠자코 손가락을 들어 흘러내린 머리카락을 나른하게 걷어 올렸다. 맞는 데도 이력이 붙는다는 말이 실감 났다.

세경은 느긋하게 시선을 들어 당장에라도 가슴을 움켜쥐고 넘어갈 듯 가쁘게 호흡을 몰아쉬는 부친을 바라보았다.

"네가……, 아니, 너희들이 어……, 어쨌다고?"

세경은 키득키득 소리 내어 웃으며 의자에서 일어났다.

"조심하세요. 그 자식은 악마예요. 아빠처럼, 어쩜 아빠보다 더……."

"세경아!"

"근데 그 남자……, 그쪽으로는 영 시시하더라고요. 형편없어."

순간 강원욱은 발을 헛딛고 말았다. 그는 급하게 야외용 테이블의 모서리를 움켜쥐었다.

아니다, 아니야! 이건 아니다!

죽은 장모의 냉소가 이 자리를 지나 정원을 거쳐 온 집안을 휩쓸며 맴도는 것 같았다. 무덤에서 뼈만 남은 앙상한 그녀의 양손이 기어 올라와 그의 목을 조르는 끔찍한 상상에 한기가 그의 등골을 타고 정수리로 쭉 뻗쳐올랐다.

"안녕히 계세요, 아빠."

세경은 망연자실해 있는 부친은 아랑곳하지 않은 채 밖으로 걸어 나갔다. 강원욱은 딸을 붙잡지 않았다.

"세경아."

저만치에서 백지후의 모습이 나타났다. 세경은 근처 자판기에서 꺼낸 누룽지 맛이 나는 커피를 거의 그대로 쓰레기통에 쑤셔 넣고 자세를 바로 했다.

불쑥 전화를 했을 때 교수와 면담이 있다고 했던가? 그래서인지 그는 예외적으로 양복 차림을 하고 있었다. 푸른 와이셔츠와 군 생활 동안 햇볕에 그을린 갈색 피부가 자연스럽게 어울렸다. 그의 피부는 그녀 주위의 남자 배우들처럼 일부러 돈까지 들여 태운 것이 아니었다.

"오랜만이야."

"그래……."

인적이 뜸한 공원을 짧게 둘러보며 세경은 선글라스를 벗었다.

"인사가 늦었네. 제대한 거 축하해."

여러 가지로 착잡한지 지후의 안색은 그다지 밝지 않았다.

"고맙다."

그의 제대는 은소의 장례식이 지난 얼마 후였다. 그로서야 기막히고 애통할 노릇이었겠지만, 내심 다행이란 계산을 했던 세경도 우스운 꼴이기는 마찬가지였다. 세경이 은소를 괴롭힌다고 여길 때마다 언제나 눈빛만으로 책망하던 남자가 아니었던가. 조금 더 미움을 산들 뭐가 새삼스럽고 대수롭다고…….

"갑자기 전화해서 곤란하게 한 거 아니야?"

"아니, 그보다 집에서 봐도 될 걸 왜 여기 나와서……. 위험하잖아."

"나 지금 막 쫓겨났거든."

자의 반 타의 반 제 발로 걸어 나왔다는 표현이 더 정확하겠지만 세경은 어깨를 으쓱하며 짐짓 엷은 비웃음을 만들어냈다.

"뭐?"

"가기 전에 인사는 하고 떠나려고…….."

묘하게 독기가 빠진 그녀의 태도를 간파한 지후의 눈매가 가늘어졌다. 하긴 성인이 된 후 세경이 지후에게 먼저 만나자고 청한 것만으로도 이미 보통 일은 아니었다.

"너……, 얼굴이…….."

엉뚱한 곳에서만 세심한 인간. 기어코 아는 척을 한다. 벌겋게 터진 흔적을 들키기 싫어 여느 때보다 두껍게 화장을 한 보람이 없었다. 이래서 싫은 것이다. 진짜는 일편단심 하나뿐이면서 잘난 오지랖만 넓은 인간은…….

세경은 그늘진 지후의 눈길에서 비껴 나며 아직 피 맛이 감도는 입술 안쪽을 꾹 깨물었다.

"무슨 일 있었니?"

"아직 신문 안 봤어? 너무 점잖아서 스포츠 신문 같은 건 아예 읽지도 않나 보지?"

"회장님, 많이 노하셨어?"

그가 주춤하더니 심각하게 말을 꺼냈다. 그러니까 지후도 소식을 다 접했다는 의미였다.

"노하신 정도가 아니지."

세경의 시선이 지후의 얼굴에 박혔다. 부끄러울 것도 없었다. 그녀는 그렇게 살아왔다.

"내가 말씀드렸거든."

정나미 떨어지는 어투로 세경이 냉담하게 덧붙였다.

"강은소 죽는 데 누가 가장 많이 기여했는지……."

어떻게든 그는 반응을 내보이지 않으려 부단히 애쓰고 있었다. 눈썹도 입술도 흔들림 없이 고정되어 있었다.

"무슨 뜻이야?"

"둔한 척 굴지 마. 꽤 똑똑한 사람이란 거 아니까."

그의 희망을 꺾으며 세경이 비웃듯 중얼거림을 뱉었다.

"강은소, 내가 죽인 거나 진배없다는 말이야."

갈색의 피부가 희게 질려 갔다.

"그래. 오매불망 백지후가 그리고 그리는 그 여자, 내가 사라지게 만들었어."

세경의 입가에 싸늘하고 일그러진 선이 생겨났다.

"그 점, 상당히 미안하게 생각해. 이것 때문에 보자고 한 거야. 그쪽도 영문은 알아야 할 것 같아서……. 본의는 아니었어."

"무슨 소리야, 너? 그건 사고였다고……."

고통스럽게 혹은 아프게 떨리는 남자의 뇌까림은 세경에게 전해지지 않았다. 오히려 그것은 아픈 비난이 되었다.

"너무 억울해하지 마. 민이혁, 그 남자한테 손 잘못 댄 결과로 나도 끝장났으니까."

"민⋯⋯이혁?"

감당할 수 없는 상황에 직면한 사람처럼 지후는 머리를 흔들었다. 세경의 심장이 오그라들수록 그녀가 만들어 내는 조소는 더욱 깊어졌다.

"왜⋯⋯, 그랬니?"

그가 물었다.

왜냐고? 백지후 네가 나한테 그렇게 묻는 거야?

"글쎄, 모르겠는데⋯⋯. 그냥 그 남자가 미치도록 꼴렸다는 거밖에는⋯⋯. 그 밖의 다른 이유가 필요해?"

천박한 작부처럼 세경이 주워섬겼다. 지후가 천천히 말했다.

"네 형부였어."

"맞아."

백지후, 너를 결국 내 가슴에서 꺼내지 못했던 발버둥이라면? 그래서 훌훌 털어 버리면 그만이었을 민이혁, 그 남자를 강은소한테서 악착같이 뺏어 오고 싶었다면?

"세경이 너⋯⋯."

지후를 가지지 못할 바에야 은소가 손에 쥐고 있는 다른 남자라도 가로채야 조금은 자신이 덜 비참할 것 같았다. 아니, 행여 이혁이라면 지후를 빼앗긴 패배감까지 씻어 줄 수 있을지도 모른다고 여겼었다. 나중에는 지후처럼 은소 때문에 자신을 외면한 이혁에 대한 오기가 생겨 무리해서까지 온갖 수단 방법을 가리지 않았다. 그랬는데……, 그랬는데 모든 것이 아차 하는 순간에 어긋나고 뒤죽박죽 엉망으로 변해 버린 것이다.

"상관없잖아, 이제 와서."

소름이 돋을 만큼 진절머리가 쳐졌다. 이 지경에서도 제일 먼저 생각나는 남자가 고작 백지후라니……. 강은소가 지독한 만큼 세경 자신의 미련도 끈질겼다.

하지만 끊어 버릴 것이다. 그녀를 사랑하지 않는 남자, 세경도 이제는 정말 마지막이었다.

"어떻게 할래? 백지후 너도 강은소의 복수……, 해야겠지?"

지후는 뭔가에 썬 사람처럼 넋 놓고 그녀를 바라보고만 있었다. 비난이든 혹독한 경멸이든 세경에게는 이제 아무래도 상관없었다.

"안 그래?"

백지후도 민이혁도 다 필요 없었다.

네까짓 사내새끼들, 늦었다 해도 그만 묻어 버리면 돼.

이만하면 처참한 하루의 근사한 마무리로는 충분했다. 세경은 손을 놓았다.

23. 일상

주가 조작 혐의를 필두로 본사에서 번져 간 불똥은 곧이어 탈세와 회계 조작, 해외 자산 은닉 등 설상가상 굵직한 건수로 줄줄이 이어지더니, 지진을 만난 것처럼 하루아침에 재하를 흔들기에 이르렀다. 연일 신문의 일면을 대문짝만 하게 장식하며 책임 공방과 경영 부실, 도덕성 부재 등 온갖 제목으로 재하에 대한 기사가 올라왔고, 사태는 눈덩이처럼 커져 가더니 시간이 흐를수록 관련 공무원, 현직 관리, 정치인들의 이름까지 거론되는 걷잡을 수 없는 지경에 이르렀다. 거듭 쌓이는 악재로 그룹 전체의 주가가 급락세를 타기 시작했고 주식 시장도 덩달아 심각한 타격을 입었다. 재하 그룹의 위기는 곧장 나라 전체의 경제권과 정치권의 비상 현안이 되었다. 이쯤 되자 국가적 차원에서의 진압이 시도될 수밖에 없었다. 가뜩이나 어수

선한 시국에 재하 같은 그룹을 쓰러뜨린다는 것은 엄청난 위험 부담을 떠안는 일이었다.

하지만 쉽사리 무마할 수 없을 정도로 일이 벌어진 이상 원만한 수습을 위해서는 희생양이 필요했다. 누가 봐도 납득할 만한 인물, 국민과 언론이 의심 없이 수긍할 만한 거물, 강원욱 회장만큼 마땅한 적임자는 없었다. 그는 재하 그룹 자체를 상징했고 그런 그를 단죄한다는 것은 재하의 부정과 비리를 씻어낸다는 이미지와 곧장 연결시킬 수 있었다. 더구나 이번 비리에 연관된 인사들의 태반이 그의 측근이었다. 이보다 더 완벽한 각본은 짜일 수 없었다.

강원욱 회장의 경영권 포기와 더불어 현 경영진의 일괄 퇴진과 책임자의 사법 처리가 결정되었다. 불과 몇 달 사이 재계의 입지전적인 인물, 한국의 신화적인 경영자로 추앙받던 거인은 이제 사회가 청산해야 할 구시대적인 악습과 폐해의 주범으로 몰려 쓸쓸한 말로를 향해 치달리고 있었다.

이상한 것은 그토록 최악의 상황에 내몰리면서도 강원욱 회장의 자생 노력이나 실질적인 반격이 전혀 없었다는 것이다. 그룹의 위기가 발발하자마자 공식 석상에서 완전히 자취를 감춘 그로 인해 일각에서는 강원욱 회장의 건강에 의문을 제기하는 이가 생길 정도였다. 그러나 여전히 강원욱 회장은 세상을 향해 말문을 열지 않았다.

"자네한테는 미안하군."

"송구합니다."

고개를 꺾는 김 이사를 강 회장은 유심히 바라보았다. 한 회장의 눈에 거슬려 한직으로 좌천되었던 그의 능력을 높이 산 강 회장이 등용한 이래 불철주야 그를 위해 봉사하며 뛰었던 인물이다. 아직 한창인 나이에 이렇게 고사시키기엔 우수한 인재였다. 하지만 주인을 잘못 만난 탓에 강 회장의 추락과 동시에 그 또한 책임을 모면할 수 없는 신세가 되고 말았다.

"자네 집안은 내가 끝까지 책임짐세."

강 회장이 무겁게 말문을 뗐다.

"아닙니다."

"자네 명의로 남겨 둔 몫이 있어. 거기까지 추적이 들어오지는 않을 걸세."

"아직도 늦지 않았습니다, 회장님."

김 이사는 간곡하게 설득했다.

"이쪽에서도 치고 들어가면……."

"사람은 때를 알아야 하는 법일세. 지금 우리는 사면초가야."

"회장님."

강 회장은 의자에서 일어나 서울의 전망이 훤히 펼쳐진 창문 앞에서 멈추었다. 재하 그룹이란 제국의 통치자로서 그는 언제나 이 자리에서 발아래 깔린 세상을 오만하게 굽어보았었다.

"앞 물결이 밀려나고 뒤 물결이 밀려오는 게 세상 이치이지."

"약하신 말씀이십니다. 이보다 더한 고난도 밟고 오르지 않으셨습니까?"

"새 주인을 잘 만나는 것도 복이야. 그놈은 나보다 훨씬 뛰어난 주인 노릇을 해 줄 걸세."

왠지 짠한 여운이 느껴지는 회장의 중얼거림에 김 이사는 튀어 나가려는 반발을 억지로 가다듬었다.

20년은 더 정정하게 재하를 꾸려 나갈 힘과 열정을 지닌 분이라고 여겼는데……, 세월 앞에 장사 없다더니 나이는 못 속인다는 건가?

그래도 너무 맥없이 당하는 것만 같아 김 이사는 납득할 수가 없었다.

"검찰에서 나와 있다고?"

"네."

"그럼 어디 가 보자고, 얼마나 똑똑한 놈들로 골랐는지. 요새 그쪽 애들이 도통 쓸 만해 보이지가 않던데……. 적어도 무료하지는 않은 녀석들로 상대를 했으면 좋겠군."

마지못해 김 이사는 미소를 지어 냈다.

"회장님을 감당하려면 검찰 총장을 무더기로 대령해 놓아도 중과부적일 겁니다."

"평생 안 하던 아부를 다 하는군."

강 회장은 몸을 돌려 김 이사를 바라보았다.

"자네 눈에도 내가 전쟁에서 진 패장처럼 보이는가?"

"네?"

"난 이겼어."

강하게 그는 단언했다. 아무도 몰라주는 승리라도 그건 변함이 없었다. 그는 이겼다. 어리둥절한 김 이사의 눈빛은 그의 승리를 더욱 공고히 해 주는 축하주와도 같았다.

"가세."

아니, 적어도 한 녀석은 이런 그의 심정을 알고 있겠지. 욕하고도 있겠지.

강원욱은 왕좌를 떠나는 제왕처럼 그의 안방이었던 회장실을 당당히 걸어 나갔다. 비록 천추의 한을 남겼다 해도 도리가 없는 일 아니겠는가.

"전시회 준비로 바쁘실 텐데 이렇게 인터뷰에 응해 주셔서 정말 감사합니다, 정 선생님."

"저야말로 공짜 선전까지 해 주신 셈인데 감사드려야죠. 하하."

보고만 있어도 황홀한 남자가 시원스럽게 웃는 모습은 라스트 포커스로 안성맞춤이었다. '주말 문화가산책'의 담당 프로듀서인 차영주는 내심 한숨을 폭 내쉬며 오케이 사인을 던졌다.

화창한 봄날, 여의도 공원은 사람이 붐비는 점만 빼면 촬영 장소로 더할 나위가 없었다. 더구나 오늘처럼 초대 인물이 흐드러지게 낙화하는 저 벚꽃의 군무에 버금갈 정도로 화사한 경우엔 더더구나 금상첨화.

간만에 작품 하나 제대로 건졌다고 한껏 고조된 그녀는 대학 동창 녀석의 넓은 인맥에 새삼 머리 숙여 감사했다.

잡지 인터뷰도 한사코 고사하던 정우현을 카메라 앞에까지 끌어내 주다니, 내 수일 내로 밥 한번 거하게 사마.

"어이구, 이거 진짜로 수고 많으셨습니다, 정 선생님."

"아, 정말로 선생님 소리는 좀 빼 주십시오. 얼굴이 간지러워서 이거야 어디……. 제가 그렇게 팍삭 시들었습니까?"

"그럴 리가 있나요? 정 선생님도 참, 그만한 실력이 되시니까 그렇게 불러 드리는 거죠."

차영주는 철가면이라는 평소의 칭호는 어디 엿장수에게 줘버린 듯 연신 접대용 멘트를 날리며 호들갑스럽게 미소를 지었다.

"또 그러시네. 실력은 무슨……. 아무것도 모르니까 겁 없이 설치는 거죠. 다음에도 이러시면 저 진짜로 다시는 이런 거 안 합니다."

"그럼 안 되죠. 전시회 개막 때 꼭 찾아뵙겠습니다."

"무서운데요, 차 피디님?"

베이지색 니트 셔츠에 내려앉은 꽃잎을 툭 털어 내며 우현이 씨익 이를 드러내자 고른 치열이 눈부시게 드러났다.

죽여주는군. 아이돌입네 행세하며 젖비린내 폴폴 나는 야리야리한 것들하고는 질이 다르잖아. 방송 나가면 젊은 여자 시청자들 난리 한바탕 치겠는데…….

물론 정우현이 지닌 화제성과 유명세도 한 몫 톡톡히 해 줄 것이다. 그래서 그 웬수 같은 동창 놈을 죽어라 꼬여 댄 것이 아니겠는가.

덕분에 데스크에다가도 큰소리 한번 날려 주는 거지. 이럴 때가 아니면 대체 언제 하겠어? 망할! 생각만 해도 짜릿하네.

차영주는 꿀꺽 군침을 삼켰다.

"아직 점심 전이시죠? 이 근처에 버섯 요리 기차게 하는 곳이 있는데 어떠세요?"

"아, 죄송합니다. 사람이 기다리고 있어서……."

그는 정말로 아쉬운 듯 인상을 찡그리며 사양했다. 그러고는 촬영 장소와는 조금 떨어진 쪽을 흘깃 곁눈질했다. 차영주도 덩달아 눈길이 돌아갔다.

폭이 넓은 흰 실크 슬랙스 정장을 맵시 있게 입은 멋스러운 여자였다. 얼굴을 확인하기엔 다소 거리가 있었지만 자연스럽게 발산되는 기묘한 매력까지 눈치채지 못할 정도는 아니었다.

만개한 벚나무에 기대어 책을 펼쳐 든 여자라……, 한 편의 시가 따로 없군.

더구나 여자로서는 특이하게 바지에다 한쪽 손을 넣고 다리도 비스듬히 꼰 채였는데, 차영주는 그 모습에서 거부 반응보다 왠지 숨 막히도록 관능적이라는 느낌을 받았다.

"일?"

"네? 아, 네. 전시회 준비를 같이해 주고 있는 사람이에요. 저 때문에 저 친구도 아직 식사 전이라……."

아아, 어련하랴. 저런 여자와 일만으로 만족한다면 당신은 사내도 아니지.

게다가 영주가 보기에 정우현은 순도 백 퍼센트 진짜배기 머스마였다.

이런 남자 하나 낚아채서 딸내미 혼사에 노래를 부르시는 시골 어머님께 부쳐 드리면 동네 경사라고 잔치라도 벌이실 텐데, 어째 잘난 놈은 벌써 다 임자가 있어서 골치다.

"동행 분이 개의치만 않으시면 같이 가셔도 되는데……."

하지만 정작 이 기차게 섹시한 남자보다 저 여자한테 모락모락 호기심이 도진다는 것이 영주가 독신일 수밖에 없는 결정적인 문제였다.

둘을 붙잡아다 한 필름 안에 넣으면 예술이겠는데 말이지. 아냐. 정작 가까이에서 보면 환상이 깨지려나?

"감사합니다만 신경 쓰지 마십시오. 같이 의논할 일도 있고……."

"혹 큐레이터신가요?"

"아뇨, 건축 일 하는 친구예요. 이번에 특별히 전시회장 내부 설계를 맡아 줘서 도움을 많이 받고 있죠."

그렇게 하드한 일을 하는 여자 같지는 않아 보이는데…….

차영주는 새삼 호리호리한 여자의 체형을 흘끔거렸다. 어째 더 진한 흥미가 솟아올랐다.

정우현이 저렇게 신뢰를 주고 있다면 실력도 만만치 않다는 소린데 말이야.

"친구 분이 상당히 멋있으시네요."

공치사가 아니라 실제로 아까부터 할 일 없는 남정네들 서넛이 뭐에 꿰이는 파리마냥 주위를 맴돌고 있었다.

저거 틀림없이 남자를 아는 여자다, 그것도 아주 진하고 열정적으로 몸을 살라 본 경험이 있는. 그럼 그 주인공이 눈앞의 정우현?

차영주는 고개를 갸웃했다.

"그렇죠?"

아주 자랑스러워하기까지 하는군. 그런데 왜 나는 이 바쁜 시간에 이런 추측이나 하며 미적대고 있는 거지?

"소개해 드렸으면 좋겠지만 시간도 그렇고 저 친구가 낯을 좀 가려서요."

"그래요? 아쉽네요."

낯을 가리는 게 아니라 귀찮은 걸 기피하는 거겠지.

끼리끼리라고 억지로 성사시킨 게 아니었다면 이 남자도 언제나처럼 무 자르듯 싹둑 그녀의 인터뷰 요청을 거절했을 것이다.

예의 바른 표정을 그럴싸하게 지어 보였지만 그녀의 점심 초대도 처음부터 승낙할 생각이 없었을 것이다. 물론 그녀도 예상하고 꺼낸 말이긴 했다.

"그럼 다음에 기회가 되면 같이하도록 하죠. 다시 한 번 힘든 시간 빼 주셔서 감사합니다, 정 선생님. 전시회에서 뵙죠."

"어, 정말 와 주시려고요?"

"이 차영주, 빈말은 절대로 안 합니다."

싸악 웃으며 차영주는 철수 준비를 거의 마친 스태프들 쪽으로 걸어갔다. 대본을 든 손을 들어 빙글빙글 흔들면서……. 나름대로의 작별 제스처였다.

"무슨 말씀이 그렇게 길어요?"

"어린것들이 어른 일에 함부로 끼어들면 쓰나. 쯧!"

"우, 또 그러신다. 그래 봐야 띠 사이클도 안 되는 나이 가지고 생색은⋯⋯."

"이놈이!"

사정없이 대본으로 마빡을 휘갈기며 차영주는 버릇없는 조명 기사를 갈궜다.

"우씨, 만날 나만 구박하시고⋯⋯."

"근데 저 사람이 그렇게 대단해요? 제 보기엔 아직 새파란 애송이 같은데⋯⋯."

"이 무식한 인사들아, 만날 술이랑 밤참만 챙기지 말고 예술에도 관심 좀 가져 봐라."

발에 걸리는 전선줄을 툭툭 걷어 내며 차영주는 창가 쪽에 자리를 잡았다.

"정우현. 31세. 원래 전공은 의과였지만 중간에 학업을 포기. 프랑스로 건너감. 본격적으로 미술 시작. 단 2년 만에 기라성 같은 유럽 화단의 거물들로부터 인정받음. 현재 세계 미술계의 찬사를 고스란히 독차지하며 떠오르는 신성으로 등장. 한국 화단의 보수파들로부터 질시 섞인 선망을 사고 있음. 이게 일반적으로 알려진 저 남자의 이력이에요."

"역시 우리 조감독이다."

차영주는 흐뭇하게 한창 키우고 있는 조감독의 치밀한 준비성을 칭찬했다.

"아마 모르긴 몰라도 전시회 날 대단할걸."

"참내, 이거 위화감 생기네. 누군 저 나이에 벌써 세상을 들썩들썩하게 만들고 있는데 누군 고작 조명 판이나 들고 왔다 갔다 하려니……."

"그게 천재와 범재의 차이란 거다. 그러지 말고 돈 모아 놓은 거 있으면 저 친구 그림이나 한 점 구입해 두지 그래? 저 친구 죽고 나면 모르긴 몰라도 엄청 뛸 텐데……."

"말 들어보니 지금도 한 재산 들여야 만져 볼까 말까 할 것 같은데 전세 한 칸 겨우 마련한 놈한테 염장 지르시는 겁니까, 뭡니까?"

"하긴 그림도 알아주는 임자한테 가야지, 거꾸로 걸렸는지 바로 걸렸는지도 모를 인물한테야 아무리 세기의 명작이라도 돼지에 진주목걸이지, 뭐."

"감독님!"

"시꺼. 앙앙대지 말고 비켜 봐."

버럭 소리 지르는 조명 기사의 면상을 손바닥으로 우악스럽게 밀치며 차영주는 코를 창에 바싹 갖다 붙였다.

"우라질, 가까이서 보니 더 죽이잖아."

"뭐가요? 어라, 정우현 씨잖아요? 근데 누가……?"

"우와! 스타일 끝내주네. 색기가 줄줄 흐르는 것이……."

"입 좀 닫아라. 하여튼 뭐 하나 달린 것들은 이래서 안 돼."

차영주가 퉁퉁거렸다.

"감독님!"

"왜? 내가 너 오늘 하룻밤 죽여주랴?"

"어, 정말요?"

이 자식이?

기겁을 할 줄 알았던 녀석이 시뻘겋게 달아오른 홍당무 꼴을 하고도 정색으로 물어오는 것이 요것 봐라 싶었다. 이쯤 되면 당황하는 것은 오히려 말을 꺼낸 차영주였다. 하지만 산전수전, 공중전까지 격파하고 이 자리까지 올라온 그녀가 아닌가. 영주는 천연덕스럽게 녀석의 머리를 다시 대본 뭉치로 내리쳤다.

"단 네가 정우현 반만 되면……."

"그건 자신 있는데요."

날름날름 잘도 받아친다.

아직 벌게질 피부가 남았냐? 근데 뭐가 자신 있다는 건지……. 어라, 주먹은 또 왜 움켜쥐어? 저걸 그냥 차 밖으로 확 밀어 버리고 말아?

이제 정우현 일행과의 거리는 한참 멀어져 있었다. 여자는 생각보다 눈에 확 띄게 아름답거나 오밀조밀 화사한 스타일은 아니었다. 대신에 단아함, 거기에 덧입혀진 섹시함이랄까, 뭐 그런 언밸런스함이 느껴졌다.

쥐어박긴 했지만 색기가 흐른다는 표현이 실감이 났다.

저런 여잘 두고 남자들이 한입에 꿀꺽하고 싶어진다는 외설적인 대사를 쓰는 거겠지? 흐음, 근데 잘못 짚었나? 도통 연인 같은 맛은 아니군.

차영주는 아직도 멋모르고 기어오르는 녀석을 사뿐히 즈려 밟으며 입맛을 다셨다.

남의 연애사는 나중에 쓰고 우선 배나 채워야지, 이거야 원.

"오래 기다렸어요?"

"아뇨, 꽃구경도 하고 모처럼 바깥바람도 쐬니 살 만한데요."

은소는 서둘러 달려오는 우현에게 미소 지었다.

"절친한 선배 부탁만 아니었어도 어떻게든 피해 갔을 텐데……."

"홍보도 하고 나쁠 거 없잖아요."

아까 우현이 농담 삼아 했던 말을 은소가 똑같이 하자 그는 하하 웃음을 터뜨렸다.

"근데 우현 씨, 이렇게 유명한 사람인 거 진즉에 몰라 봐서 어떻게 해요?"

"원래 빈 수레가 요란한 거예요."

"그림 봤잖아요. 보통 사람은 죽었다 깨도 그렇게 못 그려요."

은소는 책을 옆구리에 끼고 그와 함께 걷기 시작했다.

"은후 씨한테 들으니까 좋긴 한데 엄청 쑥스러워요. 별것도 아닌데……."

그는 진짜 곤란한 얼굴로 머리카락을 긁었다.

"그냥 나 좋자고 그리는 거니까."

"그게 제일 중요하잖아요?"

은소는 슬며시 웃으며 넘어갔다.

"아까 그 청재킷 입은 젊은 여자 분이 피디신가요?"

"그래요."

"기운차고 시원시원한 게 인상이 좋던데요."

"그랬어요? 흠, 사실 난 좀 기가 죽었는데……. 너무 씩씩해서 좀 무섭더라고요."

"아까는 잘만 웃더니……. 아니면 여자 앞에서 그렇게 방싯방싯 웃는 게 특기인가?"

"윽! 억울해, 은후 씨."

희극적으로 울상을 지으며 우현은 충격으로 쓰러지는 시늉을 했다. 은소는 웃다가 책을 바닥에 떨어뜨렸다.

"배고프다. 밥 먹어요, 우리."

허리를 숙여 책을 집어 준 우현이 그녀의 팔을 잡아끌었다.

"날씨도 기막힌데 멀리 나가 볼까요?"

"그냥 근처에서 대강 해결해요. 일도 많은데 서둘러야죠."

난색을 표해 보았지만 요 근래 그녀가 겪어 본 바에 의하면 우현은 막무가내의 달인이었다. 그것도 밉지 않은…….

"밥은 대강대강 먹는 게 아니에요. 즐거운 기분으로 맛있게 먹어야지."

집게손가락을 흔들며 우현이 설교를 해 댔다.

"더구나 내가 은후 씨한테 아무거나 먹인 거 아버지가 아시면 오늘 저녁 반찬으로 날 볶아 드시려고 할걸요. 자, 그러니까 불쌍한 중생 하나 구제하는 셈 치고 갑시다. 레츠 고!"

그는 망설이는 은소가 반박할 틈도 없이 그녀의 손목을 잡고 냅다 달음박질하기 시작했다.

"저 사람 강세경 아니야?"

"어디?"

간신히 비어 있는 자리에 비집고 앉아 밥이 나오길 기다리고 있는데 조감독의 신기해하는 목소리가 들렸다. 차영주는 샐러드 접시에 박고 있던 얼굴을 들었다.

"그러고 한동안 감감무소식이더니……. 뭐야, 멀쩡하네요."

"멀쩡이 다 뭐냐? 눈이 호강하다 못해 겁나게 부시다. 젠장."

오늘은 무슨 날이냐? 같은 여자로서 콤플렉스 자극하는 인간들을 연이어 보게 되다니……. 그래도 나는 정우현이 여자한테 한 표 던지련다.

차영주는 심술궂게 중얼거렸다.

"옆에 있는 사람, 이 감독 아니에요? 이번에 새 영화 들어간다더니 강세경을 염두에 두고 있었나 보네."

두 사람은 머리를 맞대고 심각하게 대화를 나누고 있었다.

"인제 세간의 눈도 조용해졌겠다, 강세경만 한 여배우 구하기 힘들긴 하지."

"그 스캔들 이후로 처음이죠?"

조감독이 넌지시 언급했다.

"그렇지. 아무래도 치명타였으니까."

차 안에서 그렇게 타박을 당하고도 식당에 들어오자마자 차영주의 옆자리를 턱하니 차지하고 앉은 위인이 고새를 못 참고 톡 끼어들었다.

전생에 촉새 새끼였음에 틀림없어.

"야, 진짜로 오죽 뻑적지근했냐. 누가 찔렀는지는 몰라도 사진까지 다 첨부했다며? 일간지에 있는 기자 하나가 그러는데 어떤 건 너무 야해서 자체 검열까지 했다더라. 하여튼 대단하지. 아무리 잘나가는 배우라지만 아예 남자 잡아먹으려고 환장한 여자잖아."

그것도 남의 집 처마 밑에서 시도 때도 없이 조잘대다 총 맞아 죽은!

"신 났다. 물 만났구먼."

차영주는 한심한 표정으로 끌끌 혀를 찼다.

"왜 이 바닥 남자들은 하루에도 다른 여자랑 몇 탕씩 뛴다며? 심심하면 두서넛 불러 같이 뒹굴기도 하고. 여자는 그럼 안 되냐?"

"그야 아직 우리나라에서 여자가 그러면 당연히……."

어쭈! 핏대씩이나?

"이게 어디서 성차별적인 발언이야? 그것도 다 잘나고 능력 있으니 양다리 세 다리 가능한 거지. 너 같은 녀석이 트럭째 있어 봐라. 여자들이 어디 곁눈질이나 하나."

그녀는 속 시원하게 녀석의 발을 걸어찼다.

"악! 감독님!"

차영주는 정강이를 부여잡고 눈물을 찔끔거리는 그를 본척만척 무시했다.

"시끄러! 인마, 밥 왔다. 얌전히 밥이나 먹어! 겉으론 욕하면서 속으론 어떻게 한번 안 되나 침 질질 흘리지 말고. 너네 같은 사내놈들 심보야 뻔하지."

"저한테 미운 털이라도 박혔어요? 왜 나만 갖고……."

"몰라. 너만 보면 내 폭력성이 마구 솟구치는 걸 어떡해?"

"우씨."

"주둥이 도로 집어넣어, 확 꿰매 버리기 전에."

얼결에 후다닥 입을 가리고 나서 휘둥그레지는 녀석의 눈을 보니 자신도 무의식중에 저지른 참사였던 모양이다. 밥상머리에 모여 앉았던 인사들이 일제히 머리를 그릇에 파묻고 끅끅 숨넘어가는 괴상한 소음을 내기 시작했다. 녀석은 비련의 여주인공처럼 자리를 박차고 일어나 화장실로 쏜살같이 증발해 버렸다.

좀 심했나?

"그만 놀리세요, 감독님."

"재미있는 걸 어떡해?"

"완전히 바뀌었다니까. 불쌍해, 도진 씨도."

조감독이 측은한 기색으로 말을 이었다.

"저 녀석 이름이 도진이었어?"

무슨 영문인지 스태프들의 표정이 조감독과 똑같은 표정으로 바뀌었다.

"정말……, 불쌍하다니까."

여전히 아리송한 태도로 조감독은 찬찬히 머리를 흔들었다.

"야, 야, 시끄러. 밥 먹자. 다 식겠다."

위장을 동하게 하는 시장기에 막 첫술을 입안으로 퍼 넣던 그녀는 다시금 강세경 쪽을 흘깃했다.

"그러고 보니 강세경 부친, 보석으로 풀려 나왔다며?"

"뭐, 뻔하잖아요. 재판 끝나 봤자 어디 실형 받겠어요? 그 사람 입 열면 굴비 두름처럼 쪼르르 딸려 나올 높으신 분들이 한도 끝도 없을 텐데……."

누가 낮은 목소리로 대답했다.

"하긴, 우리나라가 그래서 살기 좋은 나라지. 알아서 서로들 챙겨 주니."

그때까지도 화장실로 달아난 조명 기사, 도진은 아무 기별이 없었다.

짜식, 소심하기는! 배도 안 고픈가?

차영주는 주인 없는 밥그릇을 냉큼 집어 들었다.

에라, 네 사정이지, 뭐.

"여기서 뭐 해요?"

결국 춘천까지 가서 점심을 먹고 서울로 향하는 길이었다. 우현이 캔 커피와 오징어, 스낵이 든 봉지 몇 개를 들고 차로 돌아와 보니 사람이 온데간데없었다.

우현은 주변을 돌아보다 조금 한적한 벤치에 기대앉아 담배를 피우고 있는 은소를 찾아냈다. 그를 본 얼굴에 웃음기 어린 미안함이 스쳤다.

"이런, 들켰네."

"아직도 피워요, 담배?"

그녀는 들고 있던 빈 담뱃갑을 달랑달랑 흔들어 보였다.

"오늘은 마지막. 봐줘요."

우현은 한숨을 쉬며 그녀의 옆에 앉았다.

"좋지도 않은 걸 왜 자꾸 피워요? 배운 지도 얼마 안 됐는데 끊기가 그렇게 어렵나?"

은소는 하얀 담배 연기를 우아하게 뿜어냈다.

"아니면 좀 순한 걸로 바꾸든가. 하필 제일 독한 걸로……."

"아줌마 같아요, 우현 씨."

은소는 재를 털어 내고 그를 보았다.

"하루에 몇 개비 안 피워요. 이러다 끊겠죠, 뭐."

처음으로 은소가 담배를 피우는 모습을 본 건 그녀가 미용실에 우현을 끌고 갔던 다음 날이었다. 병원에 들어왔을 때보다 더 바싹 여윈 몸으로 웅크리고 앉아 마치 소년처럼 짧아진 머리를 하고 담배를 물고 있었다.

원래 담배를 피우는 사람이 아니라는 것은 매운 연기에 눈썹을 찡그릴 때 알아보았다. 그런데 왜 하필 병원에서 담배를 배우고 있냐고 조금 화가 나서 물었더니 가슴에 구멍이 뻥 하고 뚫렸는데 그걸 담배 연기로 메우니 한결 편안해진다며 웃었다.

사람 웃음이 그렇게 가슴 아프고 허할 수 있다는 걸, 그런 웃음을 짓는 여자도 있다는 걸 우현은 그때 처음 알았다.

한 시간 남짓 동안 그녀는 연거푸 한 갑을 태웠다. 우현의 만류가 아니었다면 얼마나 많은 담배를 새로 헐었을지 모를 일이었다. 그날 이후로 그녀는 점점 스스로를 가다듬었고 순조롭게 일상생활로 복귀했다.

"해로워요."

"알아요."

이르게 지는 해 탓에 어둑어둑 땅거미가 깔리는 지평선을 바라보며 그녀는 또 한 모금의 담배를 여운처럼 뱉어 냈다.

차랑!

가느다란 손목에 걸린 백금 체인이 청명한 소리를 냈다.

뉘엿뉘엿 넘어가는 붉은 하늘, 꽃 냄새와 풀 냄새를 머금은 한 줄기 바람이 그들을 훑으며 지나갔다. 그리고 아련하게 퍼지는 짙은 니코틴의 향…….

짧은 그녀의 커트 머리가 파스스 덩달아 저녁 하늘에 흩어진다.

"언젠가…… , 그 사람이 담배를 피우는데 내가 기침을 했던 적이 있어요. 그런데 다음부터 내 앞에서 담배를 꺼내는 그 사람을 본 적이 없더라고요, 생각해 보니……."

그녀는 피식 웃었다.

"우스운 건 이제 가슴은 다 메워진 거 같은데…… , 그 남자도 이제는 다 날아가 버렸는데…… , 이건 손에서 영 안 놓아진다는 거예요."

은소는 남아 있던 담배를 비벼 끄고 일어나 그를 보았다.

"갈까요? 땡땡이친 걸 보상하려면 날밤 새워야 할 것 같은데요."

우현도 뒤따라 일어났다.

"쉬엄쉬엄해요. 기일 안에 못 맞추면 까짓것 날짜를 미루면 되죠."

누구냐……고 따져 묻는다면 이 여자는 또 천 리 밖으로 줄행랑을 놓을 것이다.

24. 균열

독한 술이 식도를 타고 몸 안을 저릿하게 달구었다. 벌써 3분의 2가 빈 병을 다시 언더락 잔에 가득, 얼음 없이 스트레이트로 들이부었다.

만사가 그의 뜻대로 계획대로 이루어지고 있었다. 시위를 떠난 화살은 언제라도 과녁을 맞힐 준비를 하고 있었다. 재하는 그의 손아귀에 들어왔고 마음만 막으면 짚으로 만든 초가삼간마냥 서까래 한 점 안 남기고 활활 태워 버릴 수 있었다.

그런데 그는 지금 무엇을 망설이는 것일까?

한두 번 해 온 일도 아니다. 잘나가는 회사를 사냥해 조각조각 분리해 이익을 남기고 팔아먹는 것은 지난날 그의 전문 분야였다. 그렇게 해서 선친의 한이 고스란히 배어 있던 호텔도 다시 인수하지 않았던가.

덩치가 크다고 해서 더 까다로운 것도 아니다. 강원욱이 없는 재하는 이미 그를 막아 낼 최후의 방패마저 잃어버렸다. 호시탐탐 구미가 당기는 물건을 노리고 있는 외국 자본을 끌어들이면 이것저것 걸리는 국내 시장의 어설픈 보호막은 제대로 펀치 한 번 날리지 못하고 고사해 버릴 것이다. 강원욱을 시시껄렁한 경제 사범 정도로 끝장낼 거였다면 굳이 귀찮게 머리를 쓰고 재하에 몸을 의탁할 까닭도 없었다. 그의 최종 목표는 재하를 지워 버리는 것이었다. 강원욱의 모든 것을!

'재하는 봐 달라고 하셨습니다. 아버님까지는, 처분에 맡기신다고……. 하지만 회사는 어떻게든 부군께서…….'

은소의 최종 유언장이라며 들고 온 변호사가 지껄인 말이 그의 신경을 거스르고 있었다. 자신의 모든 것을 그의 앞으로 남겨 놓고 죽어 버린 여자, 마치 자신의 죽음을 예견하고 있었던 듯 철저하게 모든 준비를 마쳐 두었던 여자.

무슨 짓거리를 하고 있는 거냐, 넌?

이혁은 머리를 젖히고 무겁게 눈을 감았다.

후련할 줄 알았다, 복수의 결말이 다가오면, 강원욱이 파멸하고 그의 집안이 송두리째 몰락하면……. 작정한 것보다 더 훌륭하게 일을 마무리했으니 이제쯤 그는 만족을 느껴야 옳지 않은가 말이다.

말해 봐, 강은소. 내 어디까지를 알고 있었던 거냐? 그 간교한 머리로 어디까지 앞서서 계산하고, 언제까지 날 피곤하게 만들 셈이냐?

"약속 상대가 늦어지시나 봐요."

사근사근하고 밀착감 있는 저음은 달짝지근한 꿀을 연상시켰다. 한 여자가 그의 곁으로 다가왔다. 끈적한 음악이 흐르는 고급스러운 조명 사이로 물건을 평가하듯 이혁의 눈초리가 가늘게 떠졌다.

"아니면 혼자 오신 건가요?"

전문적으로 남자를 후려내는 명수였다.

"바람을……, 맞았어."

"어머나, 당신 같은 사람을 바람 놓는 여자도 있나요?"

말과 함께 여자는 슬그머니 그의 옆 스툴에 엉덩이를 맡겼다.

"제가 따라 드리죠."

이혁은 입술을 비틀었다.

그 여자는 술도 담배도 하지 못하는 재미없는 여자였다. 심지어 섹스도 서툴렀지.

만약 그가 여자에 대한 경험이 조금만 더 다양했다면 금방 지루해져서 그녀에게 흥미를 잃었을 것이다. 첫 여자라서 그랬다. 단지 그것이 전부였다.

"여기 한 병 더."

마스터가 재깍 병을 대령하자 여자의 손을 물리치고 이혁이 넘치도록 잔을 채웠다.

"술이 당기시나 봐요."

닮았다, 다소 얇고 조그맣게 휘어진 입술의 모양이. 그러나 그의 뺨에 느껴지는 축축한 감촉은 그에게 남아 있는 다른 여자의 각인을 돋우며 기분을 잡치게 만들었다. 이혁은 그녀를 밀쳐 버렸다. 여자의 표정에 당황함이 어렸다.

"왜……?"

"술맛 떨어지는군."

그리고 지갑을 열어 수표 몇 장을 여자 앞에 던졌다. 그걸로 사라지라는 뜻이었다.

"아쉽군요."

여자는 그가 후하게 치른 고액의 수표를 차곡차곡 모았다. 모욕을 당했는데 화도 내지 않고 그녀는 도리어 웃었다.

"이건 내가 마신 술값이에요."

마스터에게 전액을 건넨 여자는 이혁의 잔을 가로채 한 잔을 모두 마셨다.

"그럼 즐거웠어요."

여자는 고상하게 퇴장했다.

"큭!"

왜 이제야 깨달은 것일까, 그 여자가 아니면 안 된다는 것을, 그 여자이기에 가지고 싶었다는 것을!

강세경에게 기어이 손이 나가지 않았던 것도, 다른 여자에게 욕정이 일지 않는 것도 그 때문이었다.

먹빛처럼 진한 두 눈에 언제나 습한 향기를 내포하고 있던 여자. 그러나 그 습한 향기가 손에 잡히는 무언가로 바뀌어 그녀의 두 눈에서 넘쳐 나는 법은 결코 없었다.

기억이 독이 되어 그의 안에 쌓여 가고 있었다. 잔이 깨어질 듯 그의 손아귀 안에서 흔들렸다.

이제 와 되찾아 오고 싶다고 해서 어쩌란 말인가? 모두 다 저질러 버리고, 이제는 재조차 남은 게 없는데!

호박색 액체 위로 어리는 그의 눈빛이 야릇한 광기를 발하고 있었다.

네 스스로 끝내주게 망쳐 놓았지.

"민이혁 씨."

고약한 우연의 희롱 같군. 아니면 이혁의 인생을 휘두르고 점철해 온 우스꽝스러운 운명 덕분이든가.

이혁은 느릿하게 얼굴을 들었다. 덩치 하나가 그의 시야를 방해하고 있었다.

"누구시더라?"

"백지후라고 합니다. 기억 안 나실지 몰라도 결혼식 때 잠깐 뵜었죠."

아주 잘 기억한다. 어린 시절부터 성인이 될 때까지 강은소의 옆에 언제나 껌처럼 붙어 있던 사내, 백지후. 그래서 가끔 알지도 못하는 그를 아예 말살해 버리고 싶어지기도 했었다.

"그랬던가?"

이런 장소에 출입할 만큼 주머니가 두둑하지는 않을 텐데…….

캐주얼하게 입은 차림새도 은연중에 값비싼 돈 냄새가 맡아지는 실내의 정경과는 조화가 되지 않았다. 하지만 거구답지 않게 쭉 빠진 체격과 맑은 눈빛, 생활에 밴 듯한 신중한 태도는 아무도 그를 경시하거나 가벼이 여기지 못하게 만들었다.

"그런데 무슨 볼일이라도?"

"네."

이혁을 향해 가식적으로 만들고 있던 억지 미소가 그의 얼굴을 떠났다. 지후는 오른손으로 주먹을 쥐고, 있는 힘껏 상체를 뒤로 젖히며 동시에 내뻗었다.

"맞아 주시죠, 민이혁 씨."

"민 사장님!"

술 때문에 둔해졌군. 이런 굼벵이 같은 주먹질에 고스란히 카운터를 허용하다니……

이혁은 일격을 당한 복부를 쓸며 바닥에 주저앉은 채 클클 웃었다. 마스터가 당황한 얼굴로 뛰어나오고 있었다.

가게 장사에 지장이 있겠군.

"엄살떨지 말고 일어나시죠."

놈이 거만하게 그를 내려다보았다.

"엄살은…… ."

이혁은 중얼거리며 앉은 자세 그대로 다리를 뻗어 백지후를 걷어차 버렸다.

"누가 엄살이야!"

기우뚱 하고 균형을 잃은 산만 한 덩치가 쿵 하고 넘어갔다. 이혁은 날렵하게 일어나 백지후의 머리 바로 옆에 발을 디디고 섰다. 한 치만 움직이면 그의 머리를 짓밟을 수도 있는 위치였다.

"그런데 이유나 알까? 싸움을 걸었으면 뭔가 이유가 있어야지."

그는 지후가 몸을 일으키도록 내버려두었다.

"강은소 때문이라면 오늘 뼈가 성치 못할 거라는 것만 경고해 두지."

"당신은 자격 없어."

마치 먹이를 사이에 두고 노려보는 맹수들처럼 그들의 시선이 거친 스파크를 일으켰다.

"자격?"

금방이라도 터질 듯한 긴장감이 공기를 갈랐다. 이혁이 갑자기 팽팽한 대치를 풀고 그에게서 등을 돌렸다. 지후가 뭐라고 할 새도 없이 그는 출구를 향해 보폭을 넓히고 있었다.

약간의 시간 차를 두고 지후와 마스터가 그 뒤를 차례로 따라 나갔다.

"야, 나 이런 으리으리한 장소에서는 체질에 안 맞아서 못 놀아."

지후는 불편하게 머리를 긁적이며 클럽의 입구에서 몸을 뺐다.

"아, 글쎄, 들어가자니까. 오늘 이 형님이 취직 턱 근사하게 쏜다."

윤수는 억지로 그를 끌고 들어가며 큰소리를 쳤다.

"아가씨들이 없어서 아쉽긴 하다만 너 같은 놈 그런 데 끌고

가 봐야 분위기만 썰렁하게 만들 거고, 그냥 아쉬운 대로 비싼 술 코가 삐뚤어지게 마셔 보자, 백지후."

뭐, 한창 잘나가는 회계사니 이런 데서 하루쯤 술 마신다고 거덜 날 일은 없겠지만 자고로 술은 편한 자리에서 태평스럽게 마셔야 맛있게 넘어가는 법이다. 더부살이건 뭐건 일단 강 회장댁과 연관이 된 덕에 중요한 자리나 화려한 행사에도 여러 번 참석을 했던 터라 분위기 자체가 생소한 것은 아니지만 이 놈의 번쩍거리는 대리석에는 아무래도 친밀감이 느껴지지 않았다.

"나 요즘 기분 더러워서 술 들어가면 소란 피울지도 몰라."

"그렇다고 때려 부수기야 하겠냐?"

테이블로 안내를 받아 푹신한 소파에 남자 둘이 자리를 잡았다. 빈 테이블이 눈에 띄긴 해도 대체적으로 성황 중인 가게라는 건 분명했다.

"자, 백지후의 보따리장수 졸업을 축하하며, 건배!"

사실 예정보다 빨리 모교에 전임 강사 자리를 얻게 된 것은 오래도록 그를 지켜본 은사의 도움이 컸다.

"고맙다, 어쨌든."

요란하게 잔을 부딪치고 한입에 털어 넣었다.

몇십만 원, 몇백만 원, 아무리 차이가 나도 술맛은 그저 술맛일 뿐이다. 이젠 고주망태가 되어 전화할 녀석도, 뒤치다꺼리를 하며 등 두드려 줄 녀석도 없는 마당에……

"살살 마셔라. 뺄 때는 언제고……, 술하고 무슨 원수졌냐?"

"마시고 죽자면서?"

민이혁?

손을 허공에 뻗은 채로 지후의 인상이 바뀌자 낌새를 알아차린 윤수에게서 질문이 흘러나왔다.

"왜, 아는 사람이라도 있어? 저 여자?"

섹시한 드레스를 걸친 여자 하나가 민이혁의 옆에 딱 달라붙어 있었다.

"아냐."

여자의 입술이 남자의 얼굴로 다가갔다.

민이혁!

"나 잠깐!"

지후는 소리 나게 잔을 내려놓고 벌떡 일어났다.

"지후야! 어이!"

전운이 감도는 그의 기세에 엉거주춤 일어나는 윤수를 만류하고 지후는 그가 주시하고 있는 사내를 향해 진군하는 병사처럼 곧장 걸어갔다.

"민이혁 씨?"

연이어 우당탕 소리와 함께 동요한 손님들에게서 시끄러운 소음이 일어났다.

클럽 근처의 외진 골목, 한적한 담벼락 위로 사내들의 그림자가 일렁거렸다.

"민 사장님, 제발 진정하시고 상황을……."

행여 불상사라도 터지면 큰일이다 싶어 중재자를 자청한 마스터가 손까지 모으며 타일렀다. 아예 대신 빌기라도 할 태세였다.

"손님도 얼른 사과하시면……."

하지만 이혁이나 지후나 마스터의 충고를 귀담아듣는 기척은 눈을 씻고 봐도 없었다. 그들은 끈질기게, 오로지 상대방만을 노려보고 있었다.

"네가 감히 강은소에 대한 내 자격을 운운해?"

간담이 서늘해질 정도로 으스스한 뇌까림이었다. 하지만 그 정도로 졸아들 백지후가 아니었다. 그는 지금 스스로도 놀라울 정도로 사나웠다.

"당신이 은소에 대해 뭘 압니까?"

"전부. 네가 모르는 부분까지 남김없이 다 알아."

이혁은 이를 갈 듯이 중얼거렸다.

거짓말. 자신의 거짓말이 이 애송이 자식에게 지기 싫은 허세에 불과하다는 것을 이혁은 알고 있었다. 이혁은 이 불쾌한 자격지심을 몽땅 백지후에게 쏟아부었다.

"그 여잔 결혼식까지 올린 내 여자야. 죽었건 살았건 네놈 따위가 참견하고 끼어들 자리는 없어!"

지후의 입술이 올라갔다. 자신감 있게.

이혁의 안에서 뭔가가 자꾸 끊어져 나갔다. 마스터가 안절부절못하며 귀찮게 얼쩡거리자 이혁은 냉혹한 눈길 한 번으로 그를 겁에 질리게 했다.

"그럼 은소 등에 난 상처가 어떻게 생겼는지도 알겠군요?"

"뭐?"

관자놀이 부근이 움찔했다.

"물론 모르겠죠. 은소의 회사를 망치고 처제를 유혹하느라 너무 바빴을 테니까. 오죽하면 아내의 장례식에 참석할 작은 짬조차 못 내셨으니 말입니다. 그러니 아내의 등에 난 시시한 상흔쯤 어디 신경 쓸 여력이나 있으셨을까."

지후는 평소의 침착한 성격을 전부 던져 버리고 날카롭게 이혁을 매도했다.

"당신이란 인간은 말입니다. 애초부터 은소를 가질 자격이 없었어!"

그것은 이혁의 치부와 약점을 곧바로 건드리는 말이었다.

"그 머저리가, 그 바보가……, 우기지만 않았어도……! 빌어먹을!"

이혁의 표정이 심하게 일그러졌다. 아무에게도 보인 적이 없는 얼굴이었다.

그는 천천히 걸음을 옮겼다. 낮은 포복으로 사냥감을 물어뜯을 준비를 마친 검은 맹수처럼 느릿하게 미끄러지듯이…….

"당신이 죽였어!"

지후가 거칠게 비난했다. 이혁의 얼굴에서 감정이 사라진 것은 그때였다.

"너 같은 새끼가 뭘 알겠어! 그 애가 어떻게 살았는지, 그 녀석이 얼마나 불쌍하고 아픈 녀석인지!"

"다신……!"

이혁이 속삭였다.

"다신 강은소에 대해서 잘난 척 입 떼지 마라, 백지후!"

이혁의 두 눈빛은 검푸르게 죽어 있었다. 넘실대는 어두움이 그의 전신을 감돌았다. 그러나 지후는 피하지도 움찔거리지도 않았다.

"딴 놈들이라면 벌벌 길지 몰라도 오늘 당신, 상대를 잘못 골랐어. 민이혁, 당신 오늘 내 손에 죽는다!"

지후는 붉은 천을 향해 돌진하는 황소처럼 이혁을 향해 돌격했다. 이혁의 팔꿈치가 가차 없이 그의 등판을 찍어 내리고 있었다.

골목 밖으로 마스터의 비명이 터져 나갔다.

25. 잃어버린 것의 무게

"이름."

지후는 쑤시고 시큰거리고 고통스러운 몸을 부여잡고 조그만 간이 의자에 몸을 구겨 넣었다.

"백지후."

"주민등록번호."

"여보십시오, 형사님."

"거주지."

자판 두드리는 소리가 요란했다.

"아, 글쎄. 이 자식 꼴을 보면 모르겠습니까? 이 녀석은 일방적으로 두들겨 맞기만 했다고요!"

"증인이 있수, 그쪽 친구 분이 먼저 폭력을 행사했다는!"

우락부락하게 생긴 초로의 형사는 끄덕도 하지 않고 조서를 써 내려갔다.

"속 터져 돌아가시겠네."

누군가의 신고로 경찰이 오고 지후를 따라 인근 서까지 쫓아온 윤수는 답답한 가슴을 쳐 대며 딱딱거렸다.

"봤으니 아실 거 아닙니까? 저게 어디 한 대라도 맞은 사람 얼굴이냔 말입니다."

"우린 법대로 처리하면 그뿐이야."

"그럼 저 인간도 책상 앞에 앉혀서 함께 시시비비를 가려야 할 거 아닙니까? 누군 어떤 사람만큼 백이 없어서 이러고 있는 줄 압니까!"

벽 쪽에 붙어 있는 긴 소파에 무표정하게 다리를 꼬고 앉아 있는 이혁을 가리키며 그는 경찰의 부당한 차별 대우를 지적했다.

"싸움질은 같이했는데 누군 사지 멀쩡해도 저렇게 알아서 대우해 주고 누군 당장 병원에 실려 가야 하게 생겼는데도 취조부터 받아야 하고, 이런 무경우가 대관절 어디 있냐고! 환장 칠!"

"호들갑 떨지 않아도 알아서 절차대로 할 거유. 그리고 자꾸 시끄럽게 굴면 공무 집행 방해로 간주하겠수다."

"뭐예요?"

"야, 그만해라. 내가 시작한 건 사실이잖아."

버럭버럭 언성을 높이며 간 크게 덤벼드는 친구를 뜯어말리며 지후는 부어터진 얼굴로 사과했다.

"죄송합니다, 좀 다혈질이라서."

"친구가 똑같구먼."

"아니, 듣자 듣자 하니 이분이!"

부아가 치민 윤수가 길길이 날뛰었다.

"실례합니다."

중후한 무게가 느껴지는 음성이 시끌시끌한 다툼을 일시에 잠재웠다. 반듯하게 각이 선 고급 양복과 치밀한 인상, 검은 테의 안경 안에서 빛나는 지적인 눈동자, 손에는 검은 가죽 가방이 들려 있었다.

"아, 네. 어디서 오셨는지……?"

눈치 빠르고 노련한 형사는 단번에 무시할 인물이 못 된다고 분류했는지 의자에서 일어나 그를 맞았다. 중년의 남자는 포켓에서 빳빳한 크림색 명함 한 장을 꺼내 형사에게 내밀었다.

"민 사장님 고문 변호사입니다."

"아, 예."

"이거야 잘하면 코 박고 엎어지겠군."

두 손으로 공손히 그 종잇조각을 받아 드는 형사의 모습에 윤수가 코를 벌름거렸다. 지후는 열 내지 말고 잠자코 있으라고 눈치를 주었다.

"단순히 의견 다툼이 생겨서 주먹이 몇 대 오고 간 것뿐입니다. 사장님도 따로 처벌을 원하시지 않는다고 하시고……."

변호사는 안경을 추켜올리며 잠시 말을 중단했다.

"그냥 훈방 정도로 마무리해 주십시오."

형사는 즉각 반색을 표했다.

"뭐, 그러시다면 저희야 편하지요. 피해자 쪽에서 고소하실 의향이 없으시다니……."

"피해자는 누가 피해자야!"

"그만해라."

씩씩대는 윤수를 말리며 지후는 형사와 몇 마디를 더 주고받은 변호사가 이혁에게 가서 인사하는 모습을 바라보았다. 이혁이 일어서자 변호사와 같이 온 듯한 젊은 남자가 그에게 정중하게 겉옷을 건넸다.

잘한다. 속 시원하니? 네가 무슨 조폭 똘마니야, 코찔찔이 골목대장이야? 대학에서 애들 가르친다는 녀석이 채신 좀 똑바로 해. 나잇값도 못하고…….

쥐어박는 듯한 은소의 목소리가 고막을 쟁쟁 울릴 지경이었다.

시끄러워. 이게 다 네 탓이지 누구 탓이야? 그렇게 어처구니없이 없어져 버렸는데 나더러 어디 가서 하소연을 하란 말이냐고! 그리고 세경이, 그 앤…….

"씨부럴, 돈의 위세가 좋긴 좋구먼."

경찰서를 벗어나자 제일 먼저 그들이 눈에 띄었다. 변호사가 깍듯하게 인사를 하고 먼저 차를 타고 떠나자 젊은 남자가 지후들 쪽으로 다가왔다.

"무슨 일이슈?"

원래는 예의 바른 녀석인데 지후 때문에 꼭지가 돈 모양이다.

"병원에 가시지 않아도 되겠습니까?"

"사람이 무슨 당구공이오, 이리 치이고 저리 치이게? 병 주고 약 주는 것도 정도가 있어야지! 허참! 얼마나 대단하신 양반들인지는 모르겠는데 이 녀석 병원에 데리고 갈 돈은 나한테도 충분해요!"

지후의 제지에도 불구하고 윤수는 아예 시비조로 불끈불끈 받아쳤다.

"친구 분 상태도 그런데 모셔다 드리겠습니다."

어디까지나 정중함 그 자체였다. 속을 알 수 없어 무서운 인간이란 이런 사람을 두고 하는 말일 것이다. 윤수도 찜찜했는지 한풀 수그러진 음성으로 대꾸했다.

"됐어요. 당신 주인이나 끌고 냉큼 사라져 주는 게 돕는 거요."

"정 그러시다면 알겠습니다. 그럼 이만."

남자는 민첩하게 이혁이 타고 있는 차로 돌아갔다. 윤수는 아니꼽다는 눈으로 그들을 꼬나보았다.

"망할 자식들, 끝까지 사과 한마디 안 하네."

지후는 갈비뼈 부근을 어루만졌다. 그때의 민이혁의 태도로 봐서는 그를 아예 짓뭉개 버릴 심산처럼 느껴졌었다. 아니면 살과 뼈를 전부 발라내 버리거나……

금이 간 것 같지는 않은데…….

"누구냐?"

"뭐가?"

흔한 말로 삭신이 다 쑤시고 결렸다.

"저치 말이다. 정체가 뭐냐고?"

윤수는 사라지는 자동차의 꽁무니를 손가락질했다.

"재하 그룹……, 현 주인이다. 민이혁 사장."

예견했던 대로 헉 하는 경악이 녀석의 입에서 터져 나왔다.

"이 자식아, 그런 작자한테 먼저 달려들어 주먹을 날렸단 말이야? 누울 자리를 보고 다리를 뻗으랬다고 맨땅에 헤딩해 봐야 골병드는 게 누군데!"

그가 투덜거렸다.

"그런데 만날 서류 나부랭이나 잡고 살 인간이 뭐가 그리 센 거냐? 너도 싸움 하면 어디 가서 얻어맞고 오는 놈은 아니잖아."

"그러게."

지후는 그 와중에도 부러질 곳은 피하고 힘을 조절해 급소만 찍어 넣던 이혁의 기술적인 몸놀림을 상기했다.

제기랄! 목숨을 건진 게 행운이라는 비굴한 생각을 하게 될 줄이야!

"처리는 다 됐나?"

"네, 사장님. 한사코 병원은 안 가겠다고 해서……."

"그래."

윤 부장은 침착하게 운전석으로 들어갔다.

"이런 시간에 불러내서 미안하네."

"별 말씀을 다 하십니다."

이혁은 비스듬히 몸을 기대고 차창 밖을 주시했다.

싸움도 못하는 놈이 호기만 살아서…….

이혁은 무표정하게 네온사인의 행렬을 바라보았다.

"어디 불편하십니까?"

"자네가 보기에도……."

이혁은 피곤하게 눈을 감았다.

"착해 보이는 놈이지?"

"아까 다친 청년 말씀이십니까?"

이혁은 대답이 없었다.

"좀 부어 있어서 그렇지 선하고 대가 바른 인상이더군요."

"드물지. 이런 지저분한 시궁창 같은 세상에선……."

저런 놈을 놔두고 왜 하필 나를 택한 거냐, 강은소? 너라면 지옥이라도 마다하지 않고 걸어 들어갈 저런 괜찮은 놈을 버리고……, 어째서?

'당신에게 주고 싶은 것이 많아요.'

그래서 다 줬으니 훌훌 털고 가 버렸다?

"빌어먹을!"

울컥 눈시울이 뜨거워서 이혁은 손바닥으로 이마를 덮었다. 실컷 헛손질만 하던 놈을 반쯤 병신으로 만들어 놓은 것은 그인데 지금의 이 통증은 어디에서 비롯된 것이란 말인가?

"사장님?"

'당신이 은소에 대해 뭘 압니까? 그럼 등에 난 상처가 어떻게 생겼는지도 알겠군요?'

물어보지 않았다. 그녀에 대해서 더 많이 알게 되는 게 내키지 않아서…….

'너 같은 새끼가 뭘 알겠어! 그 애가 어떻게 살았는지, 그 녀석이 얼마나 불쌍하고 아픈 녀석인지!'

아무 호의도 진실도 없이 대했던 여자, 그가 결혼하고 잃어버린 여자.

이혁은 좌석 뒤로 머리를 젖히며 자신의 왼팔을 얼굴 위에 올려놓았다.

제기랄! 그는 지금 어떤 여자가 죽고프게 보고팠다.

너 없이 사는 건 두렵지 않아. 혼자 있는 건 아무렇지 않은 놈이니까. 하지만 강은소, 죽어서도 너를 보지 못하리란 것, 그것이 나한테 아주 치사한 소망을 갖게 한다.

넌 지옥에 있으면 좋겠다, 강은소. 내가 찾아낼 수 있게, 백지후 같은 착한 놈들이 절대로 넘볼 수 없게, 너는 지옥에 있었으면 좋겠다.

"평창동 집으로 가."

"알겠습니다."

은소가 죽은 이후 이혁은 회사 근처에 따로 집을 사들였다. 그리고 그들이 신혼살림을 꾸렸던 평창동 부근엔 얼씬도 하지 않았었다. 하지만 윤 부장은 아무 말 없이 그의 명대로 차의 핸들을 돌렸다.

사람이 살지 않는 집은 금방 표시가 난다. 아무리 깨끗하게 청소를 하고 난방을 해도 훈기가 느껴지지 않는 것이다. 열쇠로 문을 따고 오랜만에 집에 들어선 이혁은 어두컴컴한 동굴처럼 찬바람이 이는 거실을 바라보았다. 일주일에 두 번 파출부가 청소를 한 터라 집은 먼지도 없이 깨끗했다.

이혁은 자신도 모르게 발길을 옮겨 은소의 침실로 들어갔다. 이혁은 은소의 방을 그녀가 떠났던 때 그대로 고스란히 남겨 놓았다. 다른 사람의 손길이 닿는 게 싫었다. 그 여자의 물건을 누군가 만지고 그 여자의 향이 배인 옷들을 버리는 것이 구역질나게 싫었다.

비틀거리는 걸음으로 이혁은 털썩 침대에 몸을 맡겼다. 가만히 죽은 듯이 누워 그는 이제 아무 냄새도 나지 않는 삭막한 공기를 들이마셨다. 파출부가 깜박하고 제대로 닫지 않았는지 벌어진 커튼 사이로 하늘이 올려다 보였다. 이지러지며 약해져 가는 그믐의 달이 처연한 잔설을 은은하게 사방으로 뿌리고 있었다.

네 안에 들어가고 싶어. 네 안에서 자고 싶어, 강은소. 무덤이라도 파헤치고 싶을 만큼, 뼛가루라도 그러모으고 싶을 만큼…….

이혁의 손가락이 시트 위를 방황하듯 어루만졌다.

꿈에서조차 내게 오기 싫어하는 너를 말이다.

세경은 끓고 있는 물에 라면을 넣고 계란을 풀었다. 저녁도 먹었는데 내리 몇 편의 영화를 비디오로 보는 사이 배가 고파졌다. 사 놓은 김치를 꺼내 식탁에 올려놓고 면이 적당히 익기를 기다렸다.

오랜만에 만난 감독은 호의를 보였다. 그리고 다음 배역에 세경을 쓰고 싶다는 의사를 사심 없이 밝혔다. 그에게도 그녀에게도 위험이 따르는 도박이었다. 일단 가라앉았다고 하지만 그녀가 재등장하는 순간 루머는 일제히 되살아날 것이다. 견뎌내고 재기하든가 아니면 유명세의 뒷길로 영영 사라지든가 둘 중 하나였다.

돈은 충분했다. 평생 놀고먹어도 좋을 만큼 은행의 잔고는 넉넉했다. 하지만 본의 아니게 택한 은둔자 생활과 차츰 늘어가는 주량을 자각하게 되면서 세경은 서서히 망가져 가는 자신을 들여다보았다. 탈출구를 찾아야만 했다. 여기서 끝내기엔 그녀의 자존심이, 배우로서의 프라이드가 아직 너무나 펄펄 살아서 뛰고 있었다. 젖 먹던 힘까지 다 끄집어내야 한다고 해도 그녀는 이 배역을 완벽히 소화하고 말 것이다.

수납장에서 면기를 꺼내는데 벨소리가 울렸다. 레인지의 불을 끄고 세경은 현관으로 향했다.

"누구세요?"

대답이 없었다.

이 시간에 아이들이 잠 안 자고 장난을 치는 것도 아닐 테고……

수상쩍은 사람은 아닌지 세경은 거듭 물었다.

"누구세요?"

"나야."

기운 없이 들려오는 음성은 그녀가 아무리 잊으려 해도 잊을 수 없는 사람의 것이었다. 투시 렌즈 너머로 보이는 사람은 분명 지후였다. 집과 연락을 안 한 지도 꽤 되었다. 나중에 그가 대학에 시간 강사로 나가고 있다는 소식만을 접했었다.

세경은 머뭇거리며 체인을 풀었다. 그리고 그녀의 눈에 성큼 뛰어 들어온 것은 말라붙은 피딱지와 거무죽죽하게 멍든 군데군데의 상처들, 장마철에 축 처진 꾸깃꾸깃한 빨래처럼 형편없는 몰골을 하고 있는 지후였다.

세경은 대뜸 야멸치게 쏘아붙이고 말았다.

"뭐야, 그 얼굴 꼬락서니는?"

"흉하냐?"

자세히 보니 다리도 살짝 절고 있었다.

"싸웠어?"

"그냥 별 볼일 없는 놈이랑 잠깐 시비가 붙었어."

별 볼일 없는 놈한테 그렇게 쥐어 터졌단 말이야?

"가지가지 하네."

아파트에 비상약을 사다 두었던가 떠올리던 세경은 이런 생각부터 하는 자신에게 화가 났다.

"그럼 가서 잠이나 자든가. 무슨 일이야, 여기까지?"

공원에서 그렇게 헤어진 이후 세경은 그가 다시는 자신을 찾지 않을 거라고 생각했다. 그리고 예상대로 그는 여태껏 전화조차 하지 않았었다.

지후가 양 손바닥으로 얼굴을 쓸었다.

"아무것도 아니야. 그냥 지나다 보니 근처라서⋯⋯."

내가 여기 사는 건 어떻게 알고?

"어머니가⋯⋯."

묻지도 않은 질문에 시키지도 않은 대답을 하며 그가 그녀를 빤히 보았다.

담백하고 정직한 눈동자. 왜 이 남자는 어떻게 해도 변하지 않는 걸까? 좀 야비해지고 망가져도 좋으련만 왜 세월의 때를 타지도 않고 늘 깨끗하게만 남아 있는가 말이다. 자신은 닳고 닳아 더는 지켜 갈 순수조차 찾을 수가 없는데⋯⋯.

그와의 거리가 너무 멀어서 세경은 더럭 숨이 막혔다. 그들 사이의 틈을 회복할 수 없이 벌려 놓은 장본인은 정작 자신임에도 불구하고 가슴이 지끈지끈 아파 왔다.

"라면 먹는 거야?"

"출출해서⋯⋯."

"살찌겠다. 하긴 넌 좀 쪄도 괜찮아."

세경은 머쓱하게 물러섰다.

"같이⋯⋯, 먹을래?"

"아니, 됐어."

지후는 웃으며 고개를 저었다.

"갈게. 밤늦게 불쑥⋯⋯, 미안하다."

그냥 가게 둬. 확인하지 마. 그가 왜 여기까지 왔는지 알아서 뭐 하려고?

"지후……!"

그러나 세경은 그를 불러 세우고 말았다.

"뭘 원해?"

"아무것도."

일부러 지후에게 그녀가 저지른 일을 털어놓았을 때는 그의 책망이나 분노, 혐오 같은 걸 예상했었다. 아니면 적어도 민이혁처럼 냉혹하게 그녀를 몰아세울 거라고 생각했었다. 하지만 아무리 기다려도 백지후는 그러지 않았다. 이혁보다도 오히려 은소의 죽음에 그녀를 처단할 명분과 자격을 갖춘 그는 그녀를……, 무시했다.

지금도 지후는 그녀와 시선을 마주치지 않았다.

"간다. 식사해."

그냥 속 시원히 미워해. 그게 나아. 어쭙잖은 다정함 따위 내 앞에 들이대지 말라고!

"그래."

세경은 그가 나간 문을 미련 없이 소리 나게 닫아걸었다. 주방으로 간 그녀는 냄비에 담긴 라면을 개수대 안에 엎어 버렸다.

다시금 무참했다.

지후는 차가운 철문에 쭈그리고 앉았다. 다리에 힘이 풀려서 서 있을 수가 없었다.

나는 어쩌면 좋지? 은소야, 대답 좀 해! 이 인정머리 없는 계집애야!

'있지, 나 그 사람 많이 좋아해, 아주 많이……. 하지만 말이야, 지후야. 그 사람 앞에 서면 내가 아무것도 아닌 것 같아 슬퍼져. 그리고 난 또 그걸 너한테밖에 하소연할 데가 없어.'

"바보 같으니……."

지후는 끙 하고 괴롭게 신음했다.

알아, 내가 치사하고 야비했다는 거. 그냥 어쩌다 알게 된 네 비밀 하나, 그것도 본인 입으로 전해 들은 것도 아니면서 그 남자 앞에서 뻐기고 잘난 척했다는 거 안다고. 제기랄! 그래도 돌아 버리겠는 걸 어떡해? 그놈이 너하고 세경이를 한꺼번에 가지고 놀았다고 생각하면 지금도 속에서 천불이 솟는데…….

'한심하지?'

"그래, 한심하다, 강은소. 너나 나나 진짜로 한심한 꼴불견들이야."

먼동이 터 오고 이른 새벽 까치들이 야단스럽게 지저귈 때까지 지후는 그렇게 하염없이 세경의 아파트를 지켰다.

26. 재회

"난 좀 조용할 때 갈게요."

은소는 전화기에 대고 우현의 닦달을 부드럽게 넘겼다. 오늘은 그의 전시회 개막일이었다.

"어쩌면 거기 나 알아보는 사람도 있을 텐데……. 그런 분란 사양하고 싶어요."

솔직히 참석하고 싶지 않았다. 그의 전시회에 관여하게 된 것은 석현과 우현 부자의 청 때문이었지, 그녀의 커리어를 쌓기 위한 일이 아니었다. 이미 강은소로서 세상에서 말소된 존재인 그녀가 그런 자리에 나가는 것은 아무리 머리를 자르고 스타일을 바꾸었다고 해도 위태로울 수밖에 없었다.

물론 들킨다고 해도 닮은 사람이라고 시치미를 떼면 그만이었다. 세상에는 흡사한 얼굴도, 비슷한 사람도 얼마든지 있을 테니까. 그녀는 결점도 흠도 없는 새로운 신분증과 새로운 삶을 손에 넣었다. 아무도 그녀가 불의의 사고로 죽은 비운의 상속녀라는 사실을 증명해 낼 수 없을 것이다. 하지만 과거와의 충돌은 아직 나중으로 미루고 싶었다.

"네, 알았어요."

은소는 막 분갈이를 한 허브 화분에 분무기로 물을 듬뿍 뿜어 댔다.

"잘하세요. 네……."

수화기를 내려놓고 그녀는 베란다의 반을 차지해 버린 각종 화초 무더기를 순서대로 배열하기 시작했다.

"누구?"

— 정우현 씨라고 하시는데요.

뜻밖의 이름을 듣고 이혁의 눈썹이 올라갔다.

정우현이라고?

"연결해."

프랑스로 간다는 연락만 툭 던져 놓고 행방불명이 된 이후 몇 년 동안, 가뭄에 콩 나듯 잊을 만하면 가끔 안부랍시고 기별이 왔었다. 친하지도, 그렇다고 특별하지도 않은 녀석이지만 그의 기억에 유일하게 남아 있는 고등학교 동창이라는 점을 생각하면 남다르긴 했다.

— 여어, 민이혁. 여전히 잘나가는 모양이구나.

혹시나 했는데 그 녀석이 맞는 모양이었다.

이혁은 의자에 느슨히 등을 기댔다.

"뭐냐, 너?"

— 뭐냐라니? 아직도 개과천선 못 했냐? 여전히 우중충하기는…….

서로의 근황은 제쳐 두고 어깃장부터 놓고 있었다. 흉허물 없이 치근대는 이 녀석의 재주를 어느덧 까맣게 잊고 있었다.

"실없는 소리 말고 용건이나 말해."

— 나 전시회 한다.

머리만 던져 놓고 몸통은 온데간데없다.

이혁은 말꼬리를 올렸다.

"전시회?"

— 나 프랑스 가서 환쟁이 됐다고 했잖아.

그랬었다. 남들 못 가서 안달인 의대를 수석으로 입학하고도 덜컥 자퇴서를 제출하고 사라져 버렸다고 들었다. 그러더니 느닷없이 이혁에게 행선지를 알리고는 그림을 그리러 간다고 했던가? 전시회까지 한다고 하는 걸 보니 제대로 된 정식 화가가 되긴 한 모양이었다. 고등학교 때는 미술에 별다른 흥미라고는 없더니…….

그래서 사람 사는 일은 아무도 모르는 것이다. 이렇게 낮도깨비처럼 화가가 될 거라고는 짐작도 못 했었다.

"그런데?"

네가 환쟁이가 됐든 화가가 됐든 나하고 무슨 상관이냐는 심상한 태도에 녀석은 귀가 멍멍해지도록 고함을 질렀다.

— 그런데라니! 하나뿐인 친구가 전시회를 한다고! 이 싸가지 없는 놈아!

이혁은 수화기를 멀리 떨어뜨려 놓고 이마를 찡그렸다.

"너 같은 친구 놈 둔 적 없는데……."

— 여직 그 덜 자란 사춘기 심보를 그대로 갖고 있냐? 네놈도 나만큼이나 징하다, 민이혁.

우현이 혀를 쯧쯧 찼다.

— 그래도 마음 써서 초대장까지 보냈는데 이틀이 지나도록 코빼기도 안 보여?

토라진 척 낌새를 피워 봤자 안에서 새는 바가지 밖에서도 새는 법이다. 아마 허벅지를 꼬집어 가며 제 딴엔 진지한 분위기를 그럴듯하게 연출해 볼 요량인가 보지만, 녀석의 수법이야 신물 나도록 겪지 않았던가.

"그런 거 못 봤다."

이혁은 간단하게 부인했다.

— 그게 아니라 봉투를 열지도 않고 쓰레기통으로 직행시켰겠지. 바쁘신 몸이라 나같이 가난한 무명 화가가 여는 전시회 초대장에 일일이 관심이나 두시겠냐고.

변죽과 능글거리는 입심은 변한 게 없는 녀석이다. 오히려 단수가 더 높아졌다고 해야 할까?

"바쁘다. 짧게 해."

— 밥맛없는 노무 자식!

원통하다는 탄식을 토하며 우현이 소리쳤다.

— 빨랑 초대장 찾아서 튀어 와! 안 그랬다간 재하 그룹 민이혁 사장의 숨은 실체가 얼마나 재수 없는 깡패 새끼인지 뒷소문으로 원 없이 듣게 해 주마.

이혁은 곰곰이 뜸을 들이다 스케줄을 확인했다. 모레쯤이면 시간을 뺄 수 있을 것 같았다. 물론 급한 일이 발생한다면 물 건너가는 일이 되겠지만……. 그러면 살인 청부업자라도 고용해서 정우현의 나불대는 입을 막을 수밖에…….

이혁은 무심코 피식 웃어 버리고 말았다. 정우현에게 그만한 가치가 있는지는 모르겠지만 머리를 식히는 것도 나쁘지 않았다.

초대장은 우현의 다분히 자학적인 예견대로 폐기 처분된 것이 확실했다. 결국 비서에게 전시회 장소를 확인시켜 가며 참석한 전시회는 가난한 무명 화가 운운했던 녀석의 엄살이 무색하게 대성황을 이루고 있었다. 대충 누구라고 얼굴이 알려진 유명 인사들이 여기저기 포진해 있었고 작가의 불매 라벨이 붙은 몇몇 작품 외의 그림들은 모두 낙찰이 끝난 상태였다.

"굶어 죽지는 않겠구나."

10년 가까이 실물로는 만나지 못한 우현은 다행인지 불행인지 변한 게 거의 없었다. 한량처럼 빈들대는 미소도, 뽀득거리며 윤이 나는 면상도, 나이는 제대로 먹은 게 확실한 건지 의구심이 일 정도였다. 객관적으로 그들은 천차만별의 개성에다 몇 살 터울이 지는 형과 아우처럼 보였다.

"그래, 이래야 민이혁답지."

우현이 한숨을 푸욱 내쉬었다.

"잘 지냈냐? 어쨌든 반갑다."

이혁의 등을 과격하게 두드리며 그는 가지런한 치열을 드러낸 채 싱글거렸다.

"실은 끝까지 올지 안 올지 자신이 없었는데……."

우현 자신도 난데없었다는 것은 깨닫고 있었던가 보다.

"어떠냐? 이 정도면 나도 대충 성공은 한 셈이지?"

쉴 새 없이 말을 걸어오는 사람들 중 태반은 여자들이었다. 이혁은 희미하게 냉소를 지었다.

"그렇군."

따가운 시선들이 실내에서 단연 돋보이는 두 남자의 언동에 집중되었다. 우현은 곧 그들이 노출된 공공장소에 서 있다는 것을 깨닫고 프라이버시를 지킬 수 있는 장소를 물색했다.

"이러지 말고 사무실로 가자."

전시회에 쓰이는 비품들을 제외하고 나면 사무실은 휑했다. 흰색 린넨 커튼과 흰색 벽, 그리고 새하얀 천장이 전부였다.

완전히 흰색 천지로군.

우현이 권한 의자를 거절하고 이혁은 겉옷을 벗어 그 자리에 내려놓았다. 방 귀퉁이 작은 테이블 위에 각종 음료수들이 종류별로 놓여 있었다.

"뭐 한잔 마실래?"

"됐어."

우현은 캔 하나를 땄다.

"그런데 여기까지 오면서 달랑 빈손으로 온 거냐?"

"성의보단 현금이 절실할 것 같아서……."

"안 팔리는 그림들이나 사 주시려고?"

"선점자들이 많아서 차례가 올 것 같지 않군."

"너 주려고 따로 빼놓은 거 있으니 왕창 주고 가져가라."

"공짜는 질색이야. 계산서 첨부해서 보내."

이혁은 건성으로 말을 받으며 담배 하나를 꺼내 물었다. 영문도 모르고 별안간 생겨 버린 공짜는 강은소가 내던지고 간 것들로도 넌더리가 났다.

"아직도 그 담배 피우냐? 여하튼 그러고도 네놈 폐가 불만 없이 움직여 주는 거 보면 용하다, 용해."

그러면서 우현은 창문을 확 열었다. 쓰면서도 어딘가 깊은 향을 맡고 있노라니 어라 하는 생각이 지나갔다. 그러고 보니 그녀도 같은 것을 피웠다.

세상의 나쁜 놈들이 유독 좋아하는 상표인가? 어쨌건 더 비위에 거슬리는군.

"알았다, 덤터기 왕창 씌워서 보내마. 들리는 풍문으로는 나 같은 놈은 아예 쳐다도 못 볼 정도로 출세 가도를 질주하고 계시다니 딱 반만 털어 가마."

억지로 털어 가든, 강도짓으로 작살을 내든 이혁에겐 쓸데없는 돈이었다.

우현은 바지 주머니에 한 손을 넣고 그를 쳐다보았다.

"너 한 건 크게 저지를 놈인 줄은 일찌감치 알았다만 설마 재하 그룹의 주인이 될 거라고는 예상 못 했었다. 그것도 새파랗다 못해 싹도 안 날 나이에……. 우연찮게 친구 놈들 만났더니 아예 민이혁의 전설적인 성공담으로 날 새는 줄 모르더군."

묵묵히 담배 연기가 떠돌았다.

자기 꾀에 자기가 빠져서 바라지도 않던 자리에 발목이 잡힌 것도 운이라면 운이겠지.

원래 그는 악운을 끌어들이는 타고난 재능이 있었다.

"근데 네 사업은 어쩌고 재하 그룹에 입사했던 거야? M & A인가 그걸로 엄청 벌었다더니?"

"벌었었지."

그 부를 바탕으로 사람을 끌어들이고, 약점을 이용하고, 재하를 무너뜨리는 결정적인 기반을 구축했었다. 그리고 아직도 그의 수중에서 튼튼하게 굴러가고 있다. 원래는 재하를 해치운 다음 복귀하려던 것이 차일피일 미루어져 버렸다.

후임으로는 윤 부장이 적격일지도……. 그러니까 뭐냐? 지금 나는 계속 재하에 남아 있는 것을 고려 중이라는 얘기가 되는 건가?

누구 때문에? 무엇 때문에?

"이야기 들었다. 부인……."

우현은 상당히 조심스러운 억양으로 진중하게 물었다.

"거기 딸이라서 알리지도 않고 결혼했던 거냐?"

사랑은커녕 인간의 감정조차 신뢰하지 않는 녀석이란 건 우현도 어차피 알고 있었다. 그리고 싫어하는 이혁을 기어이 쫓아갔던 날의 재하 그룹 한 회장의 장례식…….

"재하 그룹 강 회장이었지, 네 목표가?"

이혁의 가슴에 박혀 있는 얼음송곳 같은 뾰족한 증오심을 확인했던 날이기도 했다. 아무리 철석같은 배포를 지닌 사람이라도 머리끝까지 싸늘해지는 한기를 풀풀 흘려 내던 그의 눈빛을 잊지 못할 것이다. 그러나 여전히 그 이유는 오리무중, 무저갱 속에 박혀 있었다.

이혁은 어렸었다, 자신의 인생을 걸고 누군가를 파멸시키려 할 만큼 철저한 복수심에 사로잡히기에는. 더구나 우현이 그를 만났을 때 이혁은 이미 그 대상을 정해 놓고 있었다.

"이제 후련해진 거냐?"

"다른 이야기 하자."

아침마다 거울로 네 얼굴은 보는 거냐? 그럼 알고 있을 테지, 시원한 종결 근처에는 다다르지도 못한 표정을 짓고 있다는 걸. 뜻대로 다 이뤄 놓고, 남들은 꿈에서나 갈망하는 전부를 성취해 놓고도 지금 네 모습은 만족한 사람의 것이 아니라는 건 자각하고 있는 거냐?

늘 이랬다. 누가 돌봐 주지 않아도 혼자서 얼마든지 잘해 내는 녀석인데, 어쩐지 한참이나 처지는 우현이 신경 쓰게 하고 귀찮아지게 만들었다. 어떤 얼굴로 살고 있나 확인이나 해 보고 싶어 불러냈더니 전보다 더 세상 살기 싫다는 무료한 눈을 하고 있다.

"너 혹시……?"

막 따져 묻듯 입을 여는데 사무실 문을 노크하는 소리가 들려왔다.

"잠깐."

우현은 들고 있다는 것조차 까맣게 잊고 있던 음료수를 서둘러 내려놓고 문가로 걸어갔다. 몸을 돌린 이혁은 재떨이에 담배를 껐다.

"오늘은 들러야 할 것 같아서요."

우현은 이혁의 등이 바위처럼 딱딱하게 굳은 것을 알지 못했다.

"은후 씨!"

그리고 그의 몸 전체가 경련처럼 움찔한 것도…….

은소는 어수선하게 군집한 인파를 헤치고 우현을 찾았다. 아무래도 눈도장을 찍는 게 도리일 것 같아서 나선 길이지만 주인공은 어디에서도 흔적을 찾을 수 없었다.

"아, 한은후 씨! 어서 오세요."

같이 작업을 도운 전시회 담당자가 그녀를 알아보고 반색을 했다. 이제 한은후라는 이름이 익숙해질 때도 됐건만 여전히 다른 사람의 이름을 듣는 듯한 괴리감을 느끼고는 했다.

"수고가 많으시네요."

"그렇지 않아도 왜 안 오시나 궁금했어요. 정 선생님도 잔뜩 고대하시는 눈치시던데……."

"저까지 안 보태도 될 것 같은데요."

은소가 주변을 가리키자 그녀는 자랑스럽게 고개를 끄덕였다.

"그렇죠. 이틀 만에 벌써 다 낙찰됐다니까요. 미리 예약 주문하겠다고 조르는 사람들 때문에 선생님이 아주 곤혹스러워하세요."

그녀는 이 이례적인 대성공에 흥분한 기색이 역력했다. 미술계가 전반적으로 침체를 겪고 있는 시기에 이만한 구매자들을 끌어들였다는 데서 자부심을 가질 만도 했다. 정우현의 개인적인 명성과 전시 기획의 복합적인 승리였다.

"가만있자, 좀 전에 친구 분이랑 이야기 나누시는 걸 봤는데……. 아마 사무실에 계실지도 모르겠어요."

"손님이 계시면……."

은소가 핑곗거리를 찾고 있는 것을 눈치 빠르게 감 잡았는지 그녀가 얼른 말꼬리를 달았다.

"가셨을 거예요. 잠깐 잠깐 지치시면 휴식 삼아 숨으시니까."

"그래요?"

"예쁘다. 장미네요?"

은소의 품에 한 아름 안겨 있는 노란색 장미를 보며 그녀가 부산을 떨었다.

"정 선생님, 무지 좋아하시겠다. 얼른 가셔서 생기 좀 불어넣어 주세요."

자칫 두 팔 걷어붙이고 등이라도 떠밀 기세였다. 아무래도

우현과 그녀의 사이를 오해하고 있는 모양이었는데 바로잡아
줄 기회가 도통 없었다. 그렇다고 정색을 하고 일일이 해명을
하는 것도 우스운 일이라 두고 보았을 따름인데…….

우현과 그녀라고? 도저히 상상이 가지 않았다.

뭐라고 해도 우현은……, 일단 오빠라는 위치를 점령한 사
람이었다. 피 한 방울 통하지 않았다고 해서 달라지지는 않았
다. 경계하고 꺼리던 마음이 점차 누그러져 어느새 친오빠보다
더 넉넉하고 편해진 사람이었고, 그녀는 그 관계를 무엇과도
바꾸지 않을 셈이었다.

하물며 그 아리기만 하고 고통뿐인 사랑의 대상은……, 이
혁 하나로 충분했다.

"목 빼고 기다리셨는데 이대로 그냥 가시면 섭섭하죠."

"네……."

인사는 해야 도리겠지.

양해를 구하고 빠져나가야겠다는 생각을 하며 은소는 사무
실로 향했다. 문을 열어 준 우현의 얼굴은 평소보다 약간 각이
져 있었다. 아무래도 중요한 손님과의 만남을 방해한 것은 아
닌가 싶었다. 볼일만 마치고 후딱 사라져 줘야겠다.

"오늘은 들러야 할 것 같아서요."

"은후 씨!"

그의 표정이 환하게 밝아졌다.

"손님 계신 것 같은데 미안해요."

"아니, 아니에요."

그가 도리질을 치며 호들갑스럽게 말했다.

"이렇게 와 준 것만으로도 고마워요. 괜히 내가 생떼를 부려서 싫은 일 시킨 거 아니죠?"

"아니에요."

"오늘 반가운 사람들 모이는 날인가 보다. 10년이나 가물거리던 친구 놈에 은후 씨가 꽃까지 사 들고 찾아와 주고……."

"마지막 날은 사람들도 많을 것 같고 해서……. 근데 오늘도 발 디딜 데가 없기는 마찬가지네요. 멋진 성공 축하해요."

"그야 다 은후 씨가 애써서 공들여 준 덕분이죠. 우와, 여자한테 이렇게 많은 장미 받아 보는 거 머리털 나고 처음이네. 이왕이면 빨간색이면 더 좋았을걸."

너스레를 떠는 우현에게 은소는 미소를 지었다.

"얼굴 봤으니 전 이만 가 볼게요. 손님도 기다리시는 것 같은데……."

우현의 뒤로 언뜻 뒷모습만 보이는 사람의 그림자에 은소는 왠지 맥박이 빨라졌다. 불안해진 마음은 그녀를 재촉했다. 그러나 우현은 그녀를 간단히 놓아 주지 않았다.

"그런 게 어디 있어요? 시간 다 되어 가니까 같이 나가서 한잔……, 아차차! 참, 술 못 마시지."

"됐어요. 눈코 뜰 새 없이 바쁠 텐데, 나중에 조용히 원장님이랑 셋이 해요."

미세한 떨림이 피부를 차갑게 식혀 놓고 있었다.

"잠깐만, 먼저 소개해 줄 사람이 있어요. 여기는……."

해석할 수 없는 두려움에 호흡이 멎었다. 은소는 우현의 커다란 몸이 최후의 보루인 양 무심코 그의 팔을 붙잡았다. 하지만 야속한 우현은 선한 웃음을 지어 보이며 기어이 그녀의 희망을 묵살했다. 서로의 시야를 가리고 있던 우현의 몸이 비켜났다.

"민이혁, 내 고등학교 앙숙이었죠."

은소에게서 힘이 빠지고 우현의 팔을 잡았던 손이 허공으로 툭 떨어졌다. 그의 경쾌한 소개는 계속 이어지고 있었다.

"이쪽은 한은후 씨, 이번 내 전시회에 제일 많이 수고해 주신 분이야."

이혁의 부근에 놓여 있던 유리로 만든 재떨이가 딱딱한 바닥으로 추락하며 사방으로 부서져 나갔다.

툭 건드리기만 해도 깨어져 버릴 듯한 팽팽한 긴장감이 사방을 지배했다. 영문을 모르는 한 사람과 조각처럼 굳어서 서로를 바라보는 두 사람은 각자의 이유로 쉽사리 입을 떼지도, 몸을 움직이지도 못하고 있었다. 이혁의 눈동자가 서서히 소용돌이를 더해 가며 격렬하게 파도치기 시작했다. 마침내 이 상황을 현실로 인정했다는 듯, 착각이나 헛것이 아님이 분명해졌다는 듯…….

"강……, 은……, 소!"

"뭐?"

이혁의 낮은 쇳소리에 우현이 의아하게 그를 바라보았다.

"살아……, 있었어……."

은소는 미친 듯이 몸을 돌렸다. 그리고 뛰기 시작했다. 이혁의 외침을 뒤로하고 귀를 막고 소리를 차단하고 그녀는 무조건 달려 나갔다.

아직은 아니야. 아직은 자신 없어. 아직은 나타나지 마.

다행히 후문에는 사람들이 없었다. 은소는 무거운 유리문을 전력으로 밀어젖히고 뛰어나갔다.

"살아……, 있었어……!"

이혁은 신음처럼 내뱉었다. 은소의 음성을 들었을 때부터 울려 대던 심장은 한달음에 한계 속도까지 도달했다. 숨을 쉬지도 못하고 이혁은 오로지 은소의 모습만을 주시했다.

너……, 너……, 너……!

은소가 달아나고 있었다.

또 사라진다고? 내 앞에서? 누구 멋대로!

"거기 서!"

아마 전시회장에 있던 수많은 사람들이 전부 그의 고함을 들었을 것이다.

"이혁아!"

우현이 뭐라고 지껄이며 그를 잡았지만 이혁은 한 가지 생각뿐이었다.

놓칠 수 없다. 귀신이건 유령이건 상관없다. 무조건 도망가지 못하게 해야 한다.

그는 우현을 뿌리치고 그녀를 추적하기 시작했다. 미친 야수처럼…….

　"강은소? 강은소라고……? 강……?"

　우현의 눈썹이 예리한 각도로 휘어짐과 동시에 뭔가에 강타당한 듯 그의 두 눈이 있는 대로 부릅떠졌다.

　설마, 그럴 리가!

27. 한 겹의 진신

5월이라도 한창 무더웠다.

흐드러진 녹음, 땡볕에 달아오른 아스팔트, 반팔의 여름옷을 입은 사람들이 지나다니는 길에서 이미 은소의 흔적은 찾을 수가 없었다.

땀에 젖은 와이셔츠가 축축했다. 그는 필사적으로 주위를 노려보며 그녀의 모습을 찾았지만 허사였다.

"빌어먹을!"

강은소, 숨을 수 있다고 생각하는 거냐?

감히 나를 상대로 이따위 장난을 쳐놓고! 가만둘 것 같은가, 너를?

찾아낸다. 찾아내서 다 돌려받고 말 거다.

그러나 당장의 절망감은 갈 곳을 잃고 아무 데로나 뛰쳐나가고 싶어 했다. 이혁의 주먹이 벽을 때렸다.

 "놓친 모양이군."

 우현은 사무실 의자에 앉아 그를 기다리고 있었다. 논리적이지 않은 분노가 그에게로 향했다.

 "어디 있어, 그 여자!"

 하지만 우현은 호락호락하게 협조해 줄 상대가 아니었다.

 "정우현!"

 우현의 시선이 손수건으로 대충 감은 이혁의 주먹으로 향했다. 손수건에는 붉은 핏물이 엷게 배어나오고 있었다.

 "손은 그게 뭐냐? 설마……, 은후 씨한테 손댄 거냐!"

 벌떡 일어나 으르렁대는 우현에게 이혁의 스산한 시선이 꽂혔다. 그 눈빛이 싸늘하다 못해 섬뜩했다.

 "나서지 마! 너와는 상관없는 일이야."

 빌어먹을! 목에 칼이 들어와도 다시는 그 여자한테 물리적인 힘으로 고통을 주는 일은 없을 것이다. 하지만 이 자식에게 설명해야 할 의무는 없었다.

 "지금은 나도 당사자야, 민이혁. 말해! 안 그러면 이 시간부로 친구도 끝이다."

 "그 여자와 나, 그 안에 다른 당사자는 없어. 너야말로 건드리지 마라, 정우현. 알다시피 나란 놈, 남보다 좀 오래 알았다고 해서 사정 두는 놈 아니니까."

 두 남자의 눈이 격렬하게 대립했다. 우현에게서 감지되는 적대감이 이혁을 더욱 자극했다. 우현이 저토록 털을 곤두세우고 덤벼들 만큼 은소와의 사이가 각별하다는 의미처럼 느껴졌다.

설마 은소와 우현이 자식이?

"은소와 어떻게 아는 거냐?"

"글쎄……."

이럴 줄 알았다면 이혁에게 오라고 그렇게 성화를 부리지도 않았을 텐데…….

우현은 괜한 일을 벌인 자신이 원망스러웠다.

"정우현!"

"잠깐 기다려! 나도 정신이 멍하긴 마찬가지니까. 젠장, 너랑 은후 씨가 혹시……?"

우현은 침을 삼켰다.

"진짜냐, 내가 짐작하고 있는 게?"

"그래."

확고함이 담긴 어조였다.

"맞아."

"빌어먹을……."

우현은 이마를 짚으며 책상에 툭 기댔다. 노크 소리가 몇 차례 울리고 전시회 담당자가 조심스럽게 얼굴을 내밀었다.

"정 선생님, 손님들이 찾으시는데요."

"나중에 합시다. 급한 연락이 와서 나갔다고 하세요."

"하지만……."

"중요한 이야기 중이라 그래요. 오늘은 이걸로 끝냅시다."

우현은 불만에 찬 그녀의 얼굴을 못 본 척하고 문을 닫았다. 머리가 지끈거려 왔다.

"그러니까 네가 은후 씨의……, 그……, 남편이었다고?"

"남편이야!"

이혁의 강철 같은 의지가 배어 있는 반론엔 빈틈이 없었다.

"재하 그룹의 상속녀?"

세상에……, 이렇게 우연이 겹칠 수도 있는 건가? 하필이면 민이혁이라니…….

"나가자. 자리를 옮기자고."

우현은 창백하게 경직된 표정으로 이혁에게 조용히 말했다.

이혁이 피우는 담배가 눈의 점막을 따갑게 했다. 우현은 호수 쪽으로 한 걸음 내디뎠다.

'아주 커다란 구멍이 하나 뻥 하고 뚫렸거든요. 이걸로 메우니 한결 편해져서요.'

같은 냄새, 같은 상표. 묘하게 남더니 정통으로 걸렸다.

'이제 가슴은 다 메워진 거 같은데……, 그 남자도 이제는 다 날아가 버렸는데……, 이건 손에서 영 안 놓아지네요.'

우현은 이혁을 보지도 않은 채 입을 열었다.

"은후 씨는……, 우리 아버지 딸이야. 나야 불과 얼마 전에 처음 만났지만…….

"무슨 소리야, 그게?"

이혁의 검은 눈동자가 이글대고 있었다.

"누가……, 누구의 딸이라고?"

"우리 집 어르신 말이다. 정석현 원장님."

우현은 직설적으로 덧붙였다.

"나도 믿기지 않지만……, 알고는 있었어."

그는 말을 이었다.

"그렇다고 은후 씨 이름이라든가 더구나 너와 결혼한 사람
이라는 걸 알고 있었다는 건 아니고……. 그냥 헤어진 여자에
게 당신 아이가 있다고 언급하신 것뿐이었어. 내가 양자인 건
너도 알지?"

이혁은 무심히 고개를 끄덕였다. 지금 그의 머릿속은 엄청
난 속도로 과거를 되짚어 가고 있었다.

강 회장의 태도, 은소의 정중한 거리감……. 그녀의 집안에
그런 비밀이 있다고는 의심해 보지도 않았었다. 너무도 철저하
게 장막이 드리워져 있었고 당사자들이 완벽하게 입을 봉하고
있었기 때문이다. 은소의 출생에 대해서 모르기는 세경도 그와
별다를 바 없을 것 같았다.

그는 갑자기 자신이 완벽한 속임수에 걸려 허우적대고 있다
는 기분 나쁜 예감이 들기 시작했다.

하지만 어떻게? 이 모든 판을 짜고 실행한 것은 그가 아니
던가?

"그럼 은소의……."

"오인영. 왕년에 유명한 은막의 스타였다지. 지금 그녀의 둘
째 딸을 능가할 정도로 말이야."

그건 이혁도 이미 아는 바였다. 그러나 그 여자가 결혼한 상태로 사생아를 낳았다니, 그리고 그게 강은소라니! 그의 파일에는 빠져 있는 진실이었다.

"결별한 이유나 속사정은 말씀하지 않으시니 알 도리가 없고……. 어쨌건 내가 아는 건 은후 씨가 아버지에게 도움을 청했고 당신은 기꺼이 그 기회를 받아들였다는 거야. 딸을 되찾을 수 있는 절호의 기회를 포기할 수 없었다고 하셨지."

강원욱과 은소 사이에 흐르던 기류는 거기에서 파생된 것일까? 처음부터 알았던 것일까? 그러고도 재하 그룹 때문에 눈을 감아 준 것인가? 아니, 그따위 것들이 중요한 것은 아니다.

"강 회장과 함께한 일인가?"

이혁이 추궁했다.

우현이 머리를 가로저었다.

"모르겠어. 일은……, 전부 우리 아버님이 하셨을 거야. 그래도 그럴듯하게 진실을 포장하자면 강 회장의 도움도 있었겠지. 어찌어찌 시체까지는 구했다고 해도 남은 절차도 쉬운 일은 아니었을 테니까."

"빌어먹을!"

이런 식으로 농락당하다니……, 다른 사람도 아닌 민이혁이!

"강은소, 어디 있어?"

"이젠 한은후야."

우현이 그를 보며 정정했다.

"어영부영 숨길 생각 마, 24시간 내내 꼬리에 사람을 달고 다니고 싶지 않다면."

"그래, 어차피 해결할 건 해야겠지."

우현은 의외로 순순히 수긍했다. 대신 조건이 따라 나왔다.

"하지만, 그녀가 원하지 않는다면 아무 짓도 하지 않겠다고 약속해라, 민이혁."

그가 강경하게 이혁을 응시했다.

"안 그러면 나도 양보 못 해."

빛 한 점 들지 않도록 꽁꽁 커튼을 드리운 방 안에서 은소는 퍼뜩 고개를 돌렸다. 어디서인가 벨이 울리고 있었다. 처음엔 초인종인 줄 알고 긴장했던 은소는 그것이 전화벨 소리란 걸 깨닫고 나자 어깨에서 맥이 풀렸다.

"여보세요?"

— 나예요, 우현이.

조심스러운 음성을 듣는 순간, 전화기를 움켜쥐다시피 붙잡은 손에서 얼마간 힘이 빠졌다. 은소는 눈을 감고 조용히 호흡을 골랐다.

— 여보세요?

약하지만 희미하게 느껴지는 경계심. 우현은 소파에 앉아 몰래 한숨을 감추었다.

"나예요, 우현이."

— ······.

"놀라게 했어요?"

— 아니요.

예민한 음성에서 그녀의 긴장이 선했다.

"전화 받을 기분이 아닐 텐데 미안해요. 걱정이 돼서……."

이혁이 그길로 당장 쳐들어갈 줄 알았는데 무슨 이유에선가 미루고 있는 모양이었다.

— 고마워요. 하지만 괜찮아요.

"정말 괜찮아요?"

— 네.

"직접 가 보고 싶지만 날이 아닌 것 같아서요."

이혁이 조만간 들이닥칠 거라는 것을 알려 주어야 하는 거겠지?

"저……, 다른 게 아니라 어쩌면 이혁이 찾아갈지도 모르겠어요. 내가……."

한참 동안 답이 없었다. 누가 전화선을 잘라 버린 듯 막막한 침묵이 가로놓였다.

— 알았어요.

"미안해요……. 내가 사단을 벌인 거죠?"

성급했었나? 먼저 그녀의 의사를 물었어야 옳았던 것일지도…….

지나간 후회를 하며 우현은 무안함을 숨겼다.

— 어차피 오래지 않아 마주칠 거라고 각오하고 있었어요. 들키고 나니 차라리 속은 편하네요. 한 번은 지나갈 폭풍이니까요.

위로하자고 하는 소리란 건 그녀의 목소리가 말해 주고 있었다.

— 그보다 오히려 제가 미안해요. 당황하셨죠?

이런 여자를 울리다니……. 민이혁, 이 망할 자식아!

"그런 말 말아요. 진짜로 쥐구멍이라도 있으면 들어가고 싶게 미안하니까."

천벌 받아 마땅한 놈 같으니. 너 같은 자식은 걷어 차여도 할 말 없어.

"고등학교 때부터 친구였어요, 우리들."

— 네…….

우현은 우울하게 웃었다.

"이런 이야기 듣기 싫군요?"

— 이미 상관없는 이야기니까.

씁쓸한 대답이 돌아왔다.

— 민이혁, 그 사람……, 남이 된 지 벌써 수백 년은 흐른 듯한 생각이 들어요.

진심이냐고 채근하고 싶어진 것은 우현 그도 정상적인 대화 상대는 못 되고 있다는 의미였다. 안 그래도 머리가 터질 듯 복잡할 사람한테…….

"그럼 쉬어요."

우현은 쏟아지는 한숨을 재차 목 안으로 삼켰다.

"네……."

마치 오늘밤 그녀가 겪을 혼란을 내다보는 듯 우현의 목소리에는 부드러운 동정심이 스며 있었다.

은소는 부질없이 머리를 끄덕여 보였다.

"그럴게요."

— 잘 자요.

"네."

따뜻한 사람이다. 이혁은 한겨울 메마른 가지처럼 퍼석거리지만 그는 달랐다. 물이 오른 봄날의 싱싱한 가지처럼 그의 생명력으로 주위를 포근하게 만들어 주는 사람이다. 그를 잃어버린 가족 대신으로 얻은 것은 크나큰 행운이었다. 은소는 자신에겐 다시는 그런 온기가 찾아들지 않을 줄 알았었다. 옆에서 숨을 쉬어도 춥지 않은 사람, 외롭지 않은 사람……

그런데 왜 이 순간 떠오르는 것은 냉랭하고 싸늘하기 그지없는 남자의 눈동자에 담긴 고독과 허전함뿐일까.

대비하고 있었다고 여겼다. 언젠가는 만나게 될지도 모르고 우연처럼 스칠 수도 있다고 생각하며, 그 순간 아무렇지 않게 마주할 수는 없어도 겁쟁이처럼 숨거나 바보처럼 허둥대지는 않겠다고 다짐하고 또 다짐했었다. 그런데 오늘 그녀는 이혁 앞에서 그 모든 실수를 저질렀다. 갑작스러웠고 너무 일렀다는 변명을 해 봐도 그녀 자신까지 속일 수는 없었다. 그는 여전히 그녀를 쥐고 흔들 수 있는 힘을 지니고 있었다.

그가 나타났을 때 그녀는 차라리 안심했다. 감정을 조절할 시간을 준 그에게 감사도 했다. 그의 행동력을 고려해 보면 그것은 뜻밖에 주어진 행운의 유예였다.

"변명해 봐!"

이혁은 검은 사신처럼 그녀의 앞에 서서 무심하게 중얼거렸다. 혼란은 갈무리되고 이제는 적의와 서릿발 같은 질문만이 그를 채우고 있었다. 그러나 행동은 은소가 앞서나갔다.

"들어오세요."

그녀는 간결하게 초대했다.

"변명하라고!"

은소의 표정은 수면처럼 잔잔하게 아른거릴 따름이었다. 그것은 이혁의 기분이나 심정은 전혀 염두에 두지 않고 있다는 뜻이기도 했다. 마치 올 것이 왔다는, 이미 오래전부터 이 순간이 닥칠 것을 예상하고 차곡차곡 대비하고 있었다는 그런 뜻이었다.

"너……."

이혁은 꽉 다문 잇새로 소리를 뱉어 냈다.

"정말이지, 삶은 기묘한 장난을 좋아하는군요."

"강은소!"

은소는 대꾸 없이 1년 만에 보는 사랑했던 남자의 모습을 가만히 주시했다.

다음 순간 이혁이 움직였다. 차마 피할 새도 없이 그의 우악스러운 손이 그녀의 어깨를 움켜쥐고 바닥에서 끌어 올렸다. 허공에 볼썽사납게 매달린 채 은소는 코가 스칠 정도로 가까운 위치에서 이혁의 만감이 교차하는 얼굴을 바라보았다.

"내려 주겠어요?"

신음인 양, 탄식인 양 쉰 목소리가 이혁의 성대를 비집고 새어 나왔다.

"살아……, 있어. 살아 있었어!"

골수까지 파고드는 난폭한 고통의 격류. 분노나 미움이라면 이해가 된다. 하지만 이혁이 고통스러워하는 것은 의외였다.

그가 왜?

이혁이 뭐라고 중얼거렸지만 들리지 않았다. 은소는 그제야 양팔의 어깨가 빠져나갈 듯이 아프다는 것을 깨달았다.

"아뇨."

그녀는 민이혁에게 언제나 약자였다. 태어나면서부터 진 빚이었고 자라면서도 그랬다.

당신이 피해자라고 여기겠지만 나도 할 만큼 했어. 당신에게서 부모를 빼앗은 대가로 내 심장을 도려냈으니까. 아니면 내가 살아 있다는 것만으로도 미운 것인가? 이렇게 껍데기만 살아 숨 쉬는 것도 거슬린다면, 그렇다면 이번엔 내가 어떻게 해 줄까?

"강은소는 죽었어요. 당신은 원하는 것을 전부 얻었고요."

압력은 덜해졌지만 풀려나지는 못했다.

"그것으로 충분하지 않나요?"

그의 단단한 몸 안에 그녀는 수용소의 포로처럼 갇혀 있었다.

"건드리지 말고 못 보았다고 생각해요. 오늘 하루 강은소의 유령과 재수 없게 마주쳤다고 치부하고 잊어버려요.”

결코 다시 닿을 수 없으리라 체념했던 그의 체온이 옷을 통해 전해지고 그의 체취가 머릿속으로 파고들어 왔다.

“한은후라고?”

마치 그것이 불결한 죄의 근원인 듯 들렸다.

“지금은 그게 내 이름이에요.”

천천히 그의 손을 자신으로부터 떼어 내며 은소는 그를 몰아냈다. 그를 다시는 받아들일 수 없는 수천 가지 이유를 되새기면서…….

“그럼 민이혁 씨, 안녕히……, 가세요.”

야만적인 힘이 그녀를 잡아챘다.

“웃기지 마라, 강은소. 이번엔 그렇게 쉽게 안 떨어져 나가. 아무리 네가 영특한 머리를 굴려 대도 살아 돌아오고 싶지 않았다면 정말로 죽어 버렸어야 해!”

고통의 정수에 침식당한다. 순식간에 변해 가는 그의 눈빛에서 그녀는 그가 무엇을 할 작정인지 읽어 냈다.

“하지 말아요.”

그의 손가락이 그녀의 턱을 움켜쥐고 들어 올렸다.

“막아 봐. 얼마든지!”

그의 입술이 그녀를 삼켰다. 탐욕스럽고 당당하게, 그 자신의 권리를 주장하면서 당연한 자신의 것을 차지하듯 그는 그녀의 입안을 유린했다. 내리누르는 힘과 그에게서 뿜어져 나오는 절대적인 공격성에 밀려 은소는 현관 입구의 바닥으로 이혁과 함께 쓰러졌다. 위에 걸쳤던 니트가 던져지고 치마의 지퍼가 부자연스러운 소리를 내며 내려갔다.

서늘한 옷감의 감촉이 그가 이미 그녀를 잠식해 오고 있음을 증명하고 있었다.

그와 사랑을 나누는 기쁨을 안다. 그가 그녀의 육체에 어떤 매혹을 전할지, 어떤 경이로움을 일깨울지 은소는 생생히 기억하고 있었다.

"그만둬요……."

그래서 허락할 수 없었다. 이혁도 그녀도 돌아갈 수 없는 다리를 건너 버렸다.

"안 돼!"

하지만 그는 거칠게 그녀의 저항을 봉쇄했다.

"널 가질 거야. 가지고 말겠어!"

은소는 그의 얼굴에서 처음 사랑을 나누던 때의 표정을 발견했다. 무언가에 급하게 내몰리고 그가 통제할 수 없는 대상에 보복이라도 하듯 그녀를 요구하던…….

이혁은 그녀가 변했다는 것을 깨달아야 한다, 그의 뜻이 그녀의 최우선 과제였던 시절은 가버렸다는 것을.

"그날처럼 말인가요?"

은소는 주춤한 이혁이 그녀의 슬립을 벗기기 전에 간신히 그에게서 벗어났다.

"넌, 내 아내야!"

"우습군요."

냉정함을 가장하고 은소가 속삭였다.

"아내의 여동생과 관계를 가졌을 땐 당신도 나를 버린 게 아니었던가요? 우리는 철저하게 계약을 전제로 한 결혼을 했어요. 그리고 세경은……."

그녀는 힘들게 숨을 몰아쉬었다.

"어쨌거나 당신은 계약을 파기했어요."

"그래도 이혼하지 않겠다고 한 것은 너였어."

"네."

은소는 그를 곧게 쳐다보았다. 수심에 찬 미소가 가득 어렸다.

"난 그랬어요, 정말로……."

이번엔 아무 제지도 받지 않고 일어났다. 은소는 허탈하게 돌아서서 옷을 집어 들었다.

"가세요."

이혁의 말이 날아왔다.

"그 여자와는……, 아무 일도 없었어."

우뚝 다리를 멈추고 갑옷처럼 옷을 움켜쥐었다.

"더는……, 중요하지 않아요."

"강 회장이 왜 당신을 도왔지? 그래도 기른 정이라도 남았을 게 아닌가. 당신이 없어지면 이득을 보는 건 나뿐이라는 걸 뻔히 알면서 말이야."

지독히 철저하고 빈틈을 보이지 않는 남자, 그 때문에 그는 곧 그가 살아온 지옥과 대면하는 것이 어떤 기분인지 알게 될 것이다.

"정히 그렇게 다 파헤쳐야겠다면 강 회장님께 가서 물어봐
요. 나는 더 이상 해 줄 말도, 들을 말도 없으니……."

그의 질문에 대한 대답이자 거절이었다. 이 지경에 이르러
서도 여전히 이혁을 지켜주고 싶은 자신의 나약함과 미련스러
움에 가슴이 얼얼했다. 그녀는 주제넘은 참견에 불과하리라는
것을 알면서도 기어이 말하고 말았다.

"내가 당신이라면……, 그런 짓은 안 하겠어요."

그는 가 버렸다. 하지만 조만간 다시 돌아오리라는 것을 은
소는 알고 있었다. 후들거리는 몸을 간신히 지탱하고 그녀는
벽에 기댄 채 그의 말을 곱씹었다.

아무 일도 없었어……. 아무 일도…….

28. 독毒

대문이 비스듬히 보이는 곳에 차를 정차하고 세경은 벌써 몇 분째 차 안에서 주저하고 있었다. 다시는 집 문턱을 넘지 못한대도 상관없다고 결심했지만 그래도 단 하나뿐인 아버지의 일이다. 강 회장이 그 빌어먹을 개자식에게 당해 모든 것을 잃고 회사에서까지 밀려난 마당에 그나마 남은 자식이라고는 저 하나뿐인데 언제까지 모른 체 외면만 하고 있을 순 없었다. 그래서 어쩔 수 없이 나선 길인데 막상 마지막 걸음을 떼기가 쉽지 않았다.

그때 별안간 검은 벤츠 한 대가 속도를 내며 세경의 차체를 빠르게 스쳐 지나갔다. 거칠게 급정거를 한 차에서 운전자가 내리고, 그의 얼굴을 확인한 세경의 눈동자에 새파란 불꽃이 튀었다.

저 나쁜 새끼! 감히 여기가 어디라고 또다시 뻔뻔스레 낯짝을 들이밀어!

세경은 부들거리는 양 주먹을 꽉 움켜쥐고 이를 갈아붙였다. 잠시 후 그녀는 걷어차듯이 차 문을 밀어젖히고 차 안에서 빠져나왔다.

"무슨 일로 여기까지 온 건가?"

주주총회 이후 정식 만남은 처음이었다. 이혁은 가위로 정원수의 가지를 치고 있는 강원욱의 앞에 멈추어 섰다. 평범한 시골의 촌로처럼 수건을 어깨에 걸치고 이마의 땀을 닦는 그의 모습이 의외였다. 차라리 재기를 꿈꾸며 음모를 획책하고 있는 쪽이 그가 보아 온 강원욱의 근황에 훨씬 근접해 있었다.

"자네 뜻대로 감옥에서 썩어 주지 못한 내가 별로 달갑지 않을 텐데?"

"재판이 끝나야 알겠지요. 하긴 지금도 별 다를 바는 없어 보이는군요."

보석으로 풀려 나온 뒤, 그는 은둔에 가까운 생활을 하고 있었다.

"나쁘지 않아. 이제는 시끄럽지도 않고 참견하는 인간도 없고 말이야."

원욱은 너털웃음을 지으며 옷에 묻은 먼지를 대강 털어 냈다.

"강은소를 만났습니다. 살아 있더군요. 아주 멀쩡히, 흠집 하나 없이······."

이혁의 싸늘한 도전에도 그는 표정을 허물지 않았다. 과연 왜 그가 재계에서 그토록 껄끄러운 인물로 낙인찍혀 있는지 알 수 있었다. 타의에 의해 모든 것을 다 빼앗기고 도피해 있으면서도 그의 강단은 무뎌지거나 금 간 데가 없었다.

"사실은 변해서 알아보지 못할 뻔했습니다."

"그래. 결국은 이리 될 줄 알았지."

원욱은 담담하게 대꾸했다. 그는 정원을 구분하는 화단석 위에 올려 두었던 주전자를 들고 그늘에 깔아 놓은 커다란 대나무 자리로 걸어갔다.

"앉겠나?"

"서서 듣죠."

"좋을 대로."

더는 권하지 않고 원욱은 대접에 막걸리 한 잔을 부어 시원하게 들이켰다.

"좋군. 대학 다닐 때는 말술을 마시곤 했었지."

이혁은 원욱의 이런 여유를 어떻게 받아들여야 할지 잠깐 고심했다. 그를 내친 배후에 누가 있었는지 훤히 아는 마당에 가까운 지인을 대하는 듯한 원욱의 여유는 이치에 닿질 않았다.

"잊고 있었어. 달리느라 말이야. 지금의 자네처럼······."

사이좋은 장인과 사위처럼 나란히 앉아 한담이나 나누고 싶은 마음은 추호도 없었다. 그의 싸늘한 반응을 더는 무시하지 않을 작정인지 강원욱이 엄숙하게 그를 바라보았다.

"그래, 뭘 확인하고 싶은가?"

"우선 왜 절 사위로 들였는지부터 묻지요."

모든 의혹의 근원은 거기부터 출발했다. 서로 이용하려는 심산이라고 간주하고 있었는데 조각조각 드러나는 진실들이 고약한 냄새를 풍기며 이혁의 의심을 부채질했다. 결국 원욱은 이혁에게 딸을 주고 그다음엔 재하를 내민 셈이다.

"걸맞은 후계자가 필요했으니까. 은소, 그 아이에게도 적당한 배필을 골라 주고 싶었지."

그는 단언했다.

"그런데 왜 하고많은 잘난 배경을 가진 인재들을 놔두고 하필 자네를 골랐느냐?"

원욱은 거기서 말을 끊고 멀리 산등성이를 바라보았다.

"그 전에 한 가지 자네도 답해 주게."

그의 이마에 진 주름살에 더욱 깊은 골이 파였다.

"세경이……, 정말로 무슨 일이 있었던 겐가?"

그의 옆모습에 꼿꼿한 힘이 들어가 있었다.

"만약 그렇다면 난 해 줄 말이 없네."

이혁은 태연한 척 꾸미고 있는 그가 두려워하고 있다는 것을 깨달았다.

강원욱은 세경과 그의 사이에 지나치리만치 민감하게 반응하고 있었다. 강은소도 그랬다. 무엇이라도 봐줄 것 같았던 그 여자, 심지어 다른 여자가 그의 아이를 낳아 온다고 해도 달라질 게 없다고 말한 것은 그녀의 진심이었다.

다만 세경이어서⋯⋯, 안 된다고 했었다.

"큰딸이 자진해서 물러났으니 둘째 딸도 나쁠 건 없죠."

그는 일부러 사실을 왜곡했다.

"강세경, 쓸 만한 여자죠, 데리고 놀기엔. 누구 때문에 사별도 한 마당에 적당히 위안거리 삼아 옆에 두면 어떨까 싶습니다만⋯⋯."

그 여자를 향한 욕망의 불씨조차 일지 않았다고는 말하지 않았다. 은소가 그들을 목도하기 전에 그는 이미 후회하고 있었다는 것도⋯⋯.

"안 돼!"

"날 막을 수 있을 것 같습니까?"

"너희들은 절대 안 된다!"

대단한 각오가 서린 부정이 잇달았다. 물론 대한민국에서 처제와 형부의 관계는 지탄받아 마땅한 대상이었다. 하지만 원욱의 태도는 사회적 눈총과 남들의 구설을 감내해야 하는 정도의 불쾌함이나 진노와는 뭔가가 달랐다. 지금 저 바닥 깊숙한 곳에서 그의 본심은 훨씬 더 필사적이고 절망적인 불안감으로 동요하고 있었다.

강원욱은 도덕군자가 아니다. 그깟 사람들의 입방아가 무서워 겁을 내고 저토록 흔들릴 인간은 더더욱 아니다.

이혁은 확신했다. 다른 게 있었다. 이 모든 한 판 연극을 끝낼 커다란 핵심이, 강원욱이 한사코 숨기고자 애쓰는 공포 안에 감춰져 있었다.

"왜입니까?"

이혁은 차디차게 눈을 빛냈다.

"그래요. 왜죠, 아빠?"

난데없는 세경의 목소리에 두 사람의 고개가 돌아갔다. 그녀가 언제부턴가 그들의 대화를 엿듣고 있었다.

"왜 내가 민이혁을 차지하면 안 되는 건가요?"

대답을 듣기 전에는 한 발짝도 움직이지 않겠다는 듯이 세경이 팔짱을 끼었다.

"안 돼, 너희들은……."

세경 또한 알아차렸다, 부친의 태도가 도를 넘어 있다는 것을.

"두고 보세요."

그녀는 부친의 눈을 쏘아보았다. 높아지는 수위가 곧 파탄을 암시하고 있다는 것도 모른 채…….

"하늘이 두 쪽 나도 허락할 수 없어!"

'내가 당신이라면……, 그런 짓은 안 하겠어요.'

은소의 경고가 선명히 떠올랐다. 이혁은 버텼다.

널 되찾으려면 이 방법밖에 없는 거지, 강은소? 그럼 나는 한다.

"대체 나와 언니의 입장이 뭐가 다른데요. 어째서 강은소는 되고 나는 안……."

세경이 부르짖었다.

"남매다."

궁지에 몰린 그의 고백은 저주였다.

"너희……, 둘은 피를 나눈 혈육이야."

이혁은 돌처럼 얼어붙었고 세경은 인식을 거부했다.

"뭐, 뭐라고 하신 거예요……, 지금?"

"비록 배가 다르다고 해도……, 틀림없는 남매다!"

온몸의 피가 거꾸로 역류했다.

미친 소리다! 그의 부친은 민강주이고 그것은 의심의 여지 없는 불변의 사실이다.

그러나 어처구니없게도 그 말이 다름 아닌 강원욱의 입에서 나왔다는 자체가 신빙성에 힘을 싣고 있었다.

"거, 거짓말……."

넋이 나가 버린 세경이 털썩 주저앉았다.

"개자식!"

결박하고 있던 사슬에서 풀려난 이혁이 으드득 이를 갈았다.

"노망이 났으면 곱게 미쳐, 강원욱!"

"너는……, 내 아들이다!"

이혁은 원욱의 멱살을 끌어다 쥐었다. 그는 거의 발광 직전이었다.

"다시 한 번 입을 놀려 봐. 그 잘난 혀를 뽑아 버리고 말 테니까."

"넌……, 나와 채연이 사이에……."

강원욱은 침착함을 되찾고 있었다.

"그 남자와 결혼하고 채연이는 널 그자의 호적에 올렸어."

"닥쳐!"

핏발이 선 눈동자, 뺏뻣하게 긴장한 전신의 근육, 이혁은 금방이라도 살인을 저지를 준비가 되어 있는 듯 보였다. 강원욱의 입에서 어머니의 이름이 불린 순간 그는 자신을 잃었다.

"언니는요? 그럼 언니도 마찬가지잖아!"

발악처럼 세경은 지푸라기를 붙들고 발버둥 쳤다.

"은소는……, 내 친딸이 아니다. 네 엄마의 자식일 뿐이지."

그랬다. 그래서 원욱은 이혁의 음모를 모조리 들여다보고 있으면서도 일부러 모른 체했고 은소와 짝을 지어 미래의 재하를 그에게 통째로 넘겨주고자 했던 것이다. 그 길만이 자신을 버러지만도 못하게 취급한 장모에 대한 복수이고, 자식을 버린 아버지로서 자식에게 유일하게 보상할 수 있는 속죄처럼 여겨졌다. 그 때문에 누가 희생을 당하건 그는 괘념치 않았다. 결국 가장 큰 피해자는 그가 세상을 농락하며 자식으로 길러 온 맏딸이었다.

"그래서 살아 있는 자식도 기꺼이 죽여 버린 건가?"

이혁이 거칠게 몰아붙였다.

"그 애의 뜻이기도 했다."

"지옥에나 떨어져, 강원욱!"

이혁은 원욱을 내던지고 싸늘하게 속삭였다.

그는 아무것도 듣지 않았다. 아무것도 인정하지 않았다. 숨이 끊어지는 날까지 그렇게 여길 것이다. 당장 강원욱의 소굴에서 벗어나 모조리 지워 버리면 그뿐이다.

이혁은 무작정 걷기 시작했다.

"은소……, 살아……, 있어요?"

한참이 흘렀다.

진이 다한 듯 앉아 있는 부친에게 세경이 망연히 물었다.

"그럼 죽은 여자는 누구였어요? 장례식까지 치러 준 그 여
자는!"

그녀는 실성한 것처럼 필사적으로 소리쳤다.

"모르는 여자였다."

적막 속에 세경의 눈동자에서 광채가 사라졌다.

"참……, 대단하세요, 아빠. 아니, 강원욱 회장님."

세경의 입에서 참지 못한 조소가 비집고 나오기 시작했다.

"결국 당신이 버린 아들을 위해 모든 정성을 다 쏟으신 거
네요."

아무것도 걸러지지 않았다. 경악도, 쓰라린 배신감도, 증오
도, 고통도…….

너한테 한 잘못을 이제 돌려받으라는 거니, 강은소? 그런데
내가 왜 미안해야 하는데? 출생의 비밀 따위 싸 짊어지고 감쪽
같이 속여 온 게 누구인데!

세경은 세차게 고개를 저었다.

"용서 못 해! 이따위 짓을 태연히 해 대는 당신들 전부!"

세경은 벌떡 일어나 전염병을 피해 달아나는 것처럼 그로부

터 멀리 도망쳤다. 하지만 곧 무언가에 가로막혔다.

지긋지긋하다. 또 너니, 백지후?

그녀는 되는대로 마구 지껄였다.

"알고 있었지? 강은소의 출생을……."

지후는 한숨을 길게 내쉬었다.

"몰랐어, 절대로. 회장님의 자식이 아닐 거라곤……."

침중하게 가라앉은 어조였다.

"아무래도 상관없어!"

"세경아!"

"놔!"

세경이 악독하게 외쳤다.

"너보다 은소가 더 힘들었다는 거 모르겠어?"

"그래, 백지후. 너야 언제나 강은소가 가련하고 애틋하지. 왜? 이제 살아 돌아왔다니까 버선발로 달려가서 감격의 포옹이나 나누시지 그래? 썩어 빠진 나 따윈 상관 마시고 말이야!"

"세경아!"

"너야말로 꿈 깨. 너도 별 볼일 없는 사내새끼에 지나지 않아. 섹스 한 번이면 싫증 날 그저 그런 물건을 가진 사내새끼에 불과하다고! 알아듣겠어?"

지후가 멈칫했다.

더러워서 피하건 무서워서 피하건 어쨌거나 애초에 피했어야만 했다. 지금껏 민이혁이란 인간과 얽혀서 좋은 꼴을 당한 기억이 어디 한 번이라도 있었던가.

그렇게 데이고도 아직도 모자랐던 게지, 얼빠진 강세경!

군이 뭣 하러 악착같이 그 인간 뒤를 따라 줄래줄래 여기까지 제 발로 기어들어 왔는지 발등을 짓찧고 싶을 심정이었다. 순간적으로 민이혁에게 동조해 강 회장의 입에서 결국 사실을 끌어낸 일마저 죽고 싶을 만큼 후회스러웠다.

도저히 참을 수가 없었다.

세경은 지후를 뿌리치고 마구 뛰어나갔다.

"왜 일을 이 지경으로 만드셨습니까, 회장님?"

지후는 원욱을 부축해 일으켰다. 그는 아무 말도 없이 지후에게 의지해 집 안으로 묵묵히 걸음을 옮겼다. 그는 서재로 들어가며 지후를 물리쳤다.

"뭔가 마실 것을 가져오겠습니다."

"세경이……."

원욱이 던진 이름이 지후의 행동을 둔하게 만들었다.

"더는 버려두지 마라. 네가 좀 잡아 줘."

착잡함이 차올랐다.

"부탁하마."

"회장님."

"좀 쉬어야겠다. 사람 들이지 마라."

"민이혁?"

우현은 웬 부랑자가 남의 집 대문 앞에서 잠들어 있나 싶었

각의 유희　493

다. 하지만 좀 더 자세히 보니 다름 아닌 이혁이었다.

"야, 너 뭐 하고 있는 거냐?"

우현은 이혁 앞에 쭈그리고 앉았다.

"빌어먹을 정우현……."

"왜 다짜고짜 남의 집 앞에서 시비냐, 시비가?"

술을 마신 것 같지도 않은데 무슨 주정인가 싶어 우현은 미간을 찌푸렸다. 술 근처에도 간 냄새가 아니었다.

이혁이 서서히 고개를 들자 새카맣게 번들거리는 눈빛이 칼날처럼 뻗어 나왔다. 우현이 반사적으로 그의 목이 안전한가 쓰다듬어 보고 싶을 정도로 그의 눈빛은 무시무시했다.

"무슨 일……, 있었냐?"

우현은 그동안 이혁과 은소 사이에 큰일이라도 벌어졌을까 봐 노심초사한 탓에 머리가 다 셀 지경이었다. 전시회 내내 정신을 차리는 둥 마는 둥 은소의 번호를 눌렀다 말았다 안절부절못했었다.

이혁의 이 꼴을 보니 터져도 단단히 터진 모양인데……

"강은소, 그 여자……."

"이봐, 민이……."

우현은 우선 살살 달래고 봤다.

"없애 버리고 말 거야!"

"어이, 좀 진정하고……."

하지만 이혁은 우현의 당부를 묵살하고 격하게 뇌까렸다.

"차라리 죽고 싶을 만큼 엉망으로 망쳐 주겠어."

우현이 익히 보아 온 이혁이 아니었다. 이성을 잃은 평범한 인간이었고 상처로 험악하게 울부짖는 맹수였다.

위험해! 위험하다고, 이 자식!

우현은 걱정스럽게 그를 살폈다.

"알았어. 일단 들어가자. 들어가서……."

"제기랄! 강원욱, 강은소 둘 다 모조리 죽여 버리고 만다!"

말짱한 정신으로 저런 말을 하는 게 더 무서웠다. 웃으면서 사람 잡을 수 있는 녀석이란 건 족히 실감한 바지만 그 대상이 은소라면 우현도 결코 물러설 수 없었다.

"어디 가?"

우현은 일어서는 그의 팔을 득달같이 붙잡았다. 그리고 이혁의 앞을 막아섰다. 당장 산사태로 붕괴를 일으킬 비탈 아래에 위험천만하게 몸을 디밀고 있는 기분이었다.

"그 여자한테. 가서 어떤 얼굴을 하고 있는지 볼 거야."

우현은 속으로 신음을 삼켰다.

"말했지? 나한테도 중요한 사람이라고. 네가 함부로 굴면 나도 가만있을 수 없어."

"마음대로 해! 난 내 볼일만 보면 되니까."

우현이 거칠게 이혁을 낚아채며 사납게 대들었다.

"은후 씨가 너한테 뭘 잘못했는데?"

그는 우현을 건조하게 노려보았다.

"몰라서 물어?"

"속였다고? 그게 그렇게 분해?"

이판사판으로 우현은 그를 몰아세웠다. 이혁의 안색은 극도로 나빴다.

"너도 같은 짓 했던 거 아니었냐?"

매서운 비판이 이어졌다.

"아니, 내가 보기엔 네가 한 일에 비하면 은후 씨는 약과에 불과해! 너 맨 처음 은후 씨 만났을 때 말하지 않았을 거 아니야. 복수 때문에 결혼한다고, 무슨 물건처럼 쓰다가 필요 없어지면 버릴 거라고!"

우현이 냉정하게 밀어붙였다. 이웃들이 듣건 말건 망설임 없이 퍼부었다.

그녀를 기억한다. 시한부 환자보다 더 초췌하고 앙상했던 모습, 꺼져 버린 생기, 그깟 담배 하나에 의지해서라도 이혁에 대한 미련을 놓치지 않아야만 견뎌 낼 수 있었던 그녀. 아무리 아니라고 외쳐 봐야 눈에 보이지 않을 리 없었다. 그녀가 그를 얼마나 깊이 사랑했는지, 얼마나 많은 괴로움에 시달려야 했는지…….

그녀를 대신해 우현은 정말로 분노했다.

"네가 뭔데? 넌 너 자신을 얼마나 잘났다고 여기는지 몰라도 너도 은후 씨도 똑같은 사람이야. 한쪽은 되고 한쪽은 안 된다는 거, 순전히 너의 끔찍한 에고일 뿐이다. 민이혁, 너도 당할 수 있어. 너도 비참하게 꼬꾸라질 수 있다고!"

"정우현!"

우현은 씩씩대며 코를 바싹 가져갔다.

"치고 싶냐, 민이혁?"

대치하는 원수처럼 그들은 서로에게서 눈을 떼지 않았다.

먼저 물러선 것은 이혁이었다. 그는 턱을 딱딱하게 굳히며 우현을 세차게 밀어내고 그의 옆을 통과했다.

"한 가지만 묻자."

우현은 숨을 고르며 한 손을 이마에, 한 손을 허리에 얹었다. 설득하려던 것이 그만 과하게 흥분하고 말았다.

젠장할…….

"왜 여기로 온 거냐? 네 말대로 은후 씨한테 가서 다그치고 분풀이라도 할 것이지. 어째서 나한테 성질 못된 계집애처럼 칭얼댄 거냐고!"

대답을 듣지 못할 거라고 여겼다. 그의 실수로 은소에게 피해만 끼친 것은 아닐까 암담했다.

하지만 이혁이 멈췄다.

"모르겠다, 정우현. 나도 모르겠어."

음울한 고통을 자아내는 속삭임이 들려왔다. 그가 맞닥뜨린 진실이 무엇이었건 그것이 쉽지 않은, 아무리 민이혁이라 해도 감내하기 다소 벅찬 종류의 것임이 분명했다. 뭐가 이렇게 꼬이고 복잡하단 말인가. 우현은 머리를 쥐어뜯고 싶었다.

"들어가자."

은소를 이렇게 곤란한 지경에 빠뜨린 것이 다름 아닌 우현이란 사실이 부친의 귀에 들어가는 날에는 마당비로 먼지 나게 혼쭐이 날 터였다.

"가서 식혀. 그래서 온 거 아니냐? 마뜩치도 않은 친구 놈을 대신 잡아서 네 여자한테는 고약한 민이혁 성질머리 보여 주지 않으려고."

그는 투덜대며 대문을 열었다.

"너 같은 놈한테 주기는 눈물 나게 아깝다만……. 그래, 너 같은 놈 지금 아니면 언제 사람 만들겠냐."

이혁은 우현의 뒷모습을 바라보았다.

그의 말대로 하필 우현을 찾아온 이유가 뭘까? 은소에게 달려갈 생각이었다. 또 어떤 순진한 얼굴을 하고 천연덕스러운 속임수를 늘어놓을지 낱낱이 파헤쳐 주마, 짓밟아 주마 온통 그런 맹세만이 그의 내부에 사납게 휘몰아쳤었다. 그대로 은소를 찾았다면 아마 그는 그 모든 상상을 실행에 옮기고도 남았을 것이다.

"이혁아."

"정우현, 만약 여동생이랑 잠자리를 할 뻔했다면 기분이 어떻겠냐?"

"뭐?"

웬 귀신 씻나락 까먹는 소리냐는 황당함이 날아왔다.

"거의 그럴 뻔했다면 말이다."

뭐라고 하려던 우현이 이혁을 보고 도로 입을 다물었다.

"너는 어떨 것 같은데?"

"더러워. 지저분한 오물을 뒤집어쓴 것처럼……. 아주 더러워 미치겠어."

우현은 흠칫했다. 이혁은 석상처럼 우뚝 서서 비정한 조소를 흘리고 있었다. 그것은 곧장 우현의 가슴을 찔러 들었다.

29. 먼 길의 끝

지후는 세경이 쉽게 자신을 만나줄 거라고는 생각도 못했다. 하지만 그를 맞이한 세경은 그와 실랑이를 벌이기도 벅찬 상태인 듯했다.

"어떤 꼬락서니를 하고 있나 구경이라도 온 거야?"

헝클어진 머리, 분기가 사라진 얼굴, 되는대로 챙겨 입은 듯한 셔츠와 청바지는 자신의 룩스 관리에 철저한 세경의 이미지와 천 리는 동떨어져 있었다.

지후는 초췌한 안색에 열꽃이 번진 피부를 보며 이마를 찌푸렸다.

"어쩌나……. 생각보다 뻔뻔해서 엄청 실망하게 만든 모양이네."

"너……."

"왜? 고매하신 강 회장님께서 염탐 끝에 조신하게 눈물을 흘리며 반성하고 있지 않으면 두들겨 패서라도 끌고 오라고 하신 거야?"

지후가 안으로 들어오건 말건 흥미 없다는 태도로 세경은 비틀비틀 등을 돌려 거실로 걸어갔다.

"괜찮아?"

"더할 나위 없이 끝내주지. 하나뿐인 언니가 살아 돌아왔다는데, 있는지도 몰랐던 오라버니가 하늘에서 뚝 떨어졌다는데 이보다 더 신날 수가 있겠어?"

세경은 시야가 불분명한 듯 머리를 흔들었다.

"집으로 돌아가자."

"싫어."

"세경아!"

"죽어도 그 집구석엔 절대로 발 안 들여 놓을 거야! 그 망할 연놈들 얼굴도 다시는 안 봐! 너도야, 백지후!"

해 볼 테면 해 보라는 경멸 같은 것이 세경의 목소리에 묻어 있었다.

"그러니까, 꺼져!"

휘청휘청하는 게 너무 버거워 보여 지후는 걱정이 앞섰다.

"업혀."

"뭐?"

"업히라고!"

지후가 강하게 말했다.

"병원 가자."

"웃기는 소리 하지 말고 꺼지시지."

"강세경, 고집 피울래?"

초점이 없는 세경의 양어깨를 흔들면서 지후는 뒤죽박죽 복잡해진 머릿속은 일단 제쳐 두었다. 그러기엔 세경의 상태가 심상치 않았다. 전신이 주체를 못 하고 흐느적거렸다. 지후의 마음이 다급해졌다.

"업혀. 병원 가자."

이대로 뒀다간 어떻게 될 것만 같아 지후는 등을 돌리고 세경을 종용했다.

"싫어!"

"잔소리 말고 당장 안 업혀!"

무시무시한 고함과 함께 지후는 지푸라기 인형이라도 메는 것처럼 가뿐하게 세경을 둘러업었다. 그리고 그대로 달리기 시작했다.

"속죄……, 따위……, 안 해. 그런……, 거지 같은 짓 죽어도……, 안 해……!"

몽롱하게 정신을 잃어 가며 세경이 그의 귀에 들릴 듯 말 듯 흐느끼고 있었다. 그것은 틀림없이 물기를 내포하고 있었다.

"망할 자식."

우현은 끙끙대며 머리를 부여잡고 소파에서 일어났다. 이혁은 흔적도 없이 사라진 후였다.

대체 언제 없어진 거람?

입 한번 안 떼고 술만 마셔 대다 뻗어 버린 것이 새벽 2시를 훌쩍 넘긴 시간이었다.

테이블엔 정 원장의 애장품인 귀하신 술병들이 즐비하게 늘어서 있었다.

들키기 전에 증거 인멸부터 해야겠군.

술병을 치우기 위해 고 잠깐 움직이는 동안 머리에서 둥둥북이 울려 댔다.

분명히 나보다 더 많이 마셨을 텐데, 그 몰골을 하고 기어나갔단 말이야?

"그래, 그러고 가서 어디 동정심에라도 호소해 보든지……."

타들어 가는 목을 달래며 우현은 조심조심 발걸음을 뗐다.

"웃! 내가 다시 네놈이랑 대작을 하면 우리 아버지 아들이 아니다."

"독감이네요. 요즘 이상 독감이 유행이거든요. 그렇게 심한 정도는 아니니까 열만 내리면 돌아가셔도 괜찮습니다. 수분을 충분히 섭취하시고요."

세경은 당직 의사가 처방해 준 해열제를 맞고 내친 김에 영양제까지 맞았다. 세경을 보고 계속 긴가민가 고개를 갸웃거리던 젊은 인턴은 강세경이 아니라는 말에 꽤나 실망한 눈치였다.

"좀 나아졌어?"

"음······."

양처럼 순하게 지후의 등에 업혀 병원 응급실을 빠져나온 세경은 그의 널찍한 어깨에 뺨을 묻은 채 한결 열이 내린 맑은 눈으로 지나가는 사람들을 바라보았다. 규칙적인 남자의 숨소리와 생생한 피부의 온기가 느껴졌다.

"내려 줘. 내릴래, 오빠."

세경이 지후를 오빠라고 부른 것은 고등학교 졸업 무렵, 그날 밤 이후 처음이었다. 약 기운 때문이라고 세경은 되뇌었다. 이 등은 그녀의 몫이 아니었다. 더구나 그녀가 은소에게 어떤 짓을 했는지 모든 사실을 알고 있는 지후가 그녀를 용서할 리 없었다.

"내려 줘."

방어적인 목소리는 자연스럽게 냉정해졌다.

"아직 걷기 힘들 거야."

"내려 달라고!"

세경의 막무가내에 지후가 팔을 풀었다. 소원대로 바닥에 양발이 닿았지만 그녀는 꼴사납게 비척거렸다. 지후가 혀를 차며 그녀를 붙들어 주려 했다.

"손대지 마. 걸을 수 있어. 또 엉뚱한 스캔들 나는 거 지겨우니까."

서 있는 것만으로도 힘에 부쳐 세경은 이를 악물었다. 윗입술의 선 위로 송골송골 땀이 맺혔다.

"언제까지 할래? 친절을 가장한 척 어디까지 사람을 잡을 거냐고? 정신 차리고 똑바로 봐. 나 강세경이야, 백지후 씨. 친애하는 강은소 양이 아니라고!"

"알아."

그녀를 부축하는 것을 단념하고 지후가 우울하게 대답했다. 세경은 눈길을 바닥에 내리깔고 그를 쳐다보지 않았다.

"무슨 바람이 불었는지 모르겠지만 당장은 불쌍해서 상대할 가치도 없다, 이거야? 잘못 짚었네. 난 하나도 안 미안해, 백지후. 하나도 겁 안 나, 너도 민이혁도."

"내가 무섭니? 은소에게 한 짓 때문에 널 어떻게 할까 봐?"

"내가 무슨 짓을 했는데? 난 그저 강은소에게 현실을 가르쳐 준 거밖에 없어. 제멋대로 죽었네 살았네 민폐를 끼친 건 그쪽이라고!"

"그만해, 강세경!"

지후는 정말로 화가 나 있었다.

"이대로 얼마나 더 상처 내고 비뚤어질 거야?"

"상관없잖아! 너……."

멈추지 않아. 멈추지 않는다고!

"오빠가 무슨 참견이야! 내가 비뚤어지든 시궁창에 처박히든 대체……! 난 아니라며? 아니라고 그렇게 냉정하게 팽개치고 갔잖아! 그러니까 나한테 큰소리치지……!"

지후의 입술이 강하게 세경의 화장기 없는 마른 입술을 덮어 눌렀다. 스르륵 감기는 눈꺼풀, 그 사이로 탁하기만 한 새벽 하늘이 세경의 눈에 담겼다 지워졌다. 숨이 목까지 차오르도록 처음으로 온전히 맛본 지후의 입술은 시디신 오렌지의 향긋함을 담고 있었다.

"세경아."

그의 입술이 떨어지고 그녀를 잡았던 손도 원래대로 멀어졌다. 그러나 세경은 눈을 뜨고도 자신에게 일어난 현실을 제대로 파악할 수가 없었다.

이렇게 덜떨어진 얼치기 계집애인 양 사시나무처럼 떨고 있는 게 진짜로 나인가? 어떤 카메라, 어떤 무대에서도 실수라곤 모르고 자신만만한 은막의 여우, 강세경이라고?

"무, 무슨……. 갑자기 정신이 나가기라도 했……."

입술을 박박 문질러 당장에 백지후의 체취를 없애버리고 싶다가 또 금세 아무도 없는 빈 골목으로 뛰어 들어가 혼자만 가만히 보듬어 보고 싶었다.

그만해!

백지후는 과거였다. 다시는 뚜껑을 열어 보고 싶지 않은 비참하고 쓰디쓴 과거의 조롱거리. 그런데도 아직 뭔가가 남아 이렇게 자신을 학대해야 하는 걸까?

"내가 난잡한 여자인 거 맞아. 대한민국이 아는 그대로, 아니, 민이혁이 고맙게도 터뜨리지 않은 기삿거리까지 포함하면 몸뚱이 함부로 굴려 대는 고급 창녀라는 명칭이 딱이지."

"강세경!"

"건드리기도 싫어했잖아. 기억나?"

세경이 쏘아붙였다. 자신을 송두리째 다 내놓았어도 그는 곁눈질조차 하지 않았었다. 그래서 죽고 싶었다. 죽을 만큼 울었다.

"왜, 너도 남자라고 뒤늦게 호기심이 생긴 거야? 아니면 아직도 너한테 미련이 남은 불쌍한 계집애인지 실험해 본 다음에 강은소 대신 원한이라도 갚아 주려고?"

되살아나는 상처의 쓰라림으로 그녀의 말은 꼬여 있었다.

"안 됐지만 세상의 모든 사내를 다 전전해도 강은소의 남자는 이제 사절이야."

지후는 눈을 감았다.

"난 은소의 남자가 아니야."

그가 탁하게 고백했다.

"웃기지 마!"

"어쩌면 네가 그렇게 착각하고 있을지도 모른다는 거 깨닫고 있었어. 하지만……."

저도 모르게 세경은 숨을 멈추었다.

"하지만 한 번도 그랬던 적 없어. 왜냐하면 우리 두 사람 다 누구도 그런 관계를 원하지 않았으니까."

"나쁜 놈!"

그녀는 격한 욕설을 내뱉었다.

"누굴 갖고 놀아? 그렇게 붙어 다니고 그렇게 챙겨 주고……. 이제 와서 아무것도 아니었다면 그렇게 되는 거야, 이 자식아!"

"세경아."

"뭐!"

"남자, 여자 그런 거 아니었어!"

지후가, 소리 지르며 반항하는 세경의 팔을 완강하게 붙들었다.

"내가 강은소 같은 얼뜨기 머저리인 줄 아니?"

세경이 다그치자 그의 얼굴이 어둡게 물들었다.

"만약 지금까지 내가 누군가의 남자였다면……, 그건 언제나 너였다, 강세경."

"하!"

지후는 미묘하게 바뀌는 세경의 표정을 놓치지 않으려 애를 썼다.

"헛소리……, 지껄이지……, 마."

하지만 어느새 세경의 목소리는 힘을 잃고 있었다.

뭐야, 믿으려는 거야? 이 황당하고 어처구니없는 농담을? 너 그렇게나 초라하고 형편없어?

"세경아."

세경의 입술이 파르르 진동했다.

"네가 태어나고 처음 집에 들어왔을 때부터……, 걸음마를 하고, 말을 배우고, 유치원에 가고, 초등학교에 들어가 반 아이한테 맨 처음 꽃다발을 받아 왔을 때도, 그리고 자꾸자꾸 예뻐져서 네 주위의 남자들이 너만 쳐다보고 집 주위를 서성댈 때도 난 너를 곁에 붙잡아 두고 싶었어."

말도 안 돼! 하지만 왜 또 울고 싶어지는 거야.

감정을 추스를 수가 없었다.

"사기 치지 마! 그럼 어째서 그날⋯⋯!"

분하고 원망 섞인 반박이 미처 막을 새도 없이 터져 나왔다.

"심지어 1분도 고민하지 않고 뿌리쳤어. 내가 그렇게 매달리며 애걸복걸했는데!"

마치 울먹이는 아이의 절박한 비명처럼 들리는 세경의 새된 비난이 오래도록 가슴속에 도사리고 있던 지후의 후회와 번민을 낱낱이 끄집어냈다.

"성인군자 행세라도 한 거라고? 아니! 좋아하는 여자 앞에서 그런 얼굴로 도덕이니 도리니 말짱하게 챙기는 대단한 사내자식은 없어! 아무리 깨끗한 척하는 백지후라도 아니야."

무너질 듯 흔들리면서도 세경은 끝까지 신랄하게 대들었다.

"정말⋯⋯, 내가 아무 고민도 갈등도 안 했을 것 같아?"

고통으로 얼룩진 눈빛으로 지후가 착잡하게 되물었다. 미처 여과되지 못한 그 생생하고 날카로운 감정이 악착스레 버티던 세경을 건드렸다. 움찔하게 만들었다.

"무⋯⋯."

"넌 어렸어. 너보다 어른인 내가 무얼 할 수 있었겠니?"

지후는 이루 말할 수 없는 후회를 번복하고 되풀이해 곱씹었다. 다시 몇 번을 같은 시간으로 되돌린대도 그의 선택은 변하지 않겠지만, 변할 수 없겠지만 언제나 지후를 쫓아다니는 이 후회는 어쩔 수 없었다.

"아무리 생각을 하고 또 해도 넌 나한테 너무 과분한 사람이었으니까. 네 집안을 빼놓고 생각해도 넌……."

세경은 거칠게 동요하는 자신을 가까스로 다잡았다.

"궤변 늘어놓지 마. 핑계는 그럴듯하지. 어려서 그랬다고? 과분해서 그렇게 매몰차게 거절했다고? 내가 등신 팔푼이야? 아니! 차라리 솔직해져. 백지후 안중에 감히 나 같은 게 어떻게 들어가? 만날 은소, 은소……. 강은소만 죽어라 쳐다보고 있었던 게 누군데!"

감정에 북받친 세경의 눈에 어느새 저도 모르게 눈물이 고이기 시작했다.

"그 앤 너보다 더 영혼이 시린 애였으니까. 돌봐 줘야만 할 소중한 친구였어."

"다 새빨간 거짓말이야. 언제 나한테 제대로 된 관심 한번 줬다고……."

끝내 뚝 하고 굴러 떨어진 눈물 한 방울을 거칠게 손가락으로 닦으며 세경은 막무가내로 고개를 저었다.

"미안해. 미안하다."

세경은 아름답고 시간이 갈수록 점점 빛이 났다. 도저히 자신처럼 시시한 남자가 차지할 수 있을 것 같지 않아 지레 포기해 버렸던 건 전부 그가 못났기 때문이었다. 세경이 그의 마음에서, 눈 닿는 곳에서조차 더 멀리 훨훨 날아가 버릴까 두려웠었다. 그래서 신문에, TV에 세경의 이름이 다른 남자와 함께 오르내릴 때마다 남몰래 괴로워하는 자신을 일부러 들여다보지 않으려고 무던히도 노력했었다. 처음엔 기다리고, 다음엔 화내고, 마지막엔 체념했던 스스로를…….

"나를 속이다 못해 너까지 속여서 정말로 미안해."

"비겁해!"

그래, 비겁하고 못났어. 어리석고 아둔한 멍청이야.

지후는 애써 복잡한 탄식을 억눌렀다.

"나도 오빠가 필요했어!"

기어이 꾹꾹 눌러두었던 응어리를 토해 내며 세경이 외쳤다.

"오빠가 날 봐 주길……, 나만 봐 주길……."

"미안. 그렇지만 세경아……."

지후가 그녀를 똑바로 마주 보고 있었다. 간신히 붙들고 있던 세경의 심장이 덜컹 소리를 내며 발치로 굴러 떨어졌다.

"난 여전히 너하고 은소가 동시에 물에 빠진다면 은소를 먼저 구해 낼 거다. 그러다 혹시……, 만에 하나라도 내가 널 구해 내지 못하면……."

정신을 차려 보니 세경은 그의 눈에 어린 간절하고 절박한 무언가를 저도 모르게 필사적으로 좇고 있었다.

"나는 널 따라……, 함께 죽을 거야."

"흑…….."

누가 그런 입에 발린 말에 넘어갈 줄 알고? 난 언제나 최고가 되어야 해. 그게 나야!

"구차해서……, 차, 참고 들어 줄 수가……, 없어."

세경은 와들와들 떨리는 입술을 억세게 깨물었다.

"고, 고작 변명이란 게…….."

"미안해."

"더 이상 그 소리 하면……, 흠씬 걷어차 버릴 거야!"

"미안."

"안 믿어!"

"세경아."

"어림없어!"

주먹을 움켜쥐고 세경은 미친 듯이 흘러내리는 눈물을 참았다.

"못 믿어. 안 믿는다고!"

그런데 왜 이렇게 달콤한 걸까? 몸의 무게가 전혀 느껴지지 않았다. 한없이 한없이 떠올라 어디라도 갈 수 있을 것처럼, 따뜻한 공기가 살과 피 대신 그녀의 내부를 가득 채워 가는 기분이었다.

"흐으윽."

"세……."

그가 말릴 새도 없이 세경은 결국 세 살배기 아이처럼 털썩 주저앉아 흐엉흐엉 소리 내어 울기 시작했다. 너무나 서러워서 도저히 더는 참을 수 없다는 듯이…….

"세경아."

"왜 이제야 말해 주는데, 백지후……? 흐엉……, 엉……."

당황해서 덩달아 쭈그리고 앉은 지후에게 주먹질에 가세해 발길질까지 날아왔다.

"진즉에 말해 줬으면……, 눈치라도 줬으면……, 내가……,

너 아닌 다른 남자⋯⋯, 그런 남자들이랑⋯⋯."

"세경아, 아프다."

하지만 말과는 다르게 그는 묵묵히 세경의 행패를 감내하고
있었다.

"아프라고 때리는 거야. 이 미련 곰탱이 같은 자식아!"

투닥투닥하던 손짓이 힘없이 잦아들었다.

"이 나쁜 놈⋯⋯. 히끅!"

기진맥진해 아스팔트 보도 위에 다리를 뻗어 버린 세경은
그 지경에도 지후를 원망하며 딸꾹질을 했다.

"일어나자."

지후가 손을 내밀자 세경은 징그러운 벌레처럼 탁 쳐 냈다.

"병신⋯⋯, 히끅! 거짓말쟁이⋯⋯, 히끅!"

마침내 지후는 어쩔 수 없이 웃음을 매달고 말았다.

"안 믿어. 안 믿어 줄 거야, 저, 절대⋯⋯, 히끅, 어림도 없
어⋯⋯."

"그래그래, 알았으니까. 바닥이 차. 어서 일어나자, 응?"

"수작 집어치워."

떼쟁이, 고집쟁이에 이기적인 어린애. 지후는 양손으로 반
항하는 세경의 겨드랑이를 잡아 강하게 일으켜 세웠다. 팔딱팔
딱 물고기처럼 퍼덕대며 발길질을 하는 폼이 영락없이 얄미운
꼬마 아이다. 모호한 한숨이 일었다.

"가만있어, 강세경!"

일부러 거칠게 꽉 품에 안았다. 그러자 성숙한 여자의 체향

이 화악 그를 괴롭혔다.

　그래, 강세경은 벌써 전에 여인이 되어 있었다. 고집을 부린 것은 지후 자신이었다. 마냥 어린 시절의 세경만을 추억하려고 그녀가 자신을 매혹시킬 정도로 자라 버렸다는 현실을 외면하고 도리질했었다.

　"미안하다."

　그는 다시 사과했다.

　"그딴 말 듣기 싫다고 했잖아."

　그의 투박한 면 셔츠를 양손으로 꼭 움켜쥐고 세경은 그의 가슴에 파묻혀 잘 나오지 않는 웅얼거림으로 구박했다. 세경은 내내 눈물을 흘리고 있었다. 앞섶이 축축이 젖어 드는 것을 느끼며 지후는 지나 온 고단한 슬픔과 안타까운 행복감을 생각하며 가슴에 푹 싸일 정도로 작은 세경의 머리를 쓸어안았다.

　비로소 정직하게 순순히 고백한다.

　"사랑한다……, 강세경."

　그러니 이제 그만 너, 내 거였으면 좋겠다. 이놈 저놈 아무도 집적거리지 않고 쳐다보지도 못하게 온전히 나만의 사람이었으면 좋겠다.

　"사랑해."

　지후는 가만히 중얼거렸다.

　"흐엉……."

　천하의 강세경 입에서 다시 터져 나온 울음은 절대로 낭만적이거나 요염하지 않았다. 하지만 그 어느 때보다 사랑스러웠다. 지후는 먹먹한 가슴을 붙잡고 시큰한 콧날을 애써 참아 냈다.

나 이렇게 행복해도 되는 걸까, 은소야? 그래도 될까?

바보, 멍청이……. 당연하잖아.

은소가 귓가에서 나직이 속삭였다. 진즉에 솔직해지지 못한 그의 비겁함을 나무라면서…….

미안하다. 이 애가 흔들리는 거 더는 참고 볼 수가 없어. 참 아지지가 않는다.

그게 사랑이야, 백지후. 이 둔탱아.

그리고 장난스럽게 웃어 준 것 같기도 하다고 지후는 생각 했다. 이제 세경은 통곡으로도 모자라 잠시 멈췄던 딸꾹질까지 섞어 가며 여명의 날개가 부드럽게 펼쳐진 거리를 부끄럼 없이 뒤흔들고 있었다.

30. 폭우

"자자."

딱 그 한마디뿐이었다. 그녀의 팔 안으로 쓰러져 온 이혁의 무게에 은소는 비틀거리다 얼떨결에 그를 부둥켜안았다. 구겨진 양복, 흐트러진 머리, 늘어지는 몸…….

"이혁 씨."

은소는 그를 흔들었지만 이혁은 아랑곳하지 않고 그녀에게로 더 무게를 실어 왔다.

"자고 싶어, 너랑. 너하고만…….."

거실 바닥에 주저앉아 은소는 그의 머리에 무릎을 내주고 말았다. 그는 뭔가 웅얼거리더니 그녀의 무릎에 엎드린 채 금세 잠이 들어 버렸다.

이걸 어떻게 이해해야 하지? 강 회장이 기어이 입을 연 것일까?

세상모르고 잠에 취한 이혁은 깨어날 기색이 없었다.

그는 무엇을 바라고 이런 행동을 하는 것일까?

넌……, 내 아내야.

어리석은 기대를 해서는 안 된다. 아직도 그에게 기대라는 것을 품고 있다면 그야말로 그녀는 바보였다. 이제 그에게 줄 것도 없는 그녀가 아닌가, 끔찍한 진실 이외에는.

그러나 자신도 모르는 새 그녀의 손가락이 이혁의 머리카락을 어루만지고 있었다. 살금살금 그의 얼굴을 더듬으며 변한 그를 되새기고 있었다.

"하……."

은소는 손을 멈춘 채 허공을 응시했다.

"당신 정말……, 가혹하다……."

그녀의 허리에 둘러진 이혁의 팔이 강하게 조여들었다.

뭔가 달그락대는 소리에 눈이 뜨였다. 등이 딱딱하게 배겨 아팠다. 이혁은 자신의 몸을 덮은 모포를 보고 상체를 일으키다가 도로 누워 버렸다. 베개가 그의 머리 아래에 놓여 있었다.

분명히 사람의 체온을 안고 잠이 들었었는데…….

이혁은 낯선 천장의 무늬와 벽지의 색깔, 간소한 가구들을 응시했다. 이곳이 어디인지 잊어버린 것은 아니다. 은소의 집, 그로부터 도망쳐 그녀가 숨어 살던 도피처. 냉장고 문을 여닫는 소리, 자박거리는 발걸음, 뭔가 끓고 있는 냄새가 실내를 떠돌고 있었다.

이혁의 거처도, 그들의 커다란 신혼집도 썰렁하게 비어 있는데 이 여자의 집만 이렇게 따뜻하다는 것은 불공평하다. 인상을 쓰자 잊고 있던 두통이 한꺼번에 몰려들었다.

"일어났어요?"

낙낙한 셔츠와 바지를 입은 여자는 여리고 풋풋해 보였다. 아니, 그와 살던 때보다 더 아름답게 윤이 나고 있었다. 겉으로 드러나는 색기는 별로 없는 타입이라고 생각했었는데 저렇게 관능적인 여운을 지니게 된 건 언제부터일까? 못마땅함과 짜증이 슬그머니 기지개를 켜고 일어났다. 그가 모르는 새, 그가 모르는 장소에서 달라진 은소의 변화가 거슬렸다.

모포를 밀치고 일어나 앉았다. 단추가 풀린 하늘색 셔츠 사이로 그의 가슴이 드러나 있었다.

꼴이 말이 아니군.

"윤 부장이라는 분이 전화했었어요."

은소가 조용히 쟁반을 받쳐 들고 말했다.

"그래."

커튼을 쳐 놓아서인지 거실의 햇살은 그다지 강하지 않게 여과되어 있었다. 하지만 달갑지 않은 두통은 더욱 기승을 부렸다.

"나 줄 거 아니야?"

은소가 말없이 대접을 내밀었다. 이혁은 차가운 꿀물을 기꺼이 들이켰다. 빈 그릇을 받아 든 그녀가 일어나서 주방 쪽으로 걸어갔다. 어슬렁거리며 따라 들어간 주방 식탁에는 반찬들이 가지런히 놓여 있었다.

"식사하고, 가세요."

이혁은 주방 입구의 기둥에 기대서서 그녀가 하는 양을 지켜보았다. 찌개를 옮기고 국을 담고…… 정작 함께 사는 동안엔 강은소의 저런 모습을 볼 생각도, 보고 싶은 마음도 없었다. 이렇게 기이한 동요가 일어날지도 미처 예상치 못했었다.

"먹어요."

"당신은?"

식탁에 차려진 국과 밥은 1인분이었다. 이혁은 등을 돌리고 설거지를 시작한 은소에게 물었다.

"나중에 먹을 거예요."

"가져와."

이혁은 무뚝뚝하게 명령하고는 그녀가 마지못해 국과 밥을 떠서 식탁에 앉을 때까지 기다렸다.

북엇국은 시원하고 담백했다.

"강 회장이……, 친부가 아니라는 거 언제부터 알았지?"

국그릇만 비우고 있던 은소의 수저는 멈칫하지도 않고 여전히 일정하게 오르내렸다. 이혁 또한 태연자약하게 재차 다그쳤다.

"왜 강원욱의 뜻대로 자청해 광대 짓을 했던 거야? 다 알고 있었으면서, 그 인간과 당신 사이에 무슨 의리가 남아 있다고?"

은소는 묵묵부답이었다.

"그자가 당신을 한순간이라도 딸로 사랑해 준 적이 있었던 것도 아니잖아?"

빈 그릇을 들고 은소가 싱크대로 걸어갔다. 이혁의 예리한 시선은 위협을 담고 해답을 바라며 그녀의 움직임을 따라갔다.

사람을 조종하는 법을 탁월하게 익히고 있는 남자. 불쌍한 사냥감은 자신이 어디로 몰리는지도 모르고 우왕좌왕하다가 최후를 맞겠지.

그러나 이혁의 그 대단한 능력도 더 이상 그녀에게는 통하지 않았다. 가진 게 없으면 두려움조차 소용이 없는 법이다.

은소는 개수대의 물을 잠갔다.

"맞아요. 난 그에게 의리를 지킨 적 없어요."

허세라고 해도 좋고 발버둥질 친다고 해도 좋았다. 그녀는 이혁과의 마지막 결전에서 이길 것이다.

"그렇다면 왜?"

그러면 어떻게 그 막대한 부와 지위를 헌신짝 버리듯 내던지고 갈 수 있었느냐고 그는 묻고 있었다.

그녀에겐 티끌만큼도 소용이 되지 않았던 짐을 왜 내려놓았느냐고? 오래전에 포기하고 싶었지만 차마 못 했다고, 그 이유의 전부가 다름 아닌 당신이었다고 은소는 외치고 싶었다. 그러나 그러는 대신 그녀는 숨을 참았다.

"당신이 재하에 오기 전부터 난 이미 당신에 대해 알고 있었어요."

이번엔 이혁이 한 방 먹었지만 그는 내색하지 않았다. 유심히 그를 쳐다보며 은소는 말을 이어갔다.

"강 회장님이 극비리에 줄곧 당신의 뒤를 돌보고 있다는 것을 알았을 때, 그분의 궁극적인 속셈이 당신에게 향해 있다는 것은 명백해졌죠. 그분이 당신에게 재하를 물려주고 싶어 하고, 그것을 위해서라면 어떤 장애물도, 심지어는 나나 세경이도 그분에겐 중요하지 않다는 것도요."

은소는 팔로 어깨를 문질렀다.

"미워하지 않았냐고요? 시기했었어요. 질투했었죠. 나 따위 아무리 발돋움해도 눈길조차 제대로 주지 않는 분이었으니까요. 심지어 난 그분의 자식도 아니었어요. 어느 날, 어찌하겠다는 목적도 없이 당신을 보러 갔었어요."

문득 은소가 그를 바라보며 가슴 언저리가 싸해지는 미소를 머금었다.

"우습지 않아요, 반발하면서 끌린다는 것이?"

"끌렸다고?"

그래요. 나는 당신에게 이끌렸어요. 설명할 수도 해석할 수도 없는 방식으로……. 그와 동시에 뼛속까지 파고드는 죄책감으로 나 자신을 용서할 수 없게 되었어요. 그녀, 오인영의 딸이었기 때문에, 당신에게서 전부를 갈취해 간 여자의 핏줄이었기 때문에…….

"당신이 당신의 인생을 걸고 복수를 원했듯 나도 하나를 갖고 싶었어요. 하나만을……."

추하게 감춰 둔 진실이 발각 났을 때 당신이 내게 던질 경멸과 원한이 사무치게 무서워진 것도 그때였어요. 공포의 씨앗은 점점 자라났고 난 비밀 위에 비밀을 자꾸만 쌓아 올려 나갔죠.

"왜 그분의 음모에 눈을 가리고 있었냐고요? 그래요. 당신이어서 그랬던 거야."

뺨의 근육이 다소 당겨진 것을 제외하고 이혁은 일체의 반응도 보이지 않았다.

"난 그저 갖고 싶었어. 모든 걸 걸고서라도 민이혁이란 남자를 차지하고 싶었던 것뿐이에요. 집요하고 악랄하게……."

결국은 벼랑 끝에 이르러서야 나 자신의 이기심을 직시했지.

은소는 핏기가 가신 손으로 등 뒤의 싱크대를 붙잡았다. 그러나 이혁은 그녀의 고뇌를 거들떠보지 않았다.

그가 무자비하게 다가왔다.

"그럼 왜 포기하는 거야?"

그는 정확히 그녀를 겨냥하고 내뱉었다.

"고작 강세경 따위에게 밀려날 정도였다면 처음부터 이 난장판에 뛰어들질 말았어야지."

"고작……이라고요?"

고작이란다. 이 남자에겐 그녀의 의지 자체를 완전히 초토화해 버린 세경의 일이 그렇게 하찮은 것이었나? 그들이 어떤 사이인지 밝혀진 지금에 와서도?

"아무 일도 없었어. 아무 일 없었다고!"

냉정하게 잘라 말하며 그 자신이 의도적으로 꾸미고 암시한 것이나 다름없었던 그날의 장면을 이혁은 묵살해 버렸다. 여전했다. 그 스스로의 판단, 기준, 가치밖에 그는 염두에 두지 않았다.

"다행이네요. 당신을 위해서도, 모두를 위해서도……. 하지만……."

무슨 일이 있고 없고가 이제 와 무슨 상관이란 말인가. 그런 시기는 지나 버렸다.

목소리가 떨리는 것을 막을 수 있으면 좋으련만 기대는 그녀를 배반했다. 그러기엔 이혁이 너무나 가까이까지 접근해 와 있었다.

"나에겐 이제……, 의미가 없는 사실이에요."

그러나 참으로 미련스럽게도 이혁이 멋모르고 저질러 버린 패륜에 일조했다는 죄악감으로부터 해방된 기쁨보다도 이혁이 그녀를 배신하지 않았다는 사실이 이 순간 은소의 가슴속에 불꽃처럼 남아 있었다. 끊어진 끈, 포기한 사랑, 되돌려서는 안 된다는 것을 알면서도 끝끝내 가슴이 시리고 저몄다.

"허튼소리 집어치워. 내가 네게 닿을 때마다, 내가 널 붙잡을 때마다 넌 이렇게 풀잎처럼 떨어. 움츠러들고 약해지지. 지금도 여전해."

회피하는 그녀의 창백한 얼굴을 그의 손이 돌려 놓고 꼼짝 못 하게 힘을 주었다.

"아니야?"

그녀의 목에 얼굴을 파묻으며 이혁이 낮게 윽박질렀다.

"이래도?"

단념을 모르는 자기중심적인 이혁의 성격을 모르지 않았다. 처음엔 그래도 극복하고 이겨 낼 수 있으리라는 어리석은 망상을 지녔지만 사람의 마음이란 비집고 들어간다고 해서 들어가질 수 있는 것이 아니었다.

"우린 남은 게 없는 사람들이야. 난 당신과 끝났어요."

"집어치워. 내가 인정 못 해."

그녀는 주저하며 조심스럽게 그의 어깨를 짚었다.

"사람이 옆에 있어서 더 외로운 거, 그게 어떤 건지 당신도 잘 알 거라고 생각해요. 당신도 그랬겠지만 나도 평생을 그렇게 살았어요. 너무나 많이, 너무나 오래……. 이제는 그만하고 싶어요."

그는 그녀를 사랑하는 게 아니다. 순간 현혹당했다 해도 오래 지속될 수는 없는 꿈같은 환상에 지나지 않는다.

"다른 사람을 찾아요. 재하와도 당신의 과거와도 아무 접점이 없는, 단순하고 완벽한 여자를……."

이혁이 다른 여자의 남자가 되어 사는 것을 곁에서 두고 보는 일은 할 수 없을 것이다. 아마 영영 극복하지 못할지도 모른다. 몸 안으로 싸늘한 얼음이 가시처럼 박혀 들었다.

더 이상은 이 남자를 마음대로 기만하고 농락할 수 없었다. 설령 그의 이 감정이 진짜라고 해도, 이혁은 조만간 그녀를 난도질하고 싶은 충동에 시달릴 것이다. 그렇게 되기 전에 은소는 이 사람을 몰아내고 싶었다. 멀리 보내고 싶었다.

"그리워하고 싶지 않아요. 한 사람의 온기를, 한 사람의 눈빛을……. 그 남자의 그림자를 좇아 혼자 그리워하다 죽는 일……, 그만 접기로 했어요. 아니, 안 해요."

"누구 맘대로!"

이혁이 소리쳤다.

"웃기지 마, 강은소! 누가 너더러 날 그리워하라고 했어? 누가 너더러 내 그림자를 좇으라고 허락했냐고! 전부 네 뜻, 네 의지였어! 그런데 그만두는 것도 네 맘이라고? 개소리 집어치워, 강은소!"

비참하고 격노한 표정이 그를 딴사람처럼 바꿔 놓았다.

"안 해 본 줄 알아? 그런데 안 된다고!"

그가 폭발하듯 터져 버렸다.

"너뿐이야, 내게 여자는! 네가 내겐 유일한 여자란 말이다!"

그가 그녀를 격하게 뒤흔들었다. 안타까움과 분함이 스민 자학 같은 어조였다. 그것은 마치 결코 그가 원했던 바가 아니라고 역설하고 있는 듯했다.

"빌어먹을!"

그가 처음 안은 여자, 그리고 하나뿐인 여자.

세상의 모든 지침서가 주장하듯 남자는 육체의 본능만 있다면 언제라도 여자를 안을 수 있다고 그 역시 믿어 왔다. 하지만 틀렸다. 더욱이 은소를 안은 후부터 그에게는 다른 이성에 대한 실낱같은 가능성마저 없어져 버렸다.

누구 잘못이야? 누구의 농간이냐고!

"내 자리에 대신 어떤 놈을 끼워 넣을 건데? 나 말고 어떤 놈을 그리워하며 살 건데?"

"그건……, 더 이상 당신의 일이 아니잖아요."

입술이 떨리고 손이 떨리고 마침내 물결처럼 잔경련이 그녀의 온몸을 훑고 지나갔다. 이혁의 눈빛이 몸서리가 쳐질 정도로 험악해졌다. 스산하고 무서운 바람이 그들 사이를 헤집고 지나갔다.

"큭!"

뜻밖에도 이혁의 입에서 흘러나온 것은 비릿한 고소였다.

"짓밟아 줄까, 강은소? 또다시?"

은소의 표정이 하얗게 일그러졌다.

"그럼 넌 또 내 것이 될래?"

그에게서 발산되는 좌절과 원망은 그녀의 가슴을 덥게도 차게도 만들었다.

무너지지 마, 여기서 물러나면 넌…….

"그래, 난 안 변했어. 누구처럼 죽었다 깨어난다 해도 민이혁이란 인간은 변할 리 없는 악마의 새끼야. 그런 내가 너의 하찮은 넋두리에 귀 기울일 거 같아? 하물며 어쭙잖은 동정심, 죄책감 따위를 가질 거 같냐고?"

이혁은 메마르게 스스로를 비웃었다.

"내 뜻과 상관없이 멋대로 내 손에서 빠져나간다는데 순순히 놓아줄 것 같으냔 말이다."

와락, 그가 그녀를 끌어당겼다.

"그럴 바엔 바숴 버린다, 강은소!"

난폭한 강요가 그녀의 뇌리에 그대로 박혀 들었다.

"널 다시 불에 태워 죽여 버려야 한다 해도 다른 사내새끼에게 내 것이었던 여자, 못 넘겨."

"그 불길에 당신이 휩싸여도?"

은소는 돌연 참을 수 없는 통렬한 슬픔으로 나직이 속삭였다.

"바라는 바야."

이혁의 성급한 대답이 귓가에 울렸다.

"바라는 바라고……."

입술이 입술을 갈구했다. 그가 그녀를 안아 들어 자신의 몸에 거칠게 밀어붙였다. 공기조차 지나갈 수 없는 하나의 그림자가 되어 절박하게 질주하는 서로를 품에 안았다.

"다 상관없어……, 아무것도!"

그들은 격렬하게 입 맞추었다. 그의 팔에 힘이 더해지고 마치 그녀의 몸을 끈끈한 점토질로 만들어 다시 창조하려는 듯 이혁은 세차게 그녀를 끌어안았다. 폐에서 뿜어지는 거친 호흡은 두 사람 모두의 것이었다.

"나만 봐, 강은소."

이혁은 은소의 짧은 머리카락에 손가락을 찔러 넣으며 중얼거렸다.

"나만……, 보고 있어……."

툭 건드리면 피가 배어 날 듯 예리한 독점욕이 서린 말과 눈빛은 그녀를 결박하는 강력한 사슬처럼 혈관 사이사이로 스며들었다.

"가능하지 않아요······."

감히 그에게 거역하는 부드러운 입술을 벌주려는 듯 그는 그녀의 입을 틀어막았다. 은소는 흐느끼며 허리를 뒤로 젖혔다. 그의 오른손이 그녀의 등을 지탱하며 은소를 지배해 가기 시작했다. 결 고운 곡선이 그의 손길에 잠식당해 옅은 홍조를 발하며 휘어졌다.

그의 이가 은소의 작은 분홍빛 유두를 성급하게 깨물었다. 놀라서 굳어지는 주인의 부드러운 몸만큼이나 그것은 그의 입 안에서 이혁의 욕망을 부채질했다. 은소의 신음을 들으며 이혁은 지금껏 그녀를 포위하듯 감고 있던 다리를 움직여 그녀의 허벅지 사이로 파고들었다. 그리고 전신의 근육을 긴장시킨 채 사납게 재촉하는 자신의 욕망을 촉촉한 습지 안으로 깊이 밀어 넣었다.

은소의 가느다란 목이 연한 꽃줄기처럼 부러질 듯 틀렸다. 달아나는 허리를 한 손으로 움켜잡고 그 또한 격한 신음을 토해 냈다. 찰나의 무의식이 그들을 집어삼켰다.

"아무래도 좋아······."

이제 이혁이 원하는 것은 이 여자의 부드러움 안에서 고통에 가득 찬 자신을 당장이라도 풀어 버리는 것뿐이었다. 그렇게 남자의 이기적인 막무가내와 이혁 자신의 일부나 마찬가지인 난폭한 지배욕이 명하는 대로 그는 은소에게로 끊임없이 밀고 들어갔다. 은소의 몸은 하릴없이 흔들리고 부서졌다.

"이혁 씨······."

여유나 느긋함이라곤 흔적도 없었다. 그들은 오직 서로에게서 느껴지는 감각만을 좇아 열정에 눈먼 사람들이 되었다.

"같이 살자."

이혁의 속삭임이 화인처럼 아로새겨졌다.

햇살에 반짝이는 땀방울이 눈물처럼 그녀의 가슴 위로 떨어져 내렸다. 그들은 이 순간 함께 있었다.

이 남자는 왜 이다지도 버려지지 않는 것일까? 어떻게 해야 버릴 수 있을까?

은소는 가운을 입은 채 그의 잠든 얼굴을 멍하니 바라보았다. 막막하고 슬펐다.

어디까지 할 거야, 당신? 어디까지 나를 괴롭혀야 만족할 건데?

단념이나 체념을 모른다는 건 가장 우매한 실수가 될 수도 있었다. 은소는 파르스름하게 변해 가는 얼굴로 자조하듯 웃었다.

"처음부터……, 당신과 만나지 말았어야 했는데……. 이런 비틀리고 어그러진 일에 발을 들이는 것이 아니었는데……."

은소는 이혁이 누워 있는 자신의 침대 옆에 천천히 무릎을 모으고 앉았다.

"모순이야. 그렇죠?"

그녀는 커다랗고 휑한 동공을 들어 검게 어른거리는 그를 바라보았다.

"종말을 원하는 동시에 당신을 잡고 싶어 하다니……."

어느새 밤이 성큼 다가와 있었다.

그만두지 그래? 강 회장님도 거기까진 언급하지 않았어. 네가 밝히지만 않는다면 그는 평생 모르고 살지도 몰라.

"당신……, 끔찍한 사람이야. 사랑하는 만큼 당신을 미워해."

무릎 사이에 얼굴을 감추고 그녀는 독백처럼 속삭였다. 스스로의 비겁함을 나무라면서……. 하지만 도저히 이혁을 마주보고는 말을 할 수가 없었다.

"의부증이란 거, 들어봤어요?"

아주아주 깊이 잠들어서 듣지 말아 줘. 나의 이 가증스러운 속임수가 통할 수 있도록 당신 잠에서 깨지 마.

"들어봤어도 그게 정확히 어떤 건지는 아마 모를 거야. 그건 한 오만하고 도도한 여자의 정신을 모조리 갉아먹고 야금야금 파고들어 망가뜨리고 마는……, 무서운 병이에요."

그의 몸이 움직였다. 시트가 바스락대며 바닥으로 떨어졌다. 그러나 그녀는 자세를 바꾸지 않았고 그를 확인하지도 않았다.

"내 어머니는……, 당신과 당신 어머니에게서 강 회장님을 빼앗았어요."

흘러나오는 은소의 말은 여름의 흙탕물처럼 탁하고 격했다.

"그러나 만족을 못 했죠. 강 회장님은 야망이 앞서는 사람이었고, 그녀는 당신이 두 번째라는 현실을 결코 우아하게 지탱해 내지 못했어요. 그러다 어느 날 남편이 자신 몰래 당신 어머니를 돕고 있었다는 사실을 알게 되자 그녀의 의심은 끔찍한 복수심으로 돌변하고 말았죠. 외할머니를 내세워 사업을 부도로 몰고……, 빗길에 달려가던 당신 부모님을…….”

폐가 오그라들어서 한꺼번에 말을 쏟아 놓기가 불가능했다. 은소는 가슴을 쥐어뜯으며 호흡을 필사적으로 가다듬었다.

“표면적으로……, 그때의 모든 책임을 강 회장님 앞으로 해 놓은 것은 할머니예요. 당신……, 부모님의 사고가 났을 때 담당 형사들을 처리하고……, 사건 기록을 운전자 과실로 조작한 것도 할머님의 입김이었죠.”

드디어 모든 비극의 전말이 드러났다. 이혁의 숨소리가 들리지 않은 지는 한참이었다.

“강 회장님이 명성과 돈을 좇아 당신과 당신 어머니를 버렸다는 점에서는 당신이 만들어 놓은 단두대를 피할 명분이 없어요. 하지만……, 당신이 부모님의 복수를 하고 싶다면 강원욱, 그분이 아니라 무덤에 계신 내 외할머님, 하나뿐인 딸을 맹목적으로 거두셨던 그분께 책임을 물어야 해요.”

은소는 차라리 담담해져 가고 있었다. 더 이상 속이 썩어 들어가고 곪아 터지도록 거짓을 짊어질 필요가 없다는 사실, 그것만이 이 암담하고 서글픈 자백의 유일한 보수였다.

“그리고……, 이 엄청난 진실을 숨기고 뻔뻔하게 연극을 해 온 나란 여자에게도요.”

너무나 굶주리고 배가 고파서 앞뒤 분간하지 못하고 달려들었던 것이다. 그만큼 이혁이 탐났었다. 은소에겐 인영을 비난할 명분이 없었다.

"그만해……!"

쥐어짜 내는 듯한 이혁의 신음이 그녀를 후려쳤다. 생채기가 나도록 은소는 팔에 손톱을 박았다.

"그래도 나를 갖겠어요, 당신?"

처연하고 음울한 미소가 유령처럼 떠올랐다.

"나는 안 해요, 이혁 씨. 안간힘을 다해 발버둥 쳤지만 소용없는 일이었어."

미세하게 균열이 가기 시작한 적막은 마침내 시커멓게 선을 내지르며 쩍쩍 갈라지기 시작했다. 메아리가 울리듯 시계의 초침 소리가 철컥대고 있었다.

아무도 움직이지 않았다. 은소도, 이혁도……. 한 사람은 적나라하게 까발려진 추악한 과거를 여지없이 들이대었고 한 사람은 고스란히 그 시퍼런 칼날을 부둥켜안았다. 그러나 정작 죽어 가는 쪽은 칼을 찌른 은소였고 이혁의 돌처럼 딱딱해진 전신에선 무서운 한기만이 뿜어져 나오고 있었다. 너울너울 떠돌던 무거운 기류가 한 켜 한 켜 쌓여만 갔다.

"그러게 내버려 두라고 했죠? 재수 탓으로 치부하고 잊어버리라고요."

은소는 비틀거리며 엉거주춤 몸을 추슬렀다.

"가요."

고맙게도 그는 제지하지 않았다.

"가서……, 다시는 오지 마."

당신을 포기하도록 도와줘. 내가 죽이고 싶도록 증오스러워도 그냥 안 보이는 곳에서 저주하고 망가뜨려. 그럼 차라리 참기 쉬울 것 같아. 당신만 안 보이면 그래도 견딜 수 있을 것 같단 말이야.

"이제 이 지루한 게임에서 진짜 악역을 맡았던 사람이 누구인지 알 것 같아요?"

은소는 일부러 환멸을 가장하며 소곤댔다.

"평생을 미워해도 좋아요. 아니면 오인영의 딸, 한희원 회장의 손녀인 내게 다시 복수의 시나리오를 짜는 것도 상관없어요."

그녀의 눈빛이 어둡게 반짝였다, 검은 밤하늘에 유성우가 퍼붓는 것처럼 아리도록 눈부시게…….

"그러니 그만 가 줘요."

은소는 침실을 벗어났다.

겨우겨우 거실로 간 은소는 떨리는 손으로 서랍장에 넣어 둔 담배를 꺼내 불을 붙였다. 라이터가 몇 번이고 꺼져 버렸다. 찰각대는 힘겨운 시도 끝에 연기가 피어올랐다. 목구멍이 따끔거리고 기침이 일었다. 벌써 길을 들인 담배가 지독히도 매워서 계속 태울 수가 없었다. 하지만 은소는 거기에 구원이 있는 것처럼 혼신의 힘을 다해 연기를 빨아들였다.

등 뒤로 그가 떠나가고 있었다. 정말 마지막이다. 그는 절대로 돌아오지 않을 것이다.

"축하해, 강은소. 네가……, 이겼어."

이혁의 음성은 무감각하고 잔인하게 허공을 떠돌았다.

애걸해! 빌기라도 해 봐. 그는 널 원했어. 적어도 그것만은 진심이었어.

하지만 그의 발소리가 사라지고 문이 닫힐 때까지 은소는 미동도 하지 못했다.

은소는 눈물 한 방울조차 자신을 위해서 흘릴 수 없는 이 지독한 악몽에서 깨어나길 갈망했다. 가슴이 금방이라도 파열될 듯이 뒤틀려 두 손으로 갈라놓고 싶을망정 흐느껴 울 수도 없는 이 캄캄한 암흑이 두려웠다.

"으……."

미쳐 버렸으면 싶었다.

"흐으……."

등에 꽂힌 가위의 날을 누군가 찍어 대고 있었다. 두 번째의 격통이 뇌수를 그대로 타고 올라왔을 때 은소는 바닥에 풀썩 널브러졌다. 경련하듯 꼬이는 팔다리를 휘저으며 그녀는 막연히 어딘가로 달아나기 위해 무릎으로 기기 시작했다.

바닥으로 흘러내리는 피가 보였다.

가까스로 소파까지 기어간 그녀는 그대로 쓰러져 정신을 놓아 버렸다. 그녀의 꿈속에서 또다시 요란하게 비가 퍼붓고 있었다. 그러나 그때의 하늘도 엄마의 모습도 더는 나타나지 않았다.

31. 화해

목가적 운치를 풍기며 잘 지어진 별장 한 채가 숲속에 솟아 있었다. 산책로를 따라 길게 이어진 목책 뒤로 푸른 은행나무들이 고즈넉하게 서 있었다.

은소는 관리인이라는 초로의 남자에게 안내를 받았다.

"뜻밖이구나. 네가 나를 만나러 올 줄은……."

원욱이 서울을 떠나 이곳에 내려와 있다는 것은 지후를 통해 알았다. 한바탕 난리를 피우고 강짜를 부린 뒤에야 지후는 그녀를 용서했다.

"그동안 안녕하셨습니까?

"그래."

나뭇결을 그대로 살려 장식한 넓은 거실에서 원욱이 그녀를 맞았다. 그녀는 공손히 머리를 숙였다.

"차라도 들자꾸나."

그는 의외로 편안해 보였다.

뭔가 힘이 빠진 태도랄까? 언제나 날카롭던 안광도 한결 유연해지고 누그러진 느낌이었다. 차가 들어오고 잔을 드는 동안 원욱은 살피듯 그녀를 건너다보았다.

"내려오는 데 수고가 많았겠구나."

"아닙니다."

이 별장에 온 것은 처음이지만 길은 쉽게 찾을 수 있었다. 주변에 인가가 거의 없어서인지 마치 한적한 산사 같은 고요함이 별장 안팎에 깔려 있었다.

"이혁이……, 회사에 나오지 않고 있다는 소식을 들었다."

"네."

입술만 적신 뒤 은소는 잔을 내려놓고 대답했다. 그가 그렇게 나가 버린 지도 2주가 지나 있었다. 그동안 이혁은 단 한 번도 그녀에게 연락을 취해 오지 않았다.

정리를 했다는 의미일까? 이렇게 만든 것은 자신이면서 심장을 들쑤셔 대는 아픔은 진정될 줄을 몰랐다.

"너한테는 미안하구나."

그가 무겁게 입술을 뗐다.

"그러실 거 없어요."

그저 그뿐인 푸념이나 넋두리는 그들 둘 다에게 어울리지 않았다.

"아니다."

원욱은 지그시 눈을 감고 한숨을 내쉬었다. 은소는 이렇게 인간적인 그의 모습을 보는 것이 새삼스러웠다.

"오인영……, 그래, 그 여자가 가졌던 것에 대한 욕심이 크지 않았다면 거짓말이겠지. 난 내게 없는 그 여자의 타고난 당당함, 아름다움, 심지어 안하무인의 그 아집에도 매력을 느꼈었다."

그러나 정작 손에 쥐고 보니 그것은 쉽지 않은 선택이었을 것이다. 원욱은 먼 과거를 회상하듯 거슬러 올라갔다.

"내가 그 여자의 물질과 이름에 혹했다면 그 여자는 꾸며진 내 허상을 탐냈었지. 도도한 자신에게 쉽게 넘어오지 않는 난공불락의 남자. 마치 과시하고 싶은 전리품처럼 나를 가지고 싶어 했다. 그리고……, 내 계획대로 그 여자는 부족함 하나 없는 잘나고 전도유망한 약혼자 대신 나를 선택했어."

"그리고……, 제가 있었지요."

은소는 담담히 덧붙였다.

"그래, 네가 있었지. 그 남자, 장모도 아내도 늘 마음 한구석에 걸려 하던 그 잘난 사내의 씨앗."

그는 눈을 뜨고 빤히 은소를 응시했다. 마치 그녀의 얼굴에서 누군가를 겹쳐보는 것도 같고 혹은 어떤 이의 자취를 찾고 있는 것도 같았다.

"할머니는 회장님이 사실을 어떻게 알아내셨는지 모르셨어요."

원욱이 미소를 지었다, 경외 혹은 경멸을 담아.

"장모님, 그분은 아주 철저하고 빈틈이 없는 타고난 승부사셨지. 나는 그분께 배운 게 많다. 적인 동시에 최고의 스승이었지. 하지만 넌 처음부터 내 아이일 수가 없었어."

흠칫, 은소에게서 동요가 새어 나왔다.

"그럼……, 세경인……?"

원욱은 그녀의 의심을 부정했다.

"세경인……, 내 사내로서의 오기 같은 거였다. 지금 생각하면 유치하기 짝이 없는 짓이었지. 그래서 복원 수술을 받았던 거야. 차라리 그러지 않았다면 네 엄마의 우울증이 그렇게 극단적으로 심각해지지 않았을지도……."

그는 신중하게 말을 고르는 듯 보였다.

"그 끔찍한 일이 있던 날……, 난 내가 사랑하는 여자를 두 번째로 죽였다는 걸 알았다. 그것도 둘 다 내 잘못으로. 이혁이 엄마도 인영이도 다 내 탐욕의 희생물이었지. 그러나 인정하고 싶지 않았다. 난 그 모든 비난의 화살을 장모님에게 뒤집어씌웠어."

한희원은 여전히 그에게 극복할 수 없는 애증의 대상처럼 자리 잡고 있었다.

"사위를 기만하고 다른 놈의 씨앗을 내게 떠넘긴 것도 모자라 인영이를 부추겨 이혁의 엄마까지 사고로 몰아넣어 죽였다고. 그렇다면 나도 내 핏줄에게 모든 것을 안겨주겠다고 결심했지. 당신이 사용한 그 수단을 이용해서!"

원욱은 주먹을 움켜쥐고 꼿꼿하게 등을 세웠다.

"그것이 너였다. 착하고 순종적이고 내 명령을 한 번도 거스른 적이 없는……. 하지만 난 널 믿지 않았지. 네가 내 딸이 아닌 것을 알고 있는 이상 언젠가는 내 적이 될 거라고 믿었다. 그 전에 다 끝내 놓아야 한다고 생각했어."

격앙되었던 공기가 서서히 힘을 잃어 갔다. 차로 목을 축인 그가 소파에 몸을 기댔다.

"제가 전화를 드렸던 날……."

"그래, 그제야 깨달았다. 네가 처음부터 끝까지 전부 알고 있었다는 것을, 이혁이도 나도 전부 다 꿰뚫어 보고 있었다는 것을……."

은소는 침착하게 손을 포갰다.

"변호사에게 맡긴 유언장과 별도로, 할머니는 운명하시기 전에 개인 노트와 파일들을 제게 남기셨어요. 아무에게도 들키지 않을 것을 당부하시면서……."

"몹쓸 노인네……."

강 회장이 선웃음을 쳤다.

"하긴 내 비뚤어진 욕심이 어디로 향할지 미리 짐작을 하고 선수를 치신 거겠지. 그 교활하고 민첩한 노인이라면 열두 번도 그럴 거라 짐작했어야 했는데……. 그래도 유언까지 남기신 마당에 열두 살짜리 어린애한테까지 그런 방비를 하실 줄은 몰랐다."

정석현에게까지 손을 써 놓았다는 것도 그는 뒤늦게 알게 된 사실이었다. 처음부터 패배의 고배를 마실 자는 그로 정해져 있었던 것이다.

"하지만……, 제일 무서운 사람은 너였던 게야. 그렇지?"

비판도 추궁도 아닌 단순한 질문이었다.

"사실 아주 의심하지 않았던 것도 아니었다. 그 노인네가 다른 술수를 부렸을지도 모른다고 어림짐작하기도 했어. 하지만 네가 너무 변함없이 굴었기 때문에 곧 조바심을 지웠지. 아주 감쪽같이 속아 넘어간 게야, 다름 아닌 이 강원욱이."

원욱의 표정에는 희미한 감탄마저 어려 있었다.

"왜 그랬더냐?"

은소는 아무렇지도 않게 입을 열었다.

"전 재하가 강 회장님의 몫이 되어야 한다고 생각했어요. 할머니의 유언만 아니었다면 일찌감치 깨끗이 물러났을 겁니다. 하지만 그건 아주 강한 족쇄였죠, 애초에 할머님이 의도하신 대로."

"그렇다고 어째서 결혼까지 순순히 따랐던 게야? 넌 지후, 그놈을……."

"제가……, 지후를 사랑했다면 프랑스로 가라는 회장님 말씀을 거역했을 겁니다."

숨기고 말고 할 것도 없었다.

"그리고 재하를 회장님 손에서 빼앗았겠지요. 아무리 그게 회장님의 정당한 몫이라고 생각하고 있었다고 해도……."

"그럼……?"

"저를 프랑스로 보내신 게 경영권 분쟁 때문만은 아니셨지요, 회장님?"

은소는 감정을 싣지 않고 초연하게 지적했다. 원욱의 낯빛이 희미하게 요동치는 것도 태연하게 바라보았다.

"허, 너……?"

그녀는 말을 계속했다.

"세경이가 유일하게 마음을 잡게 할 수 있는 사람……, 지후밖에 없다고 판단하셨으니까요."

아무리 해도 팔은 안으로 굽는 법이다. 눈엣가시 같은 의붓딸보다 피가 통하는 친딸의 행복을 먼저 염두에 두는 것은 어찌 보면 인지상정이 아니겠는가.

"그럼 이혁이를 남편감으로 받아들인 건……?"

"그 사람을 사랑했으니까요."

"그런!"

은소는 선명하게 빛나는 눈으로 원욱을 주시했다.

"그 사람은 절 그날 회장님의 서재에서 처음 봤을지 몰라도 전 아주 오래전부터 그 사람을 알고 있었어요. 처음엔 강 회장님의 혈육이라는 호기심이었고, 그다음엔……."

시시각각 미묘하게 이채를 거듭하는 원욱의 표정은 그녀에게 영향을 미치지 못했다.

"이해를 하시건 못 하시건……, 민이혁이란 남자, 정신을 차리고 보니 저에겐 이미 사랑하는 사람이 되어 버린 뒤였습니다."

"허허……."

그녀가 말을 끊자 웃음인지 신음인지 모를 괴상한 소리가 원욱의 입에서 연신 터져 나왔다. 은소는 그만 일어나야 할 때가 왔다고 판단했다.

"여기까지 왔는데 끼니나 해결하고 가거라."

원욱이 그녀를 붙잡았다.

"아뇨, 그저 마지막 인사차 들렀습니다. 뵙고 떠나는 게 도리일 거 같아서……."

"마지막이라니……?"

좀 더 일찍 떠나야 했는데 너무 늦어 버렸다. 다시 프랑스로 가서 이번에는 영원히 돌아오지 않을 셈이었다. 그리고 눈에서 멀어지듯 마음에서 그가 멀어질 날을 기다릴 작정이었다.

"어차피 한국에선 제약이 많을 것 같아서요. 공부를 더 해 볼까 생각 중입니다. 자리도 거기에서 잡고요."

"아주 나갈 생각이냐?"

"네."

"이혁인!"

실태를 자각한 듯 강 회장은 다시 언성을 낮췄다.

"그놈도 널 원해. 네가 있어야……."

은소는 대답하지 않고 고개만 저었다.

"다른 녀석이 생긴 게냐? 그놈 친구라는 그 화가……?"

강원욱 회장이 어디 가겠는가? 비난조로 따져 묻는 원욱에게서 등을 돌리고 은소는 현관으로 걸어갔다.

"사랑합니다……. 민이혁, 회장님의 핏줄을요. 아마 남은 평생을 바보처럼 그럴지도 모르겠습니다."

"그런데!"

그가 다급하게 다그쳤다.

"사랑만으로 안 된다는 것을, 세상에는 억지만으로는 안 되
는 일이 있다는 것을 알게 됐습니다."

"그게 무슨 소리야!"

은소는 깊은 한숨을 들이쉬며 입구에서 멈추어 섰다.

"그 사람은 아마 저를 다시 받아들일 수 없을 거예요."

"설마……?"

"네, 다 말했습니다. 그 사람 부모님이 누구 때문에 돌아가
셨는지……."

강 회장이 끙 하고 신음했다. 그가 다시 소파에 풀썩 앉는
소리가 귓가에 들려왔다.

"왜 그런 쓸데없는 일까지……."

후회한다고, 미치도록 후회한다고, 밤마다 잠을 설치며 시
간을 거꾸로 돌리고 싶어 한다고 그에게 이야기할 수는 없었
다. 이곳에 온 것도 만약 원욱이라면 혹 이혁의 행적에 관해 뭔
가 알고 있지 않을까 하는 어리석은 기대 때문이었다고 털어
놓을 수는 없었다.

"안녕히 계십시오, 회장님. 하루 빨리 건강을 회복하시길 바
랍니다."

"은소야!"

그의 부르짖음이 날아들었다.

"넌……, 넌 내 딸이다!"

그녀는 가만히 마룻바닥을 내려다보며 마른 입술을 적셨다.

"감사합니다, 회장님."

원욱은 머뭇거리며 뭔가 더 할 말을 찾고 있는 듯했다.

"세경이가……, 지후, 그 녀석과 결혼을 하기로 한 모양이다."

"네."

지후가 말미에 어물거리며 소식을 전해 주었다. 하지만 식을 올릴 때쯤이면 그녀는 한국에 머물고 있지 않을 것이다.

"너도 청하고 싶은 눈치인데 그나마 염치는 있는지 차일피일 망설이고 있더구나."

"시간이 여의치 않아서 참석은 어려울 거 같습니다. 행복……하라고 전해 주세요. 진심이라고……."

"그래……."

살가운 친밀감까지는 아니더라도 어떤 너그러움 같은 것이 그들 사이에 자리 잡았다.

"은소야."

원욱은 걸걸한 음성으로 그녀를 불렀다.

"나는 젊었었다."

참회를 하는 것도 뉘우침도 아니었다. 그저 있는 그대로를 말할 뿐이었다.

"이혁, 그 아이처럼……."

먼 산을 향하는 그의 말이 여운처럼 흘렀다.

"그것으로 면죄부를 사자는 것은 아니다. 용서를 구하자는

것은 더더욱 아니고……. 다만……, 너희들 잘못이 아닌 과거
로 인해 너희가 불행해지는 일은 없었으면 좋겠구나.”

낯선 새가 시끄럽게 지저귀고 있었다. 이혁은 불편한 잠자
리에서 짜증스러운 듯 미간을 찌푸렸다.
새……, 새라고?
“윽…….”
풀이 짓이겨지며 생생하고 비린 기운이 화악 밀려들었다.
이혁은 억지로 가느다랗게 눈을 뜨고 동이 터 오는 산등성이를
멍하니 지켜보았다. 축축한 땅바닥의 냉기가 천을 뚫고 그의
등으로 파고들었다.
언제 풀밭에 엎드려 잠이 들었던 걸까? 전신에 감각이 별로
남아 있지 않았다. 그날 은소의 집을 뛰쳐나온 이후 어쩌다 여
기까지 향한 것인지도 제대로 분간할 수 없었다.
남은 자투리 한 자락 회상하기 싫어했던 이 장소에 제 발로
기어들어 오다니…….
이혁은 쿨럭, 기침을 토하며 사람들의 이목을 피해 쫓기듯
그의 부모를 먼지처럼 날려 보냈던 곳을 무심하게 주시했다.
원망이 없었다면 곧이듣지 않을 일이다. 아무리 사고였다
해도 오로지 거머리 같은 적들만이 사방에 우글대는 세상에 새
파랗게 어린 자식 하나만 덜렁 던져두고 홀가분한 듯 함께 먼
길을 가 버린 부모가 밉지 않을 리 있었겠는가. 그 미움과 원망
까지도 강원욱을 향해 고정되었다. 그런데 그 모든 것이 빌

어먹을 운명의 장난도 뭣도 아니었던 것이다.

"대단하구나, 강은소."

그 더럽고 역겨운 걸 싸안고 독하게도 견뎠구나. 내 앞에서, 다름 아닌 내 앞에서…….

폐가 조이며 쑤셔 댔다. 이혁은 몸을 구부리고 고통스럽게 토막토막 끊어져 나오는 숨을 토해 냈다. 연한 녹색의 물이 그의 옷을 물들이며 그에게로 스며들었다. 아무리 애써도 지워지지 않을 것이다.

"죽여 버리고 말걸."

그냥 죽여 버리고 같이 지옥으로 가 버리는 것도 그리 나쁘지 않았는데…….

이혁은 허탈하게 웃으며 머리를 파묻었다.

못 하잖아, 민이혁. 벌써 새까맣게 늦어 버렸잖아. 벌써 그 여자가 보고 싶어 돌아 버릴 지경이잖아.

"은소……."

하늘을 향해 층층이 무리 지은 푸른 소나무 가지 사이로 피로한 남자의 낮은 부르짖음처럼 노곤한 아침 햇살이 깃들어 가고 있었다.

32. 지워지지 않는, 지울 수 없는

물감 냄새 가득한 아틀리에 안은 이젤과 캔버스들로 어지러웠다. 우현은 붓을 내려놓고 불쑥 나타난 침입자를 있는 대로 흘겨보았다.

"뭐야, 어디 처박혀서 죽은 줄 알았더니 멀쩡하기만 하네."

이혁은 완벽한 정장 차림이었다. 한군데도 허술한 부분이 없이 차갑고 세련된 대기업의 총수다웠다. 심지어 그가 들어서기 전까지 자유분방하던 방 안의 예술적 영감을 온통 그의 색으로 물들여 놓은 기분이 들었다.

"아무 데나 편한 데 앉아라."

우현은 물감 자국이 얼룩덜룩한 손을 마른 수건에 문질러 닦았다.

"뭔가 아니꼬워 보이는 얼굴을 하고 있구나."

"그러냐?"

이혁은 한 손을 주머니에 찔러 넣고 우현이 그리다 만 그림들을 둘러보았다.

"어쭈, 맞장구도 치시고? 어디 가서 이상한 약이라도 하고 왔냐?"

우현은 괜히 심술이 나서 빈축을 했다. 그렇지 않아도 뒤숭숭한 날인데 날아갈 듯한 녀석의 표정을 보니 짜증이 치밀었다.

이 자식아, 너 때문에 은후 씨가 지금…….

"그나저나 여긴 어인 행차냐? 회사가 발칵 뒤집힌 모양이던데……. 어떻게 냄새를 맡았는지 여기까지 윤 부장이란 사람이 다녀갔다."

이혁은 우현이 스케치를 끝낸 은소의 초상화 앞에서 한참을 머물렀다.

"마음에……, 안 들어."

마침내 그가 한마디 내뱉었다.

"은후 씨가 담배 피우는 거?"

우습게도 그녀가 우현에게 보여 준 모습 중에 가장 강렬한 인상을 남긴 것은 그 장면이었다.

"그거 너다."

아련함과 그리움, 애잔함이 뒤섞여 화폭으로는 쉽게 옮길 수 없는 깊이를 발하고 있었다. 그 상대가 이혁인 줄 알았다면 애초에 궁금해하지도 않았을 텐데…….

"죽자고 나쁜 줄 알면서도 끊지 못하는……, 바로 너라고,

민이혁."

부럽다고 해야 할지 신경질 난다고 해야 할지 우현은 갈피를 잡기 어려운 기분에 싸여 투덜거렸다.

"손 떼."

"뭐?"

"손 떼라고."

이혁이 냉랭하게 우현을 돌아보며 딱 잘라 말했다.

"무슨 자다 뒷발질하는 소리야?"

입을 멍하니 벌리고 우현이 되물었다.

"은소."

이혁의 눈이 경고조로 그에게 내리꽂혔다.

"건드리지 마."

"뭐야? 이 자식이 보자보자 하니까……."

"간다."

뭐야, 그 말 하러 금쪽같은 남의 시간을 가책도 없이 날름 도둑질했단 말이야?

"저놈이 진짜……!"

분통을 터뜨리다 말고 우현은 멈칫했다.

오냐, 너도 어디 한번 된통 당해 봐라. 이 자식아!

"참, 모르고 있나?"

능글맞게 우현이 싱긋 웃었다.

"은후 씨, 오늘 파리 간다. 아마 안 돌아올 생각이라지."

우현은 천연덕스럽게 붓을 집어 들고 그림에 열중한 척 이

젤 앞에 앉았다, 이혁이 휙 돌아서서 이쪽을 향하건 말건 도통 관심 밖이라는 듯이.

"마중도 못 나오게 해서 아버지도 나도 이러고 있지만⋯⋯. 쯧, 어떡하냐? 넌 작별 인사도 못 했을 텐데 말이다."

그는 한껏 약을 올렸다.

"몇 시냐?"

이혁이 을러댔다.

"몇 시 비행기냐고!"

우현은 마지못해 실눈을 뜨고 시계를 보는 시늉을 했다.

"오후 2시 비행기든가?"

벌써 11시가 넘은 시각이었다. 더구나 국제선이라면⋯⋯.

"망할 자식!"

이혁은 성큼성큼 서둘러 밖으로 걸어 나갔다. 하지만 우현에게 일격을 가하는 것을 빼먹지는 않았다.

"정우현, 밤길 조심해라!"

정원 연못 근처에서 이혁에게 우현의 행방을 알려 주었던 남자, 언젠가 은소와 식당을 나서던 사내가 커다란 바위 위에 쪼그리고 앉아 비단잉어 떼에게 먹이를 주고 있었다. 하늘에는 무거운 먹장구름이 뭉글뭉글 밀려와 있었다.

"실례가 많았습니다, 어르신."

은소와의 관계를 아는 이상 이혁은 예의를 차리지 않을 수 없었다.

"가려고?"

그러나 역시 너무 젊은 인상이라 우현이나 은소 같은 나이의 자식을 두었다고 보기에는 확신이 서지 않았다.

"네."

그러나 즉시 이혁은 고소를 짓고 말았다.

"서둘러야 할 게야."

친부자지간이 아니라니······.

아예 빼닮다 못해 심술궂게 번쩍이는 눈매까지 판박이처럼 똑같았다.

"알고 있습니다."

"나중에 은소 데리고 한번 들르게."

"네, 어르신."

이혁은 마당에 깔린 자갈들을 밟으며 발걸음을 재촉했다. 그러더니 대문을 나서기도 전에 휴대폰을 꺼내 들고 뭔가를 열심히 수배하기 시작했다.

"그 녀석, 참 훤하니 자알 생겼다."

석현은 뒷짐을 지고 구부정하게 굽히고 있던 허리를 쭉 폈다.

"저놈이 잘생기긴 뭐가 잘생겼다고 그러세요? 적어도 아버지 아들 정도는 돼야······."

뒤에서 우현이 딱딱하게 비꼬았다.

"네놈 얼굴이야 기생오라비지 그게 어디 제대로 된 사내놈 상판이더냐!"

그는 쳐다보지도 않고 면박을 주었다.

"사내란 자고로 저렇게 진득하니 무게가 있어야 하는 법이지."

여하튼 아버지란 사람이 그렇게 아들 깔아뭉개는 걸 취미로 삼고 있으시니…….

"저 자식은 무게가 있는 게 아니라 음흉한 거예요. 소문이 안 좋다고 아버지도 꺼리셨으면서……."

석현은 우현이 일러바치는 소리를 귓등으로 넘겼다.

"사내놈이 쪼잔하게 질투는……."

우현의 표정에 금이 갔다.

"저놈이 은후 씨 울린 거 다 잊으셨어요?"

"한 번 실수는 병가상사라고 했다."

석현이 시침을 뚝 떼고 우기자 우현도 두 손을 들 수밖에 다른 도리가 없었다.

"어이구, 관대하기도 하십니다."

그들은 한동안 가지가지 색의 물고기들이 물속에서 헤엄치는 양을 바라보았다. 그중 유난히도 금빛으로 빛나는 녀석에게 시선을 고정하고 우현이 지나가듯이 중얼거렸다.

"저놈, 잘할까요?"

"고약하게 굴지 말고 봐줘."

후드득 먹이가 뿌려지자 모여든 물고기들로 수면에 거친 파랑이 생겨났다.

"아마 그 아이가 그걸 원할 게다."

"그렇겠죠."

우현이 머리를 쓸어 올리며 잠시 주저했다.

"저……, 실은 조금 흔들렸어요."

석현의 입가에 미소가 떠올랐다.

"아시죠, 아버지?"

"특별한 아이니까."

석현이 담담하게 대답했다.

"내 눈에만 그게 들어올 거라는 생각은 안 했다."

"정말 속이 시커먼 분은 따로 있다니까."

우현은 머리를 꺾고 푹푹 한숨을 내뿜었다. 석현의 손이 그의 어깨에 와서 얹혔다.

"고맙다."

"이럴 줄 알았으면 그림이나 실컷 그려 놓는 건데……. 아무래도 저 자식 허락해 줄 것 같지가 않죠?"

못마땅함을 일부러 감추지도 않았다.

있는 공, 없는 공 다 들여 다리 놓아 준 게 누군데 밤길이나 조심하라고? 나아쁜 놈!

"처남으로서 떼를 써 보는 것도 괜찮겠지."

그런다고 이 체증이 쉬이 내려갈 성싶지는 않았다.

그나마 손위 처남 자리라 덜 억울한 감은 들지만 그 자식이 의기양양하게 은후 씨를 끼고 희희낙락할 걸 상상하면…….

비위가 상한 우현은 입맛을 쓰게 다시며 하늘을 올려다보았다. 하늘에 어두운 가장자리가 대기 가득 번져 가고 있었다.

"아무래도 쏟아질 것 같은데요."

"그렇구나."

그 말을 증명이라도 하듯 이마에 비 한 방울이 톡 떨어졌다. 우현이 그에게 물었다.

"아버지란 소리……, 듣고 싶지 않으세요?"

"싫증 나도록 듣고 있잖냐."

흡족한 눈빛이 우현을 향했다.

"억지로 해서 될 일은 없어."

석현은 연못의 수면처럼 잔잔하게 말했다.

"풀릴 때가 되면 저절로 풀리는 법이다. 그게 순리야."

"웬 어울리지 않는 신선 흉내세요? 아버지답게 하세요."

관대한 웃음을 내보이며 석현은 발칙한 아들 녀석의 엉덩이를 품위 있게 걷어찼다. 방심하고 있던 우현이 그대로 연못 속으로 팔을 휘휘 내저으며 몸짓도 요란하게 처박혔다. 엉겁결에 한 사발의 물을 들이켠 우현은 이끼가 낀 미끄러운 돌바닥에 주저앉아 부친의 회심에 찬 얼굴에 이를 뻑뻑 갈아 댔다.

"솔직하게 말씀해 보세요!"

우현의 이마에 내 천川 자가 아로새겨졌다.

"뭘 말이냐?"

"지금 일부러 저한테 대신 화풀이하신 거죠?"

"화풀이라니?"

석현의 한쪽 눈썹이 재미있다는 듯 올라갔다.

"이혁이 그놈 말입니다. 실은 아버지도 한 대 패 주고 싶으셨던 거잖아요."

"흠!"

가타부타 대답이 없는 부친의 반응에 우현의 투덜거림이 더욱 높아 갔다. 민이혁이란 놈과 엮이면 결국 뒤집어쓰는 건 자신이라는 걸 왜 매번 잊어버리는지 모르겠다. 우현은 물을 잔뜩 머금어 한정 없이 뻣뻣해진 옷을 쥐어짜며 미련한 스스로를 힐책했다.

"커피나 마시자꾸나."

석현이 집 안으로 향하며 어깨 너머로 제안했다.

"물론 아버지가 뽑으실 거죠?"

"뭐, 홀딱 젖은 생쥐 꼴을 하고 있으니 이번만은 불쌍히 여겨 주마."

대단히 감사합니다. 하나밖에 없는 아들, 발로 차서 물에다 처박아 놓으시고선 고작 쓴 커피 한 잔으로 선심 쓰듯 무마하시려 하다니…….

연못 위로 빗방울이 제법 굵게 떨어지기 시작했다. 우현은 물을 짜내는 일을 포기하고 엉망이 된 신발을 질질 끌며 정원을 가로질렀다.

33. 너에게 안기다

흐리던 하늘이 종내 비가 추적추적 내리는 우울한 날씨로 바뀌었다. 그러나 비행 스케줄은 예정대로 이루어지고 있었다.

발권을 끝낸 은소는 잠시 대기실 의자에 몸을 맡겼다. 사방은 어딘가로 향하는 여행객들로 시끄러웠지만 그녀에겐 세상이 고요하기만 했다. 공허하고 한가로운 세상, 앞으로 그녀가 살아갈 삶은 안전하고 평화로울 것이다.

민이혁이란 남자가 다시 그녀의 인생에 끼어드는 일은 없을 것이다. 그 없이도 그녀는 얼마든지 살아 낼 수 있었다. 예전에는 그것이 불가능하다고 생각했지만 누군가가 없으면 살 수 없다는 것은 그저 단순한 시적인 환상에 지나지 않았다.

문득 은소는 핸드백 안을 더듬어 지갑을 꺼냈다. 원욱에 의해 먼 이국의 바다를 건널 때도, 세상에서 강은소란 여자의 흔적을 모조리 지우기로 결심했을 때도 포기하지 못한 그것이 낡은 유물처럼 변해 그녀의 손가락 끝에 닿았다. 순순히 이끌려 나온 것은 한 장의 오래된 사진이었다.

이제는 버리고 가야 한다는 것을 알고 있었다. 마치 부적처럼 간직하고 있던 젊은 이혁의 그림자는 늘 그녀의 생채기를 새것인 것처럼 아리게 후벼 놓을 것이다. 하지만 손에 힘을 주어 막 사진을 구기려던 은소는 결국 멈칫하며 기운 없이 어깨를 늘어뜨렸다.

바보 같으니…….

눈을 감고 힘든 숨을 가슴으로 고르며 그녀는 웃었다. 천천히 안개처럼 일렁이는 처연한 눈동자로 이제는 익숙하다 못해 뇌리와 심장에까지 각인된 그의 얼굴을 유심히 아주 오랫동안 바라보던 은소는 결국 사진을 제자리에 꽂아 넣었다.

여기까지만 봐줘. 이렇게라도 불쌍해지고 마는 나를……. 이혁 씨, 뒤돌아보지 않을게. 그래, 당신에 대한 나의 이 기억들처럼 기어이 어쩌지 못하는 일은 남는다 해도 더는 하지 않을 테니……, 부디 여기까지만 너그러이 덮어 줘. 당신 없이 버티어 갈 테니…….

지갑을 핸드백 안에 넣고 은소는 한참 동안 고개를 숙인 채 그대로 머물러 있었다. 그리고 마침내 자리에서 일어난 그녀는 출국 심사대를 향해 걸음을 옮겼다.

"실례하겠습니다."

막 티켓을 꺼내 드는 그녀를 일단의 사람들이 가로막았다.

"누구……?"

"윤세진이라고 합니다. 민이혁 사장님 명령으로 모시러 왔습니다."

은소가 움직일 생각을 하지 않자 그가 가볍게 머리를 끄덕였다.

"죄송합니다."

"무슨 짓이에요!"

검은 양복 차림의 두 남자가 마치 수배 중인 범인을 체포하듯 양쪽에서 그녀의 팔을 붙잡았다.

대체, 이혁 이 남자 무슨 짓을 벌이고 있는 걸까?

본의 아니게 사람들의 주목을 끌게 된 은소는 조용하지만 단호히 그들에게 저항했다.

"그만둬요, 당장!"

"됐어."

그녀가 혀 사이로 거세게 말을 뱉어 냈을 때 냉담한 명령이 떨어졌다. 즉시 그녀가 놓여났다.

"당신……."

야릇한 눈초리를 한 이혁이 그 자리에 나타나 있었다. 윤세진과 남자들은 지상 과제라도 받드는 신전의 사제들처럼 그에게 복종했다.

은소의 얼굴을 창백하게 물들인 것은 부끄러움이 아니라 이런 곤경을 불러일으킨 이혁의 안하무인에 대한 노여움 때문이었다. 혹은 이런 상황에 처해지고도 다시 한 번 이혁의 얼굴을 보게 된 사실에 맥박이 빨라지고 있는 자신을 탓하는 것일수도…….

"대체 뭘 원하는 거죠?"

그녀는 간신히 말을 맺었다.

"수고했어."

하지만 이혁은 그녀 대신 세진에게 먼저 말을 건넸다.

"나중에 보지."

"네, 사장님. 그럼……."

잠깐 얼이 나갔던 은소는 이혁을 버려두고 출국장을 향해 방향을 틀었다. 그가 무얼 하든 신경 쓰지 않겠노라 모질게 다짐했다. 더 이상 그를 마주 대하고 있다간 그녀의 의지가 물거품처럼 사라져 버릴까 두려움이 앞섰다. 하지만 그런 그녀의 탈출은 이혁에게 너무도 손쉽게 차단되었다.

"서."

갑자기 시야가 기우뚱했다.

"이혁……."

"잡으러 왔다, 강은소."

그가 한 팔로 그녀를 자신의 어깨에 둘러메고 있었다.

"죽이 되든 밥이 되든……."

순간 은소의 숨이 목에 걸리고 말았다.

"난 일단 잡아야겠어, 널."

말도 안 된다. 민이혁이 이런 어이없고 창피한 짓을 서슴없이 저지르다니!

"그만……."

"조용히 해."

그녀의 다리를 꽉 움켜쥐고 움직일 수 없도록 만든 다음 그
는 흥미진진하게 구경하는 사람들을 제치고 공항을 빠져나가
기 시작했다. 윤세진의 입가에 설핏 미소가 어렸다.

이혁의 차는 제대로 주차할 시간이 없었다는 듯 입구 근처
에 아무렇게나 정차되어 있었다. 견인되지 않은 것만도 다행이
었다.

은소를 내려놓고 말없이 차 문을 열어 준 이혁은 그대로 비
를 맞으며 그녀가 차에 타기를 기다리고 있었다. 그러나 은소
는 머리가 빙글거려 그저 멍하니 그를 바라보기만 했다. 이혁
이 왜 이런 일을 벌이고 있는지 가늠할 수가 없었다.

다 끝내 버린 거 아니었나? 두 번 다시 은소란 여자의 얼굴,
이름조차 듣기 싫은 것이 아니었던가?

아련하게 비행기의 엔진음이 들려왔다.

"비행기를 타야 해요."

은소는 간신히 잊고 있던 사실을 기억해 내고 말했다.

"시간이……."

그의 대답은 단순명료했다. 은소의 손에 들려 있던 티켓을
빼앗아 반으로 찢어 버린 것이다. 그리고 꼼짝도 하지 않는 은
소에게로 팔을 뻗어 강압적인 동작으로 그녀를 차 안에 태웠다.

"이혁 씨!"

그가 마치 탈출구를 봉쇄하듯 안전벨트로 그녀를 묶었다. 시트 위에 놓인 그녀의 손등에 우연처럼 그의 손가락이 머물렀다. 잠시 호흡이 사라진 그 시간 그의 뜨거운 열기가 그녀의 혈관 하나하나를 건드려 놓았다.

"너 혼자……, 빠져나가겠다고?"

"그만!"

은소는 눈을 감고 그에게 부탁했다.

"하지 말아요."

절절하고 지극한 고통의 표정으로 은소는 그가 물러서기를 요구했다. 그러나 여전히 이혁의 손은 그녀에게서 떠날 기미가 없었다.

"어림도 없어. 꿈도 꾸지 마, 강은소."

이제 더는 이 사람 앞에서 울지 않으리라 굳게도 맹세한 다짐이 야속하게 배신을 했다. 흐려지는 눈시울 사이로 그의 모습이 흔들리며 뿌연 회색으로 변화했다. 은소는 그녀의 각오가 더 부실해지기 전에 이혁에게서 얼굴을 돌리려 했다.

순간 그의 손바닥이 그녀의 뺨을 힘 있게 거머쥐며 꺾이는 은소의 고개를 조용히, 그러나 단호하게 따라왔다. 이혁은 그녀의 눈길을 강제로 붙잡지는 않았다. 다만 반쯤 턱을 가린 채 아래를 내려다보고 있는 은소의 뺨을 그렇게 오랫동안 어루만지며 한참을 침묵했다.

왜 이래요, 당신…….

아직도 이렇게 마주하며 서로에게 주고받을 상처가 남아 있나요? 그만하면 됐잖아. 충분하잖아요.

이혁은 불쑥 은소를 놓아 주고 차 문을 닫았다.

그녀의 옆, 운전석에 앉는 이혁의 얼굴에선 단단한 의지가 묻어났다.

여긴……?

은소는 긴 드라이브를 하고 드디어 차를 멈추는 이혁을 퍼뜩 돌아보았다.

익숙한 전경, 낯익은 건물, 두 사람은 그들이 신혼을 보냈던 집 앞에 도달해 있었다. 밀월이라고 부르기는 이상한, 하지만 그 몇 배는 격렬했던 짧은 한때였다. 괴로우면 괴로울수록 너무나 아깝고 소중해서 어른 몰래 사탕을 숨긴 아이처럼 안달을 했었다.

그는 여전히 여기 살고 있는 걸까?

그러나 이혁은 아무런 설명도 해 주지 않았다. 묻고 있는 그녀의 눈동자를 무시한 채 그가 은소의 팔목을 붙잡아 차에서 내리게 했다.

“이혁 씨.”

그는 듣고 않지 않았다. 이혁의 신경은 그녀를 데리고 가는 데만 온통 집중되어 있었다.

“잠깐……!”

현관이 열리고 극히 찰나의 순간 은소는 그녀가 떠나기 전 그대로인 자신의 방을 보았다. 심지어 그녀가 쓰던 화장품들까지 고스란히 화장대에 놓인 그대로였다.

왜……? 왜……, 당신?

언제까지고 망부석처럼 서 있는 은소를 이혁이 숨 쉴 틈도 주지 않고 끌어당겼다. 그리고 덮쳐 온 입술. 은소의 입술 사이로 흐린 신음이 흘러나왔다. 그가 그녀의 온몸을 움켜쥐고 전신의 힘을 실어 왔다.

"이혁 씨……."

무슨 말을 하고 싶은 건지 알지도 못하면서 은소는 무작정 그의 이름을 불렀다.

바람을 타고 온 폭우처럼 시작된 이혁의 입맞춤은 지독히도 깊었다. 그건 사랑을 가장한 족쇄인 동시에 자신의 여자가 아직 그의 것인지 확인하는 남자들의 일종의 의식 같은 행위였다. 축축하게 젖은 서로의 옷이 바닥에 떨어져 쌓여 갔다.

이런 부드러움이 그에게 있었던가? 배려가 스민 그의 손길은 새의 깃털처럼 온화했고, 그녀의 전신에 빠짐없이 흔적을 남기는 그의 입술은 자상하고 무거웠다.

그 한없는 무게 속에 담긴 그의 말없는 언어를 어찌 이해해야 할까?

은소는 무작정 일어나는 감정의 파고를 다스리지 못해 흐느끼며 그를 감싸 안았다.

마지막의 마지막……. 다시 한 번만 이 사람의 온기를 안고 간다 해서 그것이 천륜을 어기는 죄악이 되지는 않으리라.

울지 마.

피부에 겹쳐지는 그의 손이 거칠게 속삭이고 있었다.

울지 마라, 강은소.

하지만 정작 울음이 섞여 있다고 느껴지는 것은 눈물 한 방울 비치지 않는 이혁의 고독한 눈동자라면 그조차 오해일까?

음률을 채운 빗소리가 배경 음악처럼 나직이 깔리고 있었다. 은소는 등을 보인 채 침대에 흐트러진 모습으로 누워 있었다. 다가온 이혁이 땀으로 촉촉해진 은소의 가느다란 등과 허리를 조용히 쓸어내렸다.

"이 상처……."

은소가 움찔하며 그를 넘겨다보았다. 이혁은 전라로 시트에 한 손을 짚은 채 그녀를 내려다보고 있었다. 이곳으로 은소를 강제로 끌고 온 이후 처음으로 입을 연 것이었다.

몇 번이고 사랑을 나누고 무섭게 그녀를 가지면서 이혁은 오로지 침묵으로 강요했다.

받아들이라고. 항복하라고. 놓아 주지 않겠다고.

"백지후가 상처 이야기를 했지. 내가 모르는 너에 대해 지껄이는 그놈이 미워서 죽여 버리고 싶었어."

반사적으로 조여드는 살갗의 흔적이 그의 손가락 끝에서 긴장하며 저려 왔다. 피하고 싶었지만 이혁은 허락하지 않았다. 오히려 허리를 비스듬히 숙여 뜨거운 입술을 미끄러뜨렸다.

"혹시 이것도 그 여자가 그랬나? 오인영이란 여자가?"

어떻게 지후로부터 그런 말까지 전해 들었는지 알 도리는 없었지만 녀석의 경솔함에 은소는 답답함을 불어 냈다.

"지옥에서 평생 불타라고 해!"

그가 섬뜩하게 중얼거렸다.

"당신에겐 어떻게 들릴지 몰라도……, 불쌍한 사람이었어요, 그분은."

"내 알 바 아니야."

이혁에게 인영에 대한 자비심을 바랄 수는 없었다. 은소는 아직도 그녀의 등에 밀착해 있는 그의 입술을 느끼고 몸을 떨었다.

"이제 뭘 할 거지? 파리로 가서 뭘 할 작정이었어?"

그의 손바닥이 그녀의 허벅지 위로 강하게 얹혀졌다.

"사는……, 거요."

당신 없이 살고 당신 없이 견디는 것.

비로소 깨달았다. 인간은……, 사람은 어떻게든 살아남는다. 그래서 인간은 누구나 다 조금씩은 비정한 존재들인 것이다.

"그냥 살아 내는 것?"

"네……."

이혁은 완전히 몸을 포개며 은소의 등에 엎드렸다.

"나 그거 해 봤다, 강은소."

따뜻한 체온이 그녀를 내리눌렀다. 부드러우면서도 출구 없는 비단 그물에 휘감기는 기분이 들었다.

"너 없이 그냥 살아 내 봤어."

등에 겹쳐진 그의 가슴에서 심장이 세차게 울리고 있었다.

"근데 너무나 무료하고 지치고 재미없어서 때려치우고 싶었다. 그렇게 사는 게 사는 건가? 그렇게 산다고 살아지는 거야?"

듣고 싶지 않은데 오직 그의 음성만이 홍수처럼 밀려왔다.

"사랑해서 만나고 미워하고 헤어질 수 있다면, 미워해서 만나고 사랑하며 살 수도 있는 거잖아."

"알잖아요, 난 이제 당신 옆에서 살 수 없어요."

은소는 무기력하게 거부했지만 효과는 없었다.

"행복해져요, 이혁 씨. 당신도 이제 그만 그럴 때가 됐잖아."

"너 없이……."

이혁이 지친 듯 속삭였다.

"너 없이 해야 하는 일을 내게 강요하지 마. 네가 없으면 나는 평생토록 이대로 살다 죽을 거다, 강은소."

탄식하듯 애원하듯 읊조리는 그의 음성에 눈물이 그녀의 가슴을 먹먹하게 압도해 왔다.

아프겠지. 또 다시 달궈진 모래사막을 맨발로 걷듯 힘에 부칠 거야. 그를 보았을 때 무슨 생각을 했던가? 이 사람이면 아파도 좋다. 이 사람이면 날 아프게 해도 좋다. 그저 옆에 있을 수 있다면…….

"그만해요, 우리."

"싫어!"

그가 그녀를 돌려 눕히고 머리를 붙잡았다. 이글대는 눈동자로 위험한 기운을 뿜어내며 이혁은 뚫어지게 그녀를 노려보았다.

"한 번만이라도 날 불쌍하게 생각해 주면 안 돼요, 당신?"

은소는 간청했다.

"어설픈 감상 따위로 널 잃을 바엔 그따위 과거 다 버려도 좋아."

그는 매섭게 외쳤다.

"잘 들어! 너 없인 안 살아."

황폐한 시선이 그녀의 사소한 움직임 하나까지 철저하게 봉쇄했다.

"네가 해 주던 밥, 네가 다려 주던 옷, 네가 안았던 나, 전부 다 돌려받을 거야. 누구한테도 못 줘. 백지후 그놈에게도, 정우현 그놈에게도."

그는 건드리면 파삭파삭 소리를 내며 부서져 버릴 듯한 기억을 끄집어냈다.

이혁은 가슴이 터질 듯이 고통스러워 숨이 막혔고 그래서 단 한 마디도 정말 단 한 조각의 언어도 밖으로 내놓을 수가 없었다.

어떻게 이 여자를 버릴 수 있다고 생각했단 말인가, 어떻게……?

사랑을 말하는데도 자격이 필요하다는 것을 너무 늦게 알았다. 그래서 그는 그녀에게 그 말을 하지 못한다. 차마 그렇게는 하지 못한다. 하지만 그녀를 다시 데려오기 위해서라면, 붙들어 두기 위해서라면 무슨 짓이라도 할 것이다. 납치하고 감금

하고 필요하다면 평생을 이 여자 옆에만 머물러 있을 수도 있었다.

"당신은 날 미워하는 동시에 사랑할 수 없어요. 한 번의 시도에서 실패했듯 당신은 또 증명하게 될 거야."

"헛소리!"

일고의 가치도 없다는 듯 그는 쏘아붙였다.

"그래, 내가 살아 온 방식을 바꿀 수는 없어. 난 그저 갖고 싶은 걸 손에 넣는 방법밖에 몰라."

턱을 악문 채 이혁이 속삭였다.

"그러니 나한테 속죄해. 다 갚으라고⋯⋯."

"이혁 씨⋯⋯."

"내 옆에만 있어. 다른 남자와 행복해지지 마."

그는 완강하게, 그러나 정성을 기울여 은소의 섬세한 얼굴을 낱낱이 어루만졌다.

"내 숨이 완전히 끊어질 때까지 내 옆에 있어라, 강은소. 그 다음에 넌 자유다."

눈과 뺨, 코와 입술⋯⋯, 자잘한 키스를 각인하듯 누르며 그가 되풀이해 새기고 새겼다.

"그때는 널 놓아 주지."

은소의 꼭 감긴 두 눈에서 눈물이 마구 흘러내렸다.

이 남자의 사랑이다. 결국엔 이렇게밖에 말하지 못하는, 이렇게밖에 애원하지 못하는⋯⋯.

은소의 어깨가 이혁에게 붙들려 일으켜졌다. 어느새 그는 그녀의 앞에 무릎을 꿇고 있었다.

"나는 비열해. 악랄한 놈이야. 수단 방법 안 가려. 네 동정심, 인간애, 약점 모조리 파고들어 후비고 또 후벼 낼 거야. 항복할 때까지, 기어이 두 팔 벌려 나를 안을 때까지……."

은소의 입에서 통곡이 새어 나왔다. 미친 사람처럼 몸부림을 치며 그를 떨쳐 냈다. 억센 그의 손길에 멍이 들건 말건 상관없이 그저 덫에 치인 짐승처럼 헛된 몸부림을 토해 냈다. 그러나 이혁은 꿈쩍도 하지 않았다. 몇 번이고 몇 번이고 그는 다시 은소를 붙잡았고 끊임없이 그 가는 몸을 부둥켜안고 그에게로 가두었다.

마침내 점점이 그녀의 저항이 잦아들었다. 이혁은 기운이 다한 은소의 입술에 거칠게 입 맞추며 그녀의 안으로 들어갔다. 이미 힘이라곤 하나도 남아 있지 않은 그녀의 몸이 천천히 열렸다.

걷히기 시작한 빗방울들이 유리창에 거울보다 투명한 이슬들을 뿌려 놓았다.

회색 하늘이 파랗게 개고 있었다.

이혁은 그의 품 안에서 지쳐 깨어날 줄 모르는 은소를 무릎에 앉힌 채 비가 멎은 거리의 조용함을 음미했다.

그는 비가 지긋지긋했다. 폭우가 쏟아지던 날 그의 세계가 송두리째 뒤집어졌고 이혁은 세상을 적으로 돌렸다. 비는……, 그가 놓쳐 버린 것을 뜻했다.

그러나 이제는 아무 상관도 없다고 생각했다.

그는 실리주의자였다. 하나를 잃었다고 나머지까지 잃는 어리석음을 반복하지는 않았다.

너만 보고, 너만 위할 거다. 세상의 중심에 너만을 놓아두고 그렇게 살 거다. 그러니 이대로 있어. 내가 죽으면 널 놓아 준다는 거짓말까지 어쩔 수 없이 용서해 버리도록…….

은소가 뒤척이며 그의 가슴에 기대 왔다. 이혁은 결국 그녀를 껴안은 채 편안하게 잠이 들었다.

빗소리가 들리지 않았다.

눈을 뜰 수 없을 정도로 피곤했지만 정신은 어느 때보다 맑고 투명했다.

이혁의 팔이 바싹 그녀를 끌어당겨 안아 왔다. 은소는 자신을 감싸 주는 온기에 매달려 조용히 미소를 머금었다.

34. 존재, 그 하나의 의미

이혁은 푸근하고 알싸한 가을의 냄새를 맡으며 단풍이 지는 정원을 내려다보고 있었다.

민이혁은 재혼했다, 사고로 유명을 달리한 전 아내를 닮은 여인과. 첫 번째 아내를 그리워하다 못해 일부러 비슷한 여자를 골랐다는 말도 있었다. 몇몇 진실을 아는 사람을 제외하고 적어도 세상에 알려진 바는 그러했다. 은소는 다시 재하와 연관되는 것을 반기지 않았고 그녀의 이름이 무엇이든 상관없는 이혁은 그녀가 하자는 대로 들어 주었다.

"이상하지 않으냐?"

강원욱이 말을 꺼냈다.

"난 저 아이를 보면 언제나 채연이 떠올랐다. 아무 관계도 없는 두 여자가 그리도 닮았다는 것이 마치 내 죄를 상기시키는 것만 같아 똑바로 저 애를 바라볼 수가 없었지."

이혁은 아무 대꾸도 하지 않았다. 다만 3층 테라스 아래로 그의 아내가 갓 돌이 지난 딸아이의 걸음마를 열심히 격려하는 모습을 바라볼 뿐이었다.

"예쁘구나."

오늘은 강원욱의 생일이었다. 은소가 그래도 찾아봬야 도리가 아니겠느냐고 우기지 않았다면 이곳에 올 일은 없었다. 하지만 은소는 부득불 아이와 함께 이곳을 방문했고 아내와 아이를 데려가기 위해 이혁은 별수 없이 이리로 퇴근을 했다.

아마 이혁이 원욱을 부자의 정으로 대하는 날은 오지 않을지도 모른다. 그러나 그들은 일종의 동맹 관계를 성립시켰고, 은소가 그의 곁에 있는 한 이혁은 그 휴전을 깨뜨릴 생각이 없었다.

"실례하겠습니다."

삶은 나쁜 것만은 아니다.

이혁은 눈부신 가을볕에 눈살을 가늘게 뜬 그의 아내에게로 성큼성큼 걸어갔다. 아무리 하나뿐인 자식이라고 해도 너무 오랜 시간 그의 여자를 독점하게 내버려 둘 순 없었다.

은소가 상기된 얼굴에 미소를 머금고 그가 걸어오는 모습을 지켜보고 있었다. 이혁은 은소의 품에 안겨 있는 조그마한 녀석을 떼어 내리다 그만두고 두 사람을 함께 껴안았다.

"이혁 씨?"

이혁은 아내의 부름에 답하는 대신 깊고 격렬한 키스로 그녀를 봉인했다. 아내가 가슴으로 웃고 있었다.

그는 이것이 행복이 아닐까, 아주 잠깐 생각했고 아내의 혀가 그의 입맞춤에 응답해 그의 안으로 들어왔을 때는 모든 것을 까맣게 잊어버렸다. 참을성 없는 녀석이 꼼지락대며 칭얼대건 말건, 원욱이 아직도 그들을 지켜보고 있건 말건 자신의 여자를 차지하는데 그가 남의 허락을 구할 필요는 없었다. 지금도 또 앞으로도…….

강은소는 민이혁의 여자였다.

"말해 봐."

저녁 식사 후 지후가 정원의 테이블을 사이에 놓고 은소에게 불쑥 물었다. 이혁은 급한 전화를 받느라 떨어져 있었고 세경은 음료수를 가지러 집 안으로 들어가고 없었다.

"뭘?"

낙엽을 태우고 남은 연기가 공중을 떠돌고 있었다. 화기애애하진 않았지만 어쨌든 모두가 모인 저녁이라는 것에 의의가 있었다.

"그때 그 사람이 민 사장이었지?"

은소는 그가 뭘 묻고 있는 것인지 알았다.

"너 언젠가 가끔씩 몰래몰래 사라지곤 하던 원인."

지후가 김이 샌다는 표정을 하고 그녀를 노려보았다.

"음흉한 녀석, 그래 놓고선 사람한테 그렇게 시치미를 뚝 떼고……."

은소의 입가에 미소가 어렸다.

"말했잖아."

그녀는 이혁을 건너다보며 말을 이었다.

"나 원래 나쁜 여자라고……."

"야, 아무리 그래도 어떻게 나한테까지……."

지후는 섭섭하다는 기색을 숨기지 않고 인상을 찡그렸다.

"그래, 그렇게 오랫동안 가슴 태우고 사랑할 만한 가치는 있었니, 민이혁이란 사내가?"

한동안 이혁에게 고정되어 있던 은소의 시선이 곧게 지후를 직시했다.

"세경일 가치로 사랑해? 그만한 보답이 있기 때문에?"

지후가 피식 웃었다.

"그래, 우문에 현답이다."

그는 낮게 중얼거리며 저만치 걸어오는 아내를 애정 어린 눈으로 주시했다.

"잠깐만."

과일과 잔이 올려진 무거운 쟁반을 든 세경의 곁으로 부리나케 달려가는 지후의 동작은 번개 같았다. 쟁반을 건네받은 지후가 뭐라고 하자 세경은 가만히 서 있다가 은소를 흘끗 곁눈질했다. 그러고는 고개를 젓고 다시 집 쪽으로 걸어갔다.

되돌아온 지후의 얼굴은 조금 곤란한 표정을 하고 있었다.

"촬영 때문에 많이 피곤한가 봐."

쟁반을 내려놓으며 그가 변명처럼 말했다.

"알아. 아까부터 지쳐 보였어."

다 이해한다는 은소의 다독임에 지후가 한숨을 쉬었다. 아무리 둘러대 봐야 속일 수 있는 상대가 아니라는 것쯤은 그도 알고 있었다.

"아직은 쑥스러워서 그럴 거야."

"그래. 그러니까 너도 서둘지 마라, 백지후."

앙금은 남아 있지만 서서히 걷혀 나갈 것이다. 각자가 고단한 길을 걸어왔지만 이제는 돌아보기를 멈추어도 좋으리라.

"그래."

지후가 고개를 끄덕였다. 다시 자리에 앉은 지후는 과일을 갈아 넣은 차가운 주스 잔을 하나 집어 들었다.

"행복하니?"

"밤마다……, 그런 생각을 해."

은소의 질문에 지후가 속삭였다.

"저 애가 내 품 안에 잠들어 있다는 것이 꿈이면 어떡하나, 마음이 변해 기척 없이 날아가 버리면 어떡하나."

은소가 대꾸 없이 미소만 짓자 그는 멋쩍은 얼굴을 해 보였다.

"알아, 쓸데없는 걱정인 거."

잔 안에 가라앉은 내용물을 빙글빙글 돌리며 지후가 생각에 잠겨 덧붙였다.

"그래도 그런 걱정을 하면서 함께 잠든다는 게 기쁘다."

알고 있어, 너무도 잘…….

은소는 이혁을 보면서 가만히 되새겼다.

"저 앨 사랑해. 내가 행복한 만큼 저 녀석도 행복하게 해 주고 싶어."

세경을 떠올리는 지후의 입가가 부드럽게 풀어졌다.

"고마워, 백지후."

"뭐가?"

전부 다. 내 옆에 있어 준 거, 내 친구로 오래 남아 준 거, 이제 세경이 나에게 다가오도록 애써 주는 것까지……. 이혁 씨를 사랑하게 된 운명만큼이나 너를 보내 준 신에게 감사해.

그러나 은소는 말로 끄집어내는 대신 그저 웃어 보였다.

"그렇게 웃으니 좋다, 강은소."

분위기를 가볍게 하며 지후가 다른 화제를 찾았다.

"그나저나 집은 다 지어졌어?"

"응, 내부 장식만 하면 끝나."

언젠가 은소가 원했던 대로 그녀 자신의 설계로 지은 집이 거의 완성 단계에 이르러 있었다.

"이사는 언제 해?"

"왜, 와서 도와주려고?"

"누가 싫어할 거 같아서 안 하련다."

그는 약간의 사감을 담아 거절했다.

"집들이할 때나 초대해."

"그래, 세경이랑 와."

지후가 머리를 끄덕였다.

"잠깐만."

막 통화를 마쳤는지 이혁이 그녀에게 다가오고 있었다.

"끝났어요?"

"그만 가지."

지후는 본체만체 그는 은소에게만 관심을 두었다.

"알았어요."

충분히 있었다는 기색이 뚜렷한 이혁의 눈짓을 알아채고 은소도 반대하지 않고 일어섰다. 이혁에겐 여지없이 고단하고 싫은 하루였을 것이다. 그녀 때문에 이만큼이나 참아 준 걸 은소도 알고 있었다.

"성은이 데리고 나올게요."

"있어. 내가 데려올게."

그는 서둘러 딸아이를 찾아 사라졌다.

"저 사람……."

지후가 뭐라고 자그맣게 투덜거렸다.

"응?"

은소가 쳐다보자 그는 입을 삐딱하게 꼬며 넌지시 불만을 토로했다.

"가끔 질린다, 아무리 같은 남자지만."

그의 불평에 은소가 크게 웃었다.

"난 상관없어."

"어련하시려고……."

이혁이 아이를 안고 그녀를 부르고 있었다.

에필로그

이혁은 컴퓨터의 창을 닫고 전원을 껐다. 창밖에는 아직도 뜨거운 햇살이 길게 드리워져 있었고 도심의 거리는 세상이 뿜어내는 더운 열기로 가득했다.

그는 손목에 찬 시계를 들여다보았다. 평소보다 훨씬 이른 시간이지만 하루 종일 아내의 상태가 마음에 걸렸다. 그러다 문득 자신의 모습을 깨닫고는 무심코 그의 입술 끝이 올라갔다.

이래서야 우현이 놈이 지난번처럼 뭐라고 시비를 걸어도 정색하고 반박할 수도 없지 않은가.

'야! 그러다 은소 닳아 없어지겠다. 그만 좀 노려봐.'

얼마 전 다 같이 모인 식사 자리에서 아내에게서 시선을 떼어 내지 못해 줄곧 배회하는 이혁의 모습을 우현이 흉보느라 던진 말이었다.

'왜, 아주 눈 안에 붙잡아 넣지 그러냐? 아까워서 어떻게 따로 떼어 놓고 다닌대?'

'그랬으면 좋겠다.'

'허!'

아무렇지 않은 대답에 더욱 기가 찬 표정으로 우현이 탄식을 터뜨렸었다.

'너 좀 심각하다, 민이혁. 자각은 하고 있는 거냐?'

자각이라……

오히려 끝없이 무섭게 집착하는 제 욕심이 너무 정확하게 들여다보여 오히려 무안할 판이었다. 그럼에도 단념은 불가능했다. 뜨거운 바늘 하나가 심장 안을 돌아다니는 것만 같았다. 점점 더 따갑고 아렸다. 버겁고 간절했다.

'강은소가 민이혁란 놈 없이는 살 수 없었으면 좋겠다. 차라리 숨도 못 쉬었으면 좋겠어.'

형편없는 이혁의 밑바닥 저 안에서 우러나오는 위선 없는 진심, 자신의 여자가 그 없이는 살 수조차 없기를 바라는 잔혹한 갈망이었다.

강은소를 모르고 살았던 민이혁은 민이혁이 아니었던 듯했다. 껍데기인 채로도 그럭저럭 잘 살았지만 한번 그 이상을 알아버린 다음에는 더 이상 껍데기만으로는 살지 못한다. 부서지거나 깨져 버리는 수밖에……

'제발 적응 좀 하자, 민이혁. 인간이 이렇게 갑자기 변하면 안 되는 거다, 너.'

'변한 게 아니라 원래 이런 인간이었던 거야.'

그의 인생은 한 가지 목표만을 향해 달렸다. 강원욱과 재하그룹에 대한 복수, 그 일이 끝난 다음에 무엇으로 살지 어떻게 살지 따위는 관심 밖의 일이었다.

그러다 강은소를 알았고, 그의 유일한 목표가 시들해졌고, 종국엔 그의 아내만이 남았다. 그 이후로는 아무도, 무엇도 은소만큼 절실하지 않았다. 어떤 존재도 그녀만큼 그에게 필요하지 않았다. 그건 어쩌면 민이혁이 사람으로 살기 위한 최소한의 기본 명제 같은 것이라 세월이 지날수록 치열함은 더해 갈 뿐이었다. 그는 거기에 타인의 이해를 구하지도 바라지도 않았다.

'저 여자로 인해서, 저 여자를 위해서……, 나 역시 숨쉬고, 걷고, 말하고, 웃어.'

그러니 공평하지 않다 해도 물러 주지 않을 거다. 또다시 잔인한 내가 너를 숨 막히게 하고 지치게 만들어 언젠가 더는 민이혁을 참지 못하고 다시 떠나 버리고 싶어진다 해도 두 번은 놓지 않을 테니까.

너에게 가는 내 마음이 견딜 수 없이 무거워져도 도망치고 싶을 만치 힘들어져도 너는 이제 아무 데도 못 가, 강은소.

'미친놈……'

'더 듣고 싶어?'

'됐다, 이러다 내 귀가 썩으면 네놈이 책임질 거냐?'

그제야 자포자기한 얼굴로 우현은 휘휘 머리를 내저으며 물러났다.

술을 좀 마신 탓도 있었을지 모른다. 평소처럼 우현의 주제넘은 참견을 헛소리로 치부하는 대신 녀석의 앞에서 은연중에 작은 틈을 보인 것은…….

생각이 두서없이 흐르는 것을 정리하며 이혁은 다시 시간을 확인했다. 들러야 할 곳이 있었다.

그가 마침내 집에 도착했을 때 집 안에는 뭔가 고소한 냄새가 진동하고 있었다. 이혁은 미간을 찌푸리며 몸이 좋지 않아 누워 있다고 전화한 사람이 저녁을 짓고 있는가 싶어 못마땅한 기색을 감추지 않았다.

그는 손에 들고 있던 쇼핑백을 현관 테이블에 대강 올려 두고 거실을 가로질렀다.

"은…….'

그러나 비지땀을 흘리며 가스레인지 앞에서 앞치마를 두르고 부산을 떨고 있는 사람은 그의 아내가 아니었다.

"뭐하고 있는 거냐, 너?"

이혁은 식당의 입구에 버티고 서서 냉랭하게 추궁했다.

"뭘 하긴, 보면 모르냐? 아픈 누이를 위해 병간호를 하고 있는 중이지."

"글쎄, 네가 왜 내 집에 있는 거냐고, 정우현!"

우현은 열기에 벌게진 얼굴을 팔뚝으로 훔치며 코웃음을 쳤다.

"너 손위 처남한테 그렇게 싸가지 없이 굴다간 사랑스러운 부인에게 당장 소박맞는다."

제길!

이혁은 불만에 찬 입술을 꾹 다물고 넥타이를 헐겁게 했다. 한여름에 불을 때고 있으니 주방은 온통 가마솥이었다.

"성은이는 어디 있어?"

"칭얼대면 은소 푹 못 쉰다고 세경이랑 지후가 데리고 나갔어. 놀이동산에 갔다가 저녁 먹여서 올 거야."

이혁은 그의 목덜미를 잡았다.

"나와."

"나가긴 어딜 나가? 이거 젓고 있어야 한단 말이야. 안 그러면 다 눌어붙어서 도로아미타불이라고."

"필요 없어!"

이혁이 매정하게 내뱉었다.

"너야 필요 없을지 몰라도 은소가 아무것도 못 먹었단 말이야, 이 인정머리 없는 놈아. 대체 너 같은 놈 뭘 보고 은소가 참고 살아 주는지 도통 납득이 안 간다."

한때는 꼬박꼬박 은후 씨, 은후 씨 챙기더니 언제부터인가 무시로 은소 타령이다. 이혁은 그것조차 거슬렸다.

"너보고 살아 달라고 안 해. 그러니까 그만 네 집에 가."

"이것만 다 되면 네가 있으라고 사정해도 간……, 야, 민이혁!"

우현은 막무가내로 내쫓겨 어느새 현관 밖으로 밀려났다.

"수고했다. 잘 가라."

그리고 어처구니없게도 정말로 면전에서 문이 탁 닫혀 버렸다. 우현은 아직도 주걱을 든 채 오만상을 찌푸리며 죽어라 문짝만 노려보았다.

대체 저 자식 왜 저래? 제 손으로는 더운물 한번 안 끓여 봤을 놈이 해 주면 고맙다고 인사는 못할망정……. 더위를 먹으려면 곱게 처먹을 일이지!

점점 언어 순화가 되지 않는 우현이었다.

갑자기 벌컥 문이 열리자 우현은 고개를 끄덕이며 이혁이 정신을 차린 게 틀림없다고 생각했다. 그러나 뭔가 희끄무레한 것이 날아들었다. 그가 입고 와서 거실 소파에 벗어 둔 여름 재킷이었다.

"이 자식이 진짜! 야, 민이혁!"

하지만 문은 다시 닫히고 넓은 전원주택 안은 쥐죽은 듯 잠잠했다. 우현은 온갖 저주를 담아 구시렁대며 안뜰에 세워 둔 자신의 차로 씨근씨근하며 걸어갔다.

두고 보자, 민이혁. 너 우리나라의 유서 깊은 가족 서열을 개밥에 도토리 취급했겠다. 네가 아무리 까불어 봐야 내 손바닥 안이라고, 이 자식아! 네가 인상 쓰면 내가 사람 좋게 헤헤거려 주던 호시절의 연속인 줄 아냐?

때마침 전화가 시끄럽게 그를 방해했다.

"여보세요!"

자연히 말이 다소 강하게 나왔다.

— 정우현 선생님 전화인가요?

싹싹하고 거침없는 어조, 어쩐지 들은 적이 있는 듯한 목소리였다.

"그렇습니다만?"

의아함에 우현이 말끝을 올렸다.

— 여태 기억하시려나 모르겠네요. 전 MBS '문화가산책'의
차영주라고 합니다.

"어, 예……. 그런데 무슨 일로……?"

— 이번에 두 번째 전시회 여신다고요? 저번 전시회에 찾아
뵀을 때 푸대접하신 거 잘 잊지 않고 있습니다.

"하하, 그럴 리가요."

그는 억지웃음을 지었다.

— 답례로 인터뷰 한 번 더 해 주시죠?

대놓고 무리한 요구를 하면서도 그녀는 자신만만하기 그지
없었다.

"네?"

정신없이 바빠서 신경을 못 써 준 건 사실이지만, 그런 케케
묵은 옛날 일을 새삼 들춰내는 것도 이 동방예의지국에서 썩
아름다운 뒤끝의 행태는 아니지 않는가.

— 그럼 승낙하신 걸로 알겠습니다. 인터뷰 날짜는 따로 통
보해 드리죠. 전 누가 불러서 이만…….

다다다다 제 말만 하고 미련 없이 끊어 버리는 통에 우현은
입도 달싹하지 못하고 말았다.

"저……, 잠깐만요, 차영주 씨? 차…….."

빈 메아리만이 소리 없는 응답으로 들려왔다.

무슨 일진이 이렇게 사나운 거야? 제길, 이 여자는 좀 무서운데…….

"답례로 인터뷰 한 번 더 해 주시죠? 그럼 승낙하신 걸로 알겠습니다. 인터뷰 날짜는 따로 통보해 드리죠. 전 누가 불러서 이만…….."

차영주는 서둘러 전화기를 쾅 하고 내려놓았다.

이거, 이래도 되나? 뭐, 어때? 못 먹는 감 찔러나 본다고.

"감독님, 준비됐어요!"

도진인가 뭔가 하는 녀석이 삐죽 고개를 내밀고 그녀를 불렀다. 기분도 그런데 저 녀석이나 데리고 놀아 볼까?

"어, 알았어."

대본을 들고 휘파람을 불며 차영주는 방송국 복도를 나섰다.

밑져야 본전이지, 뭐. 나로서야 인터뷰만 새로 따내도 두세 배 남는 장사가 아닌가 말이야.

기억에도 가물가물한 과거를 빌미로 꼬투리를 잡자니 양심이란 놈이 살짝 당기는 듯도 했지만 그야 말 그대로 아주아주 살짝에 지나지 않았고, 그녀는 금세 제멋대로의 낙천적인 결론에 도달해 있었다.

건수는 건수일 뿐, 놓치는 놈이 바보지!

"이혁 씨?"

다소 잠긴 나직한 목소리가 그를 불렀다.

"언제 왔어요?"

돌아보자 여름 잠옷을 입은 아내가 선잠을 자다 깬 아이처럼 무방비하게 서 있었다. 이혁은 들고 있던 물건을 내려놓았다. 활짝 열린 창문을 통해 녹음이 밴 미풍이 넘실거리며 들어왔다.

"얼마 안 됐어."

어젯밤에는 괜찮더니 아침엔 열이 많이 났다. 모처럼 그의 업무 스케줄도 조정이 가능해서 출근을 안 할까도 했는데 아내가 우겨 출근했었다. 결국은 서둘러 퇴근하고 말았지만······.

"깨우지 그랬어요?"

은소가 몸을 돌려 누군가를 찾는 듯 주변을 살폈다.

"우현 오빠는요?"

"갔어."

"인사도 안 하고요?"

"바쁜 일이 있다기에 내가 가라고 했어."

일말의 거리낌도 없이 이혁은 우현의 갸륵한 정성을 물거품으로 만들어 버렸다. 그가 없는 새에 너무 자주 들락대는 녀석이 그렇지 않아도 내키지 않던 참이었다.

피도 안 통하는 남매 사이에 무슨······.

이혁은 냉담하게 무시했다.

"이렇게 나와 있지 말고 가서 누워 있어."

아무렇지도 않게 가스레인지의 불을 끄며 그는 은소를 채근했다. 그렇게 생각을 해서인지 은소는 이 며칠 새 훨씬 마르고 약해 보였다. 큰 녀석 때보다 입덧이 한결 심했다. 여름을 타는 건지 까칠하기도 하고……. 한약이라도 지어 먹여야겠다고 결심하며 이혁은 은소에게 다가갔다.

"많이 나았어요. 당신이나 오빠나 너무 과보호만 하지 않으면요."

은소의 머리카락을 어루만지며 이혁이 자신의 어깨에 그녀의 머리를 갖다 댔다. 저항 없이 사뿐히 얹히는 은소의 무게가 싱그러운 바람보다 더 달콤했다. 하루 종일 이리저리 그를 시달리게 하던 걱정이 한숨 덜어지는 것 같았다.

그는 길게 편안한 한숨을 내쉬었다.

"그런 적……, 없어."

"정말요?"

"그래."

맞닿은 입술이 포개졌다. 허기진 입맞춤은 처음 의도와는 다르게 약간 거칠었으며 깊었다. 그는 좀 더 많은 것을 원하며 더욱 밀고 들어갔고 아내는 기꺼이 그를 받아들였다.

얼마 후 자칫 난폭해지려는 욕망을 간신히 억누른 이혁이 그녀에게서 겨우 입술을 떼어 내고 호흡을 골랐다.

순간 은소를 바라보는 그의 눈빛이 지독히도 사나운 독점욕으로 번득였다.

어떤 방해도 받지 않고 그의 아내를 마음껏 가지고 싶었다. 그의 손길에 엉망으로 흐트러져 가쁜 숨을 몰아쉬며 세상에 오로지 이혁 외에는 아무도 없다는 듯이 안타깝게 매달려 오는 은소의 젖은 눈동자를 들여다보고 싶었다. 연약하고 섬세한 아내의 몸을 내키는 대로 물어뜯어 그의 흔적을 남기고 실컷 낙인을 찍고 싶었다. 이 여자는 영원히 민이혁의 여자라고…….

하지만 당장의 아내에게는 무리였다.

"나중에……."

나직이 잠긴 그의 속삭임이 약속처럼 위협처럼 은소의 귓가를 무겁게 스쳤다.

"일단은 참아 주지, 강은소."

단단한 손가락으로 은소의 매끈한 뺨을 덧그리며 그가 조금 쓰게 웃었다.

가늘게 떨리는 몸을 바로 세운 은소는 문득 자신을 안고 있는 이혁의 옷차림이 낯설다는 것을 눈치챘다.

"이혁 씨?"

넥타이는 와이셔츠 주머니에 되는대로 넣어져 있고 소매는 접혀 팔꿈치 위까지 걷어붙여져 있었다. 의식적이라기보다 천성적으로 반듯한 맵시를 유지하는 그의 성격에 비추어 뭔가가 잘못되어도 한참 잘못되어 있었다.

"지금 뭘 하고 있었어요?"

그러고 보니 여긴 부엌이다. 이혁과 부엌을 동일 선상에 나란히 놓고 무슨 그림을 그린단 말인가?

"아무것도 아니야."

그의 뒤로 즐비하게 널려 있는 냄비들을 보고 은소는 설마 하면서도 그의 팔을 풀고 조리대 가까이 다가갔다. 은소의 얼굴에 차차 야릇한 웃음이 번지기 시작했다.

도무지 착각이나 망상이라고밖에 여겨지지 않지만……, 그래도 이건…….

"죽……이네요?"

한동안 아무도 말을 하지 않았다. 은소는 이상하게 근질거리는 머릿속을 진정시키려 애쓰며 아마 세경이나 지후, 어쩌면 우현의 솜씨일 거라고 이성적으로 우겨 보았다.

"좋아하는 건데……."

그런데 이혁이 무슨 독약이 섞여 있기라도 한 것처럼 재빠르게 잣죽이 담긴 냄비를 멀리 치웠다.

"왜요?"

"이건 내가 먹을 거야."

"당신 죽 싫어하잖아요."

이혁은 세상 모든 종류의 죽을 좋아하지 않았다. 환자 같은 기분이 들어서 질색이라고 했었다.

"그럼……, 내 건요?"

묘하게 미심쩍은 이혁의 태도가 즐겁기도 해서 은소는 무심결에 살짝 농을 걸어 보았다. 그러자 이혁은 은소를 옆으로 옮겨 세우고 말없이 다른 냄비의 뚜껑을 열었다. 김이 모락모락 피어오르는 것이 갓 끓인 전복죽이었다.

은소는 어리둥절한 눈빛으로 잠자코 그가 하는 양을 바라보았다.

"먹고 나서 자는 거야."

연푸른 그릇에 군침이 돌 만큼 훌륭해 보이는 죽을 덜어내
담고 식탁 위에 놓은 다음 그는 은소를 앉히고 수저까지 놓아
주었다.

"이혁 씨."

은소는 겨우 말문을 되찾았다.

"이거 혹시……, 당신이 한 거예요?"

이혁은 대답 없이 그대로 은소의 맞은편에 앉아 그의 몫이
라고 천명한 잣죽을 먹기 시작했다. 은소도 더는 묻지 않고 먹
먹한 목을 가다듬으며 죽을 한술 떴다. 혀에 와 닿는 감촉이 매
끄럽고 감칠맛 나게 부드러웠다. 그러다 은소는 불현듯 가만히
미소 지었다.

"당신 오빠가 끓인 죽, 너무 맛없어."

무뚝뚝한 비평이 이혁에게서 나왔다.

"그래요?"

저건 그러니까 그녀의 예상대로 우현이 은소를 위해 쑤어
놓은 작품인가 보다. 뭐가 거슬렸는지 몰라도 이혁은 마음에
들지 않았던 것이고…….

"맛볼래?"

내키지 않는 듯 물어왔다.

"아뇨, 난 이게 더 좋아요."

은소는 정말 맛있게 한 입 더 삼켰다. 아마 일부러 짬을 내
이혁이 제천댁 아줌마에게 청을 넣고 손수 가져왔을 죽이었다.
엄밀히 따지자면 이혁은 배달하고 데운 것밖에 없겠지만 그렇

다고 그의 수고가 바래지지는 않았다. 은소가 이제까지 먹어
본 음식 중에 이만한 성찬이 달리 있었을까?

"맛은 장담 못 해."

이혁은 반쯤 남은 죽을 먹기를 포기하고 숟가락을 탁 내려
놓았다.

"하지만 다음엔 한번 끓여 볼게."

그가 은소를 곧게 응시하며 그녀의 볼에 손가락을 가져왔다.

"우현이 녀석이 제 집인 양 여기서 설쳐 대는 건 다시 보고
싶지 않으니까."

우현이 멋모르고 친 선수가 거슬린 듯 그의 검은 눈동자에
얼마간의 불쾌한 짜증이 담겨 있다는 것을 이 남자는 모르고
있을 것이다. 그래서 은소는 이혁이 슬며시 자백한 죽에 대한
진실을 달갑게 받아들였다.

"그러자면……, 또 아프라고요?"

은소가 빛 고운 꽃잎처럼 화사하게 웃자 이혁은 몸을 반쯤
일으켜 식탁 위로 상반신을 숙였다. 그리고 그녀의 이마에 강
하게 입술을 눌렀다.

"그럼 다른 걸로 하든지……."

그의 팔이 잡아당기는 대로 은소는 이혁의 품 안으로 들어
갔다.

그는 여전히 자신의 여린 곳이나 약점을 쉽게 노출하지 않
았다. 그건 이미 그의 일부로 굳어져 버렸을 테고, 은소는 거기
에 이의를 제기하거나 서운해할 맘이 없었다. 왜냐하면 그녀도

그에게 자신의 전부를 보여 주지는 못하니까. 그녀가 그를 얼마나 사랑하는지 그가 자신에게 어떤 의미를 지닌 사람인지 설명할 수도 이해시킬 수도 없다는 것을 그녀는 진즉에 깨닫고 있었다.

세상엔 그저 느낄 수 있을 뿐 말로 표현하지 못하는 것들이 너무 많다.

사랑이나 행복, 평화 같은 것들……, 이런 것들은 때때로 그냥 알아지는 법이다.

이혁과 은소, 이제 그들은 따로는 살아가지 못한다. 같이 있지 않으면 완전해질 수도 없다. 그녀의 자리, 그의 자리, 그리고 그들이 함께 있어도 좋은 자리. 서로의 목숨을 걸고 상대를 아끼고, 보호하고, 사랑하고 있다. 무엇이 더 필요하단 말인가?

족했다, 넘칠 정도로.

은소는 그의 입술에 입을 맞추었다.

이곳이 강은소와 민이혁의 제자리였다.

『강의 윤희』 끝